Das Echo der Träume

MARÍA
DUEÑAS

Das Echo der Träume

ROMAN

Aus dem Spanischen
von Barbara Reitz und Maria Zybak

Weltbild

Die spanische Originalausgabe erschien 2009 unter dem Titel
El Tiempo entre Costuras
bei Ediciones Temas de Hoy, S.A., Madrid.

Besuchen Sie uns im Internet:
www.weltbild.de

Genehmigte Lizenzausgabe für Verlagsgruppe Weltbild GmbH,
Steinerne Furt, 86167 Augsburg
Copyright der Originalausgabe
© 2009 by María Dueñas und Ediciones Temas de Hoy, S.A.
Copyright der deutschsprachigen Ausgabe © 2013 by Limes Verlag, München,
in der Verlagsgruppe Random House GmbH.
Übersetzung: Barbara Reitz und Maria Zybak
Umschlaggestaltung: Johannes Frick, Neusäß/Augsburg
Umschlagmotiv: Getty Images, München © Famke Backx /
Goldstoff, Andrejs Pidjass
Gesamtherstellung: GGP Media GmbH, Pößneck
Printed in the EU
ISBN 978-3-86800-874-6

2014 2013 2012 2011
Die letzte Jahreszahl gibt die aktuelle Lizenzausgabe an.

Für meine Mutter, Ana Vinuesa

Für die Familien Vinuesa Lope und Álvarez Moreno,
für die Jahre in Tetuán und die Sehnsucht,
mit der sie stets an diese Stadt dachten.

Für alle früheren Bewohner
des spanischen Protektorats in Marokko
und für alle Marokkaner,
die dort gemeinsam mit ihnen lebten.

Erster Teil

1

Eine Schreibmaschine stellte mein Leben auf den Kopf. Es war eine Hispano-Olivetti, und von ihr trennte mich über Wochen eine Schaufensterscheibe. Heute, nach all den Jahren, fällt es mir schwer zu glauben, dass ein gewöhnlicher mechanischer Gegenstand die Macht besitzt, dem Schicksal eine völlig neue Wendung zu geben und in nur vier Tagen sämtliche Pläne über den Haufen zu werfen. Doch so war es, und ich konnte nichts daran ändern.

Was ich mir ersehnte, waren eigentlich keine großartigen Dinge. Ich hatte lediglich nahe liegende Wünsche, die mit den Koordinaten von Raum und Zeit übereinstimmten, in denen ich mich damals bewegte. Zukunftspläne, die zum Greifen nah waren. In jenen Tagen drehte sich meine Welt gleichförmig um einige wenige Fixpunkte, die ich für unerschütterlich hielt, und meine Mutter war stets der wichtigste von allen. Sie war Damenschneiderin und arbeitete als Gesellin in einem Modeatelier für die gehobene Kundschaft. Sie hatte Erfahrung und ein geübtes Auge, aber sie war nie mehr als eine einfache Angestellte. Eine Arbeiterin wie viele andere auch, die sich während ihres Zehn-Stunden-Tages die Finger zerstach und die Augen verdarb, während sie zuschnitt und nähte, Kleidung absteckte und ausbesserte, die weder für ihren Körper noch für Blicke bestimmt war, die ihrer Person galten. Damals wusste ich von meinem Vater nicht viel. Eigentlich gar nichts. Er lebte nicht bei uns, doch seine Abwesenheit machte mir auch nichts aus. Nie war ich neugierig genug, um etwas über ihn erfahren zu wollen, bis meine Mutter – ich muss acht oder neun Jahre alt gewesen sein – sich traute, mir ein paar Dinge über ihn zu erzählen. Dass er eine andere Familie habe und es ihm nicht möglich sei, mit uns zusammenzuleben. Ich schlang diese Brocken Informationen ebenso hastig und gleichgültig hinunter, wie ich den letzten Rest meiner Karfreitagssuppe aus Kichererbsen, Stockfisch und Spinat auslöffelte: das Leben jenes Fremden interessierte mich weit weniger, als schnellstens nach unten auf den Platz zum Spielen zu kommen.

Ich wurde im Sommer 1911 geboren, im selben Jahr, in dem die berühmte Flamencotänzerin Pastora Imperio den ebenso berühmten Stierkämpfer Rafael Gómez genannt »El Gallo« heiratete, in Mexiko der später sehr populäre Sänger und Schauspieler Jorge Negrete das Licht der Welt erblickte und in Europa der Stern einer Ära sank, die *Belle Époque* genannt wurde. Von fern vernahm man bereits die Trommeln des Ersten Weltkriegs, und in den Cafés von Madrid las man die Tageszeitungen *El Debate* und *El Heraldo*, während auf der Bühne La Chelito das Publikum mit ihren zweideutigen Couplets verzauberte, zu denen sie sinnlich die Hüften schwang. König Alfonso XIII. gelang es – trotz seiner diversen Geliebten – in jenen Monaten sein fünftes legitimes Kind, eine Tochter, zu zeugen. An der Spitze seiner Regierung stand der liberale Canalejas, der noch nicht ahnte, dass er bereits ein Jahr später durch die Hand eines Anarchisten, der zwei Schüsse auf ihn abfeuerte, zu Tode kommen würde, während er sich in der Buchhandlung San Martín gerade die Neuerscheinungen ansah.

Ich wuchs in einem einigermaßen glücklichen Umfeld auf, in dem eher Mangel als Überfluss herrschte, doch ohne große Entbehrungen oder Enttäuschungen. In einer engen Gasse in einem typischen Viertel von Madrid, unweit der Plaza de la Paja, nur einen Katzensprung vom Palacio Real, dem königlichen Palast, entfernt. In unmittelbarer Nähe des Stadtzentrums mit seinem unaufhörlichen Lärm, in einer Umgebung mit Leinen voller Wäsche, dem Geruch nach Bleiche, dem Geschnatter der Nachbarinnen und Katzen, die in der Sonne dösten. Im Zwischengeschoss eines nahe gelegenen Hauses erhielt ich eine rudimentäre Schulausbildung: In Bänke, die für zwei gedacht waren, quetschten wir uns knuffend zu viert und sagten lauthals das Gedicht *La Canción del*

Pirata und das Einmaleins auf. Dort lernte ich lesen und schreiben, die vier Grundrechenarten und die Namen der Flüsse auf der vergilbten Wandkarte. Mit zwölf Jahren begann meine berufliche Ausbildung, und ich wurde Lehrling in dem Modeatelier, in dem meine Mutter arbeitete. Wie es mir bestimmt war.

Aus dem Geschäft von Doña Manuela Godina, der Inhaberin, kamen seit Jahrzehnten sorgfältig gearbeitete, exzellent geschnittene und genähte Kleidungsstücke, die man in ganz Madrid schätzte. Tageskleider, Cocktailkleider, Mäntel und Capes, mit denen später die vornehmen Damen über den Paseo de la Castellana flanierten, sich im Hippodrom oder im Poloclub an der Puerta de Hierro sehen ließen, im Sakuska ihren Tee tranken oder zur Messe in einem der großen Gotteshäuser erschienen. Es dauerte jedoch einige Zeit, bis ich in die Geheimnisse der Schneiderei eingeweiht wurde, und solange war ich das Mädchen für alles: diejenige, die die Asche aus den Öfen entfernte und die Stoffreste am Boden auffegte, die über dem Feuer die Bügeleisen erhitzte und ohne zu schnaufen zur Plaza de Pontejos lief, um Garn und Knöpfe zu kaufen. Diejenige, die sich darum kümmerte, die soeben fertiggestellten und in dunkelbraune Leinensäcke verpackten Modelle zu den feinen Adressen zu bringen: meine Lieblingsaufgabe, der aufregendste Zeitvertreib in meiner noch jungen Karriere. Auf diese Weise lernte ich die Concierges und Chauffeure der besten Häuser, die Zofen, Haushälterinnen und Butler der wohlhabendsten Familien kennen. Durfte, ohne dass man groß von mir Notiz genommen hätte, einen Blick auf die elegantesten Señoras, ihre Töchter und Ehemänner werfen. Gleich einem stummen Zeugen verschaffte ich mir Zugang zu ihren großbürgerlichen Häusern, aristokratischen Schlössern und luxuriösen Wohnungen in altehrwürdigen Gebäuden. Gelegentlich kam ich nicht weiter als bis zum Dienstboteneingang, und jemand vom Personal nahm mir das gute Stück ab, das ich in Händen hielt. Doch dann wieder bat man mich ins Ankleidezimmer, und um dorthin zu gelangen, hastete ich durch Gänge, spähte in Salons und verschlang mit meinen Augen die Teppiche, die Kronleuchter, die samtenen Vorhänge und die Flügel, auf denen manchmal gerade jemand spielte, während ich darüber nachdachte, wie sonderbar wohl das Leben in einer solchen Umgebung wäre.

Meine Arbeitstage zwischen diesen beiden Welten verliefen ohne größere Zwischenfälle, ja, blieben fast von ihrer Unvereinbarkeit unberührt. Mit der gleichen Selbstverständlichkeit lief ich durch jene breiten, von Toreinfahrten und großen Portalen gesäumten Straßen, wie ich durch die verschachtelten Gassen meines Viertels voller Pfützen und Abfälle ging, die erfüllt waren vom Geschrei der Händler und dem Gekläffe hungriger Hunde. Jene Gassen, die ein jeder stets eiligst passierte und wo man, wenn der Ruf »Wasser« ertönte, möglichst schnell in Deckung ging, damit man nicht mit Urin bespritzt wurde. Handwerker, kleine Händler, Angestellte und Tagelöhner, die erst seit Kurzem in der Hauptstadt waren, füllten die Mietshäuser und verliehen meinem Viertel die Seele eines Dorfes. Viele seiner Bewohner verließen es höchst selten und nur dann, wenn es unumgänglich war. Meine Mutter und ich dagegen machten uns jeden Morgen, gemeinsam und eiligen Schrittes, schon früh auf den Weg in die Calle Zurbano und gingen in der Schneiderei von Doña Manuela unverzüglich an die Arbeit.

Nachdem ich bereits seit zwei Jahren in der Lehre war, kamen die beiden darin überein, dass ich nun nähen lernen sollte. Mit vierzehn begann ich mit den einfachsten Dingen: Schlaufen nähen, Heften, lockere Heftnähte. Darauf folgten Knopflöcher, Absteppen und Säume. Bei der Arbeit saßen wir auf kleinen Stühlen aus Korbgeflecht, über Holzbretter gebeugt, die auf unseren Knien lagen und auf denen wir unsere Arbeit verrichteten. Doña Manuela sprach mit den Kundinnen, kürzte, probierte und änderte. Meine Mutter nahm Maß und kümmerte sich um den Rest: Sie nähte die anspruchsvolleren Dinge und verteilte die übrigen Aufgaben, überwachte deren Ausführung und gab ihrem kleinen Bataillon, bestehend aus einem halben Dutzend Schneiderinnen im reiferen Alter, vier oder fünf jungen Frauen und einigen geschwätzigen Lehrlingen, die stets zum Scherzen und Lachen aufgelegt waren, das Tempo und die Disziplin vor. Einige waren richtig gute Schneiderinnen, andere besaßen nicht das nötige Talent und mussten daher stets die gleichen undankbaren Aufgaben erledigen. Ihr Arbeitsplatz hatte so gar nichts von der heiteren Opulenz der Fassade oder der vornehmen Zurückhaltung des hellen Salons, zu dem lediglich die Kundinnen Zutritt hatten. Die beiden, Doña Manuela und meine Mutter, waren die Einzigen, die sich an seinen mit safrangelbem Stoff bespannten Wänden erfreuen konnten. Sie waren die Einzigen, die sich den Mahagonimöbeln nähern und über das Eichenparkett gehen durften, das wir Jüngeren mit Baumwolllappen zum Glänzen bringen mussten. Nur die beiden erhaschten hin und wieder einen Sonnenstrahl, der es über die vier hohen, auf die Straße gehenden Balkone bis ins Erdgeschoss geschafft hatte. Der Rest der Truppe blieb stets im Hintergrund: in jenem im Winter eiskalten und im Sommer brütend heißen Winkel, der unsere Schneiderei war, jenem grauen Hinterzimmer, dessen zwei winzige Fenster auf einen dunklen Innenhof hinausgingen und in dem die Stunden zwischen geträllerten Liedern und Scherengeklapper wie im Flug vergingen.

Ich lernte rasch. Meine flinken Finger gewöhnten sich schnell an die Nadel und die Textur der Stoffe. An die Maße, die einzelnen Teile und die verschiedenen Größen. Vordere Rumpflänge, Brustumfang, Beinlänge. Ärmelausschnitt, Ärmelloch, Besatzstreifen. Mit sechzehn lernte ich die verschiedenen Stoffe zu unterscheiden, ihre Qualität zu beurteilen und ihr Potenzial zu erkennen. Crêpe de Chine, Seidenmusselin, Georgette, Chantilly-Spitze. Die Zeit verging wie im Flug: Im Herbst fertigten wir Mäntel aus guten Stoffen und Kostüme für die Übergangszeit, im Frühling nähten wir luftige Kleider, die für die Ferien an der weit entfernten, unerreichbaren kantabrischen Küste bestimmt waren, für San Sebastián und seine berühmte Bucht La Concha oder für Santander und seinen Strand El Sardinero. Ich wurde achtzehn, neunzehn. Nach und nach arbeitete ich mich in den Zuschnitt und die Fertigung schwierigerer Teile ein. Ich lernte, wie man Krägen und Revers machte, lernte zu erahnen, wie ein Stoff fallen und das fertige Stück aussehen würde. Meine Arbeit gefiel mir, sie machte mir Spaß. Doña Manuela und meine Mutter baten mich gelegentlich um meine Meinung, begannen mir zu vertrauen. »Das Mädchen hat ein Händchen fürs Nähen und den richtigen Blick, Dolores«, sagte Doña Manuela. »Sie macht ihre Sache gut, und sie wird noch besser, wenn sie uns nicht abspringt. Besser als du, nachlässig wie du bist.« Und meine Mutter arbeitete einfach weiter, als hätte sie nichts gehört. Und auch ich hob nicht den Kopf von meinem Brett, tat so, als wäre nichts gewesen. Doch als ich verstohlen zu ihr hinübersah, bemerkte ich, dass ihre Lippen, zwischen denen Stecknadeln klemmten, ein leichtes Lächeln umspielte.

Es verstrichen die Jahre, es verstrich das Leben. Die Mode änderte sich, und ihrem Diktat gehorchte die Arbeit in der Schneiderei. Mit dem Ende des Ersten Weltkriegs kamen gerade Linien auf, die Korsetts wurden ausgemustert, und man zeigte nun Bein, ohne zu erröten. Als sich jedoch die Goldenen Zwanziger ihrem Ende zuneigten, wanderte die Taille wieder an ihren naturgegebenen Platz, die Röcke wurden länger, man zeigte nicht mehr Dekolleté und nackte Arme, der Ruf nach Sittsamkeit triumphierte. Ein neues Jahrzehnt begann, und es brachte viele Veränderungen. Schlag auf Schlag, unvorhersehbar, fast alle auf einmal. Ich wurde zwanzig, man rief die Republik aus, und ich lernte Ignacio kennen. Wir begegneten uns an einem Sonntag im September im Parque de la Bombilla bei einem Tanzvergnügen mit Lehrmädchen, bummeligen Studenten und Soldaten, die Ausgang hatten. Er forderte mich zum Tanzen auf, brachte mich zum Lachen. Zwei Wochen später schmiedeten wir schon die ersten Heiratspläne.

Wer war Ignacio, was bedeutete er mir? Damals dachte ich, er sei der Mann meines Lebens. In seiner ruhigen Art erkannte ich instinktiv den guten Vater meiner zukünftigen Kinder. Inzwischen hatte ich ein Alter erreicht, in dem jungen Frauen wie mir ohne ordentlichen Beruf außer der Ehe nicht viele Möglichkeiten blieben. Das Beispiel meiner Mutter, die mich alleine großzog und dafür von frühmorgens bis spätabends hart arbeitete, erschien mir nicht erstrebenswert. Und mit Ignacio hatte ich einen geeigneten

Kandidaten gefunden, um nicht in ihre Fußstapfen treten zu müssen: jemanden, mit dem ich den Rest meines Lebens verbringen konnte, ohne jeden Morgen mit dem schalen Geschmack von Einsamkeit im Mund aufzuwachen. Mich zog keine glühende Leidenschaft zu ihm hin, doch sehr wohl eine starke Zuneigung und die Gewissheit, dass meine Tage an seiner Seite ohne Kummer oder große Turbulenzen, wie auf ein weiches Kissen gebettet, verstreichen würden.

Ignacio Montes, dachte ich, würde derjenige sein, an dessen Arm ich mich bei unseren zahllosen Spaziergängen festhielte, seine stete Gegenwart würde mir für alle Zeit Schutz und Sicherheit bieten. Zwei Jahre älter als ich, schlank, liebenswürdig, ebenso umgänglich wie sanftmütig. Er hatte die richtige Statur und kein Gramm zu viel auf den Rippen, gute Manieren und ein Herz, das mich mit jeder Stunde, die wir miteinander verbrachten, mehr zu lieben schien. Er war der Sohn einer kastilischen Witwe, die ihre Notgroschen unter der Matratze aufbewahrte, und wohnte mit kurzen Unterbrechungen in schäbigen Pensionen. Er strebte eine Laufbahn in der Bürokratie an und war ewiger Anwärter für jede Verwaltung, die ihm Aussicht auf ein lebenslanges Gehalt bot: sei es das Kriegs-, Finanz- oder Innenministerium. Der Traum von dreitausend Peseten jährlich, zweihundertfünfzig jeden Monat: ein sicheres Gehalt, für das er seine Zeit bis ans Ende seiner Tage in der eintönigen Welt der Behörden und Vorzimmer, von Lösch- und Büttenpapier, von Gebührenmarken und Tintenfässern würde verbringen müssen. Darauf bauten wir unsere Zukunft: auf einem biederen Beamtentum, das sich – von Ausschreibung zu Ausschreibung – beharrlich weigerte, meinen Ignacio auf seine Liste zu setzen. Doch er verlor nicht den Mut und blieb hartnäckig. Im Februar probierte er es mit dem Justiz- und im Juni mit dem Landwirtschaftsministerium, und dann das Ganze wieder von vorne.

In der Zwischenzeit verwöhnte mich Ignacio, der sich keine kostspieligen Extravaganzen leisten konnte, mich aber fortwährend glücklich sehen wollte, im Rahmen seiner bescheidenen finanziellen Möglichkeiten: eine Pappschachtel voller Seidenraupen und Maulbeerblätter, Tüten mit heißen Kastanien und inbrünstige Liebesschwüre auf der Wiese unter dem Viadukt. Gemeinsam lauschten wir der Musikkapelle am Kiosk im Parque del Oeste und ruderten im Retiro an sonnigen Sonntagmorgen über den See. Es gab kein Sommernachtsfest mit Drehorgel und Schaukel, das wir nicht besuchten, keinen *chotis*, den wir nicht genau im Takt tanzten. Unzählige Nachmittage verbrachten wir im Parque de las Vistillas, unzählige Filme sahen wir uns in den Stadtteilkinos für eine Peseta fünfzig an. Eine Mandelmilch war für uns Luxus, ein Taxi unerschwinglich. Ignacios Schmeicheleien hingegen, die ja nichts kosteten, kannten kein Ende. Ich war für ihn der Himmel und die Sterne, die Schönste, die Beste. Meine Haut, mein Gesicht, meine Augen. Meine Hände, mein Mund, meine Stimme. Alles an mir erschien ihm unübertrefflich, war ein nie versiegender Quell der Freude. Und ich lauschte seinen Worten, schalt ihn töricht und ließ mich begehren.

Dessen ungeachtet nahm das Leben in der Schneiderei zu jener Zeit eine andere Wendung. Es gestaltete sich schwierig, unsicher. Mit der Zweiten Republik kehrte Unruhe in den behaglichen Wohlstand im Umfeld unserer Kundinnen ein. In Madrid gärte und rumorte es, die politischen Spannungen waren an jeder Ecke deutlich spürbar. Die wohlhabenden Familien verlängerten ihren Sommerurlaub im Norden Spaniens immer wieder, wollten so lange wie möglich den Unruhen und dem Aufruhr in der Hauptstadt fernbleiben, auf deren Plätzen man lauthals für die kommunistische Tageszeitung *El Mundo Obrero* warb, während die zerlumpten Proletarier aus den Außenbezirken sogar bis zur Puerta del Sol aufmarschierten. Limousinen fuhren kaum noch durch die Straßen, ein opulentes Abschiedsfest reihte sich ans nächste. Die alten Damen der feinen Gesellschaft beteten Novenen, dass Manuel Azaña, der Präsident der Zweiten Republik, bald gestürzt werden möge. Und täglich kam es zu Schießereien in der Dämmerung, wenn die Gaslaternen in den Straßen angezündet wurden. Die Anarchisten brannten Kirchen nieder, die Falangisten zückten prahlerisch ihre Pistolen. Immer häufiger deckten die Angehörigen der Aristokratie und des Großbürgertums die Möbel mit Laken ab, entließen das Personal, verriegelten die Fensterläden und brachen eilig ins Ausland auf, wohin sie massenhaft Schmuck, Geld und ihre Ängste mitnahmen, während sie sich nach dem König im Exil und einem gehorsamen Spanien sehnten, das nicht in Sicht war.

Von Mal zu Mal kamen weniger Señoras in Doña Manuelas Schneiderei, gab es weniger Bestellungen und folglich weniger zu tun. In einem schmerzlichen Prozess wurden erst die Lehrmädchen, dann nach und nach die übrigen Schneiderinnen entlassen, bis schließlich nur die Inhaberin, meine Mutter und ich übrig blieben. Und als wir schließlich das letzte Kleid für die Marquesa de Entrelagos fertig genäht, die Hände in den Schoß gelegt und sechs Tage mit Radiohören zugebracht hatten, ohne dass die Türglocke Kundschaft angekündigt hätte, teilte Doña Manuela uns seufzend mit, dass sie keine andere Wahl habe, als das Geschäft zu schließen.

Inmitten der Erschütterungen jener Zeit, in der die politischen Krawalle das Parkett in den Theatern erzittern ließen und jede Regierung nur drei Vaterunser lang an der Macht blieb, fanden wir kaum Gelegenheit, das Verlorene zu beweinen. Drei Wochen, nachdem wir zur Untätigkeit verdammt worden waren, erschien Ignacio mit einem Strauß Veilchen und der guten Nachricht, dass seine Bewerbung nun endlich angenommen worden war. Unsere kleine Hochzeit würde der unsicheren Vergangenheit ein Ende setzen, und so planten wir auf dem Beistelltischchen das Ereignis. Obwohl mit dem neuen politischen Klima die Mode aufgekommen war, nur standesamtlich zu heiraten, ermunterte uns meine Mutter, in deren Seele mühelos mehrere Überzeugungen Platz hatten – ihr Leben als alleinerziehende Mutter, ihr unbeirrbarer katholischer Glaube und ihre unverbrüchliche Treue zur abgesetzten Monarchie –, kirchlich zu heiraten. In San Andrés, dem Gotteshaus in unserer unmittelbaren Nachbarschaft. Ignacio und ich willigten ein. Wie hätten wir auch dagegen sein können, ohne jene Hierarchie der Zuneigung auf den Kopf zu stellen, in der er alle meine Wünsche erfüllte und ich ohne Widerrede die meiner Mutter? Darüber hinaus hatte ich keinen gewichtigen Grund, mich dagegen auszusprechen: Meine Träume bezüglich der Feier waren bescheiden, und letztlich spielte es für mich keine Rolle, ob ich vor einem Altar mit Pfarrer und Soutane stand oder in einem Saal, in dem die dreifarbige republikanische Flagge hing.

So schickten wir uns also an, das Datum festzusetzen, und zwar bei demselben Pfarrer, der mir vierundzwanzig Jahre zuvor am achten Juni auf der Grundlage des Heiligenkalenders den Namen Sira gegeben hatte. Sabiniana, Victorina, Gaudencia, Heraclia und Fortunata standen an jenem Tag außerdem zur Wahl.

»Sira, Vater, taufen Sie das Mädchen auf den Namen Sira, der ist wenigstens kurz«, hatte meine Mutter im Alleingang entschieden. Und so wurde ich zu Sira.

Die Hochzeit würden wir mit der Familie und ein paar Freunden feiern. Mit meinem Großvater, der im Spanisch-Amerikanischen Krieg seine Beine und den Verstand verloren hatte, und der tagaus, tagein schweigend in seinem Schaukelstuhl auf dem Balkon saß. Mit Ignacios Mutter und seinen Schwestern, die aus ihrem Dorf anreisten. Mit unseren Nachbarn Engracia und Norberto, die mit ihren drei Kindern Tür an Tür mit uns lebten. Sie waren Sozialisten und standen uns nicht nur räumlich so nahe, als würde dasselbe Blut durch unsere Adern fließen. Und mit Doña Manuela, die noch einmal zu Nadel und Faden greifen würde, um mir ihre letzte Arbeit zu schenken: mein Hochzeitskleid. Unsere Gäste würden wir mit Baisertorten, süßem Málaga-Wein und Wermut verwöhnen. Vielleicht würden wir auch einen Musiker aus dem Viertel engagieren, der einen Pasodoble spielen konnte, und womöglich würde ein Porträtfotograf ein schönes Bild von uns anfertigen, das unser gemeinsames Heim schmückte, das wir vorerst noch nicht hatten und das anfänglich die Wohnung meiner Mutter wäre.

Zu jener Zeit, inmitten dieses ganzen Durcheinanders, kam Ignacio auf die Idee, ich solle mich ebenfalls für den Staatsdienst bewerben. Sein Posten bei einer Behörde hatte ihm die Augen für eine ganz neue Welt geöffnet: die der staatlichen Verwaltung. Hier taten sich den Frauen ganz andere Perspektiven auf, die nichts mit dem heimischen Herd oder der Waschküche zu tun hatten. Es war eine Welt, in der sie gemeinsam mit den Männern eine berufliche Laufbahn einschlagen konnten. Schon saßen die ersten Frauen als Abgeordnete im Kongress, im öffentlichen Leben waren die Geschlechter von nun an gleichgestellt, den Frauen wurde die Rechtsfähigkeit zuerkannt, das Recht auf Arbeit und das allgemeine Wahlrecht. Trotzdem wäre ich hundertmal lieber wieder Nähen gegangen, aber Ignacio brauchte lediglich drei Nachmittage, um mich von seinen Plänen zu überzeugen. Die alte Welt der Stoffe und Steppnähte gab es nicht mehr, ein neues Universum öffnete uns seine Pforten, man musste sich nur an den Gedanken gewöhnen. Und Ignacio höchstpersönlich würde mich darauf vorbereiten. Er kannte sämtliche Bereiche und hatte ausreichend Erfahrung in der Kunst, sich dutzende Male erfolglos zu bewerben, ohne dabei jemals die Hoffnung zu verlieren. Ich meinerseits war mir bei diesem Projekt vollkommen im Klaren darüber, dass ich nach unserer Hochzeit mit anpacken musste, um die kleine Truppe durchzubringen, die wir gemeinsam mit meiner Mutter, meinem Großvater und der künftigen Kinderschar bilden würden. Also willigte ich schließlich ein. Nachdem wir uns entschlossen hatten, fehlte uns nur eins: eine Schreibmaschine, auf der ich Tippen lernen und mich auf die unumgängliche Schreibmaschinenprüfung vorbereiten konnte. Ignacio hatte Jahre damit zugebracht, auf fremden Maschinen schreiben zu lernen, und einen Leidensweg durch triste Akademien hinter sich, in denen der Geruch nach Tinte und Schweiß hing. Er wollte mir dieses Leid ersparen, und das bestärkte ihn in dem Wunsch, uns eine eigene Maschine anzuschaffen. In den folgenden Wochen machten wir uns auf die Suche nach ihr, als handele es sich um die größte Investition unseres Lebens.

Wir prüften alle Möglichkeiten und rechneten alles immer wieder durch. Ich verstand nichts von Technik, doch mir schwebte für uns eine kleinformatige, leichte Maschine vor. Ignacio wiederum war die Größe egal. Er konzentrierte sich vielmehr auf die Preise, Lieferfristen und Mechaniken. Schon bald kannten wir sämtliche Verkaufsstellen in Madrid, verbrachten ganze Stunden vor ihren Schaufenstern und lernten die ausländischen Namen richtig auszusprechen, die entfernte Orte und Leinwandgrößen heraufbeschworen: Remington, Royal, Underwood. Wir hätten uns für irgendeine Marke entscheiden können; genauso gut für die Schreibmaschine einer amerikanischen Firma wie für die einer deutschen, aber letztlich wollten wir ein italienisches Modell aus dem Hause Hispano-Olivetti in der Calle Pi y Margall. Wie hätten wir ahnen sollen, dass wir mit diesem simplen Entschluss, mit der bloßen Tatsache, eine Türschwelle zu überschreiten, unserer gemeinsamen Zukunft den Todesstoß versetzten und unsere Lebenswege unabwendbar eine unterschiedliche Richtung nehmen würden?

2

»Ich werde Ignacio nicht heiraten.«

Bei diesen Worten erstarrte meine Mutter, und ihre Hand, mit der sie gerade eine Nadel einfädeln wollte, blieb in der Luft stehen.

»Was sagst du da, Mädchen?«, flüsterte sie. Ihre Stimme hörte sich bestürzt und ungläubig an.

»Dass ich ihn nicht mehr mag, Mutter. Ich habe mich in einen anderen verliebt.«

Sie überhäufte mich mit Vorwürfen, flehte alle Heiligen im Himmel um Intervention an und versuchte mich mit den überzeugendsten Argumenten, die ihr einfielen, von meinem Entschluss abzubringen. Als sie feststellte, dass alles nichts nützte, setzte sie sich in den Schaukelstuhl neben meinen Großvater, schlug die Hände vors Gesicht und begann zu weinen.

Ich tat, als würde mich das alles nicht berühren, und bemühte mich, meine Nervosität hinter meinen mit Entschlossenheit vorgebrachten Worten zu verstecken. Ich hatte Angst vor der Reaktion meiner Mutter: Für sie war Ignacio zu dem Sohn geworden, den sie nie gehabt hatte, mit ihm hatte ein Mann seinen Weg in unsere kleine Familie gefunden. Sie unterhielten sich gerne miteinander, harmonierten, verstanden sich. Meine Mutter kochte ihm seine Lieblingsgerichte, polierte seine Schuhe auf Hochglanz, drehte seine Sakkos auf links, wenn sie mit der Zeit unansehnlich geworden waren. Er wiederum machte ihr Komplimente, wenn er sah, mit welcher Sorgfalt sie sich um seine Kleidung für die sonntägliche Messe bemühte, brachte ihr *dulces de yema*, feines Gebäck aus Eigelb und Zucker, mit und sagte manchmal – halb im Scherz, halb im Ernst – zu ihr, sie sei hübscher als ich.

Mir war bewusst, dass mein kühner Entschluss dieses angenehme Miteinander zunichtemachen würde und dass ich damit nicht nur mein eigenes Leben auf den Kopf stellen würde, aber das ließ sich nun nicht mehr ändern. Meine Entscheidung stand unverrückbar fest: Es würde weder eine Hochzeit geben noch würde ich an Auswahlprüfungen teilnehmen, ich würde nicht auf dem Beistelltischchen Maschineschreiben lernen und niemals mit Ignacio das Bett teilen und Kinder mit ihm haben. Ich würde ihn verlassen, und keine zehn Pferde würden mich von meinem Entschluss abbringen.

Die Niederlassung von Hispano-Olivetti hatte zwei große Schaufenster, in denen man den Passanten die Produkte des Unternehmens voller Stolz wie Preziosen präsentierte. Zwischen den beiden Fenstern befand sich die verglaste Eingangstür mit einer diagonal verlaufenden Stange aus polierter Bronze. Ignacio stieß die Tür auf, und wir traten ein. Obwohl ein Glöckchen uns angekündigt hatte, erschien nicht sofort jemand, um uns zu bedienen. So standen wir befangen einige Minuten herum, sahen uns mit ehrfürchtigem Respekt um und wagten nicht einmal, die Möbel aus poliertem Holz zu berühren, auf denen jene Wunderwerke der Technik standen, unter denen wir das für unser Vorhaben am besten geeignete auswählen wollten. Im Hintergrund des großen

Ausstellungsraums befand sich ein Büro, aus dem Männerstimmen drangen.

Lange mussten wir nicht mehr warten, die Herrschaften wussten, dass Kundschaft gekommen war. Schon eilte ein dunkel gekleideter, rundlicher Mann auf uns zu, der uns liebenswürdig begrüßte und sich nach unseren Wünschen erkundigte. Ignacio begann zu reden, beschrieb dem Verkäufer, was er sich vorstellte, bat um technische Daten und Vorschläge. Daraufhin schickte sich der Angestellte an, uns kompetent die Eigenschaften jeder einzelnen ausgestellten Maschine zu erläutern. In allen Details und mit Fachausdrücken gespickt, derart ausführlich und monoton, dass ich nach zwanzig Minuten vor lauter Langeweile fast einschlief. Ignacio hingegen saugte die ihm geschilderten Informationen mit allen fünf Sinnen auf, ohne mir und allem anderen, das nichts mit den Schreibmaschinen zu tun hatte, die geringste Beachtung zu schenken. Ich beschloss, mich ein wenig abzusondern, denn mich interessierte das alles nicht im Mindesten. Was Ignacio auch auswählen würde, es wäre eine gute Wahl. Was ging mich der Anschlag an, der Hebel für den Wagenrücklauf oder der Klingelton, der den Rand ankündigte?

Also beschloss ich, mich in den anderen Bereichen des Ausstellungsraums umzusehen, um mir die Zeit zu vertreiben. Ich betrachtete die großen Plakate an den Wänden, die mit bunten Bildern und Worten in Sprachen, die ich nicht verstand, für die Produkte des Hauses warben, dann schlenderte ich zu den Schaufenstern und beobachtete die Menschen, die auf der Straße vorbeieilten. Nach einer Weile kehrte ich lustlos wieder in den hinteren Bereich des Geschäfts zurück.

Eine der Wände nahm zu einem guten Teil ein großer Schrank mit Glastüren ein. Ich betrachtete mein Spiegelbild, stellte fest, dass sich ein paar Strähnen aus meinem Haarknoten gelöst hatten, und schob sie wieder zurück. Bei der Gelegenheit kniff ich mich auch gleich in die Wangen, um ein wenig Farbe in mein gelangweiltes Gesicht zu bringen. Dann prüfte ich in aller Ruhe meine Kleidung. Ich hatte für diesen Anlass mein bestes Kostüm gewählt, schließlich hatte dieser Kauf für uns eine ganz besondere Bedeutung. Ich strich mir sorgfältig die Strümpfe glatt, rückte meinen Rock zurecht und ließ die Hände über das Revers meiner Jacke gleiten. Ich fuhr mir noch einmal durch die Haare, besah mich von vorne und von der Seite und betrachtete ausgiebig die Kopie meiner selbst, die das Spiegelglas mir zeigte. Ich probierte verschiedene Posen aus, machte ein paar Tanzschritte und setzte ein Lächeln auf. Als ich meines Anblicks überdrüssig wurde, begann ich wieder in dem Ausstellungsraum herumzuschlendern, um irgendwie die Zeit totzuschlagen, strich mit der Hand langsam über die Oberfläche der Möbel und schlängelte mich lustlos zwischen ihnen hindurch. Dem, was uns eigentlich hierher geführt hatte, schenkte ich kaum Aufmerksamkeit: Für mich unterschieden sich all diese Maschinen nur in ihrer Größe. Es gab große und robuste, auch kleinere. Einige wirkten leichter, andere schwerer, doch mir erschienen sie lediglich als dunkle Ungetüme ohne den geringsten Reiz. Gelangweilt stellte ich mich vor eine der Schreibmaschinen und tat so, als wollte ich mit dem Zeigefinger knapp über der Tastatur die Buchstaben anschlagen, die am meisten mit mir zu tun hatten. Das S, das I, das R, das A. Si-ra, wiederholte ich flüsternd.

»Ein schöner Name.«

Die männliche Stimme hinter mir klang voll und so nah, dass ich beinahe den Atem ihres Besitzers auf der Haut zu spüren meinte. Mir lief ein Schauder über den Rücken, und ich fuhr erschrocken herum.

»Ramiro Arribas«, stellte sich der Mann vor und streckte mir die Hand entgegen. Ich reagierte nicht gleich. Vielleicht weil ich es nicht gewohnt war, auf so formelle Art begrüßt zu werden. Vielleicht weil ich noch allzu sehr von seinem unerwarteten Auftritt beeindruckt war.

Wer war dieser Mann, woher war er gekommen? Er selbst gab mir die Antwort auf diese Fragen, wobei er mich unverwandt ansah.

»Ich bin der Geschäftsführer. Entschuldigen Sie, dass ich mich nicht gleich um Sie gekümmert habe. Ich habe gerade versucht, ein Ferngespräch zustande zu bringen.«

Und Sie durch die Jalousie, die das Büro vom Ausstellungsraum trennt, beobachtet, hätte er noch sagen können. Er tat es nicht, doch er ließ es durchblicken. Ich schloss es intuitiv aus seinem intensiven Blick, seiner volltönenden Stimme, aus der Tatsache, dass er zuerst auf mich und nicht auf Ignacio zugegangen war, und daraus, dass er meine Hand ungewöhnlich lange in der seinen behielt. Ich wusste, dass er mich beobachtet hatte, mir mit den Augen gefolgt war, als ich ziellos durch sein Geschäft schlenderte. Er hatte gesehen, wie ich mich vor dem verglasten Schrank zurechtgemacht, meine Frisur wieder in Ordnung gebracht, meinen Rock zurechtgerückt und meine Strümpfe glatt gestrichen hatte, wie ich mit den Händen langsam an meinen Beinen emporgefahren war. Aus dem Schutz seines Büros heraus hatte er meine wiegenden Hüften und jede einzelne meiner Bewegungen beobachtet. Er hatte mich taxiert, meine Figur und die Konturen meines Gesichts prüfend betrachtet. Er hatte mich mit dem sicheren Blick desjenigen studiert, der genau weiß, was ihm gefällt, und der gewohnt ist, seine Ziele mit der Direktheit zu erreichen, die ihm sein Verlangen diktiert. Und er hatte beschlossen, es mir zu zeigen. Noch nie, bei keinem anderen Mann hatte ich dergleichen wahrgenommen, nie hätte ich gedacht, bei einem anderen Menschen eine derart sinnliche Begierde wecken zu können. Doch ebenso wie Tiere Futter oder Gefahr wittern, mit demselben Urinstinkt erkannte mein Innerstes, dass Ramiro Arribas mich wie ein Wolf zu seiner Beute erwählt hatte.

»Ihr Gatte?«, fragte er mit einer Kopfbewegung zu Ignacio hin.

»Mein Verlobter«, stellte ich eilends klar.

Vielleicht bildete ich es mir nur ein, aber ich meinte, in seinen Mundwinkeln den Anflug eines befriedigten Lächelns wahrzunehmen.

»Wunderbar. Wenn Sie mir bitte folgen wollen.«

Er ließ mich vorangehen, und dabei schmiegte sich seine Hand an meine Taille, als hätte sie ihr Leben lang darauf gewartet. Er begrüßte Ignacio zuvorkommend, schickte den Verkäufer ins Büro und nahm die Angelegenheit mit der Leichtigkeit eines Menschen in die Hand, der mit einem Fingerschnippen die Puppen zum Tanzen bringt. Wie ein Zauberkünstler mit pomadisiertem Haar, mit kantigen Gesichtszügen, einem breiten Lächeln und einem derart imponierenden, männlich-entschlossenen Auftreten, dass mein armer Ignacio daneben wirkte, als würde er noch hundert Jahre brauchen, um sich ein solches Maß an Männlichkeit anzueignen.

Nachdem er erfahren hatte, dass wir die Schreibmaschine zu dem Zweck zu kaufen beabsichtigten, damit ich Maschineschreiben lernte, lobte er dieses Vorhaben, als wäre es eine geradezu geniale Idee. Für Ignacio war er ein kompetenter Fachmann, der technische Details und günstige Zahlungsbedingungen erläuterte. Für mich war er mehr: eine Naturgewalt, ein Magnet, meine Bestimmung.

Es dauerte eine Weile, bis alle Formalitäten besprochen waren, und unterdessen sandte Ramiro Arribas unaufhörlich Signale aus: eine unerwartete Berührung, einen Scherz, ein Lächeln, doppeldeutige Worte und Blicke, die mich wie eine Lanze durchbohrten. Ignacio, ganz von seinen eigenen Dingen in Anspruch genommen, nahm überhaupt nicht wahr, was vor seinen Augen vor sich ging, und entschied sich schließlich für die Lettera 35, eine Reiseschreibmaschine mit runden weißen Tasten, in die sich die Buchstaben des Alphabets so elegant einfügten, als wären sie mit einem Stichel eingraviert.

»Eine ausgezeichnete Entscheidung«, bemerkte der Geschäftsführer zum Schluss und lobte Ignacios kluge Wahl, als hätte dieser ganz allein entschieden und nicht er ihn mit dem Geschick des gewieften Verkäufers beeinflusst. »Entschieden die beste Wahl für so zarte Finger wie die Ihrer Verlobten. Darf ich mal sehen, Señorita?«

Ich reichte ihm schüchtern meine Hand. Zuvor suchte ich mit einem raschen Blick Ignacios Einverständnis zu erlangen, doch dieser hatte sich bereits abgewandt und beschäftigte sich wieder mit dem Mechanismus der Schreibmaschine. Ramiro Arribas streichelte mich aufreizend langsam, Finger um Finger, und mit einer Dreistigkeit angesichts der Arglosigkeit meines Verlobten, mit einer Sinnlichkeit, von der ich eine Gänsehaut bekam und die meine Beine erzitterten ließ. Er ließ meine Hand erst los, als Ignacio den Blick wieder hob und sich erkundigte, wie man den Kauf der Lettera 35 nun abwickeln solle. Die beiden vereinbarten eine Anzahlung von fünfzig Prozent des Kaufpreises noch am selben Nachmittag; der Rest sollte am folgenden Tag beglichen werden.

»Wann bekommen wir die Schreibmaschine?«, fragte Ignacio schließlich.

Ramiro Arribas blickte auf seine Uhr.

»Unser Laufbursche erledigt gerade einige Aufträge und wird heute Nachmittag nicht mehr zurückkommen. Ich fürchte, vor morgen werden wir keine neue besorgen können.«

»Und diese hier? Können wir nicht gleich diese Maschine mitnehmen?«, drängte Ignacio, der die Angelegenheit möglichst bald abschließen wollte. Nachdem er sich für das Modell entschieden hatte, erschien ihm alles andere als lästige Formalitäten.

»Auf keinen Fall, ich bitte Sie! Ich kann nicht zulassen, dass Señorita Sira eine Maschine bekommt, auf der schon andere Kunden herumgespielt haben. Morgen früh, gleich wenn wir öffnen, habe ich eine neue hier, mit Schutzhülle und originalverpackt. Wenn Sie mir Ihre Adresse geben«, sagte er an mich gewandt, »werde ich mich persönlich darum kümmern, dass Sie die Maschine noch vor Mittag erhalten.«

»Wir holen sie selbst ab«, unterbrach ich ihn. Instinktiv spürte ich, dass dieser Mann zu allem fähig war, und bei dem Gedanken, dass er vor meiner Mutter stehen und nach mir fragen könnte, geriet ich in Panik.

»Ich könnte erst nachmittags vorbeikommen, ich muss arbeiten«, erklärte Ignacio. Noch während er redete, schien sich ein unsichtbarer Strick um seinen Hals zu legen. Ramiro brauchte nur noch ein wenig daran zu ziehen, und er würde ihm die Luft abschnüren.

»Und Sie, Señorita?«

»Ich bin nicht berufstätig«, antwortete ich, ohne ihn anzusehen.

»Wenn Sie dann bitte bezahlen möchten«, schloss er in beiläufigem Ton.

Ich wusste nicht, wie ich sein Angebot ablehnen sollte, und Ignacio ahnte nicht im Entferntesten, was dieser scheinbar so belanglose Vorschlag letztlich für uns bedeuten sollte. Ramiro Arribas geleitete uns zur Tür und verabschiedete uns mit einer Herzlichkeit, als hätte das Unternehmen in seiner ganzen Firmengeschichte keine besseren Kunden gesehen. Mit der linken Hand klopfte er meinem Verlobten kräftig auf den Rücken, mit der rechten drückte er wieder meine Hand. Und für jeden hatte er noch ein paar Worte zum Abschied.

»Dass Sie zu Hispano-Olivetti gekommen sind, war eine ausgezeichnete Entscheidung, Ignacio, glauben Sie mir. Ich versichere Ihnen, dass Sie noch lange an diesen Tag denken werden.

Und Sie, Sira, kommen bitte morgen gegen elf Uhr. Ich werde Sie erwarten.«

In dieser Nacht wälzte ich mich schlaflos im Bett hin und her. Es war Wahnsinn, und noch war es nicht zu spät, mich zu retten. Ich musste nur entscheiden, nicht mehr in das Geschäft zu gehen. Ich konnte bei meiner Mutter zu Hause bleiben, ihr beim Bettenmachen helfen und den Fußboden mit Leinöl abreiben, mit den Nachbarinnen auf der Plaza ein Schwätzchen halten und danach auf dem Mercado de la Cebada ein Viertelpfund Kichererbsen oder ein schönes Stück Stockfisch kaufen. Ich konnte warten, bis Ignacio aus dem Ministerium zurückkam und mit irgendeiner simplen Lüge begründen, warum ich die Schreibmaschine nicht abgeholt hatte: dass ich Kopfschmerzen gehabt hätte, dass ich dachte, es werde gleich anfangen zu regnen. Ich konnte mich nach dem Essen ein Weilchen hinlegen und für einige Stunden ein diffuses Unwohlsein vorschützen. Dann würde Ignacio allein hingehen, beim Geschäftsführer die noch ausstehende Summe begleichen, die Schreibmaschine in Empfang nehmen – und damit wäre die Sache erledigt. Wir hätten nichts mehr mit Ramiro Arribas zu tun, unsere Wege würden sich niemals mehr kreuzen. Mit der Zeit würden wir seinen Namen vergessen und unser Leben weiterleben. Als hätte er niemals mit einer Sinnlichkeit, die mir einen Schauder über den Rücken laufen ließ, meine Finger gestreichelt, als hätte er mich nicht, verborgen hinter einer Jalousie, mit Blicken verschlungen. Es war so einfach, so leicht. Und ich wusste es.

Ich wusste es, ja, tat aber, als wüsste ich es nicht. Am nächsten Tag wartete ich, bis meine Mutter aus dem Haus ging, um ihre Besorgungen zu machen. Sie sollte nicht sehen, wie ich mich herausputzte. Sie hätte geahnt, dass ich etwas im Schilde führte, wenn sie mich dabei ertappt hätte. Sobald ich die Tür hinter ihr zufallen hörte, begann ich mich hastig zurechtzumachen. Ich wusch mich, betupfte mich mit Lavendelwasser, erhitzte die Lockenschere über dem Feuer, bügelte meine einzige Seidenbluse und nahm die Strümpfe von der Leine, auf der sie in der kühlen Nachtluft zum Trocknen gehangen hatten. Es waren dieselben Strümpfe wie am Tag zuvor, ich besaß keine anderen. Ich zwang mich, ruhiger zu werden, und streifte sie sorgfältig über, damit sie in der Eile keine Laufmasche bekamen. Und jede dieser mechanischen, in der Vergangenheit tausendfach wiederholten Bewegungen hatte an jenem Tag zum ersten Mal einen ganz bestimmten Adressaten, einen Zweck und ein Ziel: Ramiro Arribas. Für ihn kleidete ich mich an, für ihn parfümierte ich mich, damit er mich anschaute, damit er mich roch, damit er mich wieder berührte und sich in meine Augen versenkte. Für ihn wollte ich mein Haar, mein glänzendes langes Haar, das mir bis halb auf den Rücken reichte, offen tragen. Für ihn schnallte ich den Gürtel in der Taille so eng, dass ich kaum mehr atmen konnte. Für ihn, alles nur für ihn.

Ich ging schnellen Schrittes durch die Straßen, ohne auf die begehrlichen Blicke und groben Anzüglichkeiten zu achten. Ich zwang mich, nicht nachzudenken: Ich wollte die Tragweite meines Handelns nicht ermessen, ich wollte keinen Gedanken daran verschwenden, ob dieser Weg mich an die Pforte des Paradieses führte oder geradewegs ins Verderben. Ich ging die Costanilla de San Andrés hinunter, überquerte die Plaza de los Carros und steuerte durch die Cava Baja auf die Plaza Mayor zu. In zwanzig Minuten hatte ich die Puerta del Sol erreicht, in weniger als einer halben Stunde begegnete ich meinem Schicksal.

Ramiro erwartete mich bereits. Kaum erkannte er meine Silhouette an der Eingangstür, beendete er sein Gespräch mit einem anderen Angestellten, griff sich Hut und Trenchcoat und kam eilends auf mich zu. Als er vor mir stand, wollte ich ihm sagen, dass ich das Geld in meiner Handtasche hatte, dass Ignacio ihn grüßen ließ, dass ich vielleicht schon am Nachmittag beginnen würde, auf der Maschine zu üben. Doch er ließ mich nicht, begrüßte mich nicht einmal. Er lächelte nur, eine Zigarette im Mundwinkel, berührte mich flüchtig am unteren Ende meines Rückens und sagte: »Gehen wir«. Und ich ging mit ihm.

Der Ort, den er ausgewählt hatte, hätte nicht harmloser sein können. Er führte mich ins Café Suizo. Nachdem ich mit Erleichterung feststellte, dass ich in dieser Umgebung wohl nichts zu befürchten hatte, glaubte ich, dass es vielleicht doch noch eine Rettung für mich geben könnte. Ich dachte sogar, während er einen Tisch suchte und mich bat, Platz zu nehmen, dieses Treffen sei vielleicht nur eine besondere Aufmerksamkeit gegenüber einer Kundin. Mich beschlich sogar der Verdacht, seine dreisten Avancen könnten nichts weiter gewesen sein als eine Ausgeburt meiner überbordenden Fantasie. Aber dem war nicht so. Trotz der unverfänglichen Umgebung geriet ich bei unserer zweiten Begegnung erneut an den Rand des Abgrunds.

»Seit du gestern gegangen bist, habe ich ununterbrochen an dich gedacht«, flüsterte er mir ins Ohr, kaum dass wir uns gesetzt hatten.

Ich fühlte mich zu keiner Entgegnung fähig, die Worte gelangten gar nicht erst in meinen Mund, wie Zucker in Wasser lösten sie sich an irgendeiner Stelle im Gehirn auf. Wieder nahm er meine Hand und streichelte sie wie am Tag zuvor, ohne den Blick von ihr zu wenden.

»Sie sind ein bisschen rau hier und da. Sag, was haben diese Finger gemacht, bevor sie zu mir kamen?«

Seine Stimme klang ganz nah und sinnlich, fern die Geräusche um uns herum: das helle Klirren von Glas, der dumpfe Klang von Steingut, wenn es mit einer marmornen Tischplatte in Berührung kam, das Gemurmel der morgendlichen Unterhaltungen und die Stimmen der Kellner, die an der Theke ihre Bestellungen aufgaben.

»Nähen«, flüsterte ich, ohne ihn anzusehen.

»Du bist also Schneiderin.«

»Ich war es. Inzwischen nicht mehr.« Endlich hob ich den Blick. »In letzter Zeit gibt es nicht viel zu tun«, fügte ich hinzu.

»Deshalb willst du jetzt Maschinenschreiben lernen.«

Er schlug einen freundschaftlichen, vertrauten Ton an, als würde er mich kennen, als hätten unsere Seelen seit Anbeginn der Zeit aufeinander gewartet.

»Mein Verlobter meint, ich solle mich auf die Auswahlprüfungen zum Staatsdienst vorbereiten, damit ich dort eine Stelle bekomme, so wie er«, sagte ich ein wenig verschämt.

Der Kellner brachte unsere Getränke, und es entstand eine Pause. Für mich eine Tasse heiße Schokolade, für Ramiro einen Kaffee, schwarz wie die Nacht. Ich nutzte die Unterbrechung unseres Gesprächs, um ihn zu betrachten, während er ein paar Sätze mit dem Kellner wechselte. Er trug einen anderen Anzug als am Tag zuvor, ein anderes makelloses Hemd. Er besaß elegante Umgangsformen, und trotz dieser Eleganz, die den Männern in meiner Umgebung so fremd war, war er gleichzeitig mit jeder Faser seines Körpers der Inbegriff von Männlichkeit: wenn er an der Zigarette zog, wenn er den Krawattenknoten zurechtrückte, wenn er seine Brieftasche aus der Hosentasche holte oder wenn er die Kaffeetasse zum Mund führte.

»Und warum will eine Frau wie du ihr Leben lang in einem Ministerium sitzen, wenn die Frage nicht zu indiskret ist?«, wollte er wissen, nachdem er den ersten Schluck Kaffee getrunken hatte.

Ich zuckte die Achseln.

»Damit wir uns ein besseres Leben leisten können, denke ich.«

Wieder beugte er sich zu mir, wieder drang mir seine sinnliche Stimme ins Ohr.

»Willst du wirklich ein besseres Leben, Sira?«

Ich nahm einen Schluck von meiner Schokolade, um nicht antworten zu müssen.

»Du hast dich bekleckert, komm, ich mache es weg«, sagte er.

Und er umfasste mein Kinn mit seiner Hand, sodass sie meine Knochen umschmiegte, als wäre sie und keine andere die Form, nach der ich gestaltet worden war. Dann legte er den Daumen an die Stelle am Mundwinkel, wo angeblich der Schokoladentropfen hing, und streichelte mich dort sanft, ohne jede Eile. Ich wehrte mich nicht dagegen: Eine Mischung aus Angst und Lust machte mich unfähig zu jeder Bewegung.

»Hier ist auch noch etwas«, murmelte er mit heiserer Stimme und strich mit dem Daumen über eine andere Stelle.

Eine Stelle an meiner Unterlippe wurde mir zum Verhängnis. Er wiederholte die Liebkosung. Noch langsamer, noch sanfter. Mir lief ein Schauder über den Rücken und ich krallte die Finger in den Samtbezug des Sessels.

»Und hier auch«, fuhr er fort. Und dann liebkoste er meinen ganzen Mund, Millimeter für Millimeter, von einer Seite zur anderen, rhythmisch, langsam, noch langsamer. Ich war nahe daran, vor Glückseligkeit zu vergehen, ein Gefühl, das ich mir nicht erklären konnte. Es war mir gleichgültig, ob alles gelogen war und sich an meinen Lippen nicht das kleinste Tröpfchen Schokolade fand. Es war mir gleichgültig, dass am Nebentisch drei ehrenwerte alte Herren ihre angeregte Unterhaltung unterbrachen, um die Szene mit begehrlichem Blick zu verfolgen. Vermutlich wünschten sie sich nichts sehnlicher, als dreißig Jahre jünger zu sein.

Dann fiel eine Schar lärmender Studenten in das Café ein, und durch die Unruhe und ihr Gelächter war die Magie des Augenblicks mit einem Mal zerstört, geplatzt wie eine Seifenblase. Und plötzlich, als wäre ich aus einem Traum erwacht, wurden mir mit einem Schlag verschiedene Dinge bewusst: dass ich noch immer festen Boden unter den Füßen hatte, dass in meinen Mund gleich der Finger eines fremden Mannes eindringen würde, dass an meinem linken Oberschenkel eine Hand begehrlich nach oben wanderte und dass ich im Begriff war, mich kopfüber ins Verderben zu stürzen. Nun, da ich wieder Herrin meiner Sinne war, sprang ich auf und stieß, als ich hastig nach meiner Handtasche griff, das Glas Wasser um, das der Kellner mir zu meiner Schokolade gebracht hatte.

»Hier haben Sie das Geld für die Schreibmaschine. Heute noch, am späten Nachmittag, wird mein Verlobter sie abholen«, sagte ich mit gepresster Stimme und legte das Bündel Geldscheine hastig auf den Tisch.

Er packte mein Handgelenk.

»Geh nicht, Sira, sei nicht böse auf mich.«

Ich riss mich los. Ohne ihn anzusehen, ohne mich zu verabschieden, drehte ich mich um und machte mich in bemüht würdevoller Haltung auf den Weg zur Tür. Erst da wurde mir bewusst, dass ich das Glas Wasser umgestoßen hatte, denn mein linkes Bein war ganz nass.

Er folgte mir nicht. Wahrscheinlich spürte er intuitiv, dass es keinen Sinn hatte. Er blieb an seinem Platz sitzen, doch als ich schon ein ganzes Stück entfernt war, schickte er mir einen letzten Pfeil hinterher.

»Komm mal wieder vorbei. Du weißt ja, wo du mich findest.«

Ich tat, als hörte ich ihn nicht, schob mich noch rascher durch die herumstehenden Studenten zur Tür und verschwand im Treiben, das auf der Straße herrschte.

Acht Tage lang legte ich mich mit der Hoffnung schlafen, dass am nächsten Morgen alles anders sein würde, und acht Mal wachte ich am folgenden Morgen mit dem gleichen Gedanken auf: Ramiro Arribas. Die Erinnerung an ihn überfiel mich zu jeder beliebigen Zeit, immer musste ich an ihn denken, jede Minute: wenn ich das Bett machte, mir die Nase putzte, eine Orange schälte oder Stufe um Stufe die Treppe hinunterging – ständig hatte ich ihn vor Augen.

Ignacio und meine Mutter waren unterdessen mit den Hochzeitsvorbereitungen beschäftigt. Ich aber konnte ihre Vorfreude nicht teilen. Nichts freute mich, nichts weckte auch nur das geringste Interesse bei mir. Es werden die Nerven sein, dachten sie. Ich bemühte mich inzwischen, mir Ramiro aus dem Kopf zu schlagen, damit ich mich nicht mehr an seine Stimme an meinem Ohr erinnerte, an seinen Daumen, der zärtlich über meinen Mund strich, an seine Hand, die meinen Oberschenkel hinaufwanderte, und an jene letzten Worte, die er mir nachschickte, als ich ihm im Café den Rücken zukehrte und ging, überzeugt, dass ich diesem Wahnsinn damit ein Ende machen würde. »Komm mal wieder vorbei, Sira. Komm vorbei.«

Ich kämpfte mit aller Macht dagegen an. Ich kämpfte und verlor. Es gelang mir nicht, der rasenden Leidenschaft, die jener Mann mich hatte fühlen lassen, ein Mindestmaß an Vernunft entgegenzusetzen. So sehr ich auch danach suchte, ich fand nichts, was mir Kraft gegeben hätte, woran ich mich hätte festhalten können, damit es mich nicht immer weiter zu ihm hinzog. Weder mein zukünftiger Mann, den ich in weniger als einem Monat heiraten sollte, noch meine rechtschaffene Mutter, die sich so viel Mühe gegeben hatte, mich zu einer anständigen und verantwortungsbewussten Frau zu erziehen. Nicht einmal die Tatsache konnte mich bremsen, dass ich kaum etwas über jenen Fremden wusste und keine Ahnung hatte, welches Schicksal mich an seiner Seite erwartete.

Neun Tage nach dem ersten Besuch bei Hispano-Olivetti ging ich erneut hin. Wie bei den Malen zuvor begrüßte mich wieder das Glöckchen über der Tür. Kein dicker Verkäufer eilte herbei, um nach meinen Wünschen zu fragen, kein Ladendiener, kein anderer Angestellter. Nur Ramiro empfing mich.

Ich ging mit, wie ich hoffte, festem Schritt auf ihn zu und hatte mir schon zurechtgelegt, was ich sagen wollte. Doch ich kam nicht dazu. Er ließ mich nicht. Sobald ich vor ihm stand, packte er mich im Nacken und drückte mir einen so heftigen, so sinnlichen und langen Kuss auf den Mund, dass mein Körper vor Überraschung vollkommen wehrlos war, drauf und dran, dahinzuschmelzen und sich in eine Lache zuckersüßer Melasse zu verwandeln.

Ramiro Arribas war vierunddreißig Jahre alt, hatte eine bewegte Vergangenheit und eine derartige Verführungskraft, dass nicht einmal eine Mauer aus Beton ihr hätte Widerstand leisten können. Zuerst: Anziehung, Zweifel und Angst. Dann: abgründige Leidenschaft. Ich sog begierig die Luft ein, die er atmete, und an seiner Seite schwebte ich zwei Handbreit über dem Straßenpflaster. Meinetwegen hätten die Flüsse über die Ufer treten, die Häuser einstürzen und die Straßen von der Landkarte verschwinden, hätten sich Himmel und Erde vereinen und das Universum mir vor die Füße fallen können – es hätte mich nicht gekümmert, solange nur Ramiro bei mir war.

Ignacio und meine Mutter begannen zu argwöhnen, dass etwas Ungewöhnliches mit mir geschah, etwas, das über die simple Angespanntheit angesichts der bevorstehenden Hochzeit hinausging. Aber sie kamen nicht dahinter, warum ich so aufgeregt war, und fanden keine Erklärung für meine ständige Geheimnistuerei, für meine überstürzten Ausflüge und das hysterische Lachen, das ich bisweilen nicht unterdrücken konnte. Es gelang mir nur einige wenige Tage, dieses Doppelleben zu führen, doch das genügte, um zu erkennen, wie die Waage mit jeder Minute mehr aus der Balance geriet, wie sich das Gewicht immer mehr zu Ramiros Gunsten verschob. Es dauerte keine Woche, bis ich wusste, dass ich mich von meinem alten Leben lossagen und mich ins kalte Wasser stürzen musste. Der Moment war gekommen, einen Schlussstrich zu ziehen, meine Vergangenheit hinter mir zu lassen.

Am späten Nachmittag stand Ignacio vor der Tür.

»Warte auf der Plaza auf mich«, flüsterte ich ihm durch den Türspalt zu. Meiner Mutter hatte ich es beim Essen gesagt, jetzt durfte ich auch ihn nicht mehr im Unklaren lassen. Fünf Minuten später – ich hatte mir noch die Lippen nachgezogen – ging ich hinunter, in der einen Hand meine neue Handtasche, in der anderen die Lettera 35. Er erwartete mich auf derselben Bank wie immer, auf jenem Stück kalten Steins, wo wir so viele Stunden damit verbracht hatten, eine gemeinsame Zukunft zu planen, die es nun nicht mehr geben würde.

»Du hast einen anderen, stimmt's?«, fragte er, als ich mich neben ihn setzte. Er sah mich nicht an, sondern hielt den Blick auf den Boden gerichtet, auf die staubige Erde, die er mit einer Schuhspitze hin und her schob.

Ich nickte. Ein entschiedenes, wenn auch stummes Ja. »Wer ist es?«, wollte er wissen. Ich sagte es ihm. Um uns herum ging das Leben geräuschvoll weiter wie zuvor: Kinder lärmten, Hunde bellten, Fahrradfahrer klingelten, die Glocken von San Andrés riefen zur letzten Messe, die Räder der Fuhrwerke polterten über das Pflaster, die müden Maultiere waren auf dem Weg zum Stall. Es dauerte eine Weile, bis Ignacio wieder etwas sagte. Er spürte wohl eine derartige Entschlossenheit, eine derartige Sicherheit hinter meiner Entscheidung, dass er sich nicht einmal seine Bestürzung anmerken ließ. Er dramatisierte nichts, er verlangte keine Erklärung. Er machte mir weder Vorwürfe noch bat er mich, meine Gefühle noch einmal zu überprüfen. Er sagte nur noch einen einzigen Satz, langsam, als müsste er ihn sich Wort für Wort abringen.

»Er wird dich niemals so lieben wie ich.«

Dann stand er auf, nahm die Schreibmaschine und ging damit fort. Ich sah ihm nach, wie er sich im trüben Licht der Straßenlaternen entfernte. Vielleicht musste er sich sehr zusammennehmen, um sie nicht auf dem Boden zu zerschmettern.

Ich blickte ihm nach, wie er von meiner Plaza fortging, bis seine Gestalt sich in der Ferne verlor, bis ich ihn an dem früh hereinbrechenden Herbstabend nicht mehr sehen konnte. Und ich wäre gerne noch eine Weile sitzen geblieben, um über sein Fortgehen zu weinen, diesen kurzen und traurigen Abschied zu beklagen, um mir Vorwürfe zu machen, dass ich unsere hoffnungsvollen Zukunftspläne zerstört hatte. Doch ich konnte es nicht. Ich vergoss keine einzige Träne und machte mir auch nicht die geringsten Vorwürfe. Kaum eine Minute nachdem er aufgestanden war, erhob auch ich mich von der Bank und ging. Ich ließ mein Viertel hinter mir, meine Familie, meine kleine Welt – für immer. Zurück blieb meine ganze Vergangenheit, während ich mich auf den Weg in einen neuen Abschnitt meines Lebens machte. Eines Lebens, das ich mir strahlend hell vorstellte und von dem ich mir vorerst nicht mehr erwartete, als selig in Ramiros Armen zu liegen.

3

Mit Ramiro lernte ich ein anderes Leben kennen. Ich löste mich von meiner Mutter und erfuhr, wie es ist, mit einem Mann zusammenzuleben und ein Dienstmädchen zu haben. Wie es ist, von dem Wunsch beseelt zu sein, ihm jederzeit zu gefallen, und kein anderes Ziel zu kennen, als ihn glücklich zu machen. Und ich lernte ein anderes Madrid kennen: das der eleganten Lokale und angesagten Clubs, der Varietés und Restaurants. Das Madrider Nachtleben. Cocktails im Negresco, in der Granja del Henar, im Bakanik. Filmpremieren im Real Cinema mit Kinoorgel, Mary Pickford auf der Leinwand, während Ramiro mir Pralinen in den Mund schob und ich mit meinen Lippen seine Fingerkuppen leicht berührte, nahe daran, vor Liebe zu vergehen. Die Flamenco-Tänzerin Carmen Amaya im Teatro Fontalba, die Sängerin Raquel Meller im Maravillas. Flamenco in der Villa Rosa, Kabarett im Palacio del Hielo. Es war ein brodelndes und lärmendes Madrid, durch das Ramiro und ich uns bewegten, als gäbe es kein Gestern und kein Morgen. Als müssten wir die ganze Welt in einem Atemzug auskosten, für den Fall, dass die Zukunft vielleicht nie käme.

Was hatte Ramiro, was gab er mir, dass ich innerhalb weniger Wochen mein Leben völlig auf den Kopf stellte? Auch heute, so viele Jahre später, kann ich ohne lange nachzudenken alles aufzählen, was mich an ihm faszinierte. Und ich bin felsenfest davon überzeugt: Wenn ich hundertmal geboren worden wäre, hätte ich mich hundertmal genauso in ihn verliebt, wie ich es damals tat. Ramiro Arribas, unwiderstehlich, weltgewandt, zum Umfallen schön. Sein kastanienfarbenes, sorgfältig nach hinten gekämmtes Haar, sein durch und durch maskulines Auftreten, sein nie versiegender Optimismus und seine Selbstsicherheit, die er vierundzwanzig Stunden am Tag sieben Tage die Woche ausstrahlte. Einfallsreich und sinnlich, den politischen Turbulenzen jener Zeit gegenüber gleichgültig, als wäre sein Königreich nicht von dieser Welt. Mit vielen befreundet, ohne sich ernsthaft für einen zu interessieren, Erbauer prächtiger Luftschlösser, hatte stets das rechte Wort zur rechten Zeit parat, fand für jede Gelegenheit die richtige Geste. Dynamisch, großzügig, unangepasst. Heute Geschäftsführer einer italienischen Schreibmaschinenfirma, gestern Repräsentant eines deutschen Automobilherstellers, vorgestern etwas anderes, nicht minder Eindrucksvolles, und was morgen sein würde, das wusste allein der liebe Gott.

Was sah Ramiro in mir, dass er sich ausgerechnet in eine kleine Schneiderin vernarrte, die im Begriff war, einen Beamten ohne jeden Ehrgeiz zu heiraten? »Die wahre Liebe«, schwor er mir tausendfach. Natürlich hatte es vor mir schon andere Frauen in seinem Leben gegeben. »Wie viele?«, wollte ich wissen. »Einige, aber keine war wie du.« Und dann küsste er mich, und ich glaubte, ohnmächtig zu werden. Und genauso könnte ich auch heute noch aufzählen, was ihm an mir gefiel, denn ich erinnere mich an alle seine Äußerungen zu meiner Person. »Die explosive Mischung aus kindlich anmutender Naivität gepaart mit dem Auftreten einer Göttin«, sagte er. »Ein ungeschliffener Diamant«, beteuerte er. Bisweilen behandelte er mich wie ein Kind, und dann wurden aus den zehn Jahren Altersunterschied Jahrhunderte. Er kam meinen Launen zuvor, überraschte mich stets aufs Neue mit den unglaublichsten Einfällen. Kaufte mir Seidenstrümpfe, Cremes und Parfums, Eisbecher mit Chirimoya-, Mango- und Kokosnuss-Eis. Er unterwies mich, wie man mit Besteck umging, seinen Morris fuhr, die Speisekarten der Restaurants entschlüsselte und Zigarettenrauch inhalierte. Er erzählte mir von Menschen aus seiner Vergangenheit und von Künstlern, denen er begegnet war, erinnerte sich an alte Freunde und träumte von den fantastischen Möglichkeiten, die uns in irgendeinem fernen Winkel der Erde erwarteten. Zeichnete Weltkarten und ließ mich erwachsen werden. Doch bisweilen verschwand jenes Mädchen, und dann war ich ganz Frau, und es störten ihn weder mein mangelndes Wissen noch meine geringe Lebenserfahrung: Er begehrte mich, verehrte mich, so wie ich war, und klammerte sich an mich, als sei mein Körper sein einziger Halt.

Ich zog gleich zu ihm, in seinen Männerhaushalt an der Plaza de las Salesas. Ich brachte nicht viel mit, als würde mein Leben neu beginnen, als wäre ich eine andere und noch einmal geboren worden. Mein ungestümes Herz und ein paar andere Dinge, die ich obendrauf packte, waren die einzigen Habseligkeiten, die ich in seine Wohnung mitnahm. Hin und wieder kehrte ich in mein altes Zuhause zurück, um meine Mutter zu besuchen. Zu jener Zeit nähte sie daheim auf Bestellung, allerdings war es nur wenig, sodass es gerade zum Überleben reichte. Sie mochte Ramiro nicht, missbilligte die Art, wie er mit mir umging. Sie warf ihm vor, mich ungeniert verschleppt, sein Alter und seine Position ausgenutzt zu haben, um mich zu umgarnen und mich zu zwingen, alle Bindungen zu kappen. Es gefiel ihr nicht, dass ich unverheiratet mit ihm zusammenlebte, dass ich Ignacio verlassen hatte und nicht mehr dieselbe war. Sosehr ich es auch versuchte, es gelang mir nicht, sie davon zu überzeugen, dass er mich in keiner Weise zu meinem Tun hatte überreden müssen, dass es allein unsere unbändige Liebe füreinander war, die mich zu ihm geführt hatte. Unsere Auseinandersetzungen wurden von Mal zu Mal heftiger: Wir machten uns erbitterte Vorwürfe und zerfleischten uns gegenseitig. Auf jeden ihrer Seitenhiebe reagierte ich mit einer frechen Bemerkung, auf jede ihrer Anschuldigungen mit noch mehr Verachtung. Kaum ein Treffen endete ohne Tränen, Geschrei und Türenknallen, und meine Besuche fielen jedes Mal noch kürzer, noch kühler aus. Meine Mutter und ich entfremdeten uns immer mehr.

Bis von ihrer Seite eine Annäherung erfolgte. Eigentlich fungierte sie bei dem Ganzen nur als Mittlerin, doch damit gab sie – wie hätten wir überhaupt auf den Gedanken kommen sollen? – unserem Leben eine neue Richtung. Eines Tages tauchte sie mitten am Vormittag vor Ramiros Wohnung auf. Er war nicht zu Hause, und ich schlief noch. Am Abend zuvor waren wir ausgegangen und hatten uns eine Aufführung mit der Schauspielerin Margarita Xirgu im Teatro de la Comedia angesehen, anschließend gingen wir ins Le Cock. Wir kamen erst gegen vier Uhr früh ins Bett, sodass ich, erschöpft wie ich war, nicht mehr die Energie aufgebracht hatte, mir die Schminke, die ich seit Neuestem benutzte, abzuwaschen. Um zehn hörte ich im Halbschlaf, wie Ramiro ging und später Prudencia, unser Dienstmädchen, kam, um Ordnung in unser häusliches Durcheinander zu bringen. Im Halbschlaf hörte ich, wie sie Milch und Brot holen ging und kurz darauf, dass es an der Tür läutete. Ich dachte, Prudencia habe wieder einmal den Hausschlüssel vergessen. Schlaftrunken stand ich auf und machte mich missmutig auf den Weg zur Tür, an der es beharrlich weiterklingelte, und rief: »Ich komme schon!« Ja, ich machte mir nicht einmal die Mühe, etwas überzuziehen: Prudencia, dieser Trampel, war solcher Mühe nicht wert. Verschlafen öffnete ich, doch vor mir stand nicht Prudencia, sondern meine Mutter. Ich wusste nicht, was ich sagen sollte. Sie anfänglich auch nicht. Sie beschränkte sich darauf, mich von oben bis unten zu mustern, wobei ihre Aufmerksamkeit vor allem meinem zerwühlten Haar, der verlaufenen Wimperntusche unter meinen Augen, den Lippenstiftresten um meinem Mund und dem Nachthemd galt, das mehr nackte Haut preisgab, als ihre Auffassung von Schicklichkeit es zuließ. Ich war nicht fähig, ihrem Blick standzuhalten, und auch nicht, ihr die Stirn zu bieten. Vielleicht, weil ich durch das späte Zubettgehen noch benommen war. Vielleicht, weil mich ihr betont zur Schau gestellter Gleichmut entwaffnete.

»Komm herein, bleib doch nicht an der Tür stehen«, sagte ich, wobei ich versuchte, das Unbehagen, das mir ihr unerwarteter Besuch bereitete, zu kaschieren.

»Nein, ich kann nicht, ich bin auf dem Sprung und nur vorbeigekommen, um dir etwas auszurichten.«

Die Situation war derart angespannt und verkrampft, dass ich niemals geglaubt hätte, so etwas tatsächlich zu erleben, wenn ich nicht selbst dabei gewesen wäre. Meine Mutter und ich, so viel wir auch miteinander erlebt hatten und so ähnlich wir uns in vielerlei

Hinsicht waren, schienen uns auf einmal in zwei Fremde verwandelt zu haben, die sich misstrauisch wie Straßenköter aus gehörigem Abstand beäugten.

Sie blieb im Eingang stehen, mit ernster Miene, stocksteif, das Haar straff nach hinten zu einem Dutt zusammengefasst, in dem schon die ersten grauen Strähnen schimmerten. Aufrecht und würdevoll stand sie da, mit hochgezogenen Augenbrauen, die ihren abschätzigen Blick noch unterstrichen. In gewisser Weise eine elegante Erscheinung trotz der Einfachheit ihrer Kleidung. Nachdem sie mich ausführlich gemustert hatte, begann sie schließlich zu sprechen. Doch anders als ich befürchtet hatte, ging es nicht darum, mich oder mein Äußeres zu kritisieren.

»Ich komme, um dir eine Nachricht zu überbringen, eine Bitte, die nicht von mir stammt. Du kannst ihr nachkommen oder sie abschlagen, ganz wie du willst. Aber ich glaube, dass du ja sagen solltest. Überleg es dir. Und denk daran: Besser spät als nie.«

Sie trat nicht über die Schwelle, und ihr Besuch dauerte auch nicht mehr sehr viel länger als eine Minute. Genug, um mir eine Adresse zu nennen und eine Uhrzeit – noch am gleichen Nachmittag. Und schon wandte sie sich – ohne eine Geste des Abschieds – zum Gehen. Es wunderte mich, dass das schon alles gewesen sein sollte, doch ich musste nicht allzu lange auf das dicke Ende warten.

»Und wasch dir das Gesicht, kämm dich und zieh dir was an. Du siehst aus wie eine Nutte.«

Während des Mittagessens berichtete ich Ramiro von meinem erstaunlichen Erlebnis. Ich sah keinen Sinn in dem Ganzen, hatte nicht die geringste Ahnung, was der Grund für dieses unerwartete Ansinnen sein konnte, war misstrauisch. Ich bat ihn, mich zu begleiten. »Wohin?« »Meinen Vater kennenlernen.« »Warum?« »Weil er darum gebeten hat.« »Wozu?« Und wenn ich zehn Jahre darüber nachgegrübelt hätte, wäre es mir nicht im Entferntesten gelungen, den Grund zu benennen.

Es blieb mir also nichts anderes übrig, als mich mit meiner Mutter gleich nach dem Mittagessen bei der angegebenen Adresse einzufinden: Hermosilla 19. Eine sehr vornehme Straße, ein sehr vornehmes Haus. Eines jener Gebäude, in denen ich früher die fertig genähten Kleider abgeliefert hatte. Ich hatte mich dem Anlass entsprechend sorgfältig zurechtgemacht und trug ein blaues Wollkleid, einen dazu passenden Mantel und einen kleinen Hut mit drei Federn, der anmutig und schräg über meinem linken Ohr saß. Das alles hatte natürlich Ramiro bezahlt. Und es waren die ersten Kleidungsstücke überhaupt, die weder meine Mutter noch ich selbst genäht hatten. Ich trug mein schulterlanges Haar offen und Schuhe mit hohen Absätzen. Ich war nur wenig geschminkt, an diesem Nachmittag wollte ich keine Vorwürfe hören. Bevor ich ging, betrachtete ich mich im Spiegel. Von oben bis unten. Hinter mir sah ich Ramiro stehen, lächelnd, die Hände in den Hosentaschen.

»Du siehst fantastisch aus. Du wirst ihn sehr beeindrucken.«

Erfreut über seinen Kommentar versuchte ich ein Lächeln, doch es wollte mir nicht recht gelingen. Ich sah wunderschön aus, gewiss. Wunderschön und anders, wie eine Person, die mit dem Menschen, der ich noch vor wenigen Monaten gewesen war, rein gar nichts zu tun hatte. Wunderschön, anders und verschreckt wie ein Mäuschen. Mir war himmelangst, und ich verfluchte mich, weil ich dieser unseligen Bitte nachgegeben hatte. Am vereinbarten Treffpunkt angekommen, schloss ich aus den Blicken meiner Mutter, dass ihr Ramiros Anwesenheit überhaupt nicht passte. Als sie merkte, dass er mit hineinkommen sollte, unterband sie es kurzerhand.

»Das ist eine reine Familienangelegenheit. Wenn es Ihnen nichts ausmacht, bleiben Sie besser hier.«

Ohne seine Antwort abzuwarten, drehte sie sich einfach um und ging durch das imposante Tor aus Gusseisen und Glas. Ich hätte Ramiro gerne an meiner Seite gehabt, brauchte seine Unterstützung und seine Stärke, aber ich wagte nicht, mich ihr entgegenzustellen. So beschränkte ich mich darauf, ihm ins Ohr zu flüstern, es sei wohl besser, wenn er ginge, und folgte ihr nach.

»Wir wollen zu Señor Alvarado. Er erwartet uns«, informierte sie den Concierge. Dieser nickte und schickte sich wortlos an, uns zum Aufzug zu geleiten.

»Das ist nicht nötig, danke.«

Wir durchschritten die große Eingangshalle und stiegen die Treppe hinauf. Meine Mutter, die in ein Schneiderkostüm gezwängt war, das ich nicht kannte, ging mit festem Schritt voran und berührte dabei kaum das polierte Holz des Handlaufs. Ich lief verängstigt hinterher, das Geländer umklammernd wie einen Rettungsring in einer Unwetternacht. Wir beide – totenstill und stumm. Je weiter wir nach oben kamen, desto mehr Gedanken schossen mir durch den Kopf. Erster Treppenabsatz. Wieso bewegte sich meine Mutter derart vertraut in dieser fremden Umgebung? Zwischengeschoss. Wie würde der Mann wohl sein, den wir besuchen gingen? Woher kam auf einmal dieser Wunsch, mich nach all den Jahren unbedingt kennenlernen zu wollen? Erster Stock. Alle übrigen Gedanken in meinem Kopf wurden verdrängt: Es war keine Zeit mehr für sie, wir waren angekommen. Zur Rechten eine große Tür, der Finger meiner Mutter drückte ohne jede Scheu auf die Klingel. Ein ältliches Dienstmädchen in einem schwarzen Kleid und weißem Häubchen öffnete augenblicklich die Tür.

»Guten Tag, Servanda. Wir kommen, um dem Señor einen Besuch abzustatten. Ich nehme an, er ist in der Bibliothek.«

Servanda blieb der Mund offen stehen, als hätte sie zwei leibhaftige Gespenster vor sich. Als sie sich wieder gefasst hatte und in der Lage schien, etwas sagen zu können, vernahmen wir aus dem Hintergrund eine Männerstimme, heiser und kräftig.

»Lass sie herein.«

Das Dienstmädchen trat beiseite, wirkte aber noch immer verwirrt. Es musste uns den Weg nicht zeigen, meine Mutter schien sich hier bestens auszukennen. Wir schritten durch einen breiten Gang, kamen an Salons mit Stofftapeten, Teppichen und Familiengemälden vorbei. Wir erreichten eine Doppeltür, deren linker Flügel geöffnet war, und meine Mutter ging zielstrebig darauf zu. In dem Moment gewahrten wir die Gestalt eines hochgewachsenen Mannes, der uns in der Mitte des Raumes erwartete. Wieder vernahmen wir die volltönende Stimme.

»Hereinspaziert.«

Ein großes Arbeitszimmer für einen großen Mann. Ein großer, mit Papieren übersäter Schreibtisch, ein großer Schrank voller Bücher. Der große Mann betrachtete mich, zunächst sah er mir in die Augen, dann wanderte sein Blick nach unten, dann wieder nach oben. Als wäre er auf Entdeckungsreise. Er musste schlucken, ich musste schlucken. Er machte ein paar Schritte auf uns zu, legte seine Hand auf meinen Arm und drückte mich ganz leicht, als wolle er sich vergewissern, dass ich auch wirklich existierte. Er lächelte, wobei sich sein Mund nur leicht verzog, als wäre er ein wenig schwermütig.

»Du siehst genauso aus wie deine Mutter vor fünfundzwanzig Jahren.«

Er sah mir wieder in die Augen, während er meinen Arm eine, zwei, drei, zehn Sekunden lang drückte. Dann wandte er sich ab und betrachtete aufmerksam meine Mutter, ohne mich loszulassen. Und wieder erschien auf seinem Gesicht das matte, bittere Lächeln.

»Wie lange ist das jetzt her, Dolores?«

Sie antwortete nicht, hielt aber seinem Blick stand. Da nahm er seine Hand von meinem Arm und reichte sie ihr. Nicht zur Begrüßung, vielmehr schien er den Kontakt, die Berührung zu suchen, als hoffe er, dass ihre Finger sich ihm entgegenstreckten. Doch sie blieb reglos stehen, ohne auf die Versuchung zu reagieren, bis er sich aus seiner Verzauberung löste, sich räusperte und uns höflich, aber betont neutral aufforderte, Platz zu nehmen.

Statt uns an den großen Schreibtisch zu bitten, auf dem sich die Papiere stapelten, geleitete er uns in eine andere Ecke des Raums. Meine Mutter nahm in einem Sessel Platz, er ihr gegenüber. Ich saß allein, in der Mitte, zwischen den beiden, auf einem Sofa. Angespannt. Unbehaglich war uns allen dreien zumute. Er lenkte sich mit dem Anzünden einer Havanna ab. Sie saß kerzengerade da, die Knie zusammengedrückt. Ich kratzte unterdessen mit dem Zeigefinger an dem bordeauxroten Damastbezug des Sofas, so intensiv, als wollte ich ein Loch in den Stoff bohren und mich darin wie eine Eidechse verkriechen. Die Luft füllte sich mit Rauch, und wieder hörte man ein Räuspern, als sollte eine Erklärung folgen. Doch ehe sie kam, ergriff meine Mutter das Wort. Sie wandte sich an mich, aber ihre Augen waren auf ihn gerichtet. Ihre Stimme nötigte mich, die beiden endlich anzusehen.

»Nun gut, Sira, dies ist dein Vater, endlich lernst du ihn kennen. Er heißt Gonzalo Alvarado, ist Ingenieur, besitzt eine Gießerei und hat schon immer in diesem Haus gelebt. Früher war er der Sohn und nun ist er der Herr – meine Güte, wie die Zeit vergeht! Es ist nun schon lange her, da nähte ich für seine Mutter. So lernten wir uns kennen, und drei Jahre später wurdest du geboren. Aber stell dir jetzt bloß keine billige Romanze oder etwas in der Art vor, wo der junge Herr sich skrupellos an der armen Schneiderin vergeht! Als unsere Beziehung begann, war ich zweiundzwanzig und er vierundzwanzig: Wir beiden wussten ganz genau, wer wir waren, wo wir im Leben standen und worauf wir uns einließen. Es gab keine Täuschung von seiner Seite und keine überzogenen Erwartungen von meiner. Es war eine Beziehung, die endete, weil sie nirgendwohin führen konnte, denn sie hätte eigentlich nie beginnen dürfen. Ich war diejenige, die entschied, die Sache zu beenden. Er hat uns, dich und mich, nicht verlassen. Und ich war auch diejenige, die darauf bestand, dass du keinerlei Kontakt zu ihm hattest. Dein Vater hat versucht, uns nicht aus den Augen zu verlieren, anfänglich mit großer Beharrlichkeit, die jedoch aufgrund seiner Situation mit der Zeit nachließ. Er heiratete und bekam weitere Kinder, zwei Jungen. Seit langer Zeit hatte ich nichts mehr von ihm gehört, bis ich gestern eine Nachricht von ihm erhielt. Er hat mir nicht gesagt, warum er dich ausgerechnet jetzt kennenlernen will, aber gleich werden wir es erfahren.«

Während sie sprach, betrachtete er sie aufmerksam und mit großer Hochachtung. Sie schwieg, und er wartete kurz, ehe er fortfuhr. Als dächte er nach, als wolle er seine Worte abwägen, damit sie auch exakt das ausdrückten, was er zu sagen beabsichtigte. Diesen Moment nutzte ich, um ihn genauer in Augenschein zu nehmen, und das Erste, was mir durch den Kopf ging, war, dass ich ihn mir niemals so vorgestellt hätte. Ich war dunkel, meine Mutter war dunkel, und in den äußerst seltenen Momenten in meinem Leben, in denen ich mir ausmalte, wie mein Erzeuger wohl aussah, hätte ich ihn mir stets so wie uns beide vorgestellt, mit dunklem Haar und dunklem Teint, schlank. Und stets hatte ich meine Vaterfigur mit anderen Leuten aus meinem Umfeld in Zusammenhang gebracht: mit unserem Nachbarn Norberto, den Vätern meiner Freundinnen, den Männern, die ich in den Kneipen und Straßen unseres Viertels sah. Normale Väter, normale Leute: Postangestellte, Verkäufer, Büroangestellte, Kellner oder, wie so viele, Inhaber eines Tabak- oder Kurzwarenladens, eines Gemüsestandes auf dem Mercado de la Cebada. Die Herren, die ich auf meinen Wegen durch die wohlhabenden Straßen Madrids zu Gesicht bekam, wenn ich die in Doña Manuelas Schneiderei gefertigten Kleider auslieferte, waren für mich Wesen aus einer anderen Welt. Eine andere Spezies, die in keiner Weise zu dem Bild passte, das ich mir gedanklich von einer Vaterfigur gemacht hatte. Doch vor mir saß eines jener Exemplare. Ein Mann, der trotz seiner recht beachtlichen Körperfülle noch gut aussah, mit schon ergrautem Haar, das früher hell gewesen sein musste, und honigfarbenen Augen. Er trug einen dunkelgrauen Anzug, besaß ein großes Heim und hatte eine Familie. Ein Vater, ganz anders als die anderen Väter, der schließlich zu reden begann und sich dabei abwechselnd an meine Mutter und an mich wandte.

»Mal sehen, das wird nicht leicht«, fing er an.

Ein tiefer Zug an der Zigarre, Ausstoßen des Rauches. Ein sich schließlich in meine Augen vertiefender, eindringlicher Blick, der dann zu meiner Mutter wanderte, erneut zu mir, bis er endlich das Wort ergriff. Und erst in jenem Moment wurde mir bewusst, wie lange und eindringlich er gewartet hatte, denn nun saßen wir schon beinahe im Dunkeln, hatten sich unsere Körper in Schatten verwandelt, und als einzige Lichtquelle begleitete uns der ferne, schwache Schein einer Lampe mit grünem Schirm auf dem Schreibtisch.

»Ich habe euch gesucht, weil ich befürchte, dass man mich in den nächsten Tagen töten wird. Oder dass ich jemanden umbringen werde und sie mich dann einsperren, was für mich hieße, lebendig begraben zu werden, und das liefe auf dasselbe hinaus. Die politische Lage droht zu eskalieren, und wenn das geschieht, weiß Gott allein, was aus uns allen wird.«

Ich sah meine Mutter verstohlen an, ob sie eine Reaktion zeigte, doch ihrem Gesicht war nicht die geringste Beunruhigung anzumerken: als hätte man ihr nicht soeben einen baldigen Todesfall angekündigt, sondern lediglich schlechtes Wetter. Unterdessen fuhr er fort, uns seine Vorahnungen in allen Einzelheiten zu schildern, und aus seinen Worten sprach Verbitterung.

»Jetzt, da ich weiß, dass meine Tage gezählt sind, habe ich eine Bestandsaufnahme gemacht – und was finde ich unter meinen Besitztümern? Geld, ja. Auch Immobilien. Und eine Fabrik mit zweihundert Arbeitern, für die ich mich in den letzten drei Jahrzehnten abgerackert habe und in der meine Leute, wenn sie nicht gerade streiken, mich beleidigen oder anspucken. Und eine Ehefrau, die sich, sobald sie die ersten Kirchen brennen sah, mit ihrer Mutter und ihren Schwestern auf- und davonmachte, um in Saint-Jean-de-Luz Rosenkränze zu beten. Und zwei Kinder, die ich nicht verstehe, zwei Faulpelze, die sich in Fanatiker verwandelt haben und den Tag damit verbringen, von den Dächern zu schießen und den ›erleuchteten‹ Primo de Rivera zu verehren, der mit seinem romantischen Blödsinn vom Wiedererstarken des nationalen Geistes allen Lackaffen von Madrid das Gehirn ausgesaugt hat. Am liebsten würde ich sie allesamt in die Gießerei schleppen, damit sie dort zwölf Stunden täglich ackern, um zu sehen, ob sich ihre nationale Gesinnung mit Hammer und Amboss wiederherstellen lässt.

Die Welt hat sich sehr verändert, Dolores, findest du nicht auch? Den Arbeitern genügt es nicht mehr, zur Kirmes in San Cayetano oder zum Stierkampf in Carabanchel zu gehen, wie es in der *zarzuela* so schön besungen wird. Jetzt haben sie ein Fahrrad statt eines Esels, treten der Gewerkschaft bei, und sobald sich die ersten Schwierigkeiten ergeben, bedrohen sie ihren Arbeitgeber mit der Pistole. Wahrscheinlich haben sie allen Grund dazu, denn ein

Leben voller Entbehrungen, in dem man von klein auf von früh bis spät schuften muss, gefällt wirklich keinem. Doch hier fehlt es noch an ganz anderen Dingen: mit dem Recken der Faust, dem Hass auf diejenigen, die mehr besitzen als man selbst, und dem Absingen der *Internationalen* werden sie nicht viel ausrichten. Mit Schlachtgesängen hat man noch kein Land verändert! Gründe, sich zu empören, gibt es natürlich genügend, denn in unserem Land herrscht seit Jahrhunderten Hunger und auch sehr viel Ungerechtigkeit, doch das regelt sich nicht dadurch, dass man in die Hand desjenigen beißt, der einem zu essen gibt. Um dieses Land zu modernisieren, brauchen wir tüchtige Unternehmer und qualifizierte Arbeiter, eine vernünftige Bildung und eine verantwortungsbewusste Regierung, die ausreichend lange an der Macht bleibt. Aber hier ist alles eine Katastrophe, jeder ist nur auf seinen Vorteil bedacht, und niemand kümmert sich ernsthaft darum, mit der herrschenden Unvernunft aufzuräumen. Die Politiker, egal aus welchem Lager, vertun ihre Tage mit dem Verfassen von Schmähschriften und spitzfindigen Parlamentsdebatten. Der König ist gut aufgehoben, wo er jetzt ist; er hätte schon viel früher gehen sollen. Die Sozialisten, Anarchisten und Kommunisten kämpfen für ihre Gefolgschaft, und so soll es auch sein, doch sie sollten es besonnen und planvoll tun, ohne Ressentiments und erhitzte Gemüter. Die Wohlhabenden und die Monarchisten setzen sich in der Zwischenzeit verängstigt ins Ausland ab. Und schließlich werden wir am Ende damit nur erreichen, dass sich die Streitkräfte erheben und einen Militärstaat errichten, und dann haben wir wirklich etwas, worüber wir klagen können. Oder sie stürzen uns in einen Bürgerkrieg, hetzen uns gegeneinander auf, und es endet damit, dass wir uns gegenseitig umbringen.«

Er sprach mit Nachdruck und ohne Pause. Bis ihn auf einmal die Realität einholte und ihm auffiel, dass sowohl meine Mutter als auch ich – trotz unseres Bemühens, Haltung zu bewahren – vollkommen verunsichert waren. Wir wussten weder, worauf er mit seiner flammenden Rede hinauswollte, noch, was wir mit diesem verbalen Rundumschlag zu tun hatten.

»Verzeiht mir, dass ich euch mit all diesen Dingen behellige, doch ich habe lange darüber nachgedacht und denke, dass es nun an der Zeit ist zu handeln. Dieses Land geht seinem Untergang entgegen. Das ist Irrsinn, vollkommen verrückt, und mich werden sie, wie ich euch schon sagte, in den nächsten Tagen umbringen. Das Blatt wendet sich, und es ist nicht leicht, sich dem Weltlauf anzupassen. Über dreißig Jahre habe ich wie ein Wahnsinniger geschuftet und mich für mein Geschäft eingesetzt und versucht, meiner Aufgabe gerecht zu werden. Aber entweder habe ich gerade eine Pechsträhne oder an einem wichtigen Punkt meines Lebens die falsche Entscheidung getroffen, weil mir jetzt jeder den Rücken kehrt und das Leben mir vor die Füße zu spucken scheint. Meine Söhne haben sich von mir abgewandt, meine Frau hat mich verlassen, und der Alltag in meiner Firma ist zum Albtraum geworden. Ich bin allein, es gibt niemanden, der mir zur Seite steht, und ich bin überzeugt, dass alles nur noch schlimmer werden kann. Deshalb bereite ich mich vor, ordne meine Angelegenheiten, Papiere, Konten. Verfüge meinen Letzten Willen und bemühe mich, alles gut zu organisieren für den Fall, dass ich eines Tages nicht mehr nach Hause kommen sollte. Ebenso wie meine Geschäfte versuche ich meine Erinnerungen und Empfindungen zu sortieren, wenn mir auch nur wenige geblieben sind. Je schwärzer ich alles um mich herum sehe, desto gefühlsduseliger werde ich und wühle in meiner Erinnerung nach dem Guten, das das Leben mir beschert hat. Und nun, wo meine Tage gezählt sind, wird mir plötzlich bewusst, wofür es sich wirklich gelohnt hat zu leben. Weißt du, was ich meine, Dolores? Dich. Dich und unsere Tochter, die dein Ebenbild aus jener Zeit ist, in der wir zusammen waren. Deshalb wollte ich euch sehen.«

Gonzalo Alvarado, mein Vater, der endlich ein Gesicht und einen Namen hatte, sprach inzwischen sehr viel ruhiger. Mitten in seinem verbalen Ausbruch schimmerte auf einmal der Mann durch, der er wahrscheinlich tagtäglich war, wenn das Leben ihm nicht gerade so übel mitspielte wie zurzeit: selbstsicher, überzeugend in Gestik und Ausdruck, daran gewohnt, Anordnungen zu erlassen und das Recht auf seiner Seite zu haben. Es hatte ihn Mühe gekostet, den Anfang zu machen. Es war vermutlich nicht besonders angenehm, sich einer verlorenen Liebe und einer unbekannten Tochter zu stellen, nachdem man ein Vierteljahrhundert nichts von sich hatte hören lassen. Doch in jenem Moment unserer Begegnung schien er ganz und gar in seinem Element, war die Selbstsicherheit in Person und vollkommen Herr der Lage. Überzeugend in seiner Rede, aufrichtig und schonungslos wie es nur jemand sein kann, der nichts mehr zu verlieren hat.

»Weißt du was, Sira? Ich habe deine Mutter wirklich geliebt. Ich habe sie wirklich sehr, sehr geliebt, und womöglich wäre alles ganz anders gekommen, wenn ich sie stets an meiner Seite gehabt hätte. Doch bedauerlicherweise war dem nicht so.«

Er wandte sich von mir ab und sah zu ihr hinüber. Zu ihren großen haselnussbraunen Augen, die das Nähen satthatten. Zu ihrem wunderschönen Gesicht der reifen Frau, das ungeschminkt und faltenlos war.

»Ich habe nicht wirklich um dich gekämpft, nicht wahr, Dolores? Ich war unfähig, meiner Familie die Stirn zu bieten, und hatte nicht deinen Schneid. Später, aber das weißt du ja, habe ich mich mit dem Leben abgefunden, das von mir erwartet wurde, mich an eine andere Frau und an eine andere Familie gewöhnt.«

Meine Mutter hörte – scheinbar ungerührt – stillschweigend zu. Ich hätte weder sagen können, ob sie ihre Gefühle verbarg, noch ob diese Worte ihr nahegingen oder sie kaltließen. Sie saß einfach nur würdevoll da. Mit ihren für mich undurchschaubaren Gedanken und in jenem perfekt sitzenden Schneiderkostüm, das ich nie zuvor an ihr gesehen hatte und das sie sicher aus dem geschenkten Stoffrest einer Frau gemacht hatte, die mehr Stoffe und mehr Glück im Leben gehabt hatte. Er, der sich durch ihre offensichtliche Teilnahmslosigkeit nicht aufhalten ließ, fuhr fort.

»Ich weiß nicht, ob ihr mir glauben werdet oder nicht, aber ehrlich gesagt, jetzt, wo ich weiß, dass mein Ende naht, bedauere ich es von Herzen, dass so viele Jahre vergangen sind, in denen ich mich nicht um euch gekümmert, dich, Sira, nicht einmal kennengelernt habe. Ich hätte mehr insistieren, meiner Verpflichtung nachkommen sollen, um euch in meiner Nähe zu haben. Doch die Dinge waren nun mal wie sie waren, und du, Dolores, warst zu stolz: Du hättest es nicht zugelassen, dass ich euch mit gelegentlichen Besuchen abspeise. Wenn nicht alles, dann eben gar nichts. Deine Mutter ist sehr hart, mein Mädchen, sehr hart und sehr unnachgiebig. Und ich bin vermutlich ein Schwächling und ein Idiot, doch nun ist nicht die Zeit für Klagen.«

Nachdenklich und ohne uns anzusehen, schwieg er einen Moment. Anschließend atmete er tief ein und kraftvoll wieder aus. Seine Körperhaltung veränderte sich: Die Schultern lösten sich von der Rückenlehne des Sessels, er beugte sich nach vorne, als wollte er direkter werden, hätte sich nun entschieden, endlich auszusprechen, was er sich vorgenommen hatte, uns zu sagen. Er schien bereit, sich von den bitteren Erinnerungen zu lösen, die seine Vergangenheit überschatteten, war nun in der Lage, sich den irdischen Aufgaben der Gegenwart zu stellen.

»Ich will euch nicht über Gebühr mit meinen trübsinnigen Gedanken langweilen, verzeiht mir. Kommen wir zum Wesentlichen. Ich habe nach euch geschickt, um euch meinen Letzten Willen kundzutun. Und ich bitte euch beide, mir gut zuzuhören und mich nicht misszuverstehen. Meine Absicht ist es weder, euch für die Jahre zu entschädigen, die ich nicht bei euch war, noch möchte ich mit Geschenken meine Reue bekunden, und noch weniger versuche ich ausgerechnet jetzt, eure Wertschätzung zu erkaufen. Das Einzige, was ich möchte, ist, die Fäden zusammenzuführen, die meiner Meinung nach rechtmäßig zusammengehören, wenn meine Stunde gekommen ist.«

Zum ersten Mal, seit wir hier saßen, erhob er sich aus seinem Sessel und ging zum Schreibtisch hinüber. Ich blickte ihm nach, bemerkte seine breiten Schultern, den guten Sitz seines Jacketts, seinen trotz der Leibesfülle leichtfüßigen Gang. Mein Blick blieb auf dem Gemälde hinten an der Wand hängen, auf das er sich zubewegte und das wegen seiner Größe nicht zu übersehen war. Es zeigte eine elegante, im Stil der Jahrhundertwende gekleidete

Dame, weder schön noch hässlich, mit einer Tiara im kurzen, gelockten Haar: ein mürrisches Gesicht in Öl in einem mit Blattgold belegten Rahmen. Als er sich umdrehte, deutete er mit dem Kinn darauf.

»Meine Mutter, die große Doña Carlota, deine Großmutter. Erinnerst du dich an sie, Dolores? Sie ist vor sieben Jahren gestorben. Hätte sie vor fünfundzwanzig Jahren das Zeitliche gesegnet, dann wärst du, Sira, vermutlich in diesem Haus geboren worden. Nun ja, lassen wir die Toten in Frieden ruhen.«

Er redete, ohne uns anzusehen, war mit den Sachen auf dem Tisch beschäftigt. Er öffnete Schubladen, nahm Gegenstände heraus, ging Papiere durch und kehrte mit vollen Händen zu uns zurück. Während er auf uns zukam, ließ er meine Mutter nicht aus den Augen.

»Du bist noch immer hübsch, Dolores«, sagte er, als er sich setzte. Er war nicht mehr angespannt, sein anfängliches Unbehagen verflogen. »Entschuldigt, ich habe euch gar nichts angeboten. Möchtet ihr etwas trinken? Ich werde Servanda rufen …« Er schickte sich an, noch einmal aufzustehen, doch meine Mutter unterbrach ihn.

»Wir möchten nichts, Gonzalo, danke. Lass uns zum Ende kommen.«

»Erinnerst du dich an Servanda, Dolores? Wie sie uns ausspioniert hat, uns folgte, um hinterher alles brühwarm meiner Mutter zu berichten.« Er brach in schallendes Gelächter aus, das heiser, kurz, bitter ausfiel. »Erinnerst du dich, als sie uns im Bügelzimmer erwischte? Nein, was für eine Ironie nach all den Jahren: Meine Mutter vermodert auf dem Friedhof, und ich lebe hier mit Servanda, der Einzigen, die sich um mich kümmert. Was für ein trauriges Schicksal! Ich hätte sie entlassen müssen, als meine Mutter starb, aber wohin hätte sie gehen sollen, die arme Frau, alt, taub und ohne Familie? Und außerdem hatte sie damals wahrscheinlich keine andere Wahl, als das zu tun, was meine Mutter ihr befahl. Schließlich konnte sie nicht einfach ohne Weiteres auf diese Arbeit verzichten, obwohl Doña Carlota unausstehlich war und dem Personal das Leben schwer machte. Nun gut, wenn ihr nichts wollt, nehme ich auch nichts. Fahren wir also fort.«

Er blieb auf der Sesselkante sitzen, lehnte sich nicht an. Seine großen Hände ruhten auf einem ganzen Stapel von Dingen, die er vom Schreibtisch mitgebracht hatte. Papiere, Pakete, Kästchen. Aus der Innentasche seines Jacketts zog er eine Brille mit Metallgestell hervor und setzte sie auf.

»Gut, beginnen wir mit dem Praktischen. Also, der Reihe nach.«

Er griff sich als Erstes ein Paket, das in Wirklichkeit zwei große, sperrige Umschläge waren, die in der Mitte von einem Gummiband zusammengehalten wurden.

»Das ist für dich, Sira, damit du dir im Leben Chancen eröffnen kannst. Es ist kein Drittel meines Vermögens, wie es dir gerechterweise zustehen würde, da du eine meiner drei Nachkommen bist, doch es ist alles, was ich dir momentan an Bargeld geben kann. Ich habe kaum etwas verkaufen können, die Zeiten sind schlecht für solche Transaktionen. Ich bin derzeit auch nicht in der Lage, dir Eigentum zu übertragen, weil du gesetzlich nicht als meine Tochter anerkannt bist und aufgrund der Rechtslage keine Chance hättest. Zudem müsstest du dich mit meinen Söhnen in endlosen Prozessen gerichtlich auseinandersetzen. So erhältst du dagegen immerhin fast hundertfünfzigtausend Peseten. Du scheinst ein aufgewecktes Mädchen zu sein, ganz die Mutter. Du wirst es sicher gut anlegen. Mit diesem Geld möchte ich auch, dass du dich um deine Mutter kümmerst, darauf achtest, dass es ihr an nichts fehlt und sie unterstützt, wenn es eines Tages nötig sein sollte. Eigentlich wollte ich die Summe unter euch beiden aufteilen, für jede von euch die Hälfte, aber da ich weiß, dass Dolores es niemals annehmen würde, übergebe ich dir die gesamte Summe zu treuen Händen.«

Er hielt mir das Paket hin. Bevor ich es nahm, sah ich jedoch unschlüssig zu meiner Mutter, denn ich wusste nicht, was ich tun sollte. Mit einer kurzen und knappen Geste gab sie ihre Einwilligung. Erst dann streckte ich die Hände aus.

»Vielen Dank«, murmelte ich.

Bevor er antwortete, schenkte er mir ein sprödes Lächeln.

»Nichts zu danken, meine Tochter, nichts zu danken. Gut, fahren wir fort.«

Als Nächstes nahm er ein mit blauem Samt bezogenes Kästchen und öffnete es. Dann griff er sich ein anderes, das granatrot und deutlich kleiner war. Auch dieses machte er auf. So ging es weiter, bis schließlich fünf Schatullen geöffnet vor uns auf dem Tisch standen. Die Schmuckstücke, die darin lagen, funkelten nicht, dazu war es zu dunkel, dennoch konnte man erahnen, dass sie wertvoll waren.

»Dieser Schmuck gehörte einst meiner Mutter. Es gibt noch mehr davon, aber María Luisa, meine Frau, hat die Sachen in ihr frommes Exil mitgenommen. Doch die kostbarsten Stücke ließ sie zurück, vermutlich weil sie zu auffällig waren. Dieser Schmuck ist für dich, Sira. Am besten, du trägst ihn nie in der Öffentlichkeit. Wie du siehst, sticht er allzu sehr ins Auge. Aber du kannst ihn verkaufen oder verpfänden, wenn es einmal nötig sein sollte, und dafür ordentlich Geld bekommen.«

Ich wusste nicht, was ich sagen sollte. Meine Mutter schon.

»Auf keinen Fall, Gonzalo. All das gehört deiner Frau.«

»Nichts von alledem«, entgegnete er. »All das, meine liebe Dolores, ist nicht Eigentum meiner Frau. Der Schmuck gehört mir, und mein Wunsch ist es, ihn an meine Tochter weiterzugeben.«

»Das kannst du nicht machen, Gonzalo, das geht nicht.«

»Doch.«

»Nein.«

»Ja.«

Hier endete die Diskussion. Dolores wusste nichts mehr zu erwidern, sie hatte die Schlacht verloren. Er schloss die Kästchen eins nach dem anderen, stapelte sie anschließend zu einer ordentlichen Pyramide – das größte Kästchen zuunterst, das kleinste zuoberst – und schob das Ganze über den polierten Tisch in meine Richtung. Als der kleine Turm vor mir stand, richtete sich seine Aufmerksamkeit auf ein paar Schriftstücke. Er faltete sie auseinander und zeigte sie mir.

»Das sind einige Schmuckzertifikate, mit der genauen Beschreibung der einzelnen Stücke, ihrem geschätzten Wert und all diesen Dingen. Außerdem ein notariell beglaubigtes Dokument, in dem steht, dass der Schmuck mir gehörte und ich ihn aus freien Stücken an dich weitergebe. Das könnte nötig sein, für den Fall, dass du dich einmal für ihren Besitz rechtfertigen müsstest. Ich hoffe, dass du nie in diese Situation kommen wirst, aber für den Fall der Fälle…«

Er faltete die Papiere, steckte sie in eine Art Mappe, verschnürte sie geschickt mit einem roten Band und legte auch sie vor mich hin. Anschließend nahm er einen Umschlag und holte einige pergamentartige Blätter daraus hervor, die mit Stempeln, Unterschriften und anderen Formalitäten versehen waren.

»Und hier noch eine Sache, fast die letzte. Wie soll ich dir das erklären?« Pause. Er atmete tief ein und wieder aus, bevor er fortfuhr: »Dieses Dokument haben mein Rechtsanwalt und ich aufgesetzt, und ein Notar hat das Ganze beglaubigt. Zusammengefasst besagt es, dass ich dein Vater bin und du meine Tochter. Wozu soll dieses Dokument gut sein? Wahrscheinlich für nichts. Wenn du eines Tages dein Anrecht auf mein Hab und Gut einfordern willst, würdest du erfahren, dass ich es zu Lebzeiten deinen Halbbrüdern vermacht habe, sodass du von dieser Familie niemals mehr erhalten wirst als das, was du heute mitnimmst, wenn du dieses Haus wieder verlässt. Doch für mich ist dieses Dokument sehr wohl von Bedeutung. Damit wird offiziell anerkannt, was ich eigentlich schon vor vielen Jahren hätte machen sollen. Darin steht, was uns beide eint. Und mit diesem Dokument kannst du nun machen, was du willst: es Gott und der Welt zeigen oder es in tausend Stücke zerreißen und ins Feuer werfen. Das sei dir überlassen.«

Er faltete das Dokument, verstaute es und reichte mir den Umschlag, in dem es steckte. Dann nahm er das nächste Kuvert vom Tisch, das letzte. Das vorherige war groß gewesen, aus gutem Papier, mit eleganten Schriftzügen versehen und dem Briefkopf des Notars. Der zweite Umschlag war klein, bräunlich, irgendwie gewöhnlich. Er sah abgegriffen aus, als sei er schon durch viele Hände gegangen.

»Das ist schon der letzte«, sagte er, ohne den Kopf zu heben.

Er öffnete ihn, zog den Inhalt heraus und sah ihn kurz durch. Dann reichte er ihn wortlos meiner Mutter, bevor er sich erhob und zu einem der Balkone hinüberging. Mit dem Rücken zu uns blieb er schweigend dort stehen, die Hände in den Hosentaschen vergraben, und betrachtete die Aussicht oder blickte ins Leere, ich weiß es nicht. Was er meiner Mutter gegeben hatte, war ein kleiner Stapel Fotografien. Alt, vergilbt und von schlechter Qualität, Aufnahmen, die ein Straßenfotograf vor mehr als zwei Jahrzehnten an irgendeinem Frühlingsmorgen für ein paar Groschen aufgenommen hatte. Ein junges, gut aussehendes, lächelndes Paar. Vertraut und einander nah, gefangen im fragilen Netz einer so großen wie unschicklichen Liebe, nicht wissend, dass er sich nach vielen, getrennt voneinander verbrachten Jahren zum Balkon umdrehen würde, um ihr nicht ins Gesicht sehen zu müssen, und sie die Zähne zusammenbiss, um nicht in seiner Gegenwart in Tränen auszubrechen.

Dolores ging die Aufnahmen eine nach der anderen langsam durch. Dann gab sie sie wortlos und ohne mich anzusehen an mich weiter. Ich sah mir die Fotos gründlich an und packte sie dann in den Umschlag. Er kehrte zu uns zurück, setzte sich und nahm das Gespräch wieder auf.

»Das Materielle ist damit abgeschlossen. Nun gebe ich euch noch ein paar Ratschläge. Es ist nicht so, meine Tochter, dass ich jetzt versuche, dir ein moralisches Vermächtnis zu hinterlassen. Ich bin wirklich der Letzte, der vertrauenswürdig erscheint oder mit gutem Beispiel vorangegangen wäre, aber mir nach all den Jahren noch ein paar Minuten Gehör zu schenken, macht dir doch sicher nichts aus, oder?«

Ich schüttelte den Kopf.

»Gut, ich rate euch Folgendes: Geht so schnell wie möglich von hier fort. Ihr solltet Madrid den Rücken kehren und nach Möglichkeit noch viel weiter weggehen. Wenn möglich, Spanien verlassen. Doch geht in kein europäisches Land, denn es steht überall nicht zum Besten. Geht nach Amerika oder, wenn euch das zu weit erscheint, nach Afrika. Nach Marokko, geht ins Protektorat, da lässt es sich gut leben. Dort ist es ruhig und, seit der Spanisch-Marokkanische Krieg vorüber ist, stets friedlich. Beginnt ein neues Leben fernab von hier, da schneller als man denkt etwas Fürchterliches geschehen kann, und dann kommt hier niemand mehr lebend heraus.«

Ich konnte mich nicht länger im Zaum halten.

»Und wieso gehen Sie nicht?«

Er lächelte verbittert, wieder einmal. Er streckte seine große Hand aus und ergriff die meine. Seine Hand war warm. Während er sprach, ließ er mich nicht los.

»Weil ich, meine Tochter, keine Zukunft mehr brauche. Ich habe bereits alle Brücken hinter mir abgebrochen. Und bitte, tu mir den Gefallen und sieze mich nicht. Meine Zeit ist abgelaufen, vielleicht etwas zu früh, gewiss, aber ich habe keine Lust und auch nicht die Kraft mehr, für ein neues Leben wieder alles zu geben. Wenn man eine solche Veränderung auf sich nimmt, sollte man sie stets mit Träumen und Hoffnungen angehen, mit Illusionen. Sich ohne sie aufzumachen hieße, die Flucht zu ergreifen. Und ich habe nicht die Absicht, irgendwohin zu fliehen. Ich ziehe es vor, hierzubleiben und mich dem, was auch kommen mag, zu stellen. Aber du, Sira, du bist jung, du solltest eine Familie gründen, vorwärtskommen im Leben. Und Spanien ist dabei, sich zu einem unseligen Ort zu entwickeln. Und so lautet also mein Rat als Vater und als Freund: Geh fort! Nimm deine Mutter mit, damit sie ihre Enkel groß werden sieht. Und versprich mir, dass du dich um sie kümmerst, wie ich es hätte tun sollen.«

Er blickte mir so lange fest in die Augen, bis ich ihm durch ein Kopfnicken zustimmte. Ich wusste zwar nicht, was er in Bezug auf meine Mutter genau von mir erwartete, doch etwas anderes als einzuwilligen hätte ich nicht gewagt.

»Gut, ich glaube, damit sind wir am Ende angekommen«, verkündete er.

Er erhob sich, und wir folgten seinem Beispiel.

»Vergiss deine Sachen nicht«, meinte er. Ich gehorchte. Bis auf das größte der Schmuckkästchen und die Umschläge mit dem Geld passte alles in meine Handtasche.

»Und nun lass mich dich zum ersten Mal umarmen. Es wird sicher auch das letzte Mal sein. Ich bezweifle, dass wir uns jemals wiedersehen.«

Er umhüllte meine schlanke Gestalt mit seiner Korpulenz und drückte mich fest an sich. Dann nahm er mein Gesicht in seine großen Hände und küsste mich auf die Stirn.

»Du bist genauso wunderschön wie deine Mutter. Ich wünsche dir viel Glück im Leben, Sira. Gott segne dich.«

Ich wollte irgendetwas erwidern, doch ich konnte nicht. Die Laute blieben mir im Halse stecken, Tränen stiegen mir in die Augen, und so vermochte ich mich nur noch umzudrehen, auf den Flur hinauszustolpern und mit verschleiertem Blick den Ausgang zu suchen.

Ich wartete im Treppenhaus auf meine Mutter. Die Tür zum Flur stand halb offen, und so sah ich sie unter dem finsteren Blick Servandas herauskommen. Ihre Wangen waren gerötet und ihre Augen glasig, endlich zeigten sich Gefühle in ihrem Gesicht. Ich habe nicht mit eigenen Augen gesehen, was meine Eltern in diesen kurzen fünf Minuten machten oder sagten, aber ich war immer davon überzeugt, dass auch sie sich umarmten und für immer voneinander verabschiedeten.

Wir gingen hinunter, wie wir heraufgekommen waren: meine Mutter vorneweg, ich hinterher. Schweigend. Mit dem Schmuck, den Dokumenten und den Fotos in der Tasche, das Geld unter den Arm geklemmt, unter dem Geklapper unserer Absätze auf den Marmorstufen. Als wir im Zwischengeschoss ankamen, hielt ich es nicht länger aus: Ich packte sie am Arm, zwang sie, stehen zu bleiben und mich anzusehen. Meine Stimme war kaum hörbar, ein verängstigtes Wispern.

»Mutter, stimmt es, dass sie ihn umbringen werden?«

»Was weiß ich, Mädchen, was weiß ich …«

4

Wir traten auf die Straße hinaus und machten uns auf den Heimweg, ohne ein Wort miteinander zu wechseln. Meine Mutter schritt eilig aus, und ich hatte Mühe, an ihrer Seite zu bleiben. Vielleicht lag es aber auch an meinen unbequemen neuen Schuhen mit den hohen Absätzen, dass ich nicht mit ihr Schritt halten konnte. Erst nach einigen Minuten traute ich mich, noch immer ganz fassungslos, überhaupt den Mund aufzumachen.

»Was mache ich jetzt mit alledem, Mutter?«

Sie antwortete mir, ohne stehen zu bleiben.

»Bewahre es gut auf.« Mehr sagte sie nicht.

»Alles? Und du willst nichts für dich?«

»Nein, es gehört alles dir, du bist die Erbin. Und außerdem bist du schon eine erwachsene Frau, und es ist allein deine Sache, was du in Zukunft mit dem Geld und anderen Dingen machst, die dein Vater dir schenkt. Ich habe mich da nicht einzumischen.«

»Sicher, Mutter?«

»Ja, mein Kind, ganz bestimmt. Gib mir allenfalls eine der Fotografien, irgendeine, nur zur Erinnerung. Alles andere gehört dir allein, aber ich bitte dich bei der heiligen Maria, Sira: Hör auf das, was ich dir nun sagen werde, Mädchen.«

Endlich blieb sie stehen und sah mir im trüben Licht einer Straßenlaterne in die Augen. Menschen eilten kreuz und quer an uns vorbei, ohne zu ahnen, welchen Aufruhr jene Begegnung in uns beiden Frauen ausgelöst hatte.

»Sei vorsichtig, Sira. Sei vorsichtig und verantwortungsvoll«, stieß sie mit leiser Stimme hastig hervor. »Mach keine Dummheiten, denn was du jetzt besitzt, das ist viel, wirklich viel, sehr viel mehr, als du dir in deinem ganzen Leben hättest erträumen können. Sei deshalb, um Himmels willen, vorsichtig, meine Tochter! Sei vorsichtig und besonnen.«

Wir gingen schweigend nebeneinanderher, bis sich unsere Wege trennten. Meine Mutter kehrte ohne mich in ihre leere Wohnung zurück, zur schweigenden Gesellschaft meines Großvaters, der nie erfuhr, wer der Vater seiner Enkelin war, weil Dolores, dickköpfig und stolz, sich stets geweigert hatte, seinen Namen preiszugeben. Und ich kehrte zurück zu Ramiro. Er wartete im Wohnzimmer auf mich, wo er im Halbdunkel sitzend rauchte und Radio hörte, ausgehfertig und begierig zu erfahren, wie es mir ergangen war.

Ich schilderte ihm den Besuch bis ins kleinste Detail: was ich dort alles gesehen hatte, was mein Vater mir erzählt, wie ich mich gefühlt und was er mir geraten hatte. Und ich zeigte ihm auch, was ich aus jenem Haus, in das ich vermutlich nie mehr zurückkehren würde, mitgebracht hatte.

»Das ist viel wert, meine Kleine«, sagte er beim Anblick der Schmuckstücke leise.

»Und ich habe noch mehr bekommen«, erwiderte ich und hielt ihm die Umschläge mit den Geldscheinen hin.

Statt einer Antwort stieß er lediglich einen Pfiff aus.

»Was machen wir jetzt mit alledem, Ramiro?«, fragte ich, und mein Magen zog sich vor Sorge zusammen.

»Was du damit machst, willst du wohl sagen, mein Liebling. Das alles gehört dir ganz allein. Aber wenn du möchtest, überlege ich mir, wie man das Ganze am besten aufbewahrt. Man könnte es in meinem Bürotresor deponieren, das wäre vielleicht eine gute Idee.«

»Und warum bringen wir es nicht auf die Bank?«, fragte ich.

»Das wäre in der heutigen Zeit nicht unbedingt die beste Lösung, glaube ich.«

Der Zusammenbruch der New Yorker Börse vor einigen Jahren, die politische Instabilität und eine Menge anderer Dinge, die mich nicht im Geringsten interessierten, lieferten ihm Argumente für seinen Vorschlag. Ich hörte ihm nur mit halbem Ohr zu: Was immer er entscheiden mochte, es erschien mir richtig, denn ich wollte nur möglichst schnell einen sicheren Ort für jenes Vermögen, an dem ich mir bereits die Finger zu verbrennen meinte.

Am nächsten Tag kam er mit allen möglichen Faltblättern und Broschüren von der Arbeit nach Hause.

»Ich habe mir in einem fort den Kopf wegen dieser Angelegenheit zerbrochen, und ich glaube, ich habe die Lösung gefunden. Das Beste wird sein, du gründest ein Handelsunternehmen«, verkündete er, kaum dass er zur Tür herein war.

Ich hatte das Haus noch gar nicht verlassen, seit ich aufgestanden war. Den ganzen Vormittag über war ich angespannt und nervös gewesen, hatte, noch ganz erschüttert von der seltsamen Empfindung, die das Wissen in mir auslöste, einen Vater mit Vor- und Nachnamen, Vermögen und Gefühlen zu haben, ständig an die Begegnung vom Vortag denken müssen. Sein unerwarteter Vorschlag steigerte meine Verwirrung nur noch.

»Wofür soll das gut sein?«, fragte ich verwundert.

»Weil dein Geld in einer Firma sicherer ist. Und auch aus einem anderen Grund.«

Dann erzählte er mir von Schwierigkeiten in seiner Firma, den Spannungen mit seinen italienischen Chefs und der unsicheren Lage für ausländische Unternehmen im politisch turbulenten Spanien jener Tage. Und von seinen Ideen erzählte er mir, von einem ganzen Katalog an Projekten, von denen ich bislang kein Wort gehört hatte. Allesamt innovativ und brillant, allesamt geeignet, das Land mit Hilfe genialer ausländischer Erfinder zu modernisieren und ihm auf diese Weise den Weg in die moderne Zeit zu ebnen. Vom Import englischer Mähdrescher für die Felder Kastiliens war die Rede, von Staubsaugern aus Nordamerika, die für blitzsaubere Stadtwohnungen sorgten, und von einem Kabarett im Berliner Stil, für das er sich schon ein Lokal in der Calle Valverde ausgeguckt hatte. Doch ein Projekt rangierte vor allen anderen: die Academia Pitman.

»Seit Monaten denke ich schon darüber nach, seit wir über alte Kunden unseres Hauses einen Werbeprospekt bekommen haben, aber es erschien mir nicht opportun, mich in meiner Position als Geschäftsführer persönlich an die Leute zu wenden. Wenn wir eine Firma auf deinen Namen gründen, wäre alles viel einfacher«, erklärte er. »In Argentinien ist die Academia Pitman ungeheuer erfolgreich, sie hat über zwanzig Filialen und Tausende von Schülern, die sie für Stellen in privaten Unternehmen, in Banken und in der öffentlichen Verwaltung ausbildet. Dort erlernt man mit radikal neuen Methoden Maschineschreiben, Stenografie und Buchhaltung. Nach elf Monaten erhalten die Schüler ein Diplom und können die Berufswelt erobern. Und das Unternehmen wächst laufend weiter, stellt neue Lehrer an und fährt Gewinne ein. Wir könnten es genauso machen und auf unserer Seite des großen Teichs die Academia Pitman aufbauen. Und wenn wir den Argentiniern diesen Vorschlag machen und gleichzeitig auf eine rechtmäßig eingetragene Firma mit ausreichend Kapitel verweisen können, dann haben wir wahrscheinlich wesentlich bessere Chancen, als wenn wir uns lediglich als Privatpersonen an sie wenden.«

Ich hatte nicht die geringste Ahnung, ob das Projekt Hand und Fuß hatte oder eine Schnapsidee war, aber Ramiro redete so überzeugt, derartig sachverständig und kompetent darüber, dass ich keine Sekunde an der Großartigkeit seines Plans zweifelte. Er fuhr fort, mir die Details zu erläutern, und versetzte mich mit jedem Wort in Erstaunen.

»Ich glaube, es wäre auch gut, den Vorschlag deines Vaters zu bedenken, Spanien zu verlassen. Er hat recht: Die Lage hier ist zu angespannt, jeden Tag kann der große Knall kommen, und das ist kein guter Augenblick, um neue Geschäfte anzubahnen. Deshalb denke ich, wir sollten seinem Rat folgen und nach Nordafrika gehen. Wenn alles gut läuft, wenn sich die Lage beruhigt, können wir nach Spanien zurückkehren und dort expandieren. Gib mir ein wenig Zeit, damit ich mit den Chefs von Pitman in Buenos Aires Kontakt aufnehmen und sie von unserem Projekt überzeugen kann, eine große Filiale in Marokko zu eröffnen, ob in Tanger oder im Protektorat werden wir noch sehen. In spätestens einem Monat müssten wir eine Antwort haben. Und dann: *adiós*, Hispano-Olivetti! Wir gehen von hier weg und ziehen dort unser eigenes Geschäft auf.«

»Aber wozu sollen die *moros* Maschineschreiben lernen wollen?«

Ramiro lachte laut auf.

»Aber wo denkst du hin, mein Liebling. Unsere Akademie ist

für die Europäer gedacht, die in Marokko leben. Tanger ist eine internationale Stadt mit einem Freihafen, Leute aus ganz Europa leben dort. Es gibt viele ausländische Unternehmen, diplomatische Vertretungen, Banken und Handelsgesellschaften aller Art. Die Arbeitsmöglichkeiten sind ausgesprochen gut, überall braucht man qualifiziertes Personal mit Kenntnissen in Maschineschreiben, Stenografie und Buchhaltung. In Tetuán ist die Situation anders, aber auch dort gibt es viele Möglichkeiten: Die Bevölkerung ist weniger international, da es die Hauptstadt des spanischen Protektorats ist, doch sie ist voll von Beamten und solchen, die es werden wollen. Und sie alle, wie du sehr gut weißt, mein Liebling, brauchen eine Ausbildung, wie die Academia Pitman sie ihnen bieten kann.«

»Und wenn die Argentinier dir keine Lizenz geben?«

»Das bezweifle ich sehr. Ich habe Freunde in Buenos Aires mit sehr guten Kontakten. Wir bekommen sie, du wirst schon sehen. Sie werden uns ihre Methode und ihr Fachwissen zur Verfügung stellen und uns Leute schicken, die unsere Mitarbeiter anleiten.«

»Und was wirst du machen?«

»Ich allein gar nichts. Wir beide zusammen sehr viel. Wir werden das Unternehmen leiten, du und ich, gemeinsam.«

Mir entfuhr ein nervöses Lachen. Unglaubwürdiger hätte die Rolle, die Ramiro mir zudachte, nicht sein können: Die arbeitslose kleine Schneiderin, die noch vor wenigen Monaten Maschineschreiben lernen wollte, weil sie arm war wie eine Kirchenmaus, sollte sich wie durch ein Wunder in die Chefin eines Unternehmens mit blendenden Zukunftsaussichten verwandeln.

»Ich soll eine Firma leiten? Ich habe doch von nichts eine Ahnung, Ramiro.«

»Wieso denn nicht? Warum muss ich dir sagen, was du wert bist und alles kannst? Du hast nur nie Gelegenheit gehabt, dein Können unter Beweis zu stellen. Du hast deine Jugend in einem Kaninchenbau vergeudet und Klamotten für andere genäht ohne jede Chance, etwas aus deinem Leben zu machen. Deine Chance, dein großer Augenblick kommt erst noch.«

»Und was werden die Leute bei Hispano-Olivetti sagen, wenn sie erfahren, dass du gehst?«

Er lächelte spöttisch und küsste mich auf die Nasenspitze.

»Die Leute bei Hispano-Olivetti, mein Liebling, die können mich mal!«

Die Academia Pitman oder ein Luftschloss – wenn die Idee aus Ramiros Mund kam, war mir alles recht: wenn er mir mit fiebriger Begeisterung seine Pläne darlegte, während er meine Hände hielt und mir tief in die Augen sah, wenn er mir immer wieder sagte, was für ein wertvoller Mensch ich sei und wie wunderbar alles werden würde, wenn wir auf eine gemeinsame Zukunft setzten. Die Academia Pitman oder ewiges Höllenfeuer: Was er vorschlug, war für mich Gesetz.

Am nächsten Tag brachte er die Informationsbroschüre mit nach Hause, an der sich seine Fantasie entzündet hatte. Ganze Absätze beschäftigten sich mit der Geschichte des Unternehmens: gegründet 1919 von drei Gesellschaftern – Allúa, Schmiegelon und Jan. Basierend auf der von dem Engländer Isaac Pitman entwickelten Kurzschrift. Geprüfte Methode, strenge Lehrer, hundertprozentige Erfolgsgarantie, persönliche Betreuung, eine glänzende Zukunft nach Erlangung des Diploms. Die Fotografien lächelnder junger Menschen, die ihre glänzende berufliche Zukunft schon vor Augen hatten, schienen die Versprechungen zu bestätigen. Die Broschüre strahlte einen Optimismus aus, der selbst dem größten Skeptiker den Wind aus den Segeln nahm: »Lang und steil ist der Weg des Lebens. Nicht alle erreichen das ersehnte Ziel, wo Erfolg und Wohlstand warten. Viele bleiben auf der Strecke: die Wankelmütigen, die Charakterschwachen, die Nachlässigen, die Unwissenden, diejenigen, die sich ausschließlich auf ihr Glück verlassen und vergessen, dass die größten und glänzendsten Erfolge auf intensivem Studium, Durchhaltevermögen und Willenskraft basieren. Jeder ist seines Glückes Schmied. Nehmen Sie Ihr Schicksal in die Hand!«

An jenem Nachmittag ging ich meine Mutter besuchen. Sie

kochte uns Kaffee, und während wir ihn in der Gegenwart meines schweigenden Großvaters tranken, berichtete ich ihr von unserem Vorhaben und schlug ihr vor, dass sie, sobald wir uns in Nordafrika eingerichtet hätten, vielleicht zu uns kommen könne. Wie ich schon geahnt hatte, gefiel ihr unser Plan überhaupt nicht, und sie wollte auch nicht nachkommen.

»Du brauchst weder tun, was dein Vater sagt, noch alles glauben, was er uns erzählt hat. Dass er geschäftliche Probleme hat, bedeutet nicht, dass auch uns etwas geschieht. Je länger ich darüber nachdenke, desto mehr bin ich davon überzeugt, dass er übertrieben hat.«

»Es wird schon seinen Grund haben, wenn er derart mutlos ist. Er wird es sich nicht aus den Fingern saugen ...«

»Er hat Angst, weil er gewohnt ist, Befehle zu geben, ohne dass ihm jemand widerspricht. Und jetzt beunruhigt ihn, dass die Arbeiter zum ersten Mal den Mund aufmachen und ihre Rechte einfordern. Ehrlich gesagt, ich frage mich dauernd, ob es nicht völlig verrückt war, dieses viele Geld und vor allem die Schmuckstücke anzunehmen.«

Verrückt oder nicht, jedenfalls fügten sich das Geld, der Schmuck und unsere Pläne von diesem Zeitpunkt an bequem in unseren Alltag ein, unaufdringlich, aber doch ständig gegenwärtig in den Gedanken und Gesprächen. Ramiro kümmerte sich wie geplant um die Formalitäten für die Firmengründung, und ich beschränkte mich darauf, die Papiere zu unterschreiben, die er mir vorlegte. Ansonsten verlief mein Leben wie bisher: aufregend, unterhaltsam, verliebt, voller Unvernunft und Naivität.

Die Begegnung mit Gonzalo Alvarado half meiner Mutter und mir, die Meinungsverschiedenheiten in unserer Beziehung ein wenig zu bereinigen, doch unsere Lebenswege gingen unweigerlich in unterschiedliche Richtungen. Dolores hielt sich über Wasser, indem sie die allerletzten aus Doña Manuelas Schneiderei mitgebrachten Stoffreste verarbeitete. Hin und wieder nähte sie für eine Nachbarin, aber die meiste Zeit hatte sie nichts zu tun. Meine Welt jedoch war bereits eine andere: eine Welt, in der Schnittmuster und Futterstoffe keinen Platz mehr hatten, in der von der jungen Schneiderin, die ich einmal gewesen war, fast nichts mehr übrig blieb.

Die Übersiedelung nach Marokko zog sich noch einige Monate hin. Während dieser Zeit gingen Ramiro und ich viel aus, lachten, rauchten, liebten uns wie die Verrückten und tanzten Carioca bis zur Morgendämmerung. Die politische Atmosphäre um uns herum war nach wie vor explosiv, Streiks, Arbeitskonflikte und Gewalt auf den Straßen gehörten zum Alltag. Aus den Wahlen im Februar ging die Koalition linker Volksfrontparteien als Sieger hervor, und als Reaktion darauf gebärdete sich die Falange noch aggressiver. Statt Worten kamen bei den politischen Debatten nun Pistolen und Fäuste zum Einsatz, die Spannungen erreichten einen Höhepunkt. Aber was kümmerte uns das alles? Wir waren doch nur noch einen kleinen Schritt von einem neuen Lebensabschnitt entfernt.

5

Wir verließen Madrid Ende März 1936. Eines Morgens ging ich Strümpfe kaufen, und als ich zurückkam, fand ich die Wohnung in einem wüsten Durcheinander vor und Ramiro umgeben von kleinen und großen Koffern.

»Wir reisen ab. Noch heute Nachmittag.«

»Ist schon eine Antwort von Pitman gekommen?«, fragte ich, und mein Magen krampfte sich vor Anspannung zusammen. Er antwortete, ohne mich anzusehen, während er hastig Hosen und Hemden aus dem Kleiderschrank nahm.

»Nicht direkt, aber ich habe erfahren, dass sie unseren Vorschlag ernsthaft prüfen. Und deshalb sollten wir uns sofort auf den Weg machen.«

»Und deine Arbeit?«

»Ich habe gekündigt. Gerade eben. Ich hatte die Nase gestrichen voll, es war nur noch eine Frage der Zeit, und das wussten sie. Also: Auf Nimmerwiedersehen, Hispano-Olivetti. Auf uns wartet ein anderes Leben, mein Liebling. Das Glück ist mit den Tüchtigen, also fang an zu packen, denn wir reisen ab.«

Ich erwiderte nichts darauf, und so unterbrach er sein hektisches Tun. Er hielt inne, sah mich an und lächelte, als er meine Verwirrung bemerkte. Dann kam er auf mich zu, fasste mich um die Taille und nahm mir alle meine Ängste mit einem einzigen Kuss, der mir so viel Energie gab, dass ich nach Marokko hätte fliegen können.

Es ging alles so schnell, dass ich kaum Zeit fand, mich von meiner Mutter zu verabschieden: eine schnelle Umarmung, fast noch in der Tür, und ein »Mach dir keine Sorgen, ich schreibe dir«. Eigentlich war ich froh, dass wir nicht mehr Zeit für den Abschied hatten, er wäre zu schmerzlich gewesen. Ich sah mich nicht einmal mehr um, als ich die Treppe hinabeilte. Ich wusste, dass meine Mutter trotz ihrer Stärke kurz davor war, in Tränen auszubrechen, und jetzt war nicht der passende Augenblick für Sentimentalitäten. In meiner absoluten Ahnungslosigkeit glaubte ich, unsere Trennung wäre nicht von langer Dauer, als läge Afrika ein paar Straßen entfernt und wir würden nur ein paar Wochen fortbleiben.

An einem windigen Frühlingstag um die Mittagszeit legte unser Schiff in Tanger an. Wir hatten ein graues, unfreundliches Madrid hinter uns gelassen und ließen uns nun in einer überwältigenden fremden Stadt nieder, die farbenfroh und voller Kontraste war. Wo sich die Araber mit ihren dunklen Gesichtern, ihren Dschellabas und Turbanen mit schon länger dort ansässigen Europäern mischten, aber auch mit anderen, die vor ihrer Vergangenheit geflohen und auf der Durchreise zu tausend verschiedenen Zielorten waren, die Koffer stets zur Hälfte mit ungewissen Träumen gefüllt. Tanger, mit seinem Meer, seinen zwölf internationalen Fahnen und der üppigen Vegetation aus Palmen und Eukalyptusbäumen, mit seinen maurischen Gssen und neuen Boulevards, auf denen luxuriöse Automobile mit den bedeutungsvollen Buchstaben CD – *corps diplomatique* – entlangrollten. Tanger, wo die Minarette der Moscheen und der aromatische Geruch der Gewürze mit den Konsulaten, den Banken, den frivolen Ausländerinnen in Kabrioletts, dem Duft von hellem Tabak und zollfreien Pariser Parfüms harmonisch nebeneinander existierten. Die Terrassen der Strandbäder am Hafen empfingen uns mit Sonnendächern, die in der Meeresbrise knatterten, in der Ferne das Kap Malabata und die spanische Küste. Europäer in heller, leichter Kleidung, geschützt durch Sonnenbrillen und weiche Hüte, nahmen dort ihre Aperitifs, während sie mit desinteressierter Trägheit und übereinandergeschlagenen Beinen die internationale Presse überflogen. Die einen widmeten sich ihren Geschäften, die anderen ihren Verwaltungsaufgaben, und viele von ihnen einem müßigen und scheinbar sorgenfreien Leben.

In Erwartung konkreter Nachrichten von den Besitzern der Academia Pitman stiegen wir im Hotel Continental ab, das oberhalb des Hafens am Rand der Medina lag. Ramiro telegrafierte dem argentinischen Unternehmen unsere neue Adresse, und ich fragte täglich bei den Portiers nach, ob jener Brief gekommen sei, mit dem unsere Zukunft beginnen sollte. Sobald wir die Antwort in Händen hielten, würden wir entscheiden, ob wir in Tanger blieben oder uns im Protektorat niederließen. Während die Post von jenseits des Atlantiks auf sich warten ließ, begannen wir uns in der Stadt unter Exilanten zu bewegen, wie wir beide es waren, eins mit jener Masse an Menschen mit fraglicher Vergangenheit und unvorhersehbarer Zukunft zu werden, die sich mit Leib und Seele der anstrengenden Aufgabe verschrieben hatte, sich zwanglos zu unterhalten, zu trinken, zu tanzen, Vorstellungen im Teatro Cervantes zu besuchen und bis zum frühen Morgen Karten zu spielen – außerstande, in Erfahrung zu bringen, ob ein herrliches Dasein sie erwartete oder ein böses Ende in irgendeinem finsteren Loch, von dem sie noch nicht die geringste Ahnung hatten.

Wir wurden wie sie und tauchten ein in eine Zeit, in der es alles gab außer Stille. Stattdessen zahllose Stunden zärtlicher Liebe in unserem Zimmer im Continental, während sich die weißen Vorhänge in der Meeresbrise leise bewegten, und zügelloser Leidenschaft unter den Flügeln des Ventilators, deren monotones Geräusch sich mit unseren keuchenden Atemzügen vermischte, auf unserer Haut Schweiß mit dem Geschmack nach Salpeter und zerknitterte Laken, die nach und nach zu Boden glitten. Und Tag und Nacht war Leben auf der Straße, wir gingen fortwährend aus. Anfangs nur wir beide, da wir niemanden kannten. Einige Tage, wenn der Ostwind nicht allzu heftig blies, verbrachten wir an dem Strand beim Diplomatenwald, am späten Nachmittag flanierten wir über den erst kürzlich fertiggestellten Boulevard Pasteur, sahen uns im Florida-Kursaal oder im Capitol einen amerikanischen Film an oder setzten uns in eines der Cafés am Zoco Chico, dem pulsierenden Zentrum der Stadt, wo die arabische und die europäische Welt sich auf anmutige und angenehme Weise überlagerten.

Doch unsere Isolation dauerte nur wenige Wochen: Tanger war klein, Ramiro äußerst kontaktfreudig, und alle Welt schien in jenen Tagen ein ungeheuer großes Bedürfnis zu verspüren, miteinander Umgang zu pflegen. Bald begannen wir, uns bekannte Gesichter zu grüßen, Namen zu erfahren und uns zu der einen oder anderen Gruppe zu setzen, wenn wir ein Lokal betraten. Wir aßen mittags und abends im Bretagne, im Roma Park oder in der Brasserie de la Plage und gingen anschließend in die Bar Russo, ins Chatham oder auch ins Detroit an der Place de France, oder ins Central mit seinen ungarischen Tänzerinnen, oder wir sahen uns Vorstellungen in der *music hall* M'salah mit ihrem großen Glaspavillon an, der immer brechend voll war mit Franzosen, Engländern und Spaniern, Juden verschiedener Nationalitäten, Marokkanern, Deutschen und Russen, die zu den Klängen eines phänomenalen Orchesters tanzten, tranken und in einem Durcheinander von Sprachen über die Politik dieses oder jenes Landes diskutierten. Manchmal landeten wir zum Schluss im Haffa direkt am Meer, unter Zeltdächern, und blieben bis zum Morgengrauen. Dort gab es Matten auf dem Boden, auf denen die Leute lässig hingestreckt Kif rauchten und Tee tranken. Reiche Araber, Europäer mit ungewisser Zukunft, die irgendwann vielleicht einmal vermögend gewesen waren. Selten gingen wir in jener diffusen Zeit vor Tagesanbruch zu Bett, wir befanden uns in einem Schwebezustand zwischen gespannter Erwartung, auf eine Nachricht aus Argentinien hoffend, und dem durch ihr Ausbleiben erzwungenen Müßiggang. Wir gewöhnten uns ein, spazierten durch den neuen europäischen Teil und durchstreiften die Gassen des arabischen Teils, lebten inmitten dieses bunten Gemischs aus Menschen, die es hierher verschlagen hatte, und den Einheimischen. Mit den perlenbehängten Damen mit wachsbleichem Teint unter breiten Strohhüten, die ihre ondulierten Pudel ausführten, und den dunkelhäutigen Barbieren, die mit ihrem antiquierten Handwerkszeug unter freiem Himmel arbeiteten. Mit den Straßenverkäufern, die Pomaden und Salben feilboten, den stets makellos gekleideten Diplomaten, den Ziegenherden und den flüchtigen Silhouetten der scheuen, fast gesichtslosen muslimischen Frauen in ihren Kaftanen und dem Haik, dem weißen Überwurf.

Täglich kamen Nachrichten aus Madrid. Manchmal lasen wir sie in den örtlichen Zeitungen, die auf Spanisch erschienen, der *Democracia,* dem *Diario de África* oder der republikanischen *El Porvenir*. Manchmal erfuhren wir sie nur aus dem Mund der Zeitungsverkäufer auf dem Zoco Chico, die in verschiedenen Sprachen die Schlagzeilen ausriefen: die der *Vedetta di Tangeri* auf Italienisch, die vom *Journal de Tangier* auf Französisch. Hin und wieder erhielt ich einen Brief von meiner Mutter, kurz, schlicht, distanziert. Auf diese Weise erfuhr ich, dass mein Großvater still und leise in seinem Schaukelstuhl gestorben war, und zwischen den Zeilen las ich heraus, dass das bloße Überleben für sie von Tag zu Tag schwieriger wurde.

Es war auch eine Zeit der Entdeckungen. Ich lernte einige wenige, aber nützliche Sätze in Arabisch. Mein Gehör gewöhnte sich an den Klang fremder Sprachen – Französisch, Englisch – und an andere Akzente meiner eigenen Landessprache wie dem Haketía, jenem Dialekt der sephardischen Juden Marokkos, der aus dem Altspanischen entstanden, aber auch mit arabischen und hebräischen Wörtern durchsetzt ist. Ich lernte, dass es Substanzen gibt, die man raucht, spritzt oder schnupft und die einem die Sinne vernebeln. Dass es Leute gibt, die am Baccaratisch ihre Mutter verspielen, und dass es fleischliche Begierden gibt, die wesentlich mehr Variationen zulassen als diejenige eines Mannes und einer Frau in waagrechter Lage auf einer Matratze. Außerdem erfuhr ich einige Dinge, die in der Welt vor sich gingen, von denen ich mit meiner bescheidenen Schulbildung noch nie gehört hatte: dass es vor vielen Jahren in Europa einen großen Krieg gegeben hatte, dass in Deutschland ein gewisser Hitler an der Macht war, den einige bewunderten und andere fürchteten, und dass sich ein Mensch von einem Tag auf den anderen quasi in Luft auflösen konnte, um seine eigene Haut zu retten, wenn er nicht zu Tode geprügelt werden wollte oder – schlimmer noch – an einem Ort landete, dessen Schrecken seine schlimmsten Albträume übertrafen.

Und ich entdeckte auf äußerst unangenehme Weise, dass alles, was wir für sicher und beständig halten, jederzeit und ohne ersichtlichen Grund aus den Fugen geraten, eine andere Richtung nehmen, sich ändern kann. Anders als das Wissen über die Vorlieben anderer Menschen oder über europäische Politik eignete ich mir dieses Wissen nicht an, sondern erlebte es am eigenen Leib. Ich erinnere mich weder, wann genau es war, noch was konkret geschah, doch auf einmal begannen sich die Dinge zwischen Ramiro und mir zu ändern.

Anfangs veränderten sich lediglich die täglichen Abläufe. Unsere Beziehungen zu anderen Leuten wurden enger. Wir schlenderten nicht mehr ziellos durch die Straßen, wir ließen uns nicht mehr träge treiben wie in den ersten Wochen. Mir war jene Zeit lieber, allein mit Ramiro, nur hin und wieder eine lockere Begegnung mit anderen, die fremde Welt um uns herum, doch ich merkte, dass Ramiro sich mit seiner einnehmenden Persönlichkeit inzwischen überall Freunde gemacht hatte. Und was er für mich tat, war gut getan, also ertrug ich widerspruchslos die vielen endlos langen Stunden, die wir in Gesellschaft fremder Menschen verbrachten, obwohl ich meistens kaum verstand, worüber sie sprachen, manchmal weil sie es in einer Sprache taten, die nicht die meine war, manchmal weil sie über Orte und Angelegenheiten diskutierten, von denen ich noch nichts wusste: über Lizenzen, über den Nationalsozialismus, Polen, die Bolschewiken, Visa, Auslieferung. Ramiro konnte sich auf Französisch und Italienisch einigermaßen verständigen, radebrechte in Englisch und kannte einige deutsche Ausdrücke. Er hatte für internationale Unternehmen gearbeitet und Kontakte mit Ausländern gepflegt, und wenn ihm die exakten Wörter fehlten, behalf er sich auf gut Glück mit Gesten, Umschreibungen und Ableitungen. Die Verständigung bereitete ihm nicht das geringste Problem, und so wurde er in kurzer Zeit zu einer gern gesehenen Person in Exilantenkreisen. Es erwies sich als zunehmend schwierig für uns, nicht wenigstens die Gäste an zwei oder drei Tischen zu begrüßen, wenn wir ein Restaurant betraten, uns im Hotel El Minzah an den Tresen stellten oder auf der Terrasse des Café Tingis erschienen, ohne dass irgendeine Gruppe uns aufforderte, uns an ihrer lebhaften Unterhaltung zu beteiligen. Ramiro kam mit ihnen so gut zurecht, als würde er sie schon sein Leben lang kennen, und ich ließ mich mitziehen, verwandelte mich in seinen Schatten, in eine fast immer nur stumme Anwesende, gleichgültig gegenüber allem außer dem Gefühl, ihn an meiner Seite zu spüren und sein Anhängsel zu sein, eine stets zustimmende Erweiterung seiner selbst.

Es gab eine Zeit, sie dauerte mehr oder weniger den ganzen Frühling über, da konnten wir beide Facetten verbinden und erlangten ein Gleichgewicht. Wir bewahrten uns unsere intimen Momente, unsere Stunden ganz für uns allein. Wir bewahrten uns das Feuer der Leidenschaft jener Tage in Madrid, öffneten uns gleichzeitig den neuen Freunden und nahmen immer mehr Anteil am Auf und Ab des Lebens um uns herum. Irgendwann jedoch geriet alles aus dem Gleichgewicht, begann zu kippen. Fast unmerklich, aber unumkehrbar. Die Stunden, die wir in der Öffentlichkeit verbrachten, begannen in den Raum unserer privaten Momente einzudringen. Die bekannten Gesichter hörten auf, simple Quellen für unterhaltsame Gespräche und Anekdoten zu sein, sondern verwandelten sich in Personen mit einer Vergangenheit, mit Zukunftsplänen und der Möglichkeit, sich in unser Leben einzumischen. Ihre Persönlichkeiten verließen die Anonymität und bekamen ein immer konkreteres Profil, wurden interessant, attraktiv. Bei manchen erinnere ich mich noch an den Vor- und Nachnamen, habe noch ihr Gesicht vor Augen, obwohl es inzwischen sicher schon längst verwest ist, weiß noch, woher sie stammten, die fernen Orte ihrer Herkunft, die ich damals auf der Landkarte nicht hätte finden können. Iwan, der elegante und schweigsame Russe, dürr wie eine Bohnenstange, mit dem ausweichenden Blick und stets einem Einstecktuch aus Seide in der Brusttasche – wie eine Blume außerhalb der Saison. Jener polnische Baron, dessen Name mir jetzt nicht mehr einfällt, der herumposaunte, wie reich er angeblich war, und der nur einen Spazierstock mit silbernem Knauf und zwei Hemden besaß, deren Kragen schon durchgescheuert waren. Isaac Springer, der österreichische Jude mit der großen Nase und dem goldenen Zigarettenetui. Das Paar aus Kroatien, die Jovovics, beide so schöne Menschen, so ähnlich und so androgyn, dass sie manchmal für ein Liebespaar und manchmal für Brüder gehalten wurden. Der schwitzende Italiener, der mich immer mit feuchten Augen ansah, Mario hieß er, oder vielleicht Maurizio, ich weiß es nicht mehr. Und Ramiro begann, sich immer mehr mit ihnen anzufreunden, an ihren Sehnsüchten und Sorgen teilzuhaben, sich aktiv an ihren Plänen zu beteiligen. Und ich sah tatenlos zu, wie er sich ihnen Tag für Tag, sacht, ganz sacht, ein wenig mehr annäherte und von mir entfernte.

Die Nachricht von der Academia Pitman wollte und wollte nicht kommen, doch zu meiner Überraschung schien diese Verzögerung Ramiro nicht im Mindesten zu beunruhigen. Immer weniger Zeit verbrachten wir allein in unserem Zimmer im Continental. Immer seltener flüsterte er mir zärtliche Worte ins Ohr, die auf all die Dinge anspielten, die ihn früher an mir so entzückt, so verrückt gemacht hatten, dass er nicht müde wurde, sie immer wieder aufzuzählen: meine samtige Haut, meine göttlichen Hüften, mein seidiges Haar. Er machte mir kaum noch Komplimente für mein anmutiges Lächeln, meine jugendliche Frische. Fast nie mehr lachte er über meine, wie er früher sagte, heilige Einfalt, und ich spürte, wie ich immer weniger sein Interesse weckte, seine Zuneigung, seine Zärtlichkeit. Und in jenen tristen, von Unsicherheit bedrohten Tagen, die an meinen Nerven zerrten, begann ich mich schlecht zu fühlen. Nicht nur seelisch, sondern auch körperlich. Schlecht, immer schlechter. Vielleicht hatte sich mein Magen noch nicht an das fremde Essen gewöhnt, das so ganz anders war als die Eintöpfe meiner Mutter und die einfachen Gerichte in den Madrider Gaststätten. Vielleicht hatte die stickige, schwüle Hitze des beginnenden Sommers etwas mit meiner zunehmenden Schwäche zu tun. Das Tageslicht wurde mir zu grell, die Gerüche der Straße verursachten mir Übelkeit und Brechreiz. Ich konnte mich kaum dazu aufraffen, überhaupt aufzustehen, und mein Bedürfnis nach Schlaf war schier übermächtig. Manchmal – selten – schien Ramiro besorgt: Dann setzte er sich zu mir, legte die Hand auf meine Stirn und sagte mir zärtliche Worte. Manchmal – meistens – war er unaufmerksam, kam er mir abhanden. Er beachtete mich gar nicht, er entglitt mir.

Ich hörte auf, ihn bei seinen nächtlichen Unternehmungen zu begleiten, ich hatte kaum genug Energie, mich auf den Beinen zu halten. Ich begann, allein im Hotel zu bleiben, Stunden, die sich hinzogen, zähflüssig, erdrückend. Stunden, die ich wie in einem klebrigen Nebel zubrachte, ohne den geringsten Lufthauch, wie leblos. Ich nahm an, dass er sich mit denselben Dingen und in Gesellschaft derselben Leute wie früher beschäftigte: ein paar Gläser Alkohol, Billard, Gespräche und noch mal Gespräche, ein paar gute Geschichten und auf irgendein Stück Papier gekritzelte Landkarten. Ich dachte, er mache dieselben Dinge wie mit mir, nur ohne mich, und ahnte nicht, dass er in eine andere Phase eingetreten war, dass es anderes gab. Dass er die Grenzen der bloßen Geselligkeit unter Freunden bereits überschritten und sich auf ein neues Terrain begeben hatte, das ihm keineswegs unbekannt war. Ja, es gab andere Pläne. Und außerdem das Glücksspiel, wilde Pokerrunden, Feste bis in den hellen Tag hinein. Wetten, Geprahle, zwielichtige Geschäfte und maßlose Projekte. Lügen, leere Versprechungen und das Auftauchen einer Seite seiner Persönlichkeit, die monatelang verborgen geblieben war. Ramiro Arribas, der Mann mit den tausend Gesichtern, hatte mir bislang nur eines gezeigt. Die anderen sollte ich bald kennenlernen.

Jede Nacht kam er später und in schlechterem Zustand zurück. Das Hemd halb über dem Hosenbund hängend, der Krawattenknoten fast auf der Brust, überdreht, nach Tabak und Whisky riechend, mit belegter Stimme Entschuldigungen murmelnd, wenn er mich noch wach vorfand. Manchmal berührte er mich nicht einmal, sondern fiel wie ein Kartoffelsack auf das Bett und schlief sofort ein, doch ich fand in den wenigen Stunden, bis es vollends hell wurde, keinen Schlaf mehr, weil er so geräuschvoll atmete. Manchmal umarmte er mich auch schwerfällig, küsste mit feuchtem Atem meinen Hals, schob beiseite, was ihn an Kleidung behinderte, und ergoss sich in mich. Und ich ließ ihn gewähren, ohne ihm einen Vorwurf zu machen, ohne überhaupt zu verstehen, was mit uns geschah, unfähig, jene Lieblosigkeit zu benennen.

In manchen Nächten kam er überhaupt nicht zurück. Das waren die schlimmsten: schlaflose Morgenstunden, wenn sich die gelblichen Lichter an den Kais im schwarzen Wasser der Bucht spiegelten, wenn das erste Licht des Tages energisch die Tränen verscheuchte, wenn der böse Verdacht in mir aufkeimte, dass vielleicht alles ein Irrtum gewesen war, ein riesengroßer Irrtum, bei dem es kein Zurück mehr gab.

Das Ende ließ nicht lange auf sich warten. Entschlossen, ein für alle Mal die Ursache für mein Unwohlsein bestätigt zu wissen, ohne jedoch Ramiro unnötig beunruhigen zu wollen, machte ich mich eines frühen Morgens auf den Weg zur Praxis eines Arztes in der Calle Estatuto. Dr. Bevilacqua, Allgemeinmediziner für sämtliche Beschwerden und Krankheiten, verkündete das goldfarbene Schild an der Tür. Er hörte mir geduldig zu, untersuchte mich, befragte mich. Und es war auch kein Schwangerschaftstest mit einem weiblichen Frosch oder Ähnliches nötig, um mir zu bestätigen, was ich schon geahnt hatte – und Ramiro ebenfalls, wie sich später herausstellen sollte. Ich kehrte mit gemischten Gefühlen ins Hotel zurück. Hoffnung, Beklemmung, Freude, Angst. Ich erwartete, ihn noch schlafend im Bett vorzufinden, wollte ihn mit Küssen wecken, um ihm die Neuigkeit zu berichten. Doch das war mir nicht vergönnt. Ich hatte nie Gelegenheit, ihm zu sagen, dass wir ein Kind bekommen würden, denn als ich zurückkehrte, war er schon nicht mehr da. Außer dem leeren Bett fand ich lediglich ein Chaos vor, die Türen der Schränke sperrangelweit offen, die Schubladen herausgerissen und die Koffer auf dem Boden verstreut.

Man hat uns beraubt, war mein erster Gedanke.

Mir blieb die Luft weg, ich musste mich setzen. Ich schloss die Augen und atmete tief durch, ein, zwei, drei Mal. Als ich sie wieder öffnete, sah ich mich noch einmal um. In meinem Kopf kreiste nur ein einziger Gedanke: Ramiro, Ramiro, wo ist Ramiro? Und dann blieb mein unruhig durch das Zimmer streifender Blick an einem Briefumschlag auf dem Nachttisch auf meiner Seite des Bettes hängen. An den Lampenfuß gelehnt, darauf in Großbuchstaben mein Name, hingeworfen mit dem kräftigen Strich jener Schrift, die ich überall erkannt hätte.

Sira, mein Liebling,
ehe Du weiterliest, sollst Du wissen, dass ich Dich anbete und die Erinnerung an Dich bis an mein Lebensende in meinem Herzen tragen werde. Wenn Du diese Zeilen liest, werde ich schon fort sein, und obwohl ich es mir von ganzem Herzen wünsche, fürchte ich, dass Du und das kleine Wesen, das Du vermutlich unter deinem Herzen trägst, dass Ihr beide mich im Moment nicht begleiten könnt.
Bitte verzeih, wie ich mich Dir gegenüber in letzter Zeit verhalten habe, dass ich mich nicht mehr um Dich gekümmert habe. Du wirst sicher verstehen, dass die Ungewissheit durch das Schweigen seitens der Academia Pitman mich dazu nötigte, mich nach anderen zukunftsträchtigen Möglichkeiten umzusehen. Ich habe verschiedene Angebote geprüft, und für eines habe ich mich entschieden. Es ist ein Wagnis, ebenso faszinierend wie vielversprechend, aber es erfordert meinen

vollen Einsatz, und deshalb ist es derzeit unmöglich, dass Du mich begleitest.
Ich habe nicht den geringsten Zweifel, dass das Projekt, das ich heute in Angriff nehme, ein absoluter Erfolg sein wird, doch im Moment, im Anfangsstadium, bedarf es einer erheblichen Investition, die meine finanziellen Möglichkeiten bei Weitem übersteigt, weshalb ich mir erlaubt habe, mir das Geld und die Schmuckstücke Deines Vaters zu borgen, um die anfänglichen Kosten bestreiten zu können. Ich hoffe, Dir eines Tages alles, was ich heute als Leihgabe mitnehme, wieder zurückgeben zu können, damit Du es später an Deine Nachkommen weitergeben kannst, wie Dein Vater es bei Dir getan hat. Und ich vertraue darauf, dass die Erinnerung an Deine Mutter, die Dich selbstlos und nach besten Kräften großgezogen hat, Dir als Vorbild für die kommenden Lebensphasen dienen wird.
Leb wohl, mein Liebling. Immer der Deine,

RAMIRO

PS: Ich rate Dir, Tanger so schnell wie möglich zu verlassen. Es ist kein passender Ort für eine alleinstehende Frau, schon gar nicht in Deinem gegenwärtigen Zustand. Ich fürchte, gewisse Leute könnten ein Interesse daran haben, mich zu finden, und nach Dir suchen, wenn sie mich nicht antreffen. Versuche, das Hotel unauffällig und mit wenig Gepäck zu verlassen. Ich werde mich nach Kräften bemühen, die Hotelrechnung für die letzten Monate zu begleichen, weiß aber nicht, ob ich durch meine überstürzte Abreise Gelegenheit dazu haben werde. Ich könnte es mir nie verzeihen, wenn es Dich in irgendeiner Weise belasten würde.

Ich erinnere mich nicht mehr, was ich in jenem Moment dachte. Die Szenerie hingegen steht mir noch ganz deutlich vor Augen: das Chaos im Zimmer, der leere Schrank, das blendende Tageslicht, das durch das offene Fenster hereindrang, und ich selbst auf dem zerwühlten Bett, in einer Hand den Brief, die andere schützend auf mein ungeborenes Kind gelegt, während mir dicke Schweißtropfen über die Schläfen rannen. Die Gedanken jedoch, die mir damals durch den Kopf gingen, haben entweder nie existiert oder keine Spuren hinterlassen, denn ich konnte mich nie an sie erinnern. Ganz sicher weiß ich hingegen, dass ich mich mechanisch ans Werk machte, mit eiligen Bewegungen, aber ohne einen klaren Gedanken fassen oder etwas empfinden zu können. Trotz des Inhalts seines Briefes und noch aus der Ferne bestimmte Ramiro weiterhin mein Leben, und ich beschränkte mich darauf, ihm zu gehorchen. Ich öffnete einen Koffer und warf mit beiden Händen hinein, was mir in die Finger kam, ohne einen Gedanken daran zu verschwenden, was mitzunehmen sinnvoll war und was ich zurücklassen könnte. Einige Kleider, eine Haarbürste, ein paar Blusen und alte Zeitschriften, eine Handvoll Unterwäsche, einzelne Schuhe, zwei Kostümjacken ohne den passenden Rock und drei Röcke ohne die dazugehörigen Jacken, einige Schriftstücke, die auf dem Schreibtisch lagen, ein paar Tiegel aus dem Bad, ein Handtuch. Als der Koffer schließlich mit einem Durcheinander an Kleidung und anderen Dingen gefüllt war, schloss ich ihn, schlug die Zimmertür hinter mir zu und ging.

Im mittäglichen Trubel von Hotelgästen, die in den Speisesaal gingen oder ihn verließen, dem Geschirrklappern der Kellner und dem Stimmengewirr in Sprachen, die ich nicht verstand, schien kaum jemand meinen Abgang zu bemerken. Nur Hamid, der kleine Page mit dem Aussehen eines Kindes, kam diensteifrig auf mich zu, um mir den Koffer zu tragen. Ich wehrte wortlos ab und trat auf die Straße. Und ging drauflos, weder mit festem noch mit leichtem Schritt, ohne die geringste Ahnung, wohin ich mich wenden sollte, aber das bekümmerte mich nicht. Ich erinnere mich, dass ich die steile Rue de Portugal hinunterlief, und ich habe noch einige Bilder vom Zoco de Afuera mit seinem Gewimmel von Marktständen, Tieren, Stimmen und Dschellabas im Kopf. Ich wanderte ziellos durch die Gassen, und mehrere Male musste ich mich an eine Mauer pressen, wenn hinter mir die Hupe eines Automobils ertönte oder irgendein Marokkaner, der eilig Ware transportierte, mit dem Ruf *balak, balak* für freie Bahn sorgte. Bei meinem ziellosen Umherstreifen kam ich irgendwann am englischen Friedhof vorbei, an der katholischen Kirche und der Calle Siagin, der Calle de la Marina und der Großen Moschee. Ich ging und ging, ohne zu wissen wie lange, ohne Müdigkeit zu verspüren oder etwas zu empfinden, getrieben von einer fremden Kraft, die meine Beine bewegte, als gehörten sie zu einem Körper, der nicht der meine war. Ich hätte noch viel länger weitergehen können: Stunden, Nächte, vielleicht Wochen, Jahr um Jahr bis ans Ende meiner Tage. Doch es kam anders, denn während ich wie ein Gespenst an den Escuelas Españolas vorbeischlich, hielt an der Cuesta de la Playa neben mir ein Tax.

»Soll ich Sie irgendwo hinfahren, Mademoiselle?«, fragte der Fahrer.

Ich glaube, ich nickte zustimmend. Wegen des Koffers wird er gedacht haben, dass ich verreisen wollte.

»Zum Hafen, zum Bahnhof, oder nehmen Sie den Bus?«

»Ja.«

»Ja was?«

»Ja.«

»Ja, den Bus?«

Wieder bejahte ich stumm. Ob Autobus oder Zug, ein Schiff oder ein steiler Abgrund, es war mir egal. Ramiro hatte mich verlassen, und ich wusste nicht, wohin ich sollte, also war jeder Ort so schlecht wie der andere. Oder noch schlechter.

6

Sanft versuchte eine Stimme, mich zu wecken, und mit schier übermenschlicher Anstrengung gelang es mir, die Augen ein wenig zu öffnen. Neben mir registrierte ich zwei Gestalten: zunächst verschwommen, dann deutlicher. Eine davon war ein Mann mit grauem Haar, dessen unscharfes Gesicht mir irgendwie bekannt vorkam. Die zweite Silhouette entpuppte sich als Nonne mit blütenweißer Haube. Ich bemühte mich, mich zu orientieren, konnte aber über meinem Kopf nur eine hohe Decke und Betten links und rechts von mir erkennen. Ich nahm den Geruch von Medizin wahr und sah, wie das Sonnenlicht durch die Fenster flutete. Da wurde mir klar, dass ich mich wohl in einem Spital befand. Die ersten Worte, die ich wisperte, sind mir noch immer im Gedächtnis.

»Ich will nach Hause.«

»Und wo ist dein Zuhause, meine Tochter?«

»In Madrid.«

Mir schien, als würden sich die beiden einen verstohlenen Blick zuwerfen. Die Nonne ergriff meine Hand und drückte sie sacht.

»Ich glaube, das wird im Moment nicht gehen.«

»Wieso?«, fragte ich.

Der Mann antwortete:

»Der Verkehr über die Meerenge ist unterbrochen. Es wurde der Kriegszustand ausgerufen.«

Ich begriff nicht, was das bedeutete, denn kaum waren die Worte an mein Ohr gedrungen, wurde mir schwarz vor Augen und ich fiel in einen nicht enden wollenden Schlaf, aus dem ich tagelang nicht erwachte. Als ich es endlich tat, musste ich noch eine Weile im Krankenhaus bleiben. Jene Wochen im Hospital Civil von Tetuán halfen mir, meine Gefühle zu ordnen und die Tragweite dessen zu ermessen, was sich in den letzten Monaten wohl zugetragen hatte. Aber das war erst gegen Ende meines Aufenthaltes, in den letzten Tagen. Zuvor – egal, ob am Morgen oder am Nachmittag, in den frühen Morgenstunden oder zur Besuchsstunde, in der nie jemand für mich kam, oder wenn man mir das Essen brachte, von dem ich keinen Bissen anrührte – war das Einzige, was ich tat, weinen. Ich dachte nicht nach, ich grübelte nicht, ich erinnerte mich nicht einmal. Ich weinte nur.

Nach Tagen, als meine Augen austrockneten, weil ich keine Tränen mehr hatte, begannen die Erinnerungen wie bei einer Parade an meinem Bett aufzumarschieren. Ich konnte förmlich sehen, wie sie auf mich zukamen, wenn sie im Gänsemarsch durch die hintere Tür des Saals hereinspazierten, jenem großen, lichtdurchfluteten Schiff. Lebendige, autarke, große und kleine Erinnerungen, die sich eine nach der anderen näherten, rasch auf die Matratze stiegen und meinen Körper hinaufkletterten, bis sie sich durch ein Ohr oder die Poren oder unter den Nägeln hindurch in mein Gehirn fraßen und es ohne einen Funken Mitleid mit Bildern und Momentaufnahmen malträtierten, an die ich aus freien Stücken lieber nie mehr hätte denken wollen. Und später, als die Schar der Erinnerungen zwar noch immer regelmäßig kam, ihr Erscheinen jedoch von Mal zu Mal weniger Aufruhr verursachte, befiel mich unbarmherzig wie ein Hautausschlag das Bedürfnis, alles zu analysieren, eine Ursache und einen Grund für jede Begebenheit zu finden, die sich in den letzten acht Monaten zugetragen hatte. Das war die schlimmste Phase: die erbarmungsloseste, die aufwühlendste. Diejenige, die am meisten wehtat. Und obwohl ich nicht mehr sagen kann, wie lange sie andauerte, weiß ich ganz bestimmt, dass es ein unverhoffter Besuch war, der ihr schließlich ein Ende machte.

Bis dahin verbrachte ich meine Tage inmitten weiß lackierter Bettgestelle unter Gebärenden und barmherzigen Schwestern. Gelegentlich ließ sich ein Arzt im weißen Kittel blicken, und zu bestimmten Zeiten kamen die Familien der anderen Patientinnen zu Besuch, unterhielten sich flüsternd, herzten die gerade geborenen Säuglinge oder trösteten seufzend jene, die – wie ich – auf halbem Wege gescheitert waren. Ich befand mich in einer Stadt, in der ich keine Menschenseele kannte. Deshalb war auch nie jemand mich besuchen gekommen. Und ich erwartete es auch nicht. Ich wusste ja selbst nicht einmal, was ich an diesem fremden Ort verloren hatte. Ich konnte mich nur noch verschwommen an die Umstände meiner Ankunft erinnern. Eine Ungewissheit, die nicht weichen wollte, nahm in meinem Gedächtnis den Platz ein, an dem sich die Beweggründe für diese Entscheidung hätten befinden sollen. Durch jene Tage begleiteten mich lediglich meine Erinnerungen vermischt mit trüben Gedanken, die unaufdringliche Gegenwart der Nonnen und der – halb sehnsüchtige, halb beängstigende – Wunsch, so schnell wie möglich nach Madrid zurückzukehren.

Doch eines Morgens wurde meine Einsamkeit jäh unterbrochen. Angekündigt von der weiß gekleideten, rundlichen Gestalt der Schwester Virtudes erschien wieder jenes männliche Gesicht, das einige Tage zuvor ein paar für mich unverständliche Worte über irgendeinen Krieg geäußert hatte.

»Ich bringe dir Besuch, meine Tochter«, verkündete sie. Aus ihrem Singsang meinte ich eine leichte Beunruhigung herauszuhören. Als sich der Ankömmling vorstellte, verstand ich, warum.

»*Comisario* Claudio Vázquez, Señora«, sagte der Unbekannte zur Begrüßung. »Oder sollte ich besser Señorita sagen?«

Sein Haar war fast grau, er wirkte drahtig, trug einen hellen Sommeranzug, und in seinem von der Sonne gebräunten Gesicht blitzten zwei dunkle und wache Augen. Aufgrund meines noch geschwächten Zustands konnte ich nicht sagen, ob es sich um einen Mann reiferen Alters mit jugendlicher Ausstrahlung oder um einen jungen, vorzeitig gealterten Mann handelte. Wie dem auch sei, das war in jenem Moment nicht sonderlich wichtig. Was mich mehr beschäftigte, war die Frage, was er von mir wollte. Schwester Virtudes deutete auf einen Stuhl, der an der Wand stand. Er holte ihn sich rasch und stellte ihn rechts neben mein Bett, legte seinen Hut auf den Boden und setzte sich. Mit einem freundlichen, aber bestimmten Lächeln bedeutete er der Nonne, sie möge uns allein lassen.

Das Sonnenlicht flutete durch die breiten Fenster des Saals. Man sah, wie die Palmen und die Eukalyptusbäume im Garten sich unter einem strahlend blauen Himmel sanft im Wind wiegten: ein wunderschöner Sommertag für all jene, die ihre Zeit nicht entkräftet im Bett eines Krankenhauses in Begleitung eines Polizeikommissars verbringen mussten. Die Betten neben meinem, mit blütenweißen und tadellos glatten Laken bezogen, waren – so wie die meisten – nicht besetzt. Die Ordensschwester ging davon, ohne sich ihren Verdruss [darüber, nicht Zeugin dieser Begegnung sein zu können,] anmerken zu lassen. Außer dem *comisario* und mir waren nur zwei oder drei bettlägerige Personen in einiger Entfernung anwesend, sowie eine junge Nonne, die schweigend am anderen Ende des Saals den Boden wischte. Ich richtete mich erst einmal auf, wobei ich darauf achtete, dass die Bettdecke meine Brust bedeckte. Lediglich meine nackten, immer dürrer werdenden Arme, die knochigen Schultern und der Kopf schauten hervor. Mein dunkles Haar war seitlich zu einem Zopf zusammengebunden, mein Gesicht schmal und aschgrau, vom Zusammenbruch gezeichnet.

»Die Schwester hat mir gesagt, dass es Ihnen langsam besser geht. Wir müssen miteinander reden, einverstanden?«

Ich nickte zögernd, ohne mir auch nur im Mindesten vorstellen zu können, weshalb dieser Mann mit mir sprechen wollte. Es war mir neu, dass seelische Verletzungen und Verwirrung gegen geltendes Gesetz verstießen. Der *comisario* zog ein kleines Notizbuch aus der Innentasche seines Sakkos und konsultierte seine Notizen. Er musste sie erst kürzlich durchgesehen haben, denn er fand die Seite, die er benötigte, ohne lange zu suchen.

»Gut, ich fange mit ein paar Fragen an. Antworten Sie einfach mit Ja oder Nein. Sind Sie Sira Qiroga Martín, geboren am 25. Juni 1911 in Madrid?«

Sein Ton war höflich, aber dennoch sehr direkt und forschend. Eine gewisse Rücksichtnahme auf meinen Gesundheitszustand schwächte den professionellen Charakter der Befragung ab, doch ganz konnte er ihn nicht verbergen. Ich bestätigte die Richtigkeit der persönlichen Angaben durch ein Nicken.

»Und am 15. Juli dieses Jahres sind Sie aus Tanger nach Tetuán gekommen?«

Wieder nickte ich.

»Und in Tanger wohnten Sie seit dem 23. März im Hotel Continental?«

Erneutes Nicken.

»In Begleitung von …« Er sah in sein Notizbuch. »Ramiro Arribas Querol, gebürtig aus Vitoria, geboren am 23. Oktober 1901.«

Auch jetzt nickte ich wieder, senkte aber diesmal den Blick.

Zum ersten Mal nach all der Zeit hörte ich seinen Namen. *Comisario* Vázquez schien keine Notiz davon zu nehmen, dass ich um Fassung rang. Oder vielleicht registrierte er es doch und wollte nur nicht, dass ich es merkte. Jedenfalls fuhr er mit der Vernehmung fort, ohne meine Reaktion weiter zu beachten.

»Und im Hotel Continental hinterließen Sie beide eine offene Rechnung über dreitausendsiebenhundertneunundachtzig französische Francs.«

Ich erwiderte nichts, drehte lediglich den Kopf zur Seite, um ihm nicht in die Augen blicken zu müssen.

»Sehen Sie mich an«, sagte er.

Das tat ich nicht.

»Sehen Sie mich an«, wiederholte er. Sein Ton war noch immer neutral: Selbst beim zweiten Mal klang seine Aufforderung nicht nachdrücklicher als zuvor, nicht freundlicher und auch nicht drängender. Es war schlicht derselbe Ton. Geduldig wartete er ein Weilchen, bis ich schließlich gehorchte und ihn ansah. Doch ich antwortete nicht. Ohne ungeduldig zu werden, formulierte er seine Frage anders:

»Sind Sie sich darüber im Klaren, dass Sie dem Hotel Continental dreitausendsiebenhundertneunundachtzig Francs schulden?«

»Ich denke ja«, antwortete ich schließlich mit dünner Stimme. Wieder wandte ich meine Augen von ihm ab, drehte den Kopf zur Seite. Und begann zu weinen.

»Sehen Sie mich an«, forderte er mich ein drittes Mal auf.

Er wartete einen Moment, bis ihm klar wurde, dass ich dieses Mal nicht die Absicht beziehungsweise nicht die Kraft oder den Mut hatte, mich mit ihm zu konfrontieren. Ich hörte, wie er aufstand, um mein Bett herumging und sich mir von der anderen Seite näherte. Er setzte sich auf das Nachbarbett, auf das ich meine Augen gerichtet hielt, und fixierte mich mit seinem bohrenden Blick.

»Ich versuche, Ihnen zu helfen, Señora. Oder Señorita, das ist mir gleich«, erklärte er mit Bestimmtheit. »Sie stecken in einem unglaublichen Schlamassel, obwohl für mich feststeht, dass Sie da unabsichtlich hineingeraten sind. Ich glaube, ich kann mir vorstellen, wie es dazu kam, doch Sie müssen unbedingt mit mir zusammenarbeiten. Wenn Sie mir nicht helfen, werde ich nichts für Sie tun können, verstehen Sie?«

Nur mit Mühe brachte ich ein Ja zustande.

»Gut, dann hören Sie auf zu weinen und lassen Sie es uns anpacken.«

Mit dem Bettlaken wischte ich die Tränen fort. Der *comisario* ließ mir etwas Zeit, mich zu sammeln. Kaum merkte er, dass mein Weinen allmählich aufhörte, widmete er sich gewissenhaft wieder seiner Aufgabe.

»Bereit?«

»Bereit«, murmelte ich.

»Sehen Sie, die Leitung des Hotel Continental beschuldigt Sie, eine Rechnung in beträchtlicher Höhe nicht bezahlt zu haben, aber das ist noch nicht alles. Leider ist die Angelegenheit weitaus komplizierter. Wir haben erfahren, dass gegen Sie auch eine Anzeige der Firma Hispano-Olivetti wegen Betrugs in Höhe von vierundzwanzigtausendachthundertneunzig Peseten vorliegt.«

»Aber ich, aber …«

Mit einer Handbewegung unterbrach er meine Rechtfertigungsversuche, denn er hatte noch mehr Neuigkeiten für mich.

»Und ein Haftbefehl wegen Diebstahls einiger Schmuckstücke von beträchtlichem Wert aus einer Privatwohnung in Madrid.«

»Ich, nein, aber …«

Die Wirkung des Gehörten setzte meine Fähigkeit zu denken außer Kraft und verhinderte, dass die Worte geordnet aus meinem Mund kamen. Der *comisario*, der sich meiner Bestürzung bewusst war, versuchte mich zu beruhigen.

»Ich weiß schon, ich weiß schon. Beruhigen Sie sich, strengen Sie sich nicht zu sehr an. Ich habe alle Papiere, die Sie in Ihrem Koffer bei sich trugen, gelesen, und damit konnte ich die Ereignisse ungefähr rekonstruieren. Ich habe den Brief gefunden, den Ihr Mann, oder Verlobter, oder Liebhaber, oder was auch immer besagter Arribas nun ist, für Sie zurückgelassen hat. Und auch eine Beglaubigung, dass man Ihnen die Schmuckstücke geschenkt hat, ebenso das Dokument, in dem der frühere Besitzer dieses Schmucks erklärt, in Wahrheit Ihr Vater zu sein.«

Ich konnte mich gar nicht erinnern, dass ich diese Papiere mitgebracht hatte. Ich wusste nicht, was mit ihnen passiert war, seit Ramiro sie an sich genommen hatte. Doch wenn sie sich bei meinen persönlichen Dingen befanden, hatte ich sie sicher im Hotelzimmer unbewusst eingepackt, als ich ging. Mit einer gewissen Erleichterung vernahm ich nun, dass sie womöglich der Schlüssel zu meiner Rettung waren.

»Sprechen Sie mit ihm, bitte, sprechen Sie mit meinem Vater«, bat ich. »Er lebt in Madrid, heißt Gonzalo Alvarado und wohnt in der Calle Hermosilla 19.«

»Wir können das leider nicht überprüfen. Die Verbindung nach Madrid ist sehr schlecht. In der Hauptstadt herrschen Unruhen, und viele Menschen sind nicht auffindbar, weil sie entweder festgehalten werden oder weil sie flüchtig sind – sie können sich versteckt haben, abgereist oder tot sein. In Ihrem Fall ist die Lage noch komplizierter, da die Anzeige von einem der Söhne Alvarados stammt, Enrique, ich glaube, so heißt er, Ihr Halbbruder, oder? Ja, Enrique Alvarado«, bestätigte er nach einem Blick in seine Notizen. »Wie es scheint, hat ihn ein Dienstmädchen vor ein paar Monaten darüber informiert, dass Sie im Haus gewesen sind und es sehr aufgewühlt mit einigen Paketen im Arm wieder verlassen haben. Man nimmt an, dass sich darin die Schmuckstücke befanden, und vermutet, dass Alvarado senior erpresst oder auf irgendeine andere Art Druck auf ihn ausgeübt wurde. Kurz und gut, das Ganze ist eine ziemlich hässliche Angelegenheit, auch wenn diese Dokumente Sie von jeder Schuld freisprechen.«

Dann zog er aus seiner Jackentasche die Papiere, die mein Vater mir bei unserer Begegnung Monate zuvor ausgehändigt hatte.

»Glücklicherweise hat Arribas sie nicht zusammen mit dem Schmuck und dem Geld eingesteckt, vielleicht weil man ihn mit diesen Papieren hätte überführen können. Um sicherzugehen, hätte er sie vernichten müssen, aber da er es eilig hatte, sich aus dem Staub zu machen, fehlte ihm dafür die Zeit. Sie können ihm dankbar sein, denn das wird Sie – zumindest momentan – vor dem Gefängnis bewahren«, merkte er mit beißender Ironie an. Im nächsten Moment schloss er kurz die Augen, als könne er damit seine letzten Worte ungehört machen. »Entschuldigen Sie, ich wollte Sie nicht beleidigen. Ich denke, im Grunde Ihres Herzens werden Sie wohl niemandem danken, der so mit Ihnen umgesprungen ist, wie es dieser Kerl getan hat.«

Ich entgegnete nichts auf seine Entschuldigung, sondern stellte ihm stattdessen eine andere Frage.

»Wo befindet er sich zurzeit?«

»Arribas? Wir können es nicht mit Sicherheit sagen. Er könnte in Brasilien sein, vielleicht aber auch in Buenos Aires. Oder in Montevideo. Er ging an Bord eines Passagierdampfers unter argentinischer Flagge, doch er kann in verschiedenen Häfen an Land gegangen sein. Wie es scheint, reist er in Begleitung dreier Männer: Ein Russe, ein Pole und ein Italiener sind mit ihm unterwegs.«

»Und Sie werden ihn nicht suchen? Sie unternehmen nichts, um ihn aufzuspüren und zu verhaften?«

»Ich fürchte nein. Wir haben wenig gegen ihn in der Hand. Lediglich eine unbezahlte Rechnung, die zur Hälfte zu Ihren Lasten geht. Es sei denn, Sie möchten ihn anzeigen, weil er Ihren Schmuck und Ihr Geld entwendet hat, obwohl ich, ehrlich gesagt, nicht glaube, dass sich die Mühe lohnt. Es ist sicher richtig, dass alles Ihnen gehörte, aber von wem es stammte, bleibt ein bisschen undurchsichtig. Zudem werden Sie ebenfalls des Diebstahls jener Dinge bezichtigt. Kurz und gut, ich glaube, es wird schwierig herauszufinden, wo er sich momentan aufhält. Solche Typen sind sehr gewitzt und weltgewandt. Sie verstehen es, sich quasi in Luft aufzulösen und sich innerhalb kürzester Zeit – egal, an welchem Punkt des Erdballs sie sich gerade befinden – eine völlig neue Identität zuzulegen.«

»Aber wir wollten doch ein neues Leben beginnen, ein Geschäft eröffnen. Wir warteten nur noch auf die Bestätigung«, stammelte ich.

»Meinen Sie die Sache mit den Schreibmaschinen?«, fragte er und zog einen weiteren Umschlag aus der Jackentasche. »Dafür hätten Sie eine Genehmigung gebraucht. Doch die Eigentümer der Academia Pitman in Argentinien waren nicht im Geringsten daran interessiert, ihr Geschäft auf die andere Seite des Atlantiks auszudehnen. Und das schrieben sie Ihnen auch bereits im April.« Er bemerkte meine Fassungslosigkeit. »Das hat Arribas Ihnen nie gesagt, nicht wahr?«

Ich erinnerte mich daran, wie ich jeden Tag voller Hoffnung zur Rezeption gegangen war und sehnsüchtig die Ankunft jenes Briefes erwartete, von dem ich annahm, er werde unserem Leben eine neue Wendung geben. Dabei befand er sich schon seit Monaten in Ramiros Besitz, ohne dass er es mir mitgeteilt hätte. Meine Erklärungen, um sein Verhalten zu rechtfertigen, lösten sich nach und nach in Luft auf. Mit allerletzter Kraft klammerte ich mich an den einzigen Strohhalm, der mir noch blieb.

»Aber er hat mich doch geliebt...«

Das Lächeln des *comisario* wirkte grimmig und ein wenig mitleidig.

»Sagen das nicht alle windigen Gesellen? Sehen Sie, Señorita, machen Sie sich nichts vor: Typen wie Arribas lieben nur sich selbst. Sie können einem sehr zugetan und großzügig sein, oft sind sie sehr charmant, doch wenn es ernst wird, wollen sie nur noch die eigene Haut retten, und sobald die Dinge nicht mehr glattgehen, verschwinden sie wie der geölte Blitz und tun, was nötig ist, um nicht Lügen gestraft zu werden. Dieses Mal waren Sie die Geschädigte. Pech, keine Frage. Ich zweifele nicht daran, dass er Sie sehr mochte, aber eines schönen Tages bot sich ihm ein anderes, besseres Projekt. Sie wurden für ihn zur Last, er verlor das Interesse an Ihnen. Deshalb ließ er Sie fallen, umgarnte Sie nicht länger. Sie tragen an dem Ganzen überhaupt keine Schuld, doch wir können unsererseits nicht viel tun, um es ungeschehen zu machen.«

Ich wollte diese Überlegungen zur Aufrichtigkeit von Ramiros Liebe nicht weiter vertiefen, das war zu schmerzhaft für mich. Ich zog es vor, mich wieder mit der Realität zu beschäftigen.

»Und die Sache mit Hispano-Olivetti? Was wirft man mir da vor?«

Er atmete hörbar ein und aus, als wolle er sich auf eine undankbare Aufgabe vorbereiten.

»Diese Geschichte ist noch verworrener. Augenblicklich gibt es noch keine eindeutigen Beweise, die Sie entlasten könnten, obwohl ich persönlich davon ausgehe, dass es sich um einen weiteren üblen Streich handelt, den Ihnen Ihr Ehemann, Ihr Verlobter oder was auch immer dieser Arribas nun ist, gespielt hat. Offiziell treten Sie als Inhaberin einer Firma in Erscheinung, die eine beträchtliche Anzahl Schreibmaschinen erhalten, aber nie bezahlt hat.«

»Er hatte mal die Idee geäußert, ein Handelsunternehmen auf meinen Namen zu gründen, aber ich wusste nicht…, habe nie erfahren…, ich…«

»Ich habe mir schon gedacht, dass Sie keine Ahnung hatten, was er alles in Ihrem Namen tat. Ich werde Ihnen erzählen, was er vermutlich gemacht hat. Die offizielle Version kennen Sie ja nun schon. Korrigieren Sie mich, wenn ich mich irre: Von Ihrem Vater erhielten Sie Geld und Schmuck, nicht wahr?«

Ich nickte.

»Anschließend bot Arribas sich an, eine Firma auf Ihren Namen eintragen zu lassen und das ganze Geld und den Schmuck im Safe des Unternehmens aufzubewahren, für das er arbeitete, nicht wahr?«

Ich nickte wieder.

»Nun, das tat er nicht. Oder besser gesagt, er tat es zwar, aber nicht, um dort einfach Ihr Geld zu deponieren. In Wahrheit tätigte er damit einen Kauf für seine eigene Firma, indem er vortäuschte, es handele sich um eine Bestellung für das von mir bereits erwähnte Import-Export-Geschäft, Mecanográficas Quiroga, als dessen Eigentümerin Sie namentlich genannt werden. Er zahlte pünktlich mit Ihrem Geld, und Hispano-Olivetti hegte nicht den geringsten Verdacht: eine weitere große Bestellung, nichts Ungewöhnliches. Arribas seinerseits verkaufte diese Maschinen weiter, ich weiß nicht, an wen und wie. Bis dahin läuft für Hispano-Olivetti alles ganz korrekt, und für Arribas zufriedenstellend, der ein fantastisches Geschäft zu seinen Gunsten laufen hatte, ohne eine Pesete seines Eigenkapitals investiert zu haben. Nun, nach einigen Wochen gab er eine weitere große Bestellung in Ihrem Namen auf, die ordnungsgemäß abgewickelt wurde. Diesmal allerdings wurde die ausstehende Summe nicht umgehend beglichen. Es wurde lediglich eine Anzahlung geleistet, aber da Sie ja als gute Kundin galten, die stets pünktlich gezahlt hatte, argwöhnte niemand etwas. Man ging davon aus, dass Sie den Rest der Summe innerhalb der üblichen Fristen begleichen würden. Doch die Zahlung erfolgte nie. Arribas verkaufte, wie gehabt, die Ware, strich den Gewinn ein und verduftete: mit Ihnen und Ihrem praktisch unangetasteten Kapital, plus einem ordentlichen Profit aus dem Wiederverkauf und der nicht bezahlten Rechnung. Ein Volltreffer, das kann man wohl sagen, allerdings ist ihm offensichtlich jemand auf die Schliche gekommen, denn seine Abreise aus Madrid ging, wie ich hörte, etwas überstürzt vonstatten, nicht wahr?«

Schlagartig kam mir wieder in den Sinn, wie ich an jenem Morgen im März nach einer Besorgung in unsere Wohnung an der Plaza de las Salesas kam und Ramiro vorfand, wie er, nervös und fahrig, Kleidung aus dem Schrank nahm und hastig in Koffer stopfte. Wie er mich drängte, das Gleiche zu tun, um ja keine Zeit zu verlieren. Diese Bilder vor Augen bestätigte ich die Vermutung des *comisario*. Er fuhr fort:

»So hat sich Arribas letztendlich nicht nur Ihr Geld unter den Nagel gerissen, sondern er hat es verwendet, um damit für sich selbst den größtmöglichen Profit herauszuschlagen. Ohne jeden Zweifel ein sehr gerissener Typ.«

Erneut stiegen mir die Tränen in die Augen.

»Hören Sie auf. Sparen Sie sich Ihre Tränen, bitte. Über verschüttete Milch lohnt es sich nicht zu weinen! Schauen Sie, alles ist tatsächlich im ungünstigsten und heikelsten Moment passiert.«

Ich schluckte meinen Kummer hinunter, riss mich zusammen und schaffte es, mich wieder auf das Gespräch zu konzentrieren.

»Sie meinen, wegen des Kriegs, den Sie neulich erwähnten?«

»Man weiß noch nicht, wo das alles enden wird, doch im Moment ist die Lage äußerst verworren. Halb Spanien ist in den Händen der Aufständischen, und die andere Hälfte steht treu zur Regierung. Es herrscht ein unglaubliches Chaos, es gibt weder gesicherte Informationen noch Nachrichten. Kurz und gut, ein absolutes Desaster.«

»Und hier? Wie stehen die Dinge hier?«

»Im Moment ist es einigermaßen ruhig. In den Wochen zuvor war die Lage jedoch sehr viel angespannter. Hier begann alles, wissen Sie das nicht? Hier kam es zum Militäraufstand spanischer nationalistischer Kräfte, von hier, von Marokko aus, machte sich General Franco auf den Weg, hier begann der Putsch. In den ersten Tagen kam es zu Bombardements. Die Luftwaffe der Republikaner griff als Antwort auf die Revolte das Hochkommissariat an, verfehlte jedoch unglücklicherweise ihr Ziel, und eine der Fokker-Maschinen verursachte zahlreiche Verletzte unter den Zivilisten, den Tod einiger einheimischer Kinder und die Zerstörung einer Moschee, sodass die Muselmanen diesen Akt als Angriff auf sich betrachteten und sich daraufhin den Putschisten anschlossen. Es gab darüber hinaus viele Festnahmen und Erschießungen von Verteidigern der Republik, die sich gegen den Aufstand auflehnten: Das europäische Gefängnis ist bis obenhin voll, und man hat daher in El Mogote so etwas wie ein Gefangenenlager errichtet. Seitdem die Putschisten den Flugplatz Sania Ramel in Beschlag genommen haben, der übrigens ganz in der Nähe des Hospitals liegt, fiel die letzte Bastion der Regierung im Protektorat, sodass nun ganz Nordafrika von den aufständischen Militärs kontrolliert wird und sich die Lage mehr oder weniger beruhigt hat. Die Kämpfe gehen nun auf der spanischen Halbinsel weiter.«

Darauf rieb er sich mit dem Daumen und dem Zeigefinger der linken Hand über die Augen. Dann fuhr er mit der Handfläche langsam weiter nach oben, zu den Augenbrauen, der Stirn und dem Haaransatz, über den Scheitel zum Nacken, bis er schließlich am Hals ankam. Er redete leise, als spräche er zu sich selbst.

»Hoffentlich hat das bald ein Ende, verdammt noch mal!«

Ich riss ihn aus seinen Gedanken, denn ich konnte nicht eine Sekunde länger die Ungewissheit ertragen.

»Aber kann ich denn nun gehen oder nicht?«

Meine unverfrorene Frage holte ihn auf den Boden der Tatsachen zurück.

»Nein. Auf gar keinen Fall. Sie können nirgendwohin, und schon gar nicht nach Madrid. Dort hält sich momentan die Regierung der Republikaner. Das Volk unterstützt sie und bereitet sich darauf vor, egal, was kommen mag, Widerstand zu leisten.«

»Aber ich muss zurück«, beharrte ich matt. »Dort ist meine Mutter, mein Zuhause …«

Als er erneut zum Reden ansetzte, bemühte er sich, nicht die Beherrschung zu verlieren. Meine Hartnäckigkeit verärgerte ihn zusehends, obwohl er versuchte, mich nicht aufzuregen, da er ja wusste, wie es gesundheitlich um mich stand. Unter anderen Umständen hätte er vermutlich weniger Rücksicht genommen.

»Sehen Sie, ich weiß nicht, auf wessen Seite Sie stehen, ob Sie für die Regierung oder die Putschisten sind.« Seine Stimme klang nun gelassen, nach einem kurzen Moment der Schwäche hatte er sich wieder gefasst – möglicherweise war das die Quittung für die Erschöpfung und die Anspannung der letzten Tage. »Wenn ich ehrlich bin, nach alledem, was ich in den letzten Wochen mit ansehen musste, interessiert mich Ihre Lage eigentlich herzlich wenig. Ich mache einfach meine Arbeit und versuche, die Politik außen vor zu lassen. Es gibt leider schon mehr als genug Leute, die sich damit beschäftigen. Doch ironischerweise ist – auch wenn es Ihnen schwerfallen dürfte, das zu glauben – das Glück auf Ihrer Seite. Hier in Tetuán, dem Zentrum des Putsches, sind Sie absolut sicher, denn niemand außer mir wird sich für Ihre Schwierigkeiten mit dem Gesetz interessieren, und die sind, weiß Gott, ziemlich verworren. Unter normalen Umständen würde das problemlos ausreichen, um Sie für einige Zeit hinter Gitter zu bringen.«

Beunruhigt und voller Panik wollte ich protestieren. Er ließ mich nicht. Er bremste mich, indem er die Hand hob und einfach weiterredete.

»Ich schätze, in Madrid werden die meisten polizeilichen Ermittlungen fallen gelassen, ebenso alle Gerichtsverfahren, wenn sie nicht politisch motiviert oder sonst von Bedeutung sind. Mit dem, was dort auf die Menschen eingestürzt ist, glaube ich nicht, dass sich jemand dafür interessiert, die Spur einer vermeintlichen Betrügerin und angeblichen Erbschleicherin, die von ihrem Halbbruder angezeigt wurde, durch Marokko zu verfolgen. Vor ein paar Wochen wäre der Fall noch halbwegs ernst genommen worden, aber heute ist er nur noch eine unbedeutende Angelegenheit im Vergleich zu dem, was auf die Hauptstadt zukommen wird.«

»Und nun?«, fragte ich unschlüssig.

»Also, Sie tun Folgendes: Sie rühren sich gefälligst nicht vom Fleck! Sie versuchen auf keinen Fall, Tetuán zu verlassen, und strengen sich mächtig an, mir ja keinen Ärger zu machen. Meine Pflicht ist es, für die Sicherheit im Protektorat zu sorgen, und ich glaube nicht, dass Sie in diesem Sinne eine große Bedrohung darstellen. Doch vorsichtshalber möchte ich Sie im Auge behalten. Deshalb bleiben Sie noch eine Zeit lang hier und halten sich schön aus allem raus. Und das ist kein gut gemeinter Ratschlag oder eine Bitte, sondern ein Befehl. Es wird sozusagen eine besondere Art der Haft sein, denn ich sperre Sie weder in eine Gefängniszelle noch stehen Sie unter Hausarrest. Auf diese Weise können Sie sich relativ frei bewegen. Doch es ist Ihnen strengstens verboten, die Stadt zu verlassen, ohne dafür vorher mein Einverständnis eingeholt zu haben, ist das klar?«

»Wie lange?«, wollte ich von ihm wissen, ohne dem vorher Gesagten zugestimmt zu haben. Die Vorstellung, auf mich allein gestellt für unbestimmte Zeit in dieser fremden Stadt bleiben zu müssen, war in meinen Augen die schlimmste aller Möglichkeiten.

»So lange, bis sich die Lage in Spanien wieder beruhigt hat und wir eine Lösung gefunden haben. Dann werde ich entscheiden, was mit Ihnen geschieht. Momentan habe ich weder die Zeit noch die Möglichkeit, mich mit Ihrem Fall weiter zu befassen. Ein Problem sollten Sie allerdings möglichst aus dem Weg räumen: die Schulden im Hotel in Tanger.«

»Aber womit sollte ich diese Forderung denn begleichen, ich besitze doch nichts …«, erklärte ich, erneut kurz davor, in Tränen auszubrechen.

»Das weiß ich bereits. Ich habe Ihr Gepäck genau unter die Lupe genommen und gesehen, dass Sie außer ein paar Kleidungsstücken und Papieren nichts bei sich hatten. Doch im Augenblick sind Sie nun mal die einzige Schuldige, die wir haben, und in diese Geschichte sind Sie genauso verwickelt wie Arribas. Da er nun mal nicht da ist, werden wohl Sie den ausstehenden Betrag begleichen müssen. Daher fürchte ich, dass ich Sie nicht laufen lassen kann, denn in Tanger weiß man, dass ich Sie hier gefunden habe.«

»Aber er ist doch mit meinem Geld auf und davon …«, beteuerte ich den Tränen nahe mit erstickter Stimme.

»Das weiß ich auch, und hören Sie, verdammt noch mal, endlich mit der Heulerei auf. In seinem Brief gibt Arribas ja alles offen zu. Er besitzt sogar die Frechheit, Ihnen ganz offen zu erklären, dass er die Absicht hat, Sie ohne eine einzige Pesete im Stich zu lassen und all Ihren Besitz mitzunehmen. Und das, wo Sie schwanger waren und das Kind verloren, kaum dass Sie in Tetuán aus dem Bus stiegen.«

Als er meine mit Tränen, Schmerz und Enttäuschung vermischte Verwirrung bemerkte, konnte er nicht umhin, mich zu fragen:

»Ja, erinnern Sie sich denn nicht? Ich war es, der Sie dort erwartete. Wir hatten einen Tipp von der Gendarmerie in Tanger bekommen, die uns von Ihrer Ankunft in Kenntnis gesetzt hatte. Allem Anschein nach war einem Hotelpagen Ihr überstürzter Aufbruch nicht entgangen, bei dem Sie offenbar vollkommen durcheinander waren. Er schlug Alarm und informierte den Direktor. Dann entdeckte man, dass Sie beide Ihr Zimmer wohl in der Absicht verlassen hatten, nie mehr dorthin zurückzukehren. Da die offene Summe beträchtlich war, verständigte man die Polizei, machte den Taxifahrer ausfindig, der Sie zum Busbahnhof gefahren hatte, und erfuhr, dass Sie ein Billet nach Tetuán erstanden hatten. Normalerweise hätte ich einen meiner Männer geschickt, um Sie zu holen, doch da in letzter Zeit die Lage recht angespannt gewesen war, zog ich es vor, die Sache selbst in die Hand zu nehmen, um irgendwelche unangenehmen Überraschungen zu vermeiden. Kaum waren Sie aus dem Bus gestiegen, wurden Sie in meinen Armen ohnmächtig. Ich persönlich brachte Sie hierher.«

Mein Gedächtnis förderte ein paar verschwommene Erinnerungsfetzen zutage. Die unerträgliche Hitze im Bus, der Lärm, die Körbe mit lebenden Hühnern, der Schweiß und der Geruch, den die Körper der Mitreisenden verströmten, die zahllosen Gepäckstücke, die die Passagiere, Marokkaner und Spanier, mit sich führten. Das Empfinden, etwas Feuchtes und Klebriges zwischen meinen Beinen zu spüren. Und bei meiner Ankunft in Tetuán das Gefühl, mich kaum auf den Beinen halten zu können, dann das Entsetzen, als ich spürte, wie eine warme Flüssigkeit meine Beine hinunterlief. Ein schwarzes, zähflüssiges Rinnsal bei jeder Bewegung, dann der erste Schritt, den ich auf dem Boden der neuen Stadt tat, dann die Stimme eines Mannes, dessen Gesicht zur Hälfte von einem Hut verdeckt wurde. »Sira Quiroga? Polizei. Kommen Sie bitte mit.« In jenem Moment überkam mich eine unendliche Mattigkeit, und ich bemerkte, wie sich mein Verstand vernebelte und meine Beine nachgaben. Ich verlor das Bewusstsein, und nun, Wochen später, saß mir dieses Gesicht wieder gegenüber, von dem ich noch immer nicht wusste, ob es meinem Henker oder meinem Retter gehörte.

»Schwester Virtudes übernahm es, mich über Ihren Gesundheitszustand auf dem Laufenden zu halten. Immer wieder habe ich versucht, mit Ihnen zu sprechen, doch erst heute ließ man mich zu Ihnen. Man hat mir gesagt, Sie hätten eine perniziöse Anämie und noch ein paar andere Dinge. Aber nun scheint es Ihnen endlich besser zu gehen, und in einigen Tagen wird man Sie entlassen.«

»Und wohin soll ich gehen?« Mein Kummer war so groß wie meine Angst. Ich fühlte mich nicht imstande, mich einer mir völlig unbekannten Realität zu stellen. Niemals zuvor war ich ohne Hilfe gewesen, stets hatte ich jemanden an meiner Seite gehabt, der mir meinen Weg vorgab: meine Mutter, Ignacio, Ramiro. Ich fühlte mich nutzlos, unfähig, mich allein dem Leben und seinen Herausforderungen zu stellen. Nicht in der Lage zu überleben, ohne eine helfende Hand, die mich mitnahm, ohne einen Kopf, der für mich entschied. Ohne die Gegenwart einer mir nahe stehenden Person, der ich vertrauen konnte.

»Ich bin gerade dabei«, sagte er, »für Sie ein Plätzchen zu finden, was – wie die Dinge stehen – nicht einfach werden dürfte. Auf jeden Fall benötige ich von Ihnen noch ein paar Auskünfte, sodass ich, wenn Sie sich dazu in der Lage fühlen, gerne morgen wiederkäme, damit Sie mir in Ihren Worten berichten, was geschehen ist, um herauszufinden, ob es vielleicht ein Detail gibt, das uns helfen könnte, die Probleme zu lösen, in die Sie Ihr Ehemann gebracht hat, oder Ihr Verlobter …«

»… oder was auch immer dieser Sohn einer Rabenmutter ist«, vervollständigte ich den Satz, während ich das Gesicht verbittert, aber auch ein wenig ironisch verzog.

»Waren Sie verheiratet?«, fragte er.

Ich schüttelte den Kopf.

»Besser für Sie«, meinte er kategorisch. Dann sah er auf die Uhr. »Gut, ich möchte Sie nicht länger ermüden«, sagte er, während er sich erhob. »Ich glaube, das war genug für heute. Ich komme morgen wieder, weiß aber noch nicht, um welche Uhrzeit.«

Ich sah ihm nach, wie er zum Ausgang ging: rasch und entschlossen wie jemand, der für gewöhnlich keine Zeit verliert. Früher oder später, wenn ich wieder bei Kräften wäre, müsste ich versuchen herauszubekommen, ob dieser Mann tatsächlich an meine Unschuld glaubte oder ob er sich einfach nur einer unangenehmen Last entledigen wollte, die im ungünstigsten Moment vom Himmel gefallen war. Damals konnte ich nicht darüber nachdenken. Ich war zu erschöpft und eingeschüchtert, und das Einzige, wonach ich mich sehnte, war ein tiefer und fester Schlaf, der mich alles vergessen ließ.

Am nächsten Tag kam der *comisario* wieder, gegen neunzehn, vielleicht auch zwanzig Uhr, als die Hitze schon nicht mehr so intensiv und das Licht weniger grell war. Als ich ihn durch die Tür am anderen Ende des Saales kommen sah, stützte ich mich auf die Ellenbogen und richtete mich unter Aufbietung all meiner Kräfte auf. Er setzte sich auf den gleichen Stuhl wie am Tag zuvor, grüßte mich aber nicht einmal. Ich räusperte mich nur, bereit, ihm alles zu erzählen, was er wissen wollte.

7

Die zweite Begegnung mit Don Claudio fand an einem Freitag Ende August statt. Am Montag gegen zehn Uhr vormittags kam er wieder, um mich abzuholen. Er hatte eine Unterkunft für mich gefunden und wollte mich bei meinem Umzug begleiten. Unter anderen Umständen hätte man ein solch zuvorkommendes Verhalten anders interpretieren können. So wie die Dinge lagen, bezweifelten weder er noch ich, dass sein Interesse an mir rein beruflicher Natur war.

Bei seinem Eintreffen war ich bereits angezogen. Die Sachen, die ich trug, waren mir inzwischen zu groß und passten nicht zueinander, mein Haarknoten löste sich halb auf. So saß ich abholbereit auf der äußersten Bettkante, zu meinen Füßen der Koffer mit den kläglichen Resten meines Schiffbruchs, und hatte die knochigen Finger über dem Schoß verschränkt. Als ich ihn kommen sah, versuchte ich aufzustehen, doch er bedeutete mir mit einer Geste, ich solle sitzen bleiben. Er ließ sich am Rand des Bettes gegenüber nieder und sagte nur:

»Moment noch. Wir müssen uns unterhalten.«

Er sah mich einige Sekunden mit seinen dunklen Augen an, die Wände zu durchdringen schienen. Inzwischen hatte ich herausgefunden, dass er weder ein vorzeitig ergrauter Jüngling noch ein jung gebliebener älterer Herr war, sondern ein Señor zwischen vierzig und fünfzig Jahren mit gepflegten Umgangsformen, jedoch hart geworden durch seine Arbeit, gut aussehend und erfahren im Umgang mit allen möglichen Strolchen. Ein Mann, dachte ich, mit dem ich unter keinen Umständen auch nur das geringste Problem haben wollte. »Hören Sie, normalerweise gehen wir in meinem Kommissariat nicht so vor. Bei Ihnen mache ich aufgrund der gegebenen Umstände eine Ausnahme, aber Sie sollten sich über Ihre Situation dennoch im Klaren sein. Ich persönlich glaube zwar, dass Sie nur das gutgläubige Opfer eines Schurken sind, doch darüber hat ein Richter zu entscheiden, nicht ich. Wie die Dinge heute stehen, bei dem momentanen Durcheinander, ist an ein ordentliches Gerichtsverfahren hingegen gar nicht zu denken, fürchte ich. Und wenn wir Sie bis Gott weiß wann in eine Zelle einsperren würden, wäre auch nichts gewonnen. Deshalb werde ich Sie, wie ich schon neulich sagte, weiter in Freiheit lassen, aber aufgepasst: mit Überwachung und eingeschränkter Bewegungsfreiheit. Und damit Sie erst gar nicht in Versuchung kommen, werde ich Ihnen Ihren Pass nicht zurückgeben. Außerdem bleiben Sie nur unter der Bedingung auf freiem Fuß, dass Sie, wenn Sie wieder auf den Beinen sind, sich eine anständige Verdienstmöglichkeit suchen und sparen, damit Sie Ihre Schulden im Hotel Continental begleichen können. Ich habe dort in Ihrem Namen um eine Frist zur Bezahlung der offenen Rechnung von einem Jahr gebeten, und man hat meinen Vorschlag akzeptiert. Sie dürfen also zusehen, dass Sie irgendwie das Geld zusammenbekommen, aber auf saubere Art und Weise, ohne Sperenzchen, ist das klar?«

»Ja, Herr *comisario*«, sagte ich leise.

»Und enttäuschen Sie mich nicht! Machen Sie keine Dummheiten, und zwingen Sie mich nicht, Sie wirklich in Gewahrsam zu nehmen, denn wenn Sie mich provozieren, bringe ich die Maschinerie in Gang, ich schicke Sie bei der ersten Gelegenheit nach Spanien, und dann sitzen Sie, ehe Sie sich versehen, sieben Jahre lang im Frauengefängnis von Quiñones. Haben wir uns verstanden?«

Angesichts dieser massiven Drohung brachte ich keinen vernünftigen Satz zustande, sondern nickte nur stumm. Dann erhob sich der *comisario*, und ich mich kurz nach ihm. Doch im Gegensatz zu ihm, der mit einer raschen und geschmeidigen Bewegung aufstand, musste ich meinem Körper eine ungeheure Kraftanstrengung abverlangen.

»Also los«, sagte er. »Lassen Sie, ich nehme Ihren Koffer schon. Sie sind ja so schwach, dass Sie kaum Ihren eigenen Schatten schleppen können. Mein Wagen steht vor der Tür. Verabschieden Sie sich von den Schwestern, bedanken Sie sich bei ihnen für die gute Behandlung, und dann gehen wir.«

Auf der Fahrt durch Tetuán in seinem Wagen sah ich zum ersten Mal einen Teil jener Stadt, in der ich für noch unbestimmte Zeit leben würde. Das Hospital Civil lag außerhalb, nun fuhren wir in die Stadt hinein, und die Straßen wurden immer belebter. Jetzt, kurz vor Mittag, schien alle Welt unterwegs zu sein. Automobile waren kaum zu sehen, aber der *comisario* musste ununterbrochen hupen, um sich zwischen den Menschen, die gemächlich kreuz und quer über die Straße liefen, einen Weg zu bahnen. Man sah Männer in hellen Leinenanzügen mit Panamahut, Jungen in kurzen Hosen, die Fangen spielten, und Spanierinnen mit dem Einkaufskorb voller Gemüse. Man sah muslimische Männer mit Turban und gestreifter Dschellaba und Frauen in wallenden Gewändern, die nur die Augen und die Füße hervorschauen ließen. Man sah Soldaten in Uniform und Mädchen mit geblümten Sommerkleidern, barfüßige Kinder von Einheimischen, die zwischen Hühnern spielten. Man hörte Stimmen, Sätze und einzelne Wörter in Arabisch und Spanisch, und der *comisario* wurde ständig gegrüßt, weil jemand seinen Wagen erkannte. Dass in dieser Region nur wenige Wochen später ein Bürgerkrieg seinen Ausgang nehmen sollte, war schwer vorstellbar, doch er lag schon in der Luft.

Wir wechselten während der ganzen Fahrt kaum ein Wort, schließlich waren wir auch nicht zum Vergnügen unterwegs, sondern ich sollte lediglich vorschriftsmäßig und sicher von einem Ort zum anderen gebracht werden. Gelegentlich jedoch, wenn der *comisario* meinte, etwas könnte für mich fremd oder neu sein, wies er mich mit einer Kopfbewegung und ein paar knappen erklärenden Worten darauf hin, ohne den Blick von der Straße zu nehmen. »Frauen aus dem Rif-Gebirge«, sagte er einmal, wie ich mich erinnere, und deutete auf eine Gruppe marokkanischer Frauen mit gestreiften Röcken und großen Strohhüten auf dem Kopf, an denen bunte Bommel baumelten. Die zehn oder fünfzehn Minuten dauernde Fahrt genügten mir, um die fremdartigen Formen auf mich wirken zu lassen, die Gerüche zu entdecken und die Namen einiger Dinge zu lernen, die von nun an zu meinem Alltag in diesem neuen Lebensabschnitt gehören würden. Das Hochkommissariat, die Kaktusfeigen, der Palast des Kalifen, die Wasserverkäufer auf ihren Eseln, das maurische Viertel, die beiden Berge Dersa und Gorgues, die *bakalitos* – kleine arabische Läden, die allgegenwärtige Nana-Minze.

An der Plaza de España stiegen wir aus. Sofort kamen ein paar einheimische Kinder auf uns zugerannt, die mein Gepäck tragen wollten, und der *comisario* ließ sie gewähren. Und dann gingen wir in die Calle Luneta hinein, gleich neben dem jüdischen Viertel, neben der Medina. La Luneta, meine erste Straße in Tetuán: schmal, laut, betriebsam, voller Menschen, Kneipen, Cafés und lärmenden kleinen Läden, in denen alles Erdenkliche ge- und verkauft wurde. Wir gelangten an ein Portal, gingen hinein, stiegen eine Treppe hinauf. Im ersten Stock drückte der *comisario* auf eine Klingel.

»Guten Tag, Candelaria. Hier bringe ich meinen Auftrag, den Sie schon erwarten.« Bei dem fragenden Blick der rundlichen, rot gekleideten Frau, die gerade die Tür geöffnet hatte, deutete mein Begleiter mit einer knappen Kopfbewegung auf mich.

»Aber was für ein Auftrag kann das sein, mein lieber *comisario?*«, gab sie mit einem lauten Lachen zurück und stemmte die Arme in die Hüften. Gleich darauf trat sie zur Seite und ließ uns eintreten. Wir betraten eine sonnige Wohnung, sehr sauber, wenn auch bescheiden und nicht sonderlich geschmackvoll eingerichtet. Die Frau gab sich recht forsch, doch man meinte zu spüren, dass der Besuch des Polizisten sie durchaus beunruhigte.

»Ein spezieller Auftrag meinerseits«, erklärte er und stellte meinen Koffer in dem kleinen Flur ab, zu Füßen eines Almanachs mit einem Herz-Jesu-Bild. »Sie müssen diese Señorita eine Weile beherbergen, und zwar vorerst vollkommen gratis. Sobald sie sich ihren Lebensunterhalt verdient, werden Sie schon Ihr Geld bekommen.«

»Aber um Himmels willen, ich habe das Haus voll bis unters Dach! Wo jeden Tag mindestens ein halbes Dutzend Menschen läuten, die ich beim besten Willen nicht unterbringen kann!«

Eine glatte Lüge. Die dunkelhaarige Matrone log, und er wusste es.

»Jammern Sie mir nicht die Ohren voll, Candelaria. Ich habe Ihnen schon gesagt, Sie müssen sie unterbringen. Wie, ist mir egal.«

»Wo mir doch die Leute seit dem Aufstand die Tür einrennen, Don Claudio! Wo ich doch sogar schon Matratzen ausgelegt habe!«

»Ersparen Sie mir Ihre Arien! Der Verkehr über die Meerenge ist ja schon seit Wochen unterbrochen, derzeit überqueren sie nicht einmal die Möwen. Ob es Ihnen passt oder nicht, Sie werden sich der Señorita annehmen müssen. Setzen Sie diesen Auftrag auf die Liste aller Gefälligkeiten, die Sie mir schulden. Und Sie müssen ihr nicht nur ein Quartier geben, sondern ihr auch zur Seite stehen. Sie kennt keinen Menschen in Tetuán und hat eine ziemlich hässliche Geschichte am Hals, also finden Sie ein Plätzchen für sie, wo auch immer, denn sie wird auf jeden Fall hierbleiben, ist das klar?«

Die Antwort der Frau ließ jede Begeisterung vermissen.

»Sonnenklar, mein Herr. Sonnenklar.«

»Ich übergebe die Señorita also in Ihre Obhut. Wenn es irgendein Problem geben sollte: Sie wissen, wo Sie mich finden. Es passt mir gar nicht, dass sie hierbleibt. Verdorben ist sie schon, und von Ihnen wird sie wenig Gutes lernen, aber nun denn …«

Da unterbrach ihn die Hauswirtin mit einem leicht spöttischen Unterton, obwohl sie sich als die reine Unschuld gab.

»Sie werden mich doch nicht in Verdacht haben, Don Claudio?«

Der *comisario* ließ sich von der vermeintlich scherzhaft gemeinten Frage der Andalusierin nicht täuschen.

»Ich habe immer die ganze Welt in Verdacht, Candelaria. Dafür werde ich bezahlt.«

»Und warum bringen Sie dieses Schätzchen dann zu mir, wenn Sie mich für so schlecht halten, mein lieber *comisario*?«

»Weil ich sie, wie ich bereits sagte, unter den momentanen Umständen nirgendwo sonst unterbringen kann. Glauben Sie nicht, dass ich es gerne tue. Jedenfalls übergebe ich sie Ihrer Verantwortung, lassen Sie sich irgendeine Verdienstmöglichkeit für sie einfallen. Sie wird vermutlich eine ganze Weile nicht nach Spanien zurückkehren können und muss irgendwie zu Geld kommen, denn da ist noch eine Sache zu regeln. Sehen Sie zu, dass Sie die Señorita in irgendeinem Geschäft als Gehilfin unterbringen, oder in einem Friseursalon. An irgendeinem anständigen Platz, es ist Ihre Entscheidung. Und tun Sie mir einen Gefallen: Nennen Sie mich nicht ständig ›mein lieber *comisario*‹, ich habe es Ihnen schon tausendmal gesagt.«

Da schenkte die Frau mir zum ersten Mal überhaupt Aufmerksamkeit und musterte mich von Kopf bis Fuß, rasch und ohne Neugier, als würde sie bloß das Gewicht des Klotzes einschätzen, den sie unversehens am Bein hatte. Dann richtete sie den Blick wieder auf meinen Begleiter und willigte mit spöttischer Resignation ein.

»Lassen Sie das nur meine Sorge sein, Don Claudio! Candelaria kümmert sich schon darum. Ich werde sehen, wo ich sie unterbringe, aber machen Sie sich keine Gedanken, Sie wissen, bei mir wird sie es wie im Paradies haben.«

Die vollmundigen Versprechungen der Pensionswirtin schienen den *comisario* ganz und gar nicht zu überzeugen, weil er es für nötig fand, zum Abschluss der Verhandlungen über meine Unterbringung noch ein wenig mehr Druck zu machen. Mit eindringlich gesenkter Stimme und erhobenem Zeigefinger äußerte er eine letzte Warnung, bei der sich jede scherzhafte Antwort verbot.

»Seien Sie vorsichtig, Candelaria, seien Sie schön vorsichtig. Die Lage ist im Moment recht unruhig, und ich möchte nicht mehr Probleme als unbedingt nötig. Und vor allem: Ziehen Sie die Señorita nicht in Ihre Geschichten hinein! Über den Weg traue ich keiner von Ihnen beiden, deshalb werde ich Sie beide im Auge behalten. Und sobald mir irgendetwas merkwürdig vorkommt, lasse ich

Sie beide aufs Kommissariat schaffen, und dort holt Sie nicht einmal der liebe Gott persönlich heraus! Haben wir uns verstanden?«

»Ja, Herr *comisario*«, murmelten wir beide unisono.

»Wie gesagt, Sie erholen sich, und sobald es geht, fangen Sie an zu arbeiten.«

Er sah mir noch einmal in die Augen und schien einen Moment zu zögern, ob er mir zum Abschied die Hand geben sollte oder nicht. Dann entschied er sich doch, es sein zu lassen, und beschloss das Gespräch mit einem knappen Satz, der gleichzeitig Rat und Prophezeiung war: »Passen Sie auf sich auf, wir sprechen uns!« Dann verließ er die Pension und lief leichtfüßig die Treppe hinunter, während er sich den Hut zurechtrückte. Wir sahen ihm von der Tür aus schweigend nach, bis wir ihn aus dem Blick verloren, und wollten gerade wieder in die Wohnung gehen, als wir ihn von unten laut heraufrufen hörten:

»Ich lasse Sie beide ins Gefängnis schaffen, und nicht einmal der heilige Leonhard holt Sie dort heraus!«

»Verflucht seien deine Vorfahren, du Scheißkerl!«, war das Erste, was Candelaria sagte, nachdem sie die Eingangstür mit einem kräftigen Stoß ihres dicken Hinterns zugedrückt hatte. Dann sah sie mich mit einem müden Lächeln an, um meine Verwirrung zu mildern: »Ein Teufelskerl, dieser Mann. Er macht mich vollkommen verrückt. Ich weiß nicht, wie er das anstellt, aber ihm entgeht rein gar nichts, und ich habe ihn dauernd am Hals.«

Dann tat sie einen so tiefen Seufzer, dass sich ihr gewaltiger Busen hob und senkte, als steckten zwei aufblasbare Ballons unter ihrem stramm sitzenden Kleid aus Perkal.

»Komm, Herzchen, herein mit dir, ich bringe dich in einem der hinteren Zimmer unter. Ach, dieser verfluchte Aufstand! Er hat alles durcheinandergebracht, auf den Straßen herrscht seitdem nur Krawall und in den Kasernen fließt das Blut! Hoffentlich hat dieses Durcheinander bald ein Ende, damit wir wieder unser gewohntes Leben führen können! Ich muss jetzt weg, ein paar Sachen erledigen. Du bleibst hier und richtest dich ein, und wenn ich zur Essenszeit zurückkomme, erzählst du mir alles in Ruhe.«

Und auf Arabisch rief sie nach einem Mädchen, das auf der Stelle aus der Küche kam und sich noch die Hände an einem Lappen abwischte. Es war höchstens fünfzehn Jahre alt. Die beiden räumten erst einmal allerlei Gerümpel aus der kleinen, fensterlosen Kammer, die von dieser Nacht an mein Zimmer sein sollte, und dann bezogen sie das Bett neu. Und in dieser Kammer richtete ich mich ein, ohne die geringste Ahnung zu haben, wie lange ich dort wohnen und welchen Kurs meine Zukunft nehmen würde.

Candelaria Ballesteros, in Tetuán besser bekannt als Candelaria die Schmugglerin, zählte siebenundvierzig Jahre und hatte, wie sie mir zu verstehen gab, schon mehr Kugeln an sich vorbeipfeifen hören als ein Infanterist der örtlichen Kaserne. Sie galt als Witwe, wusste aber nicht einmal selber, ob ihr Gatte auf einer seiner zahlreichen Reisen nach Spanien wirklich den Tod gefunden hatte oder ob der Brief, den sie vor sieben Jahren aus Málaga erhielt, der Brief mit der Nachricht, dass er an Lungenentzündung gestorben sei, nicht bloß die Lügengeschichte eines abgefeimten Hallodris war, der sich aus dem Staub machen und sichergehen wollte, dass man nicht nach ihm suchte. Um dem armseligen Leben als Tagelöhner auf den andalusischen Ölbaumpflanzungen zu entgehen, ließ das Paar sich 1926, nach dem Rifkrieg, im Protektorat nieder. Seit damals widmeten sich die beiden den unterschiedlichsten Geschäften, allesamt eher unergiebig, deren bescheidenen Gewinn er sinnigerweise gleich wieder bei Kneipentouren, im Bordell und für zahllose Gläser Weinbrand Fundador ausgab. Kinder hatten sie keine, und als ihr Francisco verschwand, ließ er sie allein und ohne die Kontakte nach Spanien zurück, mangels derer sie das Schmugglergeschäft mit allem, was ihr in die Finger kam, nicht weiterbetreiben konnte. Und so beschloss Candelaria, ein Haus zu mieten und dort eine kleine bescheidene Pension einzurichten. Doch das hinderte sie nicht daran, sich weiter mit Kauf und Verkauf, Rückkauf und Wiederverkauf, Tausch und Umtausch von allem, was ihr in die Hände fiel, zu beschäftigen und sich darum zu streiten. Münzen, Zigarettenetuis, Briefmarken, Füllfederhalter, Strümpfe, Uhren, Feuerzeuge: alles von zweifelhafter Herkunft, alles mit ungewisser Zukunft.

In ihrem Haus in der Calle Luneta, zwischen maurischer Altstadt und dem neuen spanischen Viertel, beherbergte sie unterschiedslos jeden, der an ihre Tür klopfte und um ein Nachtlager bat, meistens Leute mit wenig Habseligkeiten und noch weniger Ansprüchen. Mit ihnen und allem, was ihr sonst noch über den Weg lief, versuchte sie, ein Geschäft zu machen: Ich verkaufe dir dies, ich kaufe von dir jenes, ich lasse dir ein wenig im Preis nach. Du schuldest mir, ich schulde dir, lass du mir etwas nach. Aber Vorsicht! Immer schön vorsichtig, denn Candelaria die Schmugglerin mit ihrem matronenhaften Gebaren, ihren zwielichtigen Geschäften und jener Unverfrorenheit, mit der sie scheinbar auch den Mutigsten zu Fall brachte, war beileibe keine Närrin und wusste, mit *comisario* Vázquez war nicht zu spaßen. Gelegentlich ein kleiner Scherz hier, eine ironische Bemerkung da, aber ohne, dass er sie dabei erwischte, wie sie die Grenze des gesetzlich Zulässigen überschritt, denn dann würde er nicht nur alles in greifbarer Nähe beschlagnahmen. Sie selbst sagte: »Sobald er mich erwischt, wenn ich nach Fisch stinke, steckt er mich in den Knast und dann – adieu, du schöne Welt.«

Die sanfte junge Araberin half mir, mich in meinem neuen Heim einzurichten. Gemeinsam packten wir meine wenigen Habseligkeiten aus und hängten die Sachen auf Drahtbügeln in den sogenannten Schrank, der nicht mehr war als ein großer Holzkasten mit einer Art Gardine aus einem Stoffrest davor. Dieses Möbel, eine nackte Glühbirne und ein altes Bett mit einer Ziegenhaarmatratze stellten das einzige Mobiliar der Kammer dar. Ein alter Kalender mit einem Druck von Nachtigallen, ein Geschenk des Herrensalons El Siglo, lieferte den einzigen Farbtupfer an den weiß getünchten Wänden, an denen sonst nur die Reste zahlloser undefinierbarer Flecken zu sehen waren. In einer Ecke, auf einer Truhe, stapelten sich verschiedene Dinge, die selten benutzt wurden: ein Henkelkorb aus Stroh, eine beschädigte Waschschüssel, zwei oder drei emaillierte Nachttöpfe mit etlichen abgeplatzten Stellen und zwei rostige Vogelkäfige aus Draht. Vom Komfort her war das

Zimmer einfach, um nicht zu sagen ärmlich, aber es war sauber, und während das schwarzäugige Mädchen mir half, das Durcheinander an verknitterter Kleidung zu ordnen, die nun meinen einzigen Besitz darstellte, wiederholte es mit sanfter Stimme:

»Siñorita, du nicht Sorgen machen, Jamila waschen, Jamila bügeln Sachen von Siñorita.«

Ich war körperlich noch immer so schwach, dass ich mich nach der kleinen Anstrengung, meinen Koffer ins Zimmer zu schaffen und auszupacken, hinsetzen musste, damit mir nicht wieder übel wurde. Ich ließ mich am Fußende des Bettes nieder, schloss die Augen und bedeckte sie mit den Händen, die Ellbogen auf die Knie gestützt. Nach einigen Minuten ließ das Schwindelgefühl nach, ich kehrte in die Gegenwart zurück und stellte fest, dass die junge Jamila neben mir stand und mich besorgt beobachtete. Ich sah mich um. Die dunkle, armselige Kammer, eigentlich ein Rattenloch, war nach wie vor da, ebenso meine verknitterten Kleider auf den Bügeln und auf dem Boden der leere Koffer. Und trotz aller Ungewissheit, die sich seit diesem Tag wie ein Abgrund vor mir öffnete, dachte ich mit einer gewissen Erleichterung, dass ich, mochten sich die Dinge auch noch so schlecht entwickeln, zumindest schon ein Schlupfloch hätte, in dem ich mich verkriechen konnte.

Kaum eine Stunde später kehrte Candelaria wieder zurück. Kurz zuvor und kurz danach tröpfelten auch die Pensionsgäste herein, denen hier Unterkunft und Verpflegung geboten wurde. Zu dem Panoptikum an Gästen zählten ein Vertreter für Friseurbedarf, ein Postbeamter, ein pensionierter Lehrer, zwei ältliche Schwestern, vertrocknet wie gepökelter Thunfisch, und eine dünkelhafte Witwe mit einem Sohn, den sie Paquito rief, obwohl der Bursche seinen Stimmbruch schon längst hinter sich hatte und ihm bereits ein ansehnlicher Flaumbart spross. Alle begrüßten mich höflich, als die Hauswirtin mich vorstellte, und danach setzten sich alle schweigend an den Tisch, jeder auf den ihm zugewiesenen Platz: Candelaria präsidierte, der Rest verteilte sich an den Seiten. Auf der einen Seite die Frauen und Paquito, gegenüber die Männer. »Du sitzt an der anderen Stirnseite«, befahl sie mir. Sie begann den

Eintopf zu servieren, wobei sie ohne Pause plapperte, wie teuer das Fleisch geworden sei und wie süß dieses Jahr die Melonen gerieten. Sie richtete ihre Kommentare an niemanden konkret, und dennoch schien sie ein ungeheures Bedürfnis zu haben, in einem fort zu schwatzen, so banal die Themen und so gering das Interesse der Tischgäste auch sein mochten. Ohne ein Wort zu wechseln, begannen sich alle dem Mittagessen zu widmen und nahezu synchron ihre Löffel vom Teller zum Mund zu führen. Kein anderes Geräusch war zu hören als die Stimme der Hauswirtin, der dumpfe Klang der Löffel, wenn sie auf den Boden der Steingutteller tauchten, und das Schluckgeräusch, wenn das Essen seinen Weg durch die Speiseröhre nahm. Eine kleine Unachtsamkeit von Candelaria indes ließ mich verstehen, warum sie unentwegt redete: Die erste winzige Pause in ihrem Redefluss, nutzte eine der ältlichen Schwestern dazu, Unruhe zu stiften. Da begriff ich, warum sie selbst wie ein Steuermann mit fester Hand das Gespräch bestimmen wollte.

»Es heißt, Badajoz ist schon gefallen.« Auch die wenigen Worte der jüngeren der beiden schienen an niemanden konkret gerichtet. Vielleicht an den Wasserkrug, vielleicht an den Salzstreuer, an das Essig- und Ölgestell oder an das Bild vom Heiligen Abendmahl, das ein wenig schief an der Wand hing. Auch der Ton, in dem sie es sagte, wirkte gleichgültig, als hätte sie eine Bemerkung über das Wetter oder den Geschmack der Erbsen gemacht. Dennoch war mir sofort klar, dass ihr Einwurf ebenso harmlos war wie ein frisch geschliffenes Messer.

»Was für ein Jammer, nicht wahr? So viele kräftige Burschen, die sich in Verteidigung der rechtmäßigen republikanischen Regierung geopfert haben! So viele junge, lebensfrohe Kerle, die einer so appetitlichen Frau wie Ihnen, Sagrario, noch so viel Freude hätten schenken können!«

Die bissige Erwiderung kam von dem Handelsvertreter und löste beim Rest der männlichen Tischgäste ein Echo in Form lauten Gelächters aus. Als Doña Herminia bemerkte, dass ihr Paquito die Bemerkung des Verkäufers von Haarwuchsmitteln auch sehr spaßig gefunden hatte, versetzte sie dem Jungen einen Schlag gegen den Hinterkopf, dass sein Nacken rot anlief. Da meldete sich, sozusagen als Stimme der Vernunft, der alte Lehrer zu Wort, um dem Jungen – vermeintlich – zur Seite zu springen. Ohne den Kopf vom Teller zu heben, erklärte er:

»Lach nicht, Paquito, denn wer lacht, dem trocknet der Verstand ein, heißt es.«

Er konnte kaum den Satz beenden, schon ging die Mutter des Angesprochenen dazwischen.

»Deshalb musste sich die Armee ja erheben, um mit dem ganzen Gelächter, dem Frohsinn und der Zügellosigkeit aufzuräumen! Sie waren ja auf dem besten Weg, Spanien zugrunde zu richten ...«

In diesem Moment schienen alle Dämme zu brechen. Die drei Männer auf der einen und die drei Frauen auf der anderen Seite erhoben fast gleichzeitig die Stimme. Es ging zu wie auf dem Hühnerhof. Keiner hörte dem anderen zu, alle schrien sich an und warfen sich gegenseitig die grässlichsten Beleidigungen und Beschimpfungen an den Kopf. Verderbter Roter, alte Betschwester, Sohn des Satans, sauertöpfisches Weib, Atheist, verkommenes Subjekt und Dutzende andere Beiwörter, die den Tischgenossen von gegenüber verunglimpfen sollten – die wütenden Anwürfe flogen wie bei einem Kreuzfeuer hin und her. Die Einzigen, die den Mund hielten, waren Paquito und ich selbst: ich, weil ich neu war und über das strittige Thema weder etwas wusste noch eine Meinung dazu hatte, und Paquito wahrscheinlich aus Angst vor den Backpfeifen seiner erzürnten Mutter, die, den Mund voller halb zerkauter Kartoffeln und eine Spur aus Olivenöl vom Mund zum Kinn, den Lehrer soeben einen widerlichen Freimaurer und Teufelsanbeter schimpfte. Unterdessen verwandelte sich Candelaria am anderen Tischende von Sekunde zu Sekunde in ein anderes Wesen: Es war, als würde der Zorn ihren Umfang verdoppeln, und ihr kurz zuvor noch liebenswürdiges Gesicht wurde rot und röter, bis sie nicht mehr an sich halten konnte und mit der Faust auf den Tisch schlug, sodass der Wein aus den Gläsern hüpfte, die Teller aneinanderstießen und ihr Inhalt auf die Tischdecke schwappte. Ihre Donnerstimme übertönte das Geschrei aller anderen.

»Wenn in meinen heiligen Hallen noch einmal von dem verfluchten Krieg gesprochen wird, setze ich euch alle auf die Straße und werfe euch die Koffer vom Balkon aus nach!«

Widerwillig und sich böse Blicke zuwerfend strichen die Tischgäste die Segel und senkten wieder ihre Löffel in die Teller, um den ersten Gang zu beenden, wobei sie ihren Zorn nur mühsam beherrschten. Die Makrelen, die es als zweiten Gang gab, wurden fast schweigend verspeist. Von der Wassermelone zum Nachtisch drohte wegen ihrer roten Farbe allerdings Gefahr, aber die Spannung entlud sich dieses Mal nicht. Das Mittagessen ging ohne größere Zwischenfälle zu Ende. Doch schon zum Abendessen begann das Ganze von vorn. Da gab es als Aperitif schon wieder ironische Bemerkungen und doppeldeutige Witze, giftige Kommentare, Gotteslästerungen auf der einen und hastig geschlagene Kreuzzeichen auf der anderen Seite, schließlich gnadenlose Beleidigungen, und harte Brotstückchen flogen dem Gegner ins Gesicht, sollten sein Auge treffen. Und zum Schluss wieder die von Candelaria mit lauter Stimme verkündete Drohung, die Pensionsgäste auf der Stelle hinauszuwerfen, falls die beiden Parteien nicht aufhörten, sich über den Tisch hinweg zu bekriegen. Ich fand heraus, dass dies der normale Ablauf der drei Mahlzeiten in der Pension war, an dem einen Tag wie an dem anderen. Dennoch kam es nie so weit, dass die Hauswirtin auch nur einem einzigen ihrer Gäste den Stuhl vor die Tür setzte, obwohl diese stets zu neuen Gefechten bereit waren und mit spitzer Zunge treffsicher und erbarmungslos auf die gegnerische Seite feuerten. Es lief damals nicht so gut im Leben der Schmugglerin – die Geschäfte gingen schlecht –, dass sie freiwillig auf das verzichtet hätte, was jeder einzelne der armen Teufel ohne Obdach und feste Arbeit für Essen, Übernachtung und den Anspruch auf ein wöchentliches Bad bezahlte. Und so gab es trotz ihrer Drohungen kaum einen Tag, an dem nicht Schmähungen von einer Tischseite auf die andere flogen, Olivenkerne, politische Parolen, Bananenschalen und, in den hitzigsten Augenblicken, der eine oder andere Batzen Spucke und mehr als eine Gabel. Ganz wie im richtigen Leben, nur auf häuslicher Ebene.

8

Und so verging die erste Zeit in der Pension in der Calle Luneta unter diesen Menschen, von denen ich nie viel mehr wusste als ihre Taufnamen und – sozusagen als Dreingabe – die Gründe, die sie hierher geführt hatten. Der Lehrer und der Beamte, beide Junggesellen und schon sehr alt, wohnten am längsten hier. Die Schwestern waren Mitte Juli aus Soria angereist, um einen Verwandten zu beerdigen, und konnten wegen der Sperrung der Meerenge für den Schiffsverkehr nicht nach Hause zurückkehren. Ähnliches war dem Handelsvertreter für Friseurbedarf widerfahren, der wegen des Aufstandes unfreiwillig im Protektorat festsaß. Undurchsichtiger waren die Gründe bei Mutter und Sohn, obwohl alle vermuteten, dass sie auf der Suche nach ihrem flüchtigen Ehemann und Vater hier gestrandet waren, der eines schönen Morgens in Toledo losgezogen war, um an der Plaza Zocodover Zigaretten zu kaufen, und beschlossen hatte, nicht mehr nach Hause zu gehen. Das beinahe tägliche Gezänk, der während des ganzen Sommers unerbittlich fortschreitende Krieg, dazu jener bunt zusammengewürfelte Haufen heimatloser, jähzorniger und verschreckter Menschen, die seine Entwicklung ganz genau verfolgten, all das trug dazu bei, dass ich mich nach und nach in diesem Haus und mit seinen Bewohnern heimisch fühlte. Auch mein Verhältnis zur Pensionswirtin, die angesichts dieser Kundschaft wohl keine Reichtümer scheffelte, wurde vertrauter.

Selten verließ ich damals die Pension, denn es gab weder einen Ort, an den ich hätte gehen können, noch jemanden, den ich hätte besuchen wollen. So blieb ich allein im Haus, oder mit Jamila, oder mit Candelaria, wenn sie sich einmal zu Hause aufhielt, was selten der Fall war. Manchmal, wenn sie es nicht eilig hatte, bestand sie darauf, dass ich sie begleitete, um gemeinsam eine Beschäftigung für mich zu suchen. »Sonst wirst du dein bleiches Gesicht nie los, Mädchen«, meinte sie. »Die Sonne tut dir schon nichts!« An manchen Tagen fühlte ich mich zu schwach, ihr Angebot anzunehmen – ich war noch nicht recht bei Kräften –, doch gelegentlich willigte ich ein. Und dann nahm sie mich überallhin mit, in das verrufene Labyrinth der kleinen Gassen im maurischen Viertel und in den neu angelegten spanischen Stadtteil mit seinen quadratisch angeordneten, modernen Straßen, den wunderschönen Häusern und gut gekleideten Menschen. Sie fragte in jedem Geschäft, dessen Besitzer sie kannte, ob man mich unterbringen könne oder jemanden wüsste, der eine Stelle für dieses – wie sie annahm – überaus fleißige Mädchen hätte, das bereit sei, Tag und Nacht zu arbeiten. Aber die Zeiten waren schwierig, und auch wenn man die Schüsse nur in der Ferne hörte, schien alle Welt irgendwie von der Ungewissheit über den Ausgang dieses Kampfes betroffen zu sein, in Sorge um die Seinen in der Heimat, beunruhigt wegen des Vorrückens der Truppen an der Front, in Angst um die Lebenden, die Toten, die Zukunft. Unter solchen Umständen war kaum jemand daran interessiert, sein Geschäft auszubauen oder neues Personal einzustellen. Und obwohl wir jeden unserer Ausflüge mit einem Glas Minztee und einem Tablett voller Fleischspießchen in irgendeinem kleinen Café an der Plaza de España beendeten, packte jeder weitere vergebliche Versuch eine neue Schicht Angst auf meine bereits vorhandene und versetzte Candelaria, auch wenn sie es nicht sagte, ein weiteres Mal in Sorge.

Mein Gesundheitszustand besserte sich im gleichen Maß wie der meiner Seele – im Schneckentempo. Die Erkrankung steckte mir noch in den Knochen, und der fahle Ton meiner Haut stand im krassen Gegensatz zu den durch die Sommersonne gebräunten Gesichtern meiner Umgebung. Meine Sinne schienen wie gelähmt, meine Seele war müde. Ich spürte den Einschnitt, den Ramiros Weggang verursacht hatte, beinahe genauso wie am ersten Tag. Ich sehnte mich noch immer nach dem Kind, von dessen Existenz ich nur wenige Stunden gewusst hatte, und mich quälte die Sorge um meine Mutter und was aus ihr im besetzten Madrid wohl werden würde. Die Anzeigen, die gegen mich im Umlauf waren, hatten ihren Schrecken genauso wenig verloren wie Don Claudios Warnungen, und mich ängstigte die Vorstellung, die offenen Schulden nicht begleichen zu können und schließlich im Gefängnis zu enden. Die Angst war mein ständiger Begleiter geworden, und meine seelischen Verletzungen brannten weiterhin vor Zorn.

Zu den Auswirkungen einer verrückten und verblendeten Verliebtheit gehört, dass man vollkommen blind ist für das, was um einen her geschieht. Sie kappt die Sensibilität, die Fähigkeit, etwas wahrzunehmen. Sie zwingt dich, deine ganze Aufmerksamkeit auf ein einziges Wesen zu konzentrieren, so sehr, dass du dich vom Rest der Welt isolierst, dich in einen Kokon zurückziehst und zu allen anderen Geschehnissen Abstand hältst, obwohl sie keine zwei Handbreit von deinem Gesicht entfernt vor sich gehen. Erst als alles aufflog, merkte ich, dass die acht Monate, die ich mit Ramiro zusammen verbracht hatte, derart intensiv gewesen waren, dass ich kaum zu jemand anderem engeren Kontakt gehabt hatte. Erst da wurde mir das Ausmaß meiner Einsamkeit so richtig bewusst. In Tanger hatte ich mir nicht die Mühe gemacht, überhaupt andere Menschen besser kennenzulernen: Außer Ramiro interessierte mich niemand. In Tetuán jedoch war er nicht mehr da, und mit ihm war meine einzige Bezugsperson verschwunden. Nun musste ich lernen, allein zu leben, an mich zu denken und zu kämpfen, damit seine Abwesenheit mich nach und nach weniger mitnahm. Wie hieß es doch gleich in der Broschüre der Academia Pitman? »Lang und steil ist der Weg des Lebens.«

Der August ging vorüber, und es kam der September mit seinen kürzeren Nachmittagen und den kühleren Morgenstunden. Über dem geschäftigen Treiben auf der Calle Luneta verstrichen die Tage gemächlich. Die Menschen betraten und verließen die Geschäfte und die Cafés, blieben vor Schaufenstern stehen und plauderten an der Ecke mit Bekannten. Während ich von meinem Aussichtsplatz den Wechsel des Lichts und das emsige Treiben verfolgte, war ich mir vollkommen im Klaren darüber, dass auch ich dringend allmählich in Gang kommen, einer produktiven Tätigkeit nachgehen musste, um nicht länger auf Candelarias Wohltätigkeit angewiesen zu sein und endlich Geld zur Begleichung meiner Schulden beiseitelegen zu können. Ich wusste jedoch noch immer nicht, wie ich das anstellen sollte. Als Ausgleich für meine Untätigkeit bemühte ich mich, wenigstens bei der Hausarbeit mitzuhelfen, damit ich nicht nur Platz wegnahm wie ein ausrangiertes Möbelstück. Ich schälte Kartoffeln, deckte den Tisch und hängte die Wäsche auf der Dachterrasse auf. Ich half Jamila beim Staubwischen und beim Fensterputzen, lernte von ihr ein paar Worte Arabisch und ließ mich von ihrem ständigen Lächeln anstecken. Ich goss die Blumen, klopfte die Teppiche aus und erledigte kleine Besorgungen, die früher oder später angefallen wären. Mit den veränderten Temperaturen begann man in der Pension, sich auf den Herbst einzustellen, und ich half mit. In jedem der Zimmer wurden die Betten ausgewechselt; wir zogen die Laken und die Sommerdecken ab und holten die Winterbetten vom Zwischenboden. Bei der Gelegenheit fiel mir auf, dass ein Teil der Bettwäsche dringend ausgebessert werden musste. Und so saß ich schon bald mit einem großen Korb voller Weißwäsche am Balkon und machte mich daran, Risse oder ausgefranste Stellen zu beseitigen und Säume zu verstärken.

Und da geschah das Unerwartete. Nie hätte ich mir träumen lassen, dass das Gefühl, endlich wieder eine Nähnadel zwischen den Fingern zu spüren, derart befriedigend sein würde. Jene rauen Decken und Laken aus grobem Leinen waren nicht zu vergleichen mit den Seiden- und Musselinstoffen in Doña Manuelas Schneiderei, und die Ausbesserungsarbeiten waren Welten von den zarten Steppnähten entfernt, denen ich mich früher widmete, um Kleidung für die Damen der besseren Gesellschaft von Madrid zu fertigen. Auch ähnelte Candelarias einfaches Esszimmer nicht im Mindesten Doña Manuelas Atelier, weder waren das marokkanische Mädchen noch die streitlustigen Gäste mit meinen früheren Arbeitskolleginnen oder unseren vornehmen Kundinnen vergleichbar. Doch die Bewegung des Handgelenks war die gleiche, und die Nadel bewegte sich wieder flink vor meinen Augen über den Stoff, und meine Finger strengten sich an, die Stiche genauso ordentlich zu machen, wie ich es jahrelang, Tag für Tag, an einem anderen Ort und zu einem anderen Zweck getan hatte. Das Glücksgefühl, wieder zu nähen, war so unbeschreiblich, dass ich mich für ein paar Stunden in bessere Zeiten zurückversetzt fühlte und es mir vorübergehend gelang, mein eigenes Elend zu vergessen. Es war, als wäre ich nach Hause zurückgekehrt.

Es wurde Abend und dämmerte bereits, als Candelaria von einem ihrer üblichen Besorgungsgänge heimkehrte. Sie fand mich von Stapeln gerade gestopfter Wäsche umgeben vor, das vorletzte Handtuch in der Hand.

»Sag bloß, du kannst nähen, Herzchen?«

Meine Antwort auf diese Begrüßung war – zum ersten Mal nach langer Zeit – ein bejahendes, fast triumphales Lächeln. Da führte mich die Hauswirtin, erleichtert, endlich etwas Nützliches an dem Ballast entdeckt zu haben, zu dem ich mich zu entwickeln drohte, zu ihrem Schlafzimmer und breitete auf dem Bett flugs den gesamten Inhalt ihres Kleiderschranks aus.

»Bei diesem Kleid lässt du den Saum raus, bei diesem Mantel muss der Kragen gewendet, bei dieser Bluse müssen die Nähte ausgebessert werden. Und diesen Rock könntest du ein paar Fingerbreit weiter machen, denn in letzter Zeit habe ich ein paar Kilo zugelegt und er will mir nicht mehr über die Hüften rutschen.«

Und so ging es in einem fort weiter, bis ein Riesenstapel Kleidung zusammengekommen war, den ich fast nicht tragen konnte. Ich brauchte nur einen Vormittag, um alle Schäden an ihrer abgenutzten Garderobe auszubessern. Zufrieden mit meiner Leistung und entschlossen, das gesamte Potenzial meiner Fähigkeiten einschätzen zu können, kam Candelaria am Nachmittag mit einem Stück Tweed für eine Jacke zurück.

»Englische Wolle, beste Qualität. Wir haben den Stoff aus Gibraltar geholt, bevor das ganze Chaos begann, zurzeit ist es aber mehr als schwierig, Nachschub zu bekommen. Traust du dir die Arbeit zu?«

»Besorg mir eine gute Schere, zwei Meter Futterstoff, ein halbes Dutzend Schildpattknöpfe und kastanienbraunes Nähgarn. Ich nehme gleich Maß, und morgen ist sie fertig.«

Mit diesen bescheidenen Mitteln und dem Esszimmertisch als Operationsbasis war die bestellte Jacke bis zum Abendessen schon zur Anprobe bereit. Vor dem Frühstück hatte ich sie fertig. Kaum war Candelaria aufgestanden, probierte sie im Nachthemd – noch mit Schlaf in den Augen und einem Haarnetz auf dem Kopf – die Jacke an und prüfte vor dem Spiegel ungläubig den Sitz des guten Stücks. Die Schulterpolster saßen tadellos, das Revers war perfekt symmetrisch und kaschierte ihre üppige Oberweite. Die Taille wirkte durch einen breiten Gürtel geradezu grazil, der günstige Schnitt ließ die stämmigen Hüften verschwinden. Die Ärmel schlossen mit breiten Umschlägen ab und umhüllten elegant die Arme ihrer Trägerin. Das Resultat war mehr als zufriedenstellend. Candelaria betrachtete sich von vorn, im Profil, von der Seite und von hinten. Einmal, ein zweites Mal. Mit geschlossenen, dann mit geöffneten Knöpfen, mit hoch gestelltem, dann mit nach unten geschlagenem Kragen. Ihre übliche Geschwätzigkeit war wie weggeblasen, sie konzentrierte sich voll und ganz darauf, die Qualität meiner Arbeit zu beurteilen. Und schließlich fällte sie ihr Urteil:

»Bravo, bravo! Warum hast du mir denn nicht früher gesagt, dass du so geschickte Finger hast, Herzchen?«

Zwei neue Röcke, drei Blusen, ein Hemdblusenkleid, zwei Kostüme, ein Mantel und ein warmer Morgenmantel hingen schon bald in ihrem Kleiderschrank. Unterdessen brachte sie von unterwegs Nachschub an Stoffen mit, den sie möglichst günstig erstand.

»Chinesische Seide, fass mal an! Zwei amerikanische Feuerzeuge hat mir der Inder unten vom Gemischtwarenladen dafür abgeluchst, dieser Fuchs! Zum Glück habe ich noch ein paar vom letzten Jahr, denn der Mistkerl lässt sich nur noch mit marokkanischem Geld, mit *duros hassani* bezahlen. Die Leute sagen, dass die spanische Währung der Republikaner durch die der Nationalisten abgelöst werden soll. Was für ein Irrsinn, Mädchen«, erzählte sie mir aufgeregt, während sie ein Paket öffnete und vor meinen Augen ein paar Meter feuerroten Stoff ausbreitete.

Das Ergebnis ihres nächsten Beutezuges war ein halber Ballen Gabardine von guter Qualität. Ein perlmuttfarbener Satinstoffrest kam am nächsten Tag dazu, zusammen mit der Geschichte, wie sie an die Ware gekommen war inklusive der wenig schmeichelhaften Verwünschungen für den Juden, der ihr den Stoff beschafft hatte. Außerdem ein Rest dünnen karamellfarbenen Wollstoffs, ein Stück aus Alpakagarn, sieben Ellen bedruckten Satins, und so hatten wir mit Tauschgeschäften und Geschacher bald fast das Dutzend an verschiedenen Stoffen komplett, die ich zuschnitt und nähte und sie anprobierte und lobte. Bis ihr kein Stoff mehr einfiel, den sie noch hätte besorgen können, oder bis sie schließlich davon überzeugt war, dass sie nun eine wirklich gut sortierte neue Garderobe besaß, oder bis sie beschloss, dass sie sich zur Abwechslung mal wieder mit etwas anderem beschäftigen sollte.

»Mit all den Sachen, die du für mich genäht hast, sind deine Schulden bei mir bis zum heutigen Tag beglichen«, verkündete sie. Ohne mir auch nur eine Sekunde Zeit zu lassen, meine Erleichterung darüber auszukosten, fuhr sie fort: »Und nun lass uns über deine Zukunft reden. Du hast großes Talent, Mädchen, und das sollte man nicht verschwenden, und schon gar nicht, wenn man wie du dringend Kohle braucht, um aus seinem Schlamassel herauszukommen. Du hast ja gemerkt, dass es nicht leicht ist, eine Anstellung zu finden. Deshalb würde ich es am besten finden, wenn du auf Bestellung nähst. Aber so wie die Dinge stehen, fürchte ich, wirst du nicht von Haus zu Haus ziehen können, um deine Dienste anzubieten. Du müsstest einen festen Ort haben, dein eigenes Geschäft aufmachen, und selbst dann wirst du nicht leicht Kundschaft finden. Das will alles gut überlegt sein.«

Candelaria die Schmugglerin kannte nun wirklich Gott und die Welt in Tetuán, doch um sich ein Bild von der örtlichen Schneiderkunst machen zu können, musste sie mehrmals losziehen, redete hier und da mit dem einen oder anderen, erstellte sozusagen eine Fallstudie. Schon ein paar Tage nachdem unsere Idee entstanden war, verfügten wir über eine hundertprozentig zuverlässige Analyse der Lage. Nun wusste ich, dass es hier zwei oder drei traditionsreiche und stadtbekannte Schneiderinnen gab, zu denen für gewöhnlich die Ehefrauen und die Töchter der Offiziere, einiger angesehener Ärzte und solventer Unternehmer gingen. Eine Stufe darunter standen vier oder fünf Schneiderinnen, die Straßenanzüge für das besser gestellte Verwaltungspersonal und Sonntagsmäntel für die Familienmütter fertigten. Und dann gab es noch eine Handvoll unbedeutender Näherinnen, die von Haus zu Haus gingen und ihre Dienste anboten. Sie erledigten, was gerade anfiel, nähten Morgenmäntel aus Perkal oder geerbte Kleidung um, fingen Laufmaschen auf oder stopften Strümpfe. Die Aussichten waren also nicht gerade rosig. Es gab viel Konkurrenz, doch irgendwie musste ich eine Nische für mich finden. Auch wenn meine Hauswirtin meinte, dass keine von ihnen mir das Wasser reichen könne, dürfe man nicht unterschätzen, dass der Großteil von ihnen quasi irgendwie zum Haushalt, ja, zur Familie gehöre. Wenn sie ihre Sache gut machten, war es durchaus möglich, dass man ihnen bis zum Tode die Treue hielt.

Der Gedanke, wieder berufstätig zu werden, löste gemischte Gefühle in mir aus. Einerseits verspürte ich zum ersten Mal seit einer Ewigkeit wieder so etwas wie Hoffnung. Ich konnte Geld für meinen Lebensunterhalt verdienen und meine Schulden begleichen, und zwar mit einer Tätigkeit, die mir viel Freude bereitete und in der ich gut war. Das war das Beste, was mir in meiner Lage passieren konnte. Wenn ich dagegen über das dafür notwendige Geld nachdachte, wurde mir angst und bange. Um ein eigenes Geschäft zu eröffnen, auch wenn es noch so bescheiden und winzig wäre, benötigte ich Startkapital, über das ich nicht verfügte, auch Kontakte, die ich nicht hatte, wären hilfreich, und ich bräuchte jede Menge Glück, welches mir in letzter Zeit nicht gerade hold gewesen war. Kein leichtes Unterfangen also, wenn ich mir hier einen Namen machen wollte! Um gewachsene Beziehungen zu lösen und Kundinnen zu gewinnen, musste ich mir etwas einfallen lassen, mich vom gewohnten Einerlei abheben und etwas vollkommen anderes anbieten.

Während Candelaria und ich uns bemühten, einen für mich gangbaren Weg aufzutun, kamen verschiedene Freundinnen und Bekannte von ihr mit Aufträgen für mich in die Pension. »Ja, eine Bluse, Liebes, tu mir den Gefallen!« »Ein paar Mäntel für die Kleinen, bevor es kalt wird.« Im Allgemeinen waren es Frauen aus bescheidenen Verhältnissen, und genauso stand es auch um ihre Finanzen. Sie brachten viele Kinder und spärliche Stoffreste mit, setzten sich auf einen Plausch zu Candelaria, während ich nähte. Sie sorgten sich wegen des Kriegs, beweinten das Schicksal der Familienmitglieder in Spanien und tupften sich die Tränen mit einem Taschentuch ab, das zerknittert in ihrem Ärmel steckte. Sie klagten über die derzeit herrschende Not und fragten sich ängstlich, wie sie die Kinder durchbringen sollten, wenn der Konflikt nicht beendet würde oder eine feindliche Kugel ihnen den Ehemann nahm. Sie zahlten wenig und spät, manchmal gar nicht, so gut sie eben konnten. Aber dennoch, trotz der wenigen Kunden und meiner geringen Einkünfte linderte die bloße Tatsache, dass ich wieder nähte, meine Einsamkeit und Isolation und öffnete mir einen Spalt, durch den schon ein dünner Hoffnungsstrahl in mein Leben drang.

9

Ende des Monats begann es zu regnen, erst einen Nachmittag, dann den nächsten und übernächsten. Drei Tage lang ließ sich die Sonne kaum blicken. Es donnerte und blitzte, der Wind blies wie verrückt und wirbelte die Blätter über den nassen Boden. Ich arbeitete weiter an den Kleidungsstücken, die die Nachbarinnen bei mir bestellt hatten. Kleidung ohne jeden Pfiff und ohne jeden Schick, aus einfachen Stoffen genäht, lediglich dazu bestimmt, den Körper gegen die Unbilden der Witterung zu schützen. Ich hatte gerade das Sakko für den Enkel einer Nachbarin fertig und saß an einem Plisseerock für die Tochter der Concierge, als Candelaria wieder einmal in höchster Aufregung zur Tür hereinkam.

»Ich hab's, meine Kleine, das ist die Lösung! Es ist alles schon geritzt!«

Sie kam gerade von draußen und trug die neue Tweedjacke, in der Taille eng geschnürt, einen Schal um den Kopf und ihre alten Schuhe mit den schiefen und nun auch schmutzverkrusteten Absätzen. Während sie munter drauflos plapperte, um ihre große Neuigkeit in allen Einzelheiten zu offenbaren, schälte sie sich Schicht um Schicht aus ihren Sachen. Sie war noch ganz außer Atem, und ihr üppiger Busen wogte im Takt auf und ab.

»Ich komme aus dem Friseursalon, in dem meine Freundin Remedios arbeitet, mit der ich noch ein paar Sachen zu besprechen hatte, und als wir so reden, macht Reme einer Froschfresserin gerade eine Dauerwelle …«

»Bitte wem?«, unterbrach ich ihren Redefluss.

»Einer Froschfresserin, einer Franzmännin, na, einer Französin eben«, erklärte sie hastig, ehe sie fortfuhr. »Nun, ich dachte, es sei eine, doch später stellte sich heraus, dass sie gar keine ist, sondern eine Deutsche, die ich nicht kannte, denn die anderen, die Frau des Konsuls, die Gumpert und die Bernhardt, und die von Langenheim, die keine Deutsche, sondern eine Italienerin ist, ja, die kenne ich alle zur Genüge, weil ich mit ihnen schon zu tun hatte. Nun, was wollte ich sagen, während sie also der Frau die Haare macht, fragt mich Reme, wo ich denn die tolle Tweedjacke herhabe, die ich trage. Und ich sage natürlich, dass mir diese eine Freundin gemacht hat, und da sieht die Froschfresserin, die – wie sich ja später herausstellte – gar keine Froschfresserin, sondern eine Deutsche ist, zu mir her, mustert mich von oben bis unten und mischt sich in unsere Unterhaltung ein – mit diesem typischen gepressten Akzent, bei dem du denkst, ihr beißt gerade jemand in den Hals – und erzählt mir, dass sie jemanden sucht, der ihr etwas näht, aber wirklich ordentlich. Die Frau fragt mich, ob ich nicht ein richtig erstklassiges Modeatelier kenne, sie sei erst seit Kurzem in Tetuán und werde sicherlich eine Weile bleiben und suche nun dringend nach einer guten Schneiderin. Darauf sage ich …«

»Dass sie herkommen soll und ich ihr nähe, was…«, versuchte ich die Sache voranzutreiben.

»Aber was redest du, Mädchen? Du bist wohl verrückt geworden! Ich kann doch eine wie sie nicht hierher bringen! Feine Damen wie sie kommen doch mit Frau General und Frau Oberst zusammen und sind ganz andere Dinge und Örtlichkeiten gewohnt. Du weißt ja gar nicht, welchen Lebensstil sich die Deutsche leistet und über wie viel Geld sie verfügt.«

»Und nun?«

»Tja, ich weiß auch nicht, welches Vögelchen mir das gezwitschert hat, doch auf einmal erzähle ich ihr, dass ich gehört hätte, hier würde demnächst ein Atelier für elegante Mode aufmachen.«

Ich musste schwer schlucken.

»Und ich nehme mal an, dass das meine Aufgabe sein wird, oder?«

»Natürlich, Herzchen, wessen sonst?«

Ich wollte wieder schlucken, aber es war, als hätte ich Sand gegessen. Mir blieb buchstäblich die Spucke weg.

»Und wie soll ich deiner Meinung nach mir nichts, dir nichts ein Modeatelier eröffnen, Candelaria?«, fragte ich verzagt.

Die erste Antwort darauf war schallendes Gelächter. Die zweite bestand aus genau sechs Worten, die sie derart resolut vorbrachte, dass keinerlei Platz für Zweifel blieb.

»Mit mir, meine Kleine, mit mir.«

Beim Abendessen bekam ich vor lauter Aufregung kaum einen Bissen hinunter. Viel mehr hatte mir die Pensionswirtin auch nicht erzählen können, denn kaum hatte sie ihr Vorhaben verkündet, tauchten die Schwestern im Esszimmer auf und berichteten frohlockend von der Befreiung des Alcázar von Toledo durch Francos Armee. Gleich darauf fanden sich auch die anderen Gäste ein, von denen sich ein Teil zufrieden äußerte, während die anderen ihrem Missfallen Ausdruck verliehen. Schließlich deckte Jamila einfach den Tisch, und Candelaria wusste sich nicht anders zu helfen, als in die Küche zu gehen und das Abendessen vorzubereiten: gedünsteter Blumenkohl und Tortillas aus einem Ei. Möglichst preiswerte und milde Gerichte, da die Gemüter ohnehin schon erhitzt genug waren. Sonst wäre die Meldung des Tages noch mit durch die Luft fliegenden Kotelettknochen bekräftigt worden.

Das Essen endete ohnehin mit den üblichen Spannungen, und anschließend zogen sich die Protagonisten rasch zurück. Die Frauen und der dickliche Paquito begaben sich in das Zimmer der Schwestern, um der nächtlichen Ansprache von General Queipo de Llano auf Radio Sevilla zu lauschen. Die Männer dagegen machten sich auf, um einen letzten Kaffee in der Bar der Zeitung *Unión Mercantil* zu trinken und mit anderen über den Fortgang des Kriegs zu diskutieren. Jamila deckte den Tisch ab und ich half ihr, das Geschirr zu spülen, als Candelaria mich gebieterisch in den Flur zitierte.

»Geh in dein Zimmer und warte dort auf mich. Ich komme gleich nach.«

Sie brauchte nur ein paar Minuten, so lange, wie man eben benötigte, um sich hastig ein Nachthemd und den Morgenmantel überzuziehen, sich vom Balkon aus zu vergewissern, dass die drei Männer sich schon ein ganzes Stück entfernt hatten, und sich davon zu überzeugen, dass die Frauen von dem wirren Geschwätz des Generals ganz gefangen genommen waren. »Gute Nacht, meine Damen! Nur nicht verzagen!« Bei gelöschtem Licht auf der Bettkante kauernd, erwartete ich sie voller Unruhe. Als ich sie endlich kommen hörte, war ich erleichtert.

»Wir müssen reden, Mädchen. Du und ich, wir beide haben ein ernstes Gespräch zu führen«, sagte sie leise und setzte sich neben mich aufs Bett. »Traust du dir zu, ein Modeatelier aufzumachen? Willst du die beste Schneiderin von ganz Tetuán sein und Kleider nähen, wie sie hier noch niemals jemand genäht hat?«

»Natürlich traue ich mir das zu, aber …«

»Kein aber! Du hörst mir jetzt gut zu und unterbrichst mich gefälligst nicht. Es ist deine Entscheidung: Nach der Begegnung mit der Deutschen habe ich mich ein wenig umgehört und erfahren, dass in Tetuán seit einiger Zeit viele Leute leben, die hier früher nicht zu finden waren. Es erging ihnen so wie dir oder den griesgrämigen Schwestern, Paquito und seiner dicken Mutter, oder Matías dem Handelsreisenden: Durch den Aufstand seid ihr gezwungen hierzubleiben, gefangen wie die Ratten, denn ihr kommt nicht über die Meerenge und damit auch nicht nach Hause zurück. Nun, es gibt noch andere, denen es ähnlich ergangen ist, die aber im Gegensatz zu euch keine Hungerleider sind, sondern vermögende Leute. Solche, wie es sie hier vorher nicht gegeben hat, jetzt aber schon, verstehst du, was ich dir sagen will, Mädchen? Zum Beispiel ist eine berühmte Schauspielerin mit ihrer ganzen Truppe in Tetuán gestrandet. Und einige Ausländerinnen, hauptsächlich Deutsche. Man munkelt, dass ihre Ehemänner die Armee dabei unterstützen, Francos Truppen auf die spanische Halbinsel zu schaffen. Und so kommen ein paar zusammen, zwar nicht wahnsinnig viele, das ist wahr, aber genügend, um dir eine Zeit lang Arbeit zu verschaffen, wenn du sie als Kundinnen gewinnen kannst. Und vergiss nicht, diese Damen müssen keiner Schneiderin die Treue halten, weil sie ja nicht von hier sind. Außerdem, und das ist noch viel wichtiger, haben sie ordentlich Geld, und da sie Ausländerinnen sind, ist ihnen dieser Krieg völlig schnuppe, das heißt, sie wollen sich amüsieren und werden, solange die ganze Chose dauert, den Teufel tun, irgendeinen alten Fetzen anzuziehen, sondern sich hübsch machen, egal, wer nun die Schlacht gewinnt, kannst du mir folgen, Herzchen?«

»Natürlich, Candelaria, selbstverständlich, aber …«

»Schschsch! Ich habe dir doch gesagt, du sollst mit deinem ›Aber‹ gefälligst warten, bis ich ausgeredet habe! Was du jetzt brauchst, und zwar gleich, sind Geschäftsräume allererster Güte, in denen du deiner Kundschaft nur das Feinste vom Feinen präsentierst. Bei allem, was mir heilig ist, schwöre ich, dass ich in meinem ganzen Leben noch nie jemanden getroffen habe, der so nähen kann wie du. Deshalb sollten wir uns lieber früher als später daranmachen, unser Vorhaben in die Tat umzusetzen. Und ja, ich weiß, du hast keine müde Pesete, aber dafür hast du ja mich.«

»Aber Sie haben ja auch nichts. Sie jammern doch den ganzen

Tag, dass Ihre Einnahmen kaum reichen, um uns mit Essen zu versorgen.«

»Ja, es ist ein Hundeleben! In letzter Zeit komme ich nur schwer an Ware. Die Grenzposten werden von Soldaten gesichert, die bis an die Zähne bewaffnet sind. Es ist schier unmöglich, an ihnen vorbei nach Tanger zu gelangen, es sei denn, man hat fünfzigtausend Passierscheine, die man natürlich meiner Wenigkeit nicht ausstellt. Und nach Gibraltar zu kommen ist noch komplizierter, seit die Meerenge für den Verkehr gesperrt ist und die Kriegsflugzeuge im Tiefflug über einen hinwegrasen, um alles, was sich bewegt, zu bombardieren. Doch ich habe etwas in petto, mit dem wir das nötige Kleingeld für die Eröffnung deines Ateliers beschaffen könnten. Es ist mir – zum ersten Mal in meinem ganzen verdammten Leben – einfach in den Schoß gefallen, ohne dass ich danach hätte suchen oder aus dem Haus gehen müssen.«

Sie ging in die Ecke des Zimmers, in der sich das ganze unnütze Gerümpel stapelte.

»Vorher schleichst du aber erst einmal in den Flur und vergewisserst dich, dass die Schwestern noch immer Radio hören«, befahl sie mir im Flüsterton.

Bei meiner Rückkehr konnte ich ihr bestätigen, dass dem so war. Inzwischen hatte sie schon längst die Vogelkäfige, den Henkelkorb, die Nachttöpfe und die Waschschüssel beiseitegeräumt. Vor ihr stand nur noch die Truhe.

»Schließ die Tür ab, mach das Licht an und komm her«, befahl sie mir in gebieterischem Ton, ohne jedoch lauter zu sprechen als nötig.

Die nackte Glühbirne, die von der Decke hing, erhellte mit ihrem trüben Schein notdürftig das Zimmer. Als Candelaria im Begriff war, den Deckel zu öffnen, trat ich näher. Auf dem Boden der Truhe lag eine verknitterte und schmutzige Decke, die sie vorsichtig, beinahe ehrfürchtig anhob.

»Sieh nur!«

Was vor meinen Augen lag, verschlug mir die Sprache und ließ mich erstarren. Ein Haufen dunkler Pistolen, zehn, vielleicht fünfzehn, möglicherweise sogar zwanzig lagen kreuz und quer auf dem Holzboden der Truhe. Jeder Lauf zielte in eine andere Richtung – eine Ansammlung schlafender Mörder.

»Hast du gesehen?«, wisperte sie. »Dann mach ich wieder zu. Gib mir das Zeug, das auf der Truhe stand, und lösch das Licht.«

Ihre Stimme klang zwar leise, ansonsten aber wie immer. Wie es um meine bestellt war, wusste ich nicht, denn ich bekam eine ganze Weile kein einziges Wort heraus. Wir setzten uns aufs Bett, und sie erzählte mir im Flüsterton:

»Es soll ja Leute geben, die denken, dass es völlig überraschend zum Aufstand kam, aber das ist eine verdammte Lüge. Jeder wusste, dass sich da was zusammenbraute, und zwar schon über einen längeren Zeitraum hinweg, nicht nur in den Kasernen und am Llano Amarillo im Ketama-Tal, wo man feierlich den Wahlspruch der Falangisten ausgerufen hatte. Es wird erzählt, dass sich sogar im Casino Español, hinter dem Tresen, ein ganzes Waffenarsenal verbarg, keiner weiß, ob das stimmt oder nicht. In den ersten Juliwochen logierte bei mir ein Zollbeamter, der noch nicht wusste, wohin er versetzt würde, oder zumindest behauptete er das. Die Sache kam mir merkwürdig vor, das sag ich dir. Für mich war dieser Mann weder ein Zollbeamter noch etwas anderes in der Richtung, doch ich stecke meine Nase prinzipiell nicht in das Privatleben meiner Gäste, weil sie sich auch in meine Angelegenheiten gefälligst nicht einmischen sollen. Ich hielt sein Zimmer in Ordnung, stellte ihm ein warmes Essen auf den Tisch, und das war's. Am achtzehnten Juli habe ich ihn zum letzten Mal gesehen. Ob er sich womöglich dem Aufstand angeschlossen oder sich zu Fuß zu den Berbern in der französischen Zone auf den Weg gemacht hat oder ob sie ihn auf den Monte Hacho geschleift und dort im Morgengrauen erschossen haben – ich habe nicht die geringste Ahnung, was aus ihm geworden ist, und will darüber auch gar nicht spekulieren. Jedenfalls tauchte vier oder fünf Tage nach seinem Verschwinden ein Leutnant bei mir auf und verlangte nach seinen Habseligkeiten. Ich händigte ihm die Sachen ohne nachzufragen aus und ließ ihn mit meinen besten Wünschen ziehen, denn der Mann hatte ohnehin nicht viel in seinem Schrank. Damit hielt ich die Sache für erledigt. Doch als Jamila das Zimmer für den nächsten Gast saubermachte und unter dem Bett fegte, hörte ich auf einmal einen Schrei, als wäre ihr der Leibhaftige mit seinem Dreizack – oder was auch immer der mohammedanische Teufel in seiner Hand hält – erschienen. Nun, ein Besenwisch förderte zutage, dass der gute Mann ganz hinten in der Ecke einen Haufen Pistolen versteckt hatte.«

»Und da haben Sie sie einfach behalten?«, fragte ich leise.

»Was hätte ich sonst tun sollen? Den Leutnant in seinem Bataillon aufsuchen? Bei dem Durcheinander, das gerade herrscht?«

»Sie hätten sie dem *comisario* aushändigen können.«

»Don Claudio? Du bist nicht ganz bei Trost, Mädchen!«

Dieses Mal war ich diejenige, die mit einem energischen »Schschsch« mehr Ruhe und Diskretion forderte.

»Wie hätte ich das anstellen sollen, ohne dass er mich für den Rest meines Lebens ins Kittchen gebracht hätte? So wie der mich auf dem Kieker hat! Ich habe sie behalten, weil sie nun schon mal im Haus waren. Außerdem hatte sich der Zollbeamte ja aus dem Staub gemacht und schuldete mir noch Geld für vierzehn Tage Kost und Logis, sodass die Waffen mehr oder weniger die Bezahlung seiner Rechnung in Naturalien waren. Die Dinger sind ein Heidengeld wert, mein Mädchen, und so wie die Dinge gerade stehen, sogar noch mehr. Die Pistolen gehören also mir, und ich kann mit ihnen machen, was ich will.«

»Wollen Sie sie verkaufen? Das könnte sehr gefährlich werden.«

»Verflucht, natürlich ist das gefährlich, aber wir brauchen die Kohle, um dein Geschäft zu eröffnen.«

»Sie wollen mir doch nicht erzählen, dass Sie sich auf diese Geschichte einlassen, nur um mir …«

»Nein, Mädchen, nein«, unterbrach sie mich. »Warte, ich werde versuchen, es dir zu erklären. Dieses Ding ziehe ich nicht alleine durch, das machen schon wir beide gemeinsam. Ich kümmere mich darum, jemanden zu finden, der uns die Ware abnimmt, und mit dem, was dabei herausspringt, eröffnen wir deinen Laden und machen halbe-halbe.«

»Und warum verkaufen Sie die Waffen nicht für sich selbst und leben behaglich davon, ohne mir ein Geschäft aufzubauen?«

»Damit hätte ich zwar heute etwas zu essen, aber morgen Hunger. Mich interessiert ein langfristiger Ertrag. Wenn ich die Ware verkaufe und in zwei oder drei Monaten alles, was ich dafür bekam, zum Fenster hinausgeworfen habe, wovon soll ich dann leben, wenn sich der Krieg länger hinzieht?«

»Und wenn Sie bei Ihrem Handel erwischt werden?«

»Dann erzähle ich Don Claudio, dass wir beide darin verwickelt sind, und dann wandern wir gemeinsam dorthin.«

»Wohin? Ins Gefängnis?«

»Oder auf den Friedhof. Mal sehen, wohin es uns verschlägt.«

Obwohl sie ihre düstere Vorahnung mit einem Augenzwinkern abschwächte, geriet ich gleich in Panik. Der bohrende Blick, mit dem *comisario* Vázquez mich gemustert hatte, und seine ernsten Warnungen waren mir nur zu gut in Erinnerung geblieben. »Halten Sie sich aus allem raus, was Ärger bedeuten könnte, versuchen Sie nicht, mich hinters Licht zu führen, machen Sie ja keinen Unsinn!« Aus seinen Worten war ein ganzer Katalog unerfreulicher Dinge entstanden. Kommissariat, Frauengefängnis. Diebstahl, Erpressung, Schulden, Anklage, Gericht. Und nun, als sei das nicht genug, kam noch der Verkauf von Waffen dazu.

»Lassen Sie bloß die Finger davon, Candelaria, das ist viel zu gefährlich«, flehte ich sie, halb tot vor Angst, an.

»Und was machen wir dann?«, erkundigte sie sich energisch flüsternd. »Von Luft und Liebe leben? Nasenpopel futtern? Du bist hier ohne einen *céntimo* in der Tasche aufgetaucht, und ich weiß nicht, wo ich noch Geld herbekommen soll. Von den anderen Gästen zahlen nur die Witwe, der Lehrer und der Postbeamte. Warten wir ab, wie lange sie das bisschen Geld, das sie noch haben, strecken können. Die anderen drei und du, ihr liegt mir ohnehin nur auf der Tasche, doch ich kann euch nicht auf die Straße setzen. Die einen nicht, weil sie mir leidtun, und dich nicht, weil es mir gerade noch gefehlt hätte, dass mir Don Claudio im Nacken sitzt und Fragen stellt. Also sagst du mir jetzt, wie ich es anstellen soll.«

»Ich könnte doch einfach weiternähen wie bisher. Ich werde mehr arbeiten, und falls nötig, arbeite ich sogar die Nächte durch. Wir teilen meinen Verdienst unter uns beiden auf…«

»Wie viel ist das denn? Was meinst du, was du für die Fetzen, die du für die Nachbarinnen nähst, bekommen wirst? Wie viele lumpige Kröten springen dabei heraus? Hast du schon vergessen, was du in Tanger schuldig geblieben bist? Gedenkst du, den Rest deines Lebens in dieser Kammer zu verbringen?« Die Worte sprudelten aus ihrem Mund wie ein Wasserfall. »Hör mal, Mädchen, deine Hände sind Gold wert, ein Schatz, wie man ihn weit und breit nicht findet, und es käme einer Sünde gleich, wenn du davon keinen Gebrauch machen würdest. Ich weiß, du hast in deinem Leben schon einiges einstecken müssen, dein Verlobter hat dich sitzen lassen, du bist in einer Stadt, in der du nicht sein willst, fern deiner Familie, fern deiner Heimat. Aber so ist es nun mal, das Vergangene ist vergangen, und die Zeit lässt sich nun mal nicht zurückdrehen. Du musst nach vorne schauen, Sira. Du musst stark sein, etwas riskieren und für dich einstehen. Bei dem Schicksalsschlag, den du erlitten hast, wird kein netter Herr des Weges kommen, an deine Tür klopfen und dir eine Wohnung einrichten. Außerdem denke ich, dass du nach eben dieser Erfahrung auch nicht wild darauf bist, wieder von einem Mann abhängig zu sein. Du bist noch sehr jung, und in deinem Alter solltest du danach streben, dir ein neues Leben aufzubauen. Vergeude deine besten Jahren nicht damit, Säume aufzutrennen und dich nach dem zu verzehren, was du verloren hast.«

»Aber wegen der Pistolen, Candelaria, ihrem Verkauf…«, flüsterte ich ängstlich.

»Es ist wie es ist, Kind. Sie sind das Einzige, was wir haben, und ich schwöre dir bei allem, was mir heilig ist, dass ich versuchen werde, so viel wie möglich herauszuschlagen. Was glaubst du? Mir wäre es auch lieber, wenn der Kerl mir etwas Spannenderes als Waffen dagelassen hätte, eine Ladung Schweizer Uhren zum Beispiel oder hauchdünne Seidenstrümpfe. Aber das Einzige, was uns zur Verfügung steht, sind seine Waffen, und da wir uns gerade im

Krieg befinden, könnte es sein, dass sich ein paar Leute dafür interessieren und sie kaufen wollen.«

»Aber wenn Sie erwischt werden?«, fragte ich unsicher.

»Schon wieder die alte Leier! Wenn sie mich schnappen, beten wir zum Herrgott, dass Don Claudio sich unserer erbarmt. Dann essen wir unsere Mahlzeiten eben eine Zeit lang im Knast, und basta! Was soll's? Außerdem möchte ich dich daran erinnern, dass dir weniger als zehn Monate bleiben, um deine Schulden zu begleichen. Aber bei deinem Tempo bist du sie in zwanzig Jahren noch nicht los, wenn du weiter für unsere Nachbarinnen nähst. Also, wie ehrenwert du auch sein magst, mit deiner Einstellung landest du auf jeden Fall im Knast, und da wird dir der Heilige Leonhard auch nicht mehr helfen können. Entweder ab ins Gefängnis oder du machst in irgendeinem billigen Bordell für die Soldaten die Beine breit … Das wäre auch eine Lösung, die in deiner Lage noch in Betracht käme.«

»Ich weiß nicht, Candelaria, ich weiß nicht. Das Ganze macht mir große Angst.«

»Mir auch, ich krieg bei dem bloßen Gedanken daran schon Dünnpfiff! Glaubst du, ich bin aus Stein? In Kriegszeiten anderthalb Dutzend Pistolen zu verschachern ist schon gewagter als meine üblichen Mauscheleien. Doch wir haben keine andere Wahl, meine Kleine.«

»Und wie wollen wir das anstellen?«

»Das lass mal meine Sorge sein, ich suche mir schon meine Mittelsmänner. In ein paar Tagen geht die Ware über den Tisch. Und dann suchen wir ein Atelier in Tetuáns bester Lage, richten es ein, und du fängst an.«

»Wie, ›du fängst an‹? Und Sie? Sind Sie nicht mit mir im Atelier??«

Sie lachte leise und schüttelte den Kopf.

»Nein, Mädchen, nein. Ich beschaffe dir das Geld, damit du in den ersten Monaten die Miete und alles Nötige bezahlen kannst. Wenn das Ganze steht, fängst du zu arbeiten an, und ich bleibe hier, in meinem Haus, und warte auf das Monatsende, um den

Gewinn mit dir zu teilen. Außerdem ist es nicht gut, wenn man dich mit mir in Verbindung bringt. Ich habe keinen sonderlich guten Ruf und gehöre nicht zu der Sorte reicher Señoras, die wir als Kundinnen brauchen. Ich steuere das Geld bei und du deine geschickten Hände. Anschließend wird geteilt. Das nennt man investieren.«

Und mit einem Mal war das dunkle Kämmerchen erfüllt von den Erinnerungen an Ramiros Pläne und seine Academia Pitman, und ich fühlte mich in eine Zeit zurückversetzt, die ich nicht noch einmal erleben wollte. Ich verscheuchte die alten Gespenster und wollte weitere Erklärungen.

»Und wenn ich nichts verdiene? Wenn die Kundinnen ausbleiben?«

»Tja, dann haben wir's versaut. Aber nun warte doch erst mal ab, bevor du Asche auf dein Haupt streust, mein kleiner Einfaltspinsel. Man muss doch nicht immer gleich mit dem Schlimmsten rechnen! Lass uns optimistisch sein und in die Sache reinschnuppern! Keiner kann im Voraus all unsere Probleme lösen oder uns vor allem Übel bewahren. Das heißt, entweder kämpfen wir für unser Vorhaben oder uns bleibt kein anderer Ausweg, als unseren Hunger mit Ohrfeigen zu vertreiben.«

»Aber ich habe dem *comisario* mein Ehrenwort gegeben, das ich mich aus allem heraushalte, was nach Ärger riecht.«

Candelaria musste an sich halten, um nicht in schallendes Gelächter auszubrechen.

»Tja, auch mir hat mein Francisco vor dem Dorfgeistlichen hoch und heilig geschworen, mich bis an mein Lebensende zu achten. Und wie oft hat mich der Sauhund grün und blau geschlagen? Verflucht sei sein Bild! Du kannst doch wahrhaftig nicht nach allem, was dir widerfahren ist, noch immer so naiv sein! Denk an dich, Sira, denk nur an dich und vergiss den Rest. In solch schlimmen Zeiten wie diesen, in denen wir verdammt sind zu leben, gilt stets: fressen oder gefressen werden. Außerdem, so ernst ist die Sache auch nicht: Wir beide haben ja schließlich nicht vor, damit auf irgendjemanden zu schießen. Wir wollen nur etwas verkaufen, was wir nicht brauchen. Sollen die anderen denken, was sie wollen. Wenn alles gut läuft, stößt Don Claudio eines Tages auf dein adrettes, sauberes Modeatelier. Und wenn er dich irgendwann fragen sollte, woher du das Geld hattest, sagst du ihm, dass ich es dir von meinem Ersparten geliehen habe. Wenn er dir nicht glaubt oder ihm die Idee nicht gefällt, hätte er dich bei den barmherzigen Schwestern im Hospital lassen sollen, anstatt dich meiner Obhut zu unterstellen. Er hat immer einen Haufen Probleme und möchte keinen Ärger. Wenn wir ihm alles auf dem Silbertablett servieren, ohne Aufhebens zu machen, wird er nicht weiter herumschnüffeln. Das sage ich dir, und ich kenne ihn wirklich gut, denn wir liefern uns schon seit vielen Jahren ein Kräftemessen. Du kannst deswegen ganz beruhigt sein.«

Ich kam zu dem Schluss, dass Candelaria mit ihrer unverfrorenen und lebenstüchtigen Art recht hatte. Je mehr wir uns im Kreis drehten, je länger wir das Problem von allen Seiten betrachteten, desto vernünftiger schien dieser unglückselige Plan letztlich zu sein. Er war die Lösung, um die Not zweier armer, alleinstehender und entwurzelter Frauen zu lindern, die in turbulenten Zeiten wie diesen eine kohlrabenschwarze Vergangenheit mit sich herumschleppten. Rechtschaffenheit und Ehrlichkeit waren schön und gut, doch damit konnte man sich nichts zu essen kaufen, keine Schulden bezahlen, und sie wärmten auch nicht in Winternächten. Moralische Prinzipien und ein tadelloses Benehmen waren etwas für andere, nichts für zwei unglückliche Frauen mit gebrochenem Herzen wie uns beide. Ich brachte kein Wort heraus, was Candelaria als Zustimmung auslegte.

»Und nun? Kann ich morgen anfangen, die Ware auf den Markt zu bringen?«

Ich fühlte mich, als tanzte ich mit verbundenen Augen am Rande eines Abgrunds. In der Ferne hörte ich das Rauschen des Radios, aus dem noch immer die raue Stimme des Generals dröhnte. Ich seufzte aus tiefstem Herzen. Als ich antwortete, klang meine Stimme endlich tief und sicher. Fast.

»Lass es uns wagen!«

Zufrieden kniff mich meine zukünftige Geschäftspartnerin in die Wange und lächelte. Dann machte sie sich für den Rückweg bereit. Sie nestelte an ihrem Morgenmantel, hievte ihren korpulenten Leib auf die verschlissenen Pantoffeln, die sie vermutlich schon ihr halbes Dasein als Überlebenskünstlerin begleiteten. Candelaria – die Schmugglerin, die Opportunistin, die Streitlustige, die Unverschämte und die Herzensgute – stand schon in der Tür, als ich ihr mit gedämpfter Stimme eine letzte Frage stellte. Diese hatte mit der Angelegenheit, über die wir in jener Nacht gesprochen hatten, eigentlich nichts zu tun, aber ich war in gewisser Weise neugierig zu erfahren, was sie wohl antworten würde.

»Candelaria, auf wessen Seite stehen Sie eigentlich in diesem Krieg?«

Überrascht drehte sie sich um, doch ihre Antwort kam wie aus der Pistole geschossen.

»Ich? Ich stehe voll und ganz hinter dem Sieger, Herzchen.«

10

Auf die Nacht, in der sie mir die Pistolen gezeigt hatte, folgten schreckliche Tage. Candelaria war ununterbrochen in Bewegung wie eine Schlange, wenngleich eine recht beleibte und keineswegs lautlose. Sie ging, ohne ein Wort zu sagen, von ihrem Zimmer in das meine, vom Esszimmer auf die Straße, von der Straße in die Küche, immer in Eile, konzentriert, eine wirre Litanei aus Grunz- und Brummlauten murmelnd, die niemand zu entschlüsseln wusste. Ich vermied es tunlichst, ihr bei ihren Wanderungen in die Quere zu kommen, und erkundigte mich auch nicht nach dem Stand der Dinge. Ich wusste, wenn es so weit war, würde sie mich schon einweihen.

Es verging fast eine Woche, bis sie endlich etwas Neues vermelden konnte. An jenem Tag kam sie erst nach neun Uhr abends zurück, als wir schon alle bei Tisch vor leeren Tellern saßen und auf sie warteten. Das Abendessen verlief wie immer stürmisch. Anschließend begannen wir, während sich die Pensionsgäste zerstreuten, um sich den letzten Beschäftigungen des Tages zu widmen, gemeinsam den Tisch abzuräumen. Und während wir schmutziges Geschirr, Besteck und Servietten in die Küche trugen, eröffnete sie mir im Flüsterton, dass ihr Vorhaben sich nun konkretisiere: »Diese Nacht geht das Geschäft über die Bühne, meine Kleine. Gleich morgen früh kümmern wir uns um deine Sache. Was bin ich froh, Herzchen, dass dieser Zirkus, verflucht noch mal, ein Ende hat!«

Als wir die Hausarbeit erledigt hatten, verschwand jede sofort in ihrem Zimmer und schloss sich dort ein, ohne dass wir noch ein Wort gewechselt hätten. Der Rest der Truppe beschloss den Tag unterdessen mit den gewohnten Verrichtungen: Eukalyptus gurgeln, Radio hören, vor dem Spiegel die Haare auf Lockenwickler drehen oder zum Café spazieren. In der Absicht, Normalität vorzutäuschen, rief ich noch laut und vernehmlich »Gute Nacht!« und legte mich dann ins Bett. Ich blieb noch eine Weile wach, bis langsam Stille im Haus einkehrte. Das Letzte, was ich hörte, war Candelaria, wie sie ihr Zimmer verließ und dann fast geräuschlos die Tür zur Straße schloss.

Wenige Minuten nach ihrem Fortgang schlief ich ein. Zum ersten Mal seit Tagen wälzte ich mich nicht unruhig hin und her, und auch die dunklen Vorahnungen der vergangenen Nächte krochen nicht mehr zu mir unter die Decke: Gefängnis, *comisario*, Verhaftungen, Tote. Es schien, als hätte meine Nervosität beschlossen, mir endlich eine Atempause zu gönnen, nun, da jenes verhängnisvolle Geschäft kurz vor seinem Abschluss stand. Ich überließ mich dem Schlaf in dem angenehmen Gefühl, dass wir am nächsten Morgen mit der Planung der Zukunft beginnen würden, ohne dass der schwarze Schatten der Pistolen über unseren Köpfen schwebte.

Doch mit der Nachtruhe war es bald vorbei. Ich weiß nicht, wie spät es war, zwei, drei Uhr vielleicht, als mich eine Hand an der Schulter packte und energisch rüttelte.

»Wach auf, Mädchen, wach auf!«

Verwirrt, noch schlaftrunken, richtete ich mich halb auf.

»Was ist los, Candelaria? Was machen Sie hier? Sind Sie schon zurück?«, stieß ich stammelnd hervor.

»Eine Katastrophe, meine Kleine, eine Katastrophe, so groß wie die Krone einer Pinie«, antwortete die Schmugglerin flüsternd.

In meiner Benommenheit kam mir ihre Figur, wie sie da an meinem Bett stand, rundlicher vor denn je. Sie trug einen Mantel, den ich nicht kannte, weit und lang, bis oben hin zu, und fing an, ihn hastig aufzuknöpfen, während sie mich mit wirren Erklärungen bombardierte.

»Das Militär bewacht alle Straßen, die nach Tetuán führen, und die Männer, die aus Larache kommen und die Ware abholen wollten, haben sich nicht in die Stadt getraut. Ich habe bis fast drei Uhr morgens gewartet, aber niemand kam. Schließlich hat ein Bote mich zu einem Berber geschickt, von dem ich erfahren habe, dass die Zufahrtsstraßen viel strenger kontrolliert werden, als sie dachten, und dass sie Angst haben, nicht lebend wieder hinauszukommen, falls sie sich doch in die Stadt wagen.«

»Wo wollten Sie sich mit ihnen treffen?«, fragte ich und musste mich sehr bemühen, den Faden nicht zu verlieren.

»In Suica, im unteren Teil der Altstadt, im Hof einer Kohlenhandlung.«

Ich kannte die Gegend nicht, von der sie sprach, doch ich fragte auch nicht nach. Trotz meiner Schlaftrunkenheit begriff ich, dass wir so gut wie gescheitert waren: *adiós*, Geschäft, *adiós*, Modeatelier – *bienvenidos*, liebe Sorgen! Wieder einmal wusste ich nicht, wie es mit mir weitergehen sollte.

»Dann ist alles aus«, murmelte ich und rieb mir den letzten Schlaf aus den Augen.

»Nichts da«, fiel mir die Hauswirtin ins Wort, während sie endlich den Mantel ablegte. »Der Plan hat sich ein wenig geändert, aber bei meiner Mutter selig schwöre ich dir, dass die Pistolen noch heute Nacht aus meinem Haus verschwinden. Also beeil dich, Mädchen. Steh auf, wir dürfen keine Zeit verlieren.«

Ich begriff nicht gleich, was sie sagte, denn meine Aufmerksamkeit war von etwas anderem gefangen genommen: davon, wie Candelaria sich das unförmige Kleid aufknöpfte, das sie unter dem Mantel trug, eine Art weiten Kittel aus grobem Wollstoff, der die üppigen Formen ihres Körpers kaum erahnen ließ. Ich sah verblüfft zu, wie sie sich entkleidete, ohne zu begreifen, welchen Sinn oder Grund dieser hastige Striptease zu Füßen meines Bettes haben sollte. Bis sie, mittlerweile auch ohne Unterrock, zwischen ihren Fleischwülsten Gegenstände hervorzuholen begann. Und da begriff ich endlich. Vier Pistolen hatte sie am Strumpfhalter festgebunden befördert, sechs im Korsett, zwei unter den Trägern ihres Büstenhalters und weitere zwei unter den Achseln. Die übrigen fünf, eingewickelt in ein Stück Stoff, hatte sie in der Handtasche verstaut. Neunzehn insgesamt. Neunzehn Pistolen, die nun der Wärme ihres massigen Körpers entrissen wurden und woanders unterkommen sollten. In diesem Moment dämmerte es mir.

»Und was soll ich tun?«, fragte ich ängstlich.

»Die Waffen zum Bahnhof schaffen, sie vor sechs Uhr morgens übergeben und die tausendneunhundert *duros,* die ich für die Ware ausgehandelt habe, in Empfang nehmen. Du weißt doch, wo der Bahnhof ist, oder? Unten am Gorgues, auf der anderen Seite der Straße nach Ceuta. Dort können die Männer die Pistolen abholen, ohne dass sie nach Tetuán herein müssen. Sie kommen vom Berg herunter und holen sie, ehe es hell wird. So brauchen sie keinen Schritt in die Stadt zu tun.«

»Aber warum muss ich sie hinbringen?« Plötzlich war ich hellwach wie eine Nachteule. Der Schreck hatte meine Schläfrigkeit mit einem Schlag vertrieben.

»Auf dem Rückweg von der Altstadt habe ich einen Umweg gemacht und überlegt, wie sich das mit dem Bahnhof regeln lässt. Da hat mich der Hurensohn Palomares, der aus der Bar El Andaluz kam, wo sie gerade schließen wollten, am Tor der Intendantur abgefangen und mir eröffnet, dass er vielleicht diese Nacht noch, wenn er Lust hat, in der Pension vorbeischaut und eine Durchsuchung macht.«

»Wer ist Palomares?«

»Ein hundsgemeiner Polizist, der schlimmste von ganz Spanisch-Marokko.«

»Gehört er zu Don Claudio?«

»Der ist sein Chef, ja. Wenn der *comisario* da ist, geht er ihm um den Bart, aber sobald er freie Hand hat, führt sich der Scheißkerl dermaßen ekelhaft auf, dass halb Tetuán Angst hat, für den Rest des Lebens im Bau zu landen.«

»Und warum hat er Sie heute Nacht angehalten?«

»Weil ihm einfach danach war, weil er ein Schwein ist und es ihm gefällt, den Leuten Angst zu machen und sie zu schikanieren, vor allem die Frauen. Das macht er schon seit Jahren, doch seit dem Aufstand führt er sich noch schlimmer auf.«

»Aber hat er einen Verdacht wegen der Pistolen?«

»Nein, Mädchen, nein. Zum Glück hat er nicht verlangt, dass ich die Tasche aufmache, und mich anzufassen hat er sich nicht getraut. Er hat nur mit seiner widerlichen Stimme gefragt: ›Wohin gehst du denn mitten in der Nacht, Schmugglerin, du wirst doch nicht irgendeine Schieberei am Laufen haben, du alte Gaunerin?‹ Und ich habe ihm geantwortet: ›Ich komme von einer guten Freundin, Don Alfredo, die plagen die Nierensteine gerade so arg.‹ ›Wer's glaubt, wird selig, Schmugglerin, du bist mir zu gerissen und zu schlitzohrig‹, hat der Schweinehund doch tatsächlich zu mir gesagt, und ich habe mir auf die Zunge gebissen, damit ich nichts sage, obwohl ich am liebsten seine ganze Familie verflucht hätte, also habe ich mich schleunigst aus dem Staub gemacht, die Tasche fest unter den Arm geklemmt und mich der heiligen Jungfrau Maria anempfohlen, dass mir die Pistolen am Leib nicht verrutschen mögen, und als ich schon ein ganzes Stück weit gelaufen bin, höre ich hinter mir wieder seine ekelhafte Stimme: ›Vielleicht schaue ich nachher noch in der Pension vorbei und mache eine Durchsuchung bei dir, du alte Gaunerin, mal sehen, was ich da finde‹.«

»Und Sie glauben wirklich, dass er kommt?«

»Vielleicht, vielleicht auch nicht«, erwiderte Candelaria achselzuckend. »Wenn er sich irgendwo eine Nutte schnappt, die es ihm richtig besorgt und ihm Erleichterung verschafft, dann vergisst er mich womöglich. Aber wenn heute nichts mehr läuft, dann würde es mich nicht wundern, wenn er gleich an die Tür klopft, meine Gäste ins Treppenhaus schickt und anfängt, ohne jede Rücksicht die Wohnung auseinanderzunehmen. Es wäre nicht das erste Mal.«

»Also können Sie die Pension bis zum Morgengrauen nicht mehr verlassen, für den Fall der Fälle«, murmelte ich nachdenklich.

»So ist es, Herzchen«, bestätigte sie.

»Und die Pistolen müssen sofort verschwinden, damit Palomares sie nicht hier findet«, fuhr ich fort.

»Ganz genau.«

»Und die Übergabe muss unbedingt heute stattfinden, weil die Käufer auf die Waffen warten und Kopf und Kragen riskieren, wenn sie deswegen nach Tetuán kommen müssen.«

»Besser könnte man es nicht sagen, meine Kleine.«

Wir blickten uns einige Sekunden schweigend in die Augen. Sie halb nackt, die Fettwülste quollen an Mieder und Büstenhalter heraus, ich mit übergeschlagenen Beinen auf dem Bett sitzend, noch im Nachthemd und zwischen Bettlaken, mit zerzaustem Haar und bangem Herzen. In Gesellschaft der schwarzen Pistolen, die um uns verstreut herumlagen.

Schließlich sprach die Pensionswirtin ein Machtwort.

»Du musst die Sache übernehmen, Sira. Es bleibt uns kein anderer Ausweg.«

»Ich kann nicht, nein, das mache ich nicht ...«, stammelte ich.

»Du musst, Herzchen«, wiederholte sie mit düsterer Stimme. »Wenn nicht, ist alles verloren.«

»Aber bedenken Sie doch, Candelaria, was ich schon alles am Hals habe: die Schulden beim Hotel, die Anzeigen von der Firma und von meinem Halbbruder. Wenn sie mich bei dieser Sache erwischen, ist das mein Ende.«

»Ein schönes Ende werden wir haben, wenn Palomares heute Nacht noch aufkreuzt und uns mit dem ganzen Zeug erwischt«, erwiderte sie mit einem bedeutungsvollen Blick auf die Waffen.

»Aber, Candelaria, hören Sie …«, beharrte ich.

»Nein, Mädchen, du hörst mir jetzt gut zu«, fiel sie mir gebieterisch ins Wort. Die Augen weit aufgerissen, redete sie eindringlich auf mich ein. Sie bückte sich zu mir herunter, packte mich an den Armen und zwang mich, sie direkt anzuschauen. »Ich habe alles versucht, ich habe Kopf und Kragen riskiert für diese Sache, und es hat nicht geklappt«, sagte sie dann. »Das Glück ist launisch: Manchmal lässt es dich gewinnen, ein anderes Mal spuckt es dir ins Gesicht und macht dich zum Verlierer. Und heute Nacht hat es zu mir gesagt, du wirst dir die Finger verbrennen, Schmugglerin. Mir bleibt kein Versuch mehr, Sira, für mich ist die Sache gelaufen. Aber nicht für dich. Du bist jetzt die Einzige, die uns noch retten, die Einzige, die die Ware überbringen und das Geld kassieren kann. Wenn es nicht notwendig wäre, würde ich dich weiß Gott nicht darum bitten. Doch wir haben keine andere Wahl, Mädchen. Jetzt beweg dich endlich! Du steckst da genauso drin wie ich, es geht uns beide an, und es steht viel auf dem Spiel. Unsere Zukunft, Mädchen, unsere ganze Zukunft. Wenn wir das Geld nicht kriegen, bekommen wir keinen Fuß auf den Boden. Jetzt liegt alles in deinen Händen. Du musst es machen. Für dich und für mich, Sira. Für uns beide.«

Ich wollte mich weiter weigern, denn ich wusste, ich hatte gute Gründe, nein zu sagen, kommt nicht infrage, auf gar keinen Fall. Aber gleichzeitig war mir auch bewusst, dass Candelaria recht hatte. Ich selber hatte eingewilligt, bei diesem zwielichtigen Handel mitzumachen, niemand hatte mich dazu gezwungen. Wir bildeten ein Gespann, und jede von uns hatte anfangs eine bestimmte Aufgabe. Candelarias Aufgabe war es, zunächst zu verhandeln und dann das Geschäft zum Abschluss zu bringen, die meine, später zu arbeiten. Doch es war uns beiden klar, dass die Grenzen fließend und nicht eindeutig waren, sich verschieben, verschwimmen oder sich sogar wie Tinte in Wasser auflösen konnten. Sie hatte ihren Teil der Abmachung erfüllt und es versucht. Das Glück hatte ihr die kalte Schulter gezeigt, aber noch waren nicht alle Chancen vertan. Es war nur recht und billig, wenn ich mich jetzt der Gefahr aussetzte.

Ich zögerte ein wenig, ehe ich etwas sagte. Zuerst musste ich noch einige Bilder aus meinem Kopf verscheuchen, die mir vor Angst schier den Atem zu nehmen drohten: der *comisario*, sein Gefängnis, das unbekannte Gesicht eines gewissen Palomares.

»Haben Sie sich schon überlegt, wie ich es anstellen soll?«, fragte ich schließlich mit zittriger Stimme.

Candelaria gab einen lauten Seufzer, eher ein Schnauben, der Erleichterung von sich und schien wieder Mut zu fassen.

»Ganz, ganz einfach, Schätzchen. Warte ein Weilchen, gleich sage ich es dir.«

Noch immer halb nackt verließ sie das Zimmer und kehrte sogleich mit einem, wie mir schien, Berg weißen Leinens auf den Armen zurück.

»Du verkleidest dich als Marokkanerin im Haik«, sagte sie, während sie die Tür hinter sich schloss. »Unter diesem Umhang hat die ganze Welt Platz.«

Das stimmte zweifellos. Tagtäglich sah ich einheimische Frauen in jenem weiten, formlosen Kleidungsstück, jener Art Umhang, der den Kopf, die Arme und den gesamten Körper verhüllte. Darunter konnte man tatsächlich verstecken, was man wollte. Ein weiteres Stück Stoff bedeckte Mund und Nase, der Umhang wurde bis knapp über die Augenbrauen gezogen. Nur die Augen, die Füße und die Fußknöchel blieben sichtbar. Eine bessere Möglichkeit, ein kleines Waffenarsenal ungesehen durch die Straßen zu transportieren, wäre mir im Leben nicht eingefallen.

»Aber vorher müssen wir noch etwas anderes machen. Raus aus dem Bett, Mädchen, und an die Arbeit.«

Ich gehorchte wortlos, überließ ihr sozusagen das Kommando. Energisch zog sie das obere Laken von meinem Bett, nahm es dort, wo der dickere, umgeschlagene Teil endete, zwischen die Zähne und begann, den Stoff in lange Streifen von ein paar Spannen Breite zu zerreißen.

»Mach es mit dem unteren Laken genauso«, befahl sie mir. Zu zweit hatten wir in wenigen Minuten die beiden Laken auf meinem Bett in ein paar Dutzend lange Baumwollstreifen verwandelt.

»Und jetzt werden wir dir diese Streifen um den Körper binden und die Pistolen damit befestigen. Heb die Arme, damit ich anfangen kann.«

Und so wurden, ohne dass ich das Nachthemd ablegen musste, die neunzehn Pistolen an meinem Körper untergebracht. Zuerst wickelte Candelaria jede Waffe in einen doppelt genommenen Stoffstreifen, den sie dann an meinem Körper anlegte, zwei oder drei Mal ganz herumwickelte und die Enden schließlich fest verknotete.

»Du bist ja klapperdürr, Mädchen, ich weiß gar nicht, wo ich die nächste unterbringen soll«, bemerkte sie, als mein Körper vorne und hinten vollgepackt war.

»An den Oberschenkeln?«, schlug ich vor.

So machte sie es, bis schließlich die gesamte Lieferung unter meiner Brust, auf den Rippen, den Nieren und den Schulterblättern, an den Seiten, den Armen, den Hüften und den Oberschenkeln sicher verteilt war. Und ich sah wie eine Mumie aus, über und über bedeckt mit weißen Binden, unter denen sich unheimliche Waffen verbargen, die mir jede Bewegung erschwerten. Dennoch musste ich es lernen, und zwar sofort.

»Zieh diese Pantoffeln an, sie gehören Jamila«, sagte sie und ließ ein Paar abgenutzte bräunliche Schlappen vor meine Füße fallen. »Und jetzt der Haik.« Sie hielt den weiten Umhang aus weißem Leinen hoch. »Das ist er, leg ihn mal um, damit ich sehe, wie du damit aussiehst.«

Sie musterte mich mit einem schiefen Lächeln.

»Perfekt. Eine richtige kleine Marokkanerin. Aber vergiss nicht: Bevor du aus dem Haus gehst, musst du auch den Gesichtsschleier anlegen, sodass Mund und Nase bedeckt sind. Los, gehen wir nach draußen, ich muss dir noch schnell den Weg erklären.«

Ich tat mühsam die ersten Schritte. Es war fast unmöglich, mich normal zu bewegen, die Pistolen wogen schwer wie Blei und zwangen mich zu einem seltsamen Watschelgang mit halb gespreizten Beinen. Auch die Arme standen unnatürlich vom Körper ab. Wir gingen auf den Flur, Candelaria voran und ich schwerfällig hinterdrein, eine unförmige weiße Gestalt, die gegen Wände, Möbel und

Türrahmen stieß. Bis ich, ohne es zu bemerken, an eine Konsole prallte und alles zu Boden fiel, was auf ihr gestanden hatte: ein Keramikteller aus Talavera, eine zum Glück nicht brennende Petroleumlampe und ein sepiafarbenes Bild von irgendeinem Verwandten der Hauswirtin. Der Teller, das Glas des Bilderrahmens und der Lampenschirm gingen auf den Bodenfliesen mit einem solchen Lärm zu Bruch, dass die Pensionsgäste in den benachbarten Zimmern aus dem Schlaf gerissen wurden. Die Sprungfedern der Betten begannen zu ächzen.

»Was ist los?«, rief die Matrone aus ihrem Zimmer.

»Nichts, mir ist nur ein Glas Wasser heruntergefallen. Schlaft weiter!«, erwiderte Candelaria mit Nachdruck.

Ich wollte mich bücken, um die Scherben aufzusammeln, doch es gelang mir nicht.

»Lass, Mädchen, lass, das räume ich später weg«, sagte sie und schob ein paar Scherben mit dem Fuß beiseite.

Und dann öffnete sich unversehens eine Tür, kaum drei Meter von uns entfernt, und wir sahen den mit Lockenwicklern bestückten Kopf von Fernanda herauslugen, der jüngeren der Betschwestern. Doch ehe sie Gelegenheit hatte, sich zu fragen, was geschehen war und was eine verschleierte Marokkanerin zu dieser frühen Stunde im Flur machte, schleuderte ihr Candelaria eine bissige Bemerkung entgegen, die sie auf der Stelle verstummen ließ.

»Wenn Sie sich nicht sofort wieder hinlegen, werde ich gleich, wenn ich aufgestanden bin, Ihrer Schwester Sagrario stecken, dass Sie sich freitags auf der Uferpromenade mit dem Sanitätshelfer aus der Ambulanz treffen.«

Die panische Angst, dass ihre fromme Schwester von ihrer Liebelei erfahren könnte, war stärker als ihre Neugier, und so zog sich Fernanda geräuschlos wie ein Aal in ihr Zimmer zurück.

»Los, mach zu, Mädchen, uns wird die Zeit knapp«, drängte die Schmugglerin energisch. »Es ist besser, wenn dich niemand aus dem Haus kommen sieht, kann ja sein, dass Palomares hier herumstreicht, und dann hätten wir von vornherein verspielt. Also komm jetzt!«

Wir traten auf den kleinen Innenhof hinter dem Haus hinaus, wo uns die stockfinstere Nacht, ein sich in die Höhe windender Weinstock, jede Menge Gerümpel und das alte Fahrrad des Postbeamten erwarteten. Wir drückten uns in eine Ecke und begannen erneut, miteinander zu flüstern.

»Und was soll ich jetzt machen?«, wollte ich wissen.

Offenbar hatte sich Candelaria alles gut überlegt, was sie mir jetzt in entschlossenem, ruhigem Ton mitteilte.

»Du steigst auf den Fenstersims da und springst von dort über die Gartenmauer, aber pass auf, dass sich das Gewand nicht zwischen deinen Beinen verheddert, sonst fällst du aufs Maul.«

Ich betrachtete den in rund zwei Meter Höhe befindlichen Fenstersims und das angrenzende Mäuerchen, auf das ich mich hochziehen musste, um von dort auf die andere Seite springen zu können. Wie ich das schaffen sollte, beschwert durch das Gewicht der Pistolen, fragte ich mich lieber nicht. Also beschränkte ich mich darauf, weitere Anweisungen zu erbitten.

»Und dann?«

»Dann landest du direkt im Hof von Don Leandros Lebensmittelgeschäft. Dort steigst du auf die ausrangierten Kisten und Fässer, die er dort lagert, und kommst problemlos in den angrenzenden Hof, der zur Konditorei des Juden Menahen gehört. Am anderen Ende findest du eine Holztür, durch die du auf eine Gasse gelangst. Von dort holt er die Mehlsäcke in die Backstube. Sobald du draußen bist, vergisst du am besten, wer du bist: Achte darauf, dass der Umhang alles bedeckt, mach dich klein, und gehe in Richtung jüdisches Viertel. Von dort aus kommst du später ins maurische Viertel. Aber sei schön vorsichtig, Mädchen: Geh nicht zu schnell und halte dich dicht an den Mauern, schlurfe dahin, als wärst du ein altes Weib. Niemand soll dich schwungvoll ausschreiten sehen, sonst kommt noch einer auf dumme Gedanken, es gibt eine Menge Spanier, die der Zauber der Mohammedanerinnen halb verrückt macht.«

»Und dann?«

»Wenn du im maurischen Viertel angelangt bist, lauf eine Weile durch die Straßen und vergewissere dich, dass niemand auf dich aufmerksam geworden ist oder dir folgt. Wenn du jemandem begegnest, schlag unauffällig eine andere Richtung ein oder entferne dich möglichst weit. Nach einer Weile verlässt du das Viertel wieder und gehst bis zum Park hinunter. Du weißt doch, wo das ist, oder?«

»Ich glaube schon«, erwiderte ich und bemühte mich, den Weg in Gedanken nachzugehen.

»Dann stehst du praktisch schon vor dem Bahnhof, du brauchst nur noch die Straße nach Ceuta zu überqueren. Geh durch die erstbeste offene Tür in den Bahnhof hinein, schön ruhig und gut verhüllt. Wahrscheinlich begegnest du dort höchstens ein paar vor sich hin dösenden Soldaten, die sich keinen Pfifferling um dich scheren. Bestimmt siehst du irgendeinen Marokkaner, der auf den Zug nach Ceuta wartet. Spanier sind um diese Uhrzeit noch nicht unterwegs.«

»Wann fährt der Zug denn ab?«

»Um halb acht. Aber du weißt ja, die *moros* haben ein anderes Zeitgefühl, deshalb wird sich niemand wundern, dass du schon vor sechs Uhr morgens dort herumläufst.«

»Muss ich auch in den Zug einsteigen, oder was muss ich machen?«

Candelaria ließ sich ein wenig Zeit, ehe sie antwortete, und ich ahnte, dass sie zum entscheidenden Punkt kommen würde.

»Nein, eigentlich musst du nicht in den Zug einsteigen. Du setzt dich im Bahnhof eine Weile auf die Bank unter der Tafel mit dem Fahrplan, sodass man dich sieht. Man wird dann wissen, dass du es bist, die die Ware bei sich hat.«

»Wer soll mich sehen?«

»Das tut nichts zur Sache. Wer dich sehen muss, wird dich sehen. Nach zwanzig Minuten stehst du auf und gehst ins Bahnhofslokal. Dort musst du mit dem Wirt irgendwie klären, wo du die Pistolen deponieren sollst.«

»Was, einfach so?«, fragte ich entgeistert. »Und wenn der Wirt nicht da ist, oder wenn er mich einfach nicht beachtet, oder wenn ich mich ihm nicht verständlich machen kann, was mache ich dann?«

»Schschsch, nicht so laut, sonst hört uns noch jemand. Mach dir keine Sorgen. Irgendwie wirst du schon mitbekommen, was du tun musst«, sagte sie ungeduldig, aber ohne die gewohnte Sicherheit. Dann beschloss sie, offen mit mir zu reden. »Sieh mal, Mädchen, heute Nacht ist alles gründlich schiefgegangen, deshalb habe ich nicht mehr erfahren als das: dass die Pistolen um sechs Uhr früh am Bahnhof sein müssen, dass die Person, die sie überbringt, sich zwanzig Minuten lang auf die Bank unter der Tafel mit dem Fahrplan setzen muss und dass der Wirt des Bahnhofslokals ihr sagt, wie die Übergabe ablaufen soll. Mehr weiß ich nicht, meine Kleine, es tut mir wirklich leid. Aber sorg dich nicht, Schätzchen, wenn du erst mal dort bist, wird sich alles Weitere finden.«

Das bezweifle ich sehr, hätte ich am liebsten gesagt, aber ihr besorgtes Gesicht gebot mir, es besser zu lassen. Zum ersten Mal seit ich sie kannte, schienen die Tatkraft der Schmugglerin und jene besondere Hartnäckigkeit, die schwierigsten Situationen geschickt zu lösen, an ihre Grenzen zu stoßen. Aber ich wusste, wenn sie in der Lage gewesen wäre zu handeln, hätte sie sich nicht einschüchtern lassen: Mit irgendeiner List hätte sie es zum Bahnhof geschafft und ihren Auftrag ausgeführt. Das Problem war, dass meine Hauswirtin im Moment praktisch an Händen und Füßen gefesselt war und wegen der angedrohten Durchsuchung, die in den nächsten Stunden vielleicht stattfand, das Haus nicht verlassen konnte. Und ich wusste, wenn ich jetzt nicht fähig war, mich zu überwinden und die Zügel fest in die Hand zu nehmen, dann bedeutete es das Ende für uns beide. Also nahm ich all meinen nicht vorhandenen Mut zusammen.

»Sie haben recht, Candelaria. Ich werde schon einen Weg finden, seien Sie unbesorgt. Aber eines müssen Sie mir noch verraten.«

»Nur zu, meine Kleine, aber mach schnell, es bleiben uns nicht mal mehr zwei Stunden bis sechs Uhr«, fügte sie hinzu, sichtlich bemüht, sich nicht anmerken zu lassen, wie erleichtert sie war, dass ich in die Bresche sprang.

»Wo werden die Waffen letztlich landen? Wer sind diese Männer aus Larache?«

»Das kann dir doch egal sein, Mädchen. Wichtig ist, dass sie zur verabredeten Stunde ihren Bestimmungsort erreichen, dass du sie deponierst, wo man dir sagt, und dass du das Geld kassierst, das du zu bekommen hast: tausendneunhundert *duros*, vergiss das nicht, und zähl genau nach. Und dann kommst du hierher zurück, so schnell es geht. Ich werde hier auf dich warten, gespannt wie ein Flitzebogen.«

»Wir riskieren viel, Candelaria«, meinte ich. »Sagen Sie mir wenigstens, mit wem wir es zu tun haben.«

Sie tat einen tiefen Seufzer, und ihr Busen, nur halb bedeckt von dem verschlissenen Morgenrock, hob und senkte sich wie ein Blasebalg.

»Es sind Freimaurer«, flüsterte sie mir schließlich ins Ohr, als wäre es ein schlimmes Wort. »Eigentlich hätten sie heute Nacht mit einem Lieferwagen aus Larache kommen sollen. Bestimmt verstecken sie sich schon bei den Quellen von Buselmal oder in irgendeinem Gemüsegarten am Río Martín. Sie kommen aus den Bergen, über die Straßen zu fahren trauen sie sich nicht. Wahrscheinlich holen sie die Waffen dort ab, wo du sie deponierst, und steigen nicht damit in den Zug. Vom Bahnhof aus, schätze ich, werden sie direkt in ihre Stadt zurückkehren, wieder über die Berge, sodass sie Tetuán umgehen, wenn man sie – Gott behüte! – nicht vorher erwischt. Aber das ist nur eine Vermutung, denn eigentlich habe ich nicht die leiseste Ahnung, was diese Männer im Schilde führen.«

Wieder stieß sie einen tiefen Seufzer aus, starrte ins Leere und fuhr dann flüsternd fort.

»Eines weiß ich bestimmt, meine Kleine, weil es nämlich jeder weiß: dass die Aufständischen an allen Leuten, die irgendetwas mit der Freimaurerei zu tun hatten, gründlich ihre Wut ausgelassen haben. Einige haben sie gleich dort, wo sie sich immer versammeln, mit einem Kopfschuss getötet. Diejenigen, die mehr Glück hatten, sind in aller Eile nach Tanger oder in die französische Zone geflohen. Andere haben sie ins Lager nach Mogote gebracht, wo sie die Leute irgendwann erschießen und dann verduften. Und wahrscheinlich halten sich ein paar auch in Kellern und auf Dachböden versteckt, immer in Angst, dass jemand sie eines Tages verpfeift und man sie mit dem Gewehrkolben aus ihrem Versteck herausprügelt. Deshalb habe ich erst niemanden gefunden, der mir die Ware abkaufen wollte, aber dann habe ich über den einen und anderen den Kontakt mit Larache hergestellt, und deshalb weiß ich, dass die Pistolen dort landen werden.«

Dann sah sie mir in die Augen, ernst und düster, wie ich sie nie erlebt hatte.

»Es sieht übel aus, Mädchen, ganz, ganz übel«, murmelte sie zwischen den Zähnen. »Sie fackeln nicht lange, es gibt weder Mitleid noch Erbarmen, und sobald es jemand auch nur wagt, den Mund aufzumachen, knallen sie ihn ab, ehe du Amen sagen kannst. Es hat schon viele arme Teufel erwischt, anständige Leute, die noch keiner Fliege was zuleide getan haben. Sei schön vorsichtig, meine Kleine, damit du nicht die Nächste bist.«

Wieder gab ich mich zuversichtlicher, als mir zumute war, um uns beide von etwas zu überzeugen, an das ich nicht einmal selbst glaubte.

»Machen Sie sich keine Sorgen, Candelaria. Irgendwie werden wir die Sache schon schaukeln, Sie werden sehen.«

Und mit diesen Worten wandte ich mich dem Fenstersims zu und schickte mich an, mich mit meiner gefährlichen, sicher am Körper festgebundenen Fracht hinaufzuziehen. Zurück blieb die Schmugglerin, die mir von unten am Fuß des Weinstocks zusah und sich murmelnd bekreuzigte. »Im Namen des Vaters und des Sohnes und des Heiligen Geistes, möge die wundertätige Jungfrau von Milagros dich begleiten, Herzchen.« Das Letzte, was ich hörte, war der laute Kuss, den sie zum Schluss ihres Rituals auf ihre verschränkten Finger drückte. Im nächsten Augenblick verschwand ich hinter der Gartenmauer und plumpste wie ein Kartoffelsack in den Hof des Lebensmittelgeschäfts.

11

In weniger als fünf Minuten fand ich aus dem Hof der Konditorei Menahen hinaus. Stockfinster wie es war, blieb ich auf meinem Weg immer wieder an Nägeln und Holzsplittern hängen. Ich zerkratzte mir das Handgelenk, trat auf meinen Umhang, rutschte aus, verlor beinahe das Gleichgewicht und wäre fast auf den Rücken gefallen, als ich über einen Haufen kreuz und quer gestapelter Kisten kletterte. Sobald ich die Holztür erreicht hatte, ordnete ich als Erstes mein Gewand und sorgte dafür, dass von meinem Gesicht lediglich die Augen zu sehen waren. Dann schob ich den rostigen Riegel zurück, atmete tief durch und trat hinaus.

Es befand sich niemand in der Gasse, kein Schatten war zu sehen, kein Laut zu hören. Nur der Mond, der hin und wieder durch die Wolken schimmerte, leistete mir Gesellschaft. Wie Candelaria mir geraten hatte, ging ich nicht zu schnell und hielt mich links, bis ich die Calle Luneta erreichte. Bevor ich sie betrat, hielt ich kurz inne und betrachtete die Szenerie. Von den über die Straße hinweg verlaufenden Kabeln hingen anstelle richtiger Straßenlaternen gelbliche Lampen. Ich erkannte einige der Gebäude wieder, die tagsüber mitten im hektischen Treiben lagen. Das Hotel Victoria, die Apotheke Zurita, die Bar Levante, in der häufig Flamenco gesungen wurde, der Tabakladen Galindo und ein Salzlager. Das Teatro Nacional, die von Indern geführten Gemischtwarenläden, vier oder fünf Kneipen, die ich namentlich nicht kannte, das Schmuckgeschäft La Perla der Gebrüder Cohen und die Bäckerei Zur goldenen Ähre, in der wir jeden Morgen Brot kauften. Alles war friedlich. Und geschlossen. Wie ausgestorben.

Ich folgte der Straße, wobei ich versuchte, meinen Gang dem Gewicht der Last, die ich zu tragen hatte, anzupassen. Ich ging ein Stück und bog dann in das jüdische Viertel ein. Der gerade Verlauf der engen Gassen gab mir Sicherheit. Hier konnte ich mich nicht verirren, das wusste ich, denn die Straßen in diesem Viertel waren quadratisch angelegt, sodass man sich ohne Schwierigkeiten orientieren konnte. Als Nächstes gelangte ich in die Altstadt, und anfangs ging auch alles gut. Ich kam an Plätzen vorbei, die mir vertraut waren: hier der Markt, auf dem Brot verkauft wurde, dort der für Fleisch. Auf meinem Weg begegnete ich keiner Menschenseele, nicht einmal einem blinden Bettler. Nur das leise, schlurfende Geräusch meiner Schlappen auf dem Pflaster war zu hören, und in der Ferne das Gemurmel eines Brunnens. Es fiel mir zunehmend leichter, mit den Pistolen beladen voranzukommen, da sich mein Körper nach und nach an seinen neuen Umfang gewöhnte. Hin und wieder prüfte ich an einer beliebigen Stelle den Sitz der Ware, um mich davon zu überzeugen, dass auch nichts verrutscht war. Doch ich blieb angespannt, auch wenn ich äußerlich ruhig durch die dunklen und gewundenen Straßen schritt, an den weiß getünchten Mauern entlang mit ihren Holztüren, die mit klobigen Nägeln beschlagen waren.

Um mich abzulenken, versuchte ich mir vorzustellen, wie diese arabischen Häuser wohl innen aussahen. Ich hatte gehört, sie sollten wunderschön und herrlich kühl sein, mit Mosaiken und Kacheln verzierte Innenhöfe besitzen, Springbrunnen und Galerien mit hölzernen Reliefdecken, außerdem Dachterrassen, die die Sonne liebkoste. Von außen, beim Anblick der gekalkten Mauern, hätte man so etwas nie im Leben vermutet. Mit diesen Gedanken vertrieb ich mir die Zeit, und als ich nach einer Weile das Gefühl hatte, lange genug gegangen zu sein, und mir hundertprozentig sicher war, nicht den geringsten Verdacht erregt zu haben, beschloss ich, meine Schritte Richtung Puerta de La Luneta zu lenken. Genau in dem Moment tauchten am Ende der Gasse zwei Gestalten auf. Sie bewegten sich geradewegs auf mich zu. Zwei Soldaten, zwei Offiziere in Breeches, die mit der roten Schärpe und dem typischen, ebenfalls roten Fes eindeutig als *regulares* der spanisch-marokkanischen Infanterie zu erkennen waren. Vier Beine, die energisch ausschritten. Untermalt vom Lärm ihrer Stiefel, der über das Pflaster hallte, schwatzten die beiden leise und aufgeregt miteinander. Ich hielt den Atem an, während mir gleichzeitig tausend schreckliche Bilder durch den Kopf schossen – wie das Mündungsfeuer eines Exekutionskommandos. Ich dachte, bei ihrem festen Schritt müssten sich alle Pistolen aus ihren Befestigungen lösen und mit einem Höllenlärm zu Boden fallen. Ich stellte mir vor, dass es einem von ihnen einfiele, die Kapuze meines Umhangs nach hinten zu ziehen, um mein Gesicht sehen zu können, dass sie mich zum Reden bringen und herausfinden würden, dass ich eine Landsmännin und keine Einheimische sei. Keine harmlose Marokkanerin, sondern eine Spanierin, die unerlaubt mit Waffen handelte.

Die beiden Männer gingen an mir vorüber. Ich drückte mich so eng wie möglich an die Mauer, aber die Gasse war so schmal, dass wir uns beinahe berührten. Doch sie beachteten mich überhaupt nicht. Nahmen meine Gegenwart gar nicht wahr, als sei ich unsichtbar, und setzten eilig ihren Weg und ihr Gespräch fort. Sie redeten über Einheiten und Munition, Sachen, von denen ich nichts verstand und auch nichts verstehen wollte. »Zweihundert, zweihundertfünfzig höchstens«, sagte der eine im Vorbeigehen. »Aber nein, aber nein, was redest du da, Mann?«, entgegnete der andere heftig. Ihre Gesichter konnte ich nicht sehen, denn ich wagte es nicht aufzublicken, aber als ich merkte, dass sich ihre Schritte entfernten, ging ich schneller und holte endlich ganz tief Luft.

Gleich darauf wurde mir jedoch klar, dass ich mich zu früh gefreut hatte, denn als ich mich umsah, musste ich feststellen, dass ich nicht mehr wusste, wo ich war. Um nicht die Orientierung zu verlieren, hätte ich drei oder vier Ecken früher abbiegen müssen, allerdings hatte mich das unerwartete Auftauchen der beiden Soldaten derart aus der Fassung gebracht, dass ich einfach weiterging. Auf einmal hatte ich mich verirrt. Ein Schauder lief mir über den Rücken. Ich war zwar schon oft durch die Gassen der Altstadt gestreift, aber ihre Geheimnisse und Mysterien waren mir nicht vertraut. Ohne Tageslicht, ohne das alltägliche Treiben und die dazugehörigen Geräusche war ich verloren – ich hatte nicht die leiseste Ahnung, wo ich mich befand.

Ich beschloss zurückzugehen, um mir die Strecke wieder in Erinnerung zu rufen, doch es gelang mir nicht: Als ich felsenfest davon überzeugt war, um die nächste Ecke läge ein mir bekannter

Platz, stand ich vor einem Torbogen. Als ich damit rechnete, eine Passage vorzufinden, stieß ich auf eine Moschee oder eine steile Treppe. Schwerfällig bewegte ich mich durch die verwinkelten Gassen und versuchte verzweifelt an jeder Ecke, mir die tagsüber dort herrschende Betriebsamkeit in Erinnerung zu rufen. Aber je länger ich herumirrte, desto verlorener fühlte ich mich in jenem Gassengewirr, das die Gesetze des Rationalen außer Kraft setzte. Da die Handwerker schliefen und ihre Geschäfte geschlossen waren, wollte es mir nicht gelingen zu unterscheiden, ob ich mich in dem Teil der Altstadt befand, in dem tagsüber die Kesselschmiede und Klempner zu Hause waren, oder ob ich schon bei den Spinnern, Webern und Schneidern angekommen war. Hier, wo sonst im Schein der Sonne die mit Honig gesüßten Leckereien, die goldbraunen Brotlaibe, alle Arten von Gewürzen und die Basilikumsträußchen feilgeboten wurden, die mir zur Orientierung verholfen hätten, fand ich nun lediglich verriegelte Türen und verrammelte Verkaufsstände vor. Die Zeit schien stillzustehen. Ohne die Händler und die Kunden, ohne die vielen mit Körben beladenen Esel oder die zwischen Gemüse und Orangen am Boden kauernden Frauen aus dem Rif-Gebirge wirkte alles wie ein leeres Bühnenbild. Meine Nervosität wuchs. Ich wusste nicht, wie spät es war, doch mir war klar, dass mir bis sechs Uhr nicht mehr viel Zeit blieb. Ich beschleunigte meine Schritte, verließ eine Gasse, ging in eine andere, in noch eine und wieder eine, kehrte um, änderte erneut die Richtung. Nichts. Nicht eine Spur, nicht ein Hinweis: Alles hatte sich in Windeseile in ein teuflisches Labyrinth verwandelt, aus dem es kein Entrinnen gab.

Unversehens gelangte ich in die Nähe eines Hauses, über dessen Tür eine weithin sichtbare Laterne brannte. Auf einmal vernahm ich Gelächter und Stimmengewirr. Ein paar Leute versuchten – von einem verstimmten Klavier begleitet – mehr schlecht als recht, ein Lied zu singen. Ich entschloss mich, näher heranzugehen. Vielleicht würde ich dort einen Hinweis bekommen, sodass ich mich wieder orientieren konnte. Es trennten mich nur noch wenige Meter von meinem Ziel, als ein Spanisch sprechendes Paar schwankend aus dem Lokal stolperte: ein offensichtlich betrunkener Mann, der sich an eine ältere Frau mit gefärbtem blondem Haar klammerte, die schallend lachte. Da war mir klar, dass ich bei einem Bordell gelandet war. Doch es war schon zu spät, um mit schleppendem Gang die ältliche Einheimische vorzutäuschen, denn das Paar war nur noch wenige Schritte von mir entfernt. »Na, dunkeläugige Schönheit, wohin des Wegs? Komm, kleine *mora*, ich will dir was zeigen, sieh nur, sieh gut her, meine Kleine«, brabbelte der Mann und streckte eine Hand nach mir aus, während er sich mit der anderen in den Schritt fasste. Die Frau versuchte ihn zurückzuhalten und packte ihn kichernd am Arm, während ich beiseitesprang und schleunigst die Flucht ergriff.

Zurück ließ ich das Freudenhaus voller Soldaten, die Karten spielten, Lieder grölten und gierig die Frauen betatschten. Für den Moment waren sie der Gewissheit entronnen, dass sie schon bald die Meerenge überqueren würden, um sich der makaberen Realität des Kriegs zu stellen. Und während ich mich bemühte, diese Lasterhöhle möglichst schnell hinter mir zu lassen – so schnell es mit meinen Schlappen eben ging –, war mir das Glück auf einmal hold. Denn als ich keuchend um die nächste Ecke bog, stieß ich auf den Platz Zoco el Foki.

Mit Erleichterung stellte ich fest, dass ich mich wieder zurechtfand. Endlich wusste ich, wie ich dem Käfig entfliehen konnte, zu dem die Altstadt für mich geworden war. Die Zeit verging wie im Flug, und ich musste mich sputen. Ich schritt rasch aus – soweit das in meiner Rüstung eben möglich war – und erreichte in wenigen Minuten die Puerta de La Luneta. Dort erwartete mich jedoch schon die nächste böse Überraschung. Direkt an dieser Stelle befand sich nämlich einer der gefürchteten Militärposten, der schon den Männern aus Larache den Zugang nach Tetuán unmöglich gemacht hatte. Eine Handvoll Soldaten, Absperrungen und zwei Fahrzeuge – das genügte, um jeden einzuschüchtern, der mit nicht ganz sauberen Absichten in die Stadt hineinwollte. Bei dem Gedanken, dass ich wohl oder übel an ihnen vorbeimusste, wurde mir ganz flau im Magen. Ich konnte unmöglich einfach stehen bleiben und nachdenken. So setzte ich also, den Blick fest auf den Boden geheftet, meinen Weg in dem von Candelaria empfohlenen schleppenden Gang fort. Als ich den Kontrollpunkt passierte, schlug mir das Herz bis zum Hals und ich hielt ängstlich den Atem an, jeden Augenblick damit rechnend, dass sie mich anhalten und fragen würden, wohin ich denn wolle, wer ich sei, was ich zu verbergen hätte. Zu meinem Glück schauten sie mich nicht einmal an. Sie beachteten mich überhaupt nicht, ebenso wenig wie es zuvor die Offiziere getan hatten. Welche Gefahr für den glorreichen Aufstand konnte schon von einer Marokkanerin ausgehen, die mit kraftlosen Schritten bei Tagesanbruch wie ein Schatten durch die Straßen schlich?

Ich stieg hinunter in den offen zugänglichen Teil des Parks, doch zuvor zwang ich mich, erst einmal tief durchzuatmen. Äußerlich ruhig ging ich nun durch die Anlagen voller schlafender Schatten. Diese Stille stand in merkwürdigem Kontrast zum Tag: keine tobenden Kinder, keine Paare, keine Alten, die sich im Sonnenschein hier zwischen Brunnen und Palmen normalerweise aufhielten. Mit jedem weiteren Schritt, den ich tat, konnte ich den Bahnhof deutlicher erkennen. Verglichen mit den niedrigen Häusern der Altstadt wirkte das halb im maurischen, halb im andalusischen Stil gehaltene Gebäude mit seinen Ecktürmchen, seinen grünen Dachziegeln und Kacheln und den gewaltigen Bögen an der Stirnseite sehr beeindruckend, ja beinahe beunruhigend. Mehrere schwache Laternen beleuchteten die Fassade und ließen im Hintergrund die Silhouette des massigen Gorgues erkennen, jenes felsigen und eindrucksvollen Berges, über den die Männer aus Larache vermutlich gekommen waren. Nur einmal hatte ich bisher den Bahnhof von Nahem gesehen, und zwar als der *comisario* mich mit dem Auto zur Pension fuhr. Die anderen Male hatte ich ihn lediglich aus der Ferne betrachtet, von der Dachterrasse der Pension aus. Doch ich hätte nie gedacht, dass er so gewaltig sei. Als ich in jener Nacht vor dem Gebäude stand, erschien es mir derart riesig und bedrohlich, dass ich mich sofort in die heimelige Enge der Altstadtgassen zurücksehnte.

Aber es war nicht der geeignete Moment, um mich von meinen Ängsten überwältigen zu lassen. Also nahm ich all meinen Schneid zusammen und überquerte die Straße nach Ceuta, auf der sich zu dieser frühen Stunde nicht einmal ein Staubkorn regte. Ich versuchte, mir Mut zu machen, überlegte, ob die Zeit noch reichen würde, und sagte mir, dass schon bald alles vorüber wäre und ich bereits den größten Teil hinter mir hätte. Der Gedanke, dass ich demnächst die festgezurrten Stoffstreifen würde lösen können, die mich drückenden Pistolen und endlich auch den Umhang, in dem ich mich mehr als seltsam fühlte, wieder loswerden würde – all das gab mir die nötige Kraft. Bald wäre es so weit, sehr bald.

Ich betrat den Bahnhof durch den Haupteingang, dessen Pforten sperrangelweit offen standen. Grelles Licht empfing mich in der leeren Haupthalle. Das Erste, was mir auffiel, war die große Uhr an der Wand. Viertel vor sechs. Erleichtert seufzte ich unter meinem Schleier: Ich war noch nicht zu spät. Bewusst langsam ging ich durch die Halle und suchte die Umgebung ab, wobei mir zugutekam, dass die Kapuze meine suchenden Blicke verbarg. Die Fahrkartenschalter waren noch geschlossen. Lediglich ein alter Marokkaner lag auf einer Bank, ein Bündel zu seinen Füßen. Am anderen Ende der Halle führten zwei große Türen zum Bahnsteig. Hinten auf der linken Seite war eine weitere Tür, durch die man geradewegs ins Bahnhofslokal kam. Zumindest versprach das ein Schild. Ich suchte die Tafel mit den Fahrplänen und entdeckte sie rechts von mir. Ich wollte sie mir gar nicht ansehen, sondern setzte mich auf die Bank direkt darunter und wartete. Kaum hatte ich mich dort niedergelassen, durchströmte mich eine ungeheure Erleichterung. Bis dahin war mir gar nicht aufgefallen, wie sehr es mich angestrengt hatte, mit jener bleiernen Last ohne Pause eine so weite Strecke zurückzulegen.

Obwohl während der ganzen Zeit, in der ich reglos dasaß, nicht eine Menschenseele in der Eingangshalle auftauchte, vernahm ich deutlich verschiedene Geräusche, die mir sagten, dass ich nicht allein war. Manche kamen von draußen, vom Bahnsteig. Schritte und Männerstimmen, die zum Teil nur leise an mein Ohr drangen, aber auch ganz schön laut wurden. Es waren junge Stimmen. Ich vermutete, dass es sich um Soldaten handelte, die den Auftrag hatten, den Bahnhof zu überwachen. Krampfhaft bemühte ich mich, nicht daran zu denken, dass sie womöglich ausdrücklich Order hatten, rücksichtslos auf jeden Verdächtigen zu schießen. Aus dem Bahnhofslokal drangen ab und zu auch ein paar Geräusche zu mir hinüber. Es beruhigte mich, sie zu hören, denn auf diese Weise wusste ich, dass der Wirt bereits da war und arbeitete. Die folgenden zehn Minuten verstrichen mit aufreizender Langsamkeit. Candelaria hatte mich angewiesen, zwanzig Minuten abzuwarten, doch dafür war nicht mehr die Zeit. Als die Zeiger der Uhr auf fünf vor sechs standen, sammelte ich meine letzten Kraftreserven, erhob mich schwerfällig und machte mich auf den Weg.

Die Gaststätte war groß und hatte mindestens ein Dutzend Tische. Alle waren frei, bis auf einen. Dort schlief ein Mann, den Kopf auf die überkreuzten Arme gebettet, eine leere Weinkaraffe neben sich. Ich ging mit schlurfenden Schritten zur Theke hinüber, ohne auch nur die geringste Ahnung zu haben, was ich sagen sollte oder was ich zu hören bekommen würde. Hinter dem Tresen stand ein dürrer Marokkaner mit einer schwach glimmenden Kippe zwischen den Lippen, der ordentlich Tassen und Teller aufeinanderstapelte. Der verschleierten Frau, die geradewegs auf ihn zukam, schenkte er dem Anschein nach nicht die geringste Beachtung. Als ich an der Theke stand, sagte er laut und vernehmlich: »Erst um halb sieben, erst um halb sieben fährt der Zug.« Gleich darauf flüsterte er noch ein paar Worte auf Arabisch, die ich nicht verstand. »Ich bin Spanierin und verstehe Sie nicht«, murmelte ich durch meinen Schleier. Ungläubig starrte er mich mit offenem Mund an, sodass die Zigarettenkippe auf dem Boden landete. Hastig übermittelte er mir folgende Nachricht: »Gehen Sie zu den Toiletten am Bahnsteig und verschließen Sie die Tür. Sie werden bereits erwartet.«

Langsam machte ich mich auf den Weg zurück in die Eingangshalle und von dort hinaus in die Nacht. Doch zuvor wickelte ich mich sorgfältig in meinen Umhang und zog den Schleier so tief ins Gesicht, dass er fast meine Augenbrauen berührte. Der breite Bahnsteig schien leer, ihm gegenüber befand sich lediglich das Felsmassiv des dunkel daliegenden Gorgues. Ein Grüppchen Soldaten stand beieinander. Die vier Männer rauchten und unterhielten sich leise unter einem der Rundbögen, durch die man zu den Gleisen gelangte. Sie hielten inne, als sie meinen Schatten kommen sahen. Ich bemerkte, wie ihre Körper sich anspannten, wie sie ihre Gewehre zurechtrückten.

»Halt! Stehen bleiben!«, rief einer von ihnen. Ich merkte, wie mein Körper unter der metallenen Last der Waffen erstarrte.

»Lass sie, Churruca. Siehst du denn nicht, dass es eine Einheimische ist?«, sagte darauf einer der anderen.

Ich blieb stehen, machte keinen Schritt vor oder zurück. Auch die Soldaten rührten sich nicht und blieben, wo sie waren. Keine zwanzig oder dreißig Meter von mir entfernt diskutierten sie, was zu tun sei.

»Für mich spielt es keine Rolle, ob sie Mohammedanerin oder Christin ist. Befehl ist Befehl, und der Feldwebel hat gesagt, dass sich jeder ausweisen muss, der hier durchwill.«

»So ein Schwachsinn, Churruca, du bist ja dumm! Wir haben dir doch schon hundertmal erklärt, dass das für Spanier gilt, nicht für die Muselmanen. Du bist wirklich total begriffsstutzig, Mann«, meinte der andere.

»Ihr kapiert die Befehle nicht, ich schon. Also, Señora, weisen Sie sich aus!«

Ich dachte, ich würde gleich ohnmächtig. Mir war klar, das wäre unwiderruflich das Ende. Ich hielt die Luft an und spürte, wie sich am ganzen Körper die Härchen aufstellten.

»Ich sag's ja, du bist echt schwer von Begriff, Churruca!«, meinte sein Kollege, der hinter ihm stand. »Die Einheimischen gehen doch nicht mit Ausweispapieren zum Bahnhof! Wann kapierst du endlich, dass das hier Afrika ist und nicht die Plaza Mayor in deinem Heimatort!«

Zu spät: Der gewissenhafte Soldat war keine zwei Schritte mehr von mir entfernt und streckte schon erwartungsvoll die Hand nach einem Dokument aus, während er zwischen den Falten meines Umhangs meinen Blick suchte. Es gelang ihm nicht, denn ich starrte wie gebannt zu Boden, vielmehr auf seine schlammverschmierten Stiefel oder meine alten Schlappen beziehungsweise auf den knappen halben Meter, der beide Paar Schuhe voneinander trennte.

»Mensch, wenn der Feldwebel herausfindet, dass du eine völlig unverdächtige Marokkanerin belästigt hast, kommst du für drei Tage bei Wasser und Brot in den Bau.«

Diese düstere Aussicht brachte besagten Churruca endlich zur Vernunft. Da ich den Blick noch immer fest auf den Boden heftete, konnte ich das Gesicht meines Retters nicht sehen. Doch die Androhung eines Arrestes verfehlte nicht ihre Wirkung: der gestrenge und unnachgiebige Soldat zog, nachdem er ein paar bange Sekunden lang über die möglichen Konsequenzen nachgedacht hatte, seine Hand zurück, drehte sich um und ging davon.

Ich pries die Besonnenheit des Kameraden, der ihn gebremst hatte, und als die vier Soldaten wieder unter dem Rundbogen beieinanderstanden, drehte ich mich einfach um und ging ziellos weiter. Langsam setzte ich meinen Weg über den Bahnsteig fort, wobei ich mich nach Kräften bemühte, meinen Gleichmut wiederzufinden. Als die Anspannung nachließ, konnte ich mich endlich daranmachen, nach den Toiletten zu suchen. Ich sah mich genauer um und entdeckte zwei schlafende Araber, die mit dem Rücken an eine Mauer gelehnt dasaßen. Ein ausgemergelter Hund lief über die Gleise. Doch schon bald hatte ich gefunden, wonach ich suchte. Glücklicherweise befand sich das stille Örtchen fast am Ende des Bahnsteigs, also weit weg von den Soldaten. Mit angehaltenem Atem stieß ich die Tür aus geriffeltem Glas auf und stand in einem kleinen Vorraum. Es war ziemlich dunkel, aber ich suchte lieber nicht nach einem Schalter. Es war mir lieber, wenn meine Augen sich an das Dämmerlicht gewöhnten. Links von mir erkannte ich undeutlich das Schild für die Herrentoilette, rechts von mir das für die Damen. Und am Ende, an der Wand, entdeckte ich etwas, das wie ein Haufen Stoff aussah, in den langsam Bewegung kam. Ein Kopf, der unter einer Kapuze steckte, kam zum Vorschein. Unsere Blicke kreuzten sich.

»Bringen Sie die Ware?«, fragte eine leise Stimme hastig auf Spanisch.

Ich nickte zustimmend, worauf unter den Stoffmassen ein Mann zum Vorschein kam, der sich – wie ich – als Einheimischer verkleidet hatte.

»Wo ist sie?«

Ich schob den Gesichtsschleier beiseite, damit ich leichter sprechen konnte. Dann öffnete ich den Umhang, unter dem die über dem Nachthemd mit Stoffstreifen festgebundenen Waffen zum Vorschein kamen.

»Hier.«

»Du lieber Himmel!«, murmelte er nur. Mit diesen drei Wörtern brachte er ein ganzes Spektrum von Gefühlen zum Ausdruck: Erstaunen, Angst, Nervosität. Sein Ton war ernst.

»Können Sie die Waffen alleine abmachen?«, erkundigte er sich als Nächstes.

»Das braucht aber seine Zeit«, flüsterte ich.

Er deutete auf das Damenklo, und wir beiden traten ein. Es gab nicht viel Platz. Durch ein kleines Fenster schien der Mond herein. Sein Licht wurde schon schwächer, doch es würde ausreichen.

»Schnell, schnell, wir dürfen keine Minute verlieren. Gleich kommt die Wachablösung, und die stellt den ganzen Bahnhof auf den Kopf und kontrolliert alles gründlich, bevor der erste Zug die Stadt verlässt. Ich werde Ihnen wohl oder übel helfen müssen«, kündigte er an, während er die Tür hinter sich schloss.

Rasch ließ ich den Haik zu Boden gleiten und hielt die Arme über Kreuz hoch, damit der mir völlig fremde Mann mich an verborgenen Stellen berühren, die fest verknoteten Bandagen lösen und mich endlich daraus befreien konnte.

Doch ehe er anfing, schob er die Kapuze seiner Dschellaba nach hinten, und das ernste und schön geschnittene Gesicht eines Spaniers mittleren Alters kam zum Vorschein, der sich schon einige Tage nicht mehr rasiert hatte. Sein lockiges kastanienbraunes Haar war völlig zerzaust. Er machte sich ans Werk, aber es war nicht einfach, denn Candelaria hatte gute Arbeit geleistet. Nicht eine einzige Waffe war verrutscht. Doch die Knoten waren so fest und die Stoffbandagen schier endlos, sodass es deutlich länger brauchte, das Ganze wieder abzuwickeln, als dem Unbekannten und mir lieb war. Keiner von uns beiden sagte ein Wort. Nur unsere gleichmäßigen Atemzüge und die eine oder andere Äußerung zum Stand der Dinge – gleich hab ich's, jetzt da, ein bisschen mehr nach rechts, so geht's, den Arm ein bisschen höher, Vorsicht – waren in unserer weiß gekachelten Kabine zu hören. Trotz der Zeitnot arbeitete der Mann aus Larache mit großem Feingefühl, ja, beinahe schamhaft. Er vermied es – so gut es eben ging –, mich an den intimsten Stellen oder meine nackte Haut mehr als unbedingt nötig zu berühren. Als fürchtete er, meine Sittsamkeit mit seinen Händen zu beschmutzen. Als wäre die Last, die ich an meinem Körper trug, eine zarte Hülle aus Seidenpapier und nicht eine schwarze Panzerung aus Waffen, die Leben vernichten konnten. Zu keiner Zeit fühlte ich mich durch seine Anwesenheit belästigt, weder durch seine ungewollten Liebkosungen noch durch die körperliche Nähe unserer Leiber, die förmlich aneinanderklebten. Das war mit Abstand der schönste Moment jener Nacht. Nicht, weil seit Monaten mich die Hand eines Mannes berührte, sondern weil ich dachte, dass damit der Anfang vom Ende dieser Unternehmung gekommen sei.

Allmählich spielte sich alles ein. Eine Pistole nach der anderen wurde aus ihrem Versteck geholt und auf dem Boden zu einem Haufen gestapelt. Es waren nicht mehr viele übrig, drei oder vier, mehr nicht. Ich schätzte, wir würden noch fünf, höchstens zehn Minuten brauchen, dann wäre alles vorbei. Doch plötzlich wurde die nächtliche Stille gestört. Erschrocken hielten wir beide den Atem an und erstarrten förmlich. Von draußen, aus der Ferne, drangen Geräusche an unser Ohr, die nach hektischer Betriebsamkeit klangen.

Der Mann holte tief Luft und zog eine Taschenuhr hervor.

»Das ist schon die Wachablösung. Die Kerle sind zu früh dran«, erklärte er. In seiner brüchigen Stimme schwang Angst mit, Beunruhigung und der feste Wille, mich nichts von alledem spüren zu lassen.

»Was sollen wir jetzt tun?«, fragte ich flüsternd.

»So schnell wie möglich verschwinden«, sagte er sofort. »Ziehen Sie sich an, schnell!«

»Und die restlichen Pistolen?«

»Egal. Wir müssen uns schleunigst aus dem Staub machen. Die Soldaten werden auf jeden Fall hier hereinkommen, um nachzusehen, ob alles in Ordnung ist.«

Während ich mich mit zitternden Händen in den Umhang hüllte, schnürte er eine schmutzige Stofftasche auf und warf die Pistolen hinein.

»Wohin?«, fragte ich leise.

»Da lang«, meinte er und deutete mit dem Kopf in Richtung Fenster. »Zuerst klettern Sie hinaus, dann werfe ich Ihnen die Tasche mit den Pistolen zu und komme nach. Aber hören Sie: Wenn ich es nicht schaffen sollte, schnappen Sie sich die Dinger, laufen an den Gleisen entlang und lassen sie am ersten Schild, auf dem eine Station oder ein Bahnhof angekündigt wird, liegen. Jemand wird kommen und sie holen. Sehen Sie sich bloß nicht um, und warten Sie nicht auf mich! Rennen Sie einfach so schnell Sie können und versuchen Sie zu entkommen! Los, steigen Sie mit einem Fuß in meine Hände.«

Ich sah nach oben zu dem kleinen, schmalen Fenster. Dass wir da durchpassen sollten, konnte ich mir beim besten Willen nicht vorstellen, aber ich sagte nichts. Starr vor Schreck gehorchte ich einfach und vertraute blind den Entscheidungen jenes Freimaurers, dessen Name ich nicht mal kannte.

»Warten Sie einen Moment«, meinte er plötzlich, als hätte er etwas vergessen.

Mit einem Ruck öffnete er sein Hemd. Darunter kam ein kleiner Stoffbeutel zum Vorschein.

»Passen Sie gut darauf auf! Es ist die ausgemachte Summe. Falls sich die Dinge verkomplizieren sollten …«

»Aber ich habe doch noch Pistolen …«, widersprach ich stammelnd, während ich die restlichen Waffen an meinem Körper ertastete.

»Egal. Sie haben Ihren Teil der Abmachung erfüllt, also muss ich zahlen«, sagte er und hängte mir den Beutel einfach um. Ohne einen Mucks ließ ich es wie betäubt geschehen. »Los, los, wir haben keine Zeit zu verlieren.«

Endlich reagierte ich und stellte meinen Fuß in seine verschränkten Hände. Er schob mich nach oben, bis ich den Fenstersims zu fassen bekam.

»Machen Sie es auf, schnell!«, befahl er. »Strecken Sie den Kopf aus dem Fenster und sagen Sie mir, was Sie hören und sehen.«

Das Fenster ging auf ein dunkles Feld hinaus, doch der Lärm kam aus einer anderen Richtung. Motorengeräusche, Räder, die über den Kies knirschten, feste Schritte, Begrüßungen und Befehle, herrische Stimmen, die Aufgaben verteilten. Mit viel Schwung und Elan, als gäbe es kein Morgen mehr, obwohl der Tag ja noch nicht mal begonnen hatte.

»Pizarro und García ins Bahnhofslokal. Ruiz und Albadalejo an die Schalter. Ihr zwei geht in die Büros und ihr beide zu den Toiletten. Los, los, nur keine Müdigkeit vorschützen!«, brüllte jemand grimmig.

»Ich kann niemanden sehen, aber sie kommen hierher«, berichtete ich.

»Springen Sie!«, befahl er daraufhin.

Ich tat es nicht. Die Höhe machte mir Angst, und ich hätte mit dem Kopf voran durch die Öffnung gemusst. Instinktiv weigerte ich mich, allein hinauszusteigen. Ich wollte, dass der Mann aus Larache mit mir kam und mich an seiner Hand zu welchem Ort auch immer führte, an den er gehen musste.

Draußen ging es immer hektischer zu. Auf dem Kies knirschten Stiefel, und man hörte laut und vernehmlich Stimmen, die Befehle erteilten. »Quintero und Villarta, ihr kontrolliert die Toiletten! Marsch, marsch!« Sicher waren nicht alle Rekruten so nachlässig wie diejenigen, denen ich bei meiner Ankunft am Bahnhof begegnet war. Zudem handelte es sich hier um eine ausgeruhte Patrouille voller Tatendrang.

»Los, springen Sie schon!«, wiederholte der Mann energisch, packte meine Beine und schob mich einfach hoch.

Ich sprang. Ich sprang und fiel hin. Gleich darauf plumpste die Tasche mit den Pistolen auf mich. Doch kaum war ich unsanft gelandet, hörte ich auch schon, wie die Toilettentüren mit Fußtritten aufgestoßen wurden. Das Letzte, was ich vernahm, war das laute Gebrüll, das dem Mann galt, den ich niemals wiedersehen sollte.

»Was hast du hier auf dem Damenklo verloren, *moro*? Was wirfst du da aus dem Fenster? Villarta, schnell, geh und sieh nach, ob draußen was liegt!«

Ich fing an zu rennen. Aufs Geratewohl, wie von Sinnen. Die Tasche mit den Waffen an mich gepresst, lief ich im Schutz der Dunkelheit. Taub und gefühllos. Ohne zu wissen, ob sie mir auf den Fersen waren. Ohne mich zu fragen, was aus dem Mittelsmann geworden war im Angesicht der Waffe, mit der der Soldat auf ihn zielte. Ich verlor eine der Schlappen und eine der letzten Pistolen, die noch an meinem Körper befestigt waren, doch ich blieb nicht stehen. Ich lief einfach weiter, folgte dem Weg vor mir, halb barfuß, ohne anzuhalten, ohne nachzudenken. Ich durchquerte Äcker, Obst- und Gemüsegärten, Zuckerrohrfelder und kleine Pflanzungen. Ich stolperte, richtete mich auf und rannte weiter, ohne Atempause, ohne die Entfernung, die ich bereits zurückgelegt hatte, abzuschätzen. Nichts und niemand stellte sich mir während meiner Flucht in den Weg, bis ich schließlich in der Dämmerung ein Schild entdeckte. ›Bedarfshaltestelle Malalien‹ stand darauf geschrieben. Mein Ziel.

Die nur von einer einzigen Laterne beleuchtete Station lag noch rund hundert Meter von dem Schild entfernt. Doch ich blieb dort stehen und sah mich suchend in alle Himmelsrichtungen um, ob vielleicht schon jemand da wäre, dem ich die Pistolen übergeben könnte. Das Herz schlug mir bis zum Hals, und mein trockener Mund war voller Erd- und Kohlenstaub. Vergeblich versuchte ich meinen keuchenden Atem zu beruhigen. Niemand erschien. Niemand wartete auf die Ware. Vielleicht kämen sie später, vielleicht nie.

In weniger als einer Minute hatte ich mich entschieden. Ich ließ die Tasche zu Boden fallen, drückte sie platt, damit sie möglichst wenig auffiel, scharrte Erde zusammen und verteilte sie mit Steinen und Gestrüpp auf dem Ganzen, bis die Tasche halbwegs bedeckt war. Als ich glaubte, dass kein verräterischer Buckel mehr sichtbar war, machte ich mich auf den Weg.

Ich atmete noch immer schwer, dennoch rannte ich erneut los, und zwar in die Richtung, in der ich die Lichter von Tetuán erblickte. Die Tasche mit den Waffen war ich los, und so beschloss ich, mich auch von meiner restlichen Last zu befreien. Ohne innezuhalten, schlug ich den Umhang zurück und nestelte nach und nach die letzten Knoten auf. Die drei Pistolen, die noch an mir festgebunden waren, landeten eine nach der anderen auf dem Weg. Als ich mich schließlich der Stadt näherte, spürte ich nur noch Erschöpfung, Traurigkeit und meine Blessuren. Und den Stoffbeutel voller Geld, den ich um den Hals trug. Von den Waffen blieb keine Spur.

Langsamen Schrittes folgte ich der Landstraße nach Ceuta. Mittlerweile hatte ich auch den zweiten Schlappen verloren, sodass ich erneut eine – inzwischen barfüßige – Einheimische mit Umhang und Gesichtsschleier darstellte, die sich müde zur Puerta de La Luneta hinaufschleppte. Dafür musste ich mich nicht groß anstrengen, meine Beine wollten einfach nicht mehr. Alle meine Gliedmaßen fühlten sich taub an, ich hatte Blasen an den Füßen und überall am Körper Prellungen, zudem war ich völlig verdreckt und kraftlos.

Bei Tagesanbruch erreichte ich die Stadt. Von einer nahen Moschee rief der Muezzin die Gläubigen zum ersten Gebet, und in der Kaserne der Intendantur erklang das Horn zum Weckruf. Aus dem Gebäude der *Gaceta de África* kam druckfrisch die Tageszeitung, und in unserem Viertel tauchten gähnend die ersten Schuhputzer auf. In der Konditorei Menahen glühte bereits der Backofen, und Don Leandro, die Schürze ordentlich am Gürtel befestigt, stapelte vor seinem Lebensmittelgeschäft die ersten Waren.

Und diese alltäglichen Begebenheiten vollzogen sich vor meinen Augen wie fremde Dinge, ohne dass ich sie weiter beachtete, ohne dass sie mich interessierten. Ich wusste, Candelaria würde zufrieden sein, wenn ich ihr das Geld überbrachte und meine Unternehmung für eine denkwürdige Heldentat halten. Ich aber verspürte nicht im Entferntesten so etwas wie Stolz. Stattdessen quälte mich eine große innere Unruhe.

Während ich querfeldein hetzte, während ich Steine aufklaubte und mit ihnen die Tasche bedeckte, während ich an der Straße entlangging … Bei allem, was ich letzte Nacht tat, liefen vor meinem inneren Auge tausend verschiedene Szenarien ab, die alle stets denselben Protagonisten hatten – den Mann aus Larache. In einer Version stellten die Soldaten fest, dass er gar nichts aus dem Fenster geworfen hatte. Es war nur falscher Alarm, und der Mann lediglich ein verschlafener Marokkaner, der sich in der Tür geirrt hatte. Sie ließen ihn laufen, denn das Militär hatte strikte Order, die einheimische Bevölkerung in Ruhe zu lassen – es sei denn, es läge etwas Gravierendes vor. In einer ganz anderen Variante bemerkte der Soldat gleich nach dem Öffnen der Tür, dass es sich um einen untergetauchten Spanier handelte. Er drängte ihn in eine Ecke, richtete seine Waffe aus nächster Nähe auf ihn und forderte lauthals Verstärkung an. Die kam, und man verhörte ihn, möglicherweise deckten sie seine Identität auf oder sie verhafteten ihn und brachten ihn in die Kaserne. Womöglich versuchte er zu fliehen, und sie erschossen ihn von hinten, als er über die Gleise floh. Zwischen diesen beiden Varianten gab es noch tausend andere Möglichkeiten. Doch ich wusste, dass ich niemals herausfinden würde, welche der Wahrheit am nächsten kam.

Völlig erschöpft und mit meinen Befürchtungen beschäftigt, erreichte ich die Haustür. Über Marokko ging die Sonne auf.

12

Die Tür der Pension stand offen, und alle Hausgäste waren auf den Beinen. Am Esszimmertisch, an dem man sich sonst tagtäglich gegenseitig beschimpfte und beleidigte, saßen die Schwestern im Morgenmantel und mit Lockenwicklern im Haar. Laut schnaubend putzten sie sich die Nase, während Don Anselmo, der Lehrer, sie mit leisen Worten zu trösten versuchte. Paquito und der Handelsvertreter hoben gerade das Bild vom Heiligen Abendmahl vom Boden auf, um es wieder an seinen angestammten Platz zu hängen. Der Postbeamte saß in Pyjamahose und Unterhemd nervös rauchend in einer Ecke. Unterdessen blies die behäbige Matrone mit gespitzten Lippen in eine Tasse Lindenblütentee, damit er schneller kalt wurde. Alle waren in Aufruhr und völlig aus dem Häuschen. Überall lagen Scherben und zerbrochene Blumentöpfe, und sogar die Vorhänge waren heruntergerissen.

Niemand schien es merkwürdig zu finden, dass eine Araberin um diese Zeit das Haus betrat – wahrscheinlich hielten sie mich für Jamila. Noch immer in den Haik gehüllt blieb ich kurz stehen, um die Szenerie zu betrachten, bis ein gellender Pfiff aus dem Flur meine Aufmerksamkeit erregte. Ich drehte mich um und entdeckte Candelaria, die wie eine Verrückte mit den Armen ruderte, wobei sie in der einen Hand einen Besen und in der anderen ein Kehrblech hielt.

»Komm, tritt ein, meine Kleine«, befahl sie mir ganz aufgeregt. »Tritt ein und erzähl! Ich war fast halbtot vor Angst, weil ich nicht wusste, was passiert ist.«

Ich hatte beschlossen, die beunruhigendsten Details für mich zu behalten und ihr lediglich das Endergebnis zu präsentieren. Dass ich die Pistolen nicht mehr hatte, dafür aber das Geld. Denn das war es, was Candelaria hören wollte, und das würde ich ihr auch erzählen. Über den Rest der Geschichte aber würde ich kein Sterbenswörtchen verlieren.

Während ich mir die Kapuze vom Kopf zog, flüsterte ich:

»Es ist alles gut gegangen.«

»Ach, komm her, Herzchen, und lass dich umarmen! Ah, meine

Sira, du bist tausendmal mehr wert als alles Gold von Peru, du bist ein Schatz! Gelobt sei der Tag des Herrn!«, jubilierte die Schmugglerin. Sie ließ alles stehen und liegen, drückte mich überschwänglich an ihren üppigen Busen und küsste mich laut schmatzend ab.

»Um Gottes willen, Candelaria, seien Sie bloß still! Nicht so laut, sonst hören sie uns noch«, forderte ich sie ängstlich auf, da mir die Furcht noch im Nacken saß. Weit davon entfernt, meinen Einwand zu beachten, stieß sie Verwünschungen gegen den Polizisten aus, der letzte Nacht ihr Haus auf den Kopf gestellt hatte.

»Und, was macht das schon? Der Teufel soll ihn holen, diesen elenden Palomares, ihn und seine ganze Sippschaft! Zur Hölle mit ihm! So leicht kriegst du mich nicht, da musst du schon früher aufstehen!«

Da mir allmählich dämmerte, dass es mit diesem Wutausbruch nach einer solch aufregenden Nacht nicht getan sein würde, packte ich Candelaria am Arm und zerrte sie auf mein Zimmer, während sie unablässig weiterschimpfte.

»Dir sollte man einen rostigen Dolch zwischen die Rippen stoßen, elender Hurensohn! Zum Teufel mit dir, Palomares! Nichts, rein gar nichts hast du in meinem Haus gefunden, obwohl du wirklich jedes Möbelstück umgeworfen und jede Matratze aufgeschnitten hast!«

»Pst, so seien Sie doch endlich still, Candelaria«, bat ich sie flehend. »Vergessen Sie diesen Palomares, beruhigen Sie sich und lassen Sie mich erzählen!«

»Ja, Mädchen, ja, erzähl mir alles haarklein«, sagte sie und versuchte endlich, ihre Wut zu beherrschen. Sie atmete schwer. Ihr Morgenmantel war nicht richtig zu, und unter ihrem Haarnetz lugten ein paar vorwitzige Strähnen hervor. Sie bot einen jämmerlichen Anblick, doch auch jetzt noch strahlte sie Zuversicht aus. »Ich rege mich ja auch nur so auf, weil dieser wild gewordene Esel um fünf Uhr morgens hier aufgetaucht ist und uns alle auf die Straße gescheucht hat, der Schuft, weil … weil … Ach, vergessen wir das! Was passiert ist, ist passiert, Schwamm drüber. Jetzt erzähl aber, meine Kleine, erzähl mir alles in aller Ruhe.«

Während ich aus dem Beutel, den der Mann aus Larache mir umgehängt hatte, das Geld hervorholte, berichtete ich in knappen Worten von meinem Abenteuer. Mit keinem Wort erwähnte ich meine Flucht durch das Fenster oder die drohende Rufe des Soldaten. Und ich sagte auch nichts von den Pistolen, die ich neben dem einsamen Haltestellenschild von Malalien verscharrt hatte. Ich überbrachte ihr lediglich den Inhalt des Beutels. Dann begann ich einfach, den Haik und das Nachthemd darunter auszuziehen.

»Du sollst verrotten, Palomares!«, rief sie, während sie aus vollem Halse lachte und dazu Geldscheine in die Luft warf. »Mögest du in der Hölle schmoren, mich hast du nicht gekriegt!«

Doch auf einmal verstummte sie, und zwar nicht, weil sie zur Besinnung gekommen wäre, sondern weil das, was sich ihren Augen bot, ihr Freudengeheul verstummen ließ.

»Aber was haben sie denn mit dir angestellt, Mädchen? Du siehst aus, als hätte man dich ans Kreuz geschlagen!«, schrie sie entsetzt, während sie meinen nackten Leib betrachtete. »Tut es sehr weh, meine Kleine?«

»Ein bisschen«, murmelte ich und sank dabei wie ein nasser Sack aufs Bett. Das war gelogen. In Wahrheit spürte ich jeden einzelnen Knochen.

»Und du bist so dreckig, als hättest du dich in einem Müllhaufen gewälzt«, sagte sie, wieder ganz vernünftig geworden. »Ich werde ein paar Töpfe Wasser aufs Feuer stellen und dir ein heißes Bad machen. Und danach lege ich Kompressen mit Salbe auf deine Wunden und anschließend …«

Aber ich hörte nicht mehr, was sie sagte. Denn bevor die Schmugglerin den Satz beenden konnte, war ich schon eingeschlafen.

13

Als wir die Pension in Ordnung gebracht hatten und alles wieder seinen gewohnten Gang ging, machte sich Candelaria im spanischen Viertel auf die Suche nach geeigneten Räumen für mein Modeatelier.

Das spanische Viertel, so ganz anders als die maurische Altstadt, war nach europäischen Kriterien angelegt, denn es sollte den Erfordernissen des spanischen Protektorats gerecht werden: zivile und militärische Einrichtungen beherbergen, Wohnungen und Geschäftsräume für die Familien bieten, die vom Mutterland nach Marokko gezogen waren und sich hier dauerhaft niederließen. Die neuen Häuser mit ihren weißen Fassaden und verzierten Balkonen, ein Mittelding zwischen modernem und maurischem Stil, verteilten sich entlang breiter Straßen und rund um weiträumige Plätze, die eine große Harmonie ausstrahlten. Man sah gut frisierte Damen und Herren mit Hut, Militärs in Uniform, europäisch gekleidete Kinder und verlobte Paare, die sittsam Arm in Arm flanierten. Es gab Trolleybusse und einige Automobile, Konditoreien, schöne Cafés und ein erlesenes, modernes Warenangebot. Es herrschte Ruhe und Ordnung – eine vollkommen andere Welt als die Medina mit ihrem Lärm, den Gerüchen und dem Geschrei auf den Marktplätzen, jener wie in der Vergangenheit erstarrten, von einer Mauer umgebenen Enklave, die sich der Welt an sieben Toren öffnete. Und zwischen beiden Vierteln, dem arabischen und dem spanischen, lag, fast wie ein Grenzstreifen, die Calle Luneta, die Straße, die ich im Begriff war zu verlassen.

Sobald Candelaria eine geeignete Wohnung für mich fände, würde mein Leben abermals eine Wendung nehmen und ich mich den neuen Gegebenheiten anpassen müssen. Im Bewusstsein dieser bevorstehenden Veränderung beschloss ich, auch mich selbst, mein Äußeres zu ändern, eine ganz neue Frau zu werden, mich von altem Ballast zu befreien und wieder ganz neu anzufangen. Innerhalb weniger Monate hatte ich meine ganze Vergangenheit hinter mir gelassen, hatte mich von der einfachen kleinen Schneiderin nacheinander oder parallel in eine Vielzahl verschiedener Frauen verwandelt: in die Beinahe-Anwärterin auf einen Posten beim Staat, die Erbin eines Großindustriellen, die weit gereiste Geliebte eines Hochstaplers, die naive Beinahe-Direktorin der Filiale eines argentinischen Unternehmens, die unglückliche Mutter eines ungeborenen Kindes, die bis über beide Ohren verschuldete mutmaßliche Betrügerin und Diebin und gelegentliche, als harmlose Einheimische verkleidete Waffenhändlerin. Und nun sollte ich mir in noch kürzerer Zeit eine neue Persönlichkeit zulegen, weil keine der früheren mehr passte. Meine alte Heimat befand sich im Krieg, der Geliebte hatte sich in Luft aufgelöst und mit ihm all mein Besitz und meine Illusionen. Das ungeborene Kind hatte sich beim Aussteigen aus einem Autobus in eine Lache aus klumpigem Blut verwandelt, eine Akte mit meinen Daten zirkulierte zwischen den Kommissariaten zweier Länder und dreier Städte, und das kleine Waffenarsenal, das ich an meinem Körper transportiert hatte, hatte vielleicht schon jemandem das Leben gekostet. Diesen erdrückenden Ballast wollte ich nun abwerfen, damit niemand etwas von meinen Ängsten, meinen Schicksalsschlägen und dem Stich ins Herz ahnte, der noch immer schmerzte.

Ich beschloss, mit dem Aussehen anzufangen, mir die Fassade einer weltgewandten und unabhängigen Frau zuzulegen, die weder meine Vergangenheit als Opfer eines Hochstaplers durchschimmern ließ noch die zweifelhafte Herkunft des Geldes für das Geschäft, das ich im Begriff war zu eröffnen. Und die Zeit drängte, ich musste mich sofort ans Werk machen. Keine einzige Träne mehr, kein Gejammer. Kein sentimentaler Blick zurück. Nur noch die Gegenwart, das Heute zählte. Deshalb entschied ich mich für eine neue Persönlichkeit, die ich aus dem Ärmel zog wie ein Zauberkünstler eine Kette von Tüchern oder das Herz-As. Ich beschloss, mich in eine scheinbar selbstsichere, kreditwürdige Frau zu verwandeln, die das Leben kannte. Ich würde mich anstrengen müssen, damit man meine Unwissenheit für Arroganz hielt, meine Unsicherheit für charmante Trägheit. Meine Ängste würde ich, damit niemand sie auch nur erahnte, mit einem festen Schritt auf hochhackigen Schuhen und einem forschen Auftreten kaschieren. Als Erstes wollte ich mein äußeres Erscheinungsbild verändern. Durch die Unsicherheit der letzten Zeit, die Fehlgeburt und die langsame Genesung hatte ich mindestens sechs oder sieben Kilo abgenommen. Kummer und Krankenhausaufenthalt hatten mich die Rundheit meiner Hüften gekostet, etwas Oberweite, ein paar Zentimeter an den Oberschenkeln und jedes überflüssige Gramm Fett, das ich möglicherweise um die Taille herum gehabt hatte. Ich tat nichts dazu, wieder runder zu werden, vielmehr begann ich, mich mit meiner neuen Figur wohlzufühlen – wieder ein Schritt nach vorne. Ich besann mich darauf, wie sich manche Ausländerinnen in Tanger gekleidet hatten, und beschloss, meine bescheidene Garderobe nach diesem Vorbild umzuarbeiten. Mein Stil sollte weniger streng sein als der der anderen Spanierinnen, verführerischer, ohne anstößig oder provozierend zu wirken. Auffälligere Farben, leichtere Stoffe. Die Blusen etwas weiter aufgeknöpft, die Röcke etwas kürzer. Vor dem halb blinden Spiegel in Candelarias Zimmer machte ich mich immer wieder von Neuem zurecht, probierte und übte jenes schicke Übereinanderschlagen der Beine, das ich täglich zur Cocktailstunde auf den Terrassen der Bars und Cafés beobachtete, jenen eleganten, graziösen Gang, mit dem die Damen auf den breiten Bürgersteigen des Boulevard Pasteur flanierten, und die anmutige Haltung der frisch manikürten Finger, die eine französische Modezeitschrift, einen Gin-Fizz oder eine elfenbeinerne Zigarettenspitze mit einer türkischen Zigarette hielten.

Zum ersten Mal seit mehr als drei Monaten schenkte ich meinem Erscheinungsbild Aufmerksamkeit und stellte fest, dass es dringend aufpoliert werden musste. Eine Nachbarin zupfte mir die Augenbrauen, eine andere machte mir die Hände. Ich begann mich wieder zu schminken, nachdem ich mir monatelang nur das Gesicht gewaschen hatte. Ich kaufte mir Konturenstifte, um meinen Mund in Form zu bringen, und Lippenstifte, um ihn voller erscheinen zu lassen, verschiedene Farben für die Augenlider, Rouge für die Wangen, Eyeliner und Mascara für die Wimpern. Von

Jamila ließ ich mir nach einer Fotografie in einer alten *Vogue,* die ich mitgebracht hatte, mit der Schneiderschere auf den Millimeter genau die Haare kürzen. Die dichte dunkle Haarpracht, die mir bis zur Hälfte des Rückens reichte, fiel büschelweise auf den Küchenboden, kraftlos wie die Flügel toter Raben, bis nur noch ein kinnlanger, glatter Bob übrig blieb, mit einem Seitenscheitel und der nicht zu bändigenden Neigung, über mein rechtes Auge zu fallen. Zum Teufel mit der Mähne, die Ramiro so fasziniert hatte. Ich konnte nicht sagen, ob die neue Frisur mir stand oder nicht, aber ich fühlte mich damit frischer, freier. Rundherum erneuert waren jene Nachmittage unter den Flügeln des Ventilators in unserem Zimmer im Hotel Continental nur noch eine ferne Erinnerung, ebenso jene endlosen Stunden, in denen mich nichts bedeckte als sein Körper, mit dem meinen verflochten, meine langen Haare wie ein Umschlagtuch auf dem Bettlaken ausgebreitet.

Candelarias Pläne wurden bereits wenige Tage später Realität. Zunächst fand sie im spanischen Viertel drei Objekte, die sofort zu mieten waren. Zu allen dreien erläuterte sie mir die Einzelheiten, dann prüften wir gemeinsam die jeweiligen Vor- und Nachteile, und schließlich trafen wir unsere Entscheidung.

Die erste Wohnung, von der Candelaria mir erzählte, erschien anfangs ideal: geräumig, modern, Erstbezug, nahe der Post und dem Teatro Español gelegen. »Es gibt sogar eine bewegliche Dusche, die ausschaut wie ein Telefon, meine Kleine, nur dass von dort, wo du normalerweise die Stimme desjenigen hörst, der mit dir spricht, ein Wasserstrahl herauskommt, den du wohin auch immer richten kannst«, erklärte mir die Schmugglerin mit ehrfürchtigem Staunen angesichts dieses Wunderwerks der Technik. Wir entschieden uns dennoch dagegen. Das Haus grenzte nämlich an ein noch unbebautes Grundstück, auf dem Müll jeglicher Art lagerte und magere Katzen herumstreunten. Das spanische Viertel wuchs, doch hier und da gab es noch brachliegende Flächen. Dieser Umstand, dachten wir, mache auf die feinen Damen, die wir als Kundinnen gewinnen wollten, vielleicht keinen guten Eindruck, also kam das Modeatelier mit Telefondusche nicht infrage.

Das zweite Objekt lag an der Hauptstraße von Tetuán, die damals noch Calle República hieß, in einem schönen Haus mit Türmchen an den Ecken, nahe dem Muley-el-Mehdi-Platz, der bald den Namen von Primo de Rivera tragen sollte. Auf den ersten Blick erfüllte auch diese Wohnung alle Voraussetzungen: Sie war geräumig und wirkte vornehm, das Haus grenzte nicht an Brachland, sondern stand an der Ecke zweier zentraler, viel befahrener Straßen. Was uns von diesem Objekt Abstand nehmen ließ, war eine Nachbarin: Im Gebäude nebenan residierte eine der besten Schneiderinnen der Stadt mit jahrelanger Berufserfahrung und einem soliden Ruf. Wir bedachten die Situation und entschieden uns dann gegen diese Wohnung: besser nicht die Konkurrenz aufscheuchen.

Nach reiflicher Überlegung entschieden wir uns für die dritte Alternative. Das Objekt, in dem ich schließlich arbeiten und leben sollte, war eine große Wohnung in einem Haus mit schön gekachelter Fassade in der Calle Sidi Mandri nahe dem Casino Español, der Benarroch-Passage und dem Hotel Nacional, unweit der Plaza de España, an der sich das Hochkommissariat und der Kalifenpalast mit seinen beeindruckenden Wachen am Eingang befanden, eine exotische Zurschaustellung von Turbanen und prächtigen Umhängen, die in der Meeresbrise flatterten.

Candelaria schloss den Vertrag mit dem Juden Jacob Benchimol ab, der von diesem Zeitpunkt an und auf sehr diskrete Weise für den pünktlich zu zahlenden Betrag von dreihundertfünfundsiebzig Peseten im Monat zu meinem Vermieter wurde. Drei Tage später nahm ich, die neue Sira Quiroga, oberflächlich verwandelt in eine Person, die ich noch nicht war, aber vielleicht eines Tages sein würde, meine Wohn- und Geschäftsräume in Besitz und stieß nach und nach die Türen zu einem neuen Lebensabschnitt auf.

»Fang du erst einmal allein an«, sagte Candelaria, als sie mir den Schlüssel überreichte. »Es wird besser sein, wenn man uns von jetzt an nicht allzu oft miteinander sieht. Ich werde bald mal vorbeikommen.«

Ich fühlte ständig Männerblicke auf mir ruhen, während ich mir einen Weg durch das Gewühl in der Calle Luneta bahnte. In den vergangenen Monaten hatte ich, wie ich mich erinnerte, nicht einmal ein Viertel dieses Interesses auf mich gezogen, aber da verkörperte ich ja auch noch eine unsichere junge Frau mit schmucklosem Haarknoten, die abgetragene Kleider trug und sich mit Verletzungen von früher quälte, die sie zu vergessen versuchte. Nun bewegte ich mich mit gespielter Souveränität und zwang mich zu einem Gang, der eine gewisse Arroganz und ein *savoir-faire* verströmte, zwei Dinge, die sich noch vor wenigen Wochen niemand an mir hätte vorstellen können.

Obwohl ich mich bemühte, nicht vor lauter Aufregung allzu schnell zu gehen, war ich schon nach zehn Minuten am Ziel angelangt. Mir war das Haus noch nie aufgefallen, obwohl es ganz für sich einige Meter zurückgesetzt von der Hauptstraße des spanischen Viertels stand. Gleich auf den ersten Blick stellte ich erfreut fest, dass es alle Aspekte in sich vereinte, die ich als wünschenswert betrachtet hatte: eine ausgezeichnete Lage und ein präsentables Umfeld, ein gewisses exotisch-arabisches Flair durch die gekachelte Fassade, eine gewisse europäische Nüchternheit bei der Gestaltung des Inneren. Der Eingangsbereich wirkte elegant, die nicht allzu breite Treppe besaß ein schönes schmiedeeisernes Geländer, das sich anmutig nach oben wand.

Wie in jener Zeit üblich, war die Haustür nicht verschlossen. Vermutlich gab es eine Hausmeisterin, doch sie ließ sich nicht blicken. Voller Unruhe begann ich die Treppe hinaufzugehen, fast auf Zehenspitzen, um meine Schritte zu dämpfen. Nach außen hin hatte ich an Selbstsicherheit und Vornehmheit gewonnen, aber innerlich war ich noch genauso ängstlich wie früher und zog es vor, möglichst wenig aufzufallen. Ich gelangte in den ersten Stock, ohne einer Menschenseele zu begegnen, und stand mit einem Mal vor zwei vollkommen gleichen Türen, eine links, eine rechts, beide geschlossen. Die eine gehörte zur Wohnung der Nachbarn, die ich noch nicht kannte. Die zweite war meine Tür. Ich nahm den Schlüssel aus der Handtasche, steckte ihn mit zittrigen Fingern ins Schloss, drehte ihn herum und stieß zaghaft die Tür auf. Im ersten Moment wagte ich gar nicht einzutreten, sondern ließ nur den Blick über das Wenige wandern, das ich von der Tür aus sehen konnte: eine geräumige Diele mit leeren Wänden, ein mit weißen und granatroten Fliesen in einem geometrischen Muster ausgelegter Boden. Weiter hinten ein Flur. Rechts ein großer Salon.

Es hatte im Laufe der Jahre viele Momente gegeben, in denen mein Leben eine unerwartete Wendung nahm, mit Überraschungen und Hindernissen aufwartete, denen ich mich augenblicklich stellen musste. Manchmal war ich darauf vorbereitet, meistens nicht. Niemals aber war ich mir so sehr bewusst gewesen, dass ich einen neuen Lebensabschnitt begann, wie an jenem Mittag im Oktober, an dem meine Füße es endlich wagten, die Schwelle zu überschreiten, und jeder Schritt in der leeren Wohnung nachhallte. Zurück blieb eine schwierige Vergangenheit, und vor mir öffnete sich, wie ein Vorzeichen, ein weiter, leerer Raum, der sich mit der Zeit füllen würde. Füllen womit? Mit Gegenständen und Gefühlen. Mit Momenten, Empfindungen und Personen. Mit Leben.

Ich trat in den im Halbdunkel liegenden Salon. Drei geschlossene Balkontüren, geschützt durch Fensterläden aus grün gestrichenem Holz, die das Tageslicht aussperrten. Ich öffnete einen nach dem anderen, und der marokkanische Herbst ergoss sich in das Zimmer, vertrieb die Schatten wie ein verheißungsvolles Omen.

Ich wollte die Stille und das Alleinsein eine Weile genießen und tat erst einmal gar nichts, sondern blieb nur mitten in dem leeren Raum stehen, um meinen neuen Platz in der Welt in mich aufzunehmen. Nach einigen Minuten hatte ich das Gefühl, meine Lethargie abschütteln zu müssen, und brachte so viel Entscheidungskraft auf, dass ich mich in Bewegung setzte. Mit der Erinnerung an Doña Manuelas früheres Atelier im Hinterkopf ging ich durch die gesamte Wohnung und teilte sie im Geiste auf. Der Salon sollte als großzügiges Empfangszimmer fungieren, dort sollten Ideen präsentiert, Modezeichnungen zu Rate gezogen, Stoffe und Schnitte ausgewählt und Aufträge erteilt werden. Das Zimmer neben dem Salon, eine Art Esszimmer mit einem Erker an der Ecke, würde ich zur Anprobe machen. Ein Vorhang in der Mitte des Flurs würde diesen äußeren Bereich vom Rest der Wohnung trennen. Die Zimmer auf dem anschließenden Flurabschnitt würden zum Arbeitsbereich: Näherei, Stofflager, Bügelzimmer, Raum zur Aufbewahrung der fertigen Teile und der Entwürfe, für alles, was darin Platz hatte. Der hinterste Abschnitt der Wohnung schließlich, der dunkelste und am wenigsten ansprechende, würde mein Reich sein. Dort würde mein wahres Ich seinen Platz finden, die traurige Frau, die ihre Heimat unfreiwillig hatte verlassen müssen, die bis über die Ohren verschuldet, mit Forderungen überhäuft und voller Unsicherheit war. Deren gesamtes Kapital aus einem halb leeren Koffer und einer alleinstehenden Mutter in einer fernen Stadt, die um ihr Überleben kämpfte, bestand. Die wusste, dass sie ihr Geschäft nur um den Preis einer Menge Pistolen aufbauen konnte. Hier sollte mein Zufluchtsort sein, mein ganz privater Bereich. Hier würde, falls mir das Glück nicht länger die kalte Schulter zeigte, der öffentliche Bereich der Schneiderin beginnen, die aus der spanischen Hauptstadt gekommen war, um im Protektorat das eleganteste Modeatelier weit und breit einzurichten.

Als ich wieder in Richtung Eingang ging, hörte ich, wie jemand mit den Fingerknöcheln an die Tür klopfte. Ich wusste, wer es war, deshalb öffnete ich sofort. Candelaria glitt herein wie ein großer dicker Wurm.

»Und, wie findest du's? Gefällt's dir?«, fragte sie ungeduldig. Sie hatte sich für diesen Besuch regelrecht aufgeputzt und trug eines der Kostüme, die ich ihr genäht hatte, dazu Schuhe, die sie von mir geerbt hatte und die ihr zwei Nummern zu klein waren. Und ihre Busenfreundin Remedios hatte ihr in aller Eile eine etwas pompöse Frisur verpasst. Die dunklen Augen unter dem ungeschickt aufgetragenen Lidschatten funkelten erregt. Auch für die Schmugglerin war es ein besonderer Tag, der Beginn von etwas Neuem und Unerwartetem. Mit dem Geschäft, das demnächst anlaufen sollte, hatte sie zum ersten und einzigen Mal in ihrem bewegten Leben einen richtig großen Einsatz gewagt. Vielleicht würde sie dieser neue Lebensabschnitt für die Entbehrungen ihrer Kindheit entschädigen, für die Prügel ihres Ehemannes und die ständigen Drohungen der Polizei, die sie seit Jahren zu hören bekam. Drei Viertel ihres Lebens hatte sie sich mit Müh und Not durchgeschlagen, hatte alle nur erdenklichen Tricks ausgeheckt, war stets auf der Flucht und vom Pech verfolgt gewesen. Vielleicht war nun die Zeit gekommen, sich ein wenig auszuruhen.

Ich antwortete nicht sofort auf ihre Frage. Erst hielt ich ihrem Blick noch eine Weile stand und bedachte in aller Ruhe, was diese Frau schon alles für mich getan hatte, seit der *comisario* mich wie ein unerwünschtes Gepäckstück in ihrer Pension abgeliefert hatte.

Als ich sie schweigend anblickte, schob sich mit einem Mal wie ein Schatten das Bild meiner Mutter vor sie. Dolores und die Schmugglerin hatten praktisch nichts gemeinsam. Meine Mutter war die Sittenstrenge und die Genügsamkeit in Person, neben ihr war Candelaria das reinste Dynamit. Ihr Wesen, ihre Moralvorstellungen und die Art, wie sie mit ihrem Schicksal umgingen, waren vollkommen unterschiedlich, aber zum ersten Mal nahm ich doch eine gewisse Übereinstimmung bei ihnen wahr. Beide, jede auf ihre Weise und in ihrer Welt, gehörten zu einer Sorte von tapferen Frauen, von Kämpferinnen, die sich mit dem Wenigen, was das Schicksal ihnen zudachte, im Leben durchzuschlagen wussten. Für mich und für sie, für uns alle musste ich mich ins Zeug legen, damit mein Geschäft in Gang kam.

»Sie gefällt mir sehr, die Wohnung«, antwortete ich schließlich lächelnd. »Sie ist perfekt, Candelaria, eine bessere hätte ich mir nicht vorstellen können.«

Candelaria lächelte zurück und kniff mich liebevoll in die Wange. Wir waren beide sehr bewegt. Uns einte eine Weisheit, die so alt war wie die Zeit. Wir ahnten beide, dass von nun an alles anders sein würde. Wir würden uns weiterhin treffen, sicher, aber nur ab und zu und ganz diskret. Wir würden nicht mehr unter demselben Dach wohnen, nicht mehr gemeinsam die Streitereien am Esstisch erleben. Wir würden nach dem Abendessen nicht mehr zusammen das Geschirr abräumen und auch nicht in der Dunkelheit meiner armseligen Kammer miteinander flüstern.

Unsere Wege würden sich jetzt trennen, gewiss. Doch wir wussten beide, dass uns bis ans Ende der Zeit etwas einte, über das uns kein Mensch jemals würde reden hören.

14

In weniger als einer Woche hatte ich mich eingerichtet. Von Candelaria angespornt gestaltete ich die einzelnen Räume, bestellte Möbel und Handwerkszeug. Sie übernahm mit Geschick und Bargeld die Beschaffung, fest entschlossen, sich ohne jeden Vorbehalt auf dieses Geschäft mit doch sehr ungewisser Zukunft einzulassen.

»Sag nur, was du brauchst, Herzchen, denn ich habe in meinem ganzen verdammten Leben noch keinen Fuß in ein Modeatelier gesetzt und keine Ahnung, was man dafür alles braucht. Wenn wir nicht diesen verfluchten Krieg am Hals hätten, könnten wir nach Tanger fahren, du und ich, und im Palais du Mobilier die feinsten französischen Möbel kaufen, bei der Gelegenheit auch gleich ein halbes Dutzend Höschen bei La Sultana, aber wir sitzen ja in Tetuán fest, und außerdem will ich nicht, dass die Leute dich allzu sehr mit mir in Verbindung bringen, deshalb sagst du mir einfach, was du brauchst, und ich sehe zu, wie ich die Sachen über meine Kontakte beschaffen kann. Also, leg los, Mädchen: Sag mir, was ich besorgen soll und was als Erstes her muss.«

»Am wichtigsten ist der Salon. Er soll gewissermaßen die Visitenkarte des Hauses sein, Eleganz und guten Geschmack zeigen«, sagte ich in Erinnerung an das Modeatelier von Doña Manuela und all jene herrschaftlichen Häuser, die ich bei meinen Botengängen kennengelernt hatte. Auch wenn das Haus in der Calle Sidi Mandri in der nicht sonderlich großen Stadt Tetuán wesentlich kleiner war und viel weniger hermachte als die Domizile der guten Madrider Familien, konnte mir die Erinnerung an die alten Zeiten doch als Vorlage für Gestaltung der Gegenwart dienen.

»Und was stellen wir hinein?«

»Ein richtig schönes Sofa, zwei Paar gute Sessel, einen großen Tisch in der Mitte und zwei oder drei kleinere Beistelltische. Lange Damastvorhänge für die Fenstertüren zu den Balkonen und eine große Lampe. Das reicht vorläufig. Wenige Sachen, aber mit viel Stil und von bester Qualität.«

»Ich sehe noch nicht, wie das alles zu beschaffen ist, Mädchen, in Tetuán gibt es keine solchen Luxusgeschäfte. Lass mich ein bisschen nachdenken. Ein Freund von mir arbeitet bei einem Spediteur, vielleicht macht er mir eine Fuhre … Na gut, mach dir keine Sorgen, ich krieg das schon irgendwie geregelt, und wenn das eine oder andere Stück aus zweiter oder dritter Hand ist, aber von richtig guter Qualität, dann macht das doch nichts aus, oder? Das sieht dann nach alteingesessenem Geschäft aus. Was noch, Mädchen, sag schon.«

»Schneiderbüsten … und ausländische Modezeitschriften. Doña Manuela hatte Dutzende davon, und wenn sie zu abgegriffen waren, bekamen wir sie geschenkt und ich habe sie mit nach Hause genommen. Ich konnte mich gar nicht sattsehen an den schönen Kleidern.«

»Oje, das wird bestimmt auch schwierig. Du weißt ja, dass seit dem Aufstand die Grenzen dicht sind, von draußen kommt kaum noch etwas herein. Aber ich kenne jemand, der hat einen Passierschein für Tanger, ich werde mal vorfühlen, ob er mir die Zeitschriften aus Gefälligkeit mitbringt. Er wird sie sich zwar teuer bezahlen lassen, aber wer weiß, was noch kommt …«

»Vielleicht haben wir ja Glück. Es sollte eine Auswahl von den allerbesten sein.« Ich überlegte, welche Magazine ich mir selbst in der letzten Zeit in Tanger gekauft hatte, als Ramiro sich immer weniger für mich interessierte. Bei den stilvollen Modezeichnungen und Fotografien hatte ich ganze Nächte lang Zuflucht gesucht. »*Harper's Bazaar* und *Vanity Fair* aus Amerika, *Vogue* und *Madame Figaro* aus Frankreich«, fügte ich hinzu. »Was er eben findet.«

»Schon fast erledigt. Was noch?«

»Ein dreiteiliger Spiegel für die Anprobe. Und noch zwei Sessel. Und eine mit Stoff bezogene Bank zum Ablegen der Kleider.«

»Was noch?«

»Stoffe. Drei, vier Spannen lange Abschnitte von den besten Stoffen als Muster, keine ganzen Ballen bis die Sache läuft.«

»Die besten Stoffe gibt es bei La Caraqueña. Das Zeug, das die *moros* auf dem Markt verkaufen, kommt nicht infrage, das ist viel zu unelegant. Ich werde auch mal schauen, was die Inder in der Calle Luneta zu bieten haben, die sind sehr findig und haben immer irgendwas Besonderes im Hinterzimmer auf Lager. Und sie haben gute Kontakte in die französische Zone, dort lässt sich vielleicht auch noch was Interessantes finden. Was brauchst du noch, meine Hübsche?«

»Eine Nähmaschine, möglichst eine amerikanische Singer. Ich werde zwar fast alles von Hand nähen, aber manchmal wäre sie schon praktisch. Außerdem ein gutes Bügeleisen und ein Bügelbrett. Und ein paar Schaufensterpuppen. Um das restliche Zeug kümmere ich mich besser gleich selber, sagen Sie mir nur, wo ich die beste Kurzwarenhandlung finde.«

Und so richteten wir das Atelier allmählich ein. Ich erteilte den Auftrag, und dann nutzte Candelaria unermüdlich ihre Künste im Schachern, um an die Dinge zu kommen, die ich benötigte. Manchmal trafen die Sachen gut getarnt und zur Unzeit ein, in Decken gehüllt und geliefert von Männern mit vergrämtem Gesicht. Manchmal fanden die Transporte am helllichten Tag statt, beobachtet von allen Leuten, die gerade auf der Straße vorbeigingen. Es kamen Möbel, Maler und Elektriker, ich erhielt in einem fort Pakete, Arbeitsgeräte und tausend andere bestellte Dinge. Wie in einen schützenden Mantel eingehüllt in mein neues Image der glamourösen, selbstsicheren Frau von Welt beaufsichtigte ich von meinen hochhackigen Schuhen herab das Geschehen von Anfang bis Ende. Mit souveränem Auftreten, die Wimpern kräftig getuscht und mir ständig ordnend in meine neue Frisur greifend löste ich alle unvorhergesehenen Probleme, die sich ergaben, und machte mich den Nachbarn bekannt. Alle grüßten mich aufmerksam, wenn ich ihnen an der Haustür oder auf der Treppe begegnete. Im Erdgeschoss befanden sich ein Hutgeschäft und ein

Tabakladen, im ersten Stock, mir gegenüber, wohnten eine ältere Witwe und ein dicklicher junger Mann mit Brille, vermutlich ihr Sohn, und darüber zwei Familien mit zahlreichen Kindern, die neugierig beobachteten, was sich bei mir tat, um etwas über die neue Nachbarin zu erfahren.

Innerhalb einiger Tage waren Wohnung und Atelier fix und fertig eingerichtet, jetzt mussten wir nur noch etwas damit anfangen. Ich erinnere mich noch, als wäre es gestern gewesen, an die erste Nacht, die ich dort schlief, allein und ängstlich. Ich fand kaum Schlaf. In den späten Abendstunden hörte ich noch die letzten häuslichen Geräusche aus den anderen Wohnungen: irgendein weinendes Kind, ein Radio, Mutter und Sohn von gegenüber, die laut miteinander stritten, Tellerklappern und Wasserrauschen, weil jemand noch Geschirr wusch. Je näher die Morgendämmerung rückte, umso mehr verstummten die fremden Geräusche, und imaginäre traten an ihre Stelle. Es kam mir vor, als würden die Möbel häufiger knacken, als hörte ich Schritte auf den Bodenfliesen in der Diele, als würden mich die Schatten an den frisch gestrichenen Wänden belauern. Noch ehe sich der erste Sonnenstrahl erahnen ließ, stand ich auf. Ich konnte meine Unruhe nicht eine Sekunde länger unterdrücken. Ich ging in den Salon, öffnete die Fensterläden und lehnte mich hinaus, um die Morgendämmerung zu erwarten. Vom Minarett einer Moschee erklang der Ruf zum *fadschr,* dem ersten Gebet des Tages. Noch war kein Mensch in den Straßen zu sehen, und der Gorgues, im Halbdunkel kaum wahrnehmbar, begann sich im ersten Tageslicht majestätisch gegen den Himmel abzuzeichnen. Nach und nach, ganz gemächlich, erwachte die Stadt. Die marokkanischen Hausmädchen, eingewickelt in ihren Haik und Umhängetücher, trafen eines nach dem anderen ein. Umgekehrt verließen die Männer das Haus, um zur Arbeit zu gehen, und Grüppchen von Frauen mit einem schwarzen Schleier auf dem Kopf machten sich zu zweit oder zu dritt eilig auf den Weg zur Frühmesse. Wie die Kinder zur Schule marschierten, sah ich nicht mehr, und ebenso wenig, wie die Geschäfte und die Büros öffneten, wie die Dienstmädchen losgingen, um warme *churros* zu kaufen, wie die Familienmütter sich auf den Weg zum Markt machten, wo sie die Produkte auswählten, die ihnen die einheimischen Händler dann in Körben auf dem Rücken ins Haus lieferten. Vorher ging ich wieder in den Salon und setzte mich auf mein funkelnagelneues, mit granatfarbenem Taft bezogenes Sofa. Zu welchem Zweck? Um darauf zu warten, dass sich mein Schicksal endlich zum Besseren wandte.

Jamila kam zeitig. Wir lächelten uns nervös an, es war der erste Tag für uns beide. Candelaria hatte mir ihr Dienstmädchen überlassen, und ich war ihr dankbar für diese Geste. Wir hatten uns sehr lieb gewonnen, das junge Mädchen würde mir eine Verbündete sein, eine kleine Schwester. »Ich finde in zwei Minuten wieder eine Fátima, nimm du Jamila mit, sie ist ein braves Mädchen und wird dir eine große Hilfe sein, du wirst sehen.« Also kam die sanfte Jamila mit mir, froh, der vielen Hausarbeit in der Pension zu entrinnen und an der Seite ihrer *siñorita* eine neue Beschäftigung zu bekommen, die ihr in ihren jungen Jahren ein weniger kräftezehrendes Leben ermöglichte.

Jamila kam, ja, aber nach ihr niemand mehr. Nicht an jenem ersten Tag, nicht am folgenden, nicht am dritten Tag. Jeden Morgen schlug ich vor Tagesanbruch die Augen auf und machte mich mit derselben Sorgfalt zurecht. Kleidung und Frisur tadellos, Wohnung und Atelier blitzsauber. Die Hochglanzmagazine mit den eleganten lächelnden Frauen auf dem Titelblatt ausgelegt, mein Handwerkszeug im Atelier griffbereit – alles bis ins letzte Detail perfekt in Erwartung einer Kundin, die nach meiner Dienstleistung verlangte. Doch es schien, als hätte niemand diese Absicht.

Manchmal hörte ich Geräusche, Schritte, Stimmen auf der Treppe. Dann lief ich auf Zehenspitzen zur Tür und sah ungeduldig durch den Spion, aber ich wurde stets enttäuscht. Das Auge an das Guckloch gepresst sah ich Kinder geräuschvoll vorbeihüpfen, Frauen in Eile und Väter mit Hut vorbeigehen, schwer beladene Dienstmädchen, Burschen, die irgendwelche Waren lieferten, die Hausmeisterin mit ihrer Schürze, den hustenden Briefträger und zahllose andere Statisten (des Lebenstheaters). Doch es kam niemand, der sich seine Garderobe von mir anfertigen lassen wollte.

Ich war unschlüssig, ob ich Candelaria Bescheid sagen oder mich weiter in Geduld üben sollte. Nach zwei, drei Tagen wusste ich fast nicht mehr, wie lange ich schon zögerte. Doch schließlich fasste ich einen Entschluss. Ich würde in die Calle Luneta gehen und Candelaria bitten, ihre Kontakte verstärkt zu nutzen, alle Hebel in Bewegung zu setzen, damit die potenziellen Kundinnen erfuhren, dass mein Schneideratelier bereits Aufträge entgegennahm. Entweder hatte sie Erfolg oder unser Gemeinschaftsunternehmen würde sein Ende finden, noch ehe es richtig angefangen hatte. Dazu hatte ich jedoch keine Gelegenheit mehr, denn ausgerechnet an jenem Vormittag läutete es endlich an der Tür.

»Guten Morgen. Mein Name ist Heinz, ich bin neu in Tetuán und benötige einiges zur Ergänzung meiner Garderobe.«

Ich empfing sie in einem Kostüm, das ich mir wenige Tage zuvor erst genäht hatte. Ein schmaler rauchblauer Bleistiftrock, dazu eine taillierte Jacke, ohne Bluse darunter, deren erster Knopf exakt einen Millimeter oberhalb der Stelle saß, ab der ein Ausschnitt nicht mehr als sittsam gelten konnte. Aber dennoch überaus elegant. Als einzigen Schmuck trug ich eine lange silberne Kette mit einer dekorativen alten Schere aus demselben Material. Schneiden konnte man damit nicht mehr, doch als ich sie auf der Suche nach einer Lampe in einem Antiquitätenladen entdeckte, beschloss ich sofort, mein neues Erscheinungsbild damit zu vervollständigen.

Die Dame gönnte mir kaum einen Blick, während sie sich vorstellte, sie schien sich vielmehr davon überzeugen zu wollen, ob dieses Atelier ihren Wünschen genügte. Sie zu bedienen fiel mir nicht schwer, ich brauchte mir nur vorzustellen, ich sei nicht ich selbst, sondern eine Reinkarnation von Doña Manuela in Gestalt einer attraktiven und kompetenten Fremden. Wir nahmen im Salon Platz, jede in einem Sessel, sie in einer resoluten, ein wenig männlich wirkenden Pose, und ich mit elegant übereinandergeschlagenen Beinen, wie ich es tausende Male geübt hatte. Dann erläuterte sie mir in ihrem Sprachenmischmasch ihre Wünsche.

Zwei Kostüme, zwei Abendkleider. Und ein Ensemble zum Tennisspielen.

»Kein Problem«, schwindelte ich.

Ich hatte nicht die geringste Ahnung, wie zum Teufel ein Ensemble für derlei Betätigung aussehen sollte, war aber keinesfalls gewillt, meine Unwissenheit zuzugeben, und wenn ein Exekutionskommando vor mir gestanden hätte. Wir blätterten die Zeitschriften durch und sahen uns verschiedene Schnitte an. Für den Abend wählte sie je ein Modell der zwei größten Modeschöpfer jener Zeit, von Marcel Rochas und Nina Ricci, die sie in einer französischen Zeitschrift mit Haute Couture der Herbst/Winter-Saison 1936 entdeckte. Die Vorlagen für die beiden Kostüme fand sie im amerikanischen *Harper's Bazaar*. Sie stammten von Harry Angelo, einem Couturier, von dem ich noch nie gehört hatte, was ich jedoch tunlichst für mich behielt. Begeistert von meiner großen Auswahl an Modemagazinen fragte mich die Deutsche in ihrem rudimentären Spanisch, woher ich sie denn hätte. Ich tat, als würde ich sie nicht verstehen. Wenn sie erfahren hätte, wie trickreich meine Geschäftspartnerin, die Schmugglerin, vorgehen musste, um in ihren Besitz zu gelangen – meine erste Kundin hätte sicherlich sofort das Weite gesucht, und ich hätte sie nie wiedergesehen. Dann machten wir uns an die Auswahl der Stoffe. Dank der mir von verschiedenen Geschäften zur Verfügung gestellten Muster konnte ich ihr eine ganze Palette von Farben und Stoffqualitäten vorlegen, die ich ihr nacheinander ausführlich beschrieb.

Die Entscheidung fiel relativ schnell. Chiffon, Samt und Organza für den Abend, Flanell und Kaschmir für den Tag. Über den Tennisdress und den Stoff dafür sprachen wir nicht, dazu würde ich mir schon zu gegebener Zeit etwas ausdenken. Der Besuch dauerte eine gute Stunde. Nach etwa dreißig Minuten hatte Jamila ihren – stummen – Auftritt. Sie erschien in einem türkisfarbenen Kaftan, die großen schwarzen Augen mit Kohl umrahmt, in den Händen ein auf Hochglanz poliertes Tablett mit arabischem Gebäck und süßem Minztee. Die Deutsche nahm die kleine Stärkung erfreut an, und ich bekundete meinem neuen Hausmädchen mit einem kaum wahrnehmbaren verschwörerischen Augenzwinkern meinen Dank. Als Letztes hieß es noch Maßnehmen. Mit leichter Hand trug ich die Maße in ein ledergebundenes Heft ein. Die weltgewandte Version der Doña Manuela, in die ich mich verwandelt hatte, erwies sich als überaus nützlich. Wir einigten uns darauf, dass die erste Anprobe in fünf Tagen stattfinden sollte, und verabschiedeten uns formvollendet. *Adiós, Frau* Heinz, vielen Dank für Ihren Besuch. *Adiós,* Señorita Quiroga, *hasta la vista.* Kaum hatte ich die Tür hinter ihr geschlossen, musste ich mir den Mund zuhalten, um nicht einen Freudenschrei auszustoßen, und die Beine fest in den Boden stemmen, sonst wäre ich wie ein übermütiges Fohlen herumgesprungen. Wenn ich meinen spontanen Impulsen hätte nachgeben können, dann wäre ich vor lauter Begeisterung geplatzt, dass wir unsere erste Kundin an Land gezogen hatten.

Während der nächsten Tage arbeitete ich praktisch rund um die Uhr. Es war das erste Mal, dass ich selbstständig, ohne Aufsicht oder Hilfe von meiner Mutter oder Doña Manuela, Schnitte für einen so wichtigen Auftrag erstellte. Deshalb setzte ich bei dieser Aufgabe alle fünf Sinne ein, tausendfach geschärft, und trotzdem hatte ich ständig Angst, ich könnte versagen. Ich nahm im Geiste die Modelle in den Zeitschriften auseinander, und wenn die Bilder nichts mehr hergaben, strengte ich meine Fantasie noch ein wenig mehr an und erfasste intuitiv, was ich mit den Augen nicht sehen konnte. Ich zeichnete die Schnittteile auf den Stoffen mit Schneiderkreide an und schnitt sie mit ebenso viel Herzklopfen wie Genauigkeit zu. Ich heftete die Teile zusammen, nahm sie wieder auseinander, heftete sie von Neuem. Anschließend probierte ich das Kleidungsstück so lange an einer Schneiderpuppe, bis mir das Ergebnis zufriedenstellend erschien. Die Mode hatte sich sehr verändert, seit ich begonnen hatte, mich in der Welt von Nadel und Faden zu bewegen. Als ich Mitte der Zwanzigerjahre in Doña Manuelas Schneiderei angefangen hatte, dominierten bei der Tageskleidung locker fallende Linien, eine tief sitzende Taille und kurze Längen, bei der Abendkleidung lange Tuniken in schlichtem Schnitt und erlesener Einfachheit. In den Dreißigern wurden die

Röcke länger, und man betonte die Taille, der Stoff wurde schräg zum Fadenlauf geschnitten, die Schultern durch Polster betont, die Silhouette sinnlicher. Die Mode änderte sich, wie die Zeiten sich änderten – und mit ihnen die Ansprüche der Kundinnen und die Kunst der Schneiderinnen. Aber ich wusste mich anzupassen. Hätte ich doch in meinem Privatleben dieselbe Anpassungsfähigkeit bewiesen, wie ich sie an den Tag legte, wenn es um die modischen Capricen ging, die Paris diktierte.

15

Die ersten Tage verliefen turbulent. Ich arbeitete ununterbrochen und kam kaum aus dem Haus, es reichte gerade für einen kurzen Spaziergang am späten Nachmittag. Meistens begegnete ich dann dem einen oder anderen Nachbarn – Mutter und Sohn von gegenüber, Arm in Arm, zwei oder drei Kindern von oben, die munter die Treppe heruntergesprungen kamen, oder einer Señora, die eilig nach Hause strebte, um das Abendessen für die Familie zuzubereiten. Ein einziger Schatten trübte jene arbeitsreiche erste Woche: der verwünschte Tennisdress. Bis ich schließlich Jamila mit einer Nachricht in die Calle Luneta schickte. »Brauche Zeitschriften mit Tenniskleidung. Sie können gerne alt sein.«

»Siñora Candelaria sagen, dass Jamila sollen kommen morgen.«

Und am nächsten Tag ging Jamila wieder zur Pension und kam mit einem Packen Zeitschriften zurück, den sie kaum mit den Armen umfassen konnte.

»Siñora Candelaria sagen, dass Siñorita Sira schauen diese Zeitungen zuerst«, erklärte sie mit sanfter Stimme in ihrem ungelenken Spanisch.

Sie hatte rosige Wangen vom schnellen Lauf, als sie zurückkehrte, steckte voller Energie und Begeisterung. In gewisser Weise erinnerte sie mich an mich selbst in den ersten Jahren meiner Zeit in der Schneiderei in der Calle Zurbano, als meine ganze Aufgabe darin bestand, von hier nach da zu laufen, Besorgungen zu machen und fertige Kleidung auszuliefern. Flink und sorglos wie eine junge Straßenkatze lief ich durch die Straßen, ließ mich von jeder interessanten Kleinigkeit ablenken, die es mir ermöglichte, ein paar Minuten später zurückzukehren und den Zeitpunkt, an dem ich wieder zwischen vier Wänden eingesperrt sein würde, möglichst lange hinauszuschieben. Heimweh drohte mich zu überwältigen, doch es gelang mir, ihm mit der geschmeidigen Bewegung eines Matadors vor dem angreifenden Stier auszuweichen. Diese Kunst verfeinerte ich mit jedem Mal, da mich Schwermut überkam.

Ungeduldig stürzte ich mich auf die Zeitschriften. Alle waren veraltet, viele zerlesen, bei manchen fehlte sogar das Titelblatt. Es waren überwiegend bunte Illustrierte und nur wenige Modemagazine. Einige aus Frankreich, die meisten aus Spanien oder sogar aus dem Protektorat selbst: *La Esfera, Blanco y Negro, Nuevo Mundo, Marruecos Gráfico, Ketama*. Bei mehreren Seiten war eine Ecke umgeknickt, vielleicht hatte Candelaria die Zeitschriften flüchtig durchgeblättert und wollte mich auf etwas hinweisen. Die erste markierte Seite, die ich aufschlug, zeigte nicht das Erhoffte. Auf einem Foto streckten sich zwei weiß gekleidete Herren, das Haar mit Brillantine zurückgekämmt, über einem Netz die rechte Hand entgegen, in der linken hielten sie einen Schläger. Auf einem anderen Bild applaudierte eine Gruppe überaus eleganter Damen einem anderen Tennisspieler, der gerade einen Pokal in Empfang nahm. Erst da wurde mir bewusst, was ich in meiner Nachricht an Candelaria nicht erwähnt hatte: dass es um einen Tennisdress für eine Frau ging. Fast wollte ich schon nach Jamila rufen und sie noch einmal in die Calle Luneta schicken, als mir ein Freudenschrei entfuhr. In der dritten markierten Zeitschrift fand ich genau das, was ich brauchte. In einer ausführlichen Reportage war eine Tennisspielerin abgebildet, die einen hellen Pullover und eine Art geteilten Rock, halb das übliche Tennisröckchen, halb weite Hose, trug. Dergleichen hatte ich noch nie im Leben gesehen, und – den detaillierten Fotos nach zu urteilen – vermutlich auch die meisten Leser jener Zeitschrift nicht.

Der Text war in Französisch geschrieben, sodass ich kaum etwas verstand, aber einige Namen tauchten mehrmals auf: die Tennisspielerin Lilí Álvarez, die Modeschöpferin Elsa Schiaparelli, ein Ort namens Wimbledon. Doch bei aller Zufriedenheit, endlich einen Anhaltspunkt gefunden zu haben, an dem ich mich orientieren konnte, machte sich bald eine gewisse Unruhe in mir breit. Ich klappte die Zeitschrift zu und besah sie ausgiebig. Sie war alt, vergilbt. Ich suchte nach dem Erscheinungsdatum. 1931. Es fehlte die letzte Seite, an den Rändern zeigten sich Flecken von Feuchtigkeit, einige Seiten waren eingerissen. Dieses halb zerfledderte Heft konnte ich der Deutschen unmöglich zeigen, um ihre Meinung zu dem Tennisdress zu erfahren. Es würde das Bild von der Edelschneiderin neuester Kreationen mit einem Schlag ruinieren. Ich lief nervös durch die Wohnung und versuchte, einen Ausweg zu finden, irgendeine Möglichkeit, dieses unvorhergesehene Problem zu lösen. Nachdem ich in der Diele mit dem gekachelten Boden Dutzende von Malen hin und her gelaufen war, war das Einzige, was mir einfiel – ich musste das Modell kopieren und es als meine eigene Kreation ausgeben, doch ich hatte nicht die geringste Ahnung, wie ich das anstellen sollte. Meine Modezeichnung wäre so ungeschickt ausgefallen, dass mein vermeintlich exzellentes Renommee schwer leiden würde. Nicht weniger nervös als zuvor beschloss ich, mir erneut bei Candelaria Rat zu holen.

Jamila war ausgegangen. Die jetzige leichte Tätigkeit bei mir ermöglichte ihr häufige Pausen, was bei der schweren Arbeit in der Pension undenkbar gewesen wäre. Auf der Suche nach der verlorenen Zeit nutzte das junge Mädchen jene Momente, um sich mit der Ausrede, irgendeine kleine Besorgung machen zu müssen, davonzumachen. »Siñorita wollen Jamila gehen kaufen *pipas,* ja?« Ohne die Antwort abzuwarten, sprang sie schon die Treppe hinunter, auf der Suche nach *pipas,* gerösteten Sonnenblumenkernen, nach Brot oder Obst oder einfach nur nach frischer Luft und Freiheit. Ich riss die Seiten aus der Zeitschrift, steckte sie in die Handtasche und beschloss, selbst in die Calle Luneta zu gehen. Doch ich traf die Schmugglerin dort nicht an. Nur das neue Hausmädchen, das sich in der Küche abmühte, und den pensionierten Lehrer, der von einer schlimmen Erkältung gequält am Fenster saß. Er begrüßte mich freundlich.

»Oho! Uns scheint es ja prächtig zu gehen, seit wir nicht mehr in dieser Räuberhöhle wohnen!«, bemerkte er mit einer ironischen Anspielung auf mein neues Erscheinungsbild.

Ich ging nicht auf seine Bemerkung ein. Mir brannte etwas anderes auf den Nägeln.

»Sie wissen nicht zufällig, wo Candelaria sein könnte, Don Anselmo?«

»Keine Ahnung, meine Kleine. Du weißt ja selbst, dass sie ständig wie ein aufgescheuchtes Huhn durch die Gegend läuft.«

Ich knetete nervös die Finger. Ich musste sie finden, ich brauchte ihre Hilfe. Der alte Lehrer spürte meine Nervosität.

»Hast du was, Mädchen?«

In meiner Verzweiflung hielt ich mit meinem Anliegen nicht mehr hinter dem Berg.

»Sie können nicht zufällig gut zeichnen, oder?«

»Ich? Keinen Strich, nicht mal im Vollrausch. Drück mir ein Geodreieck in die Hand, und ich bin verloren.«

Ich hatte keine Ahnung, wovon die Rede war, und wollte es nicht einmal wissen. Jedenfalls konnte mir mein alter Freund aus der Pension auch nicht helfen. Wieder begann ich nervös die Finger zu kneten und beugte mich über die Balkonbrüstung, um nach Candelaria Ausschau zu halten. Auf der Straße wimmelte es von Menschen, und ich trommelte vor lauter Nervosität unbewusst mit den Absätzen auf den Boden. Da vernahm ich hinter mir die Stimme des alten Republikaners.

»Warum verrätst du mir nicht, was du brauchst, vielleicht kann ich dir helfen?«

Ich drehte mich um.

»Ich brauche jemanden, der gut zeichnen kann, damit er mir ein paar Modelle aus einer Zeitschrift kopiert.«

»Geh doch in die Schule von Bertuchi.«

»Von wem?«

»Von Bertuchi, dem Maler.« Mein Gesichtsausdruck verriet ihm, dass mir der Name absolut nichts sagte. »Aber, Mädchen, du bist seit drei Monaten in Tetuán und weißt nicht, wer Meister Bertuchi ist? Mariano Bertuchi, der große Maler von Spanisch-Marokko.«

Weder wusste ich, wer jener Bertuchi war, noch interessierte er mich. Alles, was ich wollte, war eine möglichst schnelle Lösung für mein Problem.

»Und er wird mir die Zeichnungen anfertigen können, die ich brauche?«, fragte ich ungeduldig.

Don Anselmo brach in schallendes Lachen aus, das in einen heftigen Hustenanfall überging. Die drei Päckchen Toledos, die er täglich rauchte, hinterließen unüberhörbar ihre Spuren.

»Wo denkst du hin, Sira, meine Kleine. Bertuchi gibt sich doch nicht mit deinen Modezeichnungen ab. Don Mariano ist ein Künstler, ein Mann, der nur für seine Malerei lebt, der sich dafür einsetzt, dass die traditionelle Kunst dieses Landes nicht in Vergessenheit gerät und Marokko über seine Grenzen hinaus bekannt wird, doch er ist kein Auftragskünstler. Aber du findest in seiner Schule sicher eine Menge Leute, die dir behilflich sein können, junge Maler, die wenig zu tun haben, junge Frauen und Männer, die bei ihm Unterricht nehmen.«

»Und wo ist diese Schule?«, fragte ich, während ich mir schon den Hut aufsetzte und eilig nach meiner Handtasche griff.

»Gleich bei der Puerta de la Reina.«

Mein verwirrter Gesichtsausdruck hatte wohl wieder sein Mitgefühl erregt, denn nachdem er noch einmal heiser aufgelacht und sich von dem darauf folgenden Hustenanfall erholt hatte, erhob er sich mühsam aus dem Sessel und meinte:

»Los, gehen wir, ich begleite dich.«

Wir ließen die Calle Luneta hinter uns und betraten die Mellah, das jüdische Viertel, in dessen engen, sauberen Gassen ich mich an mein zielloses Herumirren in jener Nacht erinnerte, als ich mit den Pistolen unterwegs war. Nun, bei Tageslicht, wo die kleinen Geschäfte und Wechselstuben geöffnet hatten, sah jedoch alles ganz anders aus. Dann gelangten wir in die Medina, in die maurische Altstadt mit ihrem Labyrinth an Gassen, in denen ich mich noch immer kaum zurechtfand. Trotz meiner hohen Absätze und des engen Rockes wollte ich auf dem buckeligen Straßenpflaster schnell vorankommen. Doch das Alter und der Husten hinderten Don Anselmo daran, mit mir Schritt zu halten. Das Alter, der Husten und sein unaufhörlicher Monolog über die Farbgebung und das Licht bei Bertuchis Bildern, über seine Ölgemälde, Aquarelle und Federzeichnungen, über das Engagement des Malers als Förderer der Schule für traditionelle Volkskunst und den Vorbereitungskurs für die Kunstakademie.

»Hast du von Tetuán aus schon mal einen Brief nach Spanien geschickt?«, fragte mein Begleiter.

Natürlich hatte ich meiner Mutter Briefe geschickt. Ich bezweifelte jedoch sehr, ob sie angesichts der momentanen Umstände ihr Ziel in Madrid überhaupt erreicht hatten.

»Nun, fast alle Briefmarken des Protektorats tragen Zeichnungen von ihm. Bilder der Felseninsel Al-Hoceima, von Alcazarquivir, Chaouen, Larache und Tetuán. Landschaften, Menschen, Szenen aus dem Alltagsleben – er kann mit seinem Pinsel alles darstellen.«

Wir gingen weiter, er plaudernd, ich mit möglichst raschem Schritt und zuhörend.

»Und die Werbeplakate zur Förderung des Tourismus, kennst du die auch nicht? Ich glaube nicht, dass es in der unheilvollen Zeit, in der wir leben, viele Leute zu einer Vergnügungsreise nach Marokko zieht, doch Bertuchis Kunst hat jahrelang dafür gesorgt, dass sich hierzulande der Wohlstand ausbreiten konnte.«

Ich wusste, welche Plakate er meinte, sie hingen an vielen Stellen, ich sah sie täglich. Drucke von Tetuán, Ketama, Arcila und anderen Orten der Region. Und als Bildunterschrift *»Protectorado Español de Marruecos«*. Es sollte nicht mehr lange dauern, bis Spanisch-Marokko andere Namen bekam.

Wir mussten eine ganze Weile laufen, bis wir unser Ziel erreichten, und auf diesem Fußmarsch immer wieder ausweichen, Menschen und Marktschreiern, Ziegen und Kindern, Leuten in europäischer Kleidung und mit Dschellaba, feilschenden Käufern, verhüllten Frauen, Hunden und Pfützen, Hühnern, immer umweht vom Duft nach Koriander und Minze, nach frischem Brot in Lehmöfen und Olivenpaste – kurz und gut, dem prallen Leben. Die Schule befand sich am Rande der Stadt in einem Gebäude, das zu einer alten, über der Stadtmauer aufragenden Festung gehörte. Es war recht ruhig dort, junge Menschen gingen hinein oder kamen heraus, einige allein, andere plaudernd in Grüppchen, manche mit großen Mappen unter dem Arm.

»Wir sind da. Ich lasse dich jetzt allein und nutze den Spaziergang, um mit ein paar Freunden, die in der Suica leben, ein Gläschen Wein zu trinken. In letzter Zeit komme ich kaum noch vor die Tür, deshalb sollte sich mein Ausflug lohnen.«

»Und wie komme ich wieder zurück?«, fragte ich verunsichert. Ich hatte überhaupt nicht darauf geachtet, wo wir links oder rechts gegangen waren, da ich gedacht hatte, Don Anselmo würde mich auch auf dem Rückweg begleiten.

»Mach dir keine Gedanken, jeder der Burschen da drinnen wird dir mit Freuden helfen. Viel Glück mit deinen Zeichnungen. Du wirst mir ja später erzählen, wie es dir ergangen ist.«

Ich dankte ihm für seine Begleitung, schritt die Eingangsstufen hinauf und betrat das Gebäude. Mit einem Mal spürte ich von allen Seiten Blicke auf mir ruhen. Vermutlich war es in jener Zeit nicht gerade alltäglich, dass Frauen wie ich sich dort sehen ließen. Mitten in der Eingangshalle blieb ich stehen. Ich fühlte mich unbehaglich, verloren, wusste weder, was ich nun tun, noch wen ich fragen sollte. Doch ehe ich mir den nächsten Schritt überlegen konnte, vernahm ich hinter mir eine Stimme.

»Na so was, meine schöne Nachbarin!«

Ich hatte nicht die leiseste Ahnung, wer mich so ansprechen könnte, und als ich mich umdrehte, stand vor mir der junge Mann, der mit seiner Mutter in der Wohnung gegenüber lebte. In voller Lebensgröße, dieses Mal aber allein. Mit etlichen Kilo Übergewicht und wesentlich weniger Haaren, als seinem Alter entsprochen hätte, denn er war vermutlich noch keine dreißig. Ich dankte ihm und hätte nicht gewusst, was ich weiter sagen sollte, doch er ließ mich ohnehin nicht zu Wort kommen.

»Sie sehen ein bisschen verloren aus. Kann ich Ihnen helfen?«

Es war das erste Mal, dass er mich ansprach. Wir waren uns zwar seit meinem Einzug mehrere Male begegnet, doch befand er sich stets in Begleitung seiner Mutter. Und bei diesen Gelegenheiten war keinem von uns dreien mehr über die Lippen gekommen als ein höflich hingemurmeltes »Guten Tag«. Ich kannte ihre Stimmen jedoch auch von einer anderen, wesentlich unfreundlicheren Seite: Fast jeden Abend hörte ich, wie Mutter und Sohn sich bis spät in die Nacht heftige und lautstarke Diskussionen lieferten. Ich beschloss, ehrlich zu ihm zu sein. Weder hatte ich eine Ausrede parat noch wäre mir auf die Schnelle eine eingefallen.

»Ich suche jemanden, der mir ein paar Zeichnungen anfertigt.«

»Darf man wissen, welcher Art?«

Sein Ton war nicht anmaßend, nur neugierig. Neugierig, direkt und ein bisschen manieriert. Allein wirkte er wesentlich lockerer als in Gegenwart seiner Mutter.

»Ich habe ein paar Fotografien, die schon einige Jahre alt sind, und von der Kleidung bräuchte ich eine Modezeichnung. Wie Sie sicher schon wissen, bin ich Schneiderin. Sie sind für ein Modell gedacht, das ich für eine Kundin anfertigen soll. Zuvor muss ich ihr aber den Entwurf zeigen und sie fragen, ob sie damit einverstanden ist.«

»Haben Sie die Fotografien dabei?«

Ich nickte zustimmend.

»Darf ich einen Blick darauf werfen? Vielleicht kann ich Ihnen helfen.«

Ich sah mich um. Es waren nicht allzu viele Leute in der Nähe, aber doch genug, dass mir nicht wohl dabei war, die herausgeschnittenen Zeitungsseiten in aller Öffentlichkeit herzuzeigen. Ich musste gar nichts sagen, er spürte wohl meine Befangenheit.

»Wollen wir hinausgehen?«

Als wir auf der Straße standen, zog ich die vergilbten Seiten aus meiner Handtasche. Ich hielt sie ihm wortlos hin, und er betrachtete sie aufmerksam.

»Schiaparelli, die Muse der Surrealisten, wie interessant. Ich bin fasziniert vom Surrealismus, Sie nicht?«

Ich hatte nicht die leiseste Ahnung, wovon er sprach, und außerdem brannte mir mein Problem auf den Nägeln, sodass ich gar nicht auf seine Frage einging, sondern wieder auf die Zeichnungen zu sprechen kam.

»Wissen Sie jemanden, der mir so etwas anfertigen könnte?«

Er sah mich mit seinen kurzsichtigen Augen hinter den dicken Brillengläsern an und verzog den Mund zu einem Lächeln.

»Ich denke, ich kann Ihnen helfen.«

Noch am selben Abend brachte er mir die Entwurfszeichnungen. Ich hatte nicht erwartet, dass er sie so schnell machen würde. Ich war bereits im Begriff, den Tag zu beschließen, hatte schon mein Nachthemd angezogen und den langen Morgenmantel aus Samt, den ich mir genäht hatte, um die Zeit während der leeren Tage, als ich auf Kundschaft wartete, irgendwie totzuschlagen. Ich hatte mein Abendessen gerade beendet, im Salon stand noch das Tablett mit den Resten meines frugalen Mahls: Weintrauben, ein Stück Käse, ein Glas Milch, ein paar Kekse. Es war vollkommen still, die ganze Wohnung lag im Dunkeln bis auf eine Stehlampe in einer Ecke, die ich eingeschaltet hatte. Ich wunderte mich, dass um diese Zeit – es war fast elf Uhr nachts – noch jemand bei mir läutete, und so lief ich ebenso neugierig wie erschrocken zur Tür, um durch den Spion zu schauen. Als ich sah, wer es war, schob ich den Riegel zurück und öffnete.

»Guten Abend, meine Liebe. Ich hoffe, ich störe nicht.«

»Nein, nein, ich war noch auf.«

»Ich bringe Ihnen ein paar Dinge«, verkündete er und ließ mich ein Stück von den Karten aus feiner Pappe sehen, die er hinter dem Rücken versteckt hielt.

Doch anstatt sie mir zu geben, wartete er meine Reaktion ab. Ich zögerte einige Sekunden, ehe ich ihn zu dieser unpassenden Stunde einzutreten bat. Er verharrte unterdessen gleichmütig und mit einem scheinbar harmlosen Lächeln im Gesicht an der Tür, ohne mich einen Blick auf seine Arbeit werfen zu lassen.

Die Botschaft kam an. Ich würde keinen Zentimeter zu sehen bekommen, ehe ich ihn nicht in meine Wohnung gebeten hatte.

»Bitte treten Sie ein«, sagte ich schließlich.

»Danke, danke«, säuselte er, und es war ihm deutlich anzumerken, wie sehr es ihn befriedigte, sein Ziel erreicht zu haben. Er kam in Hemd und Straßenhose mit einer Hausjacke darüber. Und natürlich seiner Brille. Und mit seiner leicht affektierten Gestik.

Er sah sich mit dreister Neugier in der Diele um und ging dann in den Salon, ohne dass ich ihn dazu aufgefordert hätte.

»Ihre Wohnung gefällt mir sehr. Sie ist sehr elegant, sehr *chic*.«

»Danke, ich bin noch dabei, mich einzurichten. Könnten Sie mir jetzt bitte zeigen, was Sie mir bringen?«

Mehr Worte brauchte es nicht, um meinem Nachbarn zu signalisieren, dass ich ihn nicht um diese Uhrzeit hereingebeten hatte, um mit ihm über Einrichtungsfragen zu diskutieren.

»Hier haben Sie Ihre Sachen«, erwiderte er und reichte mir endlich die drei Karten, die er bislang hinter dem Rücken verborgen gehalten hatte.

Sie zeigten, mit Blei- und Pastellstift gezeichnet, aus unterschiedlichen Blickwinkeln und in verschiedenen Posen ein auf wenige Striche reduziertes Mannequin in dem sonderbaren Rock, der keiner war. Mein Gesicht musste sofort verraten haben, wie angetan ich war.

»Ich nehme an, die Zeichnungen gefallen Ihnen«, sagte er sichtlich stolz.

»Sie gefallen mir sogar sehr.«

»Sie behalten sie also?«

»Natürlich. Sie haben mir wirklich sehr geholfen, was bin ich Ihnen schuldig?«

»Ein Dankeschön, mehr nicht. Nehmen Sie es als Willkommensgeschenk. Mamá sagt immer, man muss sich mit den Nachbarn gut stellen, obwohl sie von Ihnen nicht sonderlich angetan ist. Ich glaube, sie findet Sie zu forsch und ein bisschen kokett«, entgegnete er ironisch.

Ich musste lächeln, und einen Moment lang schienen wir auf der gleichen Wellenlänge zu sein. Dieser Moment war mit einem Schlag vorbei, als durch die halb offene Wohnungstür die Stimme seiner Mutter zu uns drang.

»Féééééé-lix!« Sie zog das E in die Länge, als wäre es ein Gummiband. Kaum dass sie die erste Silbe bis zur maximalen Länge gedehnt hatte, kam die zweite wie aus der Pistole geschossen hinterher. »Féééééé-lix!«, wiederholte sie. Worauf mein Nachbar die Augen verdrehte und mit gespielter Verzweiflung bemerkte:

»Sie kann ohne mich nicht leben, die Arme. Ich verschwinde.«

Die durchdringende Stimme der Mutter war ein drittes Mal zu hören.

»Bitte melden Sie sich jederzeit, wenn Sie meine Hilfe brauchen. Es wird mir ein Vergnügen sein, Entwürfe für Sie zu zeichnen, ich bin verrückt nach allem, was aus Paris kommt. Und nun kehre ich in meinen Kerker zurück. Gute Nacht, meine Liebe.«

Nachdem ich die Tür hinter ihm geschlossen hatte, betrachtete ich die Entwurfszeichnungen noch eine ganze Weile. Sie waren wirklich unglaublich gelungen, besser, als ich mir hätte träumen lassen. Auch wenn sie nicht von mir stammten, so ging ich an jenem Abend trotzdem mit einem sehr angenehmen Gefühl zu Bett.

Am nächsten Tag stand ich zeitig auf. Meine Kundin erwartete ich zwar erst um elf Uhr, doch zuvor wollte ich alles perfekt vorbereiten. Jamila war noch nicht vom Markt zurück, musste aber jeden Moment kommen. Um zwanzig vor elf läutete es. Ich dachte, die Deutsche sei zu früh. Ich trug dasselbe rauchblaue Kostüm wie beim ersten Mal, als wäre es eine Art Arbeitsuniform – die pure, schlichte Eleganz. Auf diese Weise konnte ich mein schneiderisches Können zeigen und außerdem verbergen, dass ich kaum Kleidung für den Herbst besaß. Ich war bereits frisiert, perfekt geschminkt und trug die Kette mit der alten silbernen Schere um den Hals. Es fehlte nur noch eine Kleinigkeit: die unsichtbare Maske der tüchtigen Geschäftsfrau. Ich setzte sie in Gedanken schnell auf und öffnete mit gespielter Lockerheit die Tür. Und dann zog es mir schier den Boden unter den Füßen fort.

»Guten Tag, Señorita«, sagte eine altbekannte Stimme und lüftete gleichzeitig den Hut. »Darf ich hereinkommen?«

Ich schluckte.

»Guten Tag, Herr *comisario*. Selbstverständlich, treten Sie ein, bitte.«

Ich führte ihn in den Salon und bat ihn, Platz zu nehmen. Er schlenderte gemächlich auf einen Sessel zu, als wollte er unterdessen das ganze Zimmer in Augenschein nehmen. Er ließ den Blick über die schön gearbeiteten Stuckleisten an der Decke, die Damastvorhänge und den großen Tisch aus Mahagoni wandern, auf dem meine ausländischen Modezeitschriften auslagen. Den schönen alten, eindrucksvollen Kronleuchter, den Candelaria durch weiß Gott welche dunklen Machenschaften besorgt hatte. Ich spürte, wie mein Puls raste und mein Magen sich zusammenkrampfte.

Endlich nahm er Platz. Ich setzte mich ihm in Erwartung dessen, was er zu sagen hatte, schweigend gegenüber, und bemühte mich, meine Nervosität angesichts seines unerwarteten Erscheinens nicht zu zeigen.

»Nun, wie ich sehe, läuft alles bestens bei Ihnen.«

»Ich tue, was ich kann. Ich habe angefangen zu arbeiten und erwarte gerade eine Kundin.«

»Und was genau machen Sie?«, fragte er. Er kannte die Antwort nur zu gut, doch aus irgendeinem Grund wollte er sie von mir selbst hören.

Ich bemühte mich, einen neutralen Ton anzuschlagen. Er sollte mich nicht eingeschüchtert und schuldbewusst erleben, aber genauso wenig wollte ich mich ihm als die überaus selbstsichere und resolute Frau präsentieren, die ich, wie er selbst am besten wusste, gar nicht war.

»Ich nähe. Ich bin Schneiderin«, sagte ich.

Er entgegnete nichts, sondern sah mich nur mit seinen durchdringenden Augen an und wartete darauf, dass ich fortfuhr. Ich saß sehr aufrecht auf der Sofakante, während ich mit meinen Erklärungen fortfuhr, und verzichtete auf jede Beigabe aus dem Inventar an eleganten Posen, die ich für meine neue Persönlichkeit einstudiert hatte. Kein elegantes Überkreuzen der Beine. Kein anmutiges Zurückwerfen der Haare. Nicht das leiseste Augenzwinkern. Haltung und Gelassenheit waren das Einzige, um das ich mich nach Kräften bemühte.

»Ich habe schon in Madrid genäht, mein halbes Leben habe ich mit Nadel und Faden in der Hand verbracht. Ich habe bei einer sehr angesehenen Schneiderin gearbeitet, meine Mutter war ihre Angestellte. Ich habe dort viel gelernt. Es war ein ausgezeichnetes Modeatelier, und wir nähten für die Damen der besseren Gesellschaft.«

»Ich verstehe. Ein sehr ehrenwerter Beruf. Und für wen arbeiten Sie jetzt, wenn man das erfahren darf?«

Ich musste wieder schlucken.

»Für niemanden. Ich bin mein eigener Chef.«

Er zog die Augenbrauen hoch, als wäre er sehr erstaunt.

»Und wie haben Sie es geschafft, dieses Atelier ganz allein einzurichten, wenn man fragen darf?«

Comisario Vázquez konnte sich wie ein Großinquisitor aufführen und knallhart sein, aber vor allem war er ein Gentleman, der seine Fragen äußerst höflich formulierte. Doch in dieser Höflichkeit schwang ein Hauch von Zynismus mit, den er auch gar nicht zu verbergen suchte. Er wirkte wesentlich entspannter als bei seinen Besuchen im Spital. Schade, dass ich nicht mit ebenso gedrechselten Antworten parieren konnte.

»Man hat mir Geld geliehen«, erwiderte ich schlicht.

»Was Sie nicht sagen! So ein Glück!«, bemerkte er ironisch. »Würden Sie mir freundlicherweise verraten, wer Ihnen so großzügig unter die Arme gegriffen hat?«

Zuerst dachte ich, ich könnte es nicht sagen, aber dann kam mir die Antwort einfach so über die Lippen. Prompt und ohne jedes Zögern.

»Candelaria.«

»Candelaria die Schmugglerin?«, fragte er mit einem schiefen, ebenso sarkastischen wie ungläubigen Lächeln nach.

»Genau die, ja, Herr *comisario.*«

»Nun gut, sehr interessant. Ich wusste nicht, dass krumme Geschäfte heutzutage so viel einbringen.«

Wieder sah er mich mit diesem bohrenden Blick an, und in diesem Augenblick wusste ich, dass meine Zukunft – mein Überleben beziehungsweise mein Ruin – sich gerade exakt in der Schwebe befand. Wie bei einer in die Luft geworfenen Münze, die mit fünfzigprozentiger Wahrscheinlichkeit entweder Kopf oder Zahl zeigt. Wie bei einem ungeschickten Akrobaten auf dem Drahtseil, der ebenso gut jeden Moment abstürzen oder sich weiter anmutig in luftiger Höhe bewegen kann. Wie bei einem Tennisball, den das von meinem Nachbarn gezeichnete Modell, eine grazile, in Schiaparelli gekleidete Spielerin, geschlagen hat: ein Ball, der nicht ins gegnerische Feld geht, sondern einige endlos lange Sekunden auf der Netzkante balanciert, ehe er auf die eine oder andere Seite fällt, als wäre er im Zweifel, ob er der glamourösen, in Pastelltönen skizzierten Tennisspielerin den Punkt oder ihrer anonymen Gegnerin schenken soll. Auf der einen Seite die Rettung, auf der anderen der Ruin, und ich genau dazwischen. So fühlte ich mich an jenem Herbstmorgen, als ich *comisario* Vázquez gegenübersaß, dessen Besuch meine schlimmsten Befürchtungen bestätigte. Ich schloss die Augen und atmete tief durch. Dann öffnete ich sie wieder und begann zu sprechen.

»Hören Sie, Don Claudio. Sie haben mir geraten zu arbeiten, und genau das tue ich jetzt. Es ist eine seriöse Sache, kein vorübergehender Zeitvertreib und auch keine Tarnung für irgendwelche schmutzigen Geschäfte. Sie sind gut informiert über mich. Sie wissen, warum ich hier bin, was zu meinem Absturz geführt hat und warum ich nicht von hier fort kann. Doch Sie wissen nicht, woher ich komme und wohin ich will, und das möchte ich Ihnen jetzt erzählen, wenn Sie mir eine Minute zuhören. Ich stamme aus einer einfachen Familie, meine ledige Mutter hat mich allein großgezogen. Von der Existenz meines Vaters, jenes Vaters, der mir das Geld und die Schmuckstücke schenkte, denen ich zu einem großen Teil mein Unglück verdanke, wusste ich bis vor einigen Monaten nichts. Ich wusste rein gar nichts von ihm, bis ihn eines Tages plötzlich die Ahnung überkam, man werde ihn aus politischen Gründen umbringen, und als er dann innehielt, um mit seiner Vergangenheit reinen Tisch zu machen, beschloss er, mich als seine Tochter anzuerkennen und mir einen Teil seines Besitzes zu vermachen. Bis zu diesem Tag kannte ich jedoch weder seinen Namen noch verfügte ich über einen einzigen *céntimo* seines Vermögens. Deshalb begann ich schon in jungen Jahren zu arbeiten. Anfangs beschränkten sich meine Pflichten in der Schneiderei darauf, Besorgungen zu machen und für vier *céntimos* den Boden zu fegen. Ich war im gleichen Alter wie diese Mädchen in ihrer taubenblauen Schuluniform, die gerade unten auf der Straße vorbeigegangen sind. Vielleicht war sogar Ihre Tochter dabei, unterwegs zur Schule, in diese Welt der Klosterschwestern, der Schönschrift und der lateinischen Deklination, die ich nie lernen durfte, da es bei uns Zuhause hieß, man müsse einen Beruf erlernen und sich sein Brot verdienen. Aber ich habe es gerne gemacht, glauben Sie mir. Das Nähen machte mir unglaublich viel Spaß, und ich hatte ein gutes Händchen, also lernte ich, strengte mich an, hielt durch und wurde mit der Zeit eine gute Schneiderin. Und wenn ich es eines Tages aufgegeben habe, dann nicht aus einer Laune heraus, sondern weil die Lage in Madrid immer schwieriger wurde. Wegen der Unruhen gingen viele unserer Kundinnen ins Ausland, die Schneiderei musste schließen, und es war keine Arbeit mehr zu bekommen.

Ich habe keinen Ärger gesucht, Herr *comisario*. Alles, was mir im letzten Jahr zugestoßen ist, all diese Straftaten, in die ich angeblich verwickelt bin, habe nicht ich willentlich verschuldet, wie Sie sehr gut wissen, sondern es hat sie ein Schuft zu verantworten, der eines gar nicht schönen Tages meinen Weg kreuzte. Sie können sich gar nicht vorstellen, was ich darum geben würde, wenn ich die Stunde, in der ich diesem Kerl begegnet bin, aus meinem Leben tilgen könnte, doch es gibt kein Zurück, und seine Probleme sind jetzt die meinen. Und ich weiß, dass ich sie, wie auch immer, bewältigen muss, und ich übernehme die Verantwortung dafür. Doch ich kann es nur mit Nähen schaffen, etwas anderes habe ich nicht gelernt. Wenn Sie mir diese Tür versperren, versperren Sie mir alle Möglichkeiten, denn etwas anderes habe ich nicht gelernt. Ich habe es ehrlich versucht, aber niemand will mich einstellen, weil ich sonst nichts kann. Deshalb bitte ich Sie um einen Gefallen, nur um einen einzigen: Lassen Sie mich mit diesem Modeatelier weitermachen, überwachen Sie mich nicht mehr. Vertrauen Sie mir, richten Sie mich nicht zugrunde. Die Miete für diese Wohnung und alle Möbel, die darin stehen, alles ist bis zur letzten Pesete bezahlt. Ich habe niemanden dafür betrogen und nirgendwo Schulden gemacht. Das Einzige, was dieses Geschäft braucht, ist eine Person, die es mit Engagement betreibt, und das werde ich tun. Ich bin bereit, Tag und Nacht dafür zu buckeln. Bitte lassen Sie mich einfach in Ruhe arbeiten, ich werde Ihnen keinerlei Schwierigkeiten machen, ich schwöre es bei meiner Mutter, die das Einzige ist, was ich habe. Sobald ich die Summe beisammenhabe, die ich dem Hotel in Tanger schulde, sobald ich meine Schulden beglichen habe und der Krieg zu Ende ist, werde ich zu ihr nach Madrid zurückkehren, und Sie werden nie mehr von mir hören. Aber bis dahin, Herr *comisario*, verlangen Sie bitte keine Erklärungen mehr von mir, sondern lassen Sie mich einfach machen. Ich bitte Sie nur um eines: Nehmen Sie mir nicht die Luft zum Atmen, ersticken Sie meine Bemühungen nicht im Keim, noch ehe ich richtig begonnen habe, denn wenn Sie das tun, werden Sie nichts gewinnen, ich hingegen alles verlieren.«

Der *comisario* verharrte schweigend, und auch ich sagte kein Wort mehr, beide hielten wir einfach dem Blick des anderen stand. Es war mir wider Erwarten gelungen, mit fester Stimme, ruhig und gelassen meine Erklärung vorzubringen, ohne zusammenzubrechen. Endlich einmal hatte ich alles ausgesprochen, was innerlich schon so lange an mir nagte. Plötzlich fühlte ich mich unsagbar erschöpft. Ich wollte nicht mehr daran denken, dass ein skrupelloser Kerl mich schamlos ausgenutzt hatte, dass ich monatelang in Angst gelebt und mich ständig bedroht gefühlt hatte. Ich hatte es satt, so eine schwere Schuld zu schultern, die mich umhüllte wie der Haik jene armen einheimischen Frauen, die ich oft miteinander auf der Straße gehen sah, schlurfend und gebückt, auf dem Rücken Holzbündel, Dattelbüschel, kleine Kinder, Henkelkrüge aus Ton und Säcke mit Kalk schleppend. Ich hatte es satt, mir Angst einjagen, mich demütigen zu lassen, in diesem fremden Land ein so trauriges Leben zu führen. Müde, überdrüssig, erschöpft, leer – und dennoch entschlossen, mir mit Zähnen und Klauen ein besseres Leben zu erkämpfen.

Es war der *comisario*, der schließlich das Schweigen brach. Doch zuerst stand er auf, ich tat es ihm nach und strich mir sorgfältig den Rock glatt. Er griff nach seinem Hut und drehte ihn ein paar Mal in den Händen. Es war nicht mehr der weiche, biegsame, sommerliche Hut, den er vor einigen Monaten getragen hatte, sondern ein dunkler Borsalino für den Winter, ein schokoladenbrauner Filzhut von guter Qualität, den er zwischen den Fingern drehte, als hätte er den Schlüssel zu seinen Gedanken in Händen. Dann hielt er inne und begann zu sprechen.

»Einverstanden. Ich will Ihrer Bitte entsprechen. Falls nicht jemand mit eindeutigen Beweisen zu mir kommt, werde ich nicht weiteruntersuchen, wie Sie zu dieser Wohnung und den schönen Möbeln gekommen sind. Von jetzt an lasse ich Sie arbeiten und Ihr Geschäft voranbringen. Ich werde Sie in Ruhe lassen. Mal sehen, ob wir Glück haben und dadurch beide unsere Probleme loswerden.«

Das war alles, was er sagte, und er erwartete auch keine Antwort von mir. Kaum hatte er die letzte Silbe ausgesprochen, hob er als Geste des Abschieds kurz sein Kinn und begab sich zur Tür. Fünf Minuten später traf Señora Heinz ein. Was mir in der kurzen Zeit zwischen diesen beiden Besuchen durch den Kopf ging, ist meinem Gedächtnis entfallen. Ich erinnere mich nur daran, dass ich mich fühlte, als wäre mir ein sehr, sehr großer Stein vom Herzen gefallen, als die Deutsche läutete und ich zur Tür ging, um ihr zu öffnen.

Zweiter Teil

16

Im Laufe des Herbstes kamen mehr Kundinnen, meist betuchte Ausländerinnen. Meine Geschäftspartnerin, die Schmugglerin, hatte recht gehabt mit ihrer Prophezeiung. Mehrere Deutsche. Die eine oder andere Italienerin. Auch einige Spanierinnen, fast nur Gattinnen von Unternehmern, denn wegen des Aufstands war die finanzielle Lage bei den Verwaltungsbeamten und Offizieren angespannt. Die eine oder andere sephardische Jüdin, reich und schön, mit ihrem weichen, altertümlichen Spanisch, dem Haketía, das eine besondere Satzmelodie besaß.

Allmählich begann mein Geschäft zu florieren, es sprach sich herum. Geld kam herein: Peseten aus Burgos, der Basis der Nationalisten während des Bürgerkriegs, französische Francs und marokkanische *duros hassani*. Ich bewahrte alles in einer kleinen, doppelt und dreifach abschließbaren Geldkassette in der zweiten Schublade meines Nachttischchens auf. Am Letzten jeden Monats übergab ich die gesamte Summe an Candelaria. Es dauerte nicht länger als ein Amen in der Kirche, und die Schmugglerin hatte sich eine Handvoll Pesetenscheine für die laufenden Ausgaben genommen und die restlichen zu einer kompakten Rolle gebündelt, die sie flugs zwischen ihren mächtigen Brüsten verschwinden ließ. Den Monatsverdienst sicher in dem warmen Versteck verwahrt, machte sie sich bei den Juden eilig auf die Suche nach jemandem, der ihr das Geld umtauschte und ihr dabei den besten Wechselkurs bot. Wenig später kehrte sie außer Atem in die Pension zurück, nun mit einem an der gleichen Stelle verstauten Bündel zusammengerollter Pfund-Sterling-Scheine. Sie keuchte, da sie so eiligen Schrittes gegangen war, und holte dann die Beute zwischen ihrem Busen hervor. »Sicher ist sicher, meine Kleine, denn am schlausten sind für mich die Engländer. Francos Peseten stecken wir auf keinen Fall in den Sparstrumpf. Am Ende verlieren die Nationalisten noch den Krieg, und dann können wir uns damit nicht einmal den Hintern abwischen.« Sie teilte das Geld gerecht auf: »Eine Hälfte für mich, die andere für dich. Möge es uns nie daran mangeln, Herzchen.«

Ich gewöhnte mich daran, allein zu leben. Für mich selbst und das Atelier verantwortlich zu sein. Arbeit hatte ich reichlich, Ablenkung wenig. Ich bewältigte das Auftragsvolumen allein, ohne jede Unterstützung, und so war ich ununterbrochen mit Nadel, Faden und Schere, mit Fantasie und Bügeleisen zugange. Hin und wieder verließ ich das Haus, um Stoff einzukaufen, Knöpfe beziehen zu lassen, Garn, Haken und Ösen zu besorgen. Dafür nutzte ich vor allem den Freitag. Dann ging ich zur nahen Plaza de España – dem Feddán, wie die Marokkaner sagten –, um zu sehen, wie der Kalif auf einem Schimmel, von einem grünen Sonnenschirm beschattet, seinen Palast verließ und zur Moschee ritt, umgeben von Soldaten in prächtigen Uniformen: ein eindrucksvolles Schauspiel. Anschließend spazierte ich die neuerdings Calle del Generalísimo genannte Straße hinunter bis zum Muley-el-Mehdi-Platz mit der Kirche Nuestra Señora de las Victorias und der katholischen Mission, in der sich schwarz gekleidete Menschen drängten, die für die Gefallenen beteten.

Der Krieg: so fern und doch so gegenwärtig. Von der anderen Seite der Meerenge gelangten Nachrichten über den Seeweg zu uns, durch Zeitungen und mündliche Überlieferung. Auf den Landkarten, die zu Hause an der Wand hingen, markierten die Leute mit verschiedenfarbigen Stecknadeln den Vormarsch der Truppen. Auch ich informierte mich in der Einsamkeit meiner Wohnung über die Ereignisse in meiner Heimat. Der einzige Luxus, den ich mir in jenen Monaten gestattete, war der Kauf eines Radioapparates. Dank ihm erfuhr ich, dass sich die republikanische Regierung lange vor Weihnachten nach Valencia zurückgezogen und die Verteidigung Madrids dem Volk überlassen hatte. Die

Internationalen Brigaden eilten den Republikanern zu Hilfe, Hitler und Mussolini erkannten Franco als rechtmäßigen Staatschef an, José Antonio Primo de Rivera wurde im Gefängnis von Alicante erschossen, ich hatte hundertachtzig Pfund Sterling zusammengespart, bald war Weihnachten.

Meinen ersten Heiligabend in Nordafrika verbrachte ich in der Pension. Ich hätte die Einladung zwar gerne abgelehnt, doch die Hauswirtin überzeugte mich wieder einmal mit einer Vehemenz, die keine Widerrede zuließ.

»Du kommst zum Abendessen in die Calle Luneta und Schluss. Solange es bei Candelaria noch einen Platz am Tisch gibt, verbringt niemand Weihnachten allein.«

Ich konnte nicht Nein sagen, aber es kostete mich große Überwindung. Je näher die Festtage rückten, desto mehr drang Traurigkeit wie kalte Luft durch jede Ritze, bis das ganze Atelier von Schwermut erfüllt war. Wie mochte es meiner Mutter gehen? Wie ertrug sie es, nicht zu wissen, wie es mir ging? Wie schaffte sie es, sich in jener furchtbaren Zeit über Wasser zu halten? Diese Fragen, auf die ich keine Antwort fand, gingen mir ständig durch den Kopf und ließen mich von Tag zu Tag unruhiger werden. Die Umgebung trug wenig dazu bei, sich seinen Optimismus zu bewahren: nur wenig Vorfreude auf die Feiertage war zu spüren, obwohl die Geschäfte ein bisschen geschmückt waren, die Menschen sich gegenseitig frohe Weihnachten wünschten und die Kinder aus den Nachbarwohnungen Weihnachtslieder trällerten, wenn sie die Treppe hinuntersprangen. Das Wissen um die schrecklichen Ereignisse in Spanien lastete so schwer auf der Seele, dass eigentlich niemand in Feierstimmung war.

Kurz nach acht Uhr abends traf ich in der Pension ein. Unterwegs war ich kaum einem Menschen begegnet. Candelaria hatte zwei Puten gebraten – mit den ersten Einnahmen aus dem neuen Geschäft hatte ein gewisser Wohlstand in ihrer Speisekammer Einzug gehalten. Mitgebracht hatte ich zwei Flaschen Perlwein und einen Käselaib aus Holland, den ich für teures Geld in Tanger besorgt hatte. Ich fand die Pensionsgäste zermürbt, verbittert und zutiefst traurig vor. Die Hausherrin bemühte sich nach Kräften, die Stimmung der Gemeinde zu heben, indem sie lauthals und mit hochgekrempelten Ärmeln sang, während sie das Abendessen fertig zubereitete.

»Hier bin ich, Candelaria«, verkündete ich beim Betreten der Küche.

Sie hörte auf zu singen, und die Hand, mit der sie in der Kasserolle rührte, hielt inne.

»Ja, was ist denn mit dir los, wenn man fragen darf? Du machst ein Gesicht, als wollte man dich zur Schlachtbank schleifen!«

»Nichts, was soll schon sein?«, erwiderte ich und wich ihrem Blick aus. Stattdessen sah ich mich nach einem Platz um, wo ich die Flaschen abstellen konnte.

Sie wischte sich die Hände an einem Lappen ab, packte mich am Arm und zwang mich auf diese Weise, mich zu ihr umzudrehen.

»Mir machst du nichts vor, Mädchen. Es ist wegen deiner Mutter, oder?«

Ich sah sie weder an noch gab ich eine Antwort.

»Das erste Weihnachten allein, ohne die Familie, ist wirklich jämmerlich, aber da hilft alles nichts, meine Kleine. Ich weiß noch gut, wie es bei mir zu Hause war, und wir waren wirklich bettelarm und haben fast den ganzen Abend Flamenco getanzt, dazu gesungen und den Rhythmus geklatscht, denn zum Futtern gab es ja kaum etwas. Trotz allem, Blut ist dicker als Wasser, auch wenn es in deiner Familie nicht mehr zu verteilen gab als Mühen und Sorgen.«

Ich mied ihren Blick nach wie vor und tat, als wäre ich ganz damit beschäftigt, auf dem voll zugestellten Tisch einen Platz für meine zwei Weinflaschen zu finden. Ein Mörser stand da, ein Topf mit Suppe und eine Schüssel mit Vanillecreme. Eine Platte voller Oliven, drei Knoblauchknollen, ein Lorbeerzweig. Candelaria redete weiter, verständnisvoll und überzeugend.

»Aber die Zeit heilt alle Wunden, du wirst sehen. Deiner Mutter geht es bestimmt gut, sie isst heute bei den Nachbarn zu Abend, und auch wenn sie an dich denkt und dich vermisst, so wird sie doch froh sein, dass wenigstens du nicht mehr in Madrid bist, sondern weit fort vom Krieg.«

Vielleicht hatte Candelaria recht, und meine Mutter fand es tatsächlich eher tröstlich als schmerzlich, dass ich nicht bei ihr war. Vielleicht glaubte sie mich noch mit Ramiro in Tanger, vielleicht stellte sie sich vor, dass wir an Heiligabend in einem Luxushotel speisten, umgeben von Ausländern, die zwischen den einzelnen Gängen unbekümmert das Tanzbein schwangen und von dem Leid jenseits der Meerenge nichts wussten. Ich hatte sie zwar in einem Brief über meine derzeitigen Lebensumstände informiert, doch jeder wusste, dass die Post aus Marokko nicht nach Madrid durchkam, dass die Briefe Tetuán wahrscheinlich gar nicht verlassen hatten.

»Vielleicht haben Sie recht«, murmelte ich vor mich hin. Noch immer hielt ich die Weinflaschen in der Hand, während ich auf den Tisch starrte, ohne einen Platz für sie zu finden. Candelaria anzusehen fehlte mir der Mut, denn ich fürchtete, die Tränen nicht mehr zurückhalten zu können.

»Aber gewiss doch, Mädchen, mach dir deswegen keinen Kopf. Sosehr deine Abwesenheit sie schmerzen mag: Das Wissen, dass ihre Tochter weit weg ist von Bomben und Maschinengewehren, ist Grund genug, um zufrieden zu sein. Also, sei fröhlich!«, rief sie und riss mir eine der Flaschen aus der Hand. »Gleich werden wir in Stimmung kommen, wirst schon sehen, Herzchen.« Sie entkorkte die Flasche, reckte sie in die Luft und rief: »Auf die Mutter, die dich geboren hat!« Ehe ich antworten konnte, hatte sie schon einen kräftigen Schluck genommen. »Und jetzt du«, befahl sie mir und wischte sich mit dem Handrücken den Mund ab. Ich hatte überhaupt keine Lust auf Wein, doch ich gehorchte. Und trank auf das Wohl von Dolores. Für sie hätte ich alles getan.

Wir begannen zu essen, und obwohl Candelaria sich bemühte, eine fröhliche Stimmung zu verbreiten, sagten die anderen kaum etwas. Nicht einmal einen Streit wollte jemand anzetteln. Der alte Lehrer hustete, dass ihm schier die Brust zersprang, und die vertrockneten ältlichen Schwestern, die noch dünner geworden zu sein schienen, weinten ein wenig. Die Matrone seufzte schwer und zog den Rotz hoch. Ihrem vergötterten Söhnchen Paquito stieg der Wein zu Kopf, er erzählte dumme Sachen, der Postbeamte gab ihm schlagfertig heraus, und endlich lachten alle. Da stand die Pensionswirtin auf und erhob ihr Glas, das schon einen Sprung hatte, auf das Wohl aller: auf die Anwesenden und auf die Abwesenden. Wir umarmten uns, weinten, und für diesen einen Abend herrschte Einigkeit, denn wir waren eins: ein Häufchen unglücklicher Seelen.

Die ersten Monate des neuen Jahres brachten viel Arbeit und sonst nichts. Mein Nachbar Félix Aranda wurde in dieser Zeit zu einem festen Bestandteil meines Alltags. Abgesehen von der Tatsache, dass unsere Wohnungen gegenüberlagen, entwickelte sich zwischen uns auch eine Nähe anderer Art. Seine etwas spezielle Art und der Umstand, dass ich in vielerlei Hinsicht Hilfe benötigte, förderten die Entwicklung einer freundschaftlichen Beziehung zwischen uns, die zu einer denkbar ungünstigen Zeit ihren Anfang nahm, mehrere Jahrzehnte und viele uns noch bevorstehende Wechselfälle des Lebens überdauerte. Nach jenen ersten Skizzen, die mein Problem mit dem Tennisdress aufs Vortrefflichste lösten, ergaben sich für den Sohn von Doña Encarna noch weitere Gelegenheiten, mir helfend zur Hand zu gehen, sodass ich scheinbar unüberwindliche Hindernisse doch leichtfüßig überwand. Anders als bei der Sache mit dem Hosenrock von Schiaparelli hatte die zweite Klippe, die es zu umschiffen galt, nichts mit meinen mangelnden künstlerischen Fähigkeiten zu tun, sondern mit meiner Unwissenheit in finanziellen Belangen. Es begann mit einer kleinen Schwierigkeit, die für jeden Menschen mit einer einigermaßen vernünftigen Schulbildung kein Problem dargestellt hätte. Doch die wenigen Jahre, die ich in der bescheidenen Schule in meinem Madrider Stadtviertel verbracht hatte, reichten dafür nicht aus. Und so sah ich mich eines Nachts gegen elf Uhr – am nächsten Vormittag sollte ich meine erste Schneiderrechnung übergeben – plötzlich mit meiner Unfähigkeit konfrontiert, schriftlich darzustellen, wie viel meine Arbeit wert war.

Es war November. Im Laufe des Nachmittags war der Himmel grau geworden, und bei Einbruch der Dunkelheit begann es heftig zu regnen. Es war das Vorspiel zu einem Unwetter, das vom nahen Mittelmeer heranzog. Ein Unwetter von der Sorte, die Bäume entwurzeln, Stromleitungen herunterreißen und die Menschen, in Decken gehüllt, eine Litanei geflüsterter Stoßgebete an die heilige Barbara schicken lässt. Wenige Stunden vor dem Wetterumschwung hatte Jamila meinen ersten Auftrag ausgeliefert. Die zwei Abendkleider, die zwei Kostüme für den Tag und der Tennisdress für Señora Heinz – meine ersten fünf selbstständigen Arbeiten – waren von den Kleiderbügeln genommen und ein letztes Mal gebügelt, sorgsam in Leinensäcke gelegt und in drei Etappen zu ihrer künftigen Besitzerin gebracht worden. Als Jamila von ihrem letzten Gang zurückkehrte, überbrachte sie mir deren Bitte.

»Señora Heinz sagen Jamila sollen bringen morgen ganz früh Rechnung in deutschem Geld.«

Und für den Fall, dass die Botschaft nicht klar genug übermittelt würde, reichte sie mir einen Umschlag mit einer Karte, auf der die Nachricht schriftlich nachzulesen war. Da setzte ich mich hin und überlegte, wie zum Teufel man eine Rechnung schreibt, und zum ersten Mal konnte mir meine Erinnerung, meine große Verbündete, nicht aus der Patsche helfen. Als ich mein Atelier einrichtete und meine ersten Modelle schneiderte, hatten die in der Zeit bei Doña Manuela gesammelten Eindrücke mir immer wieder geholfen. Die gespeicherten Bilder, die erlernten Fertigkeiten, die in diesen Jahren unzählige Male wiederholten Abläufe und Handgriffe hatten mir bislang die notwendige Inspiration verschafft, um mit meinem Vorhaben voranzukommen. Ich wusste haargenau, wie eine gute Maßschneiderei, die etwas auf sich hielt, funktionierte, ich konnte Maß nehmen, zuschneiden, plissieren, Ärmel ein- und Revers ansetzen, aber sosehr ich auch in meinem Katalog der Fertigkeiten und Erinnerungen kramte, ich fand keine, die mir als Referenz für das Schreiben einer Rechnung hätte dienen können. Als ich noch bei Doña Manuela arbeitete, hatte ich oft Rechnungen in der Hand gehabt, denn ich musste sie den Kundinnen zustellen.

Manchmal kam ich sogar mit dem Rechnungsbetrag in der Tasche zurück. Doch niemals war ich auf die Idee gekommen, einen dieser Umschläge aufzumachen, um mir den Inhalt genau anzusehen.

Mein erster Gedanke war, mich wie immer an Candelaria zu wenden, doch dann sah ich, dass es draußen schon stockfinster war, der Wind einen immer stärker werdenden Regen herrisch vor sich her trieb und unerbittlich Blitze vom Meer hereinzogen. Bei diesem Wetter zu Fuß zur Pension zu laufen, kam mir vor wie ein besonders abschüssiger Weg in Richtung Hölle. Also beschloss ich, das Problem allein zu lösen. Ich holte mir Papier und Bleistift, setzte mich an den Küchentisch und nahm die Aufgabe in Angriff. Eineinhalb Stunden später war ich noch keinen Schritt weiter gekommen. Zig Blätter Papier lagen zerknüllt um mich verstreut, den Bleistift hatte ich schon zum fünften Mal mit einem Messer gespitzt, doch ich wusste immer noch nicht, wie viel die fünfundfünfzig *duros* beziehungsweise zweihundertfünfundsiebzig Peseten, die ich meiner ersten Kundin berechnen wollte, in Reichsmark ausmachten. Und dann, mitten in der Nacht, prasselte etwas mit voller Wucht gegen das Fenster. Vor Schreck sprang ich so hastig auf, dass mein Stuhl umstürzte. Ich sah sofort, dass in der Küche gegenüber noch Licht brannte, und trotz des starken Regens, trotz der späten Stunde erspähte ich dort die rundliche Gestalt meines Nachbarn Félix mit seiner Brille und dem schütteren Kraushaar, wie er den Arm hob, um eine zweite Handvoll Mandeln gegen mein Fenster zu schleudern. Ich öffnete es, um zornig eine Erklärung für sein seltsames Benehmen zu verlangen, doch ehe ich ein Wort sagen konnte, überwand seine Stimme bereits die Kluft, die uns trennte. Der auf die Kacheln des Lichthofs trommelnde Regen übertönte fast seine Stimme, aber seine Botschaft kam dennoch unmissverständlich bei mir an.

»Ich suche Unterschlupf. Ich mag keine Gewitter.«

Ich hätte ihn fragen können, ob er nicht ganz bei Trost sei. Ich hätte sagen können, dass er mich fast zu Tode erschreckt hatte, ihn anbrüllen, beschimpfen und einfach wieder das Fenster zumachen können. Doch ich tat nichts von alledem, denn im selben Moment ging mir ein Licht auf – vielleicht konnte mir dieser sonderbare Hilferuf ja sogar von Nutzen sein.

»Du kannst kommen, wenn du mir hilfst«, rief ich hinüber und duzte ihn gedankenlos.

»Geh die Tür öffnen, ich bin in einer Sekunde da.«

Natürlich wusste mein Nachbar, dass zweihundertfünfundsiebzig Peseten zum gegenwärtigen Kurs zwölf Reichsmark fünfzig entsprachen. Und natürlich war ihm auch bekannt, dass man eine anständige Rechnung nicht mit Bleistift auf einem Blatt billigen Papiers ausschreibt. Also ging er noch einmal in seine Wohnung hinüber und kehrte unverzüglich mit mehreren Bogen elfenbeinfarbenen englischen Papiers und einem Federhalter von Waterman zurück, mit dem sich in dunkelvioletter Tinte die schönste Schönschrift schreiben ließ. Dann entfaltete er sein ganzes Geschick – und das war nicht gerade wenig – und sein nicht minder großes künstlerisches Talent, und in nicht einmal einer halben Stunde hatte er im Pyjama und unter Donnergrollen nicht nur die eleganteste Rechnung verfasst, die sich die europäischen Schneiderinnen in ganz Nordafrika hätten träumen lassen, sondern meinem Atelier auch noch einen Namen gegeben: *Chez Sirah* war geboren.

Félix Aranda war ein eigenartiger Mann. Witzig, fantasievoll und gebildet, ja. Und neugierig, und ein kleiner Schnüffler. Eine Spur exzentrisch, und auch ein bisschen impertinent. Die nächtliche Wanderung von seiner zu meiner Wohnung wurde zu einem festen Ritual. Nicht jeden Tag, aber doch regelmäßig. Manchmal vergingen drei oder vier Tage, ohne dass wir uns sahen, manchmal kam er fünf Abende hintereinander. Oder sechs. Oder sogar sieben. Die Häufigkeit seiner Besuche hing von etwas ab, das nichts mit uns zu tun hatte – davon nämlich, wie betrunken seine Mutter war. Was für eine seltsame Beziehung, was für ein düsteres Familienleben wurde in der Wohnung gegenüber geführt. Seit dem Tod des Gatten und Vaters vor einigen Jahren lebten Félix und Doña Encarna scheinbar in schönster Harmonie zusammen. Gemeinsam machten sie jeden Abend zwischen sechs und sieben Uhr einen Spaziergang, gemeinsam wohnten sie Messen und Andachten bei. Ihre Medikamente holten sie beim Apotheker Benatar, sie grüßten ihnen bekannte Personen höflich und gönnten sich nachmittags im La Campana Blätterteiggebäck. Er immer um sie besorgt, der liebevolle, ganz auf sie eingestellte Beschützer: Pass auf, Mamá, dass du nicht stolperst, hier entlang, Mamá, sachte, sachte. Und sie ließ voller Stolz alle Welt wissen, wie außerordentlich begabt ihr Sohn doch war: Mein Félix sagt, mein Félix macht, mein Félix meint, ach, mein Félix, was würde ich nur ohne ihn tun.

Doch der zuvorkommende Sprössling und die alte Glucke verwandelten sich in zwei kleine Ungeheuer, sobald sie unter sich waren. Kaum hatten sie die Schwelle zu ihrer Wohnung überschritten, zog die Frau Mamá sich die Uniform der Tyrannin über und griff zu ihrer unsichtbaren Peitsche, um den Sohn bis zum Äußersten zu demütigen. Kratz mich am Bein, Félix, mich juckt es an der Wade. Nicht da, weiter oben, du bist doch zu nichts zu gebrauchen. Warum habe ich eine Missgeburt wie dich zur Welt bringen müssen? Zieh die Tischdecke zurecht, sie hängt schief. Nicht so, jetzt ist es noch schlimmer. Leg sie wieder so hin wie zuvor, du verdirbst wirklich alles, was du anfängst, du Holzkopf. Warum habe ich dich nicht gleich nach der Geburt im Findelhaus abgegeben? Schau mir doch mal in den Mund, ich glaube, mein Zahnfleisch ist wieder entzündet. Hol mir den Melissengeist, der hilft gegen meine Blähungen. Reib mir den Rücken mit Kampfer ein. Mach mir die Hornhaut da weg, schneid mir die Zehennägel, Vorsicht, du Tölpel, du schneidest mir ja den ganzen Zeh ab. Gib mir ein Taschentuch, ich will meinen Schleim loswerden. Bring mir ein Wärmepflaster Sor Virginia für meinen Hexenschuss. Wasch mir den Kopf und dreh mir die Haare auf, aber mit ein bisschen Gefühl, du Grobian, soll ich vielleicht kahlköpfig werden?

Und so führte Félix von klein auf ein Doppelleben mit zwei ebenso ungleichen wie schmerzvollen Seiten. Als der Vater starb, war es von heute auf morgen vorbei mit dem Vergöttertwerden: Mitten im Wachstum wurde er, der in der Öffentlichkeit Objekt aller Zärtlichkeit und Zuneigung gewesen war, im Privaten zum

Ziel aller Wut und Frustration der Mutter, ohne dass ein Außenstehender es je vermutet hätte. Wie mit der Sense wurden all seine Hoffnungen und Träume einfach niedergemäht, zunichtegemacht: von Tetuán fortgehen und in Sevilla oder Madrid Kunst studieren, sich über seine verworrene Sexualität klar werden und Leute kennenlernen, die wie er waren, geistreich, ziemlich unkonventionell, Menschen, die sich danach sehnten, sich frei entfalten zu können. Stattdessen sah er sich gezwungen, sein Leben unter der Fuchtel von Doña Encarna zu verbringen. Er machte das Abitur am Colegio del Pilar bei den Marianisten und erhielt hervorragende Noten, die ihm aber nichts nützten, denn seine Mutter hatte ihren Stand als vom Schicksal schwer geprüfte Witwe genutzt, um ihm einen mausgrauen Verwaltungsposten zu verschaffen. Im Versorgungsamt der Stadt Formulare abstempeln: die beste aller Arbeiten, um auch dem größten Genie jede Kreativität auszutreiben und ihn an der Leine zu halten wie einen Hund – hier hast du ein schönes Stück saftiges Fleisch, hier hast du einen Fußtritt, dass dir der Bauch aufplatzt.

Er ertrug diese Übergriffe mit mönchischer Geduld. Und so behielten sie über die Jahre hinweg das Missverhältnis unverändert bei – sie tyrannisch und er sanft, duldsam, sein Los ertragend. Schwer zu sagen, was Félix' Mutter in ihm suchte, warum sie ihn so behandelte, was sie von ihrem Sohn anderes wollte als das, was er ihr ohnehin immer bereit war zu geben. Liebe, Respekt, Mitleid? Nein. Das alles bekam sie von ihm ohne jede Anstrengung, er knauserte nicht mit seiner Zuneigung, der gute Félix, keineswegs. Doña Encarna wollte mehr. Ergebenheit, bedingungslose Verfügbarkeit, Beachtung ihrer absurdesten Launen. Gehorsam, Unterwerfung. Genau das, was ihr Gatte zu Lebzeiten von ihr verlangt hatte. Deshalb hatte sie sich wohl eines Tages seiner entledigt, vermutete ich. Geradeheraus erzählte Félix es mir niemals, aber er legte mir eine Spur wie einst Hänsel und Gretel. Ich brauchte ihr nur zu folgen und dann meine Schlüsse daraus zu ziehen. Den verstorbenen Don Nicasio hatte vermutlich seine Gattin auf dem Gewissen, so wie vielleicht Félix in irgendeiner dunklen Nacht seine Mutter beseitigen würde.

Schwer zu sagen, wie lange er diese täglichen Demütigungen noch ertragen hätte, wäre ihm nicht unversehens eine Lösung in den Schoß gefallen. Ein Mensch, der sich für die effiziente Erledigung einer Formalität erkenntlich zeigen wollte, brachte ihm eine Dauerwurst und zwei Flaschen Anislikör als Geschenk. »Lass uns probieren, Mamá, komm, ein Gläschen, nur um die Lippen zu befeuchten.« Doch nicht nur den Lippen von Doña Encarna sagte der zuckersüße Likör zu, sondern auch ihrer Zunge, ihrem Gaumen, ihrer Kehle und ihrem Verdauungstrakt, und von dort stieg ihr der Alkohol in den Kopf. An jenem schnapstrunkenen Abend entdeckte Félix plötzlich die Lösung all seiner Probleme. Seitdem war die Flasche Anislikör seine große Verbündete, seine Retterin in der Not und der Ausweg, der ihm den Zugang zur dritten Dimension seines Lebens eröffnete. Von da an war er nicht mehr nur der vorbildliche Sohn in der Öffentlichkeit und ein ordinärer Fußabtreter in den eigenen vier Wänden. Von jenem Tag an verwandelte er sich auch in einen Nachtschwärmer ohne jede Hemmung, in einen Flüchtigen auf der Suche nach dem Sauerstoff, der ihm zu Hause fehlte.

»Noch ein Schlückchen Anis del Mono, Mamá?«, fragte er unweigerlich nach dem Abendessen.

»Na gut, komm, schenk mir ein Gläschen ein. Um mir die Kehle zu spülen. Ich glaube, ich habe mich heute Abend in der Kirche erkältet.«

Das zähflüssige Getränk, im Glas vier Finger hoch, rann rasch Doña Encarnas Rachen hinab.

»Wie oft habe ich dir schon gesagt, dass du dich nicht warm genug anziehst, Mamá«, fuhr Félix liebevoll fort, während er ihr das Glas bis zum Rand nachfüllte. »Los, hinunter damit, du wirst sehen, wie schnell dir warm wird.« Zehn Minuten und drei kräftige Schlucke Anislikör später schnarchte Doña Encarna halb bewusstlos vor sich hin, und ihr Sohn machte sich eilends und frei wie ein Vogel auf den Weg zu heruntergekommenen Behausungen, um sich mit Leuten zu treffen, die er bei Tag und in Gegenwart seiner Mutter nicht einmal zu grüßen gewagt hätte.

Seit meiner Ankunft in der calle Sidi Mandri und besagter Unwetternacht wurde auch meine Wohnung zu einem ständigen Zufluchtsort für ihn. Bei mir fand er sich ein, um in Zeitschriften zu blättern, Ideen beizusteuern, Entwürfe zu zeichnen und mir geistreich von allen möglichen Dingen zu erzählen, von meinen Kundinnen und all jenen Menschen, die tagtäglich meinen Weg kreuzten und die ich dennoch nicht kannte. Und so wurde ich Abend für Abend über Tetuán und seine Bewohner informiert: woher und weswegen all diese Familien in dieses fremde Land gekommen waren, wer die Señoras waren, für die ich nähte, wer Einfluss besaß, wer Geld hatte, wer was machte, wozu, wann und wie.

Doch Doña Encarnas Neigung, zur Flasche zu greifen, brachte nicht immer die gewünschte narkotische Wirkung, und dann liefen die Dinge leider aus dem Ruder. Manchmal führte die Formel »Ich fülle dich mit Likör ab, und dafür lässt du mich in Ruhe« nicht zu dem erwarteten Erfolg. Und wenn der Anisette nicht schaffte, sie außer Gefecht zu setzen, dann führte der Rausch zu wüsten Ausfällen. Jene Abende waren die schlimmsten, denn dann gelangte die Mutter nicht in den Zustand einer stummen Mumie, sondern verwandelte sich in einen Donnergott, der mit seinem Gebrüll selbst den charakterfestesten Menschen vernichtete. Sargnagel, Witzfigur, Schuft, Arschloch waren noch die freundlichsten Ausdrücke, die sie ihm entgegenschleuderte. Er, der wusste, dass sie sich am nächsten Morgen in ihrem verkaterten Zustand an nichts erinnern würde, revanchierte sich mit der Treffsicherheit eines Messerwerfers mit nicht weniger unanständigen Beleidigungen. Widerliche alte Hexe, Schnapsdrossel, Dreckstück. Was für ein Skandal, Herr im Himmel, wenn die Bekannten, die sie in der Konditorei, beim Apotheker und in der Kirche trafen, sie gehört hätten! Am folgenden Tag indes schien das Vergessen mit aller Wucht über sie gekommen zu sein, und beim Spaziergang zur Abendandacht herrschte wieder eine Herzlichkeit zwischen ihnen, als hätte es nie die geringsten Spannungen gegeben. »Möchtest du heute Nachmittag eine heiße Schokolade, Mamá, oder hast du eher Appetit auf ein Stück Fleisch?« »Wie du möchtest, Félix, mein Lieber, du triffst immer eine gute Wahl für mich.« »Los, komm, beeilen wir uns, wir müssen María Angustias unser Beileid aussprechen, es heißt, ihr Neffe ist in der Schlacht von Jarama gefallen.« »Ach, wie traurig, mein Engel.« »Zum Glück haben sie dich als Sohn einer Witwe nicht zum Militärdienst einberufen. Was hätte ich getan, Heilige Mutter Gottes, hier ganz allein, und du, mein Kind, an der Front.«

Félix war klug genug zu wissen, dass diese Beziehung etwas Anomales, etwas Krankhaftes hatte, doch nicht mutig genug, einen Schlussstrich zu ziehen. Vielleicht flüchtete er deshalb aus seiner jämmerlichen Realität, indem er seine Mutter nach und nach unter Alkohol setzte, sich wie ein Vampir im Morgengrauen davonstahl oder sich über sein Schicksal mokierte, für das er tausend lächerliche Gründe verantwortlich machte, und die unsinnigsten Überlegungen anstellte, wie dem Ganzen abzuhelfen wäre. Eine seiner Vergnügungen bestand darin, hingestreckt auf dem Sofa in meinem Salon in den Zeitungen nach sonderbaren Anzeigen zu stöbern, während ich eine Manschette fertigstellte oder das vorletzte Knopfloch des Tages nähte.

Und dann gab er Sachen wie diese zum Besten:

»Glaubst du, die Wutausbrüche meiner Mutter haben etwas mit den Nerven zu tun? Vielleicht ist das hier die Lösung. Hör zu: ›Nervional. Weckt den Appetit, fördert die Verdauung, sorgt für regelmäßigen Stuhlgang. Lässt Überspanntheit und Niedergeschlagenheit verschwinden. Vertrauen Sie auf Nervional.‹«

Oder auch:

»Also, ich glaube, es ist ein Leistenbruch bei Mamá. Ich habe schon daran gedacht, ihr ein Bruchband zu schenken, vielleicht fährt sie deswegen so leicht aus der Haut, aber hör mal, was hier steht: ›Lieber Bruch-Patient, ersparen Sie sich alle Risiken und Beschwerden einer Operation mit der unübertrefflichen und neuartigen mechanischen Kompressionsstütze, dem wissenschaftlichen Wunderwerk, das Ihrem Leiden ohne lästige Gurte und andere störende Teile ein Ende macht.‹ Vielleicht funktioniert es. Was meinst du, meine Liebe, soll ich ihr eine kaufen?«

Oder vielleicht:

»Und wenn sie am Ende was mit dem Blut hat? Hör mal, was hier steht. ›Blutreinigungsmittel Richelet. Bei Durchblutungsstörungen, Krampfadern und Knoten. Verbessert schlechtes Blut. Wirksam gegen Harngifte.‹«

Oder irgendein Unfug dieser Art:

»Und wenn es Hämorrhoiden sind? Und wenn sie ein Augenleiden hat? Und wenn ich im maurischen Viertel einen Wunderheiler suche? Wahrscheinlich brauche ich mir gar keine so großen Umstände zu machen, denn ich bin sicher, dass ihre darwinsche Vorliebe ihr die Leber zerfressen und ihr demnächst den Garaus machen wird. Eine Flasche reicht bei ihr nicht mal mehr ein paar Tage, die Alte reißt mir ein Loch in den Geldbeutel.« Er hielt inne mit seiner Tirade, vielleicht erwartete er eine Antwort von mir, doch er bekam sie nicht. Oder zumindest nicht mit Worten. »Warum machst du ein solches Gesicht, Kleine?«, fügte er dann hinzu.

»Weil ich nicht weiß, wovon du redest, Félix.«

»Du weißt nicht, was ich mit darwinscher Vorliebe meine? Kennst du denn auch Darwin nicht? Das ist der mit den Affen, der mit der Theorie, dass der Mensch von Primaten abstammt. Wenn ich sage, dass meine Mutter eine darwinsche Vorliebe hat, dann deshalb, da sie verrückt ist nach diesem Anislikör mit dem Affen auf dem Etikett, verstehst du? Ach, Mädchen, du hast ein göttliches Stilgefühl und nähst wie ein Engel, aber sonst hast du in Sachen Kultur nicht viel Ahnung, oder?«

Da hatte er sicher recht. Ich wusste, dass ich eine schnelle Auffassungsgabe hatte und mir Daten und Fakten gut merken konnte, allerdings war ich mir auch meiner Bildungslücken bewusst. Meine Kenntnis von Dingen, die damals in Enzyklopädien standen, war äußerst gering. Ich konnte die Namen einer Handvoll Könige auswendig hersagen und wusste, dass Spanien im Norden vom kantabrischen Meer begrenzt wird und die Pyrenäen unser Land von Frankreich trennen. Ich konnte das Einmaleins herunterrattern und auch im Alltag recht schnell rechnen, doch ich hatte in meinem ganzen Leben noch kein einziges Buch gelesen und von Geschichte, Geografie, Kunst oder Politik wusste ich nicht viel mehr, als ich während der Monate meines Zusammenlebens mit Ramiro aufgeschnappt und bei den Zankereien zwischen den männlichen und weiblichen Gästen in Candelarias Pension mitbekommen hatte. Die junge Frau mit Stilgefühl, die Schneiderin eleganter Kleider nahm man mir offensichtlich ab, aber ich wusste, sobald jemand an der Oberfläche kratzte, würde er mühelos erkennen, auf welch wackligem Fundament ich stand. Deshalb machte mir Félix in jenem ersten Winter in Tetuán ein ungewöhnliches Geschenk: Er begann mich zu unterrichten.

Es lohnte sich. Für uns beide. Für mich, weil ich eine Menge lernte und mich im Ausdruck verbesserte. Für ihn, weil er dank unserer Zusammenkünfte seine einsamen Stunden mit Zuneigung und Gesellschaft füllen konnte. Doch trotz seiner lobenswerten Absichten war mein Nachbar alles andere als ein gewöhnlicher Lehrer. Félix Aranda war ein Mensch, der geistig nach Höherem strebte und vier Fünftel seines Lebens eingezwängt zwischen zwei Polen verbrachte: zwischen seiner despotischen Mutter einerseits und der öden Langeweile einer durch und durch bürokratischen Tätigkeit andererseits, sodass man in den Stunden, in denen er von beidem befreit war, planvolle Ordnung, maßvolle Umsicht und Geduld als Letztes von ihm erwarten durfte. Wäre mir daran gelegen gewesen, hätte ich in die Calle Luneta gehen müssen, damit Don Anselmo, der pensionierte Lehrer, einen Lehrplan entsprechend dem Stand meines Unwissens ausarbeitete. Auf alle Fälle brachte mir Félix, auch wenn er kein methodisch und systematisch vorgehender Lehrer war, auf seine unorthodoxe Art vieles bei, das mir auf lange Sicht und in der einen oder anderen Weise auf meinem Lebensweg nützlich war. Dank ihm wurden mir Persönlichkeiten wie Amedeo Modigliani, F. Scott Fitzgerald und Josephine Baker ein Begriff, lernte ich zwischen Kubismus und Dadaismus zu unterscheiden, erfuhr ich, was Jazz ist, konnte ich die europäischen Hauptstädte auf einer Landkarte lokalisieren, lernte die Namen der besten Hotels und Kabaretts in Europa auswendig und sogar in Englisch, Französisch und Deutsch bis hundert zu zählen.

Dank Félix verstand ich nun auch, was meine spanischen Landsleute in diesem fernen Land machten. Ich erfuhr, dass Spanien sein Protektorat in Marokko seit 1912 besaß, nachdem es mit Frankreich den Vertrag von Fès geschlossen hatte, demzufolge Spanien – wie es bei armen Verwandten so ist – von den reichen Franzosen der schlechteste, der ärmste und am wenigsten begehrte Teil des Landes zugesprochen wurde. Den Knochen vom großen Kotelett Afrika hatten sie bekommen. Spanien verfolgte dort mehrere Ziele: Es wollte den Traum vom großen Kolonialreich wiederbeleben, an der Verteilung des afrikanischen Kuchens unter den europäischen Nationen teilhaben, auch wenn ihm die Großmächte nur die kläglichen Reste zugestanden. Frankreich und England wenigstens ein bisschen Kolonialbesitz entgegenhalten zu können, nachdem uns Kuba und die Philippinen entglitten waren und für mein Heimatland ein armseliges Stück abgefallen war.

Es war nicht einfach, die Herrschaft im Protektorat zu konsolidieren, obwohl die mit dem Vertrag von Fès zugesprochene Zone klein und dünn besiedelt, der Boden karg und wenig ergiebig war. Der Preis waren Ablehnung und Revolten im spanischen Mutterland sowie Tausende von toten Spaniern und Nordafrikanern bei den blutigen Kämpfen im Rifkrieg. Doch es gelang den Spaniern, ihre Macht zu festigen, und heute, fast fünfundzwanzig Jahre nach der offiziellen Errichtung des Protektorats, nachdem man jeden inneren Widerstand niedergeschlagen hatte, waren meine Landsleute noch immer präsent, ihre Hauptstadt unangefochten und sie wuchs unaufhörlich weiter. Militärs aller Dienstgrade, Beamte von Post, Zoll und Straßenbau, Buchprüfer, Bankangestellte. Unternehmer und Hebammen, Lehrer, Apotheker, Juristen und Verkäufer. Kaufleute, Maurer. Ärzte und Klosterfrauen, Schuhputzer, Kellner. Ganze Familien, die wieder andere Familien damit anlockten, man könne hier gut verdienen und sich im Zusammenleben mit anderen Kulturen und Religionen eine Zukunft aufbauen. Und unter ihnen auch ich, eine Spanierin mehr. Als Gegenleistung für seine dem Land über ein Vierteljahrhundert hinweg aufgezwungene Präsenz hatte Spanien im Bereich der Industrie, des Gesundheitswesens und der Infrastruktur einigen Fortschritt nach Marokko gebracht und zudem erste Schritte zu einer leichten Verbesserung der Landwirtschaft eingeleitet. Und eine Akademie für Kunst und traditionelles Handwerk eröffnet. Und all die Dinge, die für die spanischen Neuankömmlinge eingerichtet worden waren, jedoch auch den Einheimischen zugutekamen: Stromleitungen, Trinkwasser, Schulen und Ausbildungsstätten, Geschäfte, öffentliche Verkehrsmittel, medizinische Ambulanzen und Krankenhäuser, die Zugverbindung von Tetuán nach Ceuta, mit der man sogar an den Strand von Río Martín gelangte. Materiell gesehen profitierte Spanien sehr wenig von Marokko, denn es gab kaum Bodenschätze, die man hätte ausbeuten können. Doch in anderer Hinsicht und gerade in jüngster Zeit zog eine der beiden Seiten im Bürgerkrieg einen großen Vorteil daraus: Tausende von marokkanischen Soldaten, die in jenen Tagen jenseits der Meerenge mit vollem Einsatz für die fremde Sache des aufständischen spanischen Militärs kämpften.

Außer diesen und anderen Kenntnissen bekam ich von Félix noch etwas: Gesellschaft, Freundschaft und Ideen für mein Geschäft. Manche waren ausgezeichnet, andere vollkommen überspannt, aber wenigstens hatten wir zwei einsame Seelen am Ende des Tages dann etwas zu lachen. Es gelang ihm nie, mich davon zu überzeugen, mein Atelier in ein Studio für surrealistische Experimente zu verwandeln: mit Kopfbedeckungen in Form von Schuhen und Schneiderpuppen mit einem Telefon auf dem Kopf. Ebenso wenig konnte ich mich mit der Vorstellung anfreunden, Meeresschnecken anstelle von Glasperlen zu verwenden oder Espartogras für Gürtel, und ich nahm durchaus auch Damen als Kundinnen an, denen jeder Glamour fehlte. In anderen Dingen hörte ich jedoch sehr wohl auf ihn.

Zum Beispiel arbeitete ich auf seine Anregung hin an meiner Ausdrucksweise. Ich verbannte die vulgären und umgangssprachlichen Ausdrücke aus meinem volkstümlichen Spanisch und gewöhnte mir einen neuen Stil an, um gebildeter zu wirken. Ich fing an, Worte und Floskeln in Französisch fallen zu lassen, die ich häufig in den Lokalen von Tanger gehört oder bei Gesprächen in meiner Nähe aufgeschnappt hatte. Es waren nur ein paar Wendungen, kaum ein halbes Dutzend, aber Félix half mir, mich in der Aussprache zu verbessern und sie im richtigen Moment einzusetzen. Alle waren für das Gespräch mit meinen Kundinnen gedacht, den gegenwärtigen und zukünftigen. Wenn ich ein Kleid abstecken wollte, würde ich mit *vous permettez?* um Erlaubnis fragen, würde am Ende der Prozedur *voilà tout* sagen und das Resultat mit *très chic* loben. Ich würde von *maisons de haute couture* sprechen, sodass man denken könnte, ich sei einmal mit deren Besitzer befreundet gewesen, und von *gens du monde,* die ich bei meinen vermeintlichen Abenteuern hier und dort vielleicht getroffen hatte. Jeden Stil, jedes Modell und jedes Accessoire, das ich vorschlug, würde ich mit dem Etikett *à la française* versehen, alle Kundinnen mit *Madame* ansprechen. Um die gegenwärtige patriotische Stimmung zu nutzen, würde ich bei spanischen Kundinnen, so beschlossen wir, bei passender Gelegenheit Orte und Personen erwähnen, an die ich mich von früher erinnerte, als ich in Doña Manuelas Auftrag in die besten Häuser Madrids kam. Ich würde Namen und Titel fallen lassen wie ein Taschentuch aus Spitze: graziös und ohne viel Aufhebens. Dass dieses Kostüm von jenem Modell inspiriert sei, das ich vor einigen Jahren für meine Freundin, die Marquesa de Puga, nähte, die es zum ersten Mal beim Poloturnier an der Puerta de Hierro trug. Dass die ältere Tochter des Conde del Encinar in einem Kleid aus genau dem gleichen Stoff im elterlichen Palais in der Calle Velázquez debütiert habe.

Auf Anregung von Félix ließ ich für die Tür ein vergoldetes Schild anfertigen, auf dem in englischer Schreibschrift stand: *Chez Sirah – grand couturier*. So nannten sich damals, wie Félix sagte, die besten französischen Modehäuser. Das *h* am Ende meines Namens würde meinem Atelier noch einen zusätzlichen internationalen Touch geben, meinte er. Bei La Papelera Africana gab ich gleich einen ganzen Karton mit Visitenkarten aus elfenbeinfarbenem Papier mit dem Namen und der Anschrift meines Ateliers in Auftrag. Ich machte sein Spiel mit, warum auch nicht. Schließlich fügte ich mit jener kleinen *folie de grandeur* niemandem einen

Schaden zu. In dieser Sache hörte ich auf ihn, ebenso wie bei tausend anderen Kleinigkeiten, dank derer ich nicht nur in der Lage war, mich mit größerer Sicherheit auf die Zukunft einzulassen, sondern es mir auch gelang, eine Vergangenheit aus dem Zylinder zu zaubern. Ich musste mich gar nicht besonders anstrengen: drei oder vier Posen, ein paar wohlgesetzte Korrekturen und eine Handvoll Empfehlungen meines ganz persönlichen Pygmalion genügten, und innerhalb weniger Monate sorgte mein noch ziemlich kleiner Kundenkreis dafür, dass ich recht gut leben konnte.

Für das handverlesene Grüppchen von Señoras, die innerhalb jener Welt der Exilanten meinen Kundenkreis bildeten, galt ich als junge Haute-Couture-Schneiderin, Tochter eines bankrotten Millionärs, Verlobte eines überaus gut aussehenden Aristokraten mit einem leichten Hang zum Verführer und Abenteurer. Angeblich hatten wir in verschiedenen Ländern gelebt und uns wegen der politisch unsicheren Lage gezwungen gesehen, unsere Häuser und Geschäfte in Madrid zu schließen. Gegenwärtig befand sich mein Verlobter in Argentinien, wo er mehrere florierende Unternehmen leitete. Ich wartete in der Hauptstadt des Protektorats, das man mir wegen des für meine schwache Gesundheit sehr günstigen Klimas empfohlen hatte, auf seine Rückkehr. Da ich immer ein so aufregendes, mondänes und ereignisreiches Leben geführt hatte, sah ich mich außerstande, nur tatenlos herumzusitzen, und hatte deshalb beschlossen, in Tetuán ein kleines Atelier zu eröffnen. Eigentlich nur zum Zeitvertreib. Deshalb verlangte ich auch keine astronomischen Preise und nahm Aufträge aller Art an. Ich unternahm nicht das Geringste, um das Bild, das man sich dank der pittoresken Andeutungen meines Freundes Félix von meiner Person gemacht hatte, zu korrigieren. Doch ich schmückte es auch nicht weiter aus. Ich beschränkte mich darauf, alles in der Schwebe zu lassen und dem Geheimnis Nahrung zu geben, indem ich mich noch mysteriöser gab: ein ausgezeichnetes Mittel, um das Interesse der Menschen anzufachen und neue Kundinnen zu gewinnen. Wenn mich die anderen Näherinnen von Doña Manuelas Schneiderei gesehen hätten, die Nachbarinnen von der Plaza de la Paja, meine Mutter! Meine Mutter! Ich bemühte mich, so wenig wie möglich an sie zu denken, aber die Erinnerung an sie bedrängte mich ununterbrochen und mit aller Macht. Ich wusste, dass sie stark und tüchtig war, dass sie allen Widrigkeiten zu trotzen wüsste. Dennoch sehnte ich mich danach, von ihr zu hören, zu erfahren, wie sie ihren Alltag bewältigte, wie sie ganz allein und ohne festes Einkommen über die Runden kam. Ich hätte sie so gerne wissen lassen, dass es mir gut ging, dass ich wieder allein war und wieder schneiderte. Das Radio versorgte mich mit Informationen, und Jamila ging jeden Morgen zum Tabakladen Alcaraz, um die *Gaceta de África* zu kaufen. Ein zweites siegreiches Jahr unter Francos Ägide, hieß es bereits auf den Titelblättern. Obwohl alle aktuellen Nachrichten durch die Nationalisten geschönt wurden, war ich über die Lage in Madrid und den hartnäckigen Widerstand, den man dort leistete, mehr oder weniger im Bilde. Angesichts dieser Umstände war ein direkter Briefkontakt mit meiner Mutter nach wie vor unmöglich. Wie sehr ich sie vermisste! Was hätte ich darum gegeben, alles in dieser fremden, hellen Stadt mit ihr teilen zu können, mit ihr gemeinsam das Modeatelier einzurichten, wieder ihre Eintöpfe zu essen und ihre immer so treffenden Sprüche zu hören. Doch Dolores war nicht hier, ich dagegen schon. Unter unbekannten Menschen, ohne in meine Heimat zurückkehren zu können, ums Überleben kämpfend, während ich mir eine hochstaplerische Existenz erfand, auf der ich jeden Morgen, wenn ich aufstand, mein Leben gründete. Ich tat alles dafür, dass niemand erfuhr, dass ein skrupelloser Lebemann mir das Herz gebrochen hatte und ich mein Atelier und so mein täglich Brot einem Haufen Pistolen verdankte.

Oft dachte ich auch an Ignacio, meinen ersten Freund. Seine körperliche Nähe vermisste ich nicht. Ramiros Ausstrahlung war so unglaublich stark gewesen, dass Ignacios Präsenz, so sanft, so unbeschwert, mir bereits ganz fern und verschwommen erschien, wie ein Schatten, der sich fast schon in Nichts aufgelöst hatte. Aber ich erinnerte mich immer wieder voller Sehnsucht an seine Treue, seine Sanftheit und die Gewissheit, dass mir an seiner Seite niemals etwas Böses geschehen wäre. Und sehr häufig, viel häufiger als es mir lieb war, überfiel mich unversehens die Erinnerung an Ramiro und versetzte mir einen schmerzhaften Stich. Es tat weh, ja, natürlich tat es weh. Es tat entsetzlich weh, doch ich gewöhnte mich daran wie jemand, der eine schwere Last mit sich schleppt – die zwar den Schritt verlangsamt und eine besondere Anstrengung abverlangt, jedoch nicht völlig verhindert, dass man auf seinem Weg vorankommt.

All jene unsichtbaren Präsenzen – Ramiro, Ignacio, meine Mutter, das Verlorene, das Vergangene – verwandelten sich in mehr oder weniger flüchtige, mehr oder weniger aufdringliche Gefährten, mit denen ich lernen musste zu leben. Sie überfielen mich, wenn ich allein war, an den stillen Nachmittagen, wenn ich im Atelier zwischen Schnittmustern und Rollen mit Heftgarn an der Arbeit saß, wenn ich zu Bett ging oder im Halbdunkel des Salons an den Abenden ohne Félix, wenn er zu seinen heimlichen Streifzügen unterwegs war. Den restlichen Tag über ließen sie mich meistens in Ruhe. Wahrscheinlich wussten sie intuitiv, dass ich dann zu beschäftigt war, um ihnen Beachtung zu schenken. Ich hatte genug damit zu tun, mein Geschäft voranzubringen und meine erfundene Persönlichkeit weiter auszubauen.

17

Mit dem Frühling nahm die Arbeit deutlich zu. Es wurde wärmer, und meine Kundinnen verlangten nach luftigen Kleidern für die milden Vormittage und die kommenden lauen Nächte des marokkanischen Sommers. Einige neue Gesichter kamen hinzu, darunter ein paar deutsche, in der Hauptsache aber sephardische Jüdinnen. Dank Félix erfuhr ich einiges über sie. Für gewöhnlich begegnete er meinen Kundinnen unten an der Haustür, auf der Treppe und auf der Straße, wenn sie gerade kamen oder gingen. Er erkannte sie wieder, und es bereitete ihm sichtlich Spaß, sich

Stück für Stück seine Informationen über sie zusammenzusuchen, bis sich aus den einzelnen Mosaiksteinen schließlich ein Gesamtbild ergab. Er wusste einfach alles: wer sie waren, aus welchen Familien sie stammten, wohin sie gingen, woher sie kamen. Später, wenn er seine Mutter zusammengesunken in ihrem Sessel zurückließ, die Augen verdreht, während ihr der nach Anis duftende Sabber aus dem Mund lief, enthüllte er mir das Ergebnis seiner Nachforschungen.

Auf diese Weise erfuhr ich zum Beispiel Einzelheiten über Señora Langenheim, eine der Deutschen, die schon bald Stammkundinnen wurden. Ihr Vater war italienischer Botschafter in Tanger gewesen, ihre Mutter Engländerin. Die Langenheim hatte, was in Spanien unüblich ist, den Nachnamen ihres Mannes angenommen. Dieser, ein älterer, hoch gewachsener Bergbauingenieur mit Glatze, war ein angesehenes Mitglied der kleinen, aber sehr aktiven deutschen Gemeinde in Spanisch-Marokko. Einer von den Nazis, wie Félix mir berichtete, die bereits wenige Tage nach dem Aufstand auf Geheiß Hitlers die revoltierende Armee unterstützten – womit keiner gerechnet hatte, am wenigsten die Republikaner. Erst geraume Zeit später konnte ich ermessen, wie sehr der Ehemann meiner Kundin den Verlauf des Bürgerkriegs beeinflusst hatte. Doch dank Langenheim und Bernhardt – ein anderer in Tetuán ansässiger Deutscher – erhielten Francos Truppen, unverhofft und innerhalb kürzester Zeit, beträchtliche militärische Unterstützung, sodass sie die Truppen per Luftbrücke auf die Halbinsel übersetzen konnten. Für Bernhardts Frau, die zur Hälfte Argentinierin war, hatte ich auch schon etwas genäht. Monate später sollte meine Kundin als Zeichen der Dankbarkeit und Anerkennung für die Verdienste ihres Ehemannes aus der Hand des Kalifen die höchste Auszeichnung des Protektorats in Empfang nehmen und ich ihr für diesen Anlass eine Robe aus Seide und Organza schneidern.

Lange vor diesem Festakt erschien Señora Langenheim an einem Morgen im April in Begleitung einer mir bis dahin unbekannten Dame. Es läutete an der Tür, und Jamila ging sie öffnen.

In der Zwischenzeit wartete ich im Salon. Ich stand an einer Balkontür und begutachtete im direkten Licht den Fadenverlauf eines Stoffes. Zumindest tat ich so. In Wahrheit gab es nichts Besonderes zu sehen, doch diese Pose hatte ich mir angewöhnt, um beim Eintreten der Kundin möglichst professionell zu wirken.

»Ich bringe Ihnen eine englische Freundin, die sich für Ihre Kreationen interessiert«, sagte die Frau des Deutschen, während sie festen Schrittes den Salon betrat.

An ihrer Seite erschien eine blonde, sehr schlanke Frau, die so gar nichts Spanisches an sich hatte. Sie war ungefähr in meinem Alter, besaß jedoch eine Nonchalance, eine Lässigkeit, die auf tausendmal mehr Lebenserfahrung schließen ließ. Als Erstes fielen mir ihre frische, spontane Art auf, die überwältigende Selbstsicherheit, die sie ausstrahlte, und die natürliche Eleganz, mit der sie mich begrüßte. Ihre Finger berührten meine nur ganz leicht, während sie sich mit der anderen Hand anmutig eine Strähne ihres langen gewellten Haares aus dem Gesicht strich. Ihr Name war Rosalinda Fox und ihre Haut unglaublich hell und zart – wie das Seidenpapier, in das man kostbare Spitze einschlägt. Und sie hatte eine ganz eigentümliche Art zu reden, denn sie vermengte Worte verschiedener Sprachen auf eine Weise miteinander, dass man das Kauderwelsch manchmal gar nicht verstand.

»Ich benötige dringend Garderobe, *so … I believe,* dass Sie und ich dazu verdammt sind … äh … *to understand each other*. Uns zu verstehen, wollte ich sagen«, erklärte sie und beendete ihren Satz mit einem leisen Lachen.

Señora Langenheim wollte sich gar nicht erst setzen und meinte: »Ich habe es eilig, meine Liebe, ich muss gleich wieder gehen.« Trotz ihres Nachnamens sprach sie fließend Spanisch.

»Rosalinda, meine Liebe, wir sehen uns heute auf der Cocktailparty von Konsul Leonini«, sagte sie, als sie sich von ihrer Freundin verabschiedete. *»Bye, sweetie, bye, adiós, adiós.«*

Wir setzten uns, und wie bei jeder Kundin, die das erste Mal in mein Atelier kam, begann ich mit meinem Ritual: Ich zog sämtliche Register und setzte meine so oft geübten Posen und Ausdrücke ein, während wir gemeinsam Zeitschriften durchblätterten und Stoffmuster begutachteten. Ich beriet sie, und sie wählte aus. Später überdachte sie ihre Entscheidung, änderte ihre Meinung und entschied sich um. Ihre kultivierte, natürliche Art mir gegenüber machte es mir von Anfang an leicht, mich in ihrer Gegenwart wohlzufühlen. Manchmal fand ich es nämlich sehr anstrengend, die von mir zur Schau gestellte, künstliche Fassade aufrechtzuerhalten, vor allem, wenn ich es mit besonders anspruchsvollen Kundinnen zu tun hatte. Mit ihr war es nicht so. Alles verlief sehr entspannt. Wir wechselten in die Anprobe, ich notierte die Maße ihrer unglaublich zarten Figur, und solange unterhielten wir uns weiter über Stoffe und Silhouetten, über Ärmel und Ausschnitte. Anschließend gingen wir die ausgesuchten Modelle noch einmal durch, sie bestätigte die Auswahl, und ich notierte ihre Bestellung. Ein Hemdblusenkleid aus bedruckter Wildseide für den Tag, ein Kostüm aus leichter korallenroter Schurwolle und ein von der letzten Lanvin-Kollektion inspiriertes Abendkleid. Ich bat sie, in zehn Tagen wieder vorbeizukommen. Damit, so dachte ich, sei alles erledigt. Doch meine neue Kundin entschied, dass es noch nicht an der Zeit sei zu gehen, machte es sich erneut auf dem Sofa bequem, holte eine Tabatière aus Schildpatt aus ihrer Tasche und bot mir eine Zigarette an. Wir rauchten ohne Hast und redeten über die ausgewählten Modelle. In ihrem ausländischen Kauderwelsch versuchte sie mir ihre modischen Vorlieben klarzumachen, indem sie auf die Abbildungen in den Modezeitschriften deutete. Ich brachte ihr einige nützliche spanische Begriffe aus der Mode bei, und gemeinsam amüsierten wir uns über ihre Schwierigkeiten mit der Aussprache. Wir rauchten noch eine Zigarette, und am Ende machte sie sich gemächlich auf den Weg, als hätte sie sonst nichts vor und als würde niemand sie erwarten. Mit einem raschen Blick in den winzigen Spiegel ihrer Puderdose frischte sie vorher noch ihr Make-up auf. Dann ordnete sie ihre langen goldblonden Wellen, griff nach dem Hut, der Handtasche und den Handschuhen, alles sehr elegant und von bester Qualität, doch – wie ich mit einem Seitenblick feststellte – keineswegs neu. Ich begleitete sie zur Tür, lauschte dem Klackern ihrer Absätze die Treppe hinunter, und dann sah und hörte ich lange nichts von ihr. Bei keinem meiner abendlichen Spaziergänge kreuzte sie meinen Weg. Weder sah ich sie in einem der Geschäfte, die ich betrat, noch sprach jemand in meiner Gegenwart von ihr, noch versuchte ich, mehr über diese Engländerin in Erfahrung zu bringen, die so unendlich viel Zeit zu haben schien.

In den folgenden Tagen hatte ich ununterbrochen zu tun. Die Zahl meiner Kundinnen stieg stetig und mit ihnen meine Arbeitsstunden, die fast kein Ende zu nehmen schienen. Doch ich wusste mein Tempo richtig einzuschätzen. Ich nähte zwar oft bis zum frühen Morgen, aber auf diese Weise schaffte ich es, jedes Kleidungsstück zum vereinbarten Termin abgeschlossen zu haben. Zehn Tage nach unserer ersten Begegnung waren die drei von Rosalinda Fox bestellten Modelle fertig für die erste Anprobe. Aber sie erschien nicht. Auch nicht am nächsten oder übernächsten Tag. Sie machte sich nicht die Mühe, mich anzurufen, und ließ mir auch keine Nachricht zukommen, in der sie sich für ihr Nichterscheinen entschuldigte, sich rechtfertigte oder einen neuen Termin vorschlug. Es war das erste Mal, dass mir so etwas passierte. Ich dachte, dass sie vielleicht gar nicht die Absicht hatte, noch einmal zu kommen, dass sie eine Ausländerin auf der Durchreise war, eine jener privilegierten Damen, die das Protektorat nach Lust und Laune verlassen und sich jenseits seiner Grenzen frei bewegen konnten. Eine echte Dame von Welt und nicht eine Frau, die nur mondän tat – so wie ich. Ich konnte keine vernünftige Erklärung für ihr Verhalten finden und beschloss daher, die Sache auf sich beruhen zu lassen. Besser, ich kümmerte mich um meine anderen noch ausstehenden Aufträge. Fünf Tage später als vereinbart tauchte sie aus heiterem Himmel bei mir auf, als ich gerade beim Mittagessen saß. Ich hatte den ganzen Vormittag konzentriert gearbeitet und erst nachmittags um drei Zeit für eine kurze Pause gefunden. Es läutete an der Tür, und Jamila ging öffnen, während ich in der Küche den letzten Bissen meiner Banane hinunterschluckte. Kaum hörte ich die Stimme der Engländerin am anderen Ende des

Flurs, stand ich auch schon auf, wusch mir eben am Spülbecken die Hände und schlüpfte in meine hochhackigen Schuhe. Rasch ging ich ihr entgegen. Auf meinem Weg säuberte ich die Zähne mit der Zunge und ordnete mit einer Hand mein Haar, während ich mir mit der anderen den Rock zurechtrückte und glättend über mein Jackett strich. Ihre Begrüßung fiel recht langatmig aus.

»Ich muss Sie tausendmal um Entschuldigung bitten, dass ich nicht früher gekommen bin und heute einfach so bei Ihnen vorbeischaue. *Anungemeldet*, so sagt man doch, oder?«

»Unangemeldet«, verbesserte ich sie.

»Unangemeldet, *sorry*. Ich war *a few days* weg, musste ein paar Dinge in Gibraltar regeln, obwohl ich fürchte, dass mir das nicht gelungen ist. *Anyway*, ich hoffe, ich komme nicht ungelegen.«

»Nein, ganz und gar nicht«, log ich. »Treten Sie doch ein.«

Ich führte sie in die Anprobe und zeigte ihr die drei Modelle. Sie äußerte sich lobend, während sie sich ihrer Kleidung entledigte und schließlich in Unterwäsche vor mir stand, in einem Ensemble aus Satin, das sicher einmal sehr kostspielig gewesen war, seinen früheren Glanz jedoch durch Zeit und Abnutzung verloren hatte. Die Seidenstrümpfe, die sie trug, schienen auch nicht gerade erst gestern gekauft worden zu sein, doch sie waren von ausgezeichneter Qualität und wirkten noch immer glamourös. Sie zog eine Kreation nach der anderen über. Ihr knochiger Körper sah zerbrechlich aus, ihre Haut war so durchscheinend, dass sich die Venen darunter bläulich abzeichneten. Den Mund voller Stecknadeln nahm ich ein paar kleine Änderungen vor und zog den Stoff, der über ihre zierliche Figur fiel, an einigen Stellen glatt. Während der Anprobe wirkte sie sehr zufrieden, nahm alles widerspruchslos hin und stimmte sämtlichen Vorschlägen zu. Als wir mit der Anprobe fertig waren, versicherte ich, dass alles *très chic* werden würde. Sie zog sich wieder an, und ich wartete in der Zwischenzeit im Salon auf sie. Es dauerte nicht lange, dann erschien sie, und trotz ihres spontanen Besuchs hatte sie es auch diesmal offensichtlich nicht eilig. Und so bot ich ihr eine Tasse Tee an.

»Also, für eine Tasse Darjeeling mit einem Schuss Milch würde ich sterben, aber ich nehme mal an, dass es Pfefferminztee gibt, *right?*«

Ich hatte nicht die leiseste Ahnung, welches Getränk sie meinte, tat aber so, als wüsste ich Bescheid.

»So ist es, marokkanischen Tee«, entgegnete ich, ohne mir etwas anmerken zu lassen. Ich forderte sie auf, es sich bequem zu machen, und rief nach Jamila.

»Obwohl ich Engländerin bin«, erklärte sie, »habe ich den größten Teil meines Lebens in Indien verbracht, und obwohl ich wahrscheinlich niemals mehr dorthin zurückkehren werde, gibt es vieles, was ich vermisse. Wie zum Beispiel *el nosso té.*«

»Das kann ich nur zu gut verstehen. Auch mir fiel es nicht leicht, mich hier an alles zu gewöhnen, und gleichzeitig vermisse ich einiges von dem, was ich zurückgelassen habe.«

»Wo haben Sie denn früher gelebt?«, wollte sie wissen.

»In Madrid.«

»Und davor?«

Fast wäre ich bei ihrer Frage in Lachen ausgebrochen, hätte mich und meine erfundene Vergangenheit einfach vergessen und ihr freimütig gestanden, dass ich nie im Leben einen Fuß vor die Tore meiner Heimatstadt gesetzt hätte. Wenn nicht ein charmanter Hochstapler auf der Bildfläche erschienen wäre, der mich einfach mitnahm und später achtlos wegwarf wie eine Zigarettenkippe. Aber ich beherrschte mich und behalf mich wieder einmal mit vagen Ausflüchten.

»Nun, an verschiedenen Orten, mal hier, mal da, doch Madrid ist wahrscheinlich die Stadt, in der ich die meiste Zeit gelebt habe. Und Sie?«

»*Let's see,* mal sehen«, sagte sie »Ich bin in England geboren, aber kurz darauf gingen meine Eltern nach Kalkutta. Als ich zehn war, schickten sie mich zurück nach England auf die Schule, äh, … mit sechzehn kehrte ich nach Indien zurück und mit zwanzig wieder in den westlichen Teil Europas. Zunächst blieb ich in London, anschließend eine ganze Weile in der Schweiz. Äh, … *later* war ich ein Jahr in Portugal, deshalb vermische ich auch ständig Portugiesisch und Spanisch. Zu guter Letzt habe ich mich nun in Afrika niedergelassen, zuerst in Tanger, und seit Kurzem lebe ich in Tetuán.«

»Ihr Leben scheint sehr interessant zu sein«, bemerkte ich, unfähig, die Reihenfolge der vielen exotisch klingenden Namen zu behalten, noch dazu, wenn sie mit englischem Akzent ausgesprochen wurden.

»*Well,* wie man's nimmt«, entgegnete sie achselzuckend und nippte vorsichtig an dem heißen Tee, den Jamila uns in kleinen Gläsern gerade serviert hatte. »Mir hätte es wirklich gar nichts ausgemacht, in Indien zu bleiben, doch *anerwarteterweise* geschahen bestimmte Dinge, die meinen Weggang erforderlich machten. Manchmal nimmt das Schicksal uns die Entscheidungen ab, *right*? *After all,* äh … *that's life*. So ist das Leben, nicht wahr?«

Trotz ihrer seltsamen Aussprache und obwohl uns offenkundig Welten voneinander trennten, verstand ich sofort, was sie meinte. Während wir Tee tranken, plauderten wir über Belanglosigkeiten: die kleinen Änderungen an ihrem Kleid aus bedruckter Wildseide, den Termin für die nächste Anprobe. Sie sah auf die Uhr, und auf einmal war sie wie elektrisiert.

»Ich muss gehen«, sagte sie, während sie sich erhob. »Ich hatte ganz vergessen, dass ich noch etwas erledigen muss, *some shopping*, ein paar Einkäufe, bevor ich mich zu Hause umziehe, denn ich bin beim belgischen Konsul zum Cocktail eingeladen.«

Sie redete, ohne mich anzusehen, streifte sich unterdessen die Handschuhe über und setzte sich den Hut auf. Neugierig beobachtete ich sie dabei, während ich mich fragte, in wessen Begleitung diese Frau zu all den Festen ging, mit wem sie ihre Freiheit verbrachte. Ich staunte über die Unbekümmertheit dieser wohlhabenden Frau, die nach Belieben durch die Welt streifte, von einem Kontinent zum anderen, sich dabei in allen möglichen Sprachen verständigte und dazu Tee aus aller Herren Länder trank. Als ich ihr offensichtlich müßiges Leben mit meinem arbeitsreichen Tagen verglich, spürte ich auf einmal eine Spur von Neid in mir aufkommen.

»Wissen Sie, wo ich hier einen Badeanzug bekomme?«, fragte sie mich unvermittelt.

»Für Sie?«

»Nein. Für meinen *filho*.«

»Für wen bitte?«

»*My son*. Nein, das ist Englisch, *sorry*. Meinen Sohn?«

»Für Ihren Sohn?«, fragte ich ungläubig.

»Sohn, das ist das Wort, das ich gesucht habe. Er heißt Johnny, ist fünf Jahre alt *and he's so sweet* … und ein ganz Lieber.«

»Auch ich wohne erst seit Kurzem in Tetuán, ich glaube nicht, dass ich Ihnen da weiterhelfen kann«, erwiderte ich und bemühte mich, meine Verblüffung zu verbergen. In der Traumwelt, die ich ihr gerade eben noch angedichtet hatte, war sie eine Kindfrau, die das Leben leicht nahm, die sicher zahllose Freunde und Bewunderer hatte, Champagner schlürfte und weite Reisen machte, Feste bis zum Morgengrauen feierte, Abendroben der Haute Couture trug, sich mit den verschiedensten Seidenstoffen auskannte und, mit viel Fantasie, vielleicht sogar einen jungen Ehemann hatte, der genauso zu leben verstand und genauso attraktiv war wie sie. Zu dieser Vorstellung wollte die Tatsache, dass sie einen Sohn hatte, so gar nicht passen. Auf mich wirkte sie nicht wie eine Mutter. Doch sie war es, wie es schien.

»Schon gut, lassen Sie das nur meine Sorge sein, ich werde schon etwas Passendes finden«, sagte sie zum Abschied.

»Viel Glück. Und vergessen Sie nicht, ich erwarte Sie in fünf Tagen.«

»Ich werde da sein, *I promise*, versprochen.«

Sie ging und hielt ihr Versprechen nicht. Statt am fünften Tag erschien sie bereits am vierten – unangemeldet und in großer Eile. Jamila kündigte sie mir gegen Mittag an, als ich gerade Elvirita Cohen, die Tochter des Eigentümers vom Teatro Nacional, zur Anprobe dahatte. Sie wohnte in meiner früheren Straße, in der Calle Luneta, und war eine der schönsten Frauen, die ich je in meinem Leben gesehen hatte.

»Siñora Rosalinda sagen wichtig sehen Siñorita Sira.«

»Sie soll bitte warten. Ich bin in einer Minute bei ihr.«

Es dauerte länger, vermutlich sogar mehr als zwanzig Minuten. Obwohl ich die Robe, mit der diese wunderschöne Jüdin mit der makellosen Haut auf irgendeinem Fest glänzen würde, nur an einigen wenigen Stellen enger machen musste. Denn unbeirrt und in aller Seelenruhe plauderte Elvirita mit mir in ihrem melodischen Singsang, dem Haketía.

Von Félix – von wem auch sonst? – hatte ich mehr über die sephardischen Juden in Tetuán erfahren. Einige waren wohlhabend, andere lebten in bescheidenen Verhältnissen, doch alle zurückgezogen. Diese geschickten Kaufleute hatten sich vor Jahrhunderten in Nordafrika angesiedelt, nachdem sie von der iberischen Halbinsel vertrieben worden waren. Erst vor einigen Jahren hatte die republikanische Regierung sie endlich mit allen Rechten als Spanier anerkannt. Die sephardische Gemeinschaft stellte rund ein Zehntel der Bevölkerung von Tetuán, aber in ihren Händen lag der Großteil der wirtschaftlichen Macht der Stadt. Viele der Gebäude im neuen spanischen Viertel hatten sie errichten lassen, und ihnen gehörten die besten Geschäfte und Läden der Stadt, in denen sie Schmuck, Schuhe, Stoffe und Konfektionsware verkauften. Ihre Finanzkraft spiegelte sich in ihren Bildungseinrichtungen wider, in ihrem eigenen Kasino und in den verschiedenen Synagogen, in denen sie sich zum Gebet und zu ihren Feiern trafen. Vermutlich wollte Elvirita Cohen bei einer dieser Gelegenheiten ihr Kleid aus Seidenrips vorführen, das sie gerade probierte, als Rosalinda Fox zum dritten Mal völlig unvermutet bei mir erschien.

Sichtlich ungeduldig erwartete sie mich im Salon, wo sie an einer der Balkontüren wartend stand. Höflich, aber zurückhaltend grüßten sich meine beide Kundinnen von Weitem – die Engländerin zerstreut, das sephardische Mädchen überrascht und neugierig.

Kaum war die Tür hinter der Jüdin ins Schloss gefallen, kam sie auch schon auf mich zugestürzt: »Ich habe ein Problem«, sagte sie.

»Erzählen Sie. Wollen Sie sich setzen?«

»Am liebsten hätte ich etwas zu trinken. *A drink, please.*«

»Ich fürchte, ich kann Ihnen nur Tee, Kaffee oder ein Glas Wasser anbieten.«

»Evian?«

Ich schüttelte den Kopf, während ich überlegte, dass ich mir unbedingt eine kleine Bar einrichten sollte, um meine Kundinnen bei einer eventuellen Krise mit etwas Stärkendem aufrichten zu können.

»*Never mind*«, wisperte sie, während sie sich matt auf das Sofa sinken ließ. Ich nahm im Sessel gegenüber Platz, schlug automatisch die Beine übereinander und hoffte, den Grund für ihren überraschenden Besuch zu erfahren. Doch zunächst holte sie ihre Tabatière hervor, zündete sich eine Zigarette an und warf das elegante Etui achtlos auf das Sofa. Nachdem sie den ersten tiefen Zug genommen hatte, fiel ihr auf, dass sie mir keine Zigarette angeboten hatte. Sie entschuldigte sich und hielt mir das geöffnete Etui hin, aber ich schüttelte dankend den Kopf, denn ich erwartete in Kürze eine andere Kundin und wollte nicht, dass meine Finger in der beengten Ankleide nach Rauch rochen. Sie schloss ihr Zigarettenetui wieder und begann zu reden.

»Ich brauche *an evening gown,* äh … ein umwerfendes Abendkleid für heute Abend. Völlig *anerwartet* habe ich eine Einladung erhalten. Ich muss aussehen *like a princess.*«

»Wie eine Prinzessin?«

»*Right.* Wie eine Prinzessin. Ich brauche etwas *muito, muito*, … sehr Elegantes.«

»Ihr bestelltes Abendkleid ist für die zweite Anprobe fertig.«

»Würden Sie es bis heute Abend schaffen?«

»Absolut unmöglich.«

»Und irgendein anderes Modell?«

»Ich fürchte, ich kann Ihnen nicht weiterhelfen. Andere Kleider habe ich nicht, da ich ja nur auf Bestellung anfertige.«

Wieder nahm sie einen tiefen Zug aus ihrer Zigarette, doch diesmal wirkte sie dabei nicht abwesend, sondern sah mich durch die Rauchwolke hindurch eindringlich an. Der Ausdruck des unbekümmerten Mädchens, den ihr Gesicht sonst trug, war gänzlich verschwunden. Ihr Blick war nun der einer nervösen, aber energischen Frau, die sich nicht so leicht unterkriegen ließ.

»Wir müssen unbedingt einen Ausweg finden! Als ich von Tanger nach Tetuán umgezogen bin, habe ich einige *trunks,* einige große Koffer mit Dingen gepackt, die ich nicht mehr benötige. Sie sollten zu meiner Mutter nach England. Aus Versehen ist der Schrankkoffer mit meinen *evening gowns,* mit all meinen Abendkleidern *anerwarteterweise* ebenfalls dort gelandet. Ich warte darauf, dass man mir die Sachen zurückschickt. Gerade hat man mir mitgeteilt, dass ich heute Abend zu einem Empfang beim deutschen Konsul eingeladen bin. Äh … *It's the first time,* es ist das erste Mal, dass ich öffentlich bei einem solchen Ereignis in Begleitung einer … einer Person erscheine, zu der ich eine … eine *muito* – wie sagt man? –, sehr spezielle Beziehung habe.«

Sie redete schnell, aber dennoch überlegt, darum bemüht, mir das Wesentliche in ihrem einfachen Spanisch zu erklären. Weil sie allerdings so nervös war, klang sie mit jedem Satz portugiesischer und streute noch mehr englische Worte in ihren Monolog ein als je zuvor.

»*Well it is* … mmm … *it's muito* wichtig für … für … ihn, für diesen Mann und für mich, denn wir wollen *uma boa impressão,* einen guten Eindruck bei den Mitgliedern der *German colony,* der deutschen Gemeinde in Tetuán, hinterlassen. *So far,* bis jetzt hat Misses Langenheim mir geholfen, einige Mitglieder *personally* kennenzulernen, sie ist ja *half English,* halbe Engländerin, äh …, aber diese *noite*, heute Abend werde ich mich zum ersten Mal mit diesem Mann zeigen, *openly together,* in aller Öffentlichkeit, und deshalb ist es *extremely* wichtig, dass ich sehr, sehr gut angezogen bin, und … und …«

Ich unterbrach ihren Redeschwall. Es gab keinen Grund, mir all das zu erzählen, wo ich doch nichts für sie tun konnte.

»Es tut mir wirklich sehr leid, das können Sie mir glauben. Ich würde Ihnen sehr gerne helfen, aber ich sehe keine Möglichkeit. Wie ich schon sagte, habe ich in meinem Atelier keine fertigen Kleider vorrätig, und Ihre Robe kann ich unmöglich in ein paar

Stunden nähen. Dafür bräuchte ich mindestens drei oder vier Tage.«

Schweigend, in Gedanken vertieft, drückte sie ihre Zigarette aus. Sie biss sich auf die Unterlippe und brauchte einen Moment, bevor sie mich direkt ansah und mir eine Frage stellte, die ihr sichtlich schwerfiel.

»Würden Sie mir vielleicht freundlicherweise eines Ihrer eigenen Abendkleider leihen?«

Ich schüttelte den Kopf, während ich versuchte, eine glaubwürdige Erklärung aus dem Ärmel zu schütteln, mit der ich die traurige Wahrheit kaschieren konnte, dass ich nämlich gar keins besaß.

»Das wird nicht gehen, fürchte ich. Leider ist meine ganze Garderobe bei Kriegsausbruch in Madrid zurückgeblieben. Ich habe meine Sachen bisher noch nicht wiederbekommen. Hier habe ich lediglich ein paar Straßenkostüme, aber kein einziges Abendkleid. Ich gehe nur sehr selten aus, wissen Sie. Mein Verlobter ist in Argentinien und ich …«

Zu meiner großen Erleichterung unterbrach sie mich.

»*I see,* ich verstehe.«

Ohne einander anzusehen, saßen wir schweigend einen schier endlosen Moment lang da – beide darum bemüht, die unangenehme Situation zu überspielen. Und so sah eine von uns in Richtung der Balkone, während die andere auf den Rundbogen starrte, der den Salon von der Diele trennte. Sie brach als Erste das Schweigen.

»*I think, I must leave now.* Ich muss jetzt gehen.«

»Glauben Sie mir, es tut mir schrecklich leid. Wenn ich etwas mehr Zeit hätte …«

Ich beendete den Satz nicht, denn mir wurde schnell klar, dass es sinnlos war, noch ein Wort darüber zu verlieren. Stattdessen versuchte ich, das Thema zu wechseln, die Aufmerksamkeit von der traurigen Wahrheit abzulenken, dass der heutige Abend mit jenem Mann, den sie zweifellos liebte, ein Reinfall zu werden drohte. Das Leben dieser Frau ließ mich einfach nicht los. Sie, die sonst so selbstsicher und charmant aufgetreten war, sammelte nun angestrengt ihre Sachen zusammen und ging zur Tür.

»Morgen ist alles für die zweite Anprobe fertig, einverstanden?«, meinte ich zum Trost.

Sie lächelte vage und ging, ohne noch ein Wort zu sagen. Und ich stand regungslos da und war einerseits betroffen, weil ich einer Kundin in Not nicht hatte helfen können, andererseits aber auch neugierig geworden auf das in meinen Augen merkwürdige Leben von Rosalinda Fox – dieser jungen Mutter und Weltenbummlerin, der einfach so Schrankkoffer voller Abendkleider abhandenkamen, wie andere Frauen an einem regnerischen Nachmittag ihre Handtasche auf einer Parkbank oder auf dem Tisch eines Cafés liegen ließen.

Ich eilte zum Balkon, spähte – durch den Fensterladen verborgen – hinunter auf die Straße und beobachtete, wie sie aus dem Haus kam. Ohne Eile ging sie auf ein knallrotes Auto zu, das direkt vor meiner Haustür geparkt war. Ich vermutete, dass darin jemand auf sie wartete, vielleicht der Mann, dem sie heute Abend unbedingt gefallen wollte. Ich war inzwischen so neugierig geworden, dass ich darauf brannte, sein Gesicht zu sehen, während ich mir im Geiste verschiedene Varianten ihrer Begegnung vorstellte. Vermutlich handelte es sich um einen Deutschen, möglicherweise wollte sie deshalb bei seinen Landsleuten unbedingt einen guten Eindruck machen. Ich stellte ihn mir jung und attraktiv vor – einen Lebemann. Weltgewandt und selbstsicher wie sie. Doch weitere Spekulationen erübrigten sich, denn als sie die Autotür öffnete – die Seite, auf der normalerweise der Beifahrer sitzt –, stellte ich zu meiner Überraschung fest, dass dort das Lenkrad war und sie offensichtlich die Absicht hatte, selbst zu fahren. Niemand wartete auf sie in jenem Wagen, bei dem sich – wie in allen englischen Autos – das Lenkrad auf der rechten Seite befand. Sie war es, die den Motor anließ und wegfuhr, wie sie gekommen war: allein. Ohne Mann, ohne Abendkleid und ohne die geringste Hoffnung, im Laufe des Nachmittags noch eine Lösung zu finden.

Während ich versuchte, den schlechten Nachgeschmack dieser Begegnung zu vergessen, schaffte ich im Salon Ordnung. Ich räumte den Aschenbecher fort, pustete etwas Asche vom Tisch, rückte einen Teppich mit der Schuhspitze zurecht, schüttelte die Kissen auf, die wir zerdrückt hatten, und ordnete die Zeitschriften, die sie durchgeblättert hatte, als ich mit Elviritas Anprobe beschäftigt war. Ich schlug eine *Harper's Bazaar* zu, und als ich das Gleiche mit *Madame Figaro* machen wollte, blieb ich an einem Foto von einem Modell hängen, das mir irgendwie bekannt vorkam. Tausend Erinnerungen an früher schwirrten wie ein Vogelschwarm durch meinen Kopf. Ohne dass ich mir dessen bewusst war, rief, nein, brüllte ich nach Jamila, die sogleich atemlos angelaufen kam.

»Lauf so schnell du kannst zu Señora Langenheim und bitte sie, auf der Stelle Señora Fox aufzutreiben. Diese soll unbedingt sofort zu mir kommen. Sag ihr, es sei äußerst dringend.«

18

»Der Schöpfer des Modells, meine liebe Ignorantin, ist Mariano Fortuny y Madrazo, Sohn des großen Marià Fortuny, nach Goya vermutlich der beste Maler des 19. Jahrhunderts. Er war ein fantastischer Künstler, übrigens auch Marokko eng verbunden. Er kam während des Spanisch-Marokkanischen Kriegs nach Nordafrika, war hingerissen vom Licht und von der Exotik des Landes – beides hat er in vielen seiner Bilder eingefangen. Eines seiner bekanntesten ist *Die Schlacht von Tetuán*. Fortuny senior war ohne Frage ein meisterhafter Maler, doch sein Sohn ist ein echtes Genie. Auch er malt, aber außerdem entwirft er Bühnenbilder für Theaterstücke in seiner venezianischen Werkstatt, er ist Fotograf und Erfinder, kennt sich mit den klassische Techniken aus und entwirft Stoffe und Kleider wie zum Beispiel das berühmte Delphos-Kleid, das du, kleine Hochstaplerin, in einer häuslichen Neuinterpretation gerade – und, wie ich zu ahnen meine, aufs Vorzüglichste – kopiert hast.«

Félix hatte es sich mit der Zeitschrift, in der ein Foto abgebildet war, das meiner Erinnerung auf die Sprünge geholfen hatte, auf dem Sofa bequem gemacht. Ich, erschöpft nach dem anstrengenden Nachmittag, hörte ihm in einem Sessel regungslos zu. Nicht einmal eine Nadel hätte ich noch halten können, so schwach fühlte ich mich. Ich hatte ihm gerade die Ereignisse der letzten Stunden geschildert, angefangen in dem Moment, als meine Kundin mit einer unüberhörbaren Vollbremsung, die einige Nachbarn auf die Balkone lockte, ihre Rückkehr ankündigte. Sie kam die Treppe heraufgelaufen, ich erwartete sie bereits an der Tür und überfiel sie mit meiner Idee, ohne mir die Zeit für eine Begrüßung zu nehmen.

»Wir werden versuchen, auf die Schnelle ein Delphos-Kleid zu zaubern. Wissen Sie, was ich meine?«

»Das Delphos-Kleid von Fortuny?«, fragte sie ungläubig.

»Eine Kopie.«

»Glauben Sie, dass Sie das schaffen werden?«

Wir sahen uns an. In ihrem Blick flammte auf einmal Hoffnung auf. Was in meinen Augen zu lesen war, weiß ich nicht. Vielleicht Entschlossenheit und Verwegenheit, Lust darauf, diese Herausforderung erfolgreich zu bewältigen. Vermutlich konnte man in ihnen auch eine gewisse Angst vor dem Scheitern erkennen, doch ich bemühte mich, sie möglichst gut zu verbergen.

»Ich habe es schon einmal ausprobiert. Ich glaube, wir können es schaffen.«

Ich zeigte ihr den Stoff, den ich mir dafür vorstellte: rauchblauer Seidensatin, den Candelaria bei einem ihrer letzten dubiosen Tauschgeschäfte eingehandelt hatte. Von seiner Herkunft sagte ich natürlich nichts.

»Um wie viel Uhr sind Sie verabredet?«

»Um acht.«

Ich sah auf die Uhr.

»Gut. Jetzt ist es fast eins. In knapp zehn Minuten kommt eine Kundin zur Anprobe, und gleich danach werde ich den Stoff einweichen, in Falten legen und anschließend trocknen lassen. Das wird vier bis fünf Stunden dauern, das bedeutet, dann ist es bereits sechs Uhr. Für die Fertigstellung muss ich etwa eineinhalb Stunden veranschlagen. Es ist ganz unkompliziert, nur ein paar lange Nähte, und außerdem habe ich bereits Ihre Maße, Sie brauchen das Kleid also nicht anzuprobieren. Trotzdem braucht es seine Zeit, und es wird fast schon knapp. Wo wohnen Sie? Entschuldigen Sie die indiskrete Frage, ich will nicht neugierig sein …«

»Am Paseo de las Palmeras.«

Ich hätte es mir denken können, denn dort standen viele der schönsten Häuser von Tetuán. Eine Zone südlich der Stadt, etwas abgelegen, in der Nähe des Parks, fast am Fuß des mächtigen Gorgues, mit großen, von Gärten umgebenen Villen. Ein Stück weiter dann Obst- und Gemüsegärten und Zuckerrohrfelder.

»Dann bleibt keine Zeit mehr, Ihnen das Kleid nach Hause zu bringen.«

Sie sah mich fragend an.

»Sie müssen sich hier bei mir anziehen«, stellte ich klar. »Kommen Sie gegen halb acht, geschminkt, frisiert, ausgehfertig, mit den Schuhen und dem Schmuck, den Sie dazu tragen wollen. Nicht allzu viel Schmuck, und kein sehr auffälliger. Das Kleid wirkt wesentlich eleganter mit zurückhaltenden Accessoires. Verstehen Sie, was ich meine?«

Sie verstand mich ganz genau. Dann bedankte sie sich erleichtert für meine Bemühungen und ging wieder. Eine halbe Stunde später nahm ich mit Jamilas Hilfe diese Aufgabe in Angriff, die völlig überraschend auf mich zugekommen war und mir in meiner kurzen Karriere als Schneiderin noch dazu große Risikofreude abverlangte. Dennoch wusste ich, was ich tat, denn in meiner Zeit bei Doña Manuela hatte ich schon einmal bei einem solchen Kleid mitgeholfen. Es war für eine Kundin mit sehr viel Stil, aber auch sehr unsicherer Finanzlage gewesen, Elena Barea hieß sie. In Zeiten, in denen sie aus dem Vollen schöpfen konnte, nähten wir für sie die luxuriösesten Roben und Kleider aus den edelsten Stoffen. Im Gegensatz zu anderen Damen aus ihren Kreisen, die in Zeiten schwindenden Reichtums als Rechtfertigung dafür, dass sie keine neuen Kleider in Auftrag gaben, längere Reisen, Verpflichtungen oder Krankheiten erfanden, machte sie keinen Hehl aus ihrer misslichen Lage. Auch wenn die Geschäfte ihres Mannes wieder einmal schlecht liefen, ließ Elena Barea sich bei uns sehen. Sie erschien in der Schneiderei, lachte über die Wankelmütigkeit seiner Fortüne und überlegte sich zusammen mit Doña Manuela Möglichkeiten, wie sich alte Kleider so umarbeiten ließen, dass sie als neu durchgingen, indem man den Schnitt veränderte und schmückendes Beiwerk hinzufügte. Oder sie wählte mit großem Fingerspitzengefühl preiswerte Stoffe und Macharten, die wenig Aufwand erforderten, aus. Auf diese Weise gelang es ihr, die Schneiderrechnungen extrem zu senken, ohne jedoch allzu sehr an Eleganz einzubüßen. Not macht erfinderisch, sagte sie stets mit einem Lachen. Weder meine Mutter noch Doña Manuela oder ich wollten unseren Augen trauen, als sie eines Tages mit einem ganz besonderen Auftrag erschien.

»Hiervon möchte ich eine Kopie«, meinte sie und zog etwas aus einer kleinen Schachtel, das wie ein zusammengewickelter Schlauch aus blutrotem Stoff aussah. Sie lachte, als sie unsere erstaunten Gesichter sah. »Dies, meine Damen, ist ein Delphos, ein einzigartiges Kleid, eine Kreation des Künstlers Fortuny. Diese Kleider werden in Venedig gefertigt und nur in einigen wenigen ausgesuchten Geschäften in europäischen Großstädten verkauft. Sehen Sie nur, was für eine wunderbare Farbe, was für ein Plissee! Seine Herstellung bleibt das große Geheimnis des Künstlers. Das Kleid sitzt wie angegossen. Und ich, meine liebe Doña Manuela, möchte ein solches Kleid haben. Nachgemacht, natürlich.«

Mit zwei Fingern nahm sie den Stoffschlauch an einem Ende hoch, und wie durch Zauberei entfaltete sich ein hinreißendes Kleid aus rotem Seidensatin, das mit tadellosem Fall bis zum Boden reichte, wo es sich kreisrund auffächerte. Es war eine Art Tunika mit Tausenden winziger Längsfalten. Klassisch, schlicht, exquisit. Seit jenem Tag waren vier oder fünf Jahre vergangen, doch mein Gedächtnis hatte den gesamten Herstellungsprozess noch gespeichert, denn ich hatte bei jedem einzelnen Arbeitsschritt mitgeholfen. Ob für Elena Barea oder Rosalinda Fox, die Technik blieb die gleiche. Das einzige Problem war, dass wir sehr wenig Zeit hatten und besonders schnell arbeiten mussten. Stets unterstützt von Jamila erhitzte ich auf dem Herd Wasser in mehreren Töpfen, das wir, sobald es kochte, in die Badewanne schütteten. Darin weichte ich den Stoff ein, wobei ich mir natürlich die Hände verbrühte. Das Badezimmer füllte sich mit Dampf, während wir im Schweiße unseres Angesichts nervös den Fortgang unseres Experiments beobachteten und der Spiegel vor lauter Feuchtigkeit beschlug. Nach einer Weile entschied ich, dass man den Stoff, der vor Nässe schon ganz dunkel war, herausnehmen konnte. Wir schöpften das Wasser ab, dann griff sich jede ein Ende der Stoffbahn, und wir drehten sie mit aller Kraft in Längsrichtung, aber aus einem anderen Grund, als wir es sonst so viele Male mit den Bettlaken in der Pension in der Calle Luneta gemacht hatten. Auch jetzt versuchten wir noch den letzten Wassertropfen herauszupressen, ehe wir sie zum Trocknen in die Sonne legten. Die Stoffbahn sollte dafür so stark ausgewrungen sein wie möglich, nur dass wir dieses Mal den Stoff nicht ausbreiten würden und zu glätten versuchten, sondern die Knitterfalten im trockenen Stoff erhalten wollten. Dann legten wir den in sich verdrehten Stoffwulst in einen Waschtrog, den wir zusammen auf die Dachterrasse trugen. Anschließend drehten wir wieder beide Enden in jeweils gegenläufiger Richtung, und zwar so lange, bis der Stoff wie ein dicker Strick aussah und sich wie eine große Sprungfeder einrollte. Daraufhin breiteten wir ein Handtuch auf dem Boden aus und legten den wie eine Schlange zusammengerollten Stoff darauf, in dem sich, zum Kleid verwandelt, meine englische Kundin in wenigen Stunden am Arm ihres geheimnisvollen Geliebten zum ersten Mal in der Öffentlichkeit zeigen würde.

Während der Stoff in der Sonne trocknete, gingen wir wieder in die Wohnung hinunter, legten Kohle im Herd nach, bis das Feuer kräftig brannte und eine Temperatur wie in einem Dampfbad herrschte. Als die Küche sich in einen Backofen verwandelte hatte und die Nachmittagssonne bereits schwächer wurde, holten wir den Stoff von der Dachterrasse, breiteten ein neues Handtuch auf die erhitzte Herdplatte und legten den noch zusammengeknüllten, eingerollten Stoff darauf. Ohne ihn zu dehnen, drehte ich den Stoffwulst alle zehn Minuten um, damit er durch die Hitze der Herdplatte gleichmäßig durchtrocknete. Aus einem separaten Rest des Stoffes nähte ich inzwischen einen Gürtel, der aus einer dreifachen Lage von Zwischenfutter bestand, hinterlegt mit einem breiten Streifen gebügelter Seide. Um fünf Uhr nachmittags nahm ich den kunstvoll geknitterten Stoffwulst vom Herd und trug ihn ins Atelier. Kein Mensch hätte sich vorstellen können, was ich in weniger als einer Stunde aus diesem seltsamen Gebilde, das einer heißen Blutwurst ähnelte, machen würde.

Ich legte den Stoffwulst auf den Schneidetisch und rollte das schlauchförmige Gebilde mit äußerster Sorgfalt auf. Vor meinem bangen und Jamilas erstauntem Blick entfaltete sich wie durch Zauberei die wunderschön plissierte Seide. Uns war kein dauerhaftes Plissee gelungen wie bei dem echten Modell von Fortuny, denn wir besaßen weder die Gerätschaften noch die technischen Kenntnisse dafür, doch wir erzielten immerhin einen ähnlichen Effekt, der zumindest eine Nacht überdauern würde – eine ganz besondere Nacht für eine Frau, die einen spektakulären Auftritt brauchte. Ich rollte den Stoff ganz auf und ließ ihn abkühlen. Dann schnitt ich ihn in vier Teile, aus denen ich eine Art Futteral nähte, das sich wie eine zweite Haut an den Körper schmiegen sollte. Ich arbeitete einen schlichten Rundhalsausschnitt ein und versäuberte die Öffnungen für die Arme. Für zusätzliche dekorative Details blieb keine Zeit mehr. In wenig mehr als einer Stunde war das nachgemachte Delphos fertig: eine in aller Eile angefertigte Version eines Kleids, das die Welt der Haute Couture revolutioniert hatte. Eine Mogelversion, eine Imitation, aber dennoch mit dem Potenzial, jeden zu beeindrucken, der seinen Blick auf dem Frauenkörper ruhen ließ, den es kaum eine halbe Stunde später schmücken würde.

Ich probierte gerade aus, wie es mit dem Gürtel wirkte, als es läutete. Erst da wurde mir bewusst, wie jämmerlich ich aussah. Ich hatte neben dem kochenden Wasser so viel geschwitzt, dass Make-up und Frisur vollkommen ruiniert waren. Die Hitze, das anstrengende Wringen der ganzen Stoffbahn, der mehrmalige Gang auf die Dachterrasse und die pausenlose Arbeit den ganzen Nachmittag über ließen mich aussehen, als wäre die Kavallerie in vollem Galopp über mich hinweggestürmt. Während Jamila zur Tür ging, verschwand ich schnell in meinem Zimmer, zog mich in aller Eile um, kämmte mich und atmete tief durch. Das Ergebnis meiner Arbeit war sehr zufriedenstellend ausgefallen, ich konnte stolz darauf sein.

Ich ging hinaus, um Rosalinda zu empfangen, und nahm an, sie würde im Salon auf mich warten, doch als ich an der offenen Tür des Ateliers vorbeikam, sah ich sie vor der Schneiderpuppe stehen, die ihr Kleid trug. Sie drehte mir den Rücken zu, sodass ich ihr Gesicht nicht sehen konnte. Also fragte ich von der Tür her einfach nur:

»Gefällt es Ihnen?«

Sie drehte sich sofort um, erwiderte aber nichts. Mit schnellen Schritten trat sie auf mich zu, ergriff meine Hand und drückte sie fest.

»*Gracias, gracias, a million thanks.*«

Sie trug das Haar zu einem klassischen Chignon frisiert, ihre Naturwellen zeigten sich stärker als gewöhnlich. Augen und Wangen waren diskret geschminkt, das Lippenrot dagegen sehr auffällig. Ihre Stilettos machten sie fast eine Handbreit größer. Als einzigen Schmuck trug sie Ohrringe aus Weißgold und Brillanten, lang und wunderschön. Ihr Parfüm verströmte einen bezaubernden Duft. Sie entledigte sich ihrer Straßenkleidung, und ich half ihr, das Kleid überzustreifen. Das unregelmäßige Plissee floss wie Wasser über ihren Körper, harmonisch und sinnlich, es unterstrich ihre Feingliedrigkeit, enthüllte und modellierte die Rundungen mit luxuriöser Eleganz. Ich legte ihr den breiten Stoffgürtel um die Taille und verknotete ihn im Rücken. Gemeinsam betrachteten wir das Ergebnis, ohne ein Wort zu wechseln.

»Bitte nicht bewegen«, sagte ich dann.

Ich ging auf den Flur hinaus und rief Jamila, sie möge kommen.

Als sie Rosalinda in dem Kleid sah, schlug sie die Hand vor den Mund, damit ihr nicht vor lauter Staunen und Bewunderung ein Schrei entfuhr.

»Drehen Sie sich bitte, damit Jamila alles gut sehen kann. Sie hat einen großen Teil der Arbeit geleistet. Ohne sie hätte ich es nicht geschafft.«

Die Engländerin lächelte Jamila dankbar an und drehte sich einige Male anmutig und elegant um die eigene Achse. Die junge Marokkanerin betrachtete sie aufgeregt, schüchtern und glücklich.

»Und jetzt beeilen Sie sich. Es ist schon kurz vor acht.«

Jamila und ich gingen auf einen der Balkone hinaus, um sie aus dem Haus treten zu sehen. Wir drückten uns stumm in eine Ecke, damit man uns von der Straße aus nicht bemerkte. Es war schon fast dunkel. Ich spähte nach unten und erwartete, wieder ihren kleinen roten Wagen vor dem Haus parken zu sehen, aber stattdessen stand dort ein imposantes, schwarz glänzendes Automobil mit Fähnchen an der Motorhaube, deren Farben ich auf die Entfernung und bei dem wenigen Licht jedoch nicht ausmachen konnte. Als man die Silhouette in rauchblauer Seide an der Eingangstür schon erahnen konnte, gingen die Scheinwerfer an und ein Mann in Uniform stieg aus. Er öffnete rasch die hintere Wagentür und stand stramm, während er auf sie wartete, bis sie elegant und majestätisch auf die Straße trat und sich mit kleinen Schritten dem Wagen näherte. Ohne jede Eile, als würde sie sich stolz und selbstsicher aller Welt präsentieren. Ich konnte nicht erkennen, ob noch jemand auf der Rückbank saß. Sobald die Engländerin eingestiegen war, schloss der uniformierte Mann die Wagentür und nahm rasch wieder seinen Platz hinter dem Steuer ein. Dann fuhr der Wagen rasant los und verlor sich im Dunkel der Nacht. Mit sich nahm er eine hoffnungsvolle Frau in einem Kleid, das wohl die größte Mogelpackung in der Geschichte der Haute-Couture-Kopien darstellte.

19

Am nächsten Tag kehrte wieder Normalität ein. Mitten am Nachmittag läutete es an der Tür, was mich wunderte, denn ich hatte keinen Termin vereinbart. Es war Félix. Ohne ein Wort schlüpfte er in die Wohnung und schloss die Tür hinter sich. Ich war überrascht, denn für gewöhnlich tauchte er erst spätabends bei mir auf. Als er sich vor den indiskreten Blicken seiner Mutter am Türspion sicher wusste, sprudelte es nur so aus ihm heraus.

»Also, so was, meine Liebe, mit uns geht's aber steil bergauf!«

»Wie meinst du das?«, fragte ich verwundert.

»Na, wegen der elfenhaften Dame, der ich soeben an der Haustür begegnet bin.«

»Rosalinda Fox? Sie war zur Anprobe hier. Und außerdem hat sie mir heute Morgen einen Strauß als Dankeschön schicken lassen. Sie war es, der ich gestern aus der kleinen Verlegenheit geholfen habe.«

»Sag bloß nicht, das Delphos war für die dürre Blonde, die ich gerade getroffen habe?«

»Doch, genau für die.«

Er schien ein paar Sekunden genüsslich auszukosten, was er gehört hatte. Dann fuhr er mit einem leicht spöttischen Unterton fort:

»Ach, wie interessant! Da hast du aber einer sehr, wirklich sehr speziellen Dame aus der Patsche geholfen!«

»Inwiefern speziell?«

»Speziell insofern, meine Liebe, als deine Kundin im Augenblick wahrscheinlich die mächtigste Frau ist, wenn es darum geht, irgendein Problem im Protektorat zu lösen. Abgesehen von denen, die mit Kleidern zu tun haben, aber was sag ich, dafür hat sie ja dich, die Königin der Nachahmung.«

»Félix, du sprichst in Rätseln.«

»Willst du vielleicht sagen, dass du nicht weißt, wer diese Rosalinda Fox ist, für die du gestern in wenigen Stunden ein atemberaubendes Modellkleid angefertigt hast?«

»Eine Engländerin, die den größten Teil ihres Lebens in Indien verbracht und einen fünfjährigen Sohn hat.«

»Und einen Geliebten.«

»Einen Deutschen.«

»Kalt, ganz kalt.«

»Es ist kein Deutscher?«

»Nein, meine Liebe. Du bist auf der falschen, einer ganz falschen Fährte.«

»Woher weißt du das?«

Er lächelte süffisant.

»Weil es ganz Tetuán weiß.«

»Wer ist es denn?«

»Ein wichtiger Mann.«

»Wer denn?«, wiederholte ich und zog ihn ungeduldig am Ärmel, da ich vor Neugier schier platzte.

Wieder lächelte er spöttisch und hielt sich mit einer theatralischen Geste die Hand vor den Mund, als würde er mir ein großes Geheimnis verraten. Dann flüsterte er mir langsam ins Ohr:

»Deine Freundin ist die Geliebte des Hochkommissars.«

»Von *comisario* Vázquez?«, fragte ich ungläubig zurück.

Erst quittierte er meine Vermutung mit einem schallenden Lachen, dann klärte er mich auf.

»Aber nein, mein Dummchen. Claudio Vázquez ist nur für polizeiliche Angelegenheiten zuständig, um die Kriminellen vor Ort und seine Truppe von hirnlosen Gesetzeswächtern im Zaum zu halten. Ich bezweifle sehr, dass er Zeit hat für außereheliche Affären oder zumindest für eine feste Freundin, der er am Paseo de las Palmeras eine Villa mit Swimmingpool zur Verfügung stellt. Deine Kundin, meine Schöne, ist die Geliebte von Hochkommissar Juan Luis Beigbeder y Atienza, Hochkommissar von Spanisch-Marokko und Generalgouverneur der Plazas de Soberanía, der fünf spanischen in Marokko liegenden Exklaven. Der wichtigste Posten in Militär und Verwaltung im ganzen Protektorat, wohlgemerkt.«

»Bist du sicher, Félix?«, murmelte ich.

»Meine Mutter soll putzmunter hundert Jahre alt werden, wenn ich dich anlüge. Kein Mensch weiß, seit wann sie zusammen sind, sie ist ja erst vor gut einem Monat nach Tetuán gekommen. Aber das reicht auf jeden Fall, dass alle Welt darüber im Bilde ist, wer sie ist und was zwischen den beiden läuft. Die nationalistische Regierung in Burgos hat ihn vor Kurzem offiziell zum Hochkommissar ernannt, obwohl er diese Funktion praktisch schon seit Kriegsbeginn ausübt. Es heißt, Franco ist hochzufrieden mit ihm, weil er am laufenden Band kampflustige Marokkaner rekrutiert, die er an die Front schicken kann.«

Nicht in meinen wildesten Fantasien hätte ich mir Rosalinda Fox als Geliebte eines Hochkommissars der Nationalisten vorgestellt.

»Und wie ist er?«

Bei meiner neugierigen Frage musste er wieder herzhaft lachen.

»Beigbeder? Du kennst ihn nicht? Es stimmt schon, er lässt sich nur noch selten sehen, wahrscheinlich verschanzt er sich die meiste Zeit im Hochkommissariat, aber vorher, als er noch Stellvertreter im Amt für Eingeborenenfragen war, konntest du ihn ständig irgendwo in der Stadt treffen. Damals hat sich natürlich niemand nach ihm umgedreht, er war nur ein streng blickender, anonymer Staatsdiener, der kaum am gesellschaftlichen Leben teilnahm. Man sah ihn fast immer allein, und er ging auch nicht zu den Tanzabenden im La Hípica, im Hotel Nacional oder im Salon Marfil, und er saß auch nicht Tag für Tag beim Kartenspielen wie zum Beispiel der Oberst Sáenz de Buruaga, dieser faule Nichtsnutz, der sogar am Tag des Aufstands die ersten Befehle von der Terrasse des Kasinos aus erteilte. Beigbeder ist eher ein zurückhaltender Typ, und ein bisschen einzelgängerisch.«

»Attraktiv?«

»Na ja, mich macht er absolut nicht an, doch ihr Frauen findet ihn vielleicht charmant. Ihr seid da ja sehr eigen.«

»Beschreib ihn mir.«

»Groß, schlank, spröde. Dunkler, geschniegelter Typ mit Schnurrbart und runder Brille wie ein Intellektueller. Trotz seines hohen Postens läuft er auch heute noch wie ein Zivilist gekleidet herum, in absolut langweiligen dunklen Anzügen.«

»Verheiratet?«

»Wahrscheinlich, obwohl er hier anscheinend immer allein gelebt hat. Aber es ist gar nicht so selten, dass Militärs ihre Familie nicht an alle ihre Standorte mitnehmen.«

»Alter?«

»Alt genug, um ihr Vater zu sein.«

»Das kann ich nicht glauben.«

Er lachte erneut.

»Wie du willst. Wenn du weniger arbeiten würdest und öfter vor die Tür kämst, würde er dir bestimmt irgendwann über den Weg laufen und du könntest mit eigenen Augen sehen, ob es stimmt, was ich dir erzähle. Manchmal spaziert er noch durch die Stadt, allerdings wird er jetzt immer von zwei Leibwächtern begleitet. Es heißt, dass er ungeheuer gebildet ist, mehrere Sprachen spricht und viele Jahre außerhalb Spaniens gelebt hat. Ganz anders als die Retter des Vaterlands, an die wir hier gewöhnt sind, obwohl er bei dem Posten, den er jetzt hat, anscheinend auf ihrer Seite steht. Vielleicht haben deine Kundin und er sich im Ausland kennengelernt, vielleicht erzählt sie es dir ja eines Tages, und du erzählst es dann mir. Du weißt ja, dass mich diese romantischen Geschichten faszinieren. Also, meine Liebe, ich lass dich jetzt allein, denn ich gehe mit der Hexe ins Kino. Es gibt eine Doppelvorstellung: *La hermana San Sulpicio* und *Don Quintín el amargao*. Das wird ja ein toller Nachmittag! Wegen dieses idiotischen Kriegs bekommt man seit fast einem Jahr keinen anständigen Film mehr zu sehen. Was habe ich Lust auf ein gutes amerikanisches Musical! Erinnerst du dich an Fred Astaire und Ginger Rogers: ›*I just got an invitation through the mail / your presence is requested this evening / it's formal: top hat, white tie and tails ...*‹«

Er schlenderte trällernd zur Tür, und ich sperrte hinter ihm ab. Dieses Mal war es nicht seine Mutter, die indiskret mit dem Auge am Spion klebte, sondern ich selbst. Ich beobachtete ihn, wie er, das Lied noch auf den Lippen, seinen Schlüsselbund aus der Hosentasche nahm, den kleinen Schlüssel zu seiner Wohnungstür suchte und ihn ins Schloss steckte. Als er in der Wohnung verschwand, ging ich zurück ins Atelier und nahm meine Arbeit wieder auf. Ich konnte noch immer nicht recht glauben, was ich da gehört hatte. Eigentlich wollte ich noch eine Weile arbeiten, doch ich merkte, dass mir die Lust fehlte. Oder der Wille. Oder einfach beides. Ich erinnerte mich, wie turbulent es am Vortag zugegangen war, und beschloss, mir den Rest des Tages freizugeben. Ich gedachte ebenfalls ins Kino zu gehen wie Félix und seine Mutter, ich hatte ein wenig Ablenkung verdient. Mit diesem Vorsatz im Kopf verließ ich das Haus, aber seltsamerweise lenkten mich meine Schritte in eine ganz andere Richtung, nämlich zur Plaza de España.

Dort begrüßten mich üppige Blumenbeete und Palmen, der mit farbigen Kieselsteinen belegte Boden und weiße Gebäude rundherum. Die Steinbänke waren, wie meistens am Nachmittag, von Liebespaaren und Gruppen befreundeter Mädchen besetzt. Von den nahen Kaffeestuben wehte der angenehme Geruch von Fleischspießchen herüber. Ich überquerte den Platz und ging auf das Hochkommissariat zu, an dem ich seit meiner Ankunft in Tetuán schon so oft vorbeigekommen war und das mich bis heute so wenig interessiert hatte. Ganz in der Nähe des Kalifenpalastes gelegen, beherbergte das große weiße Gebäude im Kolonialstil inmitten eines prächtigen Gartens die wichtigste Behörde der spanischen Verwaltung. Durch die üppige Vegetation hindurch konnte man zwei Stockwerke und, etwas zurückgesetzt, ein drittes erkennen, die kleinen Ecktürme, die grünen Fensterläden und die Simse aus orangefarbenen Ziegeln. Vor dem großen schmiedeeisernen Tor hielten marokkanische Soldaten – eindrucksvolle Gestalten – mit Turban und langem Cape stoisch Wache. Durch eine kleine Seitentür passierten höhere Chargen der spanischen Afrika-Armee in makelloser sandfarbener Uniform. Sie wirkten recht herrisch mit ihren Breeches und den hohen, glänzend polierten Stiefeln. Auch etliche einheimische Soldaten in europäischen Uniformjacken, weiten Hosen und einer Art erdfarbenen Binde um die Waden gingen herum. Vor dem blauen Himmel, der schon den nahenden Sommer anzukündigen schien, wehte die zweifarbige Nationalflagge. Ich beobachtete interessiert das unaufhörliche Kommen und Gehen der uniformierten Männer, bis ich bemerkte, dass ich mit meinem Verhalten bereits Aufmerksamkeit erregte. Verwirrt und mit einem unbehaglichen Gefühl drehte ich mich um und ging zurück zur Plaza de España. Was hatte ich vor dem Hochkommissariat gesucht, was wollte ich dort finden, wozu war ich hingegangen? Aus keinem besonderen Grund, wahrscheinlich. Zumindest keinem anderen konkreten Grund, als aus der Nähe zu sehen, in welcher Umgebung sich der Mann bewegte, der sich so überraschend als Geliebter meiner neuesten Kundin entpuppt hatte.

20

Auf den Frühling folgte ein milder Sommer mit sternenklaren Nächten. Wie gehabt teilte ich mir mit Candelaria die Einnahmen aus dem Atelier. Mein Bündel an Pfund-Sterling-Noten, das ich ganz hinten in die Schublade packte, wuchs und wuchs, bis es fast der Summe entsprach, die ich dem Hotel in Tanger schuldig war. Es fehlte nicht mehr viel, doch die mir vom Hotel Continental zugestandene Frist lief ohnehin bald ab. Es war mir eine Genugtuung zu sehen, dass ich es schaffen konnte. Bald würde ich meine Freiheit wiederhaben. Über den Kriegsstand erfuhren wir aus der Zeitung und dem Radio. General Mola starb, und westlich von Madrid begann die Schlacht von Brunete. Félix behielt die Tradition bei, des Nachts auf ein Schwätzchen bei mir vorbeizuschauen, und auch Jamila blieb an meiner Seite, verbesserte ihr eigenartiges und weich klingendes Spanisch und begann, mir bei kleinen Aufgaben zur Hand zu gehen, machte ihre erste lockere Heftnaht, eine Schlaufe, nähte hier und da einen Knopf an. Nur selten wurde die Monotonie meiner Tage im Atelier durchbrochen. Aus den Nachbarwohnungen drangen lediglich die Geräusche der Hausarbeit und dann und wann ein paar entfernte Gesprächsfetzen aus den geöffneten Fenstern herüber, die zum Lichthof hinausgingen. Das, und das stete Getrappel und Gehopse der Kinder in den Wohnungen über mir, die schon Schulferien hatten und hinausliefen, um auf der Straße zu spielen. Aber keins dieser Geräusche störte mich, ganz im Gegenteil – sie leisteten mir Gesellschaft, sorgten dafür, dass ich mich weniger alleine fühlte.

Eines Nachmittags im Juli jedoch waren die Geräusche und Stimmen auffallend laut, und das Hin-und-her-Gerenne wollte kein Ende nehmen.

»Sie sind da, sie sind da!« Gleich darauf vernahm man noch mehr Stimmen, Rufe, Türenschlagen und Namen, die unter lauten Schluchzern immer wieder geäußert wurden: »Concha, Concha! Carmela, meine Schwester! Nach so langer Zeit, Esperanza, endlich!«

Ich hörte, wie Möbel gerückt wurden und man eilig viele Male die Treppen hinauf- und hinunterhastete. Ich hörte Gelächter, ich hörte Weinen, und wie Anweisungen erteilt wurden: »Mach die Badewanne voll, hol mehr Handtücher, bring Kleider, Kissen! So gib dem Mädchen doch was zu essen, mach schon!« Mehr Weinen, mehr aufgeregte Rufe, mehr Gelächter. Es roch nach Essen, und zu später Stunde wurden Töpfe auf dem Herd hin und her geschoben. Und wieder: »Carmela, mein Gott, Concha, Concha!« Erst weit nach Mitternacht beruhigte sich das geschäftige Treiben. Kurz darauf erschien Félix bei mir, den ich endlich fragen konnte:

»Was ist denn bei der Familie Herrera los? Die sind ja ganz aus dem Häuschen!«

»Weißt du denn nichts davon? Josefinas Schwestern sind gekommen. Es ist ihnen gelungen, sie aus der roten Zone herauszuholen.«

Am nächsten Morgen hörte ich wieder die Stimmen und Gepolter. Und obwohl die Aufregung deutlich weniger geworden war, herrschte den ganzen Tag über reges Treiben. Es war ein ständiges Kommen und Gehen. Dazu läutete es an der Tür oder es klingelte das Telefon oder die Kinder liefen über den Flur. Untermalt wurde das Ganze von noch mehr Schluchzern, noch mehr Lachen, noch mehr Wehklagen, dann wieder Gelächter. Am Nachmittag klingelte es bei mir. Ich dachte, vielleicht sind sie es, möglicherweise brauchten sie etwas, wollten mich um einen Gefallen bitten, sich womöglich etwas bei mir borgen: ein halbes Dutzend Eier, eine Tagesdecke, ein Kännchen Olivenöl. Doch ich irrte mich. Es läutete jemand, mit dessen Erscheinen ich nie im Leben gerechnet hätte.

»Señora Candelaria sagt, Sie sollen so schnell wie möglich in die Calle Luneta kommen. Don Anselmo, der Lehrer, ist gestorben.«

Paquito, der dickliche Sohn der Matrone, überbrachte mir schwitzend die Nachricht.

»Geh schon mal vor und sag ihr, ich komme sofort.«

Ich berichtete Jamila, was geschehen war, und sie weinte bitterlich. Ich vergoss keine Tränen, doch es war mir weh ums Herz. Von allen Querulanten, mit denen ich damals in der Pension zusammengelebt hatte, war er derjenige, der mir am nächsten stand, der liebste. Ich zog das dunkelste Kostüm an, das ich in meinem Kleiderschrank finden konnte. Für solche Gelegenheiten hatte ich einfach noch nichts Passendes. Jamila und ich hasteten durch die Gassen, bis wir unser Ziel erreicht hatten, und stiegen ein Stück die Treppe hinauf. Weiter kamen wir nicht, denn eine Gruppe Männer stand dicht gedrängt beisammen und versperrte uns den Weg. Unter dem Einsatz unserer Ellenbogen mussten wir uns förmlich einen Weg durch die Menge der Freunde und Bekannten bahnen, die respektvoll darauf warteten, dass sie an die Reihe kamen, um Don Anselmo die letzte Ehre zu erweisen.

Die Tür zur Pension stand offen. Noch bevor wir die Türschwelle überschritten hatten, nahmen wir schon den Geruch von brennenden Kerzen wahr und hörten das dumpfe Gemurmel weiblicher Stimmen, die gemeinsam beteten. Candelaria kam uns entgegen. Sie hatte sich in ein schwarzes Kostüm gezwängt, das ihr zweifelsohne zu eng war. Über ihrer üppigen Büste baumelte ein Anhänger mit dem Antlitz der Jungfrau Maria. In der Mitte des Esszimmers, auf dem Tisch, hatte man den offenen Sarg mit Don Anselmos wächsernem Leichnam im Sonntagsgewand aufgebahrt.

Als ich ihn da so liegen sah, lief mir ein Schauder über den Rücken und Jamila krallte sich an meinem Arm fest. Ich küsste Candelaria zur Begrüßung auf die Wangen, und sie benetzte mit einem Rinnsal von Tränen mein Ohr.

»Da liegt er, gefallen auf dem Schlachtfeld.«

Ich erinnerte mich an die Streitereien, deren Zeugin ich tagtäglich beim Essen zwischen den einzelnen Gängen gewesen war. Daran, wie Sardellengräten und gelbe, runzlige Melonenschalen quer über den Tisch geflogen waren. An die bissigen Scherze und Beleidigungen, die Gabeln wie Lanzen gezückt, an das Gebrüll auf beiden Seiten. An die Provokationen und Drohungen der Matrone, die sie nie wahr machte. Ein Esstisch, der wahrlich zum Schlachtfeld umfunktioniert worden war. Ich unterdrückte ein trauriges Lachen. Die ältlichen Schwestern, die Matrone und ein paar Nachbarinnen, alle in Trauerkleidung, saßen am Fenster und beteten mit monotoner und weinerlicher Stimme einen Rosenkranz. Für einen Moment stellte ich mir Don Anselmo zu Lebzeiten vor – mit einer Zigarette im Mundwinkel, wie er zornig und von Husten geschüttelt die Schwestern anbrüllte, sie sollten, verdammt noch mal, endlich aufhören, für ihn zu beten. Doch der Lehrer weilte nicht mehr unter den Lebenden, sie aber schon. Vor seinem aufgebahrten Leichnam, wie gegenwärtig und warm er auch noch sein mochte, konnten sie machen, was immer ihnen in den Sinn kam. Candelaria und ich setzten uns neben sie, und die Pensionswirtin fiel in das Gebet ein. Ich tat es ihr nach, aber in Gedanken war ich ganz woanders.

Herr, erbarme dich unser.

Christus, erbarme dich unser.

Ich rückte mit meinem Stuhl an sie heran, bis sich unsere Arme berührten.

Herr, erbarme dich unser.

»Ich muss dich was fragen, Candelaria«, flüsterte ich ihr ins Ohr.

Christus, höre uns.

Christus, erhöre uns.

»Was denn, Herzchen?«, antwortete sie mit ebenso leiser Stimme.

Gott, Vater im Himmel, erbarme dich unser.
Gott Sohn, Erlöser der Welt.
»Ich habe gehört, dass Leute aus der roten Zone geholt werden.«
Gott Heiliger Geist.
Heilige Dreifaltigkeit, ein einiger Gott.
»Sagt man ...«
Heilige Maria, bitte für uns.
Heilige Mutter Gottes.
Heilige Jungfrau über allen Jungfrauen.
»Können Sie in Erfahrung bringen, wie sie das machen?«
Mutter Christi.
Mutter der Kirche.
»Warum willst du das wissen?«
Mutter der göttlichen Gnade.
Du reinste Mutter.
Du keuscheste Mutter.
»Um meine Mutter aus Madrid herauszuholen und nach Tetuán zu bringen.«
Du unversehrte Mutter.
Du unbefleckte Mutter.
»Ich werde mich umhören ...«
Du liebliche Mutter.
Du wunderbare Mutter.
»Gleich morgen früh?«
Du Mutter des guten Rates.
Du Mutter des Schöpfers.
Du Mutter des Erlösers.
»So schnell wie möglich. Aber nun sei still und bete, mal sehen, ob es uns Weibern mit vereinten Kräften gelingt, Don Anselmo in den Himmel zu befördern.«

Die Totenwache dauerte bis zum Morgengrauen. Am nächsten Tag trugen wir den Lehrer mit allem feierlichen Drum und Dran zu Grabe, wie es sich ein gläubiger Mensch gewünscht hätte. Nach der Totenmesse folgten wir dem Sarg zum Friedhof. Es war sehr windig, wie so oft in Tetuán: ein lästiger Wind, der die Schleier aufbauschte, die Röcke in die Höhe wehte und die Eukalyptusblätter über den Boden wirbelte. Als der Priester die letzten Verse sprach, beugte ich mich zu Candelaria hinüber und flüsterte ihr meine neugierige Frage ins Ohr.

»Wenn die Schwestern doch immer sagten, der Lehrer sei Luzifers Sohn gewesen, versteh ich nicht, wie um alles in der Welt er zu diesem Begräbnis kommt.«

»Lass sein, lass sein! Es wird sich ja zeigen, ob seine Seele durch die Hölle irrt und später womöglich sein unruhiger Geist zu uns kommt, um uns nachts, wenn wir schlafen, an den Füßen zu ziehen …«

Ich musste mich zusammenreißen, um nicht in schallendes Gelächter auszubrechen.

»Also wirklich, Candelaria, seien Sie nicht so abergläubisch.«

»Lass mich bloß in Ruhe, ich bin schließlich alt genug, um zu wissen, wovon ich rede.«

Ohne ein weiteres Wort konzentrierte sie sich wieder auf die Liturgie und würdigte mich keines Blickes mehr, bis das letzte *requiescat in pace* gesprochen war. Der Sarg wurde ins Grab hinabgelassen, und als die Totengräber die ersten Schaufeln Erde in die Grube warfen, löste sich die Trauergemeinde auf. Geordnet gingen wir zum Ausgang, wo Candelaria sich auf einmal bückte und so tat, als müsse sie sich die Schnalle an ihrem Schuh wieder richtig zumachen. So gingen die Schwestern mit der Matrone und den Nachbarinnen schon mal vor. Wir liefen hinterdrein, die anderen vorneweg wie eine Schar Raben mit ihren schwarzen, bis zur Taille reichenden Schleiern, die eher an einen Umhang erinnerten.

»Komm, wir beide gehen jetzt und gedenken des armen Don Anselmo. Wenn ich traurig bin, kriege ich immer so einen Hunger …«

Gemächlich machten wir uns auf zum Café El Buen Gusto, suchten uns jede ein Stück Kuchen aus und setzten uns nach draußen, zwischen Palmen und Blumenbeeten, auf den Platz vor der Kirche. Und schließlich stellte ich ihr die Frage, die mir schon seit dem frühen Morgen auf der Zunge lag.

»Und, haben Sie schon etwas herausbekommen?«

Sie nickte, den Mund voller Baiser.

»Die Sache ist kompliziert. Und kostet einiges.«

»Erzählen Sie schon.«

»Hier in Tetuán kümmert sich jemand um die Formalitäten. Ich habe nicht alle Einzelheiten in Erfahrung bringen können, aber es scheint, dass die Sache in Spanien über das Internationale Rote Kreuz läuft. Die Organisation sucht die Leute in der roten Zone und bringt sie irgendwie zu einem Hafen an der Ostküste, frag mich nicht wie, ich habe nicht die leiseste Ahnung. Irgendwie getarnt, in Lastwagen, zu Fuß, wer weiß. Auf jeden Fall gelangen sie dort an Bord. Diejenigen, die in die nationale Zone wollen, bringen sie nach Frankreich und von dort über die Grenze. Diejenigen, die nach Marokko wollen, kommen, wenn möglich, nach Gibraltar. Obwohl sich das oft als recht schwierig erweist, sodass sie zunächst zu einem anderen Hafen am Mittelmeer müssen. Das nächste Ziel ist dann Tanger, und von dort gelangen sie schließlich nach Tetuán.«

Ich merkte, wie mein Puls sich beschleunigte.

»Und wissen Sie, mit wem ich reden muss?«

Sie lächelte ein wenig traurig und gab mir einen liebevollen Klaps auf den Oberschenkel, der eine Spur glasierten Zuckers auf meinem Rock hinterließ.

»Bevor du mit irgendjemandem sprechen kannst, musst du erst einmal einen ordentlichen Batzen Geld zur Verfügung haben. Und zwar in Pfund Sterling. Habe ich's dir gesagt oder habe ich's dir nicht gesagt, dass das Geld der Engländer das Beste ist?«

»Ich habe so gut wie nichts von meinen Ersparnissen der letzten Monate angerührt«, erklärte ich, ohne auf ihre Frage näher einzugehen.

»Und dann wären da ja noch deine Schulden beim Hotel Continental.«

»Vielleicht reicht es für beides.«

»Das bezweifle ich, Herzchen. Die Sache kostet dich nämlich zweihundertfünfzig Pfund.«

Als ich die Zahl hörte, schnürte sich mir die Kehle zu, und das Stück Blätterteig, das ich gerade aß, blieb mir wie Kleister im Hals stecken. Ich musste husten, und die Schmugglerin klopfte mir kräftig auf den Rücken. Als ich es endlich hinunter bekam, putzte ich mir erst einmal die Nase, bevor ich fragte:

»Könnten Sie mir das Geld nicht leihen, Candelaria?«

»Ich habe nicht eine müde Pesete, meine Kleine.«

»Und das Geld vom Atelier, das ich Ihnen immer bringe?«

»Das habe ich ausgegeben.«

»Wofür denn?«

Sie seufzte tief.

»Für die Beerdigung, für die Medikamente der letzten Zeit und für jede Menge ausstehender Rechnungen, die Don Anselmo bei verschiedenen Leuten hatte. Zum Glück war Doktor Maté ein Freund von ihm und berechnet mir nichts für seine Hausbesuche.«

Ich sah sie ungläubig an.

»Aber er hatte doch das Geld von seiner Rente«, wandte ich ein.

»Davon ist ihm nichts geblieben.«

»Das kann ich mir nicht vorstellen. Er ging doch fast nie vor die Tür, hatte keine Ausgaben ...«

Ihr Lächeln war vieldeutig, mitleidig, traurig und schmunzelnd zugleich.

»Ich weiß nicht, wie das alte Schlitzohr es angestellt hat, aber er hat es geschafft, seine sämtlichen Ersparnisse dem Hilfsfond der Kommunisten, dem Socorro Rojo, zukommen zu lassen.«

Wie entfernt die Möglichkeit auch war, das Geld zusammenzubekommen, um meine Mutter nach Marokko zu holen, wenn ich meine Schulden begleichen wollte, so ging mir die Idee einfach nicht mehr aus dem Kopf. In jener Nacht tat ich fast kein Auge zu, sondern wälzte das Problem hin und her. Ich dachte mir tausend unsinnige Wege aus und zählte wieder und wieder mein gespartes Geld, doch sosehr ich mich auch bemühte, es wurde einfach nicht mehr. Und auf einmal, es wurde schon hell, fiel mir eine andere Lösung ein.

21

Mit einem Schlag verstummten die Gespräche, das Gelächter, das Klappern der Schreibmaschine, und vier Augenpaare richteten sich auf mich. Die Wache war grau und verqualmt, es roch nach Tabak und den säuerlichen Ausdünstungen der gesamten Menschheit. Kein Laut war zu hören, nur das Surren von tausend Mücken und das Rotieren eines Ventilators, der sich gemächlich über unseren Köpfen drehte. Gleich darauf ertönte im Flur hinter mir ein bewundernder Pfiff von jemandem, der mich dort, in meinem besten Kostüm, von vier Tischen umgeben stehen sah, an denen schwitzende Polizisten in Hemdsärmeln sich nach Kräften bemühten zu arbeiten. Oder es zumindest vorgaben.

»Ich möchte zu *comisario* Vázquez«, verkündete ich.

»Er ist nicht da«, erwiderte der Dickste.

»Kommt aber gleich zurück«, ergänzte der Jüngste.

»Sie können auf ihn warten«, meinte der Dünnste.

»Setzen Sie sich doch«, forderte mich der Älteste auf.

So machte ich es mir auf einem Stuhl bequem und blieb dort geschlagene eineinhalb Stunden lang regungslos sitzen. Im Laufe dieser neunzig Minuten, die mir wie eine halbe Ewigkeit vorkamen, gab das Quartett vor, sich wieder seiner Arbeit zu widmen, was es aber nicht tat. Die vier heuchelten rege Betriebsamkeit, doch stattdessen stierten sie mich dreist an und erschlugen mit einer zusammengefalteten Tageszeitung tatkräftig Mücken. Sie wurden nicht müde, obszöne Gesten auszutauschen und sich gegenseitig Zettelchen zu schreiben, die wahrscheinlich gespickt waren mit Anspielungen auf meine Brüste, mein Hinterteil und meine Beine beziehungsweise darauf, was sie mit mir anstellen würden, wenn ich etwas netter zu ihnen wäre. Schließlich erschien dann Don Claudio und ließ die Puppen tanzen: Er kam zur Tür hereingerauscht, riss sich den Hut vom Kopf und zog zugleich die Jacke aus, erteilte Anweisungen, während er versuchte, noch ein paar Notizen zu entziffern, die ihm jemand gerade in die Hand drückte.

»Juárez, geh in die Calle del Comercio, da gab's ne Messerstecherei. Cortés, ich zähle jetzt bis zehn, und wenn bis dahin der Bericht über die Streichholzverkäuferin nicht auf meinem Tisch liegt, jage ich dich mit ein paar Fußtritten in die Wüste. Bautista, was ist mit dem Raub auf dem Weizenmarkt? Cañete …«

An dieser Stelle hörte er auf. Er hörte auf, weil sein Blick auf mich fiel. Und so blieb Cañete, der Dünne, ohne Auftrag.

»Kommen Sie«, sagte er nur und deutete auf ein Büro ganz hinten in der Wache. Er schlüpfte wieder in die Jacke, die er schon halb ausgezogen hatte. »Cortés, der Bericht kann warten. Und ihr, ihr kümmert euch gefälligst um eure Arbeit«, empfahl er dem Rest.

Er schloss die Glastür seines Schlupfwinkels hinter sich und bot mir einen Platz an. Sein Büro war nicht sehr groß, aber deutlich angenehmer als die angrenzende Wache. Er hängte seinen Hut an die Garderobe und machte es sich hinter einem mit Papieren und Akten beladenen Tisch bequem. Schließlich schaltete er einen Ventilator aus Bakelit ein, dessen angenehmer Windhauch mein Gesicht so unverhofft erfrischte wie Wasser in der Wüste.

»Nun, was gibt es?« Sein Ton war neutral. Einerseits wirkte er wie bei unseren ersten Treffen ein wenig beunruhigt und besorgt. Andererseits aber so ernst wie an jenem Oktobertag, als er mich in meinem Atelier besuchte und sich mit mir dahingehend einigte, mir die Luft zum Atmen zu lassen. Und wie bereits im letzten Sommer war sein Gesicht auch diesmal von der Sonne gebräunt. Vielleicht, weil er wie viele andere Bewohner der Stadt regelmäßig an den Strand von Río Martín ging. Vielleicht aber auch, weil er wegen seiner Arbeit ständig draußen unterwegs war, von einem Punkt der Stadt zum anderen hetzte.

Sein Befragungsstil war mir inzwischen vertraut, sodass ich sogleich mit meiner Bitte herausrückte und mich darauf gefasst machte, seine endlosen, wie aus der Pistole geschossenen Fragen zu beantworten.

»Ich brauche meinen Pass.«

»Wofür, wenn ich fragen darf?«

»Um nach Tanger zu fahren.«

»Wieso?«

»Um meine Schulden neu zu verhandeln.«

»Was meinen Sie damit?«

»Ich brauche mehr Zeit.

»Ich dachte, Ihr Modeatelier läuft gut. Ich hatte gehofft, Sie hätten die benötigte Summe für die Tilgung bereits zusammen. Ich weiß, dass Sie betuchte Kundinnen haben, ich habe mich informiert. Man spricht sehr wohlwollend von Ihnen.«

»Ja, der Laden läuft, so viel ist sicher. Und ich habe gespart.«

»Wie viel?«

»Genug, um meine Schulden im Hotel Continental bezahlen zu können.«

»Und? Dann ist doch alles in Ordnung.«

»Es sind andere Probleme entstanden, für die ich dringend Geld benötige.«

»Welcher Art?«

»Probleme mit der Familie.«

Er sah mich mit gespielter Ungläubigkeit an.

»Ich dachte, Ihre Familie lebt in Madrid.«

»So ist es, genau.«

»Erläutern Sie das Problem.«

»Meine ganze Familie ist meine Mutter. Und sie lebt in Madrid. Ich möchte sie von dort wegholen und nach Tetuán bringen.«

»Und Ihr Vater?«

»Ich sagte Ihnen doch schon, dass ich ihn kaum kannte. Ich möchte nur meine Mutter finden.«

»Ich verstehe. Und wie wollen Sie das anstellen?«

Ich erzählte ihm, was Candelaria mir berichtet hatte, natürlich ohne ihren Namen zu erwähnen. Er hörte mir zu, wie er mir immer zugehört hatte – sein forschender Blick bohrte sich dabei in meine Augen, als sauge er meine Worte förmlich mit allen Sinnen auf. Aber im Grunde war ich mir sicher, dass er bereits genauestens darüber im Bilde war, wie diese Transfers von einer Zone in die andere über die Bühne gingen.

»Wann genau wollen Sie nach Tanger?«

»So schnell wie möglich, wenn Sie es mir gestatten.«

Er lehnte sich zurück und sah mich durchdringend an, trommelte mit den Fingern der linken Hand auf dem Tisch herum. Wenn ich in der Lage gewesen wäre, in seinen Kopf hineinzuschauen, hätte ich vielleicht sehen können, wie es in seinem Gehirn arbeitete. Wie er meinen Vorschlag abwog, hin und her überlegte und schließlich eine Entscheidung fällte. Das Ganze konnte nicht lange gedauert haben, aber mir kam es wie eine Ewigkeit vor. Plötzlich hörte er auf, mit den Fingern zu trommeln, und hieb mit der flachen Hand einmal kräftig auf die Tischplatte. Da wusste ich, die Entscheidung war gefallen. Doch bevor er sie mir mitteilte, ging er zur Tür, steckte den Kopf hinaus und rief:

»Cañete, mach einen Passierschein fertig. Auf den Namen Señorita Sira Quiroga. Sofort.«

Erleichtert darüber, dass endlich auch Cañete eine Aufgabe hatte, atmete ich einmal tief durch, sagte allerdings nichts, bis der *comisario* wieder Platz nahm und mich offiziell in Kenntnis setzte.

»Ich gebe Ihnen Ihren Pass, einen Passierschein und zwölf Stunden Zeit für die Fahrt nach Tanger und zurück. Sprechen Sie mit dem Hoteldirektor, mal sehen, was Sie erreichen. Nicht viel, denke ich. Aber einen Versuch ist es wert. Halten Sie mich auf dem Laufenden. Und denken Sie daran: Machen Sie keine Dummheiten!«Er öffnete eine Schublade und kramte darin herum, bis er meinen Pass gefunden hatte. Cañete trat ein, legte ein Blatt auf den Tisch und sah mich wollüstig an. Der *comisario* unterzeichnete das Dokument, und ohne aufzusehen oder den gierigen Blick seines Untergebenen zu registrieren, schnauzte er: »Verzieh dich, Cañete!« Darauf faltete er seelenruhig das Papier, steckte es in meinen Pass und reichte mir beides wortlos. Dann stand er auf, öffnete die Tür und bat mich hinaus. Als ich sein Büro verließ, waren aus den vier Augenpaaren inzwischen sieben geworden. Sieben Männer, die nichts Besseres zu tun hatten, als voller Ungeduld auf mein Erscheinen zu warten, als wäre es das erste Mal, dass eine vorzeigbare Frau ihre Wache betrat.

»Was ist denn hier los? Haben wir etwa schon Feierabend?«, fragte Don Claudio in die Runde.

Automatisch setzten sich alle in Bewegung und begannen hektisch mit irgendeiner Tätigkeit: Sie zogen Papiere aus den Akten, tauschten sich über Fragen aus, die wahnsinnig wichtig zu sein schienen, und hauten in die Tasten der Schreibmaschine, wo sie wahrscheinlich einfach immer wieder denselben Buchstaben zum x-ten Mal tippten.

Ich ging hinaus auf den Bürgersteig. Während ich am geöffneten Fenster vorbeilief, sah ich, wie der *comisario* wieder die Wache betrat.

»Verdammt, Chef, was für eine Braut!«, sagte eine unidentifizierbare Stimme.

»Mach gefälligst den Mund zu, Palomares, oder ich schick dich zum Wacheschieben auf den Pico de las Monas.«

22

Vor Beginn des Bürgerkriegs habe es täglich mehrere Verbindungen für die siebzig Kilometer von Tetuán nach Tanger gegeben, hatte man mir erzählt. Inzwischen war der Verkehr jedoch stark eingeschränkt und die Abfahrtszeiten wechselten ständig, sodass niemand mir etwas Genaues sagen konnte. Deshalb machte ich mich am nächsten Morgen ziemlich nervös, aber fest entschlossen, allen Widrigkeiten zu trotzen, wenn mich nur einer der großen roten Busse an mein Ziel brächte, auf den Weg zum Busbahnhof. Wenn ich es am Vortag eineinhalb Stunden auf dem Kommissariat ausgehalten hatte, umgeben von diesen Trampeltieren mit Stielaugen, dann würde ich wohl auch die Warterei unter untätig herumstehenden Fahrern und ölverschmierten Mechanikern ertragen können. Ich zog wieder mein bestes Kostüm an, band mir ein Seidentuch zum Schutz der Frisur um und setzte eine große Sonnenbrille auf, hinter der ich meine Nervosität verbergen konnte. Es war noch nicht neun Uhr, als ich die Garage des Busunternehmens außerhalb der Stadt fast erreicht hatte. Ich schritt rasch aus, in Gedanken ganz auf die Begegnung mit dem Hoteldirektor des Continental konzentriert, und grübelte zum wiederholten Mal über die Argumente nach, die ich ihm gegenüber anführen wollte. Doch nicht nur meine Schulden belasteten mich, es kam noch ein ebenso unangenehmes Gefühl hinzu. Zum ersten Mal seit meinem Fortgang würde ich nach Tanger zurückkehren, in die Stadt, wo an jeder Ecke Erinnerungen an Ramiro lauerten. Ich wusste, es würde schmerzhaft werden, und die Erinnerung an die Zeit mit ihm wieder sehr real. Ich ahnte, dass mir ein schwieriger Tag bevorstand.

Unterwegs begegnete ich wenigen Menschen und noch weniger Automobilen, es war noch früh am Tag. Umso mehr überraschte es mich, als ein Wagen neben mir bremste. Ein auffälliger schwarzer Dodge mittlerer Größe. Den Wagen hatte ich noch nie gesehen, aber die Stimme, die ich nun vernahm, kannte ich sehr wohl.

»*Morning, dear*. Was für eine Überraschung, dir hier zu begegnen. Kann ich dich irgendwohin mitnehmen?«

»Ich glaube nicht, vielen Dank. Ich bin schon fast da«, erwiderte ich und deutete auf den Busbahnhof.

Unterdessen stellte ich mit einem Blick aus den Augenwinkeln fest, dass meine englische Kundin eines der Kostüme trug, die ich wenige Wochen zuvor für sie angefertigt hatte. Und ebenso wie ich ein helles Kopftuch.

»Willst du mit dem Autobus fahren?«, frage sie mit einem leicht verwunderten Unterton in der Stimme.

»So ist es, ich fahre nach Tanger. Aber trotzdem vielen Dank für das Angebot.«

Als hätte sie gerade einen guten Witz gehört, lachte Rosalinda Fox hell auf.

»*No way, sweetie*. Der Autobus kommt nicht infrage, meine Liebe. Ich fahre auch nach Tanger, steig ein. Und bitte, hör auf, mich zu siezen. Wir sind doch Freundinnen, *aren't we?*«

Blitzschnell erwog ich das Angebot, kam zu dem Schluss, dass es in keiner Weise gegen Don Claudios Anordnungen verstieß, und nahm es an. Dank dieser unerwarteten Einladung ersparte ich mir nicht nur die unbequeme, traurige Erinnerungen heraufbeschwörende Fahrt mit dem Autobus, sondern es würde mir in Gesellschaft auch leichter fallen, nicht ständig nachzugrübeln.

Nachdem wir den Busbahnhof hinter uns gelassen hatten, fuhren wir den Paseo de las Palmeras mit seinen prächtigen großen Villen entlang, die hinter der üppigen Vegetation der Gärten kaum zu sehen waren. Auf eine wies sie mich mit einer Geste hin.

»Dort wohne ich, aber ich glaube, nur noch für kurze Zeit. Wahrscheinlich werde ich bald wieder umziehen.«

»In eine andere Stadt?«

Sie lachte, als hätte ich einen albernen Witz gemacht.

»Nein, nein, um nichts in der Welt! Aber ich werde wahrscheinlich in ein Haus umziehen, das etwas wohnlicher ist. Diese Villa ist ein Traum, doch sie war lange Zeit unbewohnt und es müsste vieles erneuert werden. Die Rohrleitungen sind ein Graus, es kommt fast kein Wasser aus den Hähnen, und ich mag mir gar nicht vorstellen, wie man dort im Winter leben soll. Ich habe es Juan Luis erzählt, und er sucht bereits ein anderes Haus, *a bit more comfortable.*«

Sie erwähnte ihren Geliebten ganz selbstverständlich, ganz selbstsicher, gar nicht ausweichend wie an dem Tag, als der Empfang bei den Deutschen stattfand. Ich zeigte keinerlei Reaktion, als wäre ich über ihr Verhältnis vollkommen im Bilde, als wäre es für mich als Schneiderin vollkommen normal, dass der Hochkommissar in meiner Gegenwart beim Vornamen genannt wurde.

»Ich liebe Tetuán, *it's so, so beautiful.* An manchen Stellen erinnert es mich ein wenig an das beste Viertel in Kalkutta mit seiner üppigen Vegetation und den Häusern im Kolonialstil. Aber das ist längst Vergangenheit.«

»Möchtest du nicht nach Indien zurückkehren?«

»Nein, nein, auf keinen Fall. Das ist vorbei. Es sind ein paar unangenehme Dinge dort passiert, und manche Leute haben sich mir gegenüber ziemlich hässlich benommen. Außerdem gefällt es mir, hin und wieder in einem neuen Land zu leben: früher Portugal, jetzt Marokko, und morgen – *who knows,* wer weiß. In Portugal habe ich etwas mehr als ein Jahr gelebt, zuerst in Estoril, später in

Cascais. Dann änderte sich vieles, und ich beschloss, mich neu zu orientieren.«

Sie redete ununterbrochen, den Blick immer auf die Straße gerichtet. Ich hatte das Gefühl, dass ihr Spanisch sich seit unserer ersten Begegnung verbessert hatte. Das Portugiesische schlug kaum noch durch, allerdings streute sie zwischendurch immer wieder Wörter und Ausdrücke in ihrer Muttersprache Englisch ein. Wir fuhren mit offenem Verdeck, und der Motor machte einen derartigen Lärm, dass man fast schreien musste, um sich Gehör zu verschaffen.

»Bis vor nicht allzu langer Zeit gab es dort, in Estoril und Cascais, eine nette Kolonie von Briten und anderen Ausländern: Diplomaten, europäische Aristokraten, englische Weinhändler, amerikanische Mitarbeiter der Ölfirmen … Ständig feierten wir Feste, alles war ungeheuer billig: die alkoholischen Getränke, die Mieten, das Hauspersonal. Wir spielten Bridge wie verrückt, es war unglaublich lustig. Doch plötzlich, fast über Nacht, wurde alles anders. Mit einem Mal schien die halbe Welt sich dort niederlassen zu wollen. Aus allen Ecken des Empires kamen nun Briten in die Gegend, die ihren Ruhestand nicht im verregneten *old country* verbringen wollten, sondern das milde Klima der portugiesischen Atlantikküste vorzogen. Und königstreue Spanier, die schon ahnten, was auf sie zukam. Und deutsche Juden, die sich in ihrer Heimat nicht mehr wohlfühlten und in Portugal auf gute Geschäfte hofften. Die Preise stiegen *immensely*.« Sie zuckte die Achseln mit einer kindlich anmutenden Geste und fügte hinzu: »Ich nehme an, die Gegend verlor einfach ihren Charme, ihren Zauber.«

Über lange Strecken unterbrachen nur gruppenweise zusammenstehende Feigenkakteen und kleine Zuckerrohrfelder die eintönige, gelblich getönte Landschaft. Wir fuhren durch eine bergige Gegend mit dichtem Kiefernwald, dann wieder hinunter in die trockene Ebene. Die Enden unserer seidenen Kopftücher flatterten im Wind, der Stoff glänzte in der Mittagssonne, während Rosalinda von ihrer abenteuerlichen Ankunft in Marokko berichtete.

»In Portugal hatten sie mir viel von Marokko erzählt, vor allem von Tetuán. Damals war ich eng mit General Sanjurjo und seiner bezaubernden Frau Carmen befreundet. Sie ist *so sweet*. Weißt du, dass sie vor ihrer Heirat Tänzerin gewesen ist? Mein Sohn Johnny hat jeden Tag mit ihrem kleinen Pepito gespielt. Es tat mir furchtbar leid, als José Sanjurjo bei diesem schrecklichen Flugzeugabsturz ums Leben kam. Er war ein absolut hinreißender Mann, äußerlich nicht sehr attraktiv, *to tell you the truth*, aber so sympathisch, so warmherzig. Er sagte immer *guapísssssima* zu mir, von ihm lernte ich meine ersten spanischen Wörter. Er hat mich Juan Luis vorgestellt, als wir im Februar letzten Jahres die Olympischen Winterspiele in Garmisch besuchten und dann im Sommer nach Berlin weiterreisten, und ich war natürlich fasziniert von ihm. Ich nahm meine Freundin Niesha mit. Zwei Frauen, die allein in einem Mercedes quer durch Europa reisen, von Portugal bis nach Berlin, *can you imagine?* Wir sind im Hotel Adlon abgestiegen, du kennst es sicher.«

Ich machte eine Geste, die alles bedeuten konnte, während sie weiterplauderte, ohne mir besondere Aufmerksamkeit zu schenken.

»Berlin, was für eine Stadt, *my goodness*! Die Kabaretts, die Partys, die Nachtclubs, alles so vital, so mitreißend. Die Ehrwürdige Mutter meines anglikanischen Internats hätte einen Herzinfarkt bekommen, wenn sie mich dort gesehen hätte. Eines Abends traf ich die beiden Herren zufällig in der Lounge des Hotels, als sie ein Glas tranken. Sanjurjo war in Deutschland, um Waffenfabriken zu besichtigen, und Juan Luis, der schon seit mehreren Jahren dort lebte und Militärattaché der spanischen Botschaft war, begleitete ihn bei diesen Terminen. Wir plauderten ein bisschen, machten Konversation. Anfangs wollte Juan Luis diskret sein und in meiner Anwesenheit nicht über die Gründe für seine Reise reden, aber José wusste, dass ich eine gute Freundin bin. ›Wir sind bei den Winterspielen gewesen, und auch wir bereiten uns gerade auf Spiele vor, allerdings Kriegsspiele‹, sagte er mit einem lauten Lachen. *My dear José*. Hätte es nicht diesen schrecklichen Absturz gegeben, dann stünde heute vielleicht er und nicht Franco an der

Spitze der nationalen Armee, *so sad. Anyway*, als wir nach Portugal zurückgekehrt waren, kam Sanjurjo immer wieder auf jene Begegnung zu sprechen und erzählte mir von seinem Freund Beigbeder: wie sehr ich ihn beeindruckt hätte, was für ein Leben er im wunderbaren Spanisch-Marokko führte. Weißt du, dass José in den Zwanzigerjahren ebenfalls Hochkommissar in Tetuán war? Er selbst hat die Gärten des Hochkommissariats anlegen lassen, *so beautiful*. Und König Alfonso XIII. hat ihn zum Marqués del Rif ernannt. Den Löwen des Rifs nannte man ihn, *poor dear José*.«

Wir fuhren weiter durch die ausgedörrte Landschaft. Rosalinda, im wahrsten Sinn des Wortes nicht zu bremsen, chauffierte und redete ununterbrochen, sprang von einer Sache zur anderen, bewegte sich durch verschiedene Länder und Zeiträume, ohne sich darum zu kümmern, ob ich ihr durch das Labyrinth ihres Lebens, das sie mir Stück für Stück vorsetzte, überhaupt folgen konnte. Plötzlich blieben wir mitten im Nirgendwo stehen, die Vollbremsung wirbelte eine Wolke von Staub und trockener Erde auf. Wir mussten eine Herde magerer Ziegen vorbeiziehen lassen, denen ein Hirte mit einem schmutzigen Turban und einer abgetragenen, bräunlichen Dschellaba folgte. Als das letzte Tier die Piste überquert hatte, hob er den Stecken, der ihm als Hirtenstab diente, um uns zu signalisieren, dass wir weiterfahren konnten, und sagte etwas, das wir nicht verstanden, wobei er uns die verfaulten Zähne in seinem Mund sehen ließ. Rosalinda gab Gas und nahm ihr Geplauder wieder auf.

»Im Juli letzten Jahres kam es dann zu dem Aufstand. Ich hatte Portugal gerade verlassen, befand mich in London und bereitete meinen Umzug nach Marokko vor. Juan Luis hat mir erzählt, dass es für ihn während des Aufstands manchmal *a bit difficult* war: Es gab ein paar Widerstandsnester, es gab Schießereien und Explosionen, sogar Blut in den Springbrunnen der Gärten, die Sanjurjo so liebte. Aber die Aufständischen erreichten ihr Ziel, und Juan Luis trug auf seine Weise dazu bei. Er selbst war es, der den Kalifen Muley Hassan, den Großwesir und die restlichen moslemischen Würdenträger über die Vorkommnisse informierte. Er spricht perfekt Arabisch, *you know,* er hat an der Akademie für Orientalische Sprachen in Paris studiert und viele Jahre in Afrika gelebt. Er ist ein großer Freund des marokkanischen Volkes und seiner Kultur, er nennt die Marokkaner seine Brüder und sagt, ihr Spanier seid alle *moros*. Er ist so witzig, *so funny.*«

Ich unterbrach sie nicht, doch in meinem Kopf formten sich verschwommene Bilder von hungrigen Marokkanern, die auf fremdem Boden kämpften und ihr Blut für eine Sache gaben, die nicht die ihre war, und das alles für einen armseligen Sold und ein paar Kilo Zucker und Mehl, die, wie man erzählte, die Familien der Berber von der spanischen Armee bekamen, wenn die Männer an der Front kämpften. Organisatorisch verantwortlich für die Rekrutierung dieser armen Marokkaner war, wie Félix mir erzählt hatte, deren guter Freund Beigbeder.

»*Anyway*«, fuhr sie fort, »es gelang ihm in jener Nacht, die gesamte islamische Obrigkeit auf die Seite der Aufständischen zu ziehen, was für den Erfolg der militärischen Operation von entscheidender Bedeutung war. Danach ernannte Franco ihn zum Hochkommissar. Sie kannten sich schon von früher, aber Freunde waren sie eigentlich nicht gerade, nein, nein, nein. Tatsächlich war Juan Luis in die geheimen Planungen des Aufstands anfangs nicht eingeweiht. Die Organisatoren hatten ihn, ich weiß nicht, warum, nicht mit einbezogen. Als Stellvertreter im Amt für Eingeborenenfragen hatte er mehr mit der Verwaltung zu tun, er lebte abseits der Kasernen in seiner eigenen Welt. Er ist ein ganz besonderer Mensch, eher ein Intellektueller als ein Mann für Kampfeinsätze, *you know what I mean*. Er liest und debattiert gern, er lernt fremde Sprachen … *dear* Juan Luis, er ist so unglaublich romantisch.«

Es fiel mir noch immer schwer, den wunderbaren, romantischen Mann, den meine Kundin mir gerade in den schönsten Farben ausmalte, mit einem entschlussfreudigen hohen Militär der aufständischen Armee in Einklang zu bringen, aber es wäre mir nicht im Traum eingefallen, mir das anmerken zu lassen. Dann gelangten wir an einen Kontrollposten, den bis an die Zähne bewaffnete einheimische Soldaten bewachten.

»Gib mir deinen Pass, *please.*«

Ich nahm ihn aus der Tasche, und dazu auch gleich den Passierschein, den mir Don Claudio am Tag zuvor hatte ausstellen lassen. Ich hielt ihr beides hin, und sie griff nach meinem Pass. Von dem zweiten Dokument nahm sie überhaupt keine Notiz. Auf meinen Pass legt sie den ihren und ein zusammengefaltetes Blatt Papier, vermutlich ein Passierschein von unbegrenzter Gültigkeit, mit dem sie bis ans Ende der Welt hätte reisen können, wenn sie denn gewollt hätte. Mit ihrem reizendsten Lächeln reichte sie alles einem der einheimischen Soldaten, der sie mit in ein weiß getünchtes Häuschen nahm. Sofort trat ein spanischer Militär heraus, nahm salutierend Haltung vor uns an und bedeutete uns, dass wir weiterfahren könnten. Rosalinda setzte ihren Monolog fort, allerdings an ganz anderer Stelle als dort, wo sie ein paar Minuten zuvor aufgehört hatte. Unterdessen bemühte ich mich, wieder zur Gelassenheit zurückzufinden. Ich wusste, dass ich keinen Grund hatte, nervös zu sein, meine Papiere waren vollkommen in Ordnung, aber dennoch kribbelte seit dieser Kontrolle mein ganzer Körper vor Aufregung.

»Und so ging ich im Oktober letzten Jahres in Liverpool an Bord eines Schiffes, das in Westindien Kaffee laden sollte und in Tanger Zwischenstation machte. Und dort blieb ich erst einmal, wie geplant. Die Ausschiffung war absolut *crazy*, absoluter Wahnsinn, denn der Hafen von Tanger ist monströs. Du kennst ihn, nicht wahr?«

Diesmal konnte ich guten Gewissens nicken. Meine Ankunft in Tanger vor gut einem Jahr mit Ramiro an der Seite, wie hätte ich sie vergessen können? Die Lichter, die Schiffe, der Strand, die weißen Häuser, die sich von den Bergen bis zum Meer herunterziehen. Das Tuten der Signalhörner, der Geruch nach Salz und Teer. Ich konzentrierte mich lieber wieder auf Rosalinda und ihre Reiseabenteuer. Die melancholischen Erinnerungen konnten noch eine Weile warten.

»Stell dir vor, ich hatte Johnny dabei, meinen Sohn, und Joker, meinen Cockerspaniel, dazu noch den Wagen und sechzehn

Kisten mit meinen Sachen: Kleidung, Teppiche, Porzellan, meine Bücher von Kipling und Evelyn Waugh, Fotoalben, Golfschläger und meinen HMV, mein tragbares Grammophon mit allen meinen Schallplatten: Paul Whiteman und sein Orchester, Bing Crosby, Louis Armstrong … Und natürlich hatte ich auch einen Stapel Empfehlungsschreiben dabei. Das war eines der wichtigsten Dinge, die mein Vater mir beigebracht hat, als ich noch ein kleines Mädchen war, *just a girl,* abgesehen vom Reiten und Bridgespielen, natürlich. Reise niemals ohne Empfehlungsschreiben, sagte er immer, *poor daddy,* er ist vor ein paar Jahren an einer *heart attack* gestorben. Wie ist noch mal das Wort dafür?«, fragte sie und legte dabei ihre Hand auf die linke Brustseite.

»Herzinfarkt?«

»*That's it,* Herzinfarkt. Dank dieser Schreiben fand ich sofort englische Freunde: alte Kolonialbeamte im Ruhestand, Armeeoffiziere, Leute vom diplomatischen Corps, die üblichen Verdächtigen, *you know.* Die meisten waren ziemlich langweilig, *to tell you the truth,* aber durch sie lernte ich auch andere, ganz reizende Leute kennen. Ich mietete mir ein hübsches Häuschen nahe der Dutch Legation, suchte mir ein Dienstmädchen und ließ mich dort für ein paar Monate nieder.«

Neben der Landstraße tauchten vereinzelt kleine weiße Häuser auf und zeigten an, dass wir bald in Tanger ankommen würden. Auch die Zahl der Menschen am Rand der Straße nahm zu: Gruppen einheimischer Frauen mit Bündeln auf dem Rücken, rennende Kinder mit nackten Beinen unter den kurzen Dschellabas, Männer mit Turban und Kapuze darüber, und Tiere, immer wieder Tiere. Esel mit Wasserkrügen links und rechts, eine kümmerliche Schafherde, hin und wieder einige Hühner, die aufgeregt flatterten. Die Stadt nahm langsam Gestalt an. Rosalinda steuerte geschickt ins Zentrum, brauste bei vollem Tempo um die Kurven und beschrieb dabei das Haus, das ihr so sehr gefiel und in dem sie bis vor Kurzem gelebt hatte. Mittlerweile erkannte auch ich einige vertraute Orte wieder, und ich musste mich anstrengen, nicht daran zu denken, mit wem ich in einer Zeit, die ich für eine glückliche hielt, dort gewesen war. Rosalinda parkte den Wagen schließlich an der Plaza de Francia, und zwar mit einer Vollbremsung, sodass Dutzende von Passanten sich nach uns umdrehten. Ohne sich darum zu scheren, streifte sie das Kopftuch ab und begann, im Rückspiegel das Rouge nachzubessern.

»Ich giere nach einem *morning cocktail* in der Bar des Hotels El Minzah. Aber zuvor muss ich noch ein kleines Problem klären. Begleitest du mich?«

»Wohin?«

»Zur Bank of London and South America. Ich will nachsehen, ob der widerliche Kerl, der sich mein Ehemann schimpft, mir endlich meinen Unterhalt überwiesen hat.«

Auch ich nahm mein Kopftuch ab und überlegte gleichzeitig, wie lange mich diese Frau noch mit derartigen Neuigkeiten überraschen würde. Nicht nur, dass sie sich als liebevolle Mutter entpuppte, als ich sie instinktiv als leichtfertige junge Frau eingeordnet hatte. Nicht nur, dass sie mich bat, ihr ein Kleid zu leihen, damit sie zu einem Empfang des deutschen Konsuls gehen konnte, als ich mir vorstellte, sie besäße einen Schrank voller luxuriöser Roben der größten internationalen Modehäuser. Nicht nur, dass sie die Geliebte eines hochrangigen Militärs war, der doppelt so alt war wie sie, als ich annahm, sie sei die Freundin eines oberflächlichen Lebemannes aus dem Ausland. Nein, sie setzte noch eins drauf. Jetzt gab es in ihrem Leben zudem einen Ehemann, der zwar durch Abwesenheit glänzte, aber höchst lebendig war, und der keine allzu große Begeisterung an den Tag zu legen schien, ihr weiterhin Unterhalt zukommen zu lassen.

»Ich glaube, ich kann dich nicht begleiten, ich habe auch einiges zu erledigen«, erwiderte ich auf ihre Einladung hin. »Aber wir können uns später treffen.«

»*All right.*« Sie sah auf die Uhr. »Um eins?«

Ich nickte zustimmend. Es war noch nicht einmal elf, ich hatte also reichlich Zeit für meine Angelegenheiten. Ob ich Glück haben würde, stand auf einem anderen Blatt, doch wenigstens hatte ich Zeit.

23

Die Bar des Hotels El Minzah sah noch genauso aus wie vor einem Jahr. An den Tischen und am Tresen drängten sich grüppchenweise gut gekleidete Männer und Frauen aus ganz Europa, tranken Whisky, Sherry und Cocktails und wechselten im Gespräch mühelos von einer Sprache in die andere. In der Mitte des Raums sorgte ein Klavierspieler mit seinen Melodien für eine angenehme Atmosphäre. Niemand schien es eilig zu haben, nichts schien sich seit dem Sommer 1936 verändert zu haben, mit dem einzigen Unterschied, dass mich am Tresen kein Mann mehr erwartete, der sich mit dem Barkeeper auf Spanisch unterhielt, sondern eine Engländerin, die, ein Glas in der Hand, englisch mit ihm plauderte.

»Sira, meine Liebe!«, rief sie aus, als sie mich kommen sah. »Einen Pink Gin?«, fragte sie, wobei sie ihren Cocktail hochhob.

Mir war es einerlei, ob ich einen Gin mit Angostura trank oder ein Glas Terpentin, also nickte ich mit einem gezwungenen Lächeln.

»Kennst du Dean? Ein alter Freund von mir. Dean, das ist Sira Quiroga, *my dressmaker,* meine Schneiderin.«

Ich erkannte die magere Gestalt des Barkeepers wieder, sein schwermütiges Gesicht mit den dunklen Augen, dem rätselhaften Blick. Ich erinnerte mich, wie er zu der Zeit, als ich mit Ramiro häufig diese Bar besuchte, mit dem einen und anderen redete, wie alle Welt sich an ihn zu wenden schien, wenn man einen Kontakt, eine Empfehlung oder eine heikle Information brauchte. Ich bemerkte, wie er mich musterte, mich in der Vergangenheit ein- und dem mittlerweile verschwundenen Ramiro zuordnete und gleichzeitig feststellte, wie sehr ich mich verändert hatte. Ehe ich etwas sagen konnte, sprach er mich an.

»Waren Sie nicht schon öfter hier, vor einiger Zeit?«

»Vor langer Zeit, ja«, erwiderte ich knapp.

»Ja, jetzt erinnere ich mich. Seitdem ist eine Menge passiert, nicht wahr? Inzwischen sind viel mehr Spanier hier als damals, als Sie uns besuchten.«

Ja, es war viel passiert seither. Tausende von Spaniern, die vor dem Krieg flüchteten, waren nach Tanger gekommen, und Ramiro und ich, wir waren beide unserer Wege gegangen. Mein Leben hatte sich verändert, mein Heimatland, mein Körper, meine Gefühle hatten sich verändert. Alles hatte sich so sehr verändert, dass ich lieber nicht darüber nachdachte, deshalb antwortete ich nichts, sondern tat so, als würde ich etwas in meiner Handtasche suchen. Die beiden plauderten angeregt weiter über diesen und jenen Bekannten, wobei sie immer wieder zwischen Englisch und Spanisch wechselten. Mehrere Male versuchten sie, mich in ihre Unterhaltung einzubeziehen, doch mich interessierten diese Klatschgeschichten nicht im Geringsten. Ich hatte genug damit zu tun, Ordnung in meine eigenen Angelegenheiten zu bringen. Manche Gäste gingen, andere kamen: elegant gekleidete Männer und Frauen, die weder Eile noch irgendwelche Verpflichtungen zu haben schienen. Viele grüßte Rosalinda mit einer anmutigen Geste oder ein paar netten Worten, als wollte sie vermeiden, dass die Begegnungen sich länger hinzogen als unbedingt nötig. Eine Zeit lang glückte ihr das auch, doch dann tauchten zwei Bekannte auf, die bei ihrem Anblick offenbar sofort beschlossen, dass ein schlichtes »Hallo, meine Liebe, ich freue mich, dich zu sehen« auf keinen Fall genügte. Es waren zwei sehr auffallende Damen, blond, schlank und elegant, Ausländerinnen von unbestimmter Herkunft wie jene, deren Gesten und Posen ich vor dem fleckigen Spiegel in der Kammer bei Candelaria so viele Male geübt hatte, um sie mir zu eigen zu machen. Sie begrüßten Rosalinda mit in die Luft gehauchten Küsschen, sodass die Lippen kaum die gepuderten Wangen berührten. Unverfroren und ohne dass jemand sie eingeladen hätte, drängten sie sich zwischen uns. Der Barkeeper mixte ihnen Aperitifs, die Damen holten Tabatièren, Zigarettenspitzen aus Elfenbein und silberne Feuerzeuge heraus. Sie erwähnten Namen und Posten, sprachen von Festen, von angenehmen und unangenehmen Begegnungen: »Erinnerst du dich an jenen Abend in der Villa Harris, du kannst dir nicht vorstellen, was Lucille Dawson mit ihrem letzten Liebhaber passiert ist, ah, übrigens, weißt du, dass Bertie Stewart ruiniert ist?« Und so ging es weiter, bis schließlich eine von ihnen, die Ältere, die besonders viel Schmuck trug, Rosalinda rundheraus die Frage stellte, die beide sicher schon seit dem Augenblick beschäftigte, als sie ihrer ansichtig wurden.

»Nun, meine Liebe, wie geht es dir in Tetuán? Wirklich, wir waren alle unglaublich überrascht, als wir von deinem unerwarteten Fortgang erfuhren. Es ging alles doch sehr, sehr schnell ...«

Rosalinda ließ ein leises, mit einem leicht zynischen Unterton gefärbtes Lachen hören, ehe sie antwortete.

»Ach, mein Leben in Tetuán ist wunderbar. Ich habe ein traumhaftes Haus und fantastische Freunde wie meine liebe Sira, die das beste Atelier für Haute Couture in ganz Nordafrika führt.«

Die beiden beäugten mich neugierig, und ich erwiderte ihre Blicke, indem ich selbstbewusst mein Haar zurückwarf und ein Lächeln aufsetzte, um das Judas mich beneidet hätte. »Nun, vielleicht kommen wir eines Tages nach Tetuán und schauen bei ihr vorbei. Wir sind ganz verrückt nach Mode, und ehrlich gesagt haben wir die Schneiderinnen in Tanger schon ein bisschen satt, nicht wahr, Mildred?«

Die Jüngere pflichtete ihr überschwänglich bei und riss das Gespräch gleich an sich.

»Wir würden dich wahnsinnig gern in Tetuán besuchen, liebste Rosalinda, aber diese Formalitäten an der Grenze sind so lästig, seit in Spanien Krieg ist ...«

»Vielleicht wäre es ja denkbar, dass du uns mit deinen Kontakten Passierscheine beschaffst. Dann könnten wir euch beide besuchen. Und womöglich bekämen wir auch Gelegenheit, den einen oder anderen deiner neuen Freunde kennenzulernen ...«

Die beiden Blondinen spielten sich gegenseitig den Ball zu. Dean, der Barkeeper, blieb mit gleichmütiger Miene hinter dem Tresen auf Posten, um nur ja nichts zu verpassen. Rosalindas Lächeln war inzwischen zur Maske erstarrt. Die zwei Damen plapperten ungeniert weiter und fielen sich gegenseitig ins Wort.

»Das wäre toll! *Tout le monde* in Tanger brennt darauf, meine Liebe, deine neuen Freunde kennenzulernen.«

»Nun ja, im Vertrauen gesagt, dafür sind wir schließlich wahre Freundinnen, nicht wahr? Eigentlich interessiert uns vor allem einer deiner neuen Freunde. Es soll jemand ganz Besonderer sein, haben wir gehört.«

»Vielleicht könntest du uns zu einem seiner Abendempfänge einladen, dann würde er deine alten Freunde aus Tanger kennenlernen. Wir würden nur zu gerne kommen, nicht wahr, Olivia?«

»Das wäre großartig. Wir haben es so satt, immer dieselben Gesichter zu sehen. Zur Abwechslung die Vertreter der neuen spanischen Regierung kennenzulernen wäre faszinierend.«

»Ja, das wäre wirklich fantastisch… Außerdem hat das Unternehmen, das mein Mann vertritt, einige neue Produkte entwickelt, die für die nationale Armee sehr interessant sein könnten. Vielleicht würde es ihm mit einer kleinen Unterstützung deinerseits gelingen, sie in Spanisch-Marokko einzuführen.«

»Und mein armer Arnold ist seines momentanen Postens in der Bank of British West Africa schon ein wenig überdrüssig. Womöglich könnte er in Tetuán, in deinem Freundeskreis, etwas finden, das ihm mehr zusagt…«

Rosalindas Lächeln zerfiel langsam, sie bemühte sich nicht einmal mehr darum, die Fassade aufrechtzuerhalten. Als sie fand, dass sie nun genug Banalitäten gehört hätte, ignorierte sie die beiden Blondinen und wandte sich zuerst mir, dann dem Barkeeper zu.

»Sira, *darling,* gehen wir im Roma Park essen? Dean, *please, be a love* und setze unsere Drinks auf meine Rechnung.«

Er schüttelte energisch den Kopf.

»Nein, die gehen aufs Haus.«

»Unsere auch?«, fragte wie aus der Pistole geschossen Olivia. Oder vielleicht war es Mildred.

Ehe der Barkeeper etwas erwidern konnte, gab Rosalinda ihr unmissverständlich Antwort.

»Eure nicht!«

»Warum?«, wollte Mildred wissen und machte ein erstauntes Gesicht. Oder vielleicht war es Olivia.

»Weil ihr richtige *bitches* seid. Wie sagst du noch mal dazu, Sira, *darling?*«

»Miststücke«, sagte ich ohne mit der Wimper zu zucken.

»*That's it.* Miststücke, zwei hinterhältige Weiber.«

Wir verließen die Bar des Hotels El Minzah in dem Wissen, dass uns zahllose Blicke folgten. Selbst für eine kosmopolitische und tolerante Gesellschaft wie die in Tanger war die öffentliche Affäre einer verheirateten jungen Engländerin mit einem Militär des nationalen Lagers, einem reifen und mächtigen Mann, ein pikanter Leckerbissen zum Cocktail.

24

»Ich nehme an, dass viele Leute meine Beziehung zu Juan Luis verwunderlich finden, aber für mich ist es, als hätte uns das Schicksal seit Anbeginn der Zeit füreinander bestimmt.«

Natürlich gehörte auch ich zu denen, die das Paar äußerst ungewöhnlich fanden. Ich tat mich schwer mit der Vorstellung, dass diese Frau mit ihrer sympathischen Ausstrahlung, ihrer weltgewandten und ausgesprochen koketten Art, die mir gegenübersaß, eine feste Beziehung zu einem nüchternen Militär von hohem Rang unterhielt, der zudem doppelt so alt war wie sie. Die Brise vom nahen Meer ließ das blau-weiß gestreifte Sonnendach über unseren Köpfen flattern, während wir auf der Terrasse Fisch aßen und dazu Weißwein tranken. Mit sich brachte sie einen Geruch nach Salpeter und traurige Erinnerungen, die ich mich zu verscheuchen bemühte, indem ich mich auf das Gespräch mit Rosalinda konzentrierte. Es schien, als wollte sie unbedingt mit jemandem über ihre Beziehung zum Hochkommissar sprechen, jemandem ihre persönliche Sicht mitteilen, die nichts zu tun hatte mit den wilden Klatschgeschichten, die in Tanger und Tetuán in Umlauf waren, wie sie wusste. Aber warum wollte sie sich ausgerechnet mir anvertrauen, einem Menschen, den sie kaum kannte?

Trotz meiner Fassade als Schneiderin für elegante Mode hätte unsere Herkunft nicht unterschiedlicher sein können. Und ebenso unsere Gegenwart. Sie kam aus einer Welt reicher Kosmopoliten und Müßiggänger, ich war nichts weiter als eine selbstständige Schneiderin, Tochter einer einfachen, alleinstehenden Frau, aufgewachsen in einem Arbeiterviertel von Madrid. Sie hatte eine leidenschaftliche Romanze mit einem hohen Offizier jener Armee, die den Krieg provoziert hatte, der nun meine Heimat verwüstete. Ich hingegen arbeitete Tag und Nacht für mein Fortkommen. Doch trotz allem hatte sie beschlossen, sich mir anzuvertrauen. Vielleicht weil sie meinte, sich auf diese Weise bei mir für den Gefallen revanchieren zu können, den ich ihr mit dem Delphos-Kleid erwiesen hatte. Vielleicht weil sie dachte, dass ich sie als unabhängige Frau in etwa demselben Alter besser verstehen könnte. Oder vielleicht ganz einfach deshalb, weil sie sich einsam fühlte und das dringende Bedürfnis verspürte, jemandem ihr Herz auszuschütten. Und dieser Jemand war zufällig ich.

»Vor seinem tragischen Tod bei diesem Flugzeugabsturz drängte Sanjurjo mich ständig, ich solle, sobald ich mich in Tanger eingerichtet hätte, unbedingt seinen Freund Juan Luis Beigbeder y Atienza in Tetuán besuchen. Immer wieder kam er auf unsere Begegnung im Hotel Adlon in Berlin zu sprechen und wie sehr sich Beigbeder freuen würde, mich wiederzusehen. Auch ich, *to tell you the truth,* war daran interessiert, diesen Mann wiederzutreffen – ich hatte ihn faszinierend gefunden, unglaublich interessant, unglaublich gebildet, ein echter spanischer *caballero* vom Scheitel bis zur Sohle. Und so beschloss ich ein paar Monate später, dass es an der Zeit wäre, in die Hauptstadt des Protektorats zu fahren und ihm einen Besuch abzustatten. Inzwischen hatte sich einiges verändert, *obviously*. Er hatte nicht mehr das Amt für Eingeborenenfragen inne, sondern den höchsten Posten im Hochkommissariat. Und dorthin machte ich mich nun in meinem Austin 7 auf den Weg. *My God!* Nie werde ich diesen Tag vergessen! Als ich in Tetuán ankam, war mein erster Gang der zum englischen Konsul, Monk-Mason, du kennst ihn sicher, oder? Ich nenne ihn immer *old monkey,* alter Affe. Er ist so furchtbar, furchtbar langweilig, der Arme.«

Ich führte gerade mein Weinglas zum Mund und nutzte diesen Umstand, um mich mit einer vagen Geste um eine Antwort zu drücken. Ich kannte diesen Monk-Mason nicht, hatte nur meine Kundinnen gelegentlich von ihm reden hören, doch das wollte ich gegenüber Rosalinda nicht zugeben.

»Als ich dem Konsul erzählte, dass ich die Absicht hatte, Beigbeder zu besuchen, war er schwer beeindruckt. Du weißt sicher, dass *His Majesty's government,* die englische Regierung, im Gegensatz zu den Deutschen und Italienern, praktisch überhaupt keinen Kontakt zu den Vertretern des nationalen Lagers hat, weil sie nach wie vor nur die republikanische Regierung als legitim anerkennt, deshalb dachte Monk-Mason, mein Besuch bei Juan Luis könnte für die britischen Interessen sehr nützlich sein. Und so machte ich mich in meinem Auto und nur begleitet von Joker, meinem Hund, noch am Vormittag auf den Weg zum Hochkommissariat. Am Eingang zeigte ich das Empfehlungsschreiben vor, das Sanjurjo mir kurz vor seinem Tod gegeben hatte, und jemand brachte mich durch Gänge voller Militärs und zahlloser Spucknäpfe – *how very disgusting,* wie ekelhaft! – zum Privatsekretär von Juan Luis, und dieser Sekretär, Jiménez Mouro, führte mich sofort in dessen Arbeitszimmer. Angesichts des Kriegs und seiner Stellung dachte ich, der neue Hochkommissar würde mir in einer imposanten Uniform und mit zahlreichen Orden dekoriert entgegentreten, aber nein, ganz im Gegenteil. Genau wie an jenem Abend in Berlin trug Juan Luis einen schlichten dunklen Straßenanzug, der ihn nach allem Möglichen aussehen ließ, nur nicht nach einem Militär. Er freute sich außerordentlich über meinen Besuch, benahm sich mir gegenüber ganz zauberhaft, wir plauderten und er lud mich zum Essen ein, aber ich hatte bereits Monk-Masons Einladung angenommen, deshalb verabredeten wir uns für den nächsten Tag.«

Inzwischen waren die Tische um uns herum nahezu alle besetzt. Hin und wieder grüßte Rosalinda jemanden mit einer schnellen Geste oder einem kurzen Lächeln, ohne sich jedoch bei der Schilderung jener ersten Begegnungen mit Beigbeder unterbrechen zu lassen. Auch ich erkannte einige vertraute Gesichter wieder, Leute, die ich durch Ramiro kennengelernt hatte und nun lieber ignorierte. Deshalb konzentrierten wir uns beide nur aufeinander: Sie redete, ich hörte zu, wir aßen unseren Fisch, tranken gekühlten Wein und kümmerten uns nicht um den Rest der Welt.

»Als ich am nächsten Tag ins Hochkommissariat ging, erwartete ich, der Umgebung entsprechend, ein formelles Essen: ein großer Tisch, Förmlichkeiten, Kellner, die herumstehen … Aber Juan Luis hatte für uns einen schlichten Tisch für zwei Personen an einem geöffneten Fenster zum Garten vorbereiten lassen. Ein unvergesslicher Lunch. Er redete ohne Unterlass über Marokko, sein glückliches Marokko, wie er es nennt. Über die Magie des Landes, seine Geheimnisse, seine faszinierende Kultur. Nach dem Mittagessen beschloss er, mir die Umgebung von Tetuán zu zeigen, *so beautiful*. Wir fuhren mit seinem Dienstwagen, stell dir vor, mit einer Schar von Polizisten und Adjutanten auf Motorrädern im Gefolge, *so embarrassing*! *Anyway*, wir landeten schließlich am Strand und setzten uns ans Ufer, während die anderen an der Straße warteten, *can you believe it*?«

Sie lachte auf, und auch ich lächelte. Es musste wirklich eine sonderbare Situation gewesen sein: Der höchste Vertreter des Staates im Protektorat mit einer erst vor Kurzem angekommenen Ausländerin, die seine Tochter sein könnte, und die beiden sitzen offen flirtend am Ufer des Meeres und werden dabei von dem motorisierten Gefolge ungeniert aus der Ferne beobachtet.

»Und dann nahm er zwei Steine, einen weißen und einen schwarzen, führte die Hände hinter den Rücken und hielt sie dann mit geschlossener Faust vor sich. ›Wähl aus‹, sagte er. ›Was soll ich auswählen‹, fragte ich. ›Eine Hand‹, erwiderte er. ›Wenn es die mit dem schwarzen Stein ist, verschwindest du heute aus meinem Leben und ich werde dich nie wiedersehen. Wenn es die mit dem weißen ist, dann bedeutet das, das Schicksal will, dass du bei mir bleibst.‹«

»Und, kam der weiße Stein?«

»Es kam tatsächlich der weiße Stein«, bestätigte sie mit einem strahlenden Lächeln. »Ein paar Tage später schickte er zwei Wagen nach Tanger, einen Chrysler Royal zum Transport meiner Sachen, und für mich den Dodge Roadster, mit dem wir heute gekommen sind, ein Geschenk des Direktors der Banca Hassan in Tetuán, den Juan Luis mir zugedacht hat. Seit damals waren wir keinen Tag mehr getrennt, außer wenn er aufgrund seiner Verpflichtungen verreisen musste. Momentan wohne ich mit meinem Sohn Johnny in dem Haus am Paseo de las Palmeras, einer wunderschönen Villa mit einem Bad, das eines Maharadschas würdig wäre, und einer Toilette wie einem Königsthron, aber von den Wänden fällt der Putz und es gibt nicht einmal fließendes Wasser. Juan Luis wohnt nach wie vor im Hochkommissariat, denn so verlangt es sein Amt. Wir haben nicht vor zusammenzuwohnen, doch er findet trotzdem, dass er keinen Grund hat, seine Beziehung zu mir zu verheimlichen, obwohl sich daraus für ihn manchmal durchaus heikle Situationen ergeben können.«

»Weil er verheiratet ist ...«, meinte ich.

Sie lachte unbekümmert und schob sich eine Haarsträhne aus dem Gesicht.

»Nein, nein, das ist nicht wirklich wichtig, ich bin auch verheiratet. Das ist ganz allein unsere Sache, *our concern,* absolut privat. Das Problem ist eher öffentlicher, sagen wir, offizieller Art. Manche Leute finden, dass eine Engländerin einen nicht gerade ratsamen Einfluss auf ihn ausüben könnte, und das lässt man uns auch ganz unverhohlen spüren.«

»Wer denkt denn so?« Rosalinda sprach derart offen mit mir, dass ich mich ganz automatisch berechtigt fühlte, sie um eine Erklärung zu bitten, als ich bei ihrer Erzählung nicht mehr mitkam.

»Die Nazis, die im Protektorat leben. Allen voran Langenheim und Bernhardt. Sie denken, der Hochkommissar müsste mit jeder Faser seines Herzens für die Deutschen sein, hundertprozentig auf ihrer Seite stehen, da sie euch schließlich in eurem Krieg unterstützen. Sie waren von Anfang an bereit, den Nationalisten Waffen und Flugzeuge zu stellen. Tatsächlich wusste Juan Luis, dass sie in jenen ersten Tagen des Aufstands von Tetuán nach Bayreuth reisten, um mit Hitler zu sprechen, der dort wie jedes Jahr die Wagner-Festspiele besuchte. Hitler beriet sich mit Admiral Canaris, und Canaris empfahl ihm, die erbetene Unterstützung zu gewähren, sodass der Führer noch von dort aus den Befehl gab, alles Erbetene nach Spanisch-Marokko zu schicken. Ohne diese Unterstützung hätten die Truppen der spanischen Afrika-Armee die Meerenge nicht überwinden können, die Hilfe der Deutschen war also entscheidend. Seit dieser Zeit bestehen offensichtlich sehr enge Beziehungen zwischen den beiden Armeen. Aber die Nazis in Tetuán denken, dass Juan Luis' Zuneigung zu mir ihn zu einer eher pro-britischen Haltung veranlassen könnten.«

Ich erinnerte mich an Félix' Bemerkungen über die Ehemänner von Frau Langenheim und ihrer Landsmännin Bernhardt, seine Anspielungen auf jene frühzeitige militärische Unterstützung, die sie in Deutschland erwirkt hatten und die offenbar nicht nur nicht eingestellt, sondern immer offenkundiger wurde. Und ich musste daran denken, wie ängstlich besorgt Rosalinda gewesen war, bei jenem ersten offiziellen Auftritt beim deutschen Konsul am Arm ihres Geliebten nur ja einen untadeligen Eindruck zu machen. Da glaubte ich zu verstehen, was sie meinte, doch ich spielte die Sache herunter, um sie zu beruhigen.

»Wahrscheinlich solltest du dir deswegen nicht groß den Kopf zerbrechen. Er kann sich doch den Deutschen gegenüber loyal verhalten und gleichzeitig mit dir zusammen sein, das sind ja schließlich zwei Paar Schuhe – auf der einen Seite sein Amt, auf der anderen sein Privatleben. Diejenigen, die so denken, haben sicher nicht recht.«

»Nein, nein, sie haben durchaus recht.«

»Ich verstehe nicht, was du meinst.«

Sie sah sich rasch auf der halb leeren Terrasse um. Wir saßen schon so lange dort ins Gespräch vertieft, dass nur noch zwei oder drei Tische besetzt waren. Der Wind hatte sich gelegt, die Markisen bewegten sich kaum noch. Einige Kellner mit kurzer weißer Jacke und Tarbusch – der typischen orientalischen Kopfbedeckung aus rotem Filz – verrichteten schweigend ihre Arbeit und schüttelten Servietten und Tischdecken aus. Da senkte Rosalinda ihre Stimme zu einem Flüstern, doch sie klang dennoch sehr entschlossen.

»Sie haben recht mit ihren Mutmaßungen, denn ich, *my dear,* habe die Absicht, alles zu tun, was in meiner Macht steht, damit Juan Luis freundschaftliche Beziehungen zu meinen Landsleuten eingeht. Mir ist der Gedanke unerträglich, dass bei eurem Krieg die nationalistischen Truppen siegen könnten und Deutschland zum großen Verbündeten des spanischen Volkes wird, Großbritannien hingegen eine feindliche Macht. Und ich werde es aus zwei Gründen tun. Zum einen aus rein sentimentalem Patriotismus, weil ich will, dass die Nation des Mannes, den ich liebe, mit meinem eigenen Land befreundet ist. Zum anderen, *however,* aus einem wesentlich pragmatischeren und objektiveren Grund. Wir Engländer trauen den Nazis nicht, die Sache fängt an zu stinken. Es ist vielleicht ein bisschen gewagt, von einem neuen großen Krieg in Europa zu reden, aber man weiß ja nie. Wenn es allerdings so kommen sollte, dann wäre es mir lieber, euer Land wäre auf unserer Seite.«

Fast hätte ich ihr ganz offen gesagt, dass unser armes Land sich gar nicht leisten könne, an einen zukünftigen Krieg zu denken, dass der gegenwärtige uns schon genug Leid bescherte. Dass bei uns Bürgerkrieg herrschte, schien sie gar nicht zu wissen, obwohl doch ihr Geliebter in einer der beteiligten Parteien eine wichtige Rolle spielte. Schließlich entschied ich mich, bei ihrem Thema zu bleiben, weiter über eine Zukunft zu reden, die vielleicht nie eintraf, und die gegenwärtige Tragödie lieber nicht zu vertiefen. Für mich brachte der Tag schon genug Bitteres mit sich.

»Und wie willst du das anstellen?«, fragte ich deshalb nur.

»*Well,* du musst nicht glauben, dass ich großartige persönliche Kontakte nach Whitehall habe, *not at all*«, sagte sie mit einem kleinen Lachen. Ich machte mir in Gedanken automatisch eine Notiz, dass ich Félix fragen musste, worum es sich bei Whitehall handelte, doch mein Gesichtsausdruck ließ nur konzentrierte Aufmerksamkeit erkennen. »Aber du weißt ja, wie das funktioniert«, fuhr Rosalinda fort. »Bekannte von Bekannten, die irgendwie miteinander zu tun haben … Deshalb dachte ich, ich versuche es erst einmal mit ein paar Freunden von mir hier in Tanger – Oberst Hal Durand, General Norman Beynon und seiner Frau Mary –, sie haben alle exzellente Kontakte zum Foreign Office. Im Moment halten sie sich alle in London auf, doch ich habe vor, mich demnächst einmal mit ihnen zu treffen und ihnen Juan Luis vorzustellen. Und ich will darauf hinwirken, dass sie miteinander reden und sich gut vertragen.«

»Und glaubst du, dass er da mitmacht, dass er dich ohne Weiteres bei seinen offiziellen Angelegenheiten mitmischen lässt?«

»*But of course, dear,* natürlich«, bekräftigte sie vollkommen überzeugt und wischte sich mit einer anmutigen Bewegung eine Haarsträhne aus dem Gesicht, die ihr über das linke Auge hing. »Juan Luis ist ein schrecklich intelligenter Mensch. Er kennt die Deutschen sehr gut, er hat viele Jahre bei ihnen gelebt und fürchtet, dass Spanien für all die Unterstützung, die es von dort bekommt, auf lange Sicht einen zu hohen Preis wird zahlen müssen. Außerdem hält er sehr viel von den Engländern, weil wir noch nie einen Krieg verloren haben, und er ist, *after all,* ein Militär, und solche Dinge sind ihm sehr wichtig. Und vor allem, *my dear Sira* – Juan Luis betet mich an, und das ist die Hauptsache. Er selbst sagt es jeden Tag: Für seine Rosalinda würde er sogar in die Hölle hinabsteigen.«

Als wir uns anschickten zu gehen, waren die Tische auf der Terrasse schon zum Abendessen gedeckt, und die Schatten kletterten bereits an den Gartenmauern empor. Rosalinda beharrte darauf, das Essen zu bezahlen.

»Endlich habe ich meinen Mann so weit, dass er mir meinen Unterhalt überweist. Lass mich dich einladen, bitte.«

Ohne Eile gingen wir zu ihrem Auto und machten uns auf den Rückweg nach Tetuán. Wir bewegten uns fast noch innerhalb der zwölf Stunden, die mir *comisario* Vázquez zugestanden hatte. Doch nicht nur unsere Fahrtroute verlief nun umgekehrt, auch unsere Kommunikation. Bei der Hinfahrt und den Rest des Tages hatte Rosalinda das Gespräch praktisch allein bestritten, und nun war es offenbar Zeit für einen Rollentausch.

»Du musst mich für unglaublich egozentrisch halten, dass ich ständig nur von meinen Sachen rede. Erzähl mir doch von dir. *Tell me now,* sag, wie ist es dir heute Vormittag mit deinen Angelegenheiten gegangen?«

»Schlecht«, erwiderte ich kurz und bündig.

»Schlecht?«

»Ja, schlecht, sehr schlecht.«

»*I'm sorry, really*. Das tut mir leid. Etwas Wichtiges?«

Nein, hätte ich sagen können. Verglichen mit den Dingen, die sie beschäftigten, mangelte es meinen Problemen an den nötigen Zutaten, um ihr Interesse zu wecken: Es waren weder hochrangige Militärs noch Konsuln oder Minister darin verwickelt. Es ging nicht um politische Interessen, nicht um Fragen der Staatsräson oder die Vorzeichen für einen neuen großen Krieg in Europa, und nicht im Entferntesten um so verwickelte Beziehungen wie die, in die sie verstrickt war. Meine bescheidenen kleinen Sorgen ließen sich an einer Hand abzählen: ein gebrochenes Herz, ein Berg Schulden und ein Hoteldirektor, der wenig Verständnis zeigte; die tagtägliche Arbeit, um mein Geschäft aufzubauen; ein Heimatland, das im Blut ertrank und in das ich nicht zurückkehren konnte; und die Sehnsucht nach meiner Mutter, die so weit weg von mir war. Nein, hätte ich sagen können, meine kleinen Tragödien waren nicht weiter wichtig. Ich hätte meine Probleme für mich behalten, sie nur mit der Dunkelheit meiner leeren Wohnung teilen können. Das hätte ich tun können, ja. Doch ich tat es nicht.

»Für mich persönlich war es sehr wichtig. Ich möchte meine Mutter aus Madrid und zu mir nach Marokko holen, aber dafür brauche ich eine erhebliche Summe Geld, die ich nicht habe, weil ich meine Ersparnisse zuerst für andere dringende Zahlungen benötige. Heute Morgen habe ich versucht, einen Zahlungsaufschub zu erreichen, aber es ist mir nicht gelungen. Deshalb werde ich nichts für meine Mutter tun können, fürchte ich. Und das Schlimmste ist, dass es scheinbar immer schwieriger wird, von einer Zone in die andere zu gelangen.«

»Lebt sie allein?«, fragte Rosalinda mit besorgter Miene.

»Ja, sie ist allein, vollkommen allein, sie hat nur mich.«

»Und dein Vater?«

»Mein Vater … na ja, das ist eine lange Geschichte. Jedenfalls leben sie nicht zusammen.«

»Das tut mir schrecklich leid, Sira, meine Liebe. Es muss sehr hart für dich sein, sie in der roten Zone zu wissen, unter diesen Leuten, wo ihr alles Mögliche zustoßen kann …«

Ich sah sie traurig an. Wie sollte ich ihr begreiflich machen, was sie nicht verstehen konnte, wie sollte ich diesem hübschen, blond gewellten Kopf begreiflich machen, welche Tragödie mein Heimatland gegenwärtig durchlebte.

»Diese Leute sind ihre Leute, Rosalinda. Meine Mutter ist bei ihren Leuten, sie ist zu Hause, in ihrem Viertel, bei ihren Nachbarn. Sie gehört zu dieser Welt, zum Volk von Madrid. Nicht wegen der Dinge, die ihr dort zustoßen könnten, will ich sie zu mir nach Tetuán holen, sondern weil sie das Einzige ist, was ich in diesem Leben habe, und es belastet mich mit jedem Tag mehr, dass ich keine Nachricht von ihr erhalte. Seit einem Jahr habe ich nichts von ihr gehört, ich habe keine Ahnung, wie es ihr geht, wovon sie lebt, wie sie in diesen schwierigen Zeiten über die Runden kommt.«

Wie bei einem Luftballon, in den man eine Nadel sticht, platzte von einer Sekunde auf die andere der ganze Schwindel von meinem aufregenden früheren Leben. Und das Erstaunlichste war – es war mir vollkommen gleichgültig.

»Aber … Ich habe gehört … dass deine Familie …«

Ich ließ sie nicht ausreden. Rosalinda war ehrlich zu mir gewesen und hatte mir ihre Geschichte erzählt, ohne etwas zu verheimlichen. Jetzt war für mich der Moment gekommen, ebenfalls aufrichtig zu sein. Vielleicht würde ihr die Version meines Lebens, die sie nun zu hören bekam, nicht gefallen. Vielleicht würde sie ihr, verglichen mit dem abenteuerlichen Leben, das sie gewohnt war, sehr langweilig erscheinen. Vielleicht würde sie auf der Stelle beschließen, mit mir niemals mehr einen Pink Gin zu trinken, mich niemals mehr zu einer Fahrt nach Tanger in ihrem Dodge-Cabrio einzuladen, doch die Wahrheit musste jetzt einfach heraus. Ich hatte schließlich nur diese eine Wahrheit.

»Meine Familie besteht aus meiner Mutter und mir. Wir sind beide Schneiderinnen, einfache Schneiderinnen mit keinem anderen Kapital als unseren Händen. Seit meiner Geburt hatte mein Vater keinerlei Beziehung zu uns. Er gehört einer anderen Gesellschaftsschicht an, einer anderen Welt. Er hat Geld, ein Unternehmen, Kontakte, eine Frau, die er nicht liebt, und zwei Söhne, mit denen er sich nicht versteht. Das alles hat er. Oder hatte, ich weiß es nicht. Beim ersten und letzten Mal, als ich ihn sah, hatte der Krieg noch nicht begonnen, und er ahnte bereits, dass man ihn umbringen würde. Und mein Bräutigam, jener attraktive und unternehmungslustige Verlobte, der angeblich als Firmenmanager in Argentinien arbeitet und finanzielle Angelegenheiten klären muss – er existiert gar nicht. Es stimmt, dass ich einmal mit einem Mann zusammen war, und es kann sein, dass er gegenwärtig in jenem Land geschäftlich tätig ist, aber das ist mir inzwischen vollkommen gleichgültig. Er ist nichts weiter als ein Schuft, der mir das Herz gebrochen und alles genommen hat, was ich besaß. Es ist mir lieber, nicht mehr von ihm zu reden. Das ist mein Leben, Rosalinda, ganz anders als deines, wie du siehst.«

Als Erwiderung auf meine Beichte kam von ihr ein Wortschwall in Englisch, bei dem ich lediglich das Wort *Morocco* identifizieren konnte.

»Ich habe kein Wort verstanden«, entgegnete ich verwirrt.

Daraufhin antwortete sie mir in Spanisch.

»Ich habe gesagt, dass es keinen Menschen interessiert, woher du kommst, wenn du die beste Schneiderin in ganz Marokko bist. Und was deine Mutter betrifft, nun ja. Wie heißt es doch so schön: Gott lässt sinken, aber nicht ertrinken. Es wird sich schon eine Lösung finden, du wirst sehen.«

25

Am frühen Morgen des nächsten Tages ging ich wieder aufs Kommissariat, um Don Claudio vom Scheitern meiner Verhandlungsbemühungen in Kenntnis zu setzen. Nur zwei der vier Polizisten saßen an ihrem Platz: der Alte und der Dünne.

»Der Chef ist noch nicht da«, verkündeten sie im Chor.

»Wann kommt er denn für gewöhnlich?«, fragte ich.

»Um halb zehn«, sagte der eine.

»Oder um halb elf«, meinte der andere.

»Oder erst morgen.«

»Oder gar nicht.«

Beide lachten, während sie mich sabbernd anstierten. Ich merkte, dass mir die Kraft fehlte, diese Ochsen noch eine Minute länger zu ertragen.

»Sagen Sie ihm bitte, dass ich hier gewesen bin. Und dass ich in Tanger war, dort aber nichts erreicht habe.«

»Euer Wunsch sei mir Befehl, meine Königin«, antwortete einer von ihnen.

Grußlos ging ich zur Tür. Ich war schon fast draußen, als ich Cañetes Stimme hörte, der mir nachrief:

»Wenn du willst, stell ich dir noch einen Passierschein aus, Schätzchen.«

Ich blieb nicht stehen, ballte lediglich die Hände zur Faust. Doch ohne mir dessen bewusst zu sein, rief dies alte, vertraute Mechanismen aus meiner Madrider Zeit in mir wach. Ich neigte den Kopf seitlich, nur ein wenig, aber es reichte, um meinen Worten genügend Nachdruck zu verleihen.

»Stell ihn besser für deine verdammte Mutter aus!«

Glücklicherweise begegnete ich dem *comisario* dann draußen, auf offener Straße. Weit genug von seiner Dienststelle entfernt, sodass er nicht auf die Idee kam, mich erneut dorthin zu bitten. In Tetuán lief man sich ständig über den Weg. Das war nicht weiter schwer, denn im spanischen Viertel gab es nicht so viele Straßen, sodass man sich im Laufe des Tages zwangsläufig irgendwann begegnete. Wie so oft trug er einen hellen Leinenanzug und roch frisch rasiert, bereit, den Tag zu beginnen.

»Ihre Miene verheißt nichts Gutes«, sagte er sogleich, als er mich erblickte. »Die Dinge im Hotel Continental scheinen wohl nicht allzu positiv gelaufen zu sein.« Nach einem kurzen Blick auf seine Uhr meinte er: »Kommen Sie, gehen wir einen Kaffee trinken.«

Er ging mit mir ins Casino Español, einem prächtigen Gebäude an der Ecke mit Balkonen aus weißem Stein und großen, zur Hauptstraße geöffneten Fenstertüren. Mit einer quietschenden Eisenstange kurbelte ein marokkanischer Kellner gerade die Markisen herunter, zwei oder drei andere stellten auf dem Gehsteig Tische und Stühle im Schatten auf. Ein neuer Tag begann. Im kühlen Innenraum, der durch eine breite Marmortreppe in zwei Säle geteilt war, saß niemand. Er führte mich in die linke Hälfte.

»Guten Morgen, Don Claudio.«

»Guten Morgen, Abdul. Zwei Milchkaffee, bitte«, bestellte er mit einem fragenden Blick zu mir. »Erzählen Sie«, forderte er mich auf, kaum dass wir Platz genommen hatten.

»Ich habe nichts erreicht. Der Hoteldirektor ist neu, nicht der vom letzten Jahr, doch er war über die Angelegenheit genauestens im Bilde. Er lehnte es rundheraus ab, mit mir zu verhandeln, und erklärte mir lediglich, dass diese Vereinbarung ohnehin sehr entgegenkommend gewesen sei. Daher müsse ich fristgerecht bezahlen, ansonsten werde er mich anzeigen.«

»Verstehe. Das tut mir leid, das dürfen Sie mir glauben. Aber ich fürchte, da kann ich Ihnen nicht weiterhelfen.«

»Lassen Sie das nur meine Sorge sein. Sie haben schon genug für mich getan, als Sie die Frist von einem Jahr für die Begleichung meiner Schulden erwirkt haben.«

»Was wollen Sie nun machen?«

»Sofort bezahlen.«

»Und die Sache mit Ihrer Mutter?«

Ich zuckte mit den Achseln.

»Nichts. Ich werde weiter arbeiten und sparen, obwohl es bereits zu spät sein könnte, wenn ich die erforderliche Summe zusammenhabe. Vielleicht hat man bis dahin schon mit den Evakuierungen aufgehört. Doch wie ich bereits sagte, zuerst werde ich meine Schulden tilgen. Ich habe das Geld. Das ist nicht das Problem. Genau aus diesem Grund wollte ich Sie auch sehen. Ich bräuchte einen weiteren Passierschein für den Grenzposten und Ihre Erlaubnis, meinen Pass noch ein paar Tage behalten zu dürfen.«

»Machen Sie das. Es ist nicht nötig, dass Sie ihn mir noch einmal zurückgeben.« Er griff in die Innentasche seines Jacketts und holte eine lederne Brieftasche und einen Füllfederhalter hervor. »Und was den Passierschein betrifft, so wird das sicher reichen«, sagte er, während er eine Karte herauszog und den Füller öffnete. Er schrieb etwas auf die Rückseite und unterzeichnete das Ganze. »Bitte sehr.«

Ohne sie zu lesen, steckte ich die Karte in meine Handtasche.

»Werden Sie mit dem Bus fahren?«

»Ja, das habe ich vor.«

»So wie gestern?«

Für ein paar Sekunden hielt ich seinem bohrenden Blick stand.

»Gestern bin ich nicht mit dem Bus gefahren.«

»Wie sind Sie dann nach Tanger gekommen?«

Ich wusste, dass er es wusste. Und ich wusste auch, dass er es von mir in meinen eigenen Worten hören wollte. Doch zuvor nahmen wir beide einen Schluck von unserem Kaffee.

»Eine Freundin hat mich in ihrem Auto mitgenommen.«

»Welche Freundin?«

»Rosalinda Fox. Eine englische Kundin.«

Und noch einen weiteren Schluck Kaffee.

»Sie wissen, wer sie ist, oder?«, fragte er unvermittelt.

»Ja, ich weiß Bescheid.«

»Also seien Sie vorsichtig.«

»Warum?«

»Sie haben schon verstanden. Seien Sie vorsichtig.«

»Sagen Sie mir, warum«, beharrte ich.

»Weil es Leute gibt, denen es nicht gefällt, dass sie hier zusammen ist, mit wem sie hier zusammen ist.«

»Das weiß ich.«

»Was wissen Sie?«

»Dass ihr Verhältnis einigen Leuten nicht passt.«

»Wem?«

Niemand konnte so geschickt wie der *comisario* nachhaken, nachbohren, Information aus einem herauspressen. Aber wir kannten uns ja bereits.

»Einigen. Bitten Sie mich nicht darum, Ihnen zu erzählen, was Sie sowieso schon wissen, Don Claudio. Ich möchte meiner Kundin gegenüber nicht wortbrüchig werden, nur damit Sie aus meinem Mund die Namen hören, die Sie ohnehin schon kennen.«

»Einverstanden. Doch bestätigen Sie mir bitte eins.«

»Was?«

»Haben diese Personen, von denen wir sprechen, spanische Nachnamen?«

»Nein.«

»In Ordnung«, sagte er nur, trank seinen Kaffee aus und sah erneut auf die Uhr. »Die Arbeit ruft, ich muss gehen.«

»Ich auch.«

»Stimmt, ich vergesse immer, dass Sie eine sehr fleißige Frau sind. Wissen Sie, dass Sie einen ausgezeichneten Ruf genießen?«

»Da Sie ja stets über alles bestens informiert sind, wird mir wohl nichts anderes übrig bleiben, als Ihnen zu glauben.«

Zum ersten Mal lächelte er, und das ließ ihn einige Jahre jünger aussehen.

»Ich weiß nur, was ich wissen muss. Außerdem bin ich mir sicher, dass auch Sie über vieles Bescheid wissen. Frauen unter sich erzählen sich doch so einiges. Und gerade in Ihr Modeatelier kommen sicher Frauen, die öfter Interessantes zu berichten wissen.«

Da hatte er nicht unrecht, meine Kundinnen redeten. Sie sprachen über ihre Ehemänner, deren Geschäfte und ihre Freunde. Über die Personen, die sie besuchten, was diese so machten, dachten oder sagten. Doch das wollte ich dem *comisario* gegenüber weder bestätigen noch leugnen. Ohne auf seine Andeutung einzugehen, stand ich einfach auf. Er rief den Kellner und malte seine

Unterschrift in die Luft. Abdul verstand: Die Kaffees gingen auf Don Claudios Rechnung.

Es war für mich ein Akt der Befreiung, meine Schulden in Tanger zu begleichen. Als wäre ich von dem Strick um meinen Hals befreit, den man jederzeit hätte zuziehen können. Gewiss, die verworrenen Angelegenheiten in Madrid, wo man mich wegen Betrug und Diebstahl suchte, waren noch immer anhängig, doch aus der Ferne, von Afrika aus, erschienen mir diese Probleme unendlich weit weg. Mit dem Begleichen der Rechnung zog ich auch einen Schlussstrich unter meine Zeit mit Ramiro in Marokko. Ich konnte anders atmen. Ruhiger, freier. Bestimmte wieder selbst über mein Leben.

Der Sommer ging dem Ende entgegen, doch meine Kundinnen ließen sich Zeit und verschwendeten noch keinen Gedanken an eine neue Garderobe für den bevorstehenden Herbst. Jamila blieb an meiner Seite, kümmerte sich um den Haushalt und kleinere Arbeiten im Atelier. Félix kam fast jeden Abend auf ein Schwätzchen vorbei, und gelegentlich besuchte ich Candelaria in der Calle Luneta. Alles ging seinen Gang, bis ein ärgerlicher Katarrh mir jede Kraft raubte. Ich war nicht imstande, etwas zu nähen, geschweige denn, vor die Tür zu gehen. Den ersten Tag verbrachte ich matt auf dem Sofa. Den zweiten im Bett. Das Gleiche hätte ich am dritten Tag auch gemacht, wenn nicht völlig unerwartet jemand erschienen wäre. So unerwartet wie immer.

»Siñora Rosalinda sagen Siñorita Sira sofort aufstehen«, kündigte Jamila mir den Besuch an.

Ich empfing meine Freundin im Morgenmantel. Ich machte mir nicht die Mühe, mein Kostüm anzuziehen oder die Kette mit der alten silbernen Schere umzuhängen, auch mein Haar blieb ungekämmt. Falls sie mein Erscheinungsbild überraschte, ließ sie es sich nicht anmerken. Sie kam in einer ernsten Angelegenheit.

»Wir fahren nach Tanger.«

»Wer?«, fragte ich mit einem Taschentuch vor meiner triefenden Nase.

»Du und ich.«

»Wieso?«

»Um das mit deiner Mutter zu regeln.«

Ich sah sie halb ungläubig, halb freudig an und wollte mehr wissen.

»Über deinen …«

Ein Niesen verhinderte, dass ich den Satz beendete, wofür ich sehr dankbar war, denn ich hätte gar nicht gewusst, wie ich den Hochkommissar, von dem sie stets nur als Juan Luis sprach, hätte nennen sollen.

»Nein, nein, ich ziehe es vor, Juan Luis da rauszuhalten; er hat ohnehin tausend Sachen um die Ohren. Das hier ist meine Sache, deshalb lasse ich seine Kontakte *out*, außen vor. Doch wir haben andere Möglichkeiten.«

»Welche?«

»Über den britischen Konsul in Tetuán habe ich versucht herauszubekommen, ob unsere Botschaft entsprechende Schritte einleitet, aber ich hatte kein Glück. Man sagte mir, dass unsere Gesandtschaft in Madrid sich stets geweigert hat, Flüchtlingen Asyl zu gewähren. Und seitdem die republikanische Regierung nach Valencia umgezogen ist, befinden sich die diplomatischen Dienste ebenfalls dort. In der Hauptstadt stehen lediglich noch das leere Gebäude und ein Untergebener zur Verfügung, der den Betrieb aufrechterhält.«

»Und nun?«

»Ich habe es bei der anglikanischen Saint-Andrews-Gemeinde hier in Tetuán versucht, doch auch sie konnten mir nicht weiterhelfen. Da kam ich auf die Idee, dass möglicherweise irgendein privates Unternehmen mehr wissen könnte. Ich hörte mich also um und habe *a tiny bit of information* herausbekommen. Nichts Großes, aber wir werden mal sehen, ob wir dort mehr Glück haben und man uns Genaueres sagen kann. Der Direktor der Bank of London and South America in Tanger, Leo Martin, erzählte mir, dass er bei seiner letzten Reise nach London in der Zentrale hörte, dass ein Mitarbeiter der Madrider Zweigstelle Kontakt zu jemandem hat, der Leuten hilft, aus der Stadt herauszukommen. Mehr weiß ich auch nicht, die Informationen sind sehr vage und unpräzise. Es war einfach nur ein Kommentar, den er zufällig aufgeschnappt hat. Doch er hat versprochen, genauere Erkundigungen einzuholen.«

»Wann?«

»*Right now*. Gleich jetzt. Deshalb ziehst du dich auch sofort an, und wir beide fahren nach Tanger, um ihn zu treffen. Ich war vor ein paar Tagen dort, und er sagte mir, er werde heute zurückkommen. Ich denke, dass er in der Zwischenzeit mehr herausgefunden hat.«

Niesend und hustend wollte ich ihr für ihre Bemühungen danken, doch sie ging nicht weiter darauf ein, sondern drängte mich, ich solle mich endlich anziehen. Die Fahrt dauerte weniger lang, als ich befürchtet hatte. Die sich endlos dahinziehende Straße, die eintönige, ausgedörrte Landschaft, Hühner, Ziegenherden. Frauen mit gestreiften Röcken und großen Strohhüten, die Bündel auf dem Rücken schleppten. Schafherden, Feigenkakteen, noch mehr ausgedörrtes Land, barfüßige Kinder, die uns im Vorbeifahren lächelnd nachwinkten. Staub, noch mehr Staub, gelbe Felder links, gelbe Felder rechts, die Passkontrolle, weiter auf der Straße, noch mehr Feigenkakteen, Palmen und Zuckerrohrfelder. In weniger als einer Stunde erreichten wir Tanger. Wir parkten wieder an der Plaza de Francia, wo uns die breiten Straßen und die prächtigen Gebäude des modern gestalteten Zentrums empfingen. In einem davon war die Bank of London and South America untergebracht, eine sonderbare Mischung finanzieller Interessen – und im Grunde eine ebenso kuriose Kombination wie Rosalinda und ich.

»Sira, darf ich dir Leo Martin vorstellen? Leo, das ist meine Freundin Miss Quiroga.«

Leo Martin hätte genauso gut Leoncio Martínez heißen können, wenn er nur ein paar Kilometer weiter entfernt von seinem tatsächlichen Geburtsort geboren wäre. Er war von kleiner Statur und dunkelhäutig. Unrasiert und ohne Schlips hätte man ihn für einen fleißigen spanischen Bauern halten können. Doch auf seinem Gesicht war nicht mal der Schatten eines Barthaares zu entdecken, und über seinem Bauch baumelte selbstverständlich eine klassische gestreifte Krawatte. Und er war weder Spanier noch Bauer, sondern ein waschechter Untertan der britischen Königin. Er stammte aus Gibraltar und sprach fließend Englisch und Andalusisch. Zur Begrüßung reichte er uns seine stark behaarte Hand und bat uns, Platz zu nehmen. Seiner alten, elsternhaften Sekretärin gab er Anweisung, auf keinen Fall gestört werden zu wollen. Und als wären wir die wichtigsten Kunden der Bank, nahm er sich tatsächlich die Zeit, uns in aller Ausführlichkeit darzulegen, was er in Erfahrung gebracht hatte. Ich hatte in meinem ganzen Leben noch kein Bankkonto eröffnet, und vermutlich hatte Rosalinda nicht ein Pfund von dem Unterhalt gespart, den sie von ihrem Mann überwiesen bekam, wenn er Lust dazu hatte. Doch die Gerüchte über die amourösen Verstrickungen meiner Freundin mussten sich schon bis zu dem kleinen Mann mit den beeindruckenden linguistischen Fähigkeiten herumgesprochen haben. Und in jenen turbulenten Zeiten konnte sich der Direktor einer internationalen Bank die Gelegenheit nicht entgehen lassen, der Geliebten des mächtigsten Mannes in seiner Nachbarschaft einen Gefallen zu erweisen.

»Also, meine Damen, ich denke, ich habe Neuigkeiten für Sie. Ich konnte mit meinem alten Bekannten Eric Gordon sprechen, der bis kurz nach dem Aufstand des Militärs in unserer Madrider Niederlassung arbeitete. Inzwischen ist er wieder in London. Er hat mir erzählt, dass er tatsächlich jemanden kennt, der in Madrid lebt und an solchen Unternehmungen aktiv beteiligt ist. Es handelt sich um einen britischen Staatsbürger, der für ein spanisches Unternehmen arbeitet. Die schlechte Nachricht: Er weiß nicht, wie er ihn kontaktieren kann, denn vor ein paar Monaten hat sich seine Spur verloren. Die gute Nachricht: Er hat mir die Daten einer anderen Person besorgt, die er noch aus seiner Madrider Zeit kennt. Es ist ein Journalist, der nach England zurückgekehrt ist, weil er irgendwelche Probleme hatte, ich glaube, er wurde verwundet, aber er nannte keine Details. Gut, dieser Journalist ist möglicherweise die Lösung, denn über ihn können wir vielleicht den Mann kontaktieren, der die Flüchtlinge evakuiert. Doch dafür möchte er etwas.«

»Was?«, fragten Rosalinda und ich im Chor.

»Er möchte mit Ihnen persönlich sprechen, Mrs. Fox«, sagte er an die Engländerin gewandt. »Je früher, desto besser. Ich hoffe, Sie finden es nicht indiskret, aber unter den gegebenen Umständen hielt ich es für angebracht, ihn davon in Kenntnis zu setzen, wer von ihm diese Information haben möchte.«

Rosalinda erwiderte nichts. Aufmerksam sah sie ihn mit hochgezogenen Augenbrauen an und wartete darauf, dass er weitersprach. Er räusperte sich verlegen. Vermutlich hatte er damit gerechnet, dass sie seinem Anliegen mehr Begeisterung entgegenbrachte.

»Sie wissen doch, wie diese Journalisten sind, oder? Wie die Aasgeier, immer darauf erpicht, etwas für sich herauszuschlagen.«

Rosalinda ließ sich Zeit mit ihrer Antwort.

»Sie sind nicht die Einzigen, Leo, mein Lieber, sie sind nicht die Einzigen«, entgegnete sie mit einem etwas bitteren Unterton. »Also, verbinden Sie mich schon mit ihm, dann werden wir ja hören, was er will.«

Um meine Nervosität zu überspielen, veränderte ich meine Sitzhaltung und putzte mir erneut die Nase. In der Zwischenzeit wies der rundliche britische Bankdirektor mit dem durch und durch andalusischen Akzent die Telefonistin an, uns eine Verbindung herzustellen. Wir mussten lange warten, man brachte uns Kaffee, Rosalinda fand zu ihrem Humor zurück, und Martin wurde gelöster. Bis schließlich das Gespräch mit dem Journalisten zustande kam. Es dauerte gerade mal drei Minuten. Ich verstand kein einziges Wort, denn sie unterhielten sich auf Englisch. Doch mir entging nicht der durchaus ernste und auch scharfe Tonfall meiner Kundin.

»Fertig«, sagte sie schließlich. Wir verabschiedeten uns vom Bankdirektor, dankten ihm für seine Hilfe und kamen an der Sekretärin mit dem Elsterngesicht vorbei, die uns eingehend musterte.

»Was wollte er?«, fragte ich ungeduldig, als wir das Gebäude verließen.

»*A bit of blackmail.* Ich weiß nicht, wie das auf Spanisch heißt. Wenn jemand dir sagt, er tut was für dich, wenn du im Gegenzug etwas für ihn tust.«

»Erpressung«, dämmerte es mir.

»Erpressung«, sprach sie mir unbeholfen nach.

»Welcher Art?«, wollte ich wissen.

»Ein Interview mit Juan Luis und einige Wochen exklusiven Zugang zum offiziellen Leben in Tetuán. Dafür stellt er den Kontakt zu der Person her, die wir für unser Problem in Madrid brauchen.«

Ich musste erst schlucken, bevor ich meine nächste Frage stellte. Ich fürchtete, sie würde mir sagen, dass es jemandem nur über ihre Leiche gelänge, den höchsten Beamten des spanischen Protektorats in Marokko zu erpressen. Und schon gar nicht würde ein opportunistischer und unbekannter Journalist einer einfachen Schneiderin aus Gefälligkeit helfen.

»Und, was hast du ihm gesagt?«, traute ich mich schließlich zu fragen.

Resigniert zuckte sie die Achseln.

»Dass er mir ein Telegramm mit seiner voraussichtlichen Ankunftszeit in Tanger schicken soll.«

26

Marcus Logan zog nicht nur ein Bein nach, als er zu unserem Treffen erschien, er trug auch einen Arm in der Schlinge und war auf einem Ohr fast taub. Von seinen Verletzungen war ausschließlich die linke Körperseite betroffen. Eine Kugel aus den Kanonen der nationalspanischen Artillerie hatte ihn niedergestreckt und fast das Leben gekostet, als er für seine Agentur über die Angriffe auf Madrid berichtete. Rosalinda hatte arrangiert, dass ihn ein Dienstwagen am Hafen von Tanger abholte und auf direktem Weg ins Hotel Nacional in Tetuán brachte.

Ich setzte mich in den Innenhof mit seinen Blumenkübeln und den bunten, mit Arabesken verzierten Kacheln, um auf die beiden zu warten, und machte es mir dabei in einem Korbsessel bequem. Kletterpflanzen rankten sich an Gittern die Wände empor, von der Decke hingen große Lampen im maurischen Stil. Das Gemurmel fremder Stimmen im Gespräch und das in einem kleinen Brunnen plätschernde Wasser bildeten eine angenehme Geräuschkulisse.

Rosalinda traf ein, als die letzten Sonnenstrahlen durch das Glasdach fielen, der Journalist zehn Minuten später. Die ganzen vergangenen Tage über hatte ich im Geiste das Bild eines impulsiven, brüsken Mannes vor mir gehabt, eines Menschen mit genügend Biss und Mut, um jeden einzuschüchtern, der sich ihm in den Weg stellt, nur damit er sein Ziel erreicht. Doch ich irrte mich, wie man sich fast immer irrt, wenn man sich aufgrund einer simplen Handlung oder einiger weniger Worte eine Meinung bildet. Ich hatte mich geirrt, und ich wusste es in dem Moment, als der Journalist und vermeintliche Erpresser mit zerknittertem hellem Leinenanzug und gelockertem Krawattenknoten durch den Rundbogen trat, der zum Innenhof führte.

Er erkannte uns sofort, denn ein Blick in die Runde verriet ihm, dass wir die einzigen beiden jungen Frauen waren, die allein an einem Tisch saßen: eine Blonde, unverkennbar Ausländerin, und eine Dunkelhaarige, eindeutig spanischer Herkunft. Wir bereiteten uns darauf vor, ihn zu begrüßen, ohne aufzustehen, das Kriegsbeil hinter dem Rücken versteckt, falls man sich gegen diesen unangenehmen Gast verteidigen müsste. Doch sein Einsatz erübrigte sich, denn der Marcus Logan, der an jenem frühen nordafrikanischen Abend auf uns zukam, hätte alle erdenklichen Gefühle in uns wecken können, aber bestimmt keine Angst. Er war groß, zwischen dreißig und vierzig Jahren alt, die braunen Haare wirkten etwas zerzaust. Als er sich auf einen Bambusstock gestützt näherte, sahen wir, dass seine linke Gesichtsseite voller halb verheilter Wunden und blauer Flecken war. Obwohl sein Äußeres noch den Mann erkennen ließ, der er vor dem unseligen, beinahe tödlichen Zwischenfall gewesen war, war er in jenem Moment kaum mehr als ein schmerzgeplagter Mensch, der sich, nachdem er uns mit aller Höflichkeit, derer er in seinem bemitleidenswerten Zustand fähig war, in einen Sessel sinken ließ. Er konnte nicht verhehlen, wie sehr sein übel zugerichteter, müder Körper nach der langen Reise ihm zu schaffen machte.

»*Mrs. Fox and Miss Quiroga, I suppose*«, waren seine ersten Worte.

»*Yes, we are, indeed*«, antwortete Rosalinda in ihrer gemeinsamen Sprache. »*Nice meeting you, Mr. Logan. And now, if you don't mind, I think we should proceed in Spanish; I'm afraid my friend won't be able to join us otherwise.*«

»*Por supuesto,* natürlich, entschuldigen Sie«, sagte er an mich gewandt.

Er wirkte nicht wie ein skrupelloser Erpresser, vielmehr wie ein hart arbeitender Mensch, der sich, so gut es eben ging, durchs Leben schlug und Gelegenheiten, die sich ihm boten, beim Schopf packte. Wie Rosalinda, wie ich selbst. Wie alle in jener Zeit. Ehe er auf die Sache zu sprechen kam, die ihn nach Marokko geführt hatte, und sich von Rosalinda bestätigen ließ, alles wie versprochen arrangiert zu haben, nannte er uns seine Referenzen. Er arbeitete für eine britische Nachrichtenagentur, war für die Berichterstattung über den Bürgerkrieg von beiden Seiten akkreditiert und in der Hauptstadt stationiert, jedoch ständig unterwegs. Bis das geschah, womit er nicht gerechnet hatte. Er wurde in ein Madrider Krankenhaus gebracht, notoperiert und, sobald es sein Zustand zuließ, nach London ausgeflogen. Er hatte mehrere Wochen im Royal London Hospital gelegen, unsägliche Schmerzen und Behandlungen aushalten müssen, war ans Bett gefesselt und hatte sich nach dem gewohnten aktiven Leben zurückgesehnt.

Als ihm die Nachricht überbracht wurde, dass jemand, der mit dem spanischen Hochkommissar in Marokko in Verbindung stand, eine Information von ihm benötigte, witterte er Morgenluft. Ihm war klar, dass er in seinem derzeitigen Zustand nicht wie früher kreuz und quer durch Spanien würde reisen können, aber ein Besuch im Protektorat würde ihm die Möglichkeit bieten, sich weiter zu erholen, gleichzeitig aber auch – zumindest teilweise – wieder ins Berufsleben einzusteigen. Für die Genehmigung seiner Reise musste er mit Ärzten streiten, mit seinen Vorgesetzten und jedem anderen, der in der Absicht an sein Bett trat, ihn zu überreden, sich möglichst nicht zu bewegen, was für ihn, zusätzlich zu seinem lädierten Zustand, die wahre Folter bedeutete. Er entschuldigte sich bei Rosalinda, dass er bei ihrem Telefonat so schroff gewesen war, wechselte mit schmerzverzerrtem Gesicht mehrmals die Position seines verletzten Beins und konzentrierte sich schließlich auf die unmittelbar anstehenden Dinge.

»Ich habe seit heute Morgen nichts gegessen. Hätten Sie etwas dagegen, wenn ich Sie beide zum Essen einlade und wir unterdessen miteinander reden?«

Wir willigten ein. Tatsächlich hätte ich so ziemlich alles akzeptiert, um mit ihm reden zu können. Ich hätte in einer Latrine getafelt oder mit Schweinen im Dreck gewühlt, ich hätte Küchenschaben verspeist und Rattengift getrunken, um sie hinunterzubekommen: alles, nur um die Information zu erhalten, auf die ich so lange schon wartete. Routiniert rief Logan einen der arabischen Kellner, die im Innenhof bedienten, und bat um einen Tisch im Restaurant des Hotels.

»Einen Moment bitte, Señor.« Der Kellner ging jemanden suchen, und im nächsten Moment kam der spanische Oberkellner auf uns zugeschossen, schmierig und ehrerbietig. »Sofort, sofort, bitte schön, wenn Sie mir folgen wollen, meine Damen, mein Herr.« Keine Minute sollten Señora Fox und ihre Freunde warten müssen, das wäre ja noch schöner.

Logan ließ uns den Vortritt, während der Oberkellner auf einen Tisch in der Mitte wies, wo wir wie auf dem Präsentierteller sitzen würden, damit an diesem Abend auch wirklich niemand versäumte, Beigbeders englische Geliebte in Augenschein zu nehmen. Der englische Journalist lehnte den Tisch höflich ab und deutete auf einen anderen, der mehr für sich im hinteren Bereich stand.

Alle Tische waren tadellos gedeckt – blütenweiße Tischdecken, Gläser für Wasser und Wein, weiße Servietten, auf Porzellantellern gefaltet. Es war allerdings noch früh am Abend, sodass kaum ein Dutzend Gäste im Speisesaal verteilt saßen.

Wir bestellten zu essen und bekamen einen Sherry serviert, der uns die Wartezeit verkürzen sollte. Nun übernahm Rosalinda in gewisser Weise die Rolle der Gastgeberin und brachte das Gespräch in Gang. Das Treffen zuvor im Innenhof hatte sozusagen nur protokollarische Gründe gehabt, jedoch für Entspannung gesorgt. Der Journalist hatte sich vorgestellt und uns die Gründe für seine körperliche Verfassung erläutert; wir beide hingegen hatten Gelegenheit gehabt, uns zu beruhigen, als wir sahen, dass da kein bedrohlicher Kerl auf uns zukam, und plauderten mit ihm über das Alltagsleben in Spanisch-Marokko. Wir wussten jedoch alle drei, dass es sich nicht einfach um eine gesellige Zusammenkunft handelte, um neue Kontakte zu knüpfen, über Krankheiten zu sprechen oder malerische Szenen aus Nordafrika zu schildern. Was uns an diesem Abend zusammengeführt hatte, war schlicht und einfach ein Geschäft, an dem zwei Parteien beteiligt waren, zwei Seiten, die ihre Wünsche und Bedingungen deutlich gemacht hatten. Nun war es an der Zeit, die Karten auf den Tisch zu legen, um zu sehen, wo man sich treffen konnte.

»Sie sollen wissen, dass alles, worum Sie mich neulich am Telefon gebeten haben, arrangiert ist«, schickte Rosalinda voraus, sobald sich der Kellner mit unserer Bestellung entfernt hatte.

»Sehr gut«, erwiderte der Journalist.

»Sie können Ihr Interview mit dem Hochkommissar führen, unter vier Augen und in dem Zeitrahmen, den Sie für sinnvoll erachten. Außerdem erhalten Sie eine befristete Aufenthaltserlaubnis für das spanische Protektorat«, fuhr Rosalinda fort, »und auf Ihren Namen ausgestellte Einladungen zu allen offiziellen Anlässen in den nächsten Wochen. Einige davon, das möchte ich vorausschicken, werden von großer Wichtigkeit sein.«

Der Journalist zog fragend die Augenbraue auf der unverletzten Seite seines Gesichts hoch.

»Wir erwarten in Kürze Don Ramón Serrano Suñer, Francos Schwager, zu Besuch. Ich nehme an, Sie wissen, von wem ich spreche.«

»Ja, natürlich«, bestätigte er.

»Er kommt zur Feier des Jahrestages des Aufstands nach Marokko und wird drei Tage bleiben. Es sind verschiedene Feierlichkeiten zu seinen Ehren geplant. Gerade gestern traf Dionisio Ridruejo ein, der Propagandachef, um mit dem Sekretär des Hochkommissariats die Vorbereitungen zu koordinieren. Wir gehen davon aus, dass Sie bei allen Anlässen offizieller Natur, bei denen auch Zivilisten vertreten sind, anwesend sein werden.«

»Ich bin Ihnen überaus dankbar. Und bitte geben Sie auch dem Herrn Hochkommissar meinen Dank weiter.«

»Es wird uns ein Vergnügen sein, Sie zu unseren Gästen zu zählen«, entgegnete Rosalinda mit einer anmutigen Geste, ganz die perfekte Gastgeberin, doch gleich darauf zog sie gewissermaßen den Degen. »Ich hoffe, Sie werden verstehen, dass auch wir einige Bedingungen stellen.«

»Selbstverständlich«, sagte Logan, nachdem er einen Schluck Sherry genommen hatte.

»Alle Informationen, die Sie ins Ausland schicken wollen, müssen vorher vom Pressebüro des Hochkommissariats kontrolliert werden.

»Kein Problem.«

In diesem Augenblick näherten sich die Kellner mit unserem Essen, und mich überkam eine ungeheure Erleichterung. Trotz aller Höflichkeit, mit der die beiden ihre Verhandlung führten, hatte ich mich während des ganzen Gesprächs zwischen Rosalinda und dem Journalisten doch ein wenig unbehaglich gefühlt, fehl am Platz, als hätte ich mich bei einem Fest eingeschmuggelt, zu dem ich nicht eingeladen war. Sie sprachen über Dinge, die mir vollkommen fremd waren, von Angelegenheiten, die vielleicht keine Staatsgeheimnisse darstellten, aber natürlich dennoch nicht zu den Dingen zählten, die einer einfachen Schneiderin zu Ohren kommen sollten. Mehrere Male wiederholte ich im Stillen, dass ich keineswegs fehl am Platz war, dass ich durchaus ein Recht hatte, hier zu sitzen, denn schließlich war die Evakuierung meiner Mutter der Anlass für dieses Abendessen.

Unser Essen wurde serviert, was das Wechselspiel von Zugeständnissen und Forderungen für einige Augenblicke unterbrach. Seezunge für die Damen, Hühnchen mit Beilage für den Herrn, verkündeten sie. Nach kurzen Kommentaren zum Fleisch, zum fangfrischen Fisch aus dem Mittelmeer, zu dem köstlichen Gemüse von der Ebene des Río Martín setzten die beiden, sowie die Kellner sich zurückgezogen hatten, das Gespräch an exakt der Stelle fort, an der sie es wenige Minuten zuvor unterbrochen hatten.

»Gibt es noch eine Bedingung?«, fragte der Journalist, ehe er die Gabel zum Mund führte.

»Ja, auch wenn ich es nicht unbedingt als Bedingung bezeichnen würde. Es geht eher um etwas, das für Sie wie für uns gut ist.«

»Dann wird mir dieses Zugeständnis ja nicht schwerfallen«, erwiderte er, als er den ersten Bissen hinuntergeschluckt hatte.

»Das hoffe ich«, sagte Rosalinda. »Sehen Sie, Logan, Sie und ich, wir bewegen uns in zwei sehr verschiedenen Welten, doch wir sind Landsleute und wissen beide, dass die Sympathien der Nationalisten im Allgemeinen ganz den Deutschen und Italienern gehören und sie den Engländern nicht die geringste Zuneigung entgegenbringen.«

»So ist es, in der Tat«, stimmte er ihr zu.

»Gut, und aus diesem Grund möchte ich Ihnen vorschlagen, dass Sie sich als ein Freund von mir ausgeben. Natürlich ohne zu unterschlagen, dass Sie Journalist sind, aber eben ein mit mir befreundeter Journalist und damit, im weiteren Sinn, des Hochkommissars. Dadurch werden Ihnen, wie wir glauben, etwas weniger Ressentiments entgegenschlagen.«

»Von wessen Seite?«

»Von jeder. Von den spanischen und marokkanischen Würdenträgern am Ort, den ausländischen Diplomaten, der Presse … Bei keiner dieser Gruppen verfüge ich über glühende Bewunderer, das muss ich sagen, aber zumindest der Form halber bringen sie mir wegen meiner Verbindung zum Hochkommissar einen gewissen Respekt entgegen. Als einem Freund von mir werden Sie vielleicht ebensolchen Respekt genießen, wenn es uns gelingt, Sie als solchen einzuführen.«

»Was meint Oberst Beigbeder dazu?«

»Er ist ganz meiner Meinung.«

»Dann brauchen wir nicht weiter darüber zu reden. Mir erscheint die Idee nicht schlecht, und es könnte sich, wie Sie sagen, für uns alle positiv auswirken. Eine weitere Bedingung?«

»Von unserer Seite nicht«, antwortete Rosalinda und hob ihr Glas, um ihm zuzuprosten.

»Sehr gut. Dann ist alles klar. Nun, ist es an der Zeit, dass ich Sie über die Angelegenheit informiere, wegen der Sie meine Hilfe benötigen.«

Mir blieb fast das Herz stehen – jetzt war es so weit. Das Essen und der Wein schienen Marcus Logan richtig Auftrieb gegeben zu haben, denn er wirkte nun wesentlich frischer. Trotz des kühlen Gleichmuts, den er während des Gesprächs an den Tag gelegt hatte, spürte man bei ihm nun eine positive Einstellung und den deutlichen Willen, Rosalinda und Beigbeder nicht mehr zu belästigen als unbedingt notwendig. Ich nahm an, dass diese Haltung etwas mit seinem Beruf zu tun hatte, doch mir fehlte die Erfahrung, um das beurteilen zu können. Schließlich war er der erste Journalist, den ich in meinem Leben kennenlernte.

»Zuallererst sollten Sie Folgendes wissen: Mein Kontaktmann ist bereits verständigt und rechnet damit, dass Ihre Mutter mitkommt, sobald die nächste Evakuierungsaktion von Madrid an die Küste stattfindet.«

Ich musste mich an die Tischkante klammern, um nicht aufzuspringen und ihm um den Hals zu fallen. Doch ich beherrschte mich. Der Speisesaal des Hotel Nacional war inzwischen gut besucht und unser Tisch dank Rosalinda der Mittelpunkt des Interesses an diesem Abend. Dass ich diesen fremden Mann in meiner Euphorie stürmisch umarmte, hätte gerade noch gefehlt. Dann hätten sich sämtliche Köpfe sofort zu uns umgedreht und ein großes Getuschel begonnen. Also bremste ich meine Begeisterung und beschränkte mich darauf, meine Freude über diese Nachricht lediglich mit einem Lächeln und einem schlichten Danke zu äußern.

»Sie müssen mir noch einige Daten geben. Ich werde sie an meine Agentur in London telegrafieren, und von dort wird man sich mit Christopher Lance in Verbindung setzen, unter dessen Kommando die gesamte Aktion steht.«

»Wer ist das?«, wollte Rosalinda wissen.

»Ein englischer Ingenieur, ein Weltkriegsveteran, der schon einige Jahre in Madrid lebt. Bis vor dem Aufstand arbeitete er für ein spanisches Unternehmen mit britischer Beteiligung, die Firma Ginés Navarro e Hijos, mit der Hauptniederlassung am Paseo del Prado und Filialen in Valencia und Alicante. Er hat mit dieser Firma Straßen und Brücken gebaut, einen großen Staudamm in Soria, ein Wasserkraftwerk nahe Granada und einen Landemast für Zeppeline in Sevilla. Als der Krieg ausbrach, machten sich die Navarros aus dem Staub, ich weiß nicht, ob freiwillig oder unter Zwang, die Arbeiter bildeten einen Rat und übernahmen die Firma. Damals hätte Lance gehen können, doch er tat es nicht.«

»Warum?«, fragten Rosalinda und ich im selben Moment.

Der Journalist zuckte die Achseln und nahm einen großen Schluck Wein.

»Das hilft gegen die Schmerzen«, sagte er entschuldigend, während er das Glas hob, als wollte er die medizinische Wirkung des Weins unter Beweis stellen. »Offen gestanden«, fuhr er dann fort, »weiß ich gar nicht, warum Lance nicht nach England zurückgekehrt ist, er hat mir nie einen wirklich plausiblen Grund dafür genannt. Vor dem Krieg ergriffen die in Madrid ansässigen Briten, wie fast alle Ausländer, für keine Seite Partei, sondern registrierten die politische Situation mit Desinteresse, sogar mit einer gewissen Ironie. Sie wussten natürlich von den Spannungen zwischen den Rechten und den Parteien der Linken, sahen darin aber einen weiteren Beweis für die Eigenart Spaniens, stuften es als landestypisch ein. Stiere, Siesta, Knoblauch, Olivenöl und Bruderhass, alles sehr pittoresk, sehr spanisch. Bis die Bombe hochging. Da begriffen sie, dass es ernst wurde, und sahen zu, dass sie schnellstens aus Madrid fortkamen. Mit einigen wenigen Ausnahmen, wie beispielsweise Lance, der sich dafür entschied, seine Frau in die englische Heimat zu schicken und selbst in Spanien zu bleiben.«

»Ein bisschen unvernünftig, nicht wahr?«, warf ich vorsichtig ein.

»Wahrscheinlich ist er ein wenig verrückt«, erwiderte der Journalist halb im Scherz. »Aber er ist in Ordnung, und er weiß, was er macht. Er ist weder ein unbesonnener Abenteurer noch ein Opportunist von der Sorte, wie man sie heute an jeder Ecke findet.«

»Und was genau macht er?«, erkundigte sich Rosalinda.

»Er hilft denjenigen, die Hilfe brauchen. Er holt so viele Leute aus Madrid heraus, wie er kann, bringt sie zu irgendeinem Mittelmeerhafen und dort an Bord eines britischen Schiffs, egal, ob es ein Kriegs- oder Passagierschiff oder ein Zitronenfrachter ist – Hauptsache, es erfüllt seinen Zweck.«

»Verlangt er Geld?«, wollte ich wissen.

»Nein. Er verdient überhaupt nichts. Es gibt natürlich Leute, die an solchen Sachen ganz schön verdienen, aber er gehört nicht dazu.«

Logan wollte uns noch etwas erzählen, doch in diesem Augenblick näherte sich unserem Tisch ein junger Offizier in Breeches und auf Hochglanz polierten Stiefeln, die Kappe unter dem Arm. Er salutierte und überreichte Rosalinda mit konzentrierter Miene ein Kuvert. Sie zog ein kleines, in der Mitte gefaltetes Blatt Papier heraus, las die Nachricht und lächelte.

»*I'm truly very sorry,* aber ihr müsst mich entschuldigen«, meinte sie und warf hastig ihre Sachen in die Handtasche. Das Zigarettenetui, die Handschuhe, die Nachricht. »Es hat sich etwas *Anerwartetes,* Verzeihung, Unerwartetes, ergeben«, fügte sie hinzu. Und mir flüsterte sie aufgeregt ins Ohr: »Juan Luis ist früher aus Sevilla zurück als geplant.«

Wahrscheinlich verstand der Journalist auch, was sie sagte, trotz seines geschädigten Trommelfells.

»Unterhaltet euch ruhig weiter, ihr werdet es mir ja erzählen«, fügte sie laut hinzu. »Sira, *darling*, wir sehen uns. Und Sie, Logan, halten Sie sich morgen bereit. Ein Wagen wird Sie hier um ein Uhr abholen. Sie werden bei mir zu Hause mit dem Hochkommissar essen und anschließend noch den ganzen Nachmittag für Ihr Interview zur Verfügung haben.«

Der junge Offizier und zahlreiche unverhohlen neugierige Blicke begleiteten Rosalinda zum Ausgang. Als sie fort war, bat ich Logan, mir noch mehr über diesen Lance zu erzählen.

»Wenn Lance keinen Vorteil daraus zieht und er kein politisches Motiv hat, warum macht er es dann?«

Wieder zuckte er nur die Achseln, als wollte er sich dafür entschuldigen, dass er keine vernünftige Erklärung bieten konnte.

»Solche Leute gibt es eben. Lance ist ein ziemlich spezieller Typ, eine Art Kreuzritter für hoffnungslose Fälle. Seine Aktionen haben überhaupt nichts mit Politik zu tun, sagt er selbst, ihm geht es ausschließlich um die humanitären Aspekte. Wahrscheinlich würde er sich ebenso für linke Republikaner einsetzen, wenn es ihn zufällig in die Zone der Nationalisten verschlagen hätte. Vielleicht hat er diesen Hang zum Helfen von seinem Vater geerbt, der Domherr an der Kathedrale von Wells war, wer weiß. Jedenfalls hatten sich zum Zeitpunkt des Aufstands der Botschafter, Sir Henry Chilton, und der größte Teil seiner Mitarbeiter bereits nach San Sebastián in die Sommerfrische verabschiedet, und in Madrid war lediglich ein Konsularbeamter zurückgeblieben, der sich der Situation jedoch nicht gewachsen zeigte. Also nahm Lance als alteingesessenes Mitglied der britischen Gemeinde sozusagen spontan die Zügel in die Hand. Wie sagen die Spanier? *Sin encomendarse a Dios ni al diablo,* ohne sich erst Gott oder dem Teufel zu empfehlen. Er öffnete die Botschaft, in erster Linie um britischen Staatsbürgern Zuflucht zu bieten, nach meinen Informationen höchstens dreihundert Personen. Eigentlich hatte niemand direkt etwas mit Politik zu tun, aber es waren größtenteils Konservative, die mit den Rechten sympathisierten, deshalb suchten sie diplomatischen Schutz, als sie begriffen, dass die Lage brenzlig wurde. Und dann kamen Hunderte von Schutzsuchenden mehr als erwartet. Sie gaben an, in Gibraltar oder während einer Seereise auf einem englischen Schiff geboren worden zu sein, Verwandte in Großbritannien zu haben, in geschäftlichen Beziehungen zur britischen Handelskammer zu stehen – alle möglichen Vorwände wurden vorgebracht, um sich den Schutz unserer Flagge, des Union Jack, zu sichern.«

»Warum flüchteten die Leute gerade in Ihre Botschaft?«

»Sie kamen nicht nur in unsere, keineswegs. Eigentlich gehörte unsere Botschaft zu denen, die sich besonders dagegen sträubten, Flüchtlinge aufzunehmen. In den ersten Tagen verhielten sich praktisch alle gleich. Sie nahmen Bürger des eigenen Landes auf, und auch einige Spanier, die Schutz brauchten.«

»Und später?«

»Einige Gesandtschaften sind weiterhin sehr aktiv, direkt oder indirekt in der Flüchtlingshilfe engagiert, vor allem Chile, aber auch Frankreich, Argentinien und Norwegen. Andere hingegen lehnten es nach der ersten Zeit der Unsicherheit ab weiterzuhelfen. Lance allerdings tritt nicht als Vertreter der britischen Regierung auf, im Gegenteil: Er macht alles, was er tut, aus eigenem Antrieb. Wie ich Ihnen bereits sagte, gehörte unsere Botschaft zu denen, die sich weigerten, weiter Asyl zu gewähren und sich bei der Evakuierung von Flüchtlingen zu engagieren. Lance unterstützt auch nicht abstrakt die nationale Seite, sondern Einzelpersonen, die aus irgendwelchen Gründen – aus ideologischen, familiären oder welchen auch immer – Madrid verlassen müssen. Er ließ sich praktisch in der Botschaft nieder, das stimmt, und irgendwie schaffte er es, sich zum Honorarattaché ernennen zu lassen, um in den ersten Kriegstagen britische Staatsbürger evakuieren zu können, aber seither arbeitet er auf eigenes Risiko. Wenn es in seinem Interesse ist, normalerweise um bei Straßenkontrollen die Milizionäre und die Wachposten zu beeindrucken, nutzt er ausgiebig alle diplomatischen Accessoires, die ihm zur Verfügung stehen: eine

Armbinde mit dem Union Jack, damit er gleich als Engländer erkannt wird, Fähnchen am Automobil und einen riesigen Passierschein voller Gebührenmarken und Stempel von der Botschaft, von sechs oder sieben Arbeiterräten und dem Kriegsministerium, alles, was er zur Hand hat. Er ist schon ein recht eigenwilliger Typ, dieser Lance: sympathisch, geschwätzig, immer auffällig gekleidet mit Sakkos und Krawatten in Farben, die einem in den Augen wehtun. Manchmal glaube ich, er übertreibt absichtlich ein wenig, damit man ihn nicht allzu ernst nimmt und ihn gar nicht erst verdächtigt.«

»Wie schafft er die Leute zur Küste?«

»Ich weiß es nicht genau, er gibt nur ungern Einzelheiten preis. Anfangs nutzte er Botschaftsfahrzeuge und Lastwagen seines Unternehmens, glaube ich, bis diese beschlagnahmt wurden. In letzter Zeit ist er anscheinend mit einem Krankenwagen unterwegs, den das schottische Regiment der Republik zur Verfügung gestellt hat. Und in Begleitung von Margery Hill, einer Krankenschwester vom Hospital Anglo-Americano in Madrid. Kennen Sie es?«

»Ich glaube nicht.«

»Es befindet sich in der Calle de Juan Montalvo, dort, wo das Universitätsgelände beginnt, praktisch direkt an der Frontlinie. Dorthin haben sie mich gebracht, als ich verletzt wurde, dann verlegten sie mich zur Operation in das Hospital, das sie im Hotel Palace eingerichtet haben.«

»Ein Hospital im Palace?«, fragte ich ungläubig.

»Ja, ein Feldlazarett. Wussten Sie das nicht?«

»Nein, ich hatte keine Ahnung. Als ich Madrid verlassen habe, waren das Palace und das Ritz die luxuriösesten Hotels.«

»Tja, so schnell kann's gehen! Inzwischen hat es eine andere Funktion übernommen, vieles hat sich geändert. Ich lag dort einige Tage, bis sie beschlossen, mich nach London auszufliegen. Ich kannte Lance schon, bevor ich ins Hospital Anglo-Americano kam, die britische Kolonie in Madrid ist mittlerweile stark geschrumpft. Ein paar Mal hat er mich auch im Palace besucht.

Für ihn gehört es zu seiner selbst auferlegten humanitären Aufgabe, nach Möglichkeit allen Landsleuten zu helfen, wenn sie in Schwierigkeiten sind. Deshalb weiß ich ein bisschen Bescheid, wie das mit den Evakuierungen funktioniert, aber nur das, was er selber erzählen wollte. Normalerweise kommen die Flüchtlinge von sich aus ins Hospital, manchmal werden sie eine Zeit lang dortbehalten und als Patienten ausgegeben, bis der nächste Transport vorbereitet wird. Sie fahren immer zu zweit, Lance und Schwester Margery: Offenbar kann sie mit Funktionären und Milizionären besonders gut umgehen, wenn es bei Kontrollen kritisch wird. Und außerdem bringt sie auf der Rückfahrt nach Madrid alles mit, was sie auf den Schiffen der Royal Navy abzweigen kann: Medikamente, Verbandsmaterial, Seife, Lebensmittelkonserven …«

»Wie geht der Transport vor sich?«

Ich wollte mir ungefähr vorstellen können, welches Abenteuer meine Mutter würde bestehen müssen.

»Ich weiß, dass sie am frühen Morgen losfahren. Lance kennt bereits alle Kontrollposten, es sind über dreißig. Manchmal brauchen sie mehr als zwölf Stunden für die Strecke. Außerdem ist er schon zum Psychologen geworden, was Milizionäre angeht: Er steigt aus, spricht mit ihnen, nennt sie Kameraden, zeigt ihnen seinen beeindruckenden Passierschein, bietet ihnen Tabak an, scherzt mit ihnen und verabschiedet sich mit ›Es lebe Russland!‹ oder ›Tod den Faschisten!‹ – alles, damit sie ihn weiterfahren lassen. Das Einzige, was er niemals macht, ist, sie zu bestechen. Das hat er sich selbst zum Prinzip gemacht, und soweit ich weiß, hat er sich immer daran gehalten. Er hält sich auch strikt an die Gesetze der Republik. Und natürlich vermeidet er grundsätzlich, irgendwelche Zwischenfälle zu provozieren, die dem Ruf unserer Botschaft schaden könnten. Eigentlich ist er ja kein Botschaftsangehöriger, denn sein Titel wurde ihm nur ehrenhalber verliehen, aber er hält sich dennoch streng an den diplomatischen Ehrenkodex.«

Kaum hatte er ausgeredet, hatte ich auch bereits die nächste

Frage parat. Ich erwies mich als gelehrige Schülerin von *comisario* Vázquez, was die Fragetechnik betraf.

»In welche Häfen bringt er die Flüchtlinge?«

»Nach Valencia, Alicante oder Dénia, kommt darauf an. Er prüft die Lage, überlegt sich vorher eine mögliche Reiseroute, und am Ende schafft er es irgendwie immer, seine Fracht auf irgendein Schiff zu bekommen.«

»Aber haben diese Menschen denn Papiere, Genehmigungen, Passierscheine …?«

»Für Reisen innerhalb Spaniens normalerweise schon, für Auslandsreisen wahrscheinlich nicht. Deshalb ist die Phase der Einschiffung in der Regel am schwierigsten: Lance muss Kontrollposten austricksen, sich an die Kais heranpirschen und ungesehen an den Wachen vorbeikommen, mit den Kapitänen der Schiffe verhandeln, die Flüchtlinge an Bord schmuggeln und sie für den Fall von Durchsuchungen gut verstecken. Und das alles muss mit großer Sorgfalt vonstatten gehen, ohne Verdacht zu erregen. Es ist eine sehr heikle Sache, schließlich läuft er Gefahr, selbst im Gefängnis zu landen. Doch bis jetzt hat er jede Aktion erfolgreich über die Bühne gebracht.«

Wir beendeten unser Essen. Da er den linken Arm in der Schlinge trug, hatte Logan mit dem Besteck etwas Mühe gehabt. Dennoch hatte er sein Hühnchen größtenteils vertilgt, zwei große Portionen Cremespeise als Nachtisch gegessen und mehrere Gläser Wein getrunken. Ich hingegen hatte, von seinen Erzählungen abgelenkt, meine Seezunge kaum angerührt und kein Dessert bestellt.

»Möchten Sie Kaffee?«, fragte er.

»Ja, danke.«

Eigentlich trank ich niemals Kaffee nach dem Abendessen, außer ich musste bis spät in die Nacht arbeiten. Aber an diesem Abend hatte ich zwei gute Gründe, das Angebot anzunehmen: zum einen wollte ich unsere Unterhaltung möglichst in die Länge ziehen, zum anderen möglichst munter bleiben, damit mir nicht das geringste Detail entging.

»Erzählen Sie mir von Madrid«, bat ich ihn dann mit leiser Stimme. Vielleicht ahnte ich bereits, dass ich nichts Erfreuliches zu hören bekommen würde.

Er schaute mich fest an, bevor er antwortete.

»Sie wissen gar nichts, stimmt's?«

Ich senkte den Blick und schüttelte stumm den Kopf. Es hatte meine Anspannung gelockert, dass ich nun Genaueres über die Evakuierung meiner Mutter erfahren hatte, ich war nicht mehr nervös. Marcus Logan hatte es trotz seiner sichtbaren Beschwerden mit seiner ausgeglichenen und sicheren Art geschafft, mich zu beruhigen.

Doch die Entspannung machte mich nicht fröhlicher, vielmehr löste das Gehörte eine tiefe Traurigkeit in mir aus. Trauer um meine Mutter, um Madrid, um mein ganzes Heimatland. Ich fühlte mich plötzlich ungeheuer kraftlos und spürte, wie mir Tränen in die Augen stiegen.

»Es steht sehr schlecht um Madrid, die Grundnahrungsmittel werden knapp. Die Lage ist gar nicht gut, jeder sieht zu, dass er sich irgendwie durchschlägt«, gab er vage Auskunft. »Darf ich Sie auch etwas fragen?«, erkundigte er sich dann.

»Was Sie möchten«, erwiderte ich, den Blick noch immer auf die Tischdecke geheftet. Die Zukunft meiner Mutter lag in seinen Händen – wie hätte ich ihm da diese Bitte abschlagen können?

»Schauen Sie, meine Aufgabe als Mittelsmann ist erledigt, und ich kann Ihnen garantieren, dass man Ihrer Mutter wie versprochen helfen wird, machen Sie sich deshalb keine Sorgen.« Er sprach jetzt leiser, rückte ein Stück näher. »Allerdings musste ich, um ihre Evakuierung zu erreichen, meine Fantasie ein wenig bemühen, und ich weiß nicht, wie weit meine Geschichte der Realität entspricht. Ich musste sagen, dass sie äußerst gefährdet ist und dringend evakuiert werden muss, weitere Einzelheiten waren nicht notwendig. Aber ich würde gerne wissen, ob ich damit richtig lag oder ob ich gelogen habe. Ihre Antwort wird die Situation Ihrer Mutter in keiner Weise beeinflussen, sie interessiert nur mich persönlich. Erzählen Sie mir doch bitte, wenn es Ihnen nichts ausmacht, wie die Situation Ihrer Mutter tatsächlich ist. Glauben Sie, dass sie in Madrid wirklich in Gefahr ist?«

Der Kellner kam mit unserem Kaffee, und wir begannen gleichzeitig umzurühren, die Löffelchen stießen im Takt gegen das Porzellan. Nach einer Weile hob ich den Blick und sah ihm offen ins Gesicht.

»Wollen Sie die Wahrheit wissen? Nun, ich glaube nicht, dass sie in Lebensgefahr ist, aber ich bin das Einzige, was meine Mutter auf der Welt hat, und sie ist das Einzige, was ich habe. Wir haben immer allein gelebt und gemeinsam um unser Fortkommen gekämpft. Wir sind nur zwei Frauen, die von ihrer Hände Arbeit leben. Doch es gab einen Tag, an dem ich eine falsche Entscheidung getroffen und sie im Stich gelassen habe. Und jetzt wünsche ich mir nichts sehnlicher, als sie wieder bei mir zu haben. Sie haben zuvor gesagt, dass Ihren Freund Lance keine politischen, sondern rein humanitäre Gründe antreiben. Urteilen Sie selbst, ob es ein humanitärer Grund ist, eine mittellose Mutter mit ihrer einzigen Tochter zusammenzuführen; ich kann es Ihnen nicht sagen.«

Ich brachte kein Wort mehr heraus, denn im nächsten Augenblick wäre ich in Tränen ausgebrochen.

»Ich muss gehen, ich muss morgen früh aufstehen, ich habe viel Arbeit, danke für das Essen, danke für alles …«

Diese wenigen Sätze kamen stoßweise, mit gebrochener Stimme aus meinem Mund, während ich hastig nach meiner Handtasche griff. Ich hielt den Kopf gesenkt, damit Logan nicht sah, wie mir nun doch Tränen über die Wangen liefen.

»Ich begleite Sie«, sagte er und erhob sich gleichzeitig, ohne sich seine Schmerzen anmerken zu lassen.

»Das ist nicht nötig, danke. Ich wohne ganz in der Nähe, praktisch um die Ecke.«

Ich drehte mich um und ging in Richtung Tür. Nach wenigen Schritten spürte ich, wie seine Hand mich am Ellbogen berührte.

»Ein Glück, dass Sie in der Nähe wohnen, da muss ich weniger laufen. Gehen wir.«

Mit einer Geste bedeutete er dem Oberkellner, das Essen auf seine Zimmerrechnung zu setzen, und wir verließen das Hotel. Er fing kein Gespräch an und versuchte auch nicht, mich zu beruhigen. Er sagte kein Wort zu dem, was er gerade gehört hatte. Er ging nur schweigend neben mir her und überließ es mir selbst, mich wieder zu fassen. Als wir auf die Straße traten, blieb er plötzlich stehen, sah in den mit Sternen übersäten Himmel hinauf und sog, auf seinen Stock gestützt, sehnsüchtig die Luft ein.

»Marokko riecht gut.«

»Die Berge sind nah, das Meer auch«, erwiderte ich schon etwas ruhiger. »Das wird der Grund sein.«

Wir gingen langsam weiter, er fragte mich, wie lange ich mich bereits im Protektorat aufhielt, wie man hier so lebte.

»Wir sehen uns sicher bald wieder, ich gebe Ihnen Bescheid, sobald ich etwas Neues erfahre«, sagte er, als ich ihn darauf aufmerksam machte, dass wir bei mir angelangt waren. »Und machen Sie sich keine Sorgen. Sie dürfen sicher sein, dass alles nur Mögliche getan wird, um Ihrer Mutter zu helfen.«

»Ich danke Ihnen sehr, wirklich, und entschuldigen Sie meine Reaktion. Manchmal fällt es mir schwer, mich zu beherrschen. Es ist keine leichte Zeit, wissen Sie?«, entgegnete ich mit leiser Stimme und ein wenig beschämt.

Er versuchte zu lächeln, doch es gelang ihm nicht ganz.

»Ich verstehe Sie sehr gut, machen Sie sich keine Gedanken.«

Meine Tränen waren inzwischen getrocknet, die Traurigkeit, die mich überwältigt hatte, vorüber. An der Haustür sahen wir uns kurz an, wünschten uns eine gute Nacht, dann trat ich ins Haus und begann, die Treppe hinaufzusteigen. Und dachte dabei, wie wenig dieser Marcus Logan doch dem bedrohlichen, opportunistischen Kerl glich, den Rosalinda und ich uns ausgemalt hatten.

27

Beigbeder und Rosalinda waren sehr angetan von dem Interview, das am nächsten Tag stattfand. Von meiner Freundin erfuhr ich später, dass alles in einer entspannten Atmosphäre abgelaufen war. Die beiden Männer hatten auf einer der Terrassen der alten Villa am Paseo de las Palmeras gesessen, die imposante Kulisse des Gorgues am Beginn des Rif-Gebirges vor Augen, und einen Brandy mit Soda genossen. Zunächst aßen die drei gemeinsam zu Abend, denn das kritische Auge der Engländerin musste sich persönlich davon überzeugen, dass sie ihrem Landsmann trauen und ihren angebeteten Juan Luis mit ihm alleine lassen konnte. Bedouie, der marokkanische Koch, hatte ein Lamm-Tajine zubereitet, zu dem sie einen roten Burgunder *grand cru* tranken. Nach dem Dessert und einem Kaffee zog sich Rosalinda zurück, und die beiden Männer machten es sich in ihren Sesseln mit einer Havanna gemütlich und plauderten schon bald angeregt miteinander.

Ich wusste, dass es fast acht Uhr abends war, als der Journalist wieder ins Hotel zurückkehrte, dass er an jenem Abend nicht mehr speiste und sich auch kein Obst aufs Zimmer bestellte. Ich wusste, dass er am nächsten Morgen gleich nach dem Frühstück ins Hochkommissariat ging, wusste auch, welche Straßen er benutzt hatte und um welche Zeit er zurückkehrte. Ich wusste über jeden seiner Schritte an jenem, am folgenden und dem darauffolgenden Tag Bescheid. Ich erfuhr, was er aß, was er trank, welche Zeitungen er durchblätterte, und ich kannte auch die Farbe seiner Krawatten. Den ganzen Tag über war ich sehr mit meiner Arbeit beschäftigt, doch dank einiger diskreter Mitarbeiter war ich über alles bestens im Bilde. Jamila folgte ihm auf Schritt und Tritt. Für fünf Centimes unterrichtete mich ein Hotelpage ganz genau darüber, zu welchen Zeiten Logan das Hotel betrat oder verließ. Für zehn Centimes mehr erinnerte er sich auch noch an die Speisenfolge seiner Abendessen und daran, welche Wäsche er abends vor die Tür legte.

Geduldig harrte ich drei Tage aus, in denen ich minutiös über jeden seiner Schritte informiert wurde und gleichzeitig darauf wartete, dass ich etwas über die Fortschritte zum Stand der Evakuierung erfuhr. Als ich am vierten noch immer nichts gehört hatte, begann ich schlecht von ihm zu denken. Je länger ich diesem Gedankenkarussell folgte, desto mehr kristallisierte sich in meinem Kopf ein ausgefeilter Plan heraus: Wenn Marcus Logan erst einmal sein Ziel erreicht, Beigbeder interviewt und alle für ihn wichtigen Informationen über das Protektorat beisammenhatte, würde er sicher einfach abreisen und darüber vergessen, dass er noch etwas für mich zu erledigen hatte. Um zu vermeiden, dass meine bösen Vorahnungen sich bestätigten, beschloss ich, dass es möglicherweise angebracht wäre, wenn ich ihm zuvorkäme. Deshalb ging ich am nächsten Morgen schon in aller Frühe – es dämmerte gerade erst und ich hörte den Ruf des Muezzin zum ersten Gebet – sorgfältig zurechtgemacht aus dem Haus und ließ mich in einer Ecke des Innenhofs vom Hotel Nacional nieder. Ich war wie aus dem Ei gepellt, trug ein neues tailliertes weinrotes Kostüm und eine meiner Modezeitschriften unter dem Arm. Um mit sehr geradem Rücken und übereinandergeschlagenen Beinen nach ihm Ausschau zu halten. Für alle Fälle.

Ich wusste, was ich da gerade tat, war absolut unsinnig. Rosalinda hatte davon gesprochen, dass man Logan eine befristete Aufenthaltsgenehmigung für das spanische Protektorat gewähre wolle, er hatte mir sein Wort gegeben und versprochen, mir zu helfen. Formalitäten brauchten eben ihre Zeit. Wenn ich die Situation nüchtern betrachtet hätte, wäre mir klar geworden, dass ich mir keine Sorgen machen musste. Meine Befürchtungen waren grundlos, und dass ich hier saß und wartete, war nur die absurde Zurschaustellung meiner Unsicherheit. Das wusste ich, ja, blieb aber dennoch auf meinem Posten.

Um Viertel nach neun, als die Morgensonne bereits strahlend hell durch das Glasdach schien, kam er nach unten. Inzwischen hatte sich der Innenhof mit Gästen gefüllt, die frühstücken wollten. Also eilten die Kellner geschäftig hin und her, während die jungen marokkanischen Pagen unermüdlich Koffer und andere

Gepäckstücke schleppten. Logan hinkte noch immer ein wenig und trug den Arm in einer Schlinge, die er sich aus einem blauen Tuch geknüpft hatte. Doch die Wunden auf seiner linken Gesichtshälfte waren fast verheilt. Nun, in sauberer Kleidung und nach einer erholsamen Nacht, das noch etwas nasse Haar ordentlich gekämmt, bot sich mir ein deutlich anderer Anblick als am Tag seiner Ankunft. Ich spürte einen bangen Stich, als ich ihn sah, den ich damit überspielte, dass ich mir rasch durchs Haar fuhr und die Beine erneut anmutig übereinanderschlug. Er entdeckte mich sofort und kam zu mir hinüber, um mich zu begrüßen.

»Oh, ich wusste gar nicht, dass die Frauen hier in Afrika schon so zeitig unterwegs sind.«

»Ja, kennen Sie denn das Sprichwort nicht: ›Nur der frühe Vogel fängt den Wurm‹?«

»Na, und welchen Wurm wollen Sie fangen, wenn ich fragen darf?«, hakte er nach und machte es sich in dem Stuhl neben mir bequem.

»Ich möchte nur, dass Sie Tetuán nicht verlassen, ohne mir gesagt zu haben, wie die Dinge in Bezug auf meine Mutter stehen.«

»Bisher weiß ich leider noch nichts Genaues«, meinte er. Dann beugte er sich zu mir herüber. »Sie vertrauen mir überhaupt nicht, oder?«

Seine Stimme klang sicher und warm. Fast komplizenhaft. Da ich fieberhaft nach einer glaubhaften Ausrede suchte, antwortete ich nicht sofort. Doch mir fiel nichts ein, sodass ich mich entschied, ihm gegenüber ganz offen zu sein.

»Bitte, verzeihen Sie mir, aber in letzter Zeit vertraue ich niemandem.«

»Ich verstehe Sie, seien Sie unbesorgt«, erwiderte er etwas angestrengt lächelnd. »Es ist nicht die rechte Zeit für Loyalität und Vertrauen.«

Vielsagend zuckte ich mit den Achseln.

»Haben Sie schon gefrühstückt?«, fragte er plötzlich.

»Ja, danke«, log ich. Weder hatte ich gefrühstückt noch Lust dazu. Das Einzige, was ich wollte, war, dass er nicht ging, ohne sein Versprechen zu halten.

»Nun, dann könnten wir vielleicht…«

Ein in einen Haik gehülltes Mädchen stellte sich zwischen uns und unterbrach unser Gespräch: Es war Jamila, und sie war ganz außer Atem.

»Señora Langenheim Sie erwarten zu Hause. Sie nach Tanger fahren, um Stoffe kaufen. Brauchen Siñorita Sira sagen Meter wie viel.«

»Sag ihr, sie soll kurz warten. Ich bin gleich bei ihr. Sie soll es sich bequem machen und die neuen Modezeichnungen ansehen, die Candelaria gebracht hat.«

Jamila sputete sich, und ich entschuldigte mich bei Logan.

»Das ist mein Dienstmädchen. Eine Kundin erwartet mich, ich muss gehen.«

»Wenn das so ist, will ich Sie nicht aufhalten. Machen Sie sich bitte keine Sorgen, alles läuft bereits, und früher oder später wird uns die Bestätigung erreichen. Aber Sie dürfen nicht vergessen, dass es Tage oder Wochen dauern kann, vielleicht sogar einen ganzen Monat. In so einem Fall ist nichts vorhersehbar«, meinte er und stand auf. Auch dies fiel ihm sichtlich leichter als noch ein paar Tage zuvor.

»Ich weiß gar nicht, wie ich Ihnen danken soll«, entgegnete ich. »Und jetzt entschuldigen Sie mich bitte, ich muss gehen. Es wartet viel Arbeit auf mich, mir bleibt kaum eine freie Minute. In den nächsten Tage finden verschiedene Feierlichkeiten statt, und meine Kundinnen brauchen neue Kleider.«

»Und Sie?«

»Ich, was?«, erkundigte ich mich verwirrt, denn ich hatte die Frage nicht verstanden.

»Haben Sie vor, an einer dieser Abendveranstaltungen teilzunehmen? Zum Beispiel am Empfang für Serrano Suñer?«

»Ich?«, fragte ich mit einem entgeisterten Lachen und strich mir dabei eine Haarsträhne aus dem Gesicht. »Nein, ich gehe nicht zu solchen Sachen.«

»Wieso nicht?«

Im ersten Moment wollte ich wieder lachen, doch dann begriff ich, dass seine Frage ernst gemeint und seine Neugier echt war. Wir standen beide schon, einer neben dem anderen, dicht beieinander. Ich konnte die Struktur seines hellen Leinenjacketts und die Streifen seiner Krawatte überdeutlich sehen. Er roch gut, nach einer richtig teuren Seife, männlich, aber sehr gepflegt. Ich hielt meine Zeitschrift in der Hand, er stützte sich auf seinen Gehstock. Ich sah ihn an und öffnete den Mund, um ihm zu antworten. Begründungen für meine Abwesenheit bei solchen Feierlichkeiten gab es schließlich in Hülle und Fülle: Niemand hatte mich eingeladen, es war einfach nicht meine Welt, ich hatte im Grunde mit diesen Leuten nichts zu tun ... Schließlich jedoch entschied ich mich, nicht auf seine Frage einzugehen, sondern zuckte lediglich mit den Achseln und meinte:

»Ich muss gehen.«

»Warten Sie«, sagte er und fasste mich sanft am Arm. »Gehen Sie mit mir zum Empfang von Serrano Suñer, seien Sie meine Begleiterin.«

Die Einladung traf mich unvermutet wie ein Blitz und ließ mich wie betäubt dastehen, während ich fieberhaft nach einer Entschuldigung suchte, um sie abzulehnen, aber aus meinem Mund kam nichts.

»Sie haben doch gerade gesagt, dass Sie nicht wissen, wie Sie mir für meine Bemühungen danken sollen. Nun, das wäre eine Möglichkeit: Begleiten Sie mich auf dieses Fest. Sie können mir erklären, wer wer ist in dieser Stadt, das wäre für meine Arbeit sehr hilfreich.«

»Ich ... ich kenne hier aber kaum jemanden, denn ich lebe erst seit Kurzem hier.«

»Außerdem wird es ein interessanter Abend, der sogar Spaß machen könnte«, beharrte er.

Das war kompletter Unsinn und vollkommen absurd. Was hatte ich inmitten hoher Militärs und der Lokalprominenz, begüterter Einwohner und Repräsentanten ferner Länder auf einem Fest zu Ehren von Francos Schwager verloren? Der Vorschlag war ganz und gar lächerlich, ja, aber vor mir stand ein Mann, der auf eine Antwort wartete. Der Mann, der die Evakuierung der Person in die Wege geleitet hatte, die für mich auf der Welt am wichtigsten war. Ein unbekannter Ausländer, der mich gebeten hatte, ihm zu vertrauen. Durch meinen Kopf schossen die widersprüchlichsten Gedanken. Einerseits, die Einladung abzulehnen, schließlich war sie eine Überspanntheit ohne Sinn und Verstand. Andererseits erinnerte ich mich an ein Sprichwort aus dem Mund meiner Mutter: »Undankbarkeit ist die Tochter des Stolzes.«

»Einverstanden«, willigte ich ein, nachdem ich geschluckt hatte. »Ich komme mit.«

In der Hotelhalle sah ich Jamila aufgeregt nach mir winken, damit ich mich beeilte, um Señora Langenheims Geduld nicht allzu sehr zu strapazieren.

»Ausgezeichnet. Sobald ich die Einladung erhalten habe, sage ich Ihnen Datum und Uhrzeit.«

Ich reichte ihm die Hand und hastete durch das Vestibül. Erst an der Tür drehte ich mich noch einmal um. Auf seinen Stock gestützt sah Marcus Logan mir nach. Er hatte sich noch nicht vom Fleck gerührt, und aus der Entfernung wirkte seine Gestalt wie ein Schattenriss. Seine Stimme jedoch war nicht zu überhören.

»Ich freue mich, dass Sie mitkommen. Und seien Sie ganz unbesorgt: Ich habe es nicht eilig, Marokko zu verlassen.«

28

Die ersten Zweifel kamen mir, sobald ich auf die Straße trat. Hätte ich nicht besser zuerst mit Rosalinda sprechen sollen, ehe ich die Einladung des Journalisten annahm? Vielleicht hatte sie ganz andere Pläne für ihren weit gereisten Gast. Doch meine Zweifel waren geschwunden, sobald sie an jenem Nachmittag aufgeregt und in Eile zur Anprobe kam.

»Ich habe nur eine halbe Stunde«, sagte sie, während sie behände ihre Seidenbluse aufknöpfte. »Juan Luis erwartet mich, es gibt noch tausend Dinge für den Besuch von Serrano Suñer zu erledigen.«

Ich hatte vorgehabt, ihr meine Frage sehr taktvoll und mit wohlüberlegten Worten zu stellen, doch ich beschloss, den günstigen Augenblick zu nutzen und die Angelegenheit gleich anzusprechen.

»Marcus Logan hat mich gebeten, ihn zum Empfang zu begleiten.«

Ich sah sie dabei nicht an, sondern tat, als benötigte die Schneiderpuppe, der ich gerade das Kleid abstreifte, meine volle Aufmerksamkeit.

»*But that's wonderful, darling*!«

Ich verstand nicht, was sie sagte, doch der Tonfall verriet mir, dass die Nachricht sie angenehm überraschte.

»Ist es dir recht, dass ich mit ihm hingehe?«, fragte ich verunsichert.

»Aber selbstverständlich! Ich freue mich, dich in meiner Nähe zu haben, *sweetie*. Juan Luis wird seinen Pflichten nachkommen müssen, sodass ich hoffentlich etwas Zeit mit euch verbringen kann. Was wirst du anziehen?«

»Das weiß ich noch nicht. Darüber muss ich erst mal nachdenken. Ich glaube, ich nehme diesen Stoff hier«, antwortete ich und deutete auf den Ballen Wildseide, der an der Wand lehnte.

»*My God*, du wirst fantastisch aussehen.«

»Nur, wenn ich dann noch lebe«, murmelte ich, den Mund voller Stecknadeln.

Es sollte nicht die einzige Schwierigkeit bleiben, die ich zu bewältigen hatte. Wochenlang gab es fast nichts zu tun, und nun plötzlich bereiteten mir meine Aufträge Kopfzerbrechen, weil sie sich derart häuften, dass sie mich jeden Augenblick unter sich zu begraben drohten. So viele Kleider mussten fertig werden, dass ich mit den Hühnern aufstand und kaum eine Nacht vor drei Uhr früh ins Bett kam. Ununterbrochen läutete es an der Tür, die Kundinnen gaben sich praktisch die Klinke in die Hand. Dennoch kümmerte es mich wenig, dass ich mich so erschöpft fühlte, im Grunde war ich fast dankbar dafür. So hatte ich weniger Gelegenheit, darüber nachzudenken, was zum Teufel ich bei diesem Empfang verloren hatte, der in etwas mehr als einer Woche stattfand.

Nachdem ich mein Problem mit Rosalinda, diese Klippe, glücklich umschifft hatte, war die zweite Person, die von dieser unverhofften Einladung Wind bekam, natürlich Félix.

»Na, du Schlawinerin, du hast vielleicht ein Glück! Da werde ich ja grün vor Neid!«

»Du kannst gern an meiner Stelle gehen«, sagte ich, und das meinte ich ehrlich. »Auf das Fest freue ich mich ganz und gar nicht. Ich werde mir fehl am Platz vorkommen, in Begleitung eines Mannes, den ich kaum kenne, umgeben von fremden Menschen, Offizieren, Soldaten und Politikern, die dafür verantwortlich sind, dass meine Heimatstadt im Belagerungszustand ist und ich nicht nach Hause zurückkann.«

»Red keinen Unsinn, Mädchen. Du wirst an einem prunkvollen Fest teilnehmen, das in die Geschichte dieses nordafrikanischen Fleckchens eingehen wird. Und außerdem gehst du mit einem Mann dorthin, der gar nicht mal so übel ist.«

»Was weißt du schon? Du kennst ihn doch gar nicht.«

»Natürlich! Wo, glaubst du, bin ich heute Nachmittag mit der Schnapsdrossel gewesen?«

»Im Nacional?«, fragte ich ungläubig.

»Genau. Es kam mich dreimal so teuer zu stehen wie die heiße Schokolade mit Sahne im La Campana, weil sich die widerliche alte Hexe den Bauch mit Tee und englischem Kuchen vollgeschlagen hat, aber die Investition hat sich gelohnt.«

»Du hast ihn also gesehen?«

»Und mit ihm gesprochen. Er hat mir sogar Feuer gegeben.«

»Du bist ganz schön dreist«, bemerkte ich und konnte mir ein Lächeln nicht verkneifen. »Und, wie findest du ihn?«

»Ein echter Leckerbissen, wenn man sich seine Verletzungen wegdenkt. Abgesehen vom Hinken und der verschrammten Gesichtshälfte sieht er recht manierlich aus. Und er scheint von Kopf bis Fuß ein Gentleman zu sein.«

»Meinst du, ich kann ihm trauen, Félix?«, hakte ich besorgt nach. Obwohl Logan mich genau darum gebeten hatte, war ich mir einfach nicht sicher, ob das wirklich ratsam war. Die Antwort meines Nachbarn war ein schallendes Gelächter.

»Ich denke nein, aber das kann dir doch egal sein. Dein neuer Freund ist einfach nur ein Journalist auf der Durchreise, der einen Tauschhandel mit der Frau laufen hat, unter deren Pantoffel der Hochkommissar steht. Also, in Anbetracht dieser Tatsache, und wenn er das Land nicht in einem schlimmeren Zustand verlassen will als bei seiner Ankunft, sollte er sich wohl besser gut mit dir stellen.«

Das Gespräch mit Félix' erlaubte mir, die Dinge nun in einem anderen Licht zu sehen. Das katastrophale Ende meiner Geschichte mit Ramiro hatte mich misstrauisch und argwöhnisch werden lassen, doch zwischen Marcus Logan und mir ging es nicht um Loyalität, sondern schlicht und ergreifend um einen Tauschhandel. Wenn Sie mir dies geben, gebe ich Ihnen das, ansonsten kommen wir nicht ins Geschäft. So waren die Regeln. Ich musste mich nicht ständig damit beschäftigen, ob und wie weit man sich auf ihn verlassen konnte. Ihm war vor allem an einer guten Beziehung zum Hochkommissar gelegen, sodass es gar keinen Grund gab, mich zu hintergehen.

In derselben Nacht setzte Félix mich auch darüber in Bild, wer Serrano Suñer eigentlich war. Oft war im Radio von ihm die Rede, und ich kannte seinen Namen aus der Zeitung, doch ich wusste rein gar nichts über die Person, die sich dahinter verbarg. Wie schon so oft lieferte Félix mir einen ausführlichen Bericht.

»Wie du vermutlich schon weißt, meine Liebe, ist Serrano Suñer Francos Schwager. Er ist mit Zita, der jüngeren Schwester von Carmen Polo, verheiratet, einer deutlich jüngeren, attraktiveren und weniger hochnäsigen Frau als die Angetraute des Caudillo, was man auf Fotos im Übrigen unschwer erkennen kann. Wie man so hört, ist er ein furchtbar kluger Kopf, dessen intellektuelle Fähigkeiten die des *generalísimo* bei Weitem übersteigen, was dieser, allem Anschein nach, überhaupt nicht amüsant findet. Vor dem Krieg war Serrano Suñer Jurist im höheren Staatsdienst und Abgeordneter von Zaragoza.«

»Für die Rechtspartei?«

»Selbstverständlich. Der Aufstand hielt ihn in Madrid fest. Dort verhaftete man ihn wegen seiner politischen Gesinnung und steckte ihn ins Gefängnis. Schließlich gelang es Serrano Suñer, ins Hospital verlegt zu werden, er leidet an einem Magengeschwür oder so. Man erzählt sich, dass ihm dank der Hilfe von Doktor Marañón die Flucht als Frau verkleidet gelang, mit Perücke, Hut und hochgekrempelten Hosen unter dem langen Mantel.«

Wir mussten beide lachen, als wir uns das bildlich vorstellten.

»Anschließend floh er von Madrid – diesmal als argentinischer Seemann verkleidet – bis nach Alicante, von wo er die Halbinsel auf einem Torpedoboot verließ.«

»Und Spanien den Rücken kehrte?«, fragte ich.

»Nein. Er ging in Frankreich von Bord und kehrte über Land in die nationale Zone zurück, gemeinsam mit seiner Ehefrau und der Kinderschar. Von Irún aus schafften sie es bis nach Salamanca, wo die Nationalisten ursprünglich ihr Hauptquartier hatten.«

»Das dürfte doch für sie ein Leichtes gewesen sein, immerhin gehören sie zur Familie Franco.«

Er grinste hämisch.

»Wo denkst du hin, meine Liebe? Man erzählt sich, dass der Caudillo keinen Finger für sie krumm gemacht hat. Er hätte seinen Schwager im Austausch herausholen können, was zwischen zwei verfeindeten Lagern ja durchaus üblich ist, aber das hat er nicht getan. Und als sie sich schließlich bis nach Salamanca durchgeschlagen hatten, war der Empfang allem Anschein nach nicht gerade enthusiastisch. Franco und seine Familie hatten sich im Bischofspalast eingerichtet. Die Familie Serrano dagegen soll auf einem Dachboden mit ein paar klapprigen Pritschen einquartiert worden sein, während Francos Tochter ein riesengroßes Schlafzimmer mit angrenzendem Bad für sich alleine hatte. Die Wahrheit ist, dass ich leider, abgesehen von den Bosheiten, die die Runde machen, nicht viel über das Privatleben von Serrano Suñer habe in Erfahrung bringen können, meine Liebe. Ich weiß allerdings, dass in Madrid zwei seiner Brüder, die ihm sehr nahestanden, mit Politik jedoch überhaupt nichts zu tun hatten, umgebracht wurden. Das hat ihn offensichtlich zutiefst erschüttert und dazu bewogen, sich aktiv am Aufbau dessen zu beteiligen, was sie das »Neue Spanien« nennen. Auf diese Weise hat er sich zur rechten Hand des Generals gemausert. Deshalb nennen sie ihn auch *cuñadísimo*, Schwagerissimus, in Anlehnung an die Selbstbezeichnung Francos als *generalísimo*. Einen Großteil seiner derzeitigen Macht verdankt er aber wohl dem Einfluss der Ehefrau Francos, der mächtigen Doña Carmen, die von ihrem anderen Schwager, dem Schwachkopf Nicolás Franco, die Nase vollhatte. Denn kaum war Serrano Suñer da, hieß es: »Ab jetzt, mein lieber Paco, mehr Ramón und weniger Nicolás.«

Als Félix dazu die Stimme von Francos Frau imitierte, prusteten wir beide los.

»Serrano Suñer soll ein sehr intelligenter und scharfsinniger Mann sein«, fuhr Félix fort, »und ist somit in politischer, intellektueller und menschlicher Hinsicht eindeutig besser für ein politisches Amt geeignet als Franco. Zudem ist er überaus ehrgeizig und ein richtiges Arbeitstier. Man behauptet, er bastle den lieben langen Tag an einer rechtlichen Grundlage zur Legitimation der Nationalisten und der unumschränkten Vormachtstellung seines Schwagers. Oder anders gesagt, er arbeitet daran, einen zivilrechtlichen institutionellen Rahmen für eine rein militärische Regierungsform zu finden, verstehst du?«

»Falls sie den Krieg gewinnen«, warf ich ein.

»So ist es, falls sie ihn gewinnen, wer weiß das schon.«

»Und die Leute, mögen sie Serrano Suñer? Lieben sie ihn?«

»Eigentlich nicht. Den Schleifern, den hochrangigen Militärs passt er überhaupt nicht. Sie halten ihn für einen unbequemen Störenfried. Sie sprechen einfach nicht die gleiche Sprache, sie verstehen sich nicht. Sie wären mit einem Kasernenstaat zufrieden, doch Serrano Suñer, der viel schlauer ist als sie alle zusammen, versucht ihnen klarzumachen, dass das kompletter Unsinn ist und sie sich auf diese Weise weder legitimieren noch international anerkannt werden würden. Und Franco, obwohl er nun wirklich überhaupt keinen blassen Schimmer von Politik hat, vertraut ihm in dieser Hinsicht voll und ganz. Daher müssen alle anderen, wenn auch widerwillig, ihn jetzt einfach erdulden. Die ewigen Falangisten kann Serrano Suñer auch nicht von sich überzeugen. Wie es scheint, war er ein intimer Freund von José Antonio Primo de Rivera. Sie haben zusammen an der gleichen Universität studiert, doch vor dem Krieg war er nicht Mitglied der Falange. Jetzt natürlich schon, nun hat er nachgegeben und gebärdet sich päpstlicher als der Papst, für die Falangisten der ersten Stunde, die ›Althemden‹, ist er dagegen ein Emporkömmling, ein Opportunist, der sich erst seit Kurzem zu seinem Glauben bekennt.«

»Und wer unterstützt ihn dann? Nur Franco?«

»Und seine heilige Ehefrau, die ja schließlich nicht irgendwer ist. Aber wir werden ja sehen, wie lange die Liebe hält.«

Félix wurde mein Rettungsanker bei den Vorbereitungen für das große gesellschaftliche Ereignis. Seit ich ihm von der Einladung erzählt und er sich theatralisch in die Finger gebissen hatte, um seinen Neid zu demonstrieren, verging keine Nacht, ohne dass er nicht bei mir aufkreuzte, um irgendeine interessante Kleinigkeit über das Fest zu berichten. Bruchstücke und ein paar Brocken, die er hier und da in seiner nie versiegenden Gier nach Neuigkeiten aufgeschnappt hatte. Wir verbrachten aber diese Zeit wegen meiner vielen Arbeit nicht wie bisher im Salon, sondern verlegten unsere nächtlichen Zusammenkünfte vorübergehend ins Atelier. Ihm schien dieser kleine Umzug nichts auszumachen, begeisterte er sich doch für Garne, Stoffe und die anderen Geheimnisse, die sich dahinter verbargen. Zu jedem Modell, das ich anfertigte, hatte er eine Idee beizusteuern. Gelegentlich landete er einen Treffer, in vielen anderen Fällen jedoch war es purer Unsinn, was er vorschlug.

»Dieser wundervolle Samt, sagst du, ist für das Kleid der Frau des Gerichtspräsidenten? Mach dem Kleid ein Loch am Hintern, mal sehen, ob sie dann jemandem auffällt. Die reinste Verschwendung für die hässliche Schabracke!«, ereiferte er sich und strich dabei mit den Fingern über die einzelnen Teil, die an der Schneiderpuppe befestigt waren.

»Finger weg!«, warnte ich ihn energisch, während ich von meiner Steppnaht nicht einmal aufschaute.

»Entschuldige, Kleine, aber dieser Stoff glänzt einfach sagenhaft…«

»Ebendarum, sei bloß vorsichtig und hinterlass keine Fingerabdrücke. Komm zur Sache, Félix. Erzähl, was hast du heute so gehört?«

Der Besuch von Serrano Suñer war in jenen Tagen Stadtgespräch. In jedem Geschäft, jedem Tabakladen, jedem Friseursalon, in jeder Arztpraxis, in jedem Café und bei jedem Grüppchen auf dem Bürgersteig, an jedem Marktstand und nach dem Kirchgang wurde über nichts anderes geredet. Ich dagegen war so beschäftigt, dass ich nicht einmal auf die Straße kam. Aber dafür hatte ich ja schließlich meinen Nachbarn.

»Dieses Ereignis wird sich niemand entgehen lassen, aus jedem Haus werden die besten Vertreter entsandt, um dem *cuñadísimo* einen schönen Empfang zu bereiten. Es kommen der Kalif mit seinem ganzen Gefolge, der Großwesir und die gesamte Regierung. Alle Würdenträger der spanischen Verwaltung, hoch dekorierte Militärs, Professoren und hohe Beamte, die Vertreter der politischen Parteien Marokkos und die israelitische Gemeinschaft, das gesamte Konsularische Korps, die Bankdirektoren, die mittleren Beamten, die sich besonders wichtig tun, einflussreiche Unternehmer, die Ärzte, alle Spanier, hochrangige Marokkaner und Juden, und natürlich der eine oder andere Zugereiste so wie du, kleine Schlawinerin, die sich am Arm des hinkenden Schreiberlings da hineinschmuggeln wird.«

Dennoch hatte Rosalinda mich darauf hingewiesen, dass das Fest nicht allzu pompös ausfallen würde. Beigbeder wollte zwar den Gast mit allen Ehren würdigen, aber darüber nicht vergessen, dass Krieg herrschte. Daher würde es keine großspurigen Aufmärsche, keinen Ball und keine Musik außer dem Orchester des Kalifen geben. Trotz der verordneten Zurückhaltung würde es jedoch der aufwendigste Empfang von allen sein, die das Hochkommissariat je gegeben hatte. Und so war es nicht weiter verwunderlich, dass die Hauptstadt des Protektorats sich in Aufruhr befand.

Félix instruierte mich auch in einigen protokollarischen Fragen. Ich erfuhr nie, woher er sein Wissen hatte, denn sein familiärer Hintergrund war ähnlich bescheiden und sein Freundeskreis genauso spärlich wie meiner. Sein Leben bestand aus der Arbeit im Versorgungsamt , seiner Mutter und seinen Nöten, den sporadischen nächtlichen Besuchen in irgendwelchen heruntergekommenen Spelunken und seinen Erinnerungen an irgendeine Reise nach Tanger vor dem Krieg, das war schon alles. In seinem ganzen Leben hatte er noch keinen Fuß auf spanischen Boden gesetzt. Doch er liebte das Kino, kannte alle amerikanischen Filme in- und auswendig und verschlang mit Begeisterung ausländische Zeitschriften, war ein Beobachter ohne jeden Funken Anstand und der neugierigste Mensch, den ich kannte. Außerdem schlau wie ein Fuchs. Und so kostete es ihn nicht die geringste Mühe, mir alles Nötige beizubringen, damit ich mich in einen eleganten Gast mit makellosem Stammbaum verwandelte.

Manche seiner Ratschläge waren eindeutig überflüssig. In meiner gemeinsamen Zeit mit dem unseligen Ramiro hatte ich Menschen verschiedenster Herkunft und Stellung kennengelernt und beobachtet. Gemeinsam hatten wir an zig Festen teilgenommen und unzählige Lokale und gute Restaurants sowohl in Madrid als auch in Tanger besucht. Daher verfügte ich über eine gewisse Routine, um mich bei gesellschaftlichen Anlässen ganz ungezwungen zu verhalten. Dessen ungeachtet hielt Félix es für angebracht, bei meiner Unterweisung mit den elementarsten Dingen zu beginnen.

»Sprich nicht mit vollem Mund, mach beim Essen keine Geräusche, und putz dir den Mund nicht am Ärmel ab. Steck dir die Gabel nicht zu tief in den Rachen, trink dein Glas nicht in einem Zug leer, und wink nicht nach dem Kellner, damit er es dir nachfüllt. Sag immer ›bitte‹ und ›danke‹, aber schön leise und nicht zu übertrieben. Und denk daran, wenn man dir jemanden vorstellt, antwortest du einfach ›sehr erfreut‹, aber auf keinen Fall ›das Vergnügen ist ganz meinerseits‹ oder etwas anderes Unpassendes. Wenn über etwas gesprochen wird, das du nicht kennst oder verstehst, setze einfach dein hinreißendes Lächeln auf, halte den Mund und nicke gelegentlich. Und wenn sich ein Gespräch nicht vermeiden lässt, denk daran, deine Lügengeschichten auf ein Minimum zu reduzieren, nicht, dass sie dich bei einer erwischen! Denn es ist eine Sache, sich eine kleine Schwindelei zu leisten, um sich als *grand couturier* zu verkaufen, aber eine andere, selbst in die Falle zu tappen, weil man vor Leuten mit Scharfsinn oder genügend Geschmack prahlt, die deine Täuschungsmanöver blitzschnell aufdecken können! Zu keiner Zeit solltest du dich übertrieben begeistert zeigen, weder solltest du dir auf die Schenkel klatschen noch Ausdrücke wie ›Echt!‹ oder ›Ach, du dickes Ei!‹ fallen lassen. Wenn du eine Bemerkung lustig findest, lach bloß nicht schallend, sodass die Leute deine Mandeln begutachten können. Und halte dir nicht vor Lachen den Bauch! Immer nur lächeln und so wenig wie möglich sagen! Äußere nicht ungefragt deine Meinung und komm bloß nicht auf die Idee, ein Gespräch mit der taktlosen Bemerkung ›Und wer sind Sie, guter Mann?‹ oder ›Sagen Sie nicht, die Dicke da ist Ihre Frau‹ zu unterbrechen.«

»Das alles weiß ich doch schon, Félix«, unterbrach ich ihn kichernd. »Ich bin vielleicht nur eine kleine Schneiderin, aber ich komme auch nicht aus der Steinzeit. Erzähl mir lieber was Interessantes, bitte.«

»Einverstanden, meine Liebe, wie du willst. Ich wollte dir nur behilflich sein, falls dir das eine oder andere nicht klar gewesen wäre. Nun gut, kommen wir zur Sache.«

Und so stellte mir Félix im Laufe mehrerer Nächte die bedeutendsten Persönlichkeiten unserer Stadt vor. Nach und nach lernte ich ihre Namen, Posten und Ämter auswendig, und dank der Zeitungen, Zeitschriften, Fotografien und Jahrbücher, die Félix anschleppte, kannte ich von vielen auch die Gesichter. Auf diese Weise erfuhr ich, wo sie lebten, was sie machten, welches Vermögen sie besaßen und welche Stellung sie innehatten. In Wahrheit interessierte mich all das herzlich wenig, doch Marcus Logan rechnete fest damit, dass ich ihm half, die Lokalprominenz zu erkennen, und darauf wollte ich vorbereitet sein.

»In Anbetracht der Herkunft deines Begleiters denke ich, dass ihr den Abend vor allem mit anderen Ausländern verbringen werdet«, erklärte mir Félix. »Ich vermute, dass außer den Ortsansässigen auch viele Leute aus Tanger zum Empfang kommen, denn dorthin wird der *cuñadísimo* nicht reisen, aber du weißt ja, wenn der Prophet nicht zum Berg kommt, dann …«

Ich fand diesen Gedanken tröstlich. Auf diese Weise wäre ich unter Leuten, die ich nie zuvor gesehen hatte und danach vermutlich auch nie wiedersehen würde. Unter ihnen würde ich mich bestimmt wohler fühlen als unter den Einheimischen, denen ich tagtäglich begegnete. Ich lauschte interessiert seinem Bericht über die Parade, die stattfinden würde, und nähte unterdessen wie besessen weiter.

Schließlich kam der große Tag. Den ganzen Vormittag über verließ ein Kleid nach dem anderen auf Jamilas Armen mein Atelier. Bis zum Mittag hatte sie alles ausgeliefert, und allmählich kehrte Ruhe ein. Ich vermutete, dass die anderen weiblichen Gäste schon mit dem Essen fertig waren und sich in ihren abgedunkelten Schlafzimmern ein wenig hinlegten oder bereits auf dem Weg zum Friseur waren und darauf warteten, dass Justo oder Miguel sie verschönerten. Ich beneidete sie, denn mir blieb gerade noch Zeit, einen Happen zu essen, ehe ich mich während der Siesta endlich hinsetzte, um mein eigenes Kleid zu nähen. Um Viertel vor drei machte ich mich ans Werk. Der Empfang begann um acht. Marcus Logan würde mich um halb acht abholen kommen. Vor mir lag ein Berg Arbeit, und mir blieben weniger als fünf Stunden Zeit.

29

Als ich mit dem Bügeln fertig war, sah ich auf die Uhr. Zwanzig Minuten nach sechs. An meinem Abendkleid gab es nichts mehr zu tun, nur mich selbst musste ich noch zurechtmachen.

Ich stieg in die Badewanne und verbannte alle Gedanken aus meinem Kopf. Nervös werden würde ich noch früh genug. Jetzt hatte ich erst einmal eine Pause verdient, Entspannung in warmem Wasser und Seifenschaum. Ich spürte, wie mein erschöpfter Körper sich erholte, wie die des Nähens müden Finger wieder beweglicher wurden und meine Nackenmuskeln sich lockerten. Ich begann, schläfrig zu werden, die Welt schien sich in dem warmen Badewasser aufzulösen. Seit Monaten hatte ich keinen derart schönen Augenblick erlebt, doch die wohlige Entspannung fand bald ein Ende: als nämlich ohne viel Aufhebens die Badezimmertür sperrangelweit geöffnet wurde.

»Was träumst du vor dich hin, Mädchen?«, rief Candelaria hitzig. »Es ist schon nach halb sieben, und du weichst noch im Wasser wie die Kichererbsen. Dafür hast du keine Zeit, Herzchen! Wann willst du denn anfangen, dich herzurichten?«

Im Schlepptau hatte die Schmugglerin die in ihren Augen unentbehrliche Truppe für solche Fälle: ihre Busenfreundin Remedios, die Friseurin, und Angelita, eine Nachbarin der Pension und in der Kunst der Maniküre bewandert. Kurz zuvor hatte ich Jamila in die Calle Luneta geschickt, wo sie Haarnadeln kaufen sollte. Dort war sie Candelaria begegnet, die dadurch erfuhr, dass ich mir viel mehr Gedanken um die Kleider meiner Kundinnen gemacht hatte als um meine eigene Garderobe und kaum eine freie Minute gehabt hatte, mich auf das große Ereignis vorzubereiten.

»Beeil dich, Mädchen, raus aus der Wanne, wir haben eine Menge zu tun und verdammt wenig Zeit.«

Ich gehorchte. Gegen so viel Entschlossenheit hätte ich nur verlieren können. Und natürlich war ich von Herzen dankbar für ihre Unterstützung. In knapp einer Dreiviertelstunde würde der Journalist vor der Tür stehen, und ich sah noch aus wie ein Handfeger, wie die Schmugglerin meinte. Kaum hatte ich mir ein Handtuch umgewickelt, begannen auch schon die Maßnahmen zu meiner Verschönerung.

Nachbarin Angelita konzentrierte sich auf meine Hände, rieb sie mit Olivenöl ein, beseitigte raue Stellen und feilte die Nägel. Busenfreundin Remedios beschäftigte sich unterdessen mit meinen Haaren. Ich hatte schon geahnt, dass mir die Zeit knapp werden würde, und mir die Haare deshalb schon morgens gewaschen. Jetzt brauchte ich nur noch eine anständige Frisur. Candelaria fungierte als Assistentin der beiden, reichte Pinzetten und Scheren, Lockenwickler und Wattebäusche, während sie ohne Unterlass schwatzte und uns über den neuesten Klatsch informierte, der in Tetuán über Serrano Suñer kursierte. Er war vor zwei Tagen eingetroffen und besuchte nun an Beigbeders Seite alle Orte und Persönlichkeiten, die in Nordafrika von Bedeutung waren: Man fuhr von Alcazarquivir nach Chaouen und anschließend nach Dar Riffien, besuchte den Kalifen und den Großwesir. Ich hatte Rosalinda seit einer Woche nicht gesehen, doch solche Neuigkeiten verbreiteten sich in Windeseile.

»Es heißt, sie hätten gestern in Ketama ein maurisches Essen im Freien veranstaltet und dabei auf Teppichen unter Pinienbäumen gesessen. Man erzählt, der *cuñadísimo* hätte fast einen Herzinfarkt bekommen, als er sah, dass alle mit den Fingern aßen. Der arme Mann wusste nicht, wie er das Couscous zum Mund befördern sollte, ohne dass ihm unterwegs die Hälfte herunterfiel …«

»… und der Hochkommissar freute sich des Lebens, spielte den großen Gastgeber und rauchte eine Zigarre nach der anderen«, fügte eine Stimme aus Richtung Tür hinzu, die offensichtlich Félix gehörte.

»Was machst du denn hier um diese Zeit?«, erkundigte ich mich überrascht. Der Nachmittagsspaziergang mit seiner Mutter war heilig, mehr noch in diesen Tagen, wo die ganze Stadt auf den Beinen war. Mit einer unmissverständlichen Geste des Daumens zum Mund bedeutete er mir, dass Doña Elvira zu Hause bereits früher als sonst dem Alkohol zugesprochen hatte.

»Da du mich heute Abend wegen eines dahergelaufenen Journalisten sitzen lässt, wollte ich wenigstens die Vorbereitungen nicht versäumen. Kann ich Ihnen irgendwie behilflich sein, meine Damen?«

»Sind Sie nicht der junge Mann, der so wunderbar zeichnen kann?«, fragte ihn Candelaria geradeheraus. Beide wussten voneinander, hatten aber noch nie miteinander gesprochen.

»Wie Murillo höchstpersönlich.«

»Dann lassen Sie mal sehen, wie Sie sich anstellen, dem Mädchen die Augen zu schminken«, erwiderte Candelaria und reichte ihm ein Kästchen mit Kosmetika, von dem ich nie erfuhr, woher sie es hatte.

Félix hatte in seinem ganzen Leben noch niemanden geschminkt, doch er ließ sich nicht Bange machen. Im Gegenteil: Er nahm den Auftrag der Schmugglerin wie ein Geschenk entgegen und stürzte sich, nachdem er sich in einigen Ausgaben von *Vanity Fair* Inspiration geholt hatte, auf mein Gesicht, als wäre es eine leere Leinwand.

Um Viertel nach sieben saß ich noch immer in das Handtuch gewickelt und mit ausgestreckten Armen da, während Candelaria und die Nachbarin auf meine frisch lackierten Fingernägel pusteten, damit der Lack schneller trocknete. Zwanzig Minuten nach sieben strich mir Félix ein letztes Mal prüfend mit dem Daumen über die gerade von ihm in Form gebrachten Augenbrauen. Fünfundzwanzig Minuten nach sieben steckte Remedios die letzte Haarsträhne fest, und fast im selben Augenblick kam Jamila vom Balkon hereingeschossen und verkündete in höchster Aufregung, dass mein Begleiter soeben um die Straßenecke gebogen sei.

»Jetzt fehlen nur noch ein paar Kleinigkeiten«, erklärte meine Geschäftspartnerin.

»Aber, Candelaria, alles ist perfekt, für anderes haben wir keine Zeit mehr«, entgegnete ich und machte mich halb nackt auf die Suche nach meinem Kleid.

»Pustekuchen!«, sagte die Stimme hinter mir barsch.

»Ich muss mich anziehen, Candelaria, wirklich …«, beharrte ich nervös.

»Sei still und sieh gefälligst her, habe ich gesagt«, befahl sie und packte mich mitten auf dem Flur am Arm. Dann hielt sie mir ein flaches, in zerknittertes Papier eingewickeltes Päckchen hin.

Hastig riss ich das Papier auf. Ich wusste, dass ich ihr nachgeben musste, ich hatte keine Chance.

»Mein Gott, Candelaria, ich glaube es nicht!«, rief ich aus und faltete dabei ein Paar Seidenstrümpfe auseinander. »Wie hast du die ergattert? Du hast doch gesagt, dass es seit Monaten kein einziges Paar mehr zu kaufen gibt!«

»Jetzt sei endlich mal still und mach das hier auf«, unterbrach sie mich und hielt mir ein weiteres Päckchen hin.

Aus dem groben Packpapier zog ich einen wunderschönen Gegenstand aus poliertem Schildpatt mit goldfarbenem Rand hervor.

»Das ist eine Puderdose«, erklärte Candelaria voller Stolz. »Damit du dir die ordentlich gepuderte Nase nachpudern kannst. Schließlich sind die Damen, mit denen du heute zusammentriffst, weiß Gott nichts Besseres als du.«

»Sie ist wunderschön«, flüsterte ich und strich, ehe ich sie öffnete, zärtlich über den Deckel. Sie enthielt ein Stück Kompaktpuder, einen kleinen Spiegel und eine weiße Puderquaste. »Vielen Dank, Candelaria. Das wäre wirklich nicht nötig gewesen, Sie haben schon so viel für mich getan …«

Mehr konnte ich nicht sagen, und das hatte zwei Gründe: Zum einen war ich kurz davor, in Tränen auszubrechen, und zum anderen läutete es im selben Augenblick an der Tür. Das anhaltende Klingeln brachte mich in Bewegung, ich hatte keine Zeit für Sentimentalitäten.

»Jamila, mach sofort auf!«, wies ich an. »Félix, bring mir das Ensemble, das auf dem Bett liegt. Candelaria, helfen Sie mir mit den Strümpfen, sonst kommt in der Eile noch eine Laufmasche hinein. Remedios, bringen Sie mir bitte die Schuhe. Angelita, ziehen Sie im Flur den Vorhang zu. Los, alle ins Atelier, damit er uns nicht hört.«

Aus der Rohseide hatte ich mir schließlich ein Jackenkleid mit großem Revers genäht, sehr tailliert, mit einem ausgestellten Rock. Mangels Schmuck trug ich als einziges Accessoire eine tabakfarbene Stoffblume am Revers, und mit demselben Stoff hatte ich mir von einem Schuster im maurischen Viertel ein Paar Schuhe mit schwindelerregend hohen Absätzen beziehen lassen. Remedios hatte meine Haare zu einem eleganten lockeren Knoten geschlungen, der Félix' spontanem Einsatz als Visagist den richtigen Rahmen gab. Obwohl er keinerlei Erfahrung in derlei Dingen besaß, hatte er die Aufgabe exzellent bewältigt: Er hatte freudigen Glanz um meine Augen gezaubert, mein müdes Gesicht zum Strahlen gebracht, meinen Lippen Fülle gegeben.

Gemeinsam zogen mich meine Helfer an, stellten mir die Schuhe bereit, korrigierten ein letztes Mal Frisur und Make-up. Mir blieb nicht einmal mehr Zeit für einen prüfenden Blick in den Spiegel. Kaum war ich fertig, trat ich auf den Flur hinaus und ging auf Zehenspitzen in Richtung Tür. Dort hielt ich inne und betrat dann, betont gelassen, den Salon. Marcus Logan stand mit dem Rücken zu mir an einer Balkontür und blickte auf die Straße hinunter. Als er meine Schritte auf den Fliesen der Diele hörte, drehte er sich um.

Seit unserer letzten Begegnung waren neun Tage vergangen, und in dieser Zeit hatte sich die körperliche Verfassung des Journalisten sehr gebessert. Er trug den linken Arm nicht mehr in der Schlinge, sondern die linke Hand in der Tasche seiner dunklen Anzugjacke. Sein Gesicht wies kaum noch Spuren der vor Kurzem noch deutlich sichtbaren Verletzungen auf, und die marokkanische Sonne hatte ihm bereits eine Bräune beschert, die einen starken Kontrast zu seinem blütenweißen Hemd bildete. Er hielt sich ohne sichtbare Anstrengung aufrecht, Schultern und Rücken gerade. Als er mich sah, lächelte er, und dieses Mal behinderten ihn keine Verletzungen mehr.

»Der *cuñadísimo* wird nicht mehr nach Burgos zurückkehren wollen, wenn er Sie heute Abend sieht«, begrüßte er mich.

Während ich noch über eine ebenso originelle Antwort nachdachte, ließ sich hinter mir eine Stimme vernehmen.

»Du siehst toll aus!«, flüsterte Félix mir von seinem Versteck am Eingang mit heiserer Stimme zu.

Ich unterdrückte ein Lachen.

»Gehen wir?«, fragte ich nur.

Auch er hatte keine Möglichkeit zu antworten, denn in diesem Augenblick stellte sich uns eine massige Gestalt in den Weg.

»Einen Moment mal, Don Marcos«, gebot die Schmugglerin und hob die Hand, als wolle sie um Gehör bitten. »Ich möchte Ihnen noch einen Rat mit auf den Weg geben, wenn Sie erlauben.«

Logan sah mich etwas verblüfft an.

»Sie ist eine Freundin«, erklärte ich.

»Ah, na, dann schießen Sie los!«

Candelaria trat auf ihn zu, begann zu reden und tat dabei so, als würde sie einen nicht existierenden Fussel von seinem Sakko zupfen.

»Passen Sie gut auf, Sie Schreiberling, dieses Mädchen hat nämlich schon einiges hinter sich. Falls Sie auf die Idee kommen sollten, sich als Ausländer mit reichlich Kohle bei Sira einzuschmeicheln, weil Sie ja so ein toller Kerl sind, und Sie ihr am Ende etwas zuleide tun sollten, falls Ihnen einfallen sollte, ihr auch nur ein Haar zu krümmen, dann werden mein Freund hier, der warme Bruder, und ich auf der Stelle einen Auftrag erteilen, und es könnte sein, dass Ihnen in einer der nächsten Nächte in der *morería* jemand mit einem langen Messer begegnet, der Ihnen die gute Seite Ihrer Visage poliert, und dann wird Sie keine mehr anschauen wollen. Haben wir uns verstanden, Bürschchen?«

Der Journalist war zu keiner Antwort in der Lage. Zum Glück hatte er trotz seines tadellosen Spanisch kaum etwas von der unverhohlenen Drohung meiner Geschäftspartnerin verstanden.

»Was hat sie gesagt?«,

»Nichts Wichtiges. Gehen wir, sonst kommen wir noch zu spät.«

Als wir aufbrachen, konnte ich nur mit Mühe verbergen, wie stolz ich war. Nicht auf mein Erscheinungsbild, nicht auf den attraktiven Mann an meiner Seite und auch nicht auf die Einladung zu dem großen Ereignis heute Abend, sondern auf die vorbehaltlose Zuneigung der Freunde, die ich zurückließ.

Die Straßen waren mit spanischen Fahnen geschmückt, mit Girlanden und Plakaten, die den illustren Gast willkommen hießen und seinen Schwager Franco rühmten. Hunderte von Einheimischen und Spaniern waren eilig unterwegs, scheinbar ohne bestimmtes Ziel. Auf den ebenfalls in den Nationalfarben geschmückten Balkonen standen dicht gedrängt die Menschen, desgleichen auf den Dachterrassen. An den unwahrscheinlichsten Orten – auf Telegrafenmasten, Gartenzäunen, Straßenlaternen – sah man junge Burschen, die auf der Suche nach der besten Aussicht dort hinaufgeklettert waren. Die Mädchen spazierten mit frisch nachgezogenen Lippen Arm in Arm herum. Kinder rannten scharenweise kreuz und quer über die Straßen. Die spanischen Kinder kamen sorgfältig gekämmt und nach Kölnischwasser duftend daher, die kleinen Jungen mit Krawatte, die kleinen Mädchen mit Satinschleifen in den Zöpfen. Die kleinen Marokkaner trugen wie gewohnt Dschellaba und Tarbusch, viele gingen barfuß.

Je näher wir der Plaza de España kamen, desto dichter wurde die Menschenmenge, desto lauter wurde das Stimmengewirr. Es war warm, die Sonne noch stark. Eine Musikkapelle, die ihre Instrumente stimmte, war zu hören. Man hatte Tribünen errichtet, die bereits bis auf den letzten Platz besetzt waren. Marcus Logan musste mehrere Male seine Einladung vorzeigen, ehe man uns die Absperrungen passieren ließ, die das gemeine Volk von den Bereichen trennten, wo sich später die Würdenträger aufhalten würden. Wir wechselten kaum ein Wort auf dem Weg, der Lärm und die ständig notwendigen Ausweichmanöver machten jede Unterhaltung unmöglich. Manchmal musste ich mich an Logans Arm festklammern, damit uns die Menschenmenge nicht trennte, manchmal hielt er mich an den Schultern fest, damit ich im Gewühl nicht verloren ging. Wir brauchten eine ganze Weile, bis wir das Hochkommissariat erreichten, doch schließlich kamen wir an. Mir schnürte sich der Magen zu, als wir durch das schmiedeeiserne Tor auf das imposante Gebäude zugingen.

Am Einlass hielten mehrere einheimische Soldaten Wache. Sie gaben ein großartiges Bild ab in ihrer Galauniform mit dem großen Turban und den im Wind schwingenden Capes. Wir durchquerten den mit Fahnen und Standarten geschmückten Garten, ein Adjutant geleitete uns zu einer Gruppe geladener Gäste, die unter weißen, eigens für diesen Anlass aufgestellten Sonnendächern auf den Beginn des Festaktes warteten. Man sah eine bunte Mischung aus militärischen Schirmmützen, Handschuhen und Perlenketten, Krawatten, Fächern, blauen Hemden unter weißen Jacketts mit dem eingestickten Wappen der Falange auf der Brust und gar nicht wenige Kleider, die ich Stich für Stich eigenhändig genäht hatte. Mit einem diskreten Kopfnicken grüßte ich mehrere Kundinnen und tat, als würde ich die verstohlenen Blicke und das Getuschel rundherum nicht bemerken – wer ist sie, wer ist er, konnte ich von manchen Lippen ablesen. Ich erkannte noch mehr Gesichter wieder, die meisten von Fotografien aus Zeitungen und Zeitschriften, die Félix mir in den letzten Tagen gezeigt hatte. Mit manch anderem Gesicht jedoch verband sich für mich ein persönlicher Kontakt. Beispielsweise mit dem von *comisario* Vázquez, der es meisterhaft verstand, sein Erstaunen darüber zu verbergen, dass er mir in dieser Umgebung begegnete.

»Sieh mal einer an! Was für eine nette Überraschung!«, sagte er, derweil er sich von einer Gruppe löste und auf uns zukam.

»Guten Abend, Don Claudio.« Ich bemühte mich, ganz normal zu klingen, wusste aber nicht, ob es mir gelang. »Ich freue mich, Sie zu sehen.«

»Sicher?«, fragte er mit ironisch hochgezogenen Augenbrauen.

Ich konnte gar nicht mehr antworten, denn angesichts meiner bestürzten Miene begrüßte er sogleich meinen Begleiter.

»Guten Abend, Señor Logan. Ich sehe, Sie haben sich schon recht gut eingelebt.«

»Der Herr *comisario* hat mich gleich nach meiner Ankunft in Tetuán zu sich gebeten«, klärte mich der Journalist auf, während die beiden sich die Hände reichten. »Es ging um meine Einreise.«

»Bis jetzt hat er sich nichts zuschulden kommen lassen, aber informieren Sie mich, falls Ihnen bei ihm etwas seltsam vorkommen sollte«, meinte der *comisario* scherzend zu mir. »Und Sie, Logan, passen mir auf die Señorita Quiroga auf. Sie hat ein sehr hartes Jahr hinter sich und ununterbrochen gearbeitet.«

Wir verabschiedeten uns von *comisario* Vázquez und gingen weiter. Der Journalist gab sich die ganze Zeit entspannt und aufmerksam, und ich bemühte mich, ihn nicht spüren zu lassen, dass ich mich fühlte wie ein Fisch auf dem Trockenen. Auch er kannte fast niemanden, doch das schien ihn nicht im Geringsten zu stören. Vielmehr bewegte er sich mit beneidenswerter Selbstsicherheit, wahrscheinlich kam das durch seinen Beruf. Félix' Rat folgend, machte ich ihn verstohlen auf den einen oder anderen Gast aufmerksam: Jener Herr im dunklen Anzug ist José Ignacio Toledano, ein reicher Jude, Direktor der Banca Hassan. Jene überaus elegante Dame mit dem Federkopfschmuck und der Zigarettenspitze in der Hand ist die Duquesa de Guisa, eine adelige Französin, die in Larache lebt. Der korpulente Mann, dessen Glas gerade nachgefüllt wird, ist Mariano Bertuchi, der Maler. Alles lief ab wie im Protokoll vorgesehen. Es kamen noch mehr geladene Gäste, dann die zivilen spanischen Würdenträger und anschließend die militärischen. Danach die marokkanischen Exzellenzen in ihrer exotischen Kleidung. Von dem angenehm kühlen Garten aus hörten wir das Geschrei auf der Straße draußen, die Hochrufe und den Beifall. Er ist angekommen, er ist da, raunte man um uns her. Doch der Ehrengast ließ noch ein Weilchen auf sich warten. Zuerst präsentierte er sich der Menschenmenge, ließ sich bejubeln wie ein Torero oder eine der amerikanischen Schauspielerinnen, die meinen Nachbarn so faszinierten.

Und, endlich, erschien der so sehr Erwartete und Ersehnte, der Schwager des Caudillo, es lebe Spanien! In einem schwarzen Anzug mit Weste, ernst, steif, sehr schlank und schrecklich gut aussehend mit seinem fast weißen, nach hinten gekämmten Haar. Unerschütterlich, mit diesen aufmerksam blickenden Katzenaugen. Er war damals siebenunddreißig Jahre alt, sah aber etwas älter aus.

Ich musste zu den wenigen Menschen gehören, die es nicht im Mindesten danach drängte, ihn aus der Nähe sehen oder ihm die Hand geben zu wollen, und trotzdem blickte ich ständig in seine Richtung. Es war jedoch nicht Serrano Suñer, der mich interessierte, sondern jemand, der dicht bei ihm stand und den ich noch nicht persönlich kannte: Juan Luis Beigbeder y Atienza. Der Geliebte meiner Kundin und Freundin erwies sich als hochgewachsener Mann um die fünfzig mit dunklem Schnauzer, schlank, aber nicht zu schlank. Er trug eine Galauniform mit breiter Schärpe, die dazugehörige Schirmmütze und ein Offiziersstöckchen. Auf der schmalen, etwas zu langen Nase ruhte eine Brille mit runden Gläsern, hinter denen man ein Paar intelligente Augen erahnen konnte, die alles verfolgten, was in seiner Umgebung geschah. Er wirkte sonderbar auf mich, vielleicht ein wenig eigen. Trotz seiner Uniform hatte er überhaupt nichts Martialisches an sich, vielmehr lag etwas Theatralisches in seinem Auftreten, das jedoch keineswegs aufgesetzt wirkte. Seine Gesten waren elegant und gleichzeitig ausgreifend, sein Lachen ansteckend, die Stimme sonor und schnell. Er war ständig in Bewegung, begrüßte hier jemanden herzlich mit einer Umarmung, dort jemand anderen mit einem Schulterklopfen oder einem langen Händedruck. Er lächelte und wechselte mit dem einen oder anderen ein paar Worte, sprach mit Moslems, Christen und Juden, und dann begann das Ganze von vorne. Vielleicht kehrte er in seinen Mußestunden den intellektuellen Romantiker hervor, der laut Rosalinda in ihm steckte, doch in dieser Stunde bewies er vor der versammelten Gesellschaft lediglich seine unglaubliche Begabung für öffentliche Auftritte.

Es sah aus, als hätte er Serrano Suñer mit einer unsichtbaren Leine an sich gebunden. Hin und wieder erlaubte er ihm, sich ein Stück weit zu entfernen, gestattete ihm eine gewisse Bewegungsfreiheit, damit er jemanden begrüßen und mit dem einen oder anderen plaudern, sich schmeicheln lassen konnte. Im nächsten Augenblick übernahm er hingegen wieder das Kommando, holte ihn an der unsichtbaren Leine wieder zu sich zurück: Er erklärte ihm etwas, stellte ihn jemandem vor, legte ihm den Arm um die Schultern, flüsterte ihm rasch etwas ins Ohr, lachte laut auf und ließ ihn dann wieder gehen.

Mehrere Male begab ich mich auf die Suche nach Rosalinda, aber ich fand sie nicht. Weder an der Seite ihres Geliebten Juan Luis noch fern von ihm.

»Haben Sie Señora Fox irgendwo gesehen?«, fragte ich Logan, nachdem er einige Worte auf Englisch mit einem Mann aus Tanger gewechselt hatte, den er mir zwar vorstellte, dessen Namen und Amt ich jedoch sofort wieder vergaß.

»Nein, ich habe sie nicht gesehen«, erwiderte er nur und richtete dabei seine Aufmerksamkeit auf eine Gruppe, die sich in diesem Augenblick um Serrano Suñer bildete. »Wissen Sie, wer diese Leute sind?«, erkundigte er sich mit einer diskreten Kopfbewegung.

»Die Deutschen«, antwortete ich.

Da war die anspruchsvolle Señora Langenheim, die sich in das fantastische, von mir angefertigte Kleid aus veilchenblauer Shantungseide gezwängt hatte. Und Señora Heinz, meine erste Kundin, die heute ganz in Schwarz und Weiß wie ein Harlekin gekleidet erschienen war. Señora de Bernhardt mit ihrem argentinischen Akzent, die zu diesem Anlass keine neue Robe trug, und noch zwei Damen, die ich nicht kannte. Alle in Begleitung ihres Gatten, alle den *cuñadísimo* umschwirrend, während er inmitten der kompakten Gruppe von Deutschen unentwegt lächelte. Dieses Mal unterbrach Beigbeder die Unterhaltung jedoch nicht, sondern ließ ihm genügend Zeit, sich in Szene zu setzen.

30

Die Dunkelheit brach herein, und mit einem Mal flammten so viele Lichter auf, dass der Garten wie ein Jahrmarkt erleuchtet war. Es herrschte eine gelöste Stimmung, leise Musik spielte, und Rosalinda war noch immer nicht aufgetaucht. Die Gruppe der Deutschen wich dem Ehrengast nicht von der Seite, doch irgendwann entfernten sich die Damen und es blieben nur die fünf Männer mit Serrano Suñer zurück. Sie schienen ganz in ihr Gespräch vertieft und ließen etwas von Hand zu Hand gehen, steckten die Köpfe zusammen, deuteten mit dem Finger darauf, gaben Kommentare ab. Ich bemerkte, dass mein Begleiter unauffällig zu ihnen hinübersah.

»Offenbar interessieren Sie die Deutschen.«

»Sie faszinieren mich«, entgegnete er ironisch. »Doch mir sind die Hände gebunden.«

Ich verstand nicht, was er damit sagen wollte, und zog fragend die Augenbrauen hoch. Er erklärte es mir auch nicht, sondern stellte eine Frage, die mit seiner Bemerkung scheinbar überhaupt nichts zu tun hatte.

»Wäre es sehr unverschämt, wenn ich Sie um einen Gefallen bitten würde?«

Das tat er ganz beiläufig, als hätte er mich vor ein paar Minuten gefragt, ob ich gerne eine Zigarette oder ein Schälchen Obstsalat hätte.

»Kommt darauf an«, erwiderte ich und täuschte eine Unbekümmertheit vor, die ich gar nicht empfand. Der Abend war zwar relativ entspannt verlaufen, aber ich fühlte mich dennoch nicht wohl und konnte dieses Fest, das nichts mit mir zu tun hatte, nicht recht genießen. Außerdem beunruhigte mich Rosalindas Abwesenheit. Es war schon sehr merkwürdig, dass sie sich überhaupt nicht blicken ließ. Dass der Journalist mich erneut um einen lästigen Gefallen bat, fehlte gerade noch. Es reichte doch schon, dass ich mich hatte erweichen lassen, zu diesem Fest mitzugehen.

»Es ist keine große Sache«, stellte Logan klar. »Ich würde nur gerne wissen, was die Deutschen Serrano Suñer da zeigen, was sie so interessiert betrachten.«

»Aus privater oder beruflicher Neugier?«

»Beides. Aber ich kann schlecht hingehen. Sie wissen, dass wir Engländer ihnen nicht genehm sind.«

»Sie meinen also, ich soll mich der Gruppe nähern und einen Blick darauf werfen?«, hakte ich ungläubig nach.

»Möglichst so, dass es nicht auffällt.«

Fast hätte ich laut aufgelacht.

»Das meinen Sie nicht ernst, oder?«

»Doch. Darin besteht meine Arbeit: die Suche nach Informationen und Wegen, um sie mir zu beschaffen.«

»Und da Sie nicht selbst an diese Information kommen, soll ich das Mittel zum Zweck sein.«

»Ich möchte Sie nicht ausnutzen, bestimmt nicht. Es ist nur eine schlichte Bitte, Sie sind zu nichts verpflichtet. Überlegen Sie es sich einfach.«

Ich sah ihn schweigend an. Er wirkte aufrichtig und vertrauenswürdig, war es aber wahrscheinlich nicht, wie Félix es prophezeit hatte. Letzten Endes war es eine reine Interessensfrage.

»Einverstanden, ich tue es.«

Der Journalist wollte etwas sagen, sich vielleicht bedanken, doch ich fiel ihm ins Wort.

»Erwarte aber eine Gegenleistung«, fügte ich hinzu.

»Was?«, fragte er verwundert. Er hatte wohl nicht damit gerechnet, dass meine Hilfe einen Preis haben würde.

»Finden Sie heraus, wo Señora Fox steckt.«

»Und wie?«

»Lassen Sie sich etwas einfallen, Sie sind doch der Journalist.«

Ohne eine Antwort abzuwarten, kehrte ich ihm den Rücken zu und entfernte mich. Aber wie zum Teufel sollte ich mich den Deutschen und Serrano Suñer nähern, ohne allzu aufdringlich zu erscheinen?

Die Lösung fand sich mit der Puderdose, die mir Candelaria geschenkt hatte, kurz bevor ich aus dem Haus gegangen war. Ich nahm sie aus der Handtasche, klappte sie auf und tat, als wäre ich auf dem Weg zur Toilette und betrachtete eine Stelle in meinem Gesicht. Nur dass ich mir, scheinbar ganz auf mein Spiegelbild konzentriert, nicht dort einen Weg bahnte, wo ohnehin Lücken waren, sondern – wie ungeschickt von mir! – gegen den deutschen Konsul stieß.

Bei diesem Zusammenprall fiel mir meine Puderdose aus der Hand, und die Unterhaltung hörte schlagartig auf.

»Es tut mir schrecklich leid, Sie ahnen ja nicht, wie leid es mir tut, ich war abgelenkt …«, stammelte ich und tat ganz verwirrt.

Vier Männer aus der Gruppe machten Anstalten, meine Puderdose aufzuheben, doch einer war schneller als die anderen. Der schlankste, der mit den fast weißen, nach hinten gekämmten Haaren. Der einzige Spanier. Der mit den Katzenaugen.

»Ich glaube, der Spiegel ist zerbrochen«, sagte er, während er sich aufrichtete. »Sehen Sie?«

Ich sah es. Aber ehe ich mir den Spiegel näher anschaute, versuchte ich einen Blick auf das zu erhaschen, was er außer meiner Puderdose in seinen langen, schlanken Fingern hielt.

»Ja, der ist wohl nicht mehr zu gebrauchen«, antwortete ich leise und fuhr mit dem Zeigefinger sacht über die gesprungene Oberfläche des Spiegels, den er noch in der Hand hielt. Mein frisch lackierter Fingernagel spiegelte sich hundertfach darin.

Wir standen Schulter an Schulter, die Köpfe dicht beieinander, beide über den kleinen Gegenstand gebeugt. Ich nahm seinen hellen Teint wahr, seine feinen Gesichtszüge und die ergrauten Schläfen, die dunkleren Augenbrauen, den schmalen Schnurrbart.

»Vorsicht, verletzen Sie sich nicht«, machte er mich mit gedämpfter Stimme aufmerksam.

Ich zögerte meinen Abgang noch ein bisschen hinaus, indem ich überprüfte, ob der Puderblock noch ganz und die Puderquaste an ihrem Platz war. Und nebenbei warf ich auch einen Blick auf das, was die Männer vor wenigen Minuten von Hand zu Hand weitergegeben hatten. Es waren Fotografien. Ich konnte nur die oberste sehen: Personen, die ich nicht kannte, die eine dicht beieinanderstehende Gruppe anonymer Gesichter und Körper bildeten.

»Ja, ich glaube, ich mache sie am besten zu«, sagte ich schließlich.

»Hier, nehmen Sie.«

Ich griff nach der Puderdose und schloss sie mit einem deutlich hörbaren Klicken.

»Schade um die Dose, sie ist sehr hübsch. Fast so hübsch wie ihre Besitzerin«, fügte er hinzu.

Mit einem koketten Blick und meinem strahlendsten Lächeln bedankte ich mich für das Kompliment.

»Ach, haben Sie vielen Dank. Sie schmeicheln mir.«

»Es war mir ein Vergnügen, Señorita«, entgegnete er und reichte mir die Hand. Mir fiel auf, dass sie sich überraschend leicht anfühlte.

»Ganz meinerseits, Señor Serrano Suñer«, erwiderte ich mit einem Augenaufschlag. »Ich möchte mich nochmals für die Störung entschuldigen. Guten Abend, meine Herren«, verabschiedete ich mich und blickte noch einmal schnell in die Runde. Alle trugen ein Hakenkreuz am Revers.

»Guten Abend«, gaben die Deutschen im Chor zurück.

Daraufhin zog ich mich mit aller Grazie, die ich aufbringen konnte, wieder zurück. Als ich das Gefühl hatte, dass sie mich nicht mehr sehen konnten, schnappte ich mir vom Tablett eines Kellners ein Glas Wein, trank es in einem Zug aus und warf das leere Glas in die Rosensträucher.

Ich verwünschte Marcus Logan, dass er mich in dieses dumme Abenteuer hineingezogen hatte, und ich verwünschte mich selbst, weil ich darauf eingegangen war. Ich war Serrano Suñer nähergekommen als jeder andere Gast: Sein Gesicht hatte praktisch an meinem geklebt, unsere Finger hatten sich berührt, seine Stimme klang so nah an meinem Ohr, dass es schon fast zu intim war. Und ich hatte mich vor ihm wie ein Flittchen produziert, das glücklich war, für einige Momente die Aufmerksamkeit des erlauchten Gastes erregt zu haben, wo ich doch in Wirklichkeit nicht das mindeste Interesse daran hatte, ihn kennenzulernen. Und alles umsonst! Nur um festzustellen, dass das, was die Gruppe offenbar höchst interessiert betrachtete, eine Handvoll Fotografien waren, auf denen ich keine einzige Person hatte erkennen können.

Verärgert ging ich durch den Garten, bis ich an der Tür zum Hauptgebäude des Hochkommissariats anlangte. Ein Waschraum war mein Ziel: Ich wollte auf die Toilette gehen, mir die Hände waschen, wenigstens ein paar Minuten lang Abstand von allem gewinnen und mich beruhigen, ehe ich dem Journalisten wieder begegnete. Ich folgte den Hinweisen, die jemand mir gegeben hatte, und durchquerte die mit Friesen und Bildern von Uniformträgern geschmückte Eingangshalle, wandte mich nach rechts und ging einen breiten Korridor entlang. Die dritte Tür links, hatte man mir gesagt. Doch plötzlich hörte ich aufgeregte Stimmen, und im nächsten Augenblick sah ich das Malheur mit eigenen Augen. Auf dem Boden standen Pfützen, irgendwo weiter innen schien Wasser auszulaufen, wahrscheinlich aus einem geplatzten Rohr. Zwei Damen beschwerten sich erzürnt, dass ihre Schuhe Schaden genommen hätten, und drei Soldaten krochen auf Knien über den Boden, mühten sich mit Lappen und Handtüchern ab, um des Wassers Herr zu werden, das unaufhörlich hervorquoll und sich bereits über den gefliesten Korridor ergoss. Während ich die Szene schweigend beobachtete, kam Verstärkung mit Bergen von Lappen und Tüchern, sogar Bettlaken waren darunter, wie mir schien. Die beiden Damen entfernten sich murrend und schimpfend, und ein Soldat bot an, mich zu einem anderen Waschraum zu begleiten.

Ich folgte ihm den Korridor entlang, nun in umgekehrter Richtung. Wieder durchquerten wir die Eingangshalle, dann betraten wir einen anderen, nur schwach beleuchteten Flur, in dem es ganz ruhig war. Mehrere Male bogen wir ab, zuerst nach links, dann nach rechts, dann wieder nach links. So ungefähr.

»Soll ich auf die Dame warten?«, fragte der Soldat, als wir vor dem Waschraum standen.

»Das ist nicht nötig. Ich finde den Weg allein, danke.«

Besonders sicher war ich mir dessen nicht, aber der Gedanke daran, dass sich ein Wachposten vor der Tür befand, war mir doch äußerst unangenehm. Also ließ ich meine Eskorte ziehen und widmete mich meinen Bedürfnissen, überprüfte mein Kleid und meine Frisur und schickte mich an zu gehen. Doch mir fehlte die Kraft, mich wieder der Realität zu stellen. Deshalb beschloss ich, mir einige Minuten des Alleinseins zu gönnen. Ich öffnete das Fenster, und herein strömte die nordafrikanische Nacht mit ihrem Jasminduft. Ich setzte mich auf die Fensterbrüstung und betrachtete sinnend die dunklen Schatten der Palmen. Aus dem vorderen Garten drang gedämpft das Gemurmel der Unterhaltungen an mein Ohr. Ich vergnügte mich, ohne etwas zu tun, indem ich die Stille genoss und meine Sorgen einfach ausblendete. Doch nach einer Weile meldete sich meine innere Stimme: He, es ist Zeit, wieder zurückzugehen. Mit einem Seufzer erhob ich mich und schloss das Fenster. Ich musste wieder zurück, mich unter jene Menschen begeben, mit denen ich so wenig zu tun hatte, zu dem Ausländer, der mich zu diesem absurden Fest geschleppt und mich um diesen ungewöhnlichen Gefallen gebeten hatte. Ich betrachtete mich ein letztes Mal prüfend im Spiegel, dann löschte ich das Licht und trat hinaus.

Ich ging den dunklen Korridor entlang, bog einmal ab, ein weiteres Mal, glaubte mich auf dem richtigen Weg. Aber plötzlich stand ich vor einer Doppeltür, die sich zuvor nicht auf meinem Weg befand. Ich öffnete sie und fand einen großen, leeren Raum vor, der im Dunkeln lag. Ich hatte mich verirrt, ganz gewiss, also entschied ich mich, einen anderen Weg zu versuchen. Ein weiterer Korridor, dieses Mal linkerhand, wie ich mich zu erinnern meinte. Doch ich verlief mich erneut und gelangte in einen Bereich, der weniger vornehm war, der weder auf Hochglanz polierte Holzfriese noch Generäle in Öl an den Wänden aufzuweisen hatte. Vermutlich war ich in den Verwaltungstrakt geraten. Nur ruhig, sagte ich mir ohne große Überzeugung. Plötzlich kam mir wieder in den Sinn, wie ich in jener Nacht mit den Pistolen unter dem Haik durch die Gassen der Altstadt geirrt war. Ich verbannte diese Erinnerung bewusst aus meinem Kopf, konzentrierte mich wieder auf die Gegenwart und unternahm einen dritten Versuch. Und plötzlich fand ich mich erneut am Ausgangspunkt wieder, beim Waschraum. Also, falscher Alarm, ich hatte mich doch nicht verirrt. Ich rief mir ins Gedächtnis, wie ich in Begleitung des Soldaten hierhergekommen war, und konnte mich wieder orientieren. Alles klar, Problem gelöst, dachte ich und machte mich auf den Weg zum Ausgang. Und tatsächlich kam mir nun alles bekannt vor. Eine Vitrine mit alten Waffen, gerahmte Fotografien, aufgezogene Fahnen. Und als ich gerade um eine Ecke biegen wollte, hörte ich sogar Stimmen, die ich wiedererkannte – ich hatte sie im Garten bei der lächerlichen Szene mit meiner Puderdose gehört.

»Hier ist es angenehmer, Ramón, lieber Freund. Hier können wir uns in aller Ruhe unterhalten. Es ist der Raum, in dem Oberst Beigbeder uns normalerweise empfängt«, sagte jemand mit einem starken deutschen Akzent.

»Ausgezeichnet«, antwortete sein Gesprächspartner nur.

Ich verharrte reglos, wagte nicht zu atmen. Serrano Suñer und mindestens ein Deutscher befanden sich nur wenige Meter entfernt und näherten sich meinem Standort. Sobald einer um die Ecke böge, stünden wir uns direkt gegenüber. Mir zitterten die Knie, wenn ich nur daran dachte. Es gab gar keinen Grund, vor dieser Begegnung Angst zu haben. Nur, dass mir die Kraft fehlte, noch einmal eine Schau abzuziehen und eine dramatische Geschichte über geplatzte Rohre und Wasserlachen zu erzählen, um meinen einsamen Streifzug durch die Gänge des Hochkommissariats mitten in der Nacht zu rechtfertigen. Blitzschnell überlegte ich, was zu tun sei. Umkehren konnte ich nicht, dazu blieb keine Zeit mehr, aber den beiden Männern durfte ich auf keinen Fall begegnen. Also blieb als einzige Möglichkeit, seitlich auszuweichen. Dort befand sich eine geschlossene Tür. Ohne lange nachzudenken, öffnete ich sie und schlüpfte hinein.

Der Raum lag im Dunkeln, doch durch die Fenster drang ein wenig Mondlicht. Erleichtert lehnte ich mich gegen die Tür. Sobald Serrano Suñer und sein Begleiter vorbeigegangen und verschwunden wären, konnte ich wieder hinaus und meinen Weg fortsetzen. Der hell erleuchtete Garten, das Gemurmel der Unterhaltungen und Marcus Logans unerschütterlicher Gleichmut erschienen mir auf einmal wie das Paradies, das für mich im Augenblick jedoch unerreichbar war. Ich atmete tief durch. Als ich mich an meinem Zufluchtsort umsah, erkannte ich in den Schatten Stühle, Sessel und einen verglasten Bücherschrank an der Wand. Es gab noch mehr Möbel, aber ich hatte keine Zeit, sie mir näher anzusehen, denn in diesem Moment zog etwas anderes meine Aufmerksamkeit auf sich. Ganz in meiner Nähe, auf der anderen Seite der Tür.

»Da sind wir«, verkündete die Stimme des Deutschen, und gleichzeitig wurde die Türklinke niedergedrückt.

Wie elektrisiert sprang ich zur Seite und flüchtete mich mit langen Sätzen in eine Ecke des Raumes, und im selben Moment hatte sich der Türflügel auch schon halb geöffnet.

»Wo ist wohl der Lichtschalter?«, hörte ich eine Stimme sagen, während ich hinter einem Sofa verschwand. In der Sekunde, als mein Körper den Boden berührte, flammte das Licht auf.

»Nun, da wären wir. Nehmen Sie doch Platz, lieber Freund.«

Ich lag hinter dem Sofa bäuchlings auf dem Boden, die linke Gesichtshälfte an die kalten Fliesen gepresst, mit angstvoll geweiteten Augen, und hielt den Atem an. Ich wagte nicht zu schlucken, ja nicht einmal zu blinzeln. Wie eine Marmorfigur, wie ein Todeskandidat, der auf den Gnadenschuss wartet, lag ich da.

Offenbar trat der Deutsche als Gastgeber auf, und seine Worte richteten sich nur an eine andere Person, denn ich hörte lediglich zwei Stimmen und erspähte aus meinem Versteck hinter dem Sofa zwei Paar Beine.

»Weiß der Hochkommissar, dass wir hier sind?«, fragte Serrano Suñer.

»Er ist damit beschäftigt, sich um die Gäste zu kümmern. Wir werden später mit ihm sprechen, wenn Sie es wünschen«, erwiderte der Deutsche ausweichend.

Ich hörte, wie sie sich setzten, es sich bequem machten, die Sprungfedern der alten Polstermöbel ächzten. Der Spanier nahm in einem Sessel Platz: Ich sah das untere Stück seiner dunklen Anzughose mit einer messerscharfen Bügelfalte, die schwarzen Socken, die schmale Fußknöchel umschlossen und in einem Paar auf Hochglanz polierter Schuhe verschwanden. Der Deutsche ließ sich ihm gegenüber auf dem Sofa nieder, hinter dem ich mich versteckte. Seine Beine waren dicker und seine Schuhe weniger elegant. Mit ausgestrecktem Arm hätte ich ihn beinahe kitzeln können.

Sie sprachen eine ganze Weile miteinander. Wie lange genau, konnte ich nicht sagen, aber es reichte, damit mir der Nacken furchtbar wehtat und ich ein unwiderstehliches Bedürfnis verspürte, mich zu kratzen. Nur mit Mühe konnte ich mich so weit beherrschen, dass ich nicht losschrie, in Tränen ausbrach oder aufsprang und hinauslief. Dann hörte ich Feuerzeuge klicken, und der Raum füllte sich mit Zigarettenrauch. Da ichauf gleicher Höhe wie die Beine von Serrano Suñer auf dem Boden lag, konnte ich beobachten, wie er sie unzählige Male abwechselnd übereinanderschlug. Der Deutsche hingegen bewegte sich kaum. Ich versuchte, mich zusammenzureißen und eine weniger unbequeme Stellung zu finden. Und sandte ein Stoßgebet zum Himmel, dass keine meiner Gliedmaßen mich zu einer plötzlichen Bewegung zwingen möge.

Mein Sichtfeld war äußerst eingeschränkt, meine Bewegungsfreiheit gleich null. Ich musste mich mit dem begnügen, was an meine Ohren drang. Deshalb konzentrierte ich mich darauf, dem roten Faden des Gesprächs zu folgen. Bei dem fingierten Zusammenstoß mit dem deutschen Konsul hatte ich keine interessante Information ergattern können, vielleicht konnte ich hier etwas erfahren, das für den Journalisten von Interesse war. Zumindest lenkte es mich davon ab, daran zu denken, in welch heikler Lage ich mich befand.

Ich hörte sie über Installationen und Transmissionen reden, über Schiffe und Flugzeuge, Goldmengen, Reichsmark, Peseten, Bankkonten. Unterschriften und Fristen, Lieferungen, Observierungen, Machtausgleich, Namen von Firmen und Häfen, Loyalität. Ich erfuhr, dass es sich bei dem Deutschen um Johannes Bernhardt handelte, dass Serrano Suñer Franco vorschob, um mehr Druck ausüben zu können und die eine oder andere Bedingung nicht annehmen zu müssen. Und obwohl es mir an Hintergrundinformationen fehlte, ahnte ich instinktiv, dass die beiden Männer ein gemeinsames Interesse hatten, nämlich ihre Unterredung zu einem positiven Abschluss zu bringen.

Und so kam es auch. Schließlich einigten sie sich, standen auf und besiegelten ihre Abmachung durch Handschlag, was ich zwar nicht sah, aber hörte. Hingegen konnte ich sehen, dass die zwei Beinpaare sich in Richtung Tür bewegten, der Deutsche spielte wieder den Gastgeber und ließ dem Ehrengast den Vortritt. Doch ehe sie an die Tür kamen, stellte Bernhardt noch eine Frage.

»Sprechen Sie mit Oberst Beigbeder darüber oder soll ich es ihm selbst sagen?«

Serrano Suñer antwortete nicht sofort, sondern zündete sich zuerst eine Zigarette an. Die ich-weiß-nicht-wievielte.

»Halten Sie das für unbedingt notwendig?«, erwiderte er dann, nachdem er den ersten Zug getan hatte.

»Die Installationen werden sich im spanischen Protektorat befinden, deshalb sollte er diesbezüglich informiert werden, nehme ich an.«

»Dann überlassen Sie es mir. Der Caudillo wird ihn direkt informieren. Und zu den Bedingungen unserer Abmachung geben Sie besser keine Einzelheiten preis. Das bleibt unter uns«, fügte er hinzu, während er das Licht ausschaltete.

Ich ließ einige Minuten verstreichen, bis ich glaubte, dass sie das Gebäude inzwischen verlassen haben müssten. Dann stand ich vorsichtig auf. Von der Anwesenheit der beiden Herren in dem Zimmer zeugten nur noch der intensive Geruch nach Tabak und ein vermutlich ziemlich voller Aschenbecher. Dennoch blieb ich weiter auf der Hut. Ich ordnete meine Kleidung, dann schlich ich mich auf Zehenspitzen leise zur Tür. Nur langsam näherte sich meine Hand der Türklinke, als fürchtete ich, bei ihrer Berührung einen elektrischen Schlag zu bekommen. Ich hatte Angst davor, auf den Korridor hinauszugehen. Doch ich kam gar nicht dazu, die Klinke zu drücken: Fast berührten sie meine Finger schon, als ich bemerkte, dass jemand von außen daran herumhantierte. Ich sprang automatisch zurück und drückte mich flach an die Wand, als wollte ich mit ihr verschmelzen. Plötzlich wurde die Tür so heftig geöffnet, dass sie mir fast ins Gesicht geschlagen wäre, und in der nächsten Sekunde ging auch schon das Licht an. Ich konnte nicht sehen, wer in das Zimmer kam, hörte den Mann aber zwischen den Zähnen fluchen.

»Wo hat dieser Idiot bloß sein Zigarettenetui gelassen?«

Obwohl ich den Eindringling nicht sah, wusste ich instinktiv, dass es nur ein einfacher Soldat war, der mit seiner Suche nach einem vergessenen Gegenstand widerwillig einen Befehl ausführte. Wenige Augenblicke später war es wieder dunkel und still im Raum, aber ich konnte mich einfach nicht überwinden, wieder auf den Korridor hinauszutreten. Zum zweiten Mal in meinem Leben rettete mich ein Sprung aus dem Fenster.

Ich kehrte in den Garten zurück und fand dort zu meiner Überraschung Marcus Logan in angeregter Unterhaltung mit Beigbeder vor. Schnell wollte ich mich zurückziehen, doch es war zu spät. Logan hatte mich bereits gesehen und bedeutete mir, ich solle mich zu ihnen gesellen. Ich bemühte mich sehr, meine Nervosität nicht zu zeigen, als ich auf die beiden zuging: Nach allem, was ich gerade erlebt hatte, war eine private Begegnung mit dem Hochkommissar das Letzte, was ich brauchte.

Er empfing mich mit einem Lächeln. »Sie sind also die schöne Schneiderin, die Freundin meiner Rosalinda?«

Er hielt eine Zigarre in der rechten Hand und legte mir seinen freien Arm um die Schultern, als wären wir alte Bekannte.

»Ich freue mich sehr, Sie endlich kennenzulernen, meine Liebe. Schade, dass unsere Rosalinda unpässlich ist und nicht kommen konnte.«

»Was fehlt ihr denn?«

Mit der Hand, in der er seine Havanna hielt, vollführte er eine kreisende Bewegung auf dem Bauch.

»Magenprobleme. Es schlägt ihr auf den Magen, wenn sie nervlich angespannt ist, und wir sind dieser Tage so sehr damit beschäftigt, uns um unseren Gast zu kümmern, dass mein armes Mädchen kaum eine Minute Ruhe gefunden hat.«

Mit einer Geste bedeutete er Marcus und mir, wir sollten näher zusammenrücken, dann senkte er die Stimme und erklärte in komplizenhaftem Ton:

»Gott sei Dank verlässt uns der Schwager morgen. Ich glaube, ich könnte ihn keinen Tag länger ertragen.«

Er beschloss diese Vertraulichkeit mit einem sonoren Lachen, und wir beide taten so, als wären wir ebenfalls höchst amüsiert.

»Nun, meine Lieben, ich lasse Sie allein«, sagte er dann mit einem Blick auf seine Uhr. »Es war mir ein Vergnügen, aber die Pflicht ruft. Jetzt kommen die Hymnen, die Reden und das ganze Drumherum – zweifellos der langweiligste Teil. Kommen Sie Rosalinda doch besuchen, wenn Sie Zeit haben, Sira. Sie wird sich über Ihren Besuch sehr freuen. Das gilt auch für Sie, Logan. Der Besuch eines Landsmanns wird ihr guttun. Mal sehen, ob wir es einmal schaffen, zu viert zu Abend zu essen, sobald wir alle etwas entspannter sind. God save the king!«, fügte er zum Abschied mit theatralischer Geste hinzu. Und damit drehte er sich um und ging.

Wir verharrten eine Weile schweigend und sahen ihm nach. Uns fiel kein Adjektiv ein, mit dem wir die Einzigartigkeit dieses Mannes hätten beschreiben können.

»Ich suche Sie schon seit einer Stunde, wo haben Sie bloß gesteckt?«, fragte schließlich der Journalist, der noch immer dem Hochkommissar nachblickte.

»Ich war unterwegs, um Ihnen das Leben zu erleichtern. Sie hatten mich darum gebeten, oder nicht?«

»Heißt das, Sie konnten sehen, was sich die Männer in der Gruppe weitergereicht haben?«

»Nichts Wichtiges. Familienfotos.«

»Na ja, Pech gehabt.«

Wir schauten uns bei diesem kurzen Wortwechsel nicht an, sondern blickten nach wie vor Beigbeder hinterher.

»Aber ich habe andere Dinge erfahren, die Sie vielleicht interessieren«, meinte ich dann.

»Was zum Beispiel?«

»Abmachungen. Tauschgeschäfte.«

»Und worum ging es konkret?«

»Um Antennen«, erwiderte ich. »Große Antennen. Drei. Ungefähr hundert Meter hoch, Konsolensystem, Marke Electro-Sonner. Die Deutschen wollen sie installieren, um den Funkverkehr von Flugzeugen und Schiffen in der Meerenge abzuhören und den Engländern in Gibraltar ein Schnippchen zu schlagen. Installiert werden sollen sie nahe der Ruinen von Tamuda, einige Kilometer von hier entfernt. Wenn Franco schnell seine Einwilligung gibt, erhält die nationalspanische Armee von der deutschen Regierung einen beachtlichen Kredit. Das Ganze wird über die Firma HISMA abgewickelt, deren Geschäftsführer Johannes Bernhardt ist, und mit ihm hat Serrano Suñer die Vereinbarung getroffen. Beigbeder wollen sie heraushalten, ihm die Sache verheimlichen.«

»*My goodness*«, murmelte Logan in seiner Muttersprache. »Wie haben Sie das herausbekommen?«

Unsere Blicke folgten noch immer scheinbar aufmerksam dem Hochkommissar, der sich nach allen Seiten grüßend auf ein Rednerpult zubewegte, auf das jemand gerade ein Mikrofon stellte.

»Ich war zufällig in demselben Raum, in dem die Abmachung getroffen wurde.«

»Vor Ihnen als Zeugin?«, fragte der Journalist ungläubig.

»Nein, Moment! Sie haben mich nicht gesehen. Die Geschichte ist ein bisschen lang, ich werde sie Ihnen ein andermal erzählen.«

»Einverstanden. Aber sagen Sie, wurden Daten genannt?«

Aus dem Mikrofon drang ein unangenehm schriller Ton. »Test, eins, zwei, drei«, sagte eine Stimme.

»Alles steht versandbereit im Hamburger Hafen. Sobald sie die Unterschrift des Caudillo haben, werden die Teile nach Ceuta verschifft und sie beginnen mit der Montage.«

In einiger Entfernung sahen wir den Hochkommissar voller Elan zum Podium hinaufsteigen, während er Serrano Suñer mit einer etwas übertriebenen Geste bedeutete, dass er ihn begleiten solle. Er lächelte und grüßte ununterbrochen, mit großer Selbstsicherheit. Da stellte ich Logan doch noch zwei Fragen.

»Denken Sie, Beigbeder sollte davon erfahren? Meinen Sie, ich sollte es Rosalinda erzählen?«

Der Journalist überlegte erst, ehe er antwortete. Nach wie vor hatte er den Blick auf die beiden Männer geheftet, die jetzt Seite an Seite den frenetischen Beifall der Anwesenden entgegennahmen.

»Ich denke schon, dass er es wissen sollte. Aber es ist besser, wenn die Information nicht über Sie und Señora Fox zu ihm gelangt, es könnte sie kompromittieren. Überlassen Sie es mir. Sagen Sie Ihrer Freundin nichts, ich finde bestimmt eine passende Gelegenheit.«

Er ließ ein paar Sekunden schweigend verstreichen, als grübelte er noch über das, was er soeben gehört hatte.

»Wissen Sie was, Sira?«, sagte er schließlich an mich gewandt. »Ich weiß zwar noch nicht, wie Sie es angestellt haben, aber Sie haben mir eine sehr wertvolle Information beschafft, eine viel interessantere, als ich anfangs auf einem solchen Empfang zu ergattern hoffte. Ich weiß nicht, wie ich Ihnen danken soll …«

»Oh, ganz einfach«, fiel ich ihm ins Wort.

»Und wie?«

In diesem Augenblick begann das Orchester des Kalifen die Hymne der Falange *Cara al sol* zu schmettern, und wie auf Knopfdruck schossen Dutzende von Armen zum faschistischen Gruß in die Höhe.

»Bringen Sie mich hier weg.«

Ohne ein weiteres Wort streckte er mir seine Hand entgegen. Ich packte sie fest, und wir tauchten im Schatten des hinteren Gartenteils unter. Sobald wir das Gefühl hatten, dass uns niemand mehr sehen konnte, begannen wir zu laufen.

31

Ich begann den folgenden Tag spürbar langsamer. Zum ersten Mal seit vielen Wochen stand ich nicht in aller Herrgottsfrühe auf, trank nicht nur hastig einen Kaffee, um sofort ins Atelier zu gehen, wo schon die Arbeit auf mich wartete. Auch hatte ich nicht vor, mich wieder von der hektischen Betriebsamkeit der letzten Tage antreiben zu lassen, sondern nahm erst ein ausgiebiges Bad, das mir am Nachmittag zuvor ja nicht vergönnt gewesen war. Danach machte ich einen Spaziergang zu Rosalindas Haus.

Aus Beigbeders Worten hatte ich geschlossen, dass sie sich nur etwas unpässlich fühlte und dieser Zustand bald vorübergehen würde, eine Unpässlichkeit, die ungelegen kam, mehr nicht. Daher hoffte ich, meine Freundin gut gelaunt wie immer anzutreffen und bereit, sich sämtliche Details des Empfangs, den sie verpasst hatte, von mir erzählen zu lassen, darauf brennend, endlich zu erfahren, welche Kleider die Anwesenden getragen hatten, wer die eleganteste und die am wenigsten elegante Frau des Abends gewesen war.

Ein Dienstmädchen führte mich in ihr Zimmer. Sie lag noch, zwischen Kissen, im Bett. Die Fensterläden waren geschlossen, und dicker Tabakqualm hing in der Luft. Es roch nach Medikamenten, und das Zimmer hätte dringend gelüftet werden müssen. Es war geräumig und wunderschön: maurische Architektur, englische Möbel, Teppiche, zwei Polstersofas und ein buntes Durcheinander aus offen herumliegenden Schellackplatten, Briefumschlägen mit dem Aufdruck *air mail*, Seidentüchern und englischen Porzellantassen aus Staffordshire mit schon kalt gewordenem Tee, den sie nicht ausgetrunken hatte.

An jenem Morgen versprühte Rosalinda so gar keinen Glamour.

»Wie geht es dir?«, fragte ich und versuchte, nicht allzu besorgt zu klingen, obwohl ich bei ihrem Anblick fast erschrak: Blass, mit dunklen Augenringen, die Haare ungewaschen lag sie wie ein nasser Sack in einem zerwühlten Bett, dessen Laken bis auf den Boden herabhingen.

»Miserabel«, antwortete sie mürrisch. »Es geht mir richtig schlecht, aber setz dich doch zu mir«, forderte sie mich auf und klopfte einladend auf ihr Bett. »Es ist nichts Ansteckendes.«

»Juan Luis sagte mir gestern Abend, es sei eine Magenverstimmung«, berichtete ich ihr, während ich gehorchte. Doch zunächst musste ich zerknüllte Taschentücher, einen vollen Aschenbecher, die Überreste einer Packung mit Butterkeksen und jede Menge Krümel beseitigen.

»*That's right*, aber das ist nicht das Schlimmste. Juan Luis weiß nicht alles. Ich werde es ihm heute Nachmittag sagen, ich wollte ihn damit nicht am letzten Tag des Besuches von Serrano Suñer belästigen.«

»Was ist denn passiert?«

»Das hier«, sagte sie wütend und hob mit spitzen Fingern ein Telegramm hoch. »Das hat mich krank gemacht, nicht die Vorbereitungen für den Besuch. Das hier ist das Allerschlimmste.«

Ich sah sie verständnislos an, woraufhin sie mir den Inhalt der Nachricht zusammenfasste.

»Das habe ich gestern erhalten. Peter kommt in sechs Wochen.«

»Wer ist Peter?« Ich erinnerte mich nicht, diesen Namen im Zusammenhang mit ihr schon mal gehört zu haben.

Sie sah mich an, als hätte ich die absurdeste Frage gestellt, die sie jemals gehört hatte.

»Herrje, wer soll er schon sein, Sira? Peter, mein Ehemann.«

Peter beabsichtigte, an Bord eines P&O-Schiffes nach Tanger zu reisen, um seiner Frau und seinem Sohn, um die er sich fast fünf Jahre nicht geschert hatte, einen langen Besuch abzustatten. Noch lebte er in Kalkutta, doch er hatte vor, den Mittelmeerraum zu besuchen und dort verschiedene berufliche Möglichkeiten zu prüfen, um eventuell für immer das Indische Kaiserreich zu verlassen. Die Lage dort wurde aufgrund der Unabhängigkeitsbewegungen der einheimischen Bevölkerung immer kritischer, wie Rosalinda mir erzählte. Und wo könnte man besser über einen möglichen Umzug nachdenken als in der neuen Heimat seiner Frau, wo bei dieser Gelegenheit auch die ganze Familie mal wieder zusammenkäme?

»Wird er etwa hier wohnen, in deinem Haus?«, fragte ich ungläubig.

Sie zündete sich eine Zigarette an, und während sie gierig den Rauch einzog, bestätigte sie diesen Umstand mit einer unmissverständlichen Geste.

»*Of course he will.* Er ist mein Mann, also hat er das Recht dazu.«

»Aber ich dachte, ihr wärt getrennt …«

»De facto, ja. Dem Gesetz nach, nein.«

»Und hast du nie daran gedacht, dich scheiden zu lassen?«

Sie zog noch einmal kräftig an der Zigarette.

»Mehr als eine Million Mal. Aber er hat es stets abgelehnt.«

Dann erzählte sie mir von den Spannungen jener unharmonischen Beziehung, durch die ich eine eher verletzliche und zerbrechliche Rosalinda kennenlernte. Weniger unwirklich und mehr ein Mensch aus Fleisch und Blut, wie wir alle.

»Ich heiratete mit sechzehn. Da war er schon vierunddreißig. Ich ging fünf Jahre lang auf ein englisches Internat. Als ich Indien verließ, war ich noch ein kleines Mädchen und kehrte erst als junge Frau in fast heiratsfähigem Alter dorthin zurück. Ich war ganz wild darauf, jedes der vielen Feste zu besuchen, die im kolonialen Kalkutta ständig gefeiert wurden. Gleich auf der ersten Party wurde mir Peter, ein Freund meines Vaters, vorgestellt. Er war für mich der attraktivste Mann, den ich je kennengelernt hatte. Nicht, dass ich bis dahin schon vielen begegnet wäre, eigentlich keinem. Er war amüsant, zu den unglaublichsten Abenteuern aufgelegt und der Mittelpunkt jeder Gesellschaft, zugleich reif und lebhaft. Er stammte aus einer aristokratischen englischen Familie, die seit drei Generationen in Indien lebte. Ich verliebte mich wahnsinnig in ihn, oder zumindest dachte ich das. Fünf Monate später waren wir verheiratet. Wir zogen in ein prächtiges Anwesen mit Pferdeställen, Tennisplätzen und vierzehn Zimmern für die Bediensteten. Wir hatten, stell dir vor, sogar vier uniformierte indische Ballkinder, falls es uns einmal in den Sinn kommen sollte zu spielen. Unser Leben war mit Aktivitäten ausgefüllt: Mir gefiel es zu tanzen oder auszureiten, und mit dem Gewehr verstand ich ebenso geschickt umzugehen wie mit Golfschlägern. Wir lebten in einem sich unaufhörlich drehenden Karussell aus Festen und Empfängen. Und dann wurde Johnny geboren. Nach außen hin führten wir ein Leben wie im Bilderbuch, doch es sollte nicht lange dauern, bis mir bewusst wurde, auf welch wackeligen Beinen meine Welt stand.«

Sie unterbrach ihren Monolog und starrte ins Leere, als dächte sie einen Moment lang nach. Dann drückte sie ihre Zigarette im Aschenbecher aus und fuhr fort:

»Wenige Monate nach der Niederkunft hatte ich immer wieder Magenprobleme. Man untersuchte mich, und anfänglich sagte man mir, es bestünde kein Grund zur Sorge, meine Beschwerden seien die natürliche Reaktion meines Körpers auf das ungewohnte tropische Klima. Aber ich fühlte mich von Mal zu Mal schlechter. Die Schmerzen wurden stärker, das Fieber stieg von Tag zu Tag. Die Ärzte beschlossen, mich zu operieren, und konnten nichts Ungewöhnliches entdecken, doch mein Zustand besserte sich nicht. Da es immer schlimmer wurde, untersuchten sie mich vier Monate später noch einmal gründlich und konnten endlich die Krankheit benennen: Tuberkulose in einer ihrer aggressivsten Formen, und in meinem Fall ausgelöst durch das *Mycobacterium bovis*, übertragen durch die Milch einer infizierten Kuh, die wir nach Johnnys Geburt gekauft hatten, um stets frische Milch für meine Rekonvaleszenz zu haben. Das Tier war krank geworden und nach einiger Zeit gestorben, doch der Veterinär, der es damals untersuchte, hatte nichts Ungewöhnliches feststellen können. Genau wie die Ärzte bei mir sehr lange brauchten, bis sie die Ursache fanden. Die Tuberkulose der Rinder ist sehr schwer zu diagnostizieren. So etwas wie Knoten, wie Geschwülste im Darm, die ihn zusammendrücken.«

»Und?«

»Seitdem bin ich chronisch krank.«

»Und?«

»Jeden neuen Morgen, an dem du die Augen öffnest, dankst du dem lieben Herrgott, dass Er dir einen weiteren Tag geschenkt hat.«

Meine innerliche Aufgewühltheit verbarg ich hinter einer neuen Frage.

»Wie hat dein Mann reagiert?«

»*Oh, wonderfully!*«, meinte sie sarkastisch. »Die Ärzte, die ich konsultierte, rieten mir, nach England zurückzukehren. Sie dachten, vielleicht könne man in einem englischen Krankenhaus mehr für mich tun. Und Peter war damit sofort einverstanden.«

»Vermutlich wollte er nur dein Bestes …«

Verbittert lachte sie auf, sodass ich den Satz nicht beenden konnte.

»Peter, meine Liebe, denkt immer nur an sein eigenes Wohl. Mich weit wegzuschicken, war die beste aller Lösungen, und zwar nicht für meine Gesundheit, sondern eher für sein eigenes Wohlbefinden. Ich kümmerte ihn nicht, Sira. Ich hatte aufgehört, ein spaßiger Zeitvertreib zu sein, war nicht mehr die wertvolle Trophäe, die man in den Clubs, auf Festen und Jagdgesellschaften präsentieren konnte. Die junge, schöne und amüsante Ehefrau hatte sich in eine Belastung verwandelt, die man so schnell wie möglich loswerden musste. Sobald ich mich also wieder auf den Beinen halten konnte, besorgte er für Johnny und mich Schiffspassagen nach England. Ja, er ließ sich nicht einmal dazu herab, uns zu begleiten. Unter dem Vorwand, er wolle, dass seine Frau die bestmögliche medizinische Versorgung bekomme, ließ er eine schwerkranke, gerade mal zwanzig Jahre alte Frau mitsamt ihrem Kind, das noch nicht richtig laufen konnte, an Bord gehen. Als wären wir zwei Gepäckstücke mehr. Bye-bye, auf Nimmerwiedersehen, meine Lieben.«

Ein paar dicke Tränen kullerten ihr über die Wangen. Sie wischte sie mit dem Handrücken weg.

»Er strich uns aus seinem Leben, Sira. Er verstieß mich. Er schickte mich nach England, schlicht und ergreifend, um mich loszuwerden.«

Zwischen uns entstand ein trauriges Schweigen, bis sie wieder die Kraft fand, um fortzufahren.

»Während der Überfahrt bekam Johnny hohes Fieber und Krämpfe. Es stellte sich heraus, dass er eine schwere Form der Malaria hatte. Nach der Reise musste er zu seiner Genesung für zwei Monate ins Krankenhaus. In der Zeit nahm mich meine Familie bei sich auf. Meine Eltern hatten ebenfalls sehr lange in Indien gelebt, waren aber ein Jahr zuvor nach Europa zurückgekehrt.

Die ersten Monate lief alles einigermaßen gut, der Klimawechsel schien mir zu bekommen. Doch dann verschlechterte sich mein Zustand. Die medizinischen Tests zeigten, dass mein Darm fast völlig geschrumpft war. Die Ärzte schlossen die Möglichkeit einer Operation aus und verordneten mir absolute Ruhe, mit der vielleicht eine kleine Besserung zu erzielen wäre. Auf diese Weise wollte man verhindern, dass die Organismen in meinem Körper weiterwanderten. Weißt du, worin diese Ruhe anfänglich bestand?«

Weder wusste ich es noch konnte ich es mir vorstellen.

»Sechs Monate lang war ich auf ein Brett gefesselt, mit Lederriemen an Schultern und Oberschenkeln, wodurch ich mich nicht bewegen konnte. Sechs ganze Monate lang, Tag und Nacht.«

»Und, besserte sich dein Zustand?«

»*Just a bit*. Nur ein bisschen. Da entschieden die Ärzte, mich nach Leysin zu schicken, einem Schweizer Sanatorium für Tuberkulosekranke. Wie Hans Castorp in *Der Zauberberg* von Thomas Mann.«

Ich ahnte, dass sie von einem Buch sprach. Bevor sie mich womöglich noch fragte, ob ich es gelesen hätte, kam ich ihr mit einer Frage zuvor:

»Und Peter, was machte er in der Zwischenzeit?«

»Er bezahlte die Krankenhausrechnungen und gewöhnte sich an, uns monatlich dreißig Pfund für unseren Unterhalt zu schicken. Mehr nicht. Ansonsten kam rein gar nichts von ihm. Weder ein Brief noch ein Telegramm oder Grüße über Bekannte. Und er hatte natürlich auch nicht vor, uns zu besuchen. Nichts, Sira. Ich habe nie wieder etwas von ihm gehört. Bis gestern.«

»Und was hast du in dieser Zeit mit Johnny gemacht? Es muss sehr hart für ihn gewesen sein.«

»Er war die ganze Zeit im Sanatorium bei mir. Meine Eltern wollten, dass ich Johnny bei ihnen lasse, aber das habe ich nicht übers Herz gebracht. Ich engagierte ein deutsches Kindermädchen, das mit ihm spielte und spazieren ging, aber er aß und schlief bei mir im Zimmer, jeden Tag. Eine sehr traurige Erfahrung für ein so kleines Kind, aber ich wollte ihn um nichts in der Welt von mir trennen. In gewisser Weise hatte er ja bereits seinen Vater verloren. Ihm nun auch noch die Mutter zu nehmen, wäre zu grausam gewesen.«

»Und, schlug die Behandlung an?«

Ein Lächeln huschte über ihr Gesicht.

»Sie rieten mir, acht Jahre dort zu verbringen, doch ich hielt es nur acht Monate aus. Dann bat ich darum, entlassen zu werden. Sie sagten, ich sei unvernünftig und mein Verhalten würde mich das Leben kosten. Ich musste zig Papiere unterschreiben, um das Sanatorium von jeglicher Verantwortung zu entbinden. Meine Mutter bot mir an, mich in Paris abzuholen, damit wir die Rückreise nach England gemeinsam antreten konnten. Und auf dieser Fahrt traf ich zwei Entscheidungen. Die erste: Ich würde nie wieder über meine Krankheit sprechen. Und in der Tat, in den letzten Jahren habe ich nur Juan Luis und dir davon erzählt. Ich beschloss, dass die Tuberkulose vielleicht meinen Körper zerstören würde, aber nicht meinen Geist. Ich entschied mich dafür, die Vorstellung, krank zu sein, aus meinen Gedanken zu verbannen.«

»Und die zweite?«

»Ich begann ein neues Leben, als wäre ich hundertprozentig gesund. Ein Leben fern von England, fern meiner Familie, ohne die alten Freunde und Bekannten, die mich automatisch mit Peter und meiner chronischen Erkrankung in Verbindung brachten. Ein anderes Leben, zu dem anfangs nur mein Sohn und ich gehörten.«

»Damals hast du dich entschlossen, nach Portugal zu gehen, nicht wahr?«

»Die Ärzte rieten mir, mich an einem Ort mit gemäßigtem Klima niederzulassen: Südfrankreich, Spanien, Portugal, vielleicht der Norden Marokkos. Etwas, das klimatisch zwischen der tropischen Hitze Indiens und dem miserablem englischen Wetter lag. Sie verordneten mir eine Diät, empfahlen mir, viel Fisch und wenig Fleisch zu essen, häufig Sonnenbäder zu nehmen, jede körperliche Anstrengung und emotionale Belastungen zu meiden. Irgendjemand erzählte mir von der britischen Kolonie in Estoril, und ich beschloss, dass dieser Ort genauso gut war wie jeder andere. Also fuhr ich hin.«

Meine Vorstellungen von Rosalinda passten nun alle sehr viel besser zusammen. Die einzelnen Teile fügten sich zu einem Ganzen, das langsam einen Sinn ergab. Ich wünschte mir von ganzem Herzen, das die Dinge sich zum Guten wendeten. Nun, wo ich endlich wusste, dass sie ganz und gar nicht auf Rosen gebettet war, fand ich, dass sie ein glückliches Leben verdient hatte.

32

Am nächsten Tag begleitete ich Marcus Logan zu seinem Besuch bei Rosalinda. Wie am Abend des Empfangs für Serrano Suñer holte er mich zu Hause ab, und wieder gingen wir gemeinsam durch die Straßen. Doch etwas zwischen uns hatte sich zwischen uns verändert. Unsere überstürzte Flucht vom Empfang des Hochkommissariats quer durch die Gärten und der eher friedliche Spaziergang in den frühen Morgenstunden durch die Stadt hatten meine Vorbehalte ihm gegenüber gewissermaßen abgeschwächt. Manchmal traute ich ihm, manchmal nicht, vielleicht würde ich es niemals genau wissen. Doch in gewisser Weise war es mir nun egal. Ich wusste, er bemühte sich um die Evakuierung meiner Mutter. Ich wusste auch, dass er zu mir höflich und zuvorkommend war, sich in Tetuán wohlfühlte. Und das war mehr als genug. Ich musste nichts weiter über ihn in Erfahrung bringen, denn der Tag seiner Abreise würde nicht mehr lange auf sich warten lassen.

Rosalinda war noch immer bettlägerig, sah aber schon sehr viel besser aus. Sie hatte das Zimmer aufräumen lassen und gebadet, die Fensterläden waren geöffnet, und aus dem Garten strömte Licht herein. Am dritten Tag zog sie vom Bett aufs Sofa um. Am vierten tauschte sie das Seidennachthemd gegen ein geblümtes Kleid, ging zum Friseur und nahm wieder am gesellschaftlichen Leben teil.

Obwohl ihre Gesundheit noch nicht wiederhergestellt war, beschloss sie, die Zeit bis zur Ankunft ihres Ehemannes so intensiv wie möglich zu nutzen – als wären dies die letzten Wochen, die ihr zum Leben blieben. Erneut übernahm sie die Rolle der großen Gastgeberin und schaffte eine angenehm entspannte Atmosphäre, in der sich Beigbeder ganz auf seine Öffentlichkeitsarbeit konzentrieren konnte, blindlings auf seine Geliebte vertrauend. Ich wusste jedoch nicht, wie die Anwesenden die Tatsache interpretierten, dass sie, die junge englische Geliebte, diese Zusammenkünfte arrangierte, und sich der Hochkommissar der deutschfreundlichen Nationalisten bei ihnen ganz wie zu Hause fühlte. Doch Rosalinda verlor ihren Plan nicht aus den Augen, Beigbeder mit Briten zusammenzubringen, und viele der weniger protokollarischen Begegnungen waren diesem Ziel gewidmet.

In jenem Monat lud sie zu verschiedenen Gelegenheiten Landsleute aus Tanger zu sich ein, Mitglieder des diplomatischen Korps, Militärattachés jenseits des italienisch-deutschen Dunstkreises und Repräsentanten hochkarätiger multinationaler Institutionen. Sie organisierte auch ein Fest für die Vertreter Seiner Majestät des englischen Königs aus Gibraltar und die Offiziere eines britischen Kriegsschiffes, das dort im Hafen lag. Und unter all diesen Gästen spazierten Juan Luis Beigbeder y Atienza und Rosalinda mit Cocktail und Zigarette von einem zum anderen, ganz ungezwungen, gastfreundlich und herzlich. Als herrschte in Spanien kein Bruderkrieg und als würden in Europa nicht schon die Motoren für den schlimmsten aller Albträume warmlaufen.

Mehrmals hielt ich mich in Beigbeders Nähe auf und erlebte erneut seine ganz besondere Wesensart. Häufig zog er sich typisch marokkanisch an, trug eine Dschellaba und die dazugehörigen Pantoffeln. Er war sympathisch, natürlich, und darüber hinaus vergötterte er Rosalinda, was er, ohne verlegen zu werden, nicht müde wurde zu betonen. Marcus Logan und ich sahen uns inzwischen häufig, wir waren uns sympathisch und fühlten uns zueinander hingezogen, wobei ich mich um Zurückhaltung bemühte. Wenn ich es nicht getan hätte, wäre aus dieser zarten Freundschaft schon bald etwas viel Leidenschaftlicheres und Tieferes geworden. Doch ich kämpfte mit aller Macht dagegen an und hielt an meiner Haltung eisern fest, damit das, was uns einte, nicht zu mehr führte. Die Verletzungen, die Ramiro mir zugefügt hatte, waren noch nicht verheilt. Außerdem wusste ich, dass auch Marcus nicht für immer bleiben würde, und ich wollte nicht schon wieder leiden. Trotz allem waren wir häufig zu Gast bei den Festen in der Villa am Paseo de las Palmeras. Gelegentlich schloss sich uns ein frohlockender Félix an, glücklich, in diese fremde und so faszinierende Welt eintauchen zu dürfen. Einmal reisten wir als fröhlichlärmende Gruppe nach Tanger: Beigbeder hatte uns zur Eröffnung der Tageszeitung *España* eingeladen, jener Zeitung, die auf seine Initiative hin entstanden war, um der Welt seine Ideale und die seiner Mitstreiter mitzuteilen. Ein anderes Mal fuhren wir vier – Marcus, Félix, Rosalinda und ich – *just for fun* im Dodge meiner Freundin zu Saccone & Speed auf der Suche nach irischem Ochsenfleisch, Bacon und Gin, zum Tanzen in die Villa Harris, ins Capitol, um uns einen amerikanischen Film anzusehen, und ins Atelier zu Mariquita la Sombrerera, um ein paar ihrer spektakulären Hüte zu bestellen.

Wir flanierten durch die weiße Medina von Tetuán, aßen Couscous, einen Eintopf, der sich *jarira* nennt, und köstliche kleine Süßigkeiten, die *chuparquías,* kletterten auf den Dersa und den Gorgues und fuhren an den Río Martín und zum Gästehaus von Ketama, inmitten von Pinien gelegen und noch ohne Schnee. Bis diese unbeschwerte Zeit irgendwann vorüber war und das Unglück seinen Lauf nahm. Und erst da mussten wir feststellen, dass die Realität manchmal selbst die schlimmsten Befürchtungen übertraf. Das eröffnete mir Rosalinda kaum eine Woche nach der Ankunft ihres Mannes.

»Es ist noch viel schrecklicher, als ich es mir vorgestellt habe«, sagte sie und ließ sich in einen Sessel fallen, kaum dass sie mein Atelier betreten hatte.

Doch dieses Mal schien sie nicht aufgewühlt zu sein. Sie war nicht zornig, so wie damals, als sie die Nachricht erhielt. Was sie nun ausstrahlte, war Traurigkeit, Erschöpfung und eine tiefe, bodenlose Enttäuschung. Enttäuscht von Peter, von der Situation, in der sie sich befanden, von sich selbst. Nun war sie gut sechs Jahre lang alleine klargekommen und hatte gedacht, auf alles vorbereitet zu sein, hatte geglaubt, dass ihre Lebenserfahrung, die sie im Laufe dieser Zeit gesammelt hatte, ihr die nötigen Mittel an die Hand gegeben hatte, allen nur erdenklichen Widrigkeiten die Stirn zu bieten. Doch Peter war eine härtere Nuss als erwartet. Er spielte die Rolle des besitzergreifenden Ehemannes und Vaters, als wären sie nicht schon viele Jahre getrennt, als wäre im Leben von Rosalinda nichts geschehen, seit sie ihn damals als junges Mädchen geheiratet hatte. Er warf ihr vor, die Erziehung von Johnny nicht ernst genug zu nehmen. Es passte ihm nicht, dass ihr gemeinsamer Sohn auf keine renommierte Schule ging, dass er ohne Kindermädchen draußen mit den Nachbarsjungen umhertollte und dass sein einziger Sport darin bestand, Steine mit der gleichen Treffsicherheit zu werfen wie alle anderen Kinder von Tetuán. Er beklagte sich darüber, dass es keinen Radiosender nach seinem Geschmack gebe, und auch keinen Club, in dem er sich mit Landsleuten treffen könne, dass niemand in seiner Umgebung Englisch spreche und es sehr schwierig sei, in dieser abgeschiedenen Stadt an eine englische Zeitung zu kommen.

Doch nicht alles missfiel dem anspruchsvollen Peter. Mit dem Gin Marke Tanqueray und dem Whisky Johnny Walker Black Label, den man in Tanger damals noch zu einem lächerlich niedrigen Preis erstehen konnte, war er überaus zufrieden. Für gewöhnlich trank er mindestens eine Flasche Whisky täglich, die er mit ein paar Gin-Cocktails vor jeder Mahlzeit ergänzte. Was er an Alkohol vertrug, war erstaunlich und fast genauso schrecklich wie die Art, wie er mit dem Hauspersonal umsprang. Er sprach die Leute herablassend auf Englisch an, ohne sich daran zu stören, dass niemand von ihnen ein Wort verstand. Wenn ihm das bewusst wurde, brüllte er sie auf Hindustani an, die Sprache seiner früheren Dienstboten in Kalkutta, als besäßen alle dienenden Menschen der Welt eine gemeinsame Sprache. Zu seiner großen

Überraschung tauchte einer nach dem anderen nicht mehr auf. Alle, von den Freunden seiner Frau angefangen bis hin zu den Angestellten, wussten innerhalb weniger Tage, zu welchem Menschenschlag Peter Fox gehörte. Egoistisch, irrational, launisch, trunksüchtig, arrogant und despotisch: Es dürfte schwierig sein, jemand zu finden, der noch weniger positive Eigenschaften besaß als er.

Offensichtlich verbrachte Beigbeder kaum noch Zeit in Rosalindas Haus, aber sie trafen sich an anderen Orten: im Hochkommissariat und bei Ausflügen in die Umgebung. Zur Überraschung vieler – zu denen auch ich gehörte – verhielt sich Beigbeder gegenüber dem Ehemann seiner Geliebten stets besonders zuvorkommend. Er plante für ihn einen Tag beim Fischen an der Mündung des Flusses Smir und eine Wildschweinjagd in Jemis de Anyera. Er ermöglichte ihm, nach Gibraltar zu fahren, damit er englisches Bier trinken und mit Landsleuten über Polo und Cricket debattieren konnte. Er tat sein Möglichstes, um ihn so zu behandeln, wie es sein Amt bei einem besonderen ausländischen Gast erfordern würde. Doch ihre Persönlichkeiten hätten gegensätzlicher nicht sein können. Es war schon merkwürdig zu beobachten, wie unterschiedlich die zwei wichtigsten Männer im Leben ein und derselben Frau waren. Vielleicht gerieten sie gerade deswegen nicht aneinander.

»Peter hält Juan Luis für einen rückständigen, stolzen Spanier, einen antiquierten spanischen *caballero*, der direkt einem Gemälde aus dem Goldenen Zeitalter entsprungen ist«, erklärte mir Rosalinda. »Und Juan Luis denkt, dass Peter ein Snob ist, ein unbegreiflicher und engstirniger Snob. Sie sind wie zwei Parallelen: Sie können gar nicht aneinandergeraten, weil es nicht einen einzigen Berührungspunkt zwischen ihnen gibt. Mit dem Unterschied, dass meiner Ansicht nach Peter Juan Luis nicht das Wasser reichen kann.«

»Und niemand hat deinem Ehemann von euch beiden erzählt?«

»Von unserer Beziehung, meinst du?«, fragte sie, während sie sich eine Zigarette anzündete und sich eine Haarsträhne aus dem

Gesicht strich. »Ich denke schon, dass irgendeine Schlange ihr Gift verspritzt und es ihm ins Ohr geflüstert hat, aber das ist ihm vollkommen egal.«

»Ich verstehe nicht, wieso.«

Sie zuckte mit den Achseln.

»Ich auch nicht, aber nun, wo er keine Miete zahlen muss und Personal zu seiner Verfügung hat, Alkohol im Überfluss vorhanden ist, es immer ein warmes Essen gibt und er gefährliche Sportarten ausüben kann, denke ich, ist ihm alles andere nicht wichtig. In Kalkutta wäre das etwas anderes. Dort würde er sich bemühen, die Fassade aufrechtzuerhalten. Aber hier, wo ihn niemand kennt? Das ist nicht seine Welt, da ist es ihm egal, was die Leute über mich reden.«

»Ich verstehe es trotzdem nicht.«

»Sicher ist nur, *darling*, dass ich ihm nicht wichtig bin«, sagte sie sarkastisch und traurig zugleich. »Alles hat für ihn mehr Wert als ich: Fischen gehen, eine Flasche Gin oder eine Partie Karten. Ich habe ihn nie interessiert. Und es wäre mehr als seltsam, wenn er jetzt damit anfangen würde.«

Und während Rosalinda gegen ein Höllenmonster kämpfte, gab es in meinem Leben ein einschneidendes Ereignis. Es war Dienstag und windig. Gegen Mittag erschien Marcus Logan bei mir.

Inzwischen waren wir gute Freunde, nur gute Freunde, mehr nicht. Wir waren uns beide darüber im Klaren, dass es jeden Tag so weit sein konnte und er abreisen musste. Er würde nur vorübergehend Bestandteil meines Lebens sein. Die Wunden, die Ramiro mir zugefügt hatte, waren noch nicht verheilt, bestenfalls grob vernäht. Ich war noch nicht bereit, einen so schmerzlichen Einschnitt wie das Verlassenwerden erneut zu ertragen. Markus und ich zog es zueinander hin, ja, sehr sogar, und es fehlte auch nicht an Gelegenheiten, damit mehr daraus wurde. Es gab ein geheimes Einverständnis, leichte Berührungen und Blicke, Anspielungen, Wertschätzung und Verlangen. Es gab Nähe, es gab Zärtlichkeit. Doch ich hielt meine Gefühle unter Verschluss, weigerte mich, den nächsten Schritt zu tun, und er akzeptierte meine Entscheidung. Meine Zurückhaltung kostete mich unglaubliche Überwindung: Zweifel, Unsicherheit, schlaflose Nächte. Doch bevor ich mich dem Schmerz des Verlassenwerdens aussetzte, zog ich es vor, mich an die schönen Momente zu erinnern, die wir gemeinsam in jenen turbulenten und intensiven Tagen verbracht hatten. Nächte mit viel Gelächter und Wein, wir rauchten Kif und spielten ausgelassen Karten. Ausflüge nach Tanger, mit Freunden ausgehen und sich unterhalten – Augenblicke, die es so nie wieder geben würde und die in meinen Erinnerungen für das Ende eines Lebensabschnitts und den Beginn eines neuen standen.

Und genau das Gleiche symbolisierte auch das unverhoffte Klingeln an meiner Wohnungstür in der Calle Sidi Mandri. Eine Tür schloss sich, eine andere öffnete sich. Und ich stand dazwischen, unfähig, das Gewesene zu halten, und konnte andererseits das Neue kaum erwarten.

»Deine Mutter ist auf dem Weg. Gestern Nacht ist sie in Alicante an Bord gegangen und auf einem britischen Handelsschiff unterwegs nach Oran. Sie kommt in drei Tagen in Gibraltar an. Rosalinda kümmert sich darum, dass sie die Meerenge problemlos passieren kann. Sie wird dir auch sagen, wie es dann weitergeht.«

Ich wollte ihm von ganzem Herzen danken, doch die Worte verschmolzen mit meinen Tränen, die mir in Strömen über die Wangen liefen, und mein Schluchzen riss sie mit sich fort. So konnte ich ihn nur unter Aufbietung all meiner Kräfte ganz fest umarmen und das Revers seines Jacketts durchnässen.

»Und auch für mich ist es an der Zeit zu gehen«, fügte er kurz darauf hinzu.

Schniefend sah ich ihn an. Er holte ein weißes Taschentuch hervor und reichte es mir.

»Meine Agentur hat mich angefordert. Mein Auftrag in Marokko ist abgeschlossen, ich muss zurück.«

»Nach Madrid?«

Er zuckte mit den Achseln.

»Zunächst nach London. Und von dort, wohin man mich schickt.«

Ich umarmte ihn wieder, ich weinte wieder. Und als ich schließlich meine Gefühle in den Griff bekam, dieses Gemisch aus großer Freude und unendlicher Traurigkeit, stammelte ich mit gebrochener Stimme:

»Bitte geh nicht, Marcus.«

»Ich wünschte, es läge in meiner Macht. Aber ich kann nicht bleiben, Sira, sie brauchen mich woanders.«

Ich starrte in das geliebte Gesicht. Noch konnte man die Narben erkennen, doch von dem übel zugerichteten Mann, der in jener Sommernacht ins Hotel Nacional gekommen war, war nicht viel geblieben. Damals begegnete ich, ängstlich und nervös, einem Unbekannten. Nun hatte ich die schmerzliche Aufgabe, mich von einem mir sehr nahestehenden Menschen zu verabschieden, der mir vielleicht mehr ans Herz gewachsen war, als ich mir eingestehen wollte.

Ich musste wieder schluchzen.

»Wenn du einer deiner Verlobten mal ein Kleid schenken willst, weißt du ja, wo du mich findest.«

»Wenn ich eine Verlobte möchte, komme ich dich holen«, erwiderte er und streckte seine Hand nach meinem Gesicht aus. Er versuchte, die Tränen mit seinen Fingern zu trocknen. Seine Liebkosung ließ mich erbeben, und ich wünschte mir von ganzem Herzen, dass dieser Tag nie gekommen wäre.

»Lügner«, murmelte ich.

»Meine Schöne.«

Seine Finger strichen über mein Gesicht, wanderten weiter nach oben bis zum Haaransatz und von dort hinab zu meinem Nacken. Unsere Gesichter näherten sich einander, langsam, als fürchteten sie, das zu tun, was schon so lange in der Luft gelegen hatte.

Das laute Klappern eines Schlüsselbundes ließ uns auseinanderfahren. Jamila trat ein und überbrachte mir in ihrem sonderbaren Spanisch eine wichtige Botschaft.

»Siñora Fox sagen Siñorita Sira soll laufen nach Palmeras, schnell.«

Die Maschinerie lief an, das Ende nahte. Marcus schnappte sich seinen Hut, und ich musste ihn einfach noch mal umarmen. Zu sagen gab es nichts mehr. Kurz darauf war von seiner mir Sicherheit gebenden Gegenwart nur ein auf mein Haar gedrückter leichter Kuss geblieben, das Bild seines Rückens, als er ging, und das schmerzliche Schlagen der Tür, als er sie hinter sich zuzog.

Dritter Teil

33

Mit Marcus' Abreise und der Ankunft meiner Mutter nahm mein Leben eine radikale Wendung. An einem bewölkten Nachmittag kam sie an, furchtbar mager, mit leeren Händen und kummervollem Herzen, mit ihrer alten Handtasche als einzigem Gepäck, dem Kleid, das sie auf dem Leib trug, und einem falschen Pass, den sie mit einer Sicherheitsnadel am Träger ihres Büstenhalters befestigt hatte. Sie schien um zwanzig Jahre gealtert: Ihre Augen lagen tief in den Höhlen, die Schlüsselbeinknochen standen spitz hervor, und aus den ersten grauen Haaren hier und da, an die ich mich von früher erinnerte, waren ganze silbergraue Strähnen geworden. Sie betrat meine Wohnung wie ein Kind, das man mitten in der Nacht aus dem Schlaf gerissen hatte – desorientiert, verwirrt, scheu. Als könne sie gar nicht begreifen, dass ihre Tochter dort lebte und, von diesem Tag an, nun auch sie.

In meiner Fantasie hatte ich mir dieses sehnsüchtig erwartete Wiedersehen als einen Moment überschäumender Freude vorgestellt. Dem war nicht so. Müsste ich die Stimmung mit einem Wort beschreiben, dann wäre es Traurigkeit. Sie sagte kaum ein Wort und zeigte für nichts das geringste Interesse. Sie umarmte mich nur ganz fest und hielt dann meine Hand umklammert, als fürchtete sie, ich würde ihr irgendwohin entwischen. Kein Lachen, keine einzige Träne und nur ein paar Worte, das war alles. Kaum dass sie einen Bissen von alldem probieren wollte, was Candelaria, Jamila und ich für sie vorbereitet hatten: gebratenes Hühnchen, Tortillas, Tomatensalat, frittierte Sardellen, Fladenbrot. Alles, von dem wir annahmen, dass sie es in Madrid schon lange nicht mehr gegessen hatte. Sie äußerte sich weder zu meinem Atelier noch zu dem Zimmer, das ich für sie mit einem großen Bett aus Eichenholz und einer selbst genähten Tagesdecke aus Cretonne ausgestattet hatte. Sie fragte mich weder, was mit Ramiro geworden war, noch wollte sie wissen, warum ich mich in Tetuán niedergelassen hatte. Und natürlich verlor sie auch kein Wort über die Strapazen der Reise, die sie nach Afrika geführt hatte, und sie sprach auch kein einziges Mal über die Schrecken, die sie hinter sich gelassen hatte.

Es dauerte lange, bis sie sich eingewöhnte. Dass ich meine Mutter einmal so erleben würde, hätte ich mir nicht träumen lassen. Die resolute Dolores, die in jeder Situation den passenden Ausspruch parat gehabt hatte, hatte sich in eine schweigsame und verschüchterte Frau verwandelt, die ich kaum wiedererkannte. Ich widmete mich ihr in jeder wachen Minute, hörte praktisch auf zu arbeiten: Es standen keine wichtigen Festlichkeiten mehr bevor, sodass meine Kundinnen es in Kauf nehmen konnten, wenn sie warten mussten. Ich brachte ihr jeden Tag das Frühstück ans Bett: Brötchen, *churros*, geröstetes Weißbrot mit Olivenöl und Zucker darauf, alles, was dazu beitragen konnte, dass sie wieder etwas auf die Rippen bekam. Ich half ihr, sich zu baden, und schnitt ihr die Haare, ich nähte ihr neue Kleider. Es kostete mich Mühe, sie aus dem Haus zu locken, aber nach und nach wurde der morgendliche Spaziergang zur Gewohnheit. Arm in Arm spazierten wir die Calle del Generalísimo entlang bis zu dem Platz, an dem die Kirche stand. Manchmal, wenn es sich gerade so ergab, begleitete ich sie zur Messe. Ich zeigte ihr versteckte Ecken und Winkel, drehte das Radio laut auf, wenn Volksweisen kamen, zwang sie, mir bei der Auswahl von Stoffen zu helfen und zu entscheiden, was wir mittags oder abends essen sollten. Bis sie ganz langsam, Schritt für Schritt, wieder sie selbst wurde.

Nie fragte ich sie, was ihr in dieser Übergangszeit, die eine Ewigkeit zu dauern schien, durch den Kopf gegangen war. Ich hoffte, sie würde es mir irgendwann erzählen, doch sie tat es nicht, und ich drängte sie nicht. Ich war auch nicht neugierig darauf: Ich ahnte, dass ihr Verhalten nichts anderes war als ein unbewusster Versuch, der Ungewissheit die Stirn zu bieten, die Erleichterung hervorruft, wenn sie sich mit Kummer und Schmerz mischt. Deshalb ließ ich ihr einfach Zeit, sich ohne jeden Druck einzugewöhnen, blieb stets an ihrer Seite, um sie zu unterstützen, falls nötig, und hatte immer ein Taschentuch zur Hand, um Tränen zu trocknen, die sie doch nie vergoss.

Dass es ihr besser ging, wusste ich, als sie wieder von sich aus kleine Entscheidungen traf: Heute gehe ich mal in die Zehn-Uhr-Messe. Was hältst du davon, wenn ich mit Jamila auf den Markt gehe und einkaufe, was wir für eine Paella brauchen. Nach und nach hörte sie auf, jedes Mal ängstlich zusammenzuzucken, wenn irgendetwas mit einem lauten Krachen zu Boden fiel oder ein Flugzeug die Stadt überflog. Der Gang zur Messe und zum Markt gehörte bald zum Alltag, und danach folgten weitere Veränderungen. Die größte von allen war, dass sie wieder zu nähen begann. Trotz aller Bemühungen hatte ich sie seit ihrer Ankunft nicht dazu bewegen können, auch nur das geringste Interesse für die Schneiderei aufzubringen, als hätte sich über dreißig Jahre lang nicht ihr ganzes Leben darum gedreht. Ich zeigte ihr die Modezeichnungen aus dem Ausland, die ich bereits selbst in Tanger besorgte, ich erzählte ihr von meinen Kundinnen und ihren Launen, ich versuchte, sie mit Anekdoten aus der Zeit aufzuheitern, als wir noch gemeinsam an Kleidern genäht hatten. Nichts. Ich erreichte nichts damit, als würde ich in einem unverständlichen Kauderwelsch mit ihr reden. Bis sie eines schönen Morgens den Kopf durch die Tür zum Atelier streckte und fragte: »Kann ich dir helfen?« Da wusste ich, dass meine Mutter wieder ins Leben zurückgekehrt war.

Nach drei oder vier Monaten hatte sich unser Zusammenleben merklich entspannt. Seit sie mithalf, musste ich mich nicht mehr gar so sehr plagen. Das Geschäft lief weiterhin gut, sodass wir Candelaria Monat für Monat ihren Anteil bezahlen konnten und uns beiden genügend Geld blieb, um gut zu leben. Es war nicht mehr notwendig, pausenlos zu arbeiten. Wir verstanden uns wieder gut, obwohl wir uns inzwischen sehr verändert hatten, und das war uns beiden klar. Die starke Dolores war verletzlich geworden, die kleine Sira mittlerweile eine selbstständige Frau. Doch wir akzeptierten uns gegenseitig, wir schätzten uns, und da die Rollen klar definiert waren, entwickelten sich zwischen uns niemals mehr die alten Spannungen.

Es kam mir vor, als wäre die Schinderei meiner ersten Zeit in Tetuán schon lange, schon ewig her. Die Zweifel und die Streifzüge, die nächtlichen Vergnügungen bis in den Morgen und das In-den-Tag-hinein-Leben, das alles gehörte der Vergangenheit an. Und hatte einer ruhigen Gelassenheit Platz gemacht, manchmal auch einer ganz öden Normalität. Aber die Erinnerung an die Vergangenheit lebte in mir weiter. Obwohl Marcus' Abwesenheit mit der Zeit weniger schmerzte, begleitete mich die Erinnerung an ihn auf Schritt und Tritt, wie ein unsichtbarer Gefährte, dessen Konturen nur ich wahrnehmen konnte. Wie oft bedauerte ich, dass ich in der Beziehung zu ihm nicht mutiger gewesen war, wie oft verwünschte ich mich für meine rigorose Haltung, wie sehr vermisste ich ihn. Dennoch war ich im Grunde meines Herzens froh, dass ich mich von meinen Gefühlen nicht hatte hinreißen lassen, denn dann hätte ich wahrscheinlich noch viel mehr unter seiner Abwesenheit gelitten.

Félix sah ich weiterhin, selbst wenn mit der Ankunft meiner Mutter seine nächtlichen Besuche bei mir endeten, ebenso wie das Hin und Her von Tür zu Tür, seine skurrilen Lektionen in Allgemeinbildung, seine anregende und herzliche Gesellschaft.

Auch meine Beziehung zu Rosalinda veränderte sich. Ihr Ehemann blieb wesentlich länger in Tetuán als erwartet. Ohne jede Rücksicht auf ihre Gesundheit beanspruchte er ihre Zeit. Glücklicherweise wurde sich Peter Fox nach fast sieben Monaten darüber klar, was er wollte, und beschloss, nach Indien zurückzugehen. Kein Mensch wusste, wie sein vom Alkohol benebeltes Gehirn doch noch so viel Klarsichtigkeit aufbrachte, aber jedenfalls traf er an irgendeinem Morgen selbst diese Entscheidung, als seine Frau kurz vor dem Zusammenbruch stand. Trotzdem brachte sein Fortgang außer unendlicher Erleichterung wenig Gutes mit sich. Natürlich sah er nicht ein, dass eine Scheidung das vernünftigste wäre, um dieser Farce von einer Ehe endlich ein Ende zu machen.

Im Gegenteil, Rosalinda vermutete, dass er seine Geschäfte in Kalkutta aufgeben und anschließend nach Spanisch-Marokko zurückkehren wollte, um sich endgültig bei Frau und Sohn niederzulassen und im friedlichen Protektorat, in dem das Leben billig war, mit ihnen seinen vorgezogenen Ruhestand zu genießen. Und damit sie sich nicht zu früh an das gute Leben gewöhnten, beschloss er, nachdem er den Unterhalt seit Jahren nicht erhöht hatte, ihnen auch dieses Mal kein einziges Pfund Sterling mehr zuzugestehen.

»Notfalls kann dir ja dein lieber Freund Beigbeder aushelfen«, sagte er zum Abschied.

Zum Glück für alle Beteiligten kehrte er niemals nach Marokko zurück. Rosalinda hatte das unerfreuliche Zusammenleben derart zermürbt, dass sie fast ein halbes Jahr brauchte, um sich davon zu erholen. Die Monate nach Peters Abreise verbrachte sie fast durchgängig im Bett und verließ das Haus nur zu drei oder vier Anlässen. Der Hochkommissar verlegte seinen Arbeitsplatz praktisch in ihr Schlafzimmer, und dort verbrachten sie lange Stunden gemeinsam – sie lesend zwischen Kissen, er an seinen Akten arbeitend an einem kleinen Tisch beim Fenster.

Dass Rosalinda das Bett hüten sollte, bis sie sich wieder ganz erholt hatte, hinderte sie keineswegs daran, ihre gesellschaftlichen Kontakte zu pflegen, schränkte sie aber doch in hohem Maße ein. Dennoch öffnete sie ihr Haus wieder den Freunden und gab kleine Feste, ohne das Bett zu verlassen, sobald sich die ersten Anzeichen körperlicher Erholung zeigten. An fast allen nahm auch ich teil, meine Freundschaft mit Rosalinda setzte sich nahtlos fort. Doch nichts war mehr wie früher.

34

Am 1. April 1939 wurde der letzte Kriegsbericht veröffentlicht. Von diesem Tag an gab es keine unterschiedlichen politischen Lager, keine Zahlungsmittel und Uniformen mehr, die das Land spalten konnten. Zumindest erzählte man dies den Menschen. Meine Mutter und ich hörten die Neuigkeit mit gemischten Gefühlen, ohne uns vorstellen zu können, was dieser Frieden mit sich bringen würde.

»Wie wird es jetzt wohl in Madrid weitergehen, Mutter? Und was machen wir beide?«

Fast flüsterten wir miteinander, als wir voller Unruhe auf dem Balkon standen und die lärmende Menschenmenge beobachteten, die sich auf der Straße drängte und mit euphorischen Rufen ihre Hochstimmung kundtat. »Wenn ich das nur wüsste«, antwortete sie düster.

Die Ereignisse überstürzten sich. Es hieß, der Personenschiffsverkehr über die Meerenge werde wiedereröffnet, die Züge würden bald wieder bis Madrid durchfahren. Nach und nach wurde der Weg in unsere Vergangenheit wieder frei gemacht, nichts zwang uns mehr, in Nordafrika zu bleiben.

»Willst du zurückgehen?«, fragte mich meine Mutter schließlich.

»Ich weiß es nicht.«

Ich wusste es wirklich nicht. Aus Madrid hatte ich mir einen großen Koffer voller sehnsüchtiger Erinnerungen bewahrt: Bilder aus Kindheit und Jugendzeit, die mich bestimmte Menschen, Straßen und Stimmungen nicht vergessen ließen. In meinem tiefsten Innern aber wusste ich nicht, ob all dies schwer genug wog für eine Rückkehr, die auch bedeuten würde, dass ich alles aufgeben müsste, was ich mir mit so viel Mühe in Tetuán aufgebaut hatte, in der weißen Stadt, wo sich meine Mutter befand, meine neuen Freunde und mein Atelier, das uns das tägliche Brot verschaffte.

»Vielleicht ist es vorerst besser, wenn wir noch bleiben«, meinte ich.

Sie gab mir keine Antwort, nickte nur zustimmend, verließ den Balkon und machte sich wieder an die Arbeit, flüchtete sich zu Nadel und Faden, um nicht über die Tragweite dieser Entscheidung nachdenken zu müssen.

Ein neuer Staat wurde geboren, ein Neues Spanien, ein Spanien der Ordnung, sagten sie. Für die einen kam der siegreiche Frieden, für die anderen öffnete sich ein gähnender Abgrund. Die meisten fremden Staaten erkannten den Sieg der Nationalisten an und erklärten deren Regierung für rechtmäßig. Das Durcheinander der Bürgerkriegszeit begann sich langsam zu klären, die Machtinstitutionen verabschiedeten sich nach und nach aus Burgos und kehrten in die Hauptstadt zurück. Ein neuer Verwaltungsapparat wurde aufgebaut. Man begann mit dem Wiederaufbau all dessen, was im Krieg zerstört worden war. Die Säuberung der Gesellschaft von unerwünschten Personen wurde beschleunigt, und die Helfershelfer der siegreichen Partei standen Schlange, um ihr Stück vom Kuchen in Empfang zu nehmen. Einige Monate lang erließ noch die Kriegsregierung Dekrete und Verordnungen – die Umbildung sollte noch bis weit in den Sommer auf sich warten lassen. Ich wusste davon jedoch bereits im Juli, kaum dass die Nachricht nach Marokko gelangt war. Und ehe das Hochkommissariat davon Wind bekam und sich das Gerücht in den Straßen von Tetuán verbreiten konnte. Sogar schon lange bevor der Name und die Fotografie in den Tageszeitungen erschienen und ganz Spanien sich fragte, wer dieser Herr mit dem dunklen Teint, dem schwarzen Schnurrbart und der runden Brille war. Längst hatte ich Kenntnis davon, wen der Caudillo auserwählt hatte, bei den Sitzungen seines ersten Ministerrats in Friedenszeiten zu seiner Rechten zu sitzen: Don Juan Luis Beigbeder y Atienza in seiner Eigenschaft als neuer Außenminister, das einzige Kabinettsmitglied mit einem niedrigeren als dem Generalsrang.

Bei Rosalinda löste die unerwartete Neuigkeit widersprüchliche Gefühle aus: Freude über die Auszeichnung, die dieses Amt für ihren Geliebten bedeutete, aber auch Trauer beim Gedanken an die unvermeidliche Abreise aus Marokko. Es standen turbulente Tage an, an denen der Hochkommissar zwischen der Halbinsel und dem Protektorat hin und her reiste, dort Dinge in Gang, hier Dinge zu Ende brachte, den Zustand der Vorläufigkeit der vergangenen drei Kriegsjahre endgültig beendete und damit begann, für die Außenbeziehungen des Vaterlandes eine neue Grundlage zu schaffen.

Am 10. August erfolgte die offizielle Ernennung, und am 11. wurde die Zusammensetzung des Kabinetts veröffentlicht, das unter dem siegreichen Banner General Francos die historischen Ziele erfüllen sollte. Noch immer bewahre ich einige Seiten mit den Fotografien und einer Kurzbiografie der frisch ernannten Minister auf, die ich in jenen Tagen aus der Tageszeitung *Abc* riss. Sie sind inzwischen vergilbt und so mürbe, dass sie einem fast zwischen den Fingern zerfallen, wenn man sie anfasst. Im Zentrum der ersten Seite prangte, wie die Sonne im Universum, ein stolzer Franco in einer runden Porträtaufnahme. Zu seiner Linken und seiner Rechten, in den beiden oberen Ecken, fanden sich Beigbeder und Serrano Suñer, Außen- und Innenminister, die nun die wichtigsten Ämter innehatten. Auf der zweiten Seite wurden in allen Einzelheiten der Werdegang innerhalb der nationalen Bewegung erläutert und die herausragenden Eigenschaften der neu ernannten Kabinettsmitglieder mit dem damals üblichen Pathos gerühmt. Beigbeder wurde als anerkannter Afrikanist und profunder Kenner des Islam vorgestellt, man hob lobend seine Beherrschung der arabischen Sprache hervor, seine solide Ausbildung, die langen Jahre, die er bei islamischen Völkern gelebt hatte, und seine ausgezeichnete Arbeit als Militärattaché in Berlin. »Der breiten Öffentlichkeit wurde der Name des Oberst Beigbeder durch den Krieg offenbart«, schrieb *Abc*. »Er hat im Protektorat Ordnung geschaffen und, im Namen Francos und stets in Übereinstimmung mit dem Caudillo, eine vorzügliche Zusammenarbeit mit Marokko erreicht, die von überaus großer Bedeutung war.« Und, als Belohnung, *voilà*: das Ministerium, für das er am besten qualifiziert ist. An Serrano Suñer lobte man seine Bedachtsamkeit und seine Energie, seine Schaffenskraft und das außerordentliche Ansehen, das er genoss. Er erhielt, als Dank für seine vielfältigen Verdienste, das Innenministerium: In seinen Händen lagen nun alle inneren Angelegenheiten Spaniens.

Gefördert hatte den überraschenden Einzug des in der Öffentlichkeit unbekannten Beigbeder in jenes Regierungskabinett, wie wir später erfuhren, sein Gönner Serrano Suñer selbst. Bei seinem

Besuch in Marokko hatte ihn dessen Verhalten gegenüber der moslemischen Bevölkerung beeindruckt: sein sensibler Umgang, seine Sprachkenntnis, seine Begeisterung für und Hochachtung vor deren Kultur, seine erfolgreichen Kampagnen zur Rekrutierung einheimischer Soldaten und paradoxerweise sogar seine Sympathie für das Unabhängigkeitsstreben des marokkanischen Volkes. Ein tüchtiger und begeisterungsfähiger Mann, dieser Beigbeder, mehrsprachig, mit einem Händchen für den Umgang mit Menschen aus fremden Ländern und der Sache treu ergeben, musste Francos Schwager wohl gedacht haben; er wird uns sicher keine Probleme bereiten. Als ich die Nachricht las, blitzte in meiner Erinnerung jene Unterhaltung auf, die ich bei dem Empfang für Serrano Suñer hinter dem Sofa versteckt belauscht hatte. Ich fragte Marcus nie danach, ob er dem Hochkommissar übermittelt hatte, was ich dort gehört hatte. Um Rosalinda und des Mannes willen, den sie so sehr liebte, hoffte ich, dass das Vertrauen, das Serrano Suñer damals in ihn setzte, sich im Laufe der Zeit gefestigt hatte.

Am Tag nachdem sein Name mir aus allen Zeitungen und dem Radioapparat entgegengesprungen war, reiste Beigbeder in Richtung Burgos ab, und damit endete für alle Zeit seine offizielle Verbindung zu Marokko, diesem Land, das er so sehr liebte und von dessen Bewohnern er geschätzt wurde. Ganz Tetuán erschien, um sich von ihm zu verabschieden: Moslems, Christen und Juden. Im Namen der politischen Parteien Marokkos hielt Sidi Abdeljalak Torres eine ergreifende Ansprache und überreichte dem frisch gebackenen Minister ein silbergerahmtes Pergament, auf dem seine Ernennung zum Lieblingsbruder der Moslems erklärt wurde. Beigbeder, sichtlich bewegt, antwortete darauf mit Sätzen voller Zuneigung und Dankbarkeit. Rosalinda vergoss Tränen, doch sie trockneten bald nachdem die zweimotorige Maschine am Flughafen Sania Ramel abhob, zum Abschied im Tiefflug einen Kreis über Tetuán zog und dann in der Ferne mit Kurs auf die Meerenge verschwand. Sie bedauerte den Fortgang ihres Juan Luis aus tiefstem Herzen, aber nun hieß es wieder, die Haltung zu bewahren, denn sie wollte möglichst schnell wieder mit ihm vereint sein.

Wenige Tage später übernahm Beigbeder in Burgos aus den Händen des abgesetzten *conde* de Jordana das Amt des Außenministers in der neuen Regierung, und ein Strom protokollarisch wichtiger Besuche setzte ein. Unterdessen reiste Rosalinda nach Madrid, um dort ein Haus zu suchen, in dem sie das Basislager für den neuen Lebensabschnitt aufschlagen konnte. Und so vergingen die letzten Augusttage im Jahr des Sieges. Er nahm die Glückwünsche von Botschaftern, Erzbischöfen, Militärattachés, Bürgermeistern und Generälen entgegen, während sie die Miete ihres neuen Heims aushandelte, den Hausstand in Tetúan auflöste und den Transport ihrer umfangreichen Habe, von fünf marokkanischen Dienern, einem Dutzend Legehennen und aller Säcke mit Reis, Zucker, Tee und Kaffee organisierte, die sie in Tanger hatte aufkaufen können.

Das auserwählte Domizil befand sich in der Calle Casado del Alisal, zwischen dem Retiro-Park und dem Prado gelegen, ganz in der Nähe der Kirche San Jerónimo el Real, von den Madrilenen Iglesia de los Jerónimos genannt. Es war eine großzügig geschnittene Wohnung, wie sie der Geliebten des überraschender als alle anderen zum Minister aufgestiegenen Beigbeder zweifellos entsprach, eine Wohnung, die jedermann mieten konnte, sofern er bereit war, knapp tausend Peseten monatlich auf den Tisch zu legen, eine in Rosalindas Augen lächerliche Summe, für die sich aber die meisten Menschen im hungernden Madrid des ersten Nachkriegsjahres bereitwillig den kleinen Finger hätten abhacken lassen.

Ihr Zusammenleben in Madrid wollten sie ähnlich gestalten wie in Tetuán. Jeder würde für sich wohnen – er in einem alten, heruntergekommenen Palais neben dem Ministerium, sie in ihrer neuen, großzügigen Wohnung –, aber sie wollten so viel Zeit wie möglich gemeinsam verbringen. Ehe sie endgültig abreiste, gab Rosalinda in dem fast leeren Haus, in dem die Stimmen laut nachhallten, ein letztes Fest. Es kamen einige wenige Spanier, ziemlich viele andere Europäer und eine gute Handvoll bekannter Araber, um sich von dieser Frau zu verabschieden, die trotz ihrer Zartheit mit der Macht eines Sturms in unser aller Leben eingedrungen war. Trotz der ungewissen Zukunft, die vor ihr lag, wollte meine Freundin nicht schweren Herzens aus diesem Land fortgehen, in dem sie so glücklich gewesen war, und sie bemühte sich, alle Nachrichten über die aktuellen Vorgänge in Europa aus ihren Gedanken zu verbannen. Sie nahm uns, während wir ihr zuprosteten, das Versprechen ab, dass wir sie in Madrid besuchen würden, sobald sie sich dort eingerichtet hatte, und versicherte uns, dass sie uns regelmäßig schreiben würde.

Ich verließ das Fest an jenem Abend als Letzte, da ich nicht gehen wollte, ohne mich unter vier Augen von dem Menschen zu verabschieden, der in meiner Zeit im Protektorat so viel für mich getan hatte.

»Ehe ich gehe, möchte ich dir etwas schenken«, sagte ich. Es war ein maurisches Kästchen aus Silber, das ich zu einem Necessaire umfunktioniert hatte. »Damit du an mich denkst, wenn du einen Knopf annähen musst und mich nicht mehr in der Nähe hast.«

Sie öffnete das Kästchen gespannt und war entzückt von den Sachen darin, so belanglos sie auch sein mochten: winzige Rollen mit Nähfaden in verschiedenen Farben, ein kleiner Nadelbehälter und ein Nadelkissen, eine Schere, die fast wie ein Spielzeug wirkte, und ein Sortiment von Knöpfen aus Perlmutt, Stein und Glas.

»Es wäre mir lieber, du wärst bei mir, um solche Probleme für mich zu lösen, aber ich freue mich sehr über diese Aufmerksamkeit«, erwiderte sie und umarmte mich herzlich. »Wie der Geist aus Aladins Wunderlampe wirst du mir jedes Mal entgegenkommen, wenn ich das Kästchen öffne.«

Wir lachten, denn wir nahmen den Abschied lieber mit Humor, um keine Traurigkeit aufkommen zu lassen. Unsere Freundschaft verdiente es nicht, mit einem bitteren Nachgeschmack zu enden. Bester Laune und mit einem etwas gezwungenen Lächeln im Gesicht flog sie am nächsten Tag mit ihrem Sohn in Richtung Madrid ab, während sich das Dienstpersonal mitsamt ihren Besitztümern, unter der olivgrünen Plane eines Militärlastwagens kauernd, von Südspanien aus auf dem Landweg in die Hauptstadt aufmachte. Doch die optimistische Stimmung war nicht von langer Dauer. Am Tag nach ihrer Abreise, am 3. September 1939, erklärte Großbritannien Deutschland den Krieg, da es den Rückzug seiner Truppen aus Polen verweigerte. Damit trat Rosalinda Fox' Heimatland in den später als Zweiter Weltkrieg bezeichneten Konflikt ein, der zum blutigsten Konflikt der Geschichte werden sollte.

Die spanische Regierung zog von Burgos nach Madrid, ebenso hielten es die ausländischen Gesandtschaften, nachdem sie ihre Domizile, die mit einer schmutzigen Patina aus Tarnfarbe und Vernachlässigung überzogen gewesen waren, ein wenig verschönert hatten. Und während Beigbeder sich langsam mit den düsteren Räumen seines Amtssitzes – dem alten Palacio de Viana – vertraut machte, stürzte sich Rosalinda mit derselben Begeisterung auf zwei Aufgaben zugleich: zum einen, ihr neues Heim auszustatten, und zum anderen, sich in das Haifischbecken der besonders eleganten und kosmopolitischen Madrider Gesellschaft zu begeben – die sich wider Erwarten als Bollwerk des Überflusses und des schönen Scheins erwies.

Eine weniger selbstständige Frau hätte vielleicht lieber gewartet, bis ihr einflussreicher Gefährte Kontakte zu den mächtigen Persönlichkeiten knüpfte, mit denen er sich zweifellos würde umgeben müssen. Doch Rosalinda war aus einem anderen Holz geschnitzt, und sosehr sie ihren Juan Luis auch anbetete, hatte sie doch nicht die geringste Absicht, sich in eine gehorsame Geliebte zu verwandeln, die lediglich im Kielwasser seines hohen Amtes schwamm. Sie schlug sich allein durch die Welt, seit sie noch nicht einmal zwanzig Jahre alt war. Natürlich hätten ihr die Beziehungen ihres Geliebten Tür und Tor öffnen können, doch sie beschloss wieder einmal, es allein zu schaffen. Um Anschluss zu finden, nutzte sie ihre altbewährten Strategien: Sie nahm wieder Verbindung zu alten Bekannten aus aller Herren Länder auf, die sie von ihren früheren Wohnorten kannte, und über sie und ihre Freude und deren Freunde machte sie viele neue Bekanntschaften. Bald trafen die ersten Einladungen zu Empfängen und Tanzabenden, zu Mittagessen, Cocktailpartys und Jagdgesellschaften ein. Ehe Beigbeder zwischen den Bergen von Akten in seinem düsteren Büro und seinen zahlreichen Verpflichtungen überhaupt Atem schöpfen konnte, hatte Rosalinda schon ein Netz gesellschaftlicher Beziehungen geknüpft, damit es ihr in der Stadt, in die ihr unstetes Leben sie nun geführt hatte, nicht an Unterhaltung mangelte.

Doch in jenen ersten Monaten in Madrid verlief nicht alles glatt. Trotz ihres großen Geschicks im Knüpfen von Kontakten gelang es ihr gerade bei ihren eigenen Landsleuten nicht, auch nur eine einzige freundschaftliche Beziehung einzugehen. Als Erster weigerte sich der britische Botschafter, Sir Maurice Peterson, sie willkommen zu heißen. Und auf seinen Rat hin wurde sie praktisch von allen höheren Vertretern des diplomatischen Korps Großbritanniens in Madrid geschnitten. Sie konnten oder wollten in Rosalinda Fox keine potenzielle Quelle für Informationen aus erster Hand von einem Mitglied der spanischen Regierung sehen, und ebenso wenig eine Landsmännin, die sie gemäß protokollarischer Gepflogenheiten zu ihren offiziellen Festakten und Feiern einladen sollten. Sie nahmen sie lediglich als lästige Person wahr, die sich mit der schnöden Ehre brüstete, ihr Leben mit einem Minister des neuen deutschfreundlichen Regimes zu teilen, dem die Regierung Ihrer Majestät in London nicht die geringste Sympathie entgegenbrachte.

Auch Beigbeder war in jener Zeit nicht auf Rosen gebettet. Der Umstand, dass er sich den ganzen Bürgerkrieg über aus den politischen Machenschaften herausgehalten hatte, führte nun dazu, dass er als Minister häufig zugunsten anderer Würdenträger übergangen wurde, die formell mehr Gewicht und mehr Macht im Hintergrund hatten. Beispielsweise der ohnehin schon mächtige Serrano Suñer, dem alle misstrauten und der den wenigsten angenehm war. »Es gibt drei Dinge in Spanien, die mich den letzten Nerv kosten: die Beihilfe, die Falange und der Schwager Seiner Exzellenz«, hieß es seinerzeit im Volksmund. »Die Straße herunter kommt der Großmächtige Herr / Früher war es der Nazarener, heute ist es Serrano Suñer«, lautete eine Zeile aus einem Scherzlied, das sie in Sevilla sangen.

Jener Serrano Suñer, der bei seinem Besuch in Marokko einen

so guten Eindruck vom Hochkommissar gewonnen hatte, verwandelte sich jetzt, da die Beziehungen zwischen Spanien und Deutschland enger wurden und Hitler sich in seinem Expansionsdrang mit erschreckendem Tempo die Länder Europas einverleibte, zu seinem schärfsten Gegner. Es dauerte nicht lange, und der *cuñadísimo* machte Nägel mit Köpfen. Als Großbritannien Deutschland den Krieg erklärte, war Serrano Suñer klar, dass er sich gründlich geirrt hatte, als er Franco vorschlug, Beigbeder zum Außenminister zu ernennen. Dieses Ministerium hätte von vornherein ihm selbst übertragen werden müssen und nicht jenem in Marokko arbeitenden Unbekannten, mochten seine interkulturellen Fähigkeiten auch noch so beeindruckend sein und er noch so viele Sprachen beherrschen. In seinen Augen war Beigbeder nicht der richtige Mann für diesen Posten. Er identifizierte sich nicht genug mit der Sache der Deutschen, verteidigte Spaniens Neutralität in diesem Krieg und schien nicht die Absicht zu haben, sich blindlings den Wünschen und Forderungen des Innenministeriums zu beugen. Und außerdem hatte er eine englische Geliebte, jene junge und attraktive Blondine, die er selbst in Tetuán kennengelernt hatte. Kurz gesagt: Er war ihm nicht von Nutzen. Deshalb begann kaum einen Monat nach Bildung des neuen Kabinetts der Mann mit den meisten Privilegien und dem größten Ego in der gesamten Regierung, seine Fangarme wie ein gefräßiger Krake nach fremdem Terrain auszustrecken, alles für sich zu beanspruchen und ureigene Zuständigkeiten des Außenministeriums an sich zu reißen, ohne überhaupt mit dem Amtsinhaber darüber zu sprechen, ihm aber bei jeder Gelegenheit beiläufig aufs Brot zu schmieren, dass seine amourösen Anwandlungen Spanien eines Tages einen hohen Preis kosten könnten.

Bei all diesen gegensätzlichen Meinungen und Absichten schien kein Mensch zu wissen, welchen Standpunkt der ehemalige Hochkommissar wirklich einnahm. Dank der Intrigen von Serrano Suñer hielten ihn die Spanier und die Deutschen für einen Freund der Engländer, weil er sich den Nazis gegenüber kühl gab und seine Gefühle einer frivolen Engländerin galten, die ihn wohl geschickt zu umgarnen wusste. In den Augen der Briten, die nicht viel von ihm hielten, war er deutschfreundlich, da er einer Regierung angehörte, die das Dritte Reich enthusiastisch unterstützte. Rosalinda, die ewige Idealistin, sah in ihm den Mann, der einen politischen Wandel bewirken konnte, einen Magier, der dem Kurs seiner Regierung eine andere Richtung geben konnte, wenn er sich dafür einsetzte. Er selbst wiederum, mit einem bewundernswerten Humor angesichts der widrigen Umstände, sah sich schlicht als Verkäufer, und als solchen versuchte er sich Rosalinda darzustellen.

»Was glaubst du denn, wie viel Macht ich in dieser Regierung habe, um eine Annäherung an dein Heimatland zu bewirken? Wenig, mein Schatz, sehr wenig. Ich bin nur einer in einem Kabinett, in dem fast alle für Deutschland und für ein eventuelles Eingreifen Spaniens in den Krieg an seiner Seite sind. Wir schulden den Deutschen Geld und Gefälligkeiten. Der Kurs unserer Außenpolitik war schon festgelegt, bevor der Krieg in Spanien zu Ende war, bevor man mich für dieses Amt auswählte. Glaubst du, ich habe irgendeine Möglichkeit, unser Tun in eine andere Richtung zu lenken? Nein, meine liebe Rosalinda, ich habe nicht die geringste. Meine Aufgabe als Minister dieses neuen Spaniens ist nicht die eines Strategen oder eines diplomatischen Vermittlers, sondern nur die eines Verkäufers oder eines Händlers. Es geht bei meiner Arbeit vor allem darum, Darlehen zu beschaffen, für uns möglichst günstige Wirtschaftsabkommen auszuhandeln, anderen Ländern Olivenöl, Orangen und Weintrauben im Tausch gegen Weizen und Erdöl anzubieten. Und dennoch muss ich, um das alles tun zu können, auch im Kabinett tagtäglich kämpfen, mit den Falangisten streiten, damit sie mich trotz ihrer Fantastereien von wirtschaftlicher Autarkie tätig werden lassen. Vielleicht gelingt es mir, genug an Lebensmitteln und Brennstoff zu beschaffen, damit die Menschen in Spanien in diesem Winter nicht verhungern und erfrieren, aber ich kann nichts, absolut nichts tun, um die Haltung der Regierung zu diesem Krieg in Europa zu ändern.«

So vergingen jene Monate für Beigbeder, überhäuft mit Verpflichtungen, im Konflikt mit Leuten drinnen wie draußen, von den Machenschaften der wirklich Mächtigen ausgeschlossen, jeden Tag ein Stück mehr isoliert unter den Mitgliedern der Regierung. Um nicht trübsinnig zu werden, flüchtete er sich in jenen dunklen Tagen in die nostalgische Erinnerung an das Marokko, das er zurückgelassen hatte. Er vermisste jene andere Welt so sehr, dass auf seinem Schreibtisch im Ministerium stets ein geöffneter Koran lag, dessen Verse er hin und wieder laut auf Arabisch rezitierte, sehr zur Verwunderung derjenigen, die es mitbekamen. Er sehnte sich so sehr nach jenem Land, dass er in seiner Residenz im Palacio de Viana eine Unmenge an marokkanischer Kleidung hortete, und sobald er am frühen Abend nach Hause zurückkehrte, legte er den langweiligen grauen Dreiteiler ab und warf sich eine Dschellaba aus Samt über. Er aß sogar nach arabischer Art mit drei Fingern direkt aus den Schüsseln und wurde nicht müde zu wiederholen, dass die Marokkaner und die Spanier Brüder seien. Und manchmal, wenn er nach den endlosen Auseinandersetzungen am Ende des Tages endlich allein war, meinte er zwischen dem Kreischen der Straßenbahnen, die vollgestopft mit Menschen durch die schmutzigen Straßen ratterten, den Klang von Schalmeien zu hören, von Flöten und Schellentrommeln. Und an besonders trüben Tagen kam es ihm morgens sogar vor, als würde ihm, vermischt mit dem Gestank aus den Abwasserkanälen, der Duft von Orangenblüten in die Nase steigen, von Jasmin und Nanaminze. Dann sah er sich wieder zwischen den weiß getünchten Mauern der Medina von Tetuán umherschlendern, im sonnenfleckigen Licht von Kletterpflanzen, begleitet vom sanften Plätschern der Brunnen und dem Wind, der über die Zuckerrohrfelder strich. An diese nostalgischen Erinnerungen klammerte er sich wie ein Schiffbrüchiger an eine Holzplanke, doch wie ein unheilvoller Schatten lauerte in seiner Nähe auch stets Serrano Suñer, allzeit bereit, ihn mit spitzer Zunge aus seinen Träumereien zu reißen.

»Herr im Himmel, Beigbeder, hören Sie doch endlich einmal damit auf, wir Spanier seien alle Araber. Schaue ich vielleicht aus wie ein *moro?* Oder der Caudillo? Also lassen Sie es endlich gut sein mit diesem Unsinn, verdammt, ich habe die Nase voll davon, den ganzen verdammten Tag die gleiche Leier.«

Es war eine schwierige Zeit, ja. Für beide. Obwohl Rosalinda sich hartnäckig um das Wohlwollen Botschafter Petersons bemühte, besserte sich das Verhältnis zu ihren Landsleuten auch in den folgenden Monaten nicht. Die einzige freundliche Geste war zum Ende jenes Jahres eine Einladung, mit ihrem Sohn und anderen Müttern um das Klavier der Botschaft herum gruppiert Weihnachtslieder zu singen. Auf eine radikale Wende sollten Rosalinda und Beigbeder noch bis Mai 1940 warten müssen, als Churchill zum Premierminister ernannt wurde und entschied, seinen diplomatischen Vertreter in Spanien von heute auf morgen abzuberufen. Von da an änderten sich die Dinge. Radikal und von Grund auf. Für alle.

35

Sir Samuel Hoare, der nun den hochtrabenden Titel eines Sonderbotschafters führte, traf Ende Mai 1940 in Madrid ein. Er hatte nie zuvor spanischen Boden betreten, noch sprach er ein Wort Spanisch oder hegte Sympathie für Franco und sein Regime, doch Churchill setzte sein ganzes Vertrauen in ihn und drängte ihn, das Amt zu übernehmen. Spanien kam in diesem neuen Krieg in Europa eine Schlüsselrolle zu, und Churchill wollte dort einen starken Mann wissen, der die englische Fahne hochhielt. Es war für die britischen Interessen von entscheidender Bedeutung, dass die spanische Regierung sich neutral verhielt, dass Gibraltar von einer Invasion verschont blieb und die Häfen am Atlantik nicht in die Hände der Deutschen fielen. Großbritannien hatte das hungernde Spanien über den Außenhandel unter Druck gesetzt, um ein Minimum an Kooperationsbereitschaft zu erreichen, die Erdöllieferungen eingeschränkt und den Strick immer enger gezogen. Zuckerbrot und Peitsche, hieß das Motto. Mit dem Vormarsch deutscher

Truppen in Europa genügte dies jedoch nicht mehr: Man musste sich in Madrid aktiver, nachhaltiger einbringen. Mit dieser Aufgabe im Gepäck landete in der spanischen Hauptstadt nun jener klein gewachsene, schon etwas verbraucht wirkende, fast nichtssagende Mann – Sir Sam für enge Mitarbeiter, Don Samuel für die wenigen Freunde, die er sich mit der Zeit in Spanien machte.

Hoares Begeisterung über diesen Posten hielt sich in Grenzen. Das Land sagte ihm nicht zu, der spanische Nationalcharakter war ihm fremd, er hatte nicht einmal Bekannte in jenem seltsamen, verwüsteten und staubigen Spanien. Er wusste, dass man ihn nicht mit offenen Armen empfangen würde, denn die Franco-Regierung machte keinen Hehl aus ihrer antibritischen Einstellung. Damit ihm das auch von Anfang an klar war, sammelten sich bei seiner Ankunft Falangisten vor dem Portal seiner Botschaft und empfingen ihn mit der Parole: »Gibraltar den Spaniern!«

Nachdem er dem *generalísimo* seine Ernennungsurkunde überreicht hatte, begann für ihn ein sich über ganze vier Jahre erstreckender Leidensweg – so lange dauerte seine Mission. Er bereute es viele Hundert Mal, dass er diesen Posten angenommen hatte: Er fühlte sich äußerst unwohl in dieser feindseligen Umgebung, so unwohl wie nie zuvor an allen seinen zahlreichen früheren Einsatzorten. Die Atmosphäre war beklemmend, die Hitze unerträglich. Tagtäglich agitierten Falangisten vor seiner Botschaft, sie warfen ihm die Fenster ein, rissen an den Dienstfahrzeugen die Wimpel und sonstigen Insignien ab und beschimpften die britischen Botschaftsmitarbeiter, ohne dass die spanischen Ordnungskräfte einen Finger rührten. Die Presse lancierte eine aggressive Kampagne mit der Beschuldigung, Großbritannien sei dafür verantwortlich, dass Spanien hungern müsse. Lediglich ein Häufchen konservativer Monarchisten, eine Handvoll Nostalgiker, die Königin Victoria Eugenia nachtrauerten, jedoch in der Regierung kaum über Einfluss verfügten und sich an die Vergangenheit klammerten, stand ihm wohlwollend gegenüber.

Er fühlte sich allein, als würde er im Dunkeln tappen, Madrid war ihm zu viel. Er empfand die Atmosphäre als absolut unerträglich, die überaus schwerfällige Bürokratie als beklemmend. Mit Bestürzung beobachtete er, wie Kolonnen von Polizisten und schwer bewaffneten Falangisten durch die Straßen marschierten, wie drohend und großtuerisch die Deutschen auftraten. Aber er nahm all seinen Mut zusammen und kam den Verpflichtungen nach, die sein Amt mit sich brachte. Kaum angekommen, nahm er Beziehungen zur spanischen Regierung auf, insbesondere zu den drei wichtigsten Mitgliedern – zu General Franco und den Ministern Serrano Suñer und Beigbeder. Mit diesen dreien traf er sich zu Sondierungsgesprächen, und von diesen dreien erhielt er höchst unterschiedliche Antworten.

Der *generalísimo* gewährte ihm eine Audienz im Pardo-Palast. Es war ein sonniger Sommertag, doch Franco empfing ihn bei geschlossenen Vorhängen und elektrischem Licht, hinter einem Schreibtisch sitzend, auf dem unübersehbar zwei große Fotografien mit Widmung von Hitler und Mussolini standen. Bei jener Begegnung, bei der sie mittels Dolmetscher miteinander redeten und ein Dialog nicht einmal im Ansatz möglich war, beeindruckte Hoare das verblüffende Selbstvertrauen des Staatschefs, die Selbstgefälligkeit eines Menschen, der sich von der Vorsehung dazu auserkoren glaubte, sein Vaterland zu retten und eine neue Welt zu erschaffen.

Zwischen Hoare und Franco lief es schlecht, zwischen Hoare und Serrano Suñer noch schlechter. Der *cuñadísimo* stand auf dem Höhepunkt seiner Macht, er hatte das Land vollkommen in seiner Hand: die Falange, die Presse, die Polizei – und zudem jederzeit persönlichen Zugang zum Caudillo, für den er, wie viele intuitiv erkannten, wegen dessen geringer intellektueller Fähigkeiten eine gewisse Verachtung empfand. Während Franco sich in den Pardo-Palast zurückzog und kaum in der Öffentlichkeit auftrat, schien Serrano Suñer allgegenwärtig, ganz anders als der zurückhaltende Mann, der mitten im Bürgerkrieg das Protektorat besucht und sich nach meiner Puderdose gebückt hatte, und dessen Fußknöchel ich von meinem Versteck hinter dem Sofa ausgiebig betrachten durfte. Als wäre er mit dem Regime wiedergeboren worden, erstand ein neuer Ramón Serrano Suñer: ungeduldig, arrogant, schnell wie der Blitz in Wort und Tat, die Katzenaugen immer wachsam, in der geschniegelten Falange-Uniform, die fast weißen Haare nach hinten gekämmt wie ein Filmgalan. Immer angespannt und überaus herablassend gegenüber jedem Vertreter der »Plutodemokratien«, wie er sich ausdrückte. Weder bei jener ersten Begegnung noch bei den vielen weiteren, die im Laufe der Zeit noch folgen sollten, konnten Hoare und Serrano Suñer sich einem gegenseitigen Verständnis auch nur annähern.

Der Einzige der drei höchsten Staatsvertreter, mit dem sich der britische Botschafter verstand, war Beigbeder. Die Kommunikation zwischen den beiden funktionierte, schon seit dem ersten Besuch im Palacio de Viana. Der Minister hörte zu, handelte, bemühte sich, Dinge zu verbessern und Konflikte zu lösen. Er erklärte sich gegenüber Hoare zum entschiedenen Befürworter einer Nicht-Intervention in dem neuen Krieg, gestand ganz offen ein, in welch schrecklicher Not sich die hungernde Bevölkerung befand, und bemühte sich bis zur Erschöpfung darum, Abkommen und Verträge zu schließen, durch die sich ihre Not lindern ließ. Sicher, anfänglich wirkte Beigbeder auf den Botschafter etwas pittoresk, vielleicht sogar exzentrisch: Mit seiner Sensibilität und Bildung, seinen Umgangsformen und seiner Ironie passte er absolut nicht in das neue Madrid mit seiner Gewalttätigkeit, dem ausgestreckten rechten Arm und den gebrüllten Kommandos. Nach Hoares Eindruck empfand Beigbeder die Aggressivität der Deutschen, die Prahlerei der Falangisten, das despotische Verhalten seiner Regierung und das tagtägliche Elend in der Hauptstadt als bedrückend. Vielleicht lag es an seiner eigenen Unnormalität in jener Welt voller Verrückter, dass Hoare Beigbeder sympathisch fand, wie Balsam für die Verletzungen, die ihm die Kameraden aus den Reihen dieses einzigartigen Ministers mit dem maurischen Gemüt zufügten. Es gab Unstimmigkeiten, natürlich, konträre Standpunkte und umstrittene diplomatische Vorgehensweisen. Es gab Beschwerden, Klagen und Dutzende von Krisen, die sie gemeinsam zu bewältigen versuchten. Wie damals, als im Juni 1940 spanische Truppen in Tanger einmarschierten und dessen Status als internationaler Stadt im Handumdrehen ein Ende machten. Wie damals, als die Spanier drauf und dran waren, deutsche Truppen auf den Straßen von San Sebastián paradieren zu lassen. Wie bei so vielen anderen kritischen Situationen in jener chaotischen Zeit, in der sich die Ereignisse überschlugen. Trotz alledem wurde die Beziehung zwischen Beigbeder und Hoare von Tag zu Tag vertrauter und enger. Für den britischen Botschafter war sie wohl die einzige Zuflucht in jenem gefährlichen Terrain, wo die Probleme wie Unkraut wucherten.

Je besser Hoare sich akklimatisierte, desto deutlicher wurde ihm bewusst, wie weit der Einfluss der Deutschen in Spanien reichte, dass sie in fast allen Bereichen des öffentlichen Lebens mitspielten. Unternehmer, Führungskräfte in der Wirtschaft, Handelsvertreter, Filmproduzenten – auf den unterschiedlichsten Gebieten tätige Personen mit exzellenten Kontakten zu den Behörden und den Mächtigen an der Spitze arbeiteten als Agenten für die Nazis. Bald bekam auch er zu spüren, wie sehr sie die Massenmedien im Griff hatten. Die Pressestelle der Deutschen Botschaft entschied jeden Tag – mit uneingeschränkter Erlaubnis seitens Serrano Suñer –, welche Informationen über das Dritte Reich in Spanien veröffentlicht werden durften, wie und mit welchem Wortlaut, und ließ in der gesamten spanischen Presse nach Belieben Nazipropaganda verbreiten, besonders dreist und offensiv in *Arriba*, dem Organ der Falange, das den größten Teil des in jener Zeit des Mangels ohnehin knappen Papiers, das den Zeitungen zugeteilt wurde, für sich beanspruchte. Ständig wurden blutrünstige Kampagnen gegen die Briten lanciert, voller Lügen, Beschimpfungen und Intrigen. Churchill wurde zum Gegenstand bösartigster Karikaturen und das britische Weltreich mit Hohn und Spott überhäuft. Den simpelsten Unfall in einer Fabrik oder mit einem Postzug in irgendeiner spanischen Provinz führte man ungeniert auf Sabotage der perfiden Engländer zurück. Die Beschwerden des Botschafters über solche Beleidigungen stießen grundsätzlich auf taube Ohren.

Und während Sir Samuel Hoare sich wohl oder übel an seinen

neuen Dienstort gewöhnte, wurde die Gegnerschaft zwischen Innen- und Außenministerium immer deutlicher sichtbar. Von seiner Allmachtposition aus führte Serrano Suñer eine strategische Kampagne nach seiner Fasson durch: Er streute böse Gerüchte über Beigbeder, die wie Gift wirkten, und nährte damit die Vorstellung, dass nur er selbst die Situation verbessern könne. Und während der Stern des ehemaligen Hochkommissars sank, ließen sich Franco und Serrano Suñer, beide vollkommen ahnungslos in internationaler Politik – keiner der beiden hatte etwas von der Welt gesehen –, im Pardo-Palast heiße Schokolade mit *picatostes* schmecken und entwarfen mit der unglaublichen Dreistigkeit, die nur Ignoranz und Hochmut zustande bringen, gemeinsam eine neue Weltordnung.

Bis Beigbeder der Kragen platzte. Sie würden ihn hinauswerfen, und er wusste es. Sie wollten ihn loswerden, ihn mit einem Tritt in den Hintern auf die Straße befördern – er war für ihren glorreichen Kreuzzug nicht mehr von Interesse. Sie hatten ihn aus Marokko, wo er so glücklich war, herausgerissen und ihm einen überaus begehrenswerten Posten übertragen, ihn dann aber an Händen und Füßen gefesselt und ihm einen Knebel in den Mund gestopft. Zu keiner Zeit hatten sie seine Ansichten geschätzt, wahrscheinlich hatten sie sie überhaupt nie hören wollen. Weder Eigeninitiative noch eine eigene Meinung wurde ihm zugestanden, sein Name diente lediglich als Lückenbüßer für ein Ministeramt, er sollte ein serviler, kleinmütiger und stummer Staatsdiener sein. Und obwohl ihm die Situation absolut nicht behagte, respektierte er dennoch die Hierarchie und arbeitete unermüdlich an allem, was man von ihm verlangte, ertrug standhaft die systematischen Erniedrigungen, mit denen Serrano Suñer ihn monatelang bedachte. Es begann damit, dass man ihm auf die Füße trat, ihn anrempelte nach dem Motto »Verschwinde, das ist mein Platz!«. Aus den Rempeleien wurden bald demütigende Rüffel, auf die wiederum Schläge in die Magengrube folgten und zuletzt der Messerstich in die Halsschlagader. Und als Beigbeder ahnte, dass sie als Nächstes seinen Kopf unter ihren Stiefeln zermalmen würden, da explodierte er.

Er hatte die Impertinenz und die Überheblichkeit des *cuñadísimo* satt, war der obskuren Entscheidungen Francos überdrüssig, er war es leid, ständig gegen den Strom schwimmen zu müssen und sich überall fremd zu fühlen, ein Schiff zu steuern, das schon von Anfang an auf falschem Kurs lief. Deshalb, vielleicht weil er wieder einmal seinen schmerzlich vermissten moslemischen Freunden nacheifern wollte, traf er eine – wenn auch voreilige – Entscheidung. Der Augenblick war gekommen, da die diskrete Freundschaft, die er bis dahin mit Hoare gepflegt hatte, ans Lichtkommen, publik werden sollte. Diese Freundschaft wie eine Fahne vor sich her tragend, erschien er auf der Straße – auf offener Straße, ohne jegliche Deckung. Draußen, unter der gnadenlosen Sommersonne. Fast täglich aßen sie nun zusammen in den bekanntesten Restaurants, an den am besten sichtbaren Tischen. Und danach spazierten die beiden mit ostentativer Gelassenheit durch Madrids Straßen, Beigbeder hakte sich beim britischen Botschafter ein und nannte ihn »Bruder Samuel«, wie zwei Araber bei einem Gang durch die engen Gassen des maurischen Viertels in Tetuán. Beigbeder herausfordernd, provokant, beinahe quijotesk. Einen um den anderen Tag, in vertrauter Nähe mit dem Gesandten des Feindes plaudernd, hochmütig seine Verachtung für die Deutschen und ihre Freunde demonstrierend. So schlenderten sie am Generalsekretariat der Falange in der Calle Alcalá vorbei, am Sitz ihrer Zeitung *Arriba* und an der Deutschen Botschaft am Paseo de la Castellana, sogar an den Hotels Palace oder Ritz, in denen es von Nazis wimmelte. Damit auch jeder sah, wie gut sich Francos Außenminister und der Botschafter des Feindes verstanden. Und inzwischen lief Serrano Suñer, am Rand des Nervenzusammenbruchs, mit einem Magengeschwür, das ihn innerlich zerfraß, mit großen Schritten in seinem Büro auf und ab, raufte sich die Haare und brüllte, was zum Teufel Beigbeder, dieser Schwachsinnige, mit seinem hirnlosen Verhalten bezwecke.

Obwohl Rosalindas Charme eine gewisse Sympathie für Großbritannien in ihm begünstigt haben dürfte, war der Außenminister doch nicht so unvernünftig, sich ohne guten Grund, aus reiner Verliebtheit, in die Arme eines fremden Landes zu werfen wie jede Nacht in die Arme seiner Geliebten. Dank ihr hatte er eine gewisse Sympathie für diese Nation entwickelt, das ist wahr. Doch wenn er sich Hoare derart vorbehaltlos anvertraute, wenn er seinetwegen alle Brücken hinter sich abbrach, dann musste es andere Gründe gegeben haben. Vielleicht glaubte er an eine Utopie und meinte, dass die Dinge im Neuen Spanien nicht so liefen, wie sie seiner Meinung nach laufen sollten. Vielleicht war es seine einzige Möglichkeit, offen zu zeigen, dass er gegen einen Kriegseintritt Spaniens auf Seiten der Achsenmächte war. Vielleicht war es eine Zurückweisung, eine Reaktion gegenüber demjenigen, der ihn bis zum Äußersten gedemütigt hatte, dem Mann, mit dem er vermeintlich Schulter an Schulter hätte arbeiten sollen, damit das Vaterland, an dessen Zerstörung er sich während des Aufstands so eifrig beteiligt hatte, wieder aus den Ruinen auferstand. Und vielleicht suchte er Hoares Nähe vor allem deshalb, weil er sich in seiner feindseligen Umgebung einsam fühlte, entsetzlich einsam.

Von alledem wusste ich nicht, weil ich es persönlich miterlebt hätte, sondern weil Rosalinda mich in diesen Monaten mit zahlreichen ausführlichen Briefen, die mir in Tetuán immer wie ein Geschenk des Himmels erschienen, auf dem Laufenden hielt. Obwohl sie sich ausgiebig am gesellschaftlichen Leben beteiligte, war sie durch ihre Krankheit gezwungen, viele Stunden im Bett zu liegen, und diese Zeit nutzte sie, um Briefe zu schreiben und die zu lesen, die sie von ihren Freunden bekam. Es entwickelte sich eine Gewohnheit daraus, die uns wie ein unsichtbares Band über Zeiten und Länder hinweg zusammenhielt. In ihrer letzten Nachricht von Ende August 1940 berichtete sie mir, dass die Madrider Zeitungen bereits vom unmittelbar bevorstehenden Ausscheiden des Außenministers aus der Regierung schrieben. Bis dahin sollte es allerdings noch einige Wochen dauern, sechs oder sieben. Und in diesen Wochen geschahen Dinge, die meinem Leben, wieder einmal, eine vollkommen andere Richtung gaben.

36

Zu den Beschäftigungen, denen ich mich seit der Ankunft meiner Mutter in Tetuán widmete, gehörte das Lesen. Dolores ging, wie schon immer, früh zu Bett, und Félix ließ sich kaum noch blicken, sodass meine Abende nun um einige Stunden länger waren. Bis meinem lieben Nachbarn etwas einfiel, damit mich nicht mehr die Langeweile plagte. Mein neuer Zeitvertreib trug Frauennamen und befand sich zwischen zwei Buchdeckeln: *Fortunata und Jacinta*, ein Roman in zwei Bänden, verfasst von dem wunderbaren Schriftsteller Benito Pérez Galdós. Von diesem Tag an verbrachte ich meine gesamte Freizeit mit der Lektüre aller Wälzer, die er besaß. Nach einigen Monaten hatte ich sie alle gelesen und begann, mir aus der Bibliothek des Protektorats Nachschub zu holen. Als der Sommer 1940 zur Neige ging, hatte ich zwei oder drei Dutzend Romane verschlungen und fragte mich, was ich tun konnte, um nicht länger die Zeit totschlagen zu müssen. Da schneite mir unerwartet ein neuer Text ins Haus. Kein Roman dieses Mal, sondern ein Telegramm auf blauem Papier. Keine unterhaltsame Lektüre, sondern eine Aufforderung. »Persönliche Einladung. Privatparty in Tanger. Freunde aus Madrid warten. 1. September. Um sieben abends. Dean's Bar.«

Mein Herz machte einen Satz, aber trotzdem entfuhr mir ein Lachen. Ich wusste, von wem diese Botschaft kam, es brauchte gar keine Unterschrift. Zahllose Erinnerungen stürmten auf mich ein: Musik, Gelächter, Cocktails, überraschende Nöte wegen einer Einladung und Worte in fremden Sprachen, kleine Abenteuer, Ausflüge im Cabrio mit offenem Verdeck, pure Lebenslust. Ich verglich jene vergangenen Tage mit meinem gegenwärtigen Leben, in dem eine Woche so eintönig verlief wie die andere, mit Näharbeiten und Anproben, Fortsetzungshörspielen im Radio und abendlichen Spaziergängen mit meiner Mutter. Das einzig Spannende waren hin und wieder ein Film, in den Félix mich schleppte, und die Schicksalsschläge und die Liebeleien der Figuren in den Büchern, die ich Nacht für Nacht als Mittel gegen die Langeweile verschlang. Dass Rosalinda mich in Tanger erwartete, löste einen Freudentaumel in mir aus, auch wenn es nur eine kurze Begegnung sein würde.

Als ich am 1. September zur angegebenen Stunde die Bar des Hotels El Minzah betrat, fand dort jedoch keine Party statt, nur vier oder fünf Grüppchen mir unbekannter Personen saßen an den Tischen verteilt. Am Tresen standen zwei einsame Trinker, und dahinter auch nicht Dean. Vielleicht war es noch zu früh für den Klavierspieler, es war geradezu totenstill, ganz anders als früher. Ich setzte mich an einen unauffälligen Tisch und schickte den Kellner, der sich nach meinen Wünschen erkundigte, wieder fort. Zehn nach sieben, Viertel nach sieben, zwanzig nach sieben. Von einer Party nichts zu sehen. Um halb acht ging ich zum Tresen und fragte nach Dean. Der arbeitet nicht mehr hier, erfuhr ich. Er hat seinen eigenen Laden aufgemacht, Dean's Bar. Wo? In der Rue Amerique du Sud. Ich lief los. In zwei Minuten war ich dort, die Lokale lagen nur wenige hundert Meter voneinander entfernt. Dean, dünn und schwermütig wie immer, erkannte mich schon vom Tresen aus, kaum dass ich durch die Tür trat. Bei ihm war mehr los als in der Hotelbar: Es waren nicht viele Gäste da, aber sie unterhielten sich etwas lauter, etwas entspannter, hin und wieder lachte auch jemand. Dean begrüßte mich nicht, sondern wies nur mit seinen dunklen Augen auf einen Vorhang im Hintergrund. Ich ging hin. Grüner Samt, schwer. Ich schob die eine Hälfte zur Seite und trat ein.

»Du kommst spät zu meiner Party.«

Weder die schmutzigen Wände, das trübe Licht der einsamen Glühbirne, noch die rundherum gestapelten Getränkekästen und Säcke mit Kaffee nahmen meiner Freundin etwas von ihrem Glamour. Vielleicht hatte sie selbst, vielleicht hatte Dean, vielleicht hatten sie beide gemeinsam den kleinen Lagerraum am Nachmittag, bevor die Bar öffnete, vorübergehend in eine Art Séparée verwandelt. So privat, dass es nur zwei Stühle gab, zwischen denen ein Fass mit einer weißen Tischdecke darüber stand. Darauf zwei Gläser, ein Cocktailshaker, eine Schachtel türkische Zigaretten und ein Aschenbecher. In einer Ecke des Raums balancierte auf einem

Stapel Kisten ein Grammophon, und Billie Holiday sang *Summertime.*

Wir hatten uns ein ganzes Jahr nicht gesehen, seit ihrer Abreise nach Madrid. Sie war immer noch so dünn wie früher, hatte durchscheinende Haut, und die blonde Haarwelle fiel ihr nach wie vor über ein Auge. Ihr Gesicht hingegen schien verändert, anders als in den sorglosen Tagen, anders jedoch auch als in der besonders schwierigen Zeit des Zusammenlebens mit ihrem Ehemann oder während ihrer anschließenden Rekonvaleszenz. Worin diese Veränderung bestand, konnte ich nicht genau sagen, aber es wirkte, als wäre alles ein wenig durcheinandergeraten. Sie schien älter geworden, reifer. Ein wenig müde vielleicht. Aus ihren Briefen wusste ich von den Schwierigkeiten, mit denen Beigbeder und sie in der Hauptstadt zu kämpfen hatten. Allerdings hatte sie nicht erwähnt, dass sie einen Besuch in Marokko plante.

Wir umarmten uns, kicherten wie Teenager, bewunderten gegenseitig unsere Garderobe und fingen wieder an zu lachen. Wie sehr hatte ich Rosalinda vermisst! Ich hatte meine Mutter, gewiss. Und Félix. Und Candelaria. Und mein Atelier und mein neues Hobby, das Lesen. Doch wie sehr hatte ich Rosalindas spontane Besuche vermisst, ihre Art, alles aus einem anderen Blickwinkel zu sehen als der Rest der Welt. Ihre Einfälle, ihre kleinen Überspanntheiten, ihr aufgeregtes Geplapper. Ich wollte alles wissen und bombardierte sie mit Fragen: wie es ihr in Madrid gefiel, wie es Johnny ging, wie Beigbeder, was sie dazu bewogen hatte, wieder nach Nordafrika zu kommen. Sie antwortete ausweichend, erzählte ein paar Anekdoten, vermied jede Anspielung auf Probleme. Bis ich aufhörte, sie mit meinen neugierigen Fragen zu löchern. Da begann sie, während sie die Gläser füllte, endlich Klartext zu reden.

»Ich bin gekommen, um dir eine Arbeit anzubieten.«

»Aber ich habe eine Arbeit!«, entgegnete ich lachend.

»Ich möchte dir eine andere vorschlagen.«

Wieder lachte ich auf, nahm einen Schluck. Pink Gin, wie so viele Male zuvor.

»Und was?«, fragte ich und stellte dabei das Glas ab.

»Das Gleiche wie hier, allerdings in Madrid.«

Als mir klar wurde, dass sie es ernst meinte, blieb mir das Lachen im Hals stecken, und ich wurde ernst.

»Ich fühle mich wohl in Tetuán. Das Geschäft läuft gut. Auch meiner Mutter gefällt es, hier zu leben. Es läuft wirklich prima mit unserem Atelier. Wir überlegen sogar, ob wir nicht ein Lehrmädchen einstellen. An eine Rückkehr nach Madrid haben wir nicht gedacht.«

»Ich spreche nicht von deiner Mutter, Sira, nur von dir. Und du müsstest das Atelier in Tetuán nicht schließen, deine Abwesenheit wäre sicher nur vorübergehend. Das hoffe ich zumindest. Wenn alles vorbei ist, könntest du zurückkehren.«

»Wenn was vorbei ist?«

»Der Krieg.«

»Der Krieg ist seit über einem Jahr vorbei.«

»Euer Krieg, ja. Aber inzwischen gibt es einen neuen.«

Sie stand auf, drehte die Schallplatte um und die Lautstärke höher. Noch mehr Jazz, dieses Mal instrumental. Ihr lag offenbar daran, dass man jenseits des Vorhangs nichts von unserer Unterhaltung mitbekam.

»Es gibt einen neuen schrecklichen Krieg. Mein Land ist daran beteiligt, und deines könnte jeden Tag eintreten. Juan Luis hat getan, was er konnte, damit Spanien sich heraushält, doch nach dem Gang der Ereignisse zu urteilen, wird das sehr schwierig werden. Deshalb wollen wir alle Möglichkeiten nutzen, um Deutschlands Druck auf Spanien zu verringern. Wenn uns das gelänge, würde deine Nation nicht in den Konflikt verwickelt und wir hätten größere Chancen auf einen Sieg.«

Ich begriff noch immer nicht, was das alles mit meiner Arbeit zu tun haben sollte, ließ sie aber weiterreden.

»Juan Luis und ich«, fuhr sie fort, »wir wollen einige unserer Freunde dafür gewinnen, im Rahmen ihrer Möglichkeiten mit uns zusammenzuarbeiten. Vom Ministerium aus ist es ihm nicht gelungen, Druck auszuüben, allerdings kann man auch von außen manche Dinge tun.«

»Was für Dinge?«, fragte ich mit dünner Stimme. Ich hatte nicht die geringste Ahnung, was in ihrem Kopf vorging. Ich muss ein komisches Gesicht gemacht haben, denn endlich lachte sie.

»*Don't panic, darling*. Keine Angst. Es geht nicht darum, in der deutschen Botschaft Bomben zu legen, oder um Sabotage bei großen militärischen Operationen. Es geht um kleine, unauffällige Aktionen des Widerstands. Observierungen, Infiltration. Sammeln von Informationen *here and there,* hier und da. Juan Luis und ich, wir sind nicht die Einzigen. Wir sind auch keine Idealisten, die gutgläubige Freunde in irgendwelche dubiosen Machenschaften hineinziehen wollen.«

Rosalinda goss uns wieder nach und drehte die Lautstärke des Grammophons noch einmal höher. Wir zündeten uns beide eine Zigarette an. Sie setzte sich und blickte mit ihren hellen Augen tief in die meinen, und jetzt erst sah ich die dunklen Schatten darunter.

»Wir wollen in Madrid ein Netz von verdeckten Mitarbeitern des britischen Geheimdienstes aufbauen, von Leuten, die nichts mit Politik, Diplomatie oder Militär zu tun haben. Unauffällige Leute, die unter der Tarnung eines ganz normalen Lebens Informationen sammeln und sie dann dem SOE übermitteln.«

»Was ist das SOE?«, fragte ich flüsternd.

»Special Operations Executive, eine vor Kurzem von Churchill gegründete Spezialeinheit des Secret Service. Es geht um Aktionen, die indirekt mit dem Krieg zu tun haben, aber außerhalb der üblichen militärischen Operationen stehen. Sie rekrutieren Leute in ganz Europa. Sagen wir, es handelt sich um eine etwas unorthodoxe, unkonventionelle Spionageeinheit.«

»Ich verstehe nicht, was du meinst«, entgegnete ich wieder flüsternd.

Ich verstand wirklich nichts. Secret Service. Verdeckte Mitarbeiter. Operationen. Spionage. Infiltration. Von alledem hatte ich in meinem ganzen Leben noch nicht gehört.

»Nun ja, du musst nicht glauben, dass ich mit diesen Begriffen vertraut bin. Für mich ist das praktisch auch alles neu, vieles habe ich mir auf die Schnelle einprägen müssen. Wie ich dir schon schrieb, ist die Beziehung zwischen Juan Luis und unserem Botschafter Hoare in letzter Zeit enger geworden. Und da seine Tage als Außenminister gezählt sind, haben die beiden beschlossen, in allen Belangen zusammenzuarbeiten. Aber Hoare leitet die Operationen des Secret Service in Madrid nicht direkt. Sagen wir, er überwacht sie, er ist letztlich dafür verantwortlich. Allerdings koordiniert er sie nicht persönlich.«

»Wer macht das dann?«

Eigentlich erwartete ich von ihr zu hören, dass sie selbst diese Person sei, und alles andere nur ein Scherz. Dann würden wir beide schallend lachen, endlich zu Abend essen und anschließend in die Villa Harris zum Tanzen gehen, wie früher so oft. Doch es kam anders.

»Alan Hillgarth, unser *naval attaché,* der Marineattaché unserer Botschaft, hat das alles unter sich. Er ist ein sehr spezieller Typ, stammt aus einer Familie mit langer Marinetradition und ist mit einer Dame aus der Hocharistokratie verheiratet, die auch in seine Aktivitäten verwickelt ist. Er ist zur gleichen Zeit wie Hoare nach Madrid gekommen, um unter dem Deckmantel seines offiziellen Postens verdeckt die Operationen des SOE und des SIS zu koordinieren, des *Secret Intelligence Service.*«

SOE. *Special Operations Executive.* SIS. *Secret Intelligence Service.* In meinen Ohren klang alles gleich fremd. Das müsse sie mir noch näher erklären, meinte ich.

»Der SIS, der *Secret Intelligence Service,* auch bekannt als MI6, von *Directorate of Military Intelligence, Section 6*: die sechste Sektion des militärischen Geheimdienstes, die für Operationen außerhalb Großbritanniens zuständig ist. Also Spionage auf nichtbritischem Boden, damit wir uns richtig verstehen. Er war schon vor dem großen Krieg aktiv, die Mitarbeiter stehen zur Tarnung meistens in diplomatischen oder militärischen Diensten und werden bei verdeckten Operationen normalerweise über bereits bestehende Machtstrukturen eingesetzt, über Personen oder Autoritäten, die in den Ländern, wo er tätig ist, Einfluss haben. Das

SOE hingegen ist auf neue, riskantere Weise tätig. Es arbeitet nicht nur mit Profis, aber gerade deshalb ist es wesentlich flexibler. Es ist eine Spezialeinheit für die neuen Kriege, um es mal so zu sagen. Man ist zur Zusammenarbeit mit jeder Art von Personen bereit, die von Interesse sein können. Die Spezialeinheit ist gerade erst gegründet worden, und Hillgarth, der Chef in Spanien, muss Mitarbeiter rekrutieren. Dringend. Und aus diesem Grund sondieren sie gerade bei Leuten ihres Vertrauens, die Kontakt zu anderen Personen herstellen können, die ihnen wiederum direkt helfen könnten. Juan Luis und ich sind, sagen wir, diese Art von Vermittler. Hoare ist praktisch erst angekommen und kennt fast niemanden. Hillgarth war zwar den ganzen Bürgerkrieg über Vizekonsul auf Mallorca, doch in Madrid ist er auch neu und hat daher noch keinen festen Boden unter den Füßen. Von Juan Luis und mir – er ein bekanntermaßen anglophiler Minister und ich britische Staatsbürgerin – erwarten sie keine direkte Mitarbeit: Sie wissen, dass wir zu bekannt sind und immer verdächtig wären. Aber sie haben uns gebeten, Kontakte für sie herzustellen. Und uns sind ein paar Freunde eingefallen, darunter du. Deshalb bin ich hergekommen.«

Ich fragte lieber nicht, was genau sie von mir wollten. Ob ich nun mitmachte oder nicht, egal, sie würde es mir ohnehin erzählen, und Angst hätte ich auch genauso viel. Also beschloss ich, erst einmal unsere Gläser wieder zu füllen, aber der Cocktailshaker war bereits leer. Ich stand auf, um die an der Wand aufgestapelten Kartons zu inspizieren. Sie enthielten nur besonders Hochprozentiges, und das war auf nüchternen Magen doch etwas zu viel. Ich zog eine Flasche heraus, stellte fest, dass es Whisky war, öffnete sie und nahm einen langen Schluck direkt aus der Flasche. Dann reichte ich sie Rosalinda, die es mir gleichtat. Sie sprach schon weiter, während sie mir die Flasche zurückgab und ich sie gleich noch einmal ansetzte.

»Wir haben gedacht, du könntest ein Atelier in Madrid aufmachen und für die Frauen hoher Nazis nähen.«

Mir schnürte sich die Kehle zu. Der Whisky, der schon auf dem Weg durch die Speiseröhre gewesen war, kam wieder hoch, und ich gab ihn hustend und tausend Tropfen versprühend von mir. Ich wischte mir mit dem Handrücken über das Gesicht. Als ich endlich wieder ein Wort herausbrachte, war es nur ein sehr kurzer Satz.

»Ihr seid vollkommen verrückt.«

Rosalinda tat, als wäre sie nicht gemeint, und redete einfach weiter, ohne darauf einzugehen.

»Früher haben sie sich alle in Paris eingekleidet, aber die meisten Haute-Couture-Häuser sind geschlossen, seit die Deutschen im Mai einmarschiert sind. Kaum jemand will im besetzten Paris weiterarbeiten. Vionnet, Chanel in der Rue Cambon, Schiaparelli an der Place Vendôme – fast alle Großen sind fort.«

Als Rosalinda die berühmten Pariser Modenamen aufzählte, musste ich plötzlich laut auflachen. Meine Nervosität, die Cocktails und der Whisky waren daran vermutlich nicht ganz unschuldig.

»Und du meinst, dass ich diese großen Kleidermacher in Madrid ersetzen soll?«

Rosalinda ließ sich von meinem Lachen nicht anstecken, sondern redete ganz ernst weiter.

»Du könntest es in einem kleineren Maßstab versuchen, ganz nach deinen Vorstellungen. Der Zeitpunkt ist optimal, denn es gäbe kaum Konkurrenz. Paris ist *out of the question* und Berlin zu weit entfernt. Entweder sie kleiden sich in Madrid ein oder sie können in der bevorstehenden Saison keine schicken neuen Kleider vorführen, und das wäre eine Katastrophe für diese Damen. Schließlich besteht derzeit der ganze Sinn ihrer Existenz in einem möglichst ausschweifenden gesellschaftlichen Leben. Ich habe mich informiert: Mehrere Madrider Ateliers haben ihren Betrieb wieder aufgenommen und bereiten sich auf den Herbst vor. Es ging das Gerücht um, dass Balenciaga dieses Jahr noch wiedereröffnen würde, aber er hat es dann doch nicht getan. Hier habe ich die Namen von denen, die tatsächlich wieder anfangen wollen zu arbeiten«, sagte sie und zog dabei ein kleines Blatt Papier aus der Jackentasche. »Flora Villarreal, Brígida in der Carrera de San

Jerónimo 37, Natalio in der Lagasca 18, Madame Raguette in der Bárbara de Braganza 2, Pedro Rodríguez in der Alcalá 62, Cottret in der Fernando VI 8.«

Der eine oder andere Name kam mir bekannt vor. Eigentlich hätte auch Doña Manuela dabei sein müssen, aber wenn Rosalinda sie nicht erwähnte, dann hatte sie ihre Schneiderei wohl nicht wieder aufgemacht. Als sie den letzten Namen abgelesen hatte, zerriss sie den Zettel in tausend kleine Stücke und warf sie in den Aschenbecher, der bereits voller Zigarettenkippen war.

»Trotz ihrer Bemühungen, eine neue Kollektion mit den schönsten Modellen herauszubringen, haben alle mit demselben Problem zu kämpfen. Deshalb wird es keinem leichtfallen, sich erfolgreich zu präsentieren.«

»Mit welchem Problem?«

»Dem Mangel an Stoffen, dem absoluten Mangel an Stoffen. Weder Spanien noch Frankreich produzieren derzeit Stoffe für diese Art von Kleidung. Die Fabriken, die nicht geschlossen wurden, stellen Stoffe her, mit denen die Grundbedürfnisse der Bevölkerung abgedeckt werden sollen, oder sie entwickeln Materialien für militärische Zwecke. Aus Baumwolle werden Uniformen genäht, aus Leinen Verbände gemacht: Für jede Art von Stoff gibt es einen Einsatzbereich, der wichtiger ist als Mode. Du hättest dieses Problem nicht, denn du könntest Stoffe aus Tanger mitnehmen. Hier läuft der Handel noch, und es gibt keine Importschwierigkeiten wie auf der Halbinsel. Es kommt Ware aus Amerika und Argentinien herein, noch gibt es aus den Vorjahren große Lagerbestände an Stoffen aus Frankreich und Wolle aus England, an Seide aus Indien und China – von allem kannst du dir etwas mitnehmen. Und falls du Nachschub brauchst, finden wir einen Weg, dich zu versorgen. Wenn du mit Stoffen und guten Ideen im Gepäck nach Madrid kommst und ich über meine Kontakte dafür sorge, dass es sich herumspricht, dann kannst du die gefragteste Schneiderin der Saison werden. Du wirst keine Konkurrenz haben, Sira, denn du wirst ihnen als Einzige anbieten können, wonach sie gieren: glamouröse Auftritte, Luxus – absolut oberflächlich, als wäre die Welt ein Ballsaal und nicht das blutgetränkte Schlachtfeld, zu dem sie selbst sie gemacht haben. Die Damen aus Deutschland, sie werden dich belagern.«

»Aber sie werden mich mit dir in Verbindung bringen …«, wandte ich ein in der Hoffnung, mich mit diesem Argument aus der Affäre ziehen zu können.

»Keineswegs. Wer sollte auf solch eine Idee kommen? Die meisten dieser Damen sind neu in Madrid und haben keinen Kontakt zu den Deutschen in Marokko. Niemand braucht zu wissen, dass wir beide uns kennen. Obwohl es dir natürlich sehr helfen wird, dass du schon für ihre Landsmänninnen in Tetuán genäht hast: Du kennst ihren Geschmack und weißt, wie du mit ihnen umgehen musst.«

Während Rosalinda redete und redete, schloss ich die Augen und bewegte lediglich den Kopf von einer Seite zur anderen. Für einige Augenblicke kehrte ich in Gedanken zu meinen ersten Monaten in Tetuán zurück, zu der Nacht, in der Candelaria mir die Pistolen gezeigt und vorgeschlagen hatte, sie zu verkaufen, um Geld für die Eröffnung des Ateliers zu haben. Das Gefühl von Panik, das mich nun überkam, war dasselbe und auch die jetzige Szenerie nicht unähnlich: zwei Frauen, die im Verborgenen miteinander reden, die eine erläutert einen ausgeklügelten Plan, und die andere, vollkommen verängstigt, weigert sich mitzumachen. Trotzdem gab es Unterschiede. Große Unterschiede. Der Plan, den Rosalinda mir darlegte, gehörte in eine andere Dimension.

Ihre Stimme holte mich aus der Vergangenheit zurück, aus der armseligen Kammer in der Pension in der Calle Luneta, und ich fand mich in der Gegenwart wieder, in dem kleinen Lagerraum hinter dem Tresen von Dean's Bar.

»Wir werden dich berühmt machen, wir haben die Möglichkeit dazu. Ich habe gute Beziehungen zu den Kreisen in Madrid, die uns interessieren. Wir werden dich durch Mundpropaganda bekannt machen, ohne dass jemand eine Verbindung zu mir herstellt. Das SOE wird die Einstiegskosten übernehmen, also die Miete für das Atelier bezahlen, die Einrichtung und die Erstausstattung mit Stoffen und sonstigen Materialien. Die Zollformalitäten erledigt Juan Luis, und er besorgt dir auch die notwendigen Genehmigungen, damit du die Ware von Tanger nach Spanien importieren darfst. Es sollte eine reichlich bemessene Menge an Stoff sein, denn sobald er als Minister entlassen ist, wird es mit den Formalitäten wesentlich schwieriger. Was du mit dem Atelier an Ertrag erzielst, gehört alles dir. Du müsstest nur das Gleiche tun wie gegenwärtig in Marokko, aber besonders gut hinhören, was die deutschen Kundinnen sich so erzählen, vielleicht sogar auch die Spanierinnen, die mit den Mächtigen und den Nazis verbandelt sind. Das wäre sicherlich auch sehr interessant. Die Damen aus Deutschland haben den ganzen Tag nichts zu tun, aber Geld im Überfluss. Dein Atelier könnte zu einem Treffpunkt für sie werden. Du würdest erfahren, wo ihre Ehemänner eingesetzt werden, mit welchen Leuten sie sich treffen, welche Pläne sie haben und wer aus Deutschland zu Besuch kommt.«

»Ich spreche doch kaum ein Wort Deutsch.«

»Aber du kannst dich genug verständigen, damit sie sich bei dir wohlfühlen. *Enough.*«

»Ich weiß gerade mal, wie man sich begrüßt, ich kenne die Zahlen, die Farben, die Wochentage und eine Handvoll kurzer Sätze«, beharrte ich.

»Das macht nichts, daran haben wir gedacht. Wir haben jemanden, der dir helfen kann. Du müsstest nur die Informationen sammeln und dafür sorgen, dass sie an die richtige Stelle gelangen.«

»Wie denn?«

Rosalinda zuckte die Achseln.

»Das wird Hillgarth dir sagen müssen, wenn du definitiv zusagst. Ich weiß nicht, wie diese Einsätze durchgeführt werden. Vermutlich werden sie für dich etwas Spezielles austüfteln.«

Wieder schüttelte ich den Kopf, dieses Mal noch nachdrücklicher.

»Ich mache nicht mit, Rosalinda.«

Sie zündete sich eine neue Zigarette an und nahm einen tiefen Zug.

»Warum?«, fragte sie dann, während sie den Rauch ausstieß.

»Darum nicht«, erwiderte ich kindisch. Es gab tausend Gründe, warum ich bei diesem Unsinn nicht mitmachen wollte, aber ich wollte sie lieber alle in einem einzigen Nein bündeln. Nein. Nein, ich wollte nicht mitmachen. Auf keinen Fall, nein. Ich nahm noch einen Schluck Whisky aus der Flasche, er schmeckte scheußlich.

»Warum nicht, *darling*? Aus Angst, *right*?« Rosalinda sprach jetzt ganz leise. Die Platte war zu Ende, man hörte nur noch die Nadel in der letzten Rille kratzen, und von der anderen Seite des Vorhangs drangen Stimmen und Gelächter zu uns herüber. »Wir haben alle Angst, große Angst«, flüsterte sie eindringlich. »Aber das genügt nicht als Entschuldigung. Wir müssen uns einmischen, Sira. Wir müssen helfen. Du, ich, alle – jeder Einzelne muss tun, was in seiner Macht steht, sein Scherflein dazu beitragen, dass dieser Irrsinn aufhört.«

»Außerdem kann ich nicht nach Madrid zurück. Es gibt da noch ein paar unerledigte Dinge, du weißt schon.«

Das Problem mit den Anzeigen aus der Zeit mit Ramiro war noch nicht gelöst. Seit der Krieg in Spanien zu Ende war, hatte ich mehrere Male mit *comisario* Vázquez darüber gesprochen, und er hatte versucht, etwas über die Lage in Madrid in Erfahrung zu bringen, aber nichts erreicht. Es ist alles noch sehr chaotisch, lassen wir noch etwas Zeit vergehen, warten wir, bis sich alles beruhigt hat, sagte er zu mir. Und ich, da ich ohnehin schon nicht mehr zurückkehren wollte, wartete und wartete. Rosalinda wusste Bescheid, ich selbst hatte ihr davon erzählt.

»Auch daran haben wir gedacht. Daran, und dass du abgesichert, geschützt sein musst, falls irgendwelche Probleme auftauchen. Unsere Botschaft könnte nicht für dich einstehen, falls es Schwierigkeiten gibt, und in der gegenwärtigen Situation ist die Geschichte für eine spanische Staatsbürgerin ziemlich riskant. Aber Juan Luis hat eine Idee gehabt.«

Welche Idee, wollte ich fragen, doch ich brachte kein Wort heraus. Das machte auch nichts, denn Rosalinda klärte mich unverzüglich auf.

»Er kann dir einen marokkanischen Pass besorgen.«

»Einen falschen Pass«, bemerkte ich.

»Nein, *sweetie,* einen echten. Juan Luis hat noch immer sehr gute Freunde in Marokko. In ein paar Stunden könntest du marokkanische Staatsbürgerin sein. Mit einem anderen Namen, *obviously.*«

Ich stand auf und spürte, dass ich mich nur mit Mühe gerade halten konnte. In meinem Kopf, in der Mischung aus Gin und Whisky, trieben all die fremden Wörter durcheinander. *Secret Service*, Spionage, Operationen. Falscher Name, marokkanischer Pass. Ich stützte mich an der Wand ab und bemühte mich, wieder einen klaren Gedanken zu fassen.

»Rosalinda, nein. Lass es gut sein, bitte. Ich kann nicht mitmachen.«

»Du musst dich nicht jetzt gleich entscheiden. Denk darüber nach.«

»Da gibt's nichts nachzudenken. Wie spät ist es?«

Rosalinda sah auf die Uhr, und ich tat es ihr gleich, aber mir verschwammen die Ziffern vor den Augen.

»Viertel vor zehn.«

»Ich muss nach Tetuán zurück.«

»Eigentlich hatte ich arrangiert, dass ein Wagen dich um zehn abholt, aber ich glaube, in deinem Zustand solltest du nirgendwohin fahren. Übernachte hier in Tanger. Ich sorge dafür, dass du im El Minzah ein Zimmer bekommst und deine Mutter benachrichtigt wird.«

Ein Bett, in dem ich mich schlafen legen und dieses ganze verhängnisvolle Gespräch vergessen konnte, erschien mir ein überaus verlockendes Angebot. Ein großes Bett mit blütenweißen Laken, in einem schönen Zimmer, an dem ich am nächsten Tag aufwachen und feststellen würde, dass dieses Treffen mit Rosalinda nur ein schlechter Traum gewesen war. Ein verrückter, aus dem Nichts aufgetauchter Traum. Doch plötzlich war ich stocknüchtern.

»Man kann meine Mutter nicht benachrichtigen. Wir haben kein Telefon, das weißt du doch.«

»Ich lasse jemanden bei Félix Aranda anrufen, und er wird ihr Bescheid sagen. Und ich kümmere mich darum, dass du morgen früh abgeholt und nach Tetuán gefahren wirst.«

»Und wo kommst du unter?«

»Bei englischen Freunden in der Rue de Hollande. Niemand soll wissen, dass ich mich in Tanger aufhalte. Sie haben mich direkt von ihrer Wohnung hierhergebracht, ich habe nicht einmal den Fuß auf die Straße gesetzt.«

Sie schwieg eine Weile und sprach dann weiter, noch leiser als zuvor. Leiser und eindringlicher.

»Für Juan Luis und mich sieht es sehr schlecht aus, Sira. Wir werden ständig überwacht.«

»Wer überwacht euch denn?«, fragte ich mit heiserer Stimme nach.

Sie brachte nur ein schiefes, trübsinniges Lächeln zustande.

»Alle. Die Polizei. Die Gestapo. Die Falange.«

Die Angst gerann zu einer Frage, die ich nur mit belegter Stimme zu flüstern wagte.

»Und mich? Werden sie mich auch überwachen?«

»Ich weiß es nicht, *darling*, ich weiß es nicht.«

Sie lächelte wieder, dieses Mal aber richtig. Trotzdem konnte sie nicht verhindern, dass ihre Mundwinkel zuckten und so verrieten, dass sie doch ein wenig besorgt war.

37

Es klopfte an der Tür, und jemand kam ins Zimmer, ohne auf mein »Herein!« zu warten. Die Augen noch halb geschlossen, erkannte ich im Halbdunkel eine junge Frau in typischer Kellnerinnenkluft mit einem Tablett in den Händen. Sie stellte es irgendwo außerhalb meines Blickfeldes ab und zog die Vorhänge auf. Plötzlich schien das helle Tageslicht ins Zimmer und blendete mich, und so zog ich mir schnell ein Kissen über den Kopf. Dadurch drangen die

Geräusche zwar nur gedämpft an mein Ohr, doch laut genug, um zu erahnen, was sie tat. Ich hörte, wie eine Porzellantasse auf einem Unterteller abgestellt und heißer Kaffee aus der Kanne eingeschenkt wurde, wie das Messer auf einem Toast kratzte, als sie ihn mit Butter bestrich. Dann trat die junge Frau an das Bett.

»Guten Morgen, Señorita. Das Frühstück steht bereit. Sie müssen aufstehen, in einer Stunde werden Sie abgeholt.«

Meine Antwort bestand aus einem Brummen. Vielen Dank, wollte ich sagen, ich weiß Bescheid, lassen Sie mich in Frieden. Die junge Frau schien meine Absicht, nämlich weiterzuschlafen, nicht verstehen zu wollen, und ignorierte meine abweisende Reaktion einfach.

»Man hat mir aufgetragen, erst zu gehen, wenn Sie aufgestanden sind.«

Sie sprach Spanisch wie eine Spanierin vom Festland. Bei Kriegsende waren scharenweise Republikaner nach Tanger geströmt, wahrscheinlich stammte sie aus einer dieser Familien. Wieder gab ich ein unwilliges Brummen von mir und drehte mich um.

»Señorita, bitte, stehen Sie auf. Ihr Kaffee und der Toast werden kalt.«

»Wer schickt dich?«, fragte ich, ohne das Kissen von meinem Kopf zu nehmen. Meine Stimme klang, als käme sie aus einer Höhle, vielleicht wegen des Federkissens, vielleicht wegen der Nachwirkungen der vorangegangenen Nacht. Kaum hatte ich diese drei Worte ausgesprochen, wurde mir bewusst, wie albern diese Frage war. Woher sollte dieses Mädchen wissen, wer es zu mir schickte? Ich hingegen glaubte es ganz sicher zu wissen.

»In der Küche haben sie mir die Anweisung gegeben, Señorita. Ich bin die Zimmerkellnerin auf dieser Etage.«

»Dann kannst du gehen.«

»Nicht, bis Sie wirklich aufgestanden sind.«

Ein störrisches Ding, dieses Mädchen, es war so hartnäckig, wie man es von einer guten Befehlsempfängerin erwartete. Endlich schob ich das Kissen beiseite und wischte mir die Haare aus dem Gesicht. Als ich aus dem Bett stieg, stellte ich fest, dass ich ein aprikosenfarbenes Nachthemd trug, das mir nicht gehörte. Die Zimmerkellnerin erwartete mich mit einem farblich passenden Morgenmantel über dem Arm. Ich beschloss, sie nicht nach seiner Herkunft zu fragen – woher sollte sie das auch wissen? Irgendwie würde es Rosalinda wohl arrangiert haben, dass die Sachen auf mein Zimmer gebracht wurden. Pantoffeln sah ich jedoch keine, sodass ich barfüßig zu dem runden Tischchen ging, auf dem das Frühstück bereitstand. Bei dem Anblick begann mein Magen heftig zu knurren.

»Nehmen Sie den Kaffee mit Milch, Señorita?«, fragte das Mädchen, während ich mich setzte.

Ich konnte nur nicken, denn ich hatte schon den ersten Bissen Toast im Mund. Mir fiel ein, dass ich am Vortag nichts zu Abend gegessen hatte, das erklärte meinen Bärenhunger.

»Wenn Sie erlauben, lasse ich Ihnen ein Bad ein.«

Wieder nickte ich nur zustimmend und kaute dabei weiter, und Sekunden später hörte ich Wasser in die Wanne laufen. Dann kam das Mädchen ins Zimmer zurück.

»Du kannst gehen, danke. Und sag demjenigen, der so großen Wert darauf legt, dass ich aufgestanden bin.«

»Man hat mir gesagt, dass ich Ihre Sachen zum Bügeln mitnehmen soll, während Sie frühstücken.«

Da ich gerade vom Toast abbiss, konnte ich wiederum nur wortlos nicken. Daraufhin nahm sie meine Kleidung mit, die achtlos über einem kleinen Sessel lag.

»Wünscht die Señorita sonst noch etwas?«, erkundigte sie sich, ehe sie das Zimmer verließ.

Den Mund immer noch voll, hielt ich mir einen Finger an die Schläfe, als würde ich mich erschießen wollen. Als sie mich ganz erschrocken ansah, fiel mir erst auf, wie jung sie noch war.

»Etwas gegen Kopfschmerzen«, stellte ich klar, nachdem ich endlich den letzten Bissen hinuntergeschluckt hatte.

Mit heftigem Kopfnicken bestätigte sie, dass sie verstanden hatte, und ging ohne ein weiteres Wort aus dem Zimmer. Wahrscheinlich wollte sie möglichst schnell fort von dieser Verrückten, für die sie mich höchstwahrscheinlich hielt.

Ich verspeiste den restlichen Toast, noch zwei Croissants und ein Milchbrötchen und trank ein ganzes Glas Orangensaft. Dann schenkte ich mir eine zweite Tasse Kaffee ein, und als ich das Milchkännchen hob, berührte ich mit dem Handrücken den Umschlag, der gegen eine kleine Vase mit zwei weißen Rosen gelehnt stand. Mir versetzte es fast einen Schlag, doch ich rührte ihn nicht an. Es stand kein Name darauf, nicht einmal ein Buchstabe, aber ich wusste, dass er für mich war, und ebenso, von wem er kam. Ich trank meinen Kaffee aus und ging dann ins Bad, das mittlerweile voller Dampf war. Ich drehte die beiden Wasserhähne zu und wollte mich dann im Spiegel betrachten, doch er war so stark beschlagen, dass ich ihn mit einem Handtuch abwischen musste, um mich sehen zu können. Schauderhaft, war das einzige Wort, das mir bei meinem Anblick einfiel. Ich zog mich aus und ließ mich ins Wasser gleiten.

Als ich wieder aus der Wanne stieg, waren die Reste des Frühstücks verschwunden und die Balkontür stand weit offen. Die Palmen im Garten, das Meer und der strahlend blaue Himmel über der Meerenge schienen zum Greifen nah, doch ich schenkte dem allen kaum Beachtung, ich war in Eile. Am Fuß des Bettes fand ich mein frisch aufgebügeltes Kostüm, den Unterrock und die Seidenstrümpfe, ich musste mich nur noch anziehen. Und auf dem Nachttischchen, auf einem kleinen Silbertablett, standen eine Karaffe mit Wasser, ein Glas und ein Röhrchen mit Optalidon. Ich schluckte zwei Tabletten auf einmal und, nach kurzem Überlegen, noch eine dritte. Anschließend ging ich noch einmal ins Bad, um mir meine feuchten Haare vor dem Spiegel zu einem Nackenknoten zu schlingen. Ich schminkte mich, aber nur sehr wenig, denn ich hatte nur meine Puderdose und Rouge dabei. Dann zog ich mich an. So, fertig, murmelte ich vor mich hin. Fast, korrigierte ich mich sogleich. Eine Kleinigkeit fehlte noch. Auf dem runden Tischchen, an dem ich vor einer halben Stunde gefrühstückt hatte, wartete der cremefarbene Umschlag ohne Empfänger. Ich seufzte, nahm ihn mit spitzen Fingern auf und steckte ihn in meine Handtasche, ohne ihn aufzumachen.

Und ging. Zurück ließ ich ein fremdes Nachthemd und den Abdruck meines Körpers auf dem Bettlaken. Die Angst wollte nicht zurückbleiben, sie kam mit mir.

»Die Rechnung von Mademoiselle ist bereits bezahlt, draußen wartet ein Wagen auf Sie«, ließ mich der Empfangschef diskret wissen. Wagen und Fahrer waren mir nicht bekannt, doch ich fragte weder, wem Ersteres gehörte, noch für wen Letzterer arbeitete. Ich machte es mir einfach auf der Rückbank bequem und ließ mich, ohne dass mir ein Wort über die Lippen gekommen wäre, nach Hause fahren.

Meine Mutter fragte nicht, wie denn die Party gewesen war, und sie wollte auch nicht wissen, wo ich die Nacht verbracht hatte. Vermutlich war der Überbringer der Nachricht am Vorabend derart überzeugend aufgetreten, dass gar kein Raum für Sorgen geblieben war. Falls ihr meine verkniffene Miene überhaupt auffiel, so zeigte sie keine Neugier. Sie hob lediglich kurz den Blick von dem Kleid, an dem sie gerade nähte, und begrüßte mich. Nicht besonders herzlich, aber auch nicht verärgert. Einfach neutral.

»Die Seidenkordel ist uns ausgegangen«, informierte sie mich. »Señora Aracama möchte die Anprobe von Donnerstag auf Freitag verschieben, und Señora Langenheim sagte, das Kleid aus Shantungseide müsse anders fallen.«

Während meine Mutter weiternähte und mir die neuesten Ereignisse berichtete, nahm ich einen Stuhl und setzte mich ihr gegenüber, so nah, dass unsere Knie sich fast berührten. Dann begann sie etwas wegen der Lieferung einiger Ballen Satin zu erzählen, die wir in der Woche zuvor bestellt hatten, doch ich ließ sie nicht ausreden.

»Sie wollen, dass ich nach Madrid zurückgehe und für die Engländer arbeite, dass ich ihnen Informationen über die Deutschen beschaffe. Sie wollen, dass ich ihre Frauen ausspioniere, Mutter.«

Ihre rechte Hand, mit der sie die Nadel durch den Stoff geführt hatte, blieb in der Luft stehen. Was sie noch hatte sagen wollen, blieb ungesagt, ihr Mund geöffnet. Ohne sich zu bewegen, warf sie mir über die Halbbrille, die sie schon damals zum Nähen aufsetzte, einen bestürzten Blick zu.

Ich sprach nicht gleich weiter. Zuerst holte ich ein paar Mal tief Luft und stieß sie kraftvoll wieder aus, als könnte ich nicht mehr richtig atmen.

»Sie sagen, Spanien ist voller Nazis«, fuhr ich dann fort. »Die Engländer brauchen Leute, die sie darüber informieren, was die Deutschen tun – mit wem sie sich treffen, wo, wann, wie. Sie haben vor, mir ein Atelier einzurichten, und ich soll für die Frauen der Deutschen nähen, damit ich ihnen dann erzählen kann, was ich gesehen und gehört habe.«

»Und du, was hast du ihnen geantwortet?«

Ihre Stimme, wie die meine auch, war kaum mehr als ein Flüstern.

»Dass ich es nicht mache. Dass ich es nicht kann und nicht will. Dass es mir hier gut geht, mit dir. Dass ich kein Interesse daran habe, nach Madrid zurückzukehren. Aber sie haben mich gebeten, noch einmal in Ruhe darüber nachzudenken.«

Das Schweigen breitete sich im ganzen Raum aus, kroch zwischen die Stoffballen und die Schneiderpuppen, umkreiste die Garnrollen, legte sich auf die Nähbretter.

»Und das würde helfen, damit Spanien nicht noch einmal in den Krieg zieht?«, fragte sie schließlich.

Ich zuckte die Achseln.

»Im Prinzip kann alles helfen, zumindest glauben sie das«, antwortete ich wenig überzeugt. »Sie wollen eine Gruppe geheimer Informanten aufbauen. Die Engländer möchten, dass wir Spanier uns bei dem, was in Europa gerade vor sich geht, heraushalten, dass wir uns nicht mit den Deutschen verbünden und nicht eingreifen. Das wäre am besten für alle, meinen sie.«

Meine Mutter senkte den Kopf und konzentrierte sich wieder auf das Kleid, an dem sie gerade arbeitete. Eine Weile sagte sie gar nichts, überlegte, dachte in aller Ruhe nach und strich ganz in

Gedanken über den Stoff. Schließlich sah sie auf und nahm ganz langsam die Brille ab.

»Willst du meinen Rat hören, Sira?«

Ich nickte energisch. Ja, natürlich wollte ich ihren Rat, wollte von ihr bestätigt wissen, dass meine Entscheidung vernünftig war, wollte aus ihrem Mund hören, dass dieses Vorhaben absolut unsinnig war. Ich wollte die Mutter von früher zurück, die mir unverblümt sagte, für wen ich mich denn hielte, mit einem Mal die Geheimagentin spielen zu wollen. Ich wollte die unerschütterliche Dolores meiner Kindheit zurück: die vernünftige, die resolute, die immer wusste, was richtig war und was falsch. Die mich aufgezogen und mir den rechten Weg gewiesen hatte, von dem ich eines schlechten Tages abgewichen war. Doch nicht nur für mich hatte sich die Welt verändert: Auch das Leben meiner Mutter war gründlich erschüttert worden.

»Schließ dich ihnen an, meine Tochter. Hilf mit, arbeite mit. Unser armes Spanien darf nicht noch einmal in den Krieg ziehen, es hat keine Kraft mehr.«

»Aber, Mutter …«

Sie ließ mich nicht ausreden.

»Du weißt nicht, wie es ist im Krieg, Sira. Du bist nicht immer wieder aufgewacht vom Rattern der Maschinengewehre, von den Explosionen der Granaten. Du hast nicht Monat um Monat Linsen mit Maden gegessen, im Winter ohne Brot, ohne Kohlen, sogar ohne Fensterscheiben überlebt. Du hast nicht mit auseinandergerissenen Familien und hungernden Kindern zusammengelebt. Du hast nicht Augen gesehen, aus denen nur noch Hass sprach, nur Angst, oder beides zur gleichen Zeit. Ganz Spanien ist verwüstet, niemand hat Kraft, noch einmal den gleichen Albtraum zu erleben. Unser Heimatland kann jetzt nur noch seine Toten beweinen und mit dem Wenigen, was ihm geblieben ist, zusehen, dass es wieder aufwärts geht.«

»Aber …«, begann ich wieder.

Sie unterbrach mich erneut. Ohne die Stimme zu erheben, aber dennoch kategorisch.

»Wenn ich du wäre, würde ich den Engländern helfen, ich würde tun, worum sie mich bitten. Natürlich geht es ihnen um ihren eigenen Vorteil, darüber solltest du dir im Klaren sein. Das alles tun sie für ihr Vaterland, nicht für unseres. Aber wenn ihr Vorteil uns allen nützt, dann danke ich Gott. Ich nehme an, dass es deine Freundin Rosalinda war, die dich darum gebeten hat.«

»Wir haben gestern stundenlang miteinander gesprochen. Heute Morgen habe ich einen Brief von ihr vorgefunden, ihn allerdings noch nicht gelesen. Es werden Anweisungen sein, vermute ich.«

»Überall erzählen sie, dass ihr Beigbeder nur noch wenige Tage lang Minister sein wird. Anscheinend werfen sie ihn genau deshalb hinaus, weil er sich mit den Engländern angefreundet hat. Ich nehme an, dass auch er etwas mit dieser Geschichte zu tun hat.«

»Die Idee stammt von beiden«, bestätigte ich.

»Wenn er sich doch nur genauso dafür stark gemacht hätte, uns von dem anderen Krieg zu erlösen, in den sie selbst uns getrieben haben, aber das ist Vergangenheit, das ist nicht mehr zu ändern, jetzt müssen wir nach vorne schauen. Es ist deine Entscheidung, meine Tochter. Du wolltest meinen Rat, ich habe ihn dir gegeben, blutenden Herzens, aber in der Überzeugung, dass es von großem Verantwortungsgefühl zeugt, so zu handeln. Auch für mich wird es nicht leicht sein. Wenn du fortgehst, bin ich wieder allein und muss wieder mit der Ungewissheit leben, nicht zu wissen, wie es dir geht. Aber ja, ich glaube, du solltest nach Madrid gehen. Ich bleibe hier und sehe zu, dass ich das Atelier vorwärtsbringe. Ich suche mir jemanden, der mir bei der Arbeit hilft, darum brauchst du dich nicht zu sorgen. Wer weiß, wann das alles ein Ende hat.«

Was sollte ich darauf erwidern? Es gab keine Ausreden mehr. Ich beschloss hinauszugehen, auf die Straße, mir frische Luft um die Nase wehen zu lassen. Ich musste nachdenken.

38

An einem Tag Mitte September betrat ich gegen Mittag das Hotel Palace mit dem selbstbewussten Gang einer Frau, die ihr halbes Leben in den Foyers der besten Hotels herumspaziert ist. Ich trug ein Kostüm aus leichter Schurwolle in einem intensiven Dunkelrot, mein Haar war schulterlang und frisch geschnitten. Dazu einen schicken Hut aus Filz mit Federschmuck von Madame Boissenet in Tanger – ein echtes *pièce-de-réstistance,* so nannten die eleganten Damen im besetzten Frankreich diese Hüte damals, wie mich Madame aufklärte. Komplettiert wurde meine Garderobe durch Schuhe aus Krokodilleder mit ziemlich hohen Absätzen, die ich im besten Schuhladen auf dem Boulevard Pasteur erstanden hatte, einer dazu passenden Handtasche und Handschuhen aus perlgrau eingefärbtem Kalbsleder. Als ich vorbeiging, drehten sich zwei oder drei Köpfe nach mir um. Ich registrierte es mit Gelassenheit.

Mir folgte ein Page mit meinem Schminkkoffer, zwei Koffern von Goyard und ein paar Hutschachteln. Das restliche Gepäck, mein Handwerkszeug und der gesamte Vorrat an Stoffen würden am folgenden Tag per Lkw eintreffen, sofern es bei der Überfahrt zum Festland keine Probleme gäbe. Aber warum sollte es, da doch die Genehmigungen für den Zoll x-fach abgestempelt waren und die amtlichsten aller Gebührenmarken trugen, mit freundlicher Erlaubnis des spanischen Außenministeriums. Ich selbst war mit dem Flugzeug gekommen, die erste Flugreise meines Lebens. Vom Flugplatz Sania Ramel nach Tablada in Sevilla, von Tablada nach Barajas. Von Tetuán war ich mit meinen spanischen Papieren und unter dem Namen Sira Quiroga abgeflogen, aber jemand hatte arrangiert, dass mein Name nicht auf der Passagierliste erschien. Während des Flugs zerschnitt ich meinen alten Pass mit der kleinen Schere aus meinem Reisenecessaire in tausend winzige Streifen, die ich in einem Taschentuch verknotete. Schließlich war dieses Dokument von der Republik ausgestellt, im Neuen Spanien würde es mir wenig nützen. In Madrid landete ich mit einem funkelnagelneuen marokkanischen Pass. Neben dem Foto eine Adresse in Tanger als Wohnsitz und meine frisch erworbene Identität: Arish Agoriuq. Sonderbar? Gar nicht mal. Einfach mein Vor- und Nachname rückwärts. Und mit dem *h,* das mein Nachbar Félix meinem Vornahmen bei Eröffnung des Ateliers in Tetuán hinzugefügt hatte, wieder am Ende. Es war kein arabischer Name, durchaus nicht, aber er klang fremdländisch und würde keinen Verdacht erregen in Madrid, wo die Leute keine Ahnung hatten, wie die Menschen dort unten, im Land der Mauren, hießen.

In den Tagen vor meiner Abreise folgte ich buchstabengetreu den Anweisungen, die in Rosalindas langem Brief standen. Ich nahm Kontakt auf zu den aufgeführten Personen wegen meiner neuen Identität. Ich wählte die besten Stoffe in den vorgeschlagenen Geschäften aus und gab den Auftrag, man solle sie mit den entsprechenden Rechnungen an eine Adresse in Tanger senden, von der ich nie erfuhr, wer dort wohnte. Ich ging noch einmal in Dean's Bar und bestellte eine Bloody Mary. Wäre meine Entscheidung negativ ausgefallen, hätte ich mich mit einer Limonade bescheiden müssen. Der Barmann servierte mir den Cocktail mit gleichmütiger Miene und berichtete unterdessen von ein paar scheinbar belanglosen Ereignissen: dass das Gewitter in der Nacht zuvor eine Markise heruntergerissen hatte, dass am nächsten Freitag um zehn Uhr vormittags ein Schiff mit Namen *Jason,* das unter nordamerikanischer Flagge fuhr, mit Waren aus England einlaufen würde. Diesen harmlosen Bemerkungen entnahm ich die Informationen, die ich benötigte. An ebenjenem Freitag zur genannten Uhrzeit begab ich mich zur amerikanischen Gesandtschaft in Tanger, einem wunderschönen, kleinen maurischen Palast, direkt an der Medina gelegen. Dem mit der Eingangskontrolle beauftragten Soldaten teilte ich mit, dass ich Señor Jason aufsuchen wolle, woraufhin der Soldat den schweren Telefonhörer des Hausanschlusses abhob und auf Englisch ankündigte, dass der Besuch eingetroffen sei. Nachdem er Anweisungen entgegengenommen hatte, hängte er ein und geleitete mich in einen von weiß getünchten Torbögen umgebenen Innenhof. Dort nahm mich ein Mitarbeiter der Gesandtschaft in Empfang, der mich schnellen Schrittes und recht wortkarg durch ein Labyrinth aus Gängen, Treppen und Galerien bis zu einer weißen Terrasse auf dem Dach des Gebäudes führte.

»Mr. Jason«, sagte er nur und wies auf eine Gestalt am anderen Ende der Dachterrasse. Im nächsten Augenblick war er auf dem Weg nach unten auch schon wieder verschwunden.

Der Mann hatte auffallend buschige Augenbrauen, und sein Name war nicht Jason, sondern Hillgarth. Alan Hillgarth, Marineattaché der Britischen Botschaft in Madrid und Koordinator des Secret Service in Spanien. Breites Gesicht, hohe Stirn und dunkles Haar, streng gescheitelt und mit Brillantine nach hinten gekämmt. Er trug einen grauen Anzug aus Alpakawollstoff, dessen hervorragende Qualität man schon von Weitem erkannte. Mit einem schwarzen Lederköfferchen in der linken Hand kam er auf mich zu, stellte sich vor, schüttelte mir die Hand und schlug vor, das wunderbare Panorama noch ein wenig zu genießen. Beeindruckend, ohne Zweifel. Der Hafen, die Bucht, die gesamte Meerenge und im Hintergrund ein Streifen Land.

»Spanien«, verkündete er und wies auf den Horizont. »So nah und doch so fern. Setzen wir uns?«

Er deutete auf eine schmiedeeiserne Bank, und wir nahmen Platz. Darauf zog er eine flache Blechschachtel mit Zigaretten der Marke Craven A aus der Tasche seines Sakkos, ich nahm mir eine, und wir rauchten, den Blick auf das Meer gerichtet. Es war sehr still hier oben, nur gelegentlich drangen arabische Laute aus den nahen Gassen herauf, und hin und wieder das schrille Kreischen der Möwen am Strand.

»In Madrid ist praktisch alles für Ihre Ankunft vorbereitet«, sagte er schließlich.

Sein Spanisch war ausgezeichnet. Ich erwiderte nichts, denn ich hatte nichts zu sagen. Ich wollte nur seine Anweisungen hören.

»Wir haben eine Wohnung in der Calle Núñez de Balboa gemietet, wissen Sie, wo das ist?«

»Ja, Ich habe eine Zeit lang dort in der Nähe gearbeitet.«

»Señora Fox kümmert sich um Möbel und alles andere. Über Mittelsmänner, natürlich.«

»Verstehe.«

»Ich weiß, sie hat Sie bereits informiert, aber ich glaube, ich sollte Ihnen die wichtigsten Punkte noch einmal ins Gedächtnis rufen. Oberst Beigbeder und Señora Fox befinden sich derzeit in einer überaus heiklen Lage. Wir rechnen täglich damit, dass er aus seinem Amt als Außenminister entlassen wird, es wird nicht mehr lange dauern. Für unsere Regierung wird es ein bedauerlicher Verlust sein. Gerade ist Serrano Suñer, der Innenminister, nach Berlin geflogen, wo er zuerst eine Unterredung mit von Ribbentrop – Beigbeders deutschem Amtskollegen – führen will, und danach mit Hitler. Die Tatsache, dass der spanische Außenminister selbst bei dieser Mission nicht dabei ist, sondern in Madrid bleibt, macht deutlich, wie schwach seine gegenwärtige Stellung ist. Inzwischen arbeiten sowohl der Oberst als auch Señora Fox mit uns zusammen, und sie bringen sehr interessante Kontakte. Natürlich läuft das alles im Geheimen ab. Beide werden streng überwacht von Agenten gewisser Gruppierungen, die uns nicht gerade freundlich gesinnt sind, wenn Sie mir diesen Euphemismus erlauben.«

»Die Gestapo und die Falange«, warf ich ein, da ich mich an Rosalindas Ausführungen erinnerte.

»Ich sehe, Sie sind gut informiert. So ist es, in der Tat. Wir wollen nicht, dass es Ihnen ebenso ergeht, allerdings kann ich Ihnen nichts garantieren. Aber ich will Ihnen keine Angst machen. Jeder überwacht jeden in Madrid, jeder wird wegen irgendetwas verdächtigt, niemand traut dem anderen über den Weg, aber zum Glück haben sie alle keine Geduld, denn wenn sie nicht innerhalb weniger Tage etwas finden, das für sie von Interesse ist, dann lassen sie dieses Zielobjekt fallen und nehmen sich das nächste vor. Sollten Sie sich dennoch überwacht fühlen, geben Sie uns bitte Bescheid, und wir werden dann herauszufinden versuchen, wer dahintersteckt. Und lassen Sie sich vor allem nicht aus der Ruhe bringen. Bewegen Sie sich ganz natürlich, tun Sie nichts, um diese Leute in die Irre zu führen, und werden Sie nicht nervös. Alles klar?«

»Ich denke, ja«, erwiderte ich, wenn auch nicht sehr überzeugt.

»Señora Fox«, fuhr er nun mit einem anderen Thema fort, »organisiert alles bis zu Ihrer Ankunft. Ich glaube, sie hat schon eine Reihe potenzieller Kundinnen für Sie an der Hand. Deshalb, und eingedenk des Umstandes, dass wir praktisch schon Herbst haben, wäre es von Vorteil, wenn Sie möglichst bald nach Madrid gingen. Wann wird es Ihnen möglich sein, meinen Sie?«

»Wann Sie wollen.«

»Ich danke Ihnen für Ihre Bereitschaft. Wir haben uns erlaubt, Ihnen einen Flug für kommenden Dienstag zu besorgen. Passt Ihnen das?«

Ich drückte unauffällig meine Hände auf die Knie, weil ich fürchtete, sie würden zu zittern beginnen.

»Ich werde bereit sein.«

»Ausgezeichnet. Soweit ich weiß, hat Señora Fox Ihnen den Zweck Ihrer Mission zum Teil schon erläutert?«

»Mehr oder weniger.«

»Gut, dann werde ich Ihnen jetzt etwas mehr dazu sagen. Vorerst erwarten wir von Ihnen, dass Sie uns regelmäßig Berichte über bestimmte Damen aus Deutschland und einige aus Spanien liefern, die, darauf vertrauen wir, demnächst Ihre Kundinnen sein werden. Wie Ihnen Ihre Freundin, Señora Fox, schon berichtet hat, stellt der Stoffmangel für die spanischen Schneider ein ernstes Problem dar, und wir wissen aus erster Hand, dass es eine ganze Reihe von Damen in Madrid gibt, die händeringend nach jemandem suchen, der ihnen sowohl die Stoffe besorgen als auch die Kleidung nähen kann. Und hier kommen Sie ins Spiel. Wenn wir mit unserer Einschätzung nicht vollkommen falsch liegen, sollte Ihre Mitarbeit von großem Interesse für uns sein, da unsere Kontakte zu den Vertretern der deutschen Regierung in Madrid gleich null sind und zu denen der spanischen Regierung praktisch nicht existent, mit Ausnahme von Oberst Beigbeder, und das auch nicht mehr lange, fürchte ich. Von Ihnen möchten wir vor allem Informationen über geplante Unternehmungen der in Madrid ansässigen Nazis gewinnen und über einige Spanier, die mit ihnen in

Verbindung stehen. Eine Überwachung jedes Einzelnen ist von uns absolut nicht zu leisten. Daher haben wir gedacht, dass wir vielleicht über ihre Ehefrauen und Geliebten mehr über ihre Kontakte, Verbindungen und Aktivitäten erfahren könnten. Alles klar soweit?«

»Alles klar, ja.«

»Es geht uns insbesondere darum, vorab die gesellschaftlichen Termine der deutschen Gemeinde in Madrid zu kennen: welche Ereignisse geplant sind, mit welchen Spaniern und deutschen Landsleuten man sich trifft, wo und wie oft. Normalerweise entwickeln sie ihre Strategien eher bei privaten Zusammenkünften als bei der Arbeit, sagen wir, als vom Schreibtisch aus, und bei diesen Zusammenkünften möchten wir Leute unseres Vertrauens einschleusen. Zu diesen Anlässen pflegen die Vertreter des Nazi-Staates in Begleitung ihrer Ehefrauen oder Geliebten zu erscheinen, und diese, das darf man wohl annehmen, müssen dem Anlass entsprechend gekleidet sein. Deshalb hoffen wir, dass Sie vorab Informationen über solche Zusammenkünfte erlangen können, bei denen Ihre Kreationen getragen werden. Glauben Sie, das wird möglich sein?«

»Ja, es ist ganz normal, dass meine Kundinnen von solchen Anlässen erzählen. Leider spreche ich aber nur ein paar Brocken Deutsch.«

»Auch daran haben wir gedacht und uns eine kleine Hilfestellung überlegt. Wie Sie wissen, hat Oberst Beigbeder in seiner Zeit als Militärattaché mehrere Jahre in Berlin gelebt. In der Botschaft arbeitete damals in der Küche ein spanisches Ehepaar mit zwei Töchtern, und offenbar hat sich der Oberst ihnen gegenüber sehr nett verhalten, ihnen bei Problemen geholfen und sich um die Schulbildung der Mädchen gekümmert. Kurzum, es bestand eine herzliche Beziehung zwischen ihnen, die ein plötzliches Ende fand, nachdem er nach Marokko versetzt wurde. Als diese Familie nun hörte – sie lebte bereits seit einigen Jahren wieder in Spanien –, dass der frühere Attaché zum Minister ernannt worden war, nahm sie Kontakt zu ihm auf und bat erneut um seine Hilfe.

Die Mutter ist schon vor dem Krieg gestorben, der Vater leidet an Asthma und geht kaum noch aus dem Haus. Er gehört auch keiner bestimmten politischen Partei an, was uns sehr zupass kommt. Nun hat der Vater Beigbeder um Arbeit für seine Töchter gebeten, und diese wollen wir ihnen anbieten, wenn Sie einverstanden sind. Die Mädchen sind siebzehn und neunzehn Jahre alt, sprechen und verstehen Deutsch ganz ausgezeichnet. Ich kenne sie nicht persönlich, aber Señora Fox hat sich vor ein paar Tagen mit den beiden unterhalten und war höchst zufrieden. Ich soll Ihnen von ihr sagen, dass Sie Jamila mit den beiden Mädchen im Haus nicht vermissen werden. Zwar weiß ich nicht, wer Jamila ist, aber ich hoffe, Sie verstehen die Botschaft.«

Zum ersten Mal seit Beginn unserer Unterredung lächelte ich.

»Einverstanden. Wenn Señora Fox von den beiden angetan ist, sollen sie mir recht sein. Können sie nähen?«

»Ich glaube nicht, aber sie können Ihnen im Haushalt helfen, und vielleicht können Sie ihnen auch ein paar einfache Näharbeiten beibringen. Allerdings dürfen die Mädchen auf keinen Fall von Ihrer heimlichen Tätigkeit wissen, Sie müssen sich also etwas ausdenken, damit sie Sie dabei unterstützen, ohne jedoch erkennen zu lassen, worauf Ihr Interesse abzielt, wenn sie Ihnen übersetzen, was Sie selbst nicht verstehen. Noch eine Zigarette?«

Wieder holte er die flache Blechschachtel hervor, und ich nahm die Craven A an.

»Ich komme schon zurecht, machen Sie sich keine Sorgen«, sagte ich, während ich langsam den Rauch ausstieß.

»Dann fahren wir fort. Wie ich schon sagte, geht es uns vor allem darum, über das gesellschaftliche Leben der Nazis in Madrid auf dem Laufenden zu sein. Außerdem interessiert uns, wohin sie sich begeben und welche Kontakte sie in Deutschland haben. Ob sie in ihr Heimatland reisen und zu welchem Zweck. Ob sie Besuche empfangen, wer die Besucher sind … Kurz und gut, jede Art von Information, die für uns interessant sein könnte.«

»Und was mache ich mit diesen Informationen?«

»Was die Übermittlung der Informationen betrifft, so haben wir lange darüber nachgedacht und, wie wir glauben, für den Anfang einen gangbaren Weg gefunden. Es wird vielleicht nicht die endgültige Form des Kontakts sein, aber wir finden diesen Weg durchaus einen Versuch wert. Das SOE benützt verschiedene Kodiersysteme mit unterschiedlichem Sicherheitsgrad. Trotzdem kommen die Deutschen früher oder später dahinter. Als Grundlage für die Codes werden meistens literarische Werke verwendet, vor allem Gedichte – Yeats, Milton, Byron, Tennyson. Nun, wir wollen etwas anderes ausprobieren, etwas, das viel einfacher ist und gleichzeitig besser zu Ihrer Situation passt. Sagt Ihnen der ›Morsecode‹ etwas?«

»Das ist der, mit dem man telegrafiert, oder?«

»Genau. Bei diesem Code werden Buchstaben und Ziffern mittels unterschiedlich langer Signale übermittelt, im Allgemeinen durch Tonsignale. Diese Tonsignale lassen sich jedoch auch grafisch sehr einfach darstellen, über ein simples System von Punkten und kurzen waagrechten Strichen. Moment.«

Aus seinem Aktenkoffer zog er einen Umschlag mittlerer Größe und aus diesem eine Art Schablone aus Pappe. Darauf waren in zwei Spalten nebeneinander die Buchstaben des Alphabets und die Ziffern von null bis neun zu sehen, daneben jeweils die entsprechende Kombination aus Punkten und Strichen.

»Versuchen Sie nun bitte einmal, irgendein Wort zu transkribieren, beispielsweise Tanger. Bitte laut, sodass ich Sie hören kann.«

Ich nahm die Tabelle in die Hand und sprach laut die einzelnen Buchstaben vor.

»Strich. Punkt Strich. Strich Punkt. Strich Strich Punkt. Punkt. Punkt Strich Punkt.«

»Perfekt. Und jetzt stellen Sie den Namen grafisch dar. Nein, lieber auf Papier. Hier, bitte.« Mit diesen Worten zog er einen silbernen Drehbleistift aus der Innentasche seines Sakkos. »Schreiben Sie ihn gleich auf diesen Umschlag.«

Mit Hilfe der Tabelle schrieb ich nun den Code für die sechs Buchstaben nieder: – .- -. --. . .-.

»Ausgezeichnet. Und jetzt sehen Sie sich das Ganze genau an. Erinnert es Sie an etwas? Kommt es Ihnen bekannt vor?«

Ich betrachtete die Aneinanderreihung von Punkten und Strichen. Und lächelte. Natürlich. Natürlich war es mir vertraut. Wie auch nicht, ich hatte doch mein ganzes Leben damit verbracht.

»Sieht aus wie Nadelstiche«, sagte ich leise.

»Richtig«, bestätigte er. »Genau an diesen Punkt wollte ich kommen. Sehen Sie, wir möchten, dass Sie alle Informationen, die Sie uns übermitteln wollen, nach diesem System verschlüsseln. Natürlich müssen Sie noch üben, das, was Sie uns mitteilen wollen, in möglichst wenige Worte zu fassen, sonst werden endlose Sequenzen daraus. Und ich möchte, dass Sie diese Punkt-Strich-Mitteilungen in einer Weise tarnen, dass sie wie ein Schnittmuster aussehen, ein Entwurf oder Ähnliches – irgendetwas, das man mit einer Schneiderin in Verbindung bringt, ohne dass es Verdacht erregt. Es muss gar kein reales Schnittteil sein, sondern nur so aussehen, verstehen Sie?«

»Ich glaube, ja.«

»Gut, versuchen wir's.«

Aus seinem Aktenkoffer holte er eine Schreibmappe mit einem Stapel weißen Papiers, nahm ein Blatt heraus, schloss die Mappe und legte sie auf die lederne Schreibunterlage.

»Nehmen wir an, die Botschaft lautet: ›Abendessen in der Villa der Baronin de Petrino am 5. Februar um acht Uhr. Eingeladen sind Gräfin Ciano und ihr Gatte‹. Später werde ich Ihnen erklären, um wen es sich bei diesen Personen handelt, keine Sorge. Als Erstes müssen Sie alle überflüssigen Wörter streichen: Artikel, Präpositionen, et cetera. Dadurch wird die Nachricht wesentlich kürzer. Also: ›Abendessen Villa Baronin Petrino 5 Februar acht abends. Es kommen Gräfin Ciano und Gatte.‹ Nun haben wir statt einundzwanzig Wörtern nur noch vierzehn. Und jetzt, nach der Kürzung, kehren wir die Reihenfolge der Wörter um. Statt die kodierte Nachricht von links nach rechts zu transkribieren, wie man üblicherweise schreibt, schreiben wir sie von rechts nach links. Das heißt, Sie schreiben immer von der rechten unteren Ecke der Oberfläche, die Sie benützen, zur linken oberen. Können Sie mir folgen?«

»Ja, lassen Sie es mich bitte versuchen.«

Er reichte mir die Schreibmappe, ich legte sie mir auf die Knie. Dann nahm ich den Drehbleistift und zeichnete eine scheinbar formlose Form, die den Großteil des Papiers einnahm. Gerundet auf der einen Seite, gerade an den Enden. Für das unkundige Auge nicht zu deuten.

»Was ist das?«

»Moment noch«, erwiderte ich, ohne den Blick zu heben.

Ich beendete die Skizze, stach mit dem Bleistift ganz rechts unten in die Figur ein und transkribierte dann parallel zu der Umrisslinie die Buchstaben in den Morsecode, indem ich die Punkte durch kurze Striche ersetzte. Am Schluss verlief entlang des gesamten inneren Umfangs der Figur ein scheinbar vollkommen harmloser Steppstich.

»Fertig?«, fragte Hillgarth.

»Noch nicht ganz.« Aus dem kleinen Necessaire, das ich immer bei mir hatte, nahm ich eine Schere und schnitt die Figur damit aus, wobei ich rundum einen knappen Zentimeter Rand ließ.

»Sie sagten doch, dass Sie etwas haben möchten, das man mit einer Schneiderin assoziiert, nicht?«, meinte ich und reichte ihm das Stück. »Hier haben Sie's: der Schnitt für einen Puffärmel, inklusive der Nachricht.«

Seine schmalen Lippen verzogen sich zu einem leichten Lächeln.

»Fantastisch«, murmelte er.

»Ich kann jedes Mal, wenn ich Ihnen eine Botschaft übermitteln will, einen Schnitt für ein anderes Teil machen – für Ärmel, Vorderteile, Krägen, Manschetten, Seitenteile, je nach Länge der Nachricht. Ich kann so viele Schnittteile anfertigen, wie ich Ihnen Botschaften zu übermitteln habe.«

»Fantastisch, einfach fantastisch«, wiederholte er in demselben Ton, während er immer noch den Puffärmelschnitt in der Hand hielt.

»Und jetzt müssen Sie mir noch sagen, wie ich Ihnen die Nachrichten zukommen lassen soll.«

Ein Weilchen betrachtete er noch mit leicht verwunderter Miene mein Werk, ehe er es schließlich in seinen Aktenkoffer legte.

»Einverstanden, fahren wir fort. Solange Sie keine anderslautende Anweisung erhalten, übermitteln Sie uns die Informationen zweimal in der Woche, mittwochs am frühen Nachmittag und samstags am Vormittag. Wir haben uns überlegt, dass die Übergabe an zwei verschiedenen Orten stattfinden soll, aber jeweils an einem öffentlichen Ort. Und es wird auf keinen Fall auch nur zu dem geringsten Kontakt zwischen Ihnen und dem Abholer kommen.«

»Werden das nicht Sie selbst sein?«

»Nein, nach Möglichkeit nicht. Und schon gar nicht an dem Ort, den wir für die Übergaben am Mittwoch ausgesucht haben. Das wäre auch sehr schwierig: Ich spreche vom Schönheits- und Friseursalon *Rosa Zavala* gleich neben dem Hotel Palace. Es ist gegenwärtig der beste Salon dieser Art in Madrid oder zumindest der beliebteste bei vornehmen Ausländerinnen wie auch Spanierinnen. Sie werden dort Stammkundin werden und den Salon regelmäßig aufsuchen müssen. Es ist ohnehin sehr empfehlenswert, wenn Sie viele regelmäßige Abläufe in Ihr Leben einbauen, sodass Ihre Unternehmungen absolut vorhersehbar sind und ganz natürlich erscheinen. In dem Salon gibt es gleich nach dem Eingang rechts einen Raum, in dem die Kundinnen ihre Mäntel, Handtaschen und Hüte ablegen. Eine Wand wird ganz von kleinen Spinden eingenommen, in denen die Damen ihre Sachen einschließen können. Sie benützen immer den letzten dieser Spinde, der an die hintere Wand des Raumes angrenzt. Am Eingang steht normalerweise ein junges Mädchen, das nicht übermäßig schlau ist. Seine Aufgabe ist es, den Kundinnen behilflich zu sein und ihnen ihre Garderobe abzunehmen, viele verzichten aber lieber auf seine Hilfe, es wird also nicht auffallen, wenn Sie sich ebenso verhalten. Geben Sie ihm hinterher ein gutes Trinkgeld, und das Mädchen wird zufrieden sein. Wenn Sie die Tür Ihres Spinds öffnen, um darin Ihre Sachen abzulegen, werden Sie fast vollständig von der Tür verdeckt, sodass man Ihre Bewegungen zwar erahnen, aber nicht sehen kann, was Sie hineinlegen oder herausnehmen. Genau dann holen Sie aus Ihrer Tasche, was Sie uns zukommen lassen möchten, kompakt zusammengerollt. Das dauert nicht mehr als ein paar Sekunden. Sie hinterlassen die zusammengerollten Nachrichten auf dem obersten Brett im Spind und schieben sie ganz nach hinten, damit man sie von außen nicht sehen kann.«

»Wer wird die Nachrichten abholen?«

»Eine Person unseres Vertrauens, machen Sie sich keine Gedanken. Noch am selben Nachmittag, unmittelbar nachdem Sie gegangen sind, wird diese Person in den Salon gehen, um sich frisieren zu lassen, genau wie Sie es zuvor getan haben, und denselben Spind wie Sie benutzen.«

»Und wenn er belegt ist?«

»Weil es der letzte ist, wird er normalerweise nicht benützt. Sollte er trotzdem belegt sein, nehmen Sie den vorletzten. Und wenn auch dieser belegt ist, wieder den davor. Und so weiter. Alles klar soweit? Wiederholen Sie die Anweisungen, bitte.«

»Friseursalon, Mittwoch, früher Nachmittag. Ich nehme den letzten Spind, öffne die Tür, und während ich meine Sachen darin ablege, hole ich aus der Handtasche oder wo immer ich sie verstaut habe, die zusammengerollten Schnittteile mit den Nachrichten, die ich Ihnen übermitteln möchte.«

»Binden Sie die Schnitte mit einem Band zusammen, oder geben Sie ein Gummiband darüber. Bitte entschuldigen Sie, dass ich Sie unterbrochen habe. Fahren Sie fort.«

»Ich lasse die Rolle auf dem obersten Brett im Spind und schiebe sie ganz nach hinten, bis sie die Rückwand berührt. Dann schließe ich den Spind und gehe mich frisieren lassen.«

»Sehr gut. Jetzt zur Übergabe am Samstag. Für die Samstage haben wir den Prado vorgesehen. Wir haben an der Garderobe eine Kontaktperson eingeschleust. Für die Besuche im Museum nehmen Sie am besten eine dieser Mappen mit, wie Sie Maler benützen, wissen Sie, was ich meine?«

Ich erinnerte mich an die Mappe, die Félix immer bei sich hatte, wenn er die Malklasse in Bertuchis Kunstschule besuchte.

»Ja, ich besorge mir so eine, kein Problem.«

»Ausgezeichnet. Nehmen Sie sie mit, und verstauen Sie die üblichen Zeichenutensilien darin: ein Skizzenheft, etliche Stifte, was eben normal ist. Was Sie mir übermitteln wollen, legen Sie mit hinein, dieses Mal in einem offenen Umschlag von der Größe eines Viertelblatts. Damit der Umschlag identifizierbar ist, befestigen Sie daran mit einer Sicherheitsnadel ein Stückchen Stoff in einer auffälligen Farbe. Sie werden jeden Samstag um zehn Uhr morgens in den Prado gehen, wie es viele Ausländer tun, die in der Hauptstadt leben. Kommen Sie mit Ihrer Mappe, den Zeichenutensilien und Sachen, anhand derer Sie sich ›ausweisen‹ können, falls Sie kontrolliert werden sollten: frühere Zeichnungen, Entwürfe von Kleidern, kurzum, Sachen, die sich auf Ihre üblichen Tätigkeiten beziehen.«

»Einverstanden. Was mache ich dort mit der Mappe?«

»Sie geben sie an der Garderobe ab, und zwar immer zusammen mit etwas anderem – einem Mantel, einem kleinen Einkauf. Es sollte nie so aussehen, als gehörte die Mappe nirgendwo dazu. Dann gehen Sie in einen der Säle, ganz gemächlich, erfreuen sich an den Gemälden. Nach einer halben Stunde gehen Sie zurück zur Garderobe und bitten darum, Ihnen die Mappe wieder auszuhändigen. Anschließend gehen Sie zurück in einen der Säle und setzen sich hin, um zu zeichnen, mindestens eine weitere halbe Stunde. Betrachten Sie interessiert die Kleidung auf den Bildern, tun Sie so, als würden Sie sich Inspiration für Ihre künftigen Kreationen holen. Kurzum, verhalten Sie sich, wie es Ihnen am zweckmäßigsten erscheint, aber vergewissern Sie sich vor allem, dass der Umschlag aus der Mappe genommen wurde. Wenn nicht, müssen Sie am Sonntag wiederkommen und die ganze Prozedur wiederholen, aber ich glaube, das wird nicht notwendig sein. Die Anlaufstelle im Friseursalon ist neu, die im Prado haben wir schon früher benützt, und eigentlich hat es immer geklappt.«

»Auch im Prado erfahre ich nicht, wer die Nachrichten mitnimmt?«

»Es ist immer eine Vertrauensperson. Unser Kontakt in der Garderobe wird den Umschlag aus Ihrer Mappe in ein anderes

Versteck befördern, das unser Verbindungsmann am selben Vormittag dort abgegeben hat, und dieser Transfer lässt sich problemlos bewerkstelligen. Haben Sie Hunger?«

Ich sah auf die Uhr. Es war schon nach eins. Ob ich Hunger hatte oder nicht, konnte ich gar nicht sagen, denn ich hatte Hillgarths Erläuterungen und Anweisungen so konzentriert zugehört, dass ich gar nicht bemerkt hatte, wie die Zeit vergangen war. Beim Blick auf das Meer stellte ich fest, dass es seine Farbe verändert zu haben schien. Alles andere war genau wie zuvor: das gleißende Licht auf den weißen Mauern, die Möwen, die arabischen Laute, die von der Straße heraufdrangen. Hillgarth wartete meine Antwort erst gar nicht ab.

»Sie haben bestimmt Hunger. Kommen Sie bitte mit.«

39

Wir aßen allein in einem Raum der Amerikanischen Gesandtschaft, zu dem wir erst wieder über mehrere Flure und Treppen gelangten. Unterwegs erläuterte Hillgarth, dass der gesamte Komplex das Resultat verschiedener Anbauten um ein altes Haus herum sei. Das erkläre seine vielen Winkel und Ecken. Der Raum, zu dem wir schließlich gelangten, war nicht unbedingt ein Esszimmer, eher ein kleiner, spärlich möblierter Salon mit zahlreichen alten Schlachtengemälden in vergoldeten Rahmen. Von den Fenstern, die trotz des herrlichen Wetters fest verschlossen waren, blickte man auf einen Innenhof. In der Mitte des Zimmers war ein Tisch für zwei Personen gedeckt. Ein Kellner mit militärisch kurzem Haarschnitt servierte uns Kalbfleisch, innen noch rosa, dazu Bratkartoffeln und Salat. Auf einem Beistelltisch deponierte er zwei Teller mit Obst, in mundgerechte Stücke geschnitten, und zwei Kaffeegedecke. Nachdem er uns Wein und Wasser eingeschenkt hatte, verließ er den Raum und schloss geräuschlos die Tür hinter sich. Hillgarth nahm das Gespräch wieder auf.

»Nach Ihrer Ankunft in Madrid werden Sie eine Woche lang im Palace wohnen, wir haben dort ein Zimmer auf Ihren Namen reserviert, auf Ihren neuen Namen, meine ich. Gehen Sie häufig aus, lassen Sie sich möglichst oft sehen. Besuchen Sie Geschäfte, gehen Sie bei Ihrer neuen Wohnung vorbei, um sich mit der Umgebung vertraut zu machen. Gehen Sie spazieren, ins Kino, kurzum, tun Sie, wozu Sie Lust haben. Mit zwei Einschränkungen.«

»Und die wären?«

»Erstens, halten Sie sich ausschließlich in diesem, dem besten Viertel von Madrid auf. Verlassen Sie keinesfalls die vornehme Gegend, und nehmen Sie auch keinen Kontakt zu Personen auf, die nicht dort zu Hause sind.«

»Sie wollen mir damit sagen, dass ich weder in mein altes Stadtviertel gehen noch meine alten Freunde oder Bekannten wiedersehen soll, stimmt's?«

»Korrekt. Niemand darf Sie mit Ihrer Vergangenheit in Verbindung bringen. Sie sind gerade erst in der Hauptstadt angekommen, Sie kennen dort niemanden, und niemand kennt Sie. Sollten Sie einmal zufälligerweise jemandem begegnen, der Sie wiedererkennt, dann streiten Sie es rundweg ab. Seien Sie ruhig arrogant, wenn es nötig sein sollte, jede hilfreiche Strategie ist erlaubt, doch es darf auf keinen Fall herauskommen, dass Sie nicht die sind, die Sie vorgeben zu sein.«

»Ich werde mich daran halten, keine Sorge. Und die zweite Einschränkung?«

»Kein Kontakt zu Personen britischer Nationalität.«

»Das heißt, dass ich mich auch mit Rosalinda Fox nicht treffen darf?«, entgegnete ich und konnte meine Enttäuschung kaum verbergen. Dass wir uns in der Öffentlichkeit nicht zusammen sehen lassen durften, war mir klar, aber ich hatte darauf vertraut, privat auf ihre Unterstützung, ihre Erfahrung und ihre Intuition zählen zu können, wenn ich in Schwierigkeiten geraten sollte.

Hillgarth schluckte erst einen Bissen Fleisch hinunter, wischte sich dann mit der Serviette den Mund ab und griff zum Wasserglas, ehe er antwortete.

»Ich fürchte, das muss sein, tut mir leid. Weder sie noch jemand anderen aus Großbritannien mit Ausnahme meiner Person, und auch nur, wenn es unumgänglich ist. Señora Fox ist informiert: Sollten Sie beide sich zufällig einmal begegnen, dann weiß sie, dass sie sich Ihnen nicht nähern darf. Und meiden Sie nach Möglichkeit auch den Umgang mit Amerikanern. Es sind unsere Freunde, Sie sehen ja, wie zuvorkommend sie uns behandeln«, sagte er und breitete dabei die Arme aus. »Leider sind sie mit Spanien und den Achsenmächten nicht ebenso gut Freund, deshalb sollten auch Sie zu ihnen lieber Distanz halten.«

»Einverstanden«, erwiderte ich. Es gefiel mir gar nicht, dass ich Rosalinda nicht regelmäßig sehen konnte, aber ich wusste, dass ich keine andere Wahl hatte, als diese Anweisungen grundsätzlich zu befolgen.

»Und was öffentliche Orte angeht, so möchte ich Ihnen einige empfehlen, an denen Sie sich bevorzugt sehen lassen sollten«, fuhr er fort.

»Nur zu.«

»In Ihrem Hotel, dem Palace. Es ist voller Deutscher, daher sollten Sie unter irgendeinem Vorwand möglichst oft dorthin gehen, auch wenn Sie nicht mehr dort wohnen. Um im dortigen Grillrestaurant zu essen, beispielsweise, das ist gerade sehr in Mode. Um ein Glas zu trinken oder sich mit einer Kundin zu treffen. Im Neuen Spanien sieht man es nicht so gern, wenn Damen allein ausgehen, rauchen, Alkohol trinken oder sich auffällig kleiden. Aber denken Sie daran: Sie sind jetzt keine Spanierin mehr, sondern eine Ausländerin, die aus einem etwas exotischen Land stammt und erst kürzlich nach Madrid gekommen ist, also verhalten Sie sich bitte dementsprechend. Gehen Sie auch oft ins Ritz, das ebenfalls ein Nest voller Nazis ist. Und vor allem ins Embassy, den Teesalon am Paseo de la Castellana. Kennen Sie das Lokal?«

»Natürlich«, erwiderte ich. Dass ich mir als junges Mädchen an den Schaufenstern des Teesalons die Nase plattgedrückt hatte und mir beim Anblick der dort ausgestellten süßen Köstlichkeiten das Wasser im Mund zusammengelaufen war, behielt ich wohlweislich für mich. Die mit Erdbeeren verzierten Sahnetorten, der russische Kuchen mit Creme und Schokolade, das Buttergebäck. Nie hätte ich damals zu träumen gewagt, eines Tages diese Schwelle tatsächlich überschreiten zu können. Welch eine Ironie des Lebens, dass man mich Jahre später bat, dieses Lokal doch möglichst oft aufzusuchen.

»Die Besitzerin, Margaret Taylor, ist Irin und eine sehr gute Freundin. Und wahrscheinlich ist das Embassy derzeit der strategisch interessanteste Ort in ganz Madrid, denn in diesem Lokal mit seinen knapp siebzig Quadratmetern treffen sich Angehörige der Achsenmächte und der Alliierten, ohne dass es zu irgendwelchen Reibereien kommt. Natürlich sitzen die beiden Gruppen separat. Aber es kommt gar nicht so selten vor, dass Baron von Stohrer, der deutsche Botschafter, zufällig zur gleichen Zeit seinen Tee mit Zitrone genießt wie die Spitze des diplomatischen Korps Seiner Majestät, oder ich selbst Schulter an Schulter mit meinem deutschen Amtskollegen am Tresen stehe. Die Deutsche Botschaft liegt praktisch gegenüber, und auch unsere ist ganz in der Nähe, Ecke Fernando el Santo und Monte Esquinza. Abgesehen von den Ausländern treffen sich im Embassy auch viele Spanier aus der Aristokratie. Man findet wohl nirgendwo in Spanien so viele Träger eines Adelstitels an einem Ort versammelt wie im Embassy zur Cocktailstunde. Diese Aristokraten sind überwiegend Monarchisten und anglophil, will sagen, sie stehen meistens auf unserer Seite und sind deshalb für uns, was Informationen angeht, weniger von Interesse. Aber es wäre dennoch gut, wenn Sie einige Kundinnen aus diesen Kreisen gewinnen könnten, denn gerade diese Damen sind es, die von den deutschen Frauen so bewundert werden. Die Gattinnen der hohen Chargen des neuen Regimes hingegen sind meist von anderer Art: Sie sind kaum herumgekommen in der Welt, sind wesentlich zurückhaltender, sie tragen keine Haute-Couture-Mode, gehen kaum aus und natürlich auch nicht ins Embassy, um vor dem Abendessen noch einen Champagnercocktail zu schlürfen. Verstehen Sie, was ich meine?«

»Langsam kann ich mir ein Bild machen.«

»Sollten wir das Pech haben, dass Sie in ernsthafte Schwierigkeiten geraten, oder falls Sie glauben, mir ganz dringend eine Information übermitteln zu müssen, dann ist das Embassy mittags um ein Uhr der Ort, an dem Sie mit mir in Kontakt treten können, und zwar an jedem Tag der Woche. Es ist sozusagen mein verdeckter Treffpunkt mit mehreren unserer Geheimagenten: Das Embassy ist derart öffentlich, dass schwerlich Verdacht geschöpft wird. Wir werden einen ganz simplen Code benützen: Wenn Sie mit mir sprechen müssen, betreten Sie das Lokal mit der Handtasche unter dem linken Arm. Wenn alles in Ordnung ist, wenn Sie lediglich einen Aperitif trinken und sich sehen lassen wollen, dann tragen Sie die Tasche unter dem rechten Arm. Nicht vergessen: links bedeutet problematisch, rechts normal. Und falls die Situation absolut prekär ist, lassen Sie die Handtasche beim Eintreten fallen, sodass es wie eine Unachtsamkeit aussieht.«

»Was meinen Sie mit ›absolut prekärer Situation‹?«, fragte ich nach. Mir schwante, dass sich hinter diesem mir unbekannten Wort wohl etwas sehr Unangenehmes verbarg.

»Eine unverblümte Drohung. Unmittelbarer Zwang. Ein körperlicher Angriff. Hausfriedensbruch.«

»Was würde in so einem Fall mit mir geschehen?«, erkundigte ich mich, nachdem ich einmal schwer geschluckt hatte. Es kam mir plötzlich vor, als hätte ich einen Kloß im Hals.

»Kommt darauf an. Wir würden die Situation analysieren und je nach Einschätzung aktiv werden. Falls die Lage äußerst prekär ist, würden wir die Operation abbrechen und versuchen, Sie an einen sicheren Ort zu bringen, um Sie möglichst bald außer Landes zu schaffen. Bei mittlerem Risiko würden wir verschiedene Möglichkeiten prüfen, Sie zu schützen. Jedenfalls dürfen Sie versichert sein, dass Sie sich jederzeit auf uns verlassen können, dass wir Sie niemals im Stich lassen werden.«

»Ich danke Ihnen.«

»Nicht nötig, das ist unsere Arbeit«, erwiderte er, während er sich sehr konzentriert einen der letzten Bissen Fleisch abschnitt. »Vertrauen wir darauf, dass alles gut geht. Der von uns entwickelte

Plan ist bis ins kleinste Detail durchdacht und das Material, das Sie an uns weitergeben werden, nicht mit einem hohen Risiko behaftet. Fürs Erste. Möchten Sie Nachtisch?«

Auch dieses Mal wartete er meine Antwort nicht ab, sondern stand einfach auf, nahm unsere beiden benützten Teller, ging damit zu dem Beistelltisch und kam mit zwei frischen Tellern voller Obst zurück. Seine Bewegungen waren rasch und präzise, wie sie einem Menschen eigen sind, für den Effizienz an oberster Stelle steht, einem Menschen, der keine Sekunde seiner Zeit unnütz vergeudet und sich auch nicht von Bagatellen und Unklarheiten ablenken lässt. Nachdem er sich wieder gesetzt hatte, spießte er ein Stück Ananas auf und fuhr mit seinen Erläuterungen fort, als hätte es keine Unterbrechung gegeben.

»Falls wir mit Ihnen Kontakt aufnehmen müssen, werden wir dies über zwei Kanäle tun. Der eine ist der Blumenladen Bourguignon in der Calle Almagro. Der Besitzer, ein Holländer, ist ebenfalls ein sehr guter Freud von uns. Wir werden Ihnen Blumen schicken. Weiße, vielleicht gelbe, auf jeden Fall welche in einer hellen Farbe. Die roten überlassen wir Ihren Verehrern.«

»Sehr rücksichtsvoll«, bemerkte ich ironisch.

»Sehen Sie sich den Strauß gut an«, fuhr er fort, ohne auf meinen Einwurf einzugehen. »Darin ist stets eine Nachricht für Sie versteckt. Wenn es etwas Harmloses ist, steht es handschriftlich auf einer einfachen Karte. Lesen Sie die Nachricht immer mehrere Male, versuchen Sie festzustellen, ob die scheinbar banalen Wörter auch eine andere Bedeutung haben könnten. Wenn es um etwas Komplexeres geht, verwenden wir den gleichen Code wie Sie, den umgekehrten Morsecode, übertragen auf ein Band, mit dem der Strauß zusammengebunden ist: Nehmen Sie das Band ab und entschlüsseln Sie die Botschaft in derselben Weise, wie Sie sie niederschreiben, also von rechts nach links.«

»Verstanden. Und der zweite Kanal?«

»Wieder das Embassy, aber nicht der Teesalon selbst, sondern seine Pralinen. Wenn Sie überraschend eine Schachtel Pralinen erhalten, dann kommt sie von uns. Und sie enthält eine ebenfalls chiffrierte Nachricht. Achten Sie auf den Pappkarton und das Einwickelpapier.«

»Wie aufmerksam«, merkte ich mit spöttischem Unterton an. Auch dieses Mal schien er davon keine Notiz zu nehmen, und wenn, so sagte er jedenfalls nichts.

»Darum geht es: unverdächtige Mechanismen für den geheimen Informationsaustausch zu nutzen. Kaffee?«

Ich nickte zustimmend, obwohl ich mein Obst noch nicht aufgegessen hatte. Daraufhin griff er nach einem metallenen Behältnis, schraubte den oberen Teil ab und füllte die Tassen. Wie durch ein Wunder kam der Kaffee ganz heiß heraus, als wäre er frisch gebrüht. Dabei hatte er doch seit mindestens einer Stunde auf dem Tisch gestanden. Wie war das möglich?

»Das ist eine Thermoskanne, eine großartige Erfindung«, erklärte er, als hätte er meine Verwunderung bemerkt. Dann nahm er aus seinem Aktenkoffer mehrere schmale Hefter aus heller Pappe und legte den Stapel vor sich auf den Tisch. »Ich werde Ihnen nun die Personen vorstellen, die uns am meisten interessieren. Es kann auch sein, dass sich unser Interesse an diesen Damen im Laufe der Zeit verstärkt oder verringert, oder dass sie uns gar nicht mehr interessieren, obwohl ich das bezweifle. Wahrscheinlich werden wir noch Namen ergänzen, werden wir Sie bitten, die Beobachtung der einen oder anderen Dame zu intensivieren oder sich auf bestimmte konkrete Informationen zu konzentrieren. Kurzum, wir werden Sie diesbezüglich auf dem Laufenden halten. Im Augenblick sind jedoch dies die Personen, deren Vorhaben wir möglichst schnell kennen möchten.«

Er schlug den ersten Hefter auf und nahm einige mit Maschine beschriebene Blätter heraus. In der oberen rechten Ecke war eine Fotografie angeklammert.

»Die Baronin Petrino, rumänischer Herkunft. Mädchenname Elena Borkowska. Verheiratet mit Josef Hans Lazar, Presse- und Propagandachef der Deutschen Botschaft. Für ihn interessieren wir uns vorrangig: Er ist überaus einflussreich und mächtig, gewandt, hat beste Beziehungen zum spanischen Regime und vor allem zu den wichtigsten Falangisten. Außerdem besitzt er ein besonderes Talent für Öffentlichkeitsarbeit: Er veranstaltet fabelhafte Feste in seinem Palais am Paseo de la Castellana und hat Dutzende Journalisten und Unternehmer damit ›gekauft‹, dass er sie mit Delikatessen und Spirituosen beschenkt, die er direkt aus Deutschland kommen lässt. Er führt ein Luxusleben, ein Skandal im Not leidenden Spanien von heute, und ist verrückt nach Antiquitäten, vermutlich ergattert er auf Kosten anderer, die hungern müssen, die wertvollsten Stücke. Ironischerweise ist er offenbar Jude und stammt aus der Türkei, was er tunlichst unter den Teppich zu kehren versucht. Seine Gattin ist ebenso vergnügungs- und prunksüchtig wie er und fehlt bei keinem Fest, weshalb wir sicher sind, dass sie zu Ihren ersten Kundinnen zählen wird. Wir hoffen, dass sie Ihnen viel Arbeit machen wird, hinsichtlich neuer Kleider ebenso wie mit Informationen über ihre Unternehmungen.«

Mit diesen Worten klappte er den Hefter schon zu, ohne dass ich einen Blick auf das Foto hätte werfen können, und schob ihn mir zu. Als ich den Hefter öffnen wollte, gebot er mir Einhalt.

»Machen Sie das später. Sie können sich alle diese Hefter heute mitnehmen. Sie müssen sich die Daten einprägen und die Unterlagen und die Fotografien vernichten, sobald Sie alles im Kopf haben. Verbrennen Sie das Ganze. Diese Dossiers dürfen auf keinen Fall nach Madrid gelangen, und nur Sie dürfen den Inhalt kennen. Ist das klar?«

Ehe ich zustimmen konnte, öffnete er schon den nächsten Hefter und fuhr fort.

»Gloria von Fürstenberg, Mexikanerin trotz ihres deutschen Namens. Seien Sie sehr vorsichtig, was Sie in ihrer Gegenwart sagen, denn sie versteht alles. Eine auffallend schöne Frau, sehr elegant, Witwe eines deutschen Adligen. Sie hat zwei kleine Kinder und ist angesichts ihrer etwas angespannten finanziellen Situation ständig auf der Jagd nach einem neuen reichen Ehekandidaten oder ersatzweise irgendeinem gutgläubigen Mann mit Vermögen, der sie großzügig versorgt, damit sie weiterhin auf großem Fuß leben kann. Deshalb hält sie sich am liebsten in der Nähe der Mächtigen auf. Es werden ihr mehrere Liebhaber nachgesagt, unter anderen der Botschafter von Ägypten und der Millionär Juan March. Sie lässt kein gesellschaftliches Ereignis aus, vor allem nicht bei den Nazis. Auch sie wird Ihnen zweifellos reichlich Arbeit geben, aber mit der Bezahlung der Rechnungen wird es vielleicht etwas dauern.«

Wieder schloss er den Hefter. Er reichte ihn mir, und ich legte ihn auf den anderen, ohne ihn zu öffnen. Dann nahm er sich den dritten Hefter vor.

»Elsa Bruckmann, geborene Prinzessin Cantacuzène. Millionärin, eine große Verehrerin Hitlers, obwohl deutlich älter als er. Es heißt, sie sei es gewesen, die ihn in die gesellschaftliche Glitzerwelt Berlins einführte. Sie hat die Sache der Nazis mit Unsummen unterstützt. Seit einiger Zeit lebt sie in Madrid, und zwar in der Botschaftsresidenz, warum, wissen wir nicht. Dennoch scheint sie sich hier sehr wohl zu fühlen. Auch sie lässt kein gesellschaftliches Ereignis aus. Sie steht in dem Ruf, ein wenig exzentrisch und ziemlich indiskret zu sein, was, wenn es um einschlägige Informationen geht, hilfreich sein könnte. Sie ist sozusagen ein offenes Buch. Noch einen Kaffee?«

»Gerne, aber lassen Sie mich das machen. Fahren Sie bitte fort, ich höre Ihnen zu.«

»Einverstanden, danke. Die letzte Deutsche: Gräfin Mechthild Podewils, groß gewachsen, hübsch, in den Dreißigern, getrennt lebend, sehr gute Freundin von Arnold, einem hochrangigen SS-Mann und einem der wichtigsten Spione in Madrid, heißt mit Nachnamen Wolf, aus diesem Grund nennt sie ihn zärtlich *Wölfchen*. Besitzt exzellente Kontakte zu Deutschen wie Spaniern, bei Letzteren zu Aristokraten und Mitgliedern der Regierung, darunter Miguel Primo de Rivera y Sáenz de Heredia, Bruder von José Antonio Primo de Rivera, dem Gründer der Falange. Sie ist eine Nazi-Agentin wie aus dem Bilderbuch, auch wenn sie selbst sich dessen vielleicht nicht bewusst ist. Wie sie immer wieder betont, versteht sie nicht das Geringste von Politik oder Spionage, aber sie bezahlen ihr fünfzehntausend Peseten im Monat, damit sie alles weitergibt, was sie hört und sieht, und das ist im heutigen Spanien ein Vermögen.«

»Das bezweifle ich nicht.«

»Nun zu den spanischen Damen. María de la Piedad Iturbe y Scholtz, für ihre Freunde Piedita. Marquesa de Belvís de las Navas, Gattin von Maximilian Egon, Prinz zu Hohenlohe-Langenburg, einem reichen Großgrundbesitzer aus Österreich, einem echten Spross des europäischen Hochadels, der jedoch schon sein halbes Leben in Spanien verbringt. Im Grunde unterstützt er die Sache der Deutschen, weil auch sein Land dazugehört, doch er hält ständigen Kontakt mit uns und den Amerikanern, da wir wegen seiner Geschäfte für ihn von Interesse sind. Beide sind sehr weltgewandt, und die Wahnvorstellungen des Führers scheinen ihnen nicht sonderlich zu behagen. Eigentlich sind sie ein ganz hinreißendes Paar und in Spanien hoch geschätzt, aber sie tanzen sozusagen auf zwei Hochzeiten. Wir möchten sie im Auge behalten, um zu wissen, ob sie mehr zur deutschen Seite neigen oder zu unserer, verstehen Sie?« Mit diesen Worten klappte er den entsprechenden Hefter zu.

»Ich verstehe.«

»Und als Letzte der besonders interessanten Personen: Sonsoles de Icaza, Marquesa de Llanzol. Sie ist die Einzige, die uns nicht wegen ihres Gatten interessiert, eines Militärs aus der Aristokratie und dreißig Jahre älter als sie. Unser Zielobjekt ist vielmehr ihr Geliebter – Ramón Serrano Suñer, Innenminister und Generalsekretär der Falange. Den Achsenminister nennen wir ihn.«

»Francos Schwager?«, fragte ich überrascht.

»Genau der. Sie verheimlichen ihre Beziehung auch gar nicht, besonders die Marquesa nicht, die vielmehr in aller Öffentlichkeit und ohne jede Rücksicht damit angibt, dass sie mit dem zweitmächtigsten Mann in Spanien eine Affäre hat. Sie ist eine ebenso elegante wie hochmütige Frau und sehr charakterstark, seien Sie also vorsichtig. Trotzdem wäre jede vertrauliche Information, die Sie über die Marquesa zu den Unternehmungen und Kontakten von Serrano Suñer erlangen können, für uns von unschätzbarem Wert.«

Ich ließ mir nicht anmerken, wie sehr mich sein Kommentar überraschte. Serrano Suñer war ein Gentleman, das hatte er mir doch selbst bewiesen, als er bei seinem Besuch in Tetuán meine Puderdose aufhob, die ich zu seinen Füßen hatte fallen lassen, aber er war mir damals auch zurückhaltend und diskret erschienen. Als Protagonist einer skandalösen außerehelichen Beziehung mit einer atemberaubend schönen Dame aus dem spanischen Hochadel konnte ich ihn mir nur schwer vorstellen.

»Bleibt noch ein letzter Hefter mit Informationen über verschiedene Personen«, fuhr Hillgarth fort. »Nach den uns vorliegenden Informationen ist die Wahrscheinlichkeit eher gering, dass die Gattinnen der hier namentlich Genannten ein Atelier für elegante Mode aufsuchen müssten, sobald es eröffnet hat, aber für den Fall der Fälle sollten Sie sich dennoch ihre Namen einprägen. Und vor allem die Namen ihrer Ehemänner, denn sie sind unsere eigentlichen Zielobjekte. Vermutlich werden diese Namen auch in den Gesprächen anderer Kundinnen fallen, spitzen Sie also die Ohren. Ich beginne, werde allerdings zügig vorangehen, Sie können sich die Unterlagen ja noch in aller Ruhe durchlesen. Paul Winzer, der ›starke Mann‹ der Gestapo in Madrid. Sehr gefährlich, sogar viele seiner Landsleute fürchten und hassen ihn. Er ist der Handlanger Himmlers in Spanien, des Chefs der deutschen Geheimdienste. Er ist erst Ende dreißig, aber schon ein alter Hase. Runde Brille, leerer Blick. Verfügt über Dutzende Mitarbeiter in ganz Madrid, also Vorsicht. Der Nächste: Walter Junghanns, einer unserer besonderen Problemfälle. Er führt die größten Sabotageakte aus. Ziel sind Schiffsladungen von spanischem Obst Richtung Großbritannien. Durch von ihm gelegte Bomben sind bereits mehrere Arbeiter ums Leben gekommen. Dann: Karl Ernst von Merck, ein hochrangiger Gestapo-Mann mit großem Einfluss in der NSDAP. Und schließlich: Johannes Franz Bernhardt, Unternehmer.«

»Den kenne ich.«

»Pardon?«

»Ich kenne ihn aus Tetuán.«

»Wie gut kennen Sie ihn?«, fragte Hillgarth langsam.

»Nicht gut, eigentlich kaum. Persönlich gesprochen mit ihm habe ich nie, aber wir sind uns bei irgendeinem Empfang über den Weg gelaufen, als Beigbeder Hochkommissar war.«

»Kennt er denn Sie? Könnte er Sie an einem öffentlichen Ort wiedererkennen?«

»Das bezweifle ich. Wir haben nie ein Wort miteinander gewechselt, und ich glaube nicht, dass er sich an diese Begegnung erinnert.«

»Woher wollen Sie das wissen?«

»Nun ja, wir Frauen spüren es sehr genau, ob ein Mann uns mit Interesse anschaut oder so, als wären wir ein Möbelstück.«

Er schwieg eine Weile, als würde er über meinen Kommentar nachdenken.

»Weibliche Intuition, nehme ich mal an, nicht wahr?«, bemerkte er schließlich mit skeptischem Unterton.

»So ist es.«

»Und seine Frau?«

»Ich habe einmal ein Kostüm für sie genäht. Sie haben recht, zu den eleganten Damen von Welt würde sie nicht passen. Ihr macht es sicher nicht das Geringste aus, die Kleider der letzten Saison weiterzutragen.«

»Glauben Sie, sie würde sich an Sie erinnern, Sie wiedererkennen, wenn Sie beide sich irgendwo zufällig begegneten?«

»Ich weiß es nicht. Ich glaube nicht, aber ich kann es Ihnen nicht garantieren. Und wenn, dann wäre es auch nicht weiter problematisch. Mein Leben in Tetuán steht in keinem Widerspruch zu dem, was ich ab jetzt machen werde.«

»Seien Sie sich mal nicht so sicher. Dort waren Sie mit Señora Fox befreundet, und damit bestand auch eine gewisse Nähe zu Oberst Beigbeder. Von alledem darf in Madrid kein Mensch etwas wissen.«

»Aber bei öffentlichen Anlässen habe ich kaum ein Wort mit ihnen gewechselt, und von unseren privaten Treffen dürften Bernhardt und seine Frau nichts wissen. Machen Sie sich keine Sorgen, ich glaube nicht, dass es Probleme geben wird.«

»Das hoffe ich. Jedenfalls hat Bernhardt mit Geheimdienstfragen kaum etwas zu tun, seine Sache ist das Geschäft. Er fungiert als Strohmann des Nazi-Regimes für ein komplexes Geflecht deutscher, in Spanien tätiger Unternehmen: Speditionen, Banken, Versicherungen ...«

»Hat er etwas mit der Firma HISMA zu tun?«

»Die HISMA, Hispano-Marroquí de Transportes, dieses Unternehmen ist ihnen zu klein geworden, sobald sie den Sprung auf die Halbinsel getan hatten. Inzwischen verfügen sie über eine viel potentere Tarnfirma, die SOFINDUS. Aber sagen Sie, woher kennen Sie die HISMA?«

»Ich habe während des Kriegs in Tetuán davon reden hören«, antwortete ich ausweichend. Jetzt war nicht der richtige Augenblick, von dem Gespräch zwischen Bernhardt und Serrano Suñer zu erzählen, dieses denkwürdige Erlebnis war ja auch schon eine Weile her.

»Bernhardt hat ein ganzes Heer von Zuträgern, die er schmiert«, fuhr Hillgarth fort, »aber ihm geht es immer um Informationen von kommerziellem Wert. Hoffen wir, dass Sie beide sich niemals begegnen. Tatsächlich lebt er nicht einmal in Madrid, sondern irgendwo an der Küste zwischen Valencia und Murcia. Man munkelt, dass Serrano Suñer ihm als Dank für seine Dienste dort ein Haus gekauft hat. Wir wissen allerdings nicht, ob das stimmt. Gut, nun aber noch ein letzter Punkt bezüglich Bernhardt.«

»Ja, der wäre?«

»Wolfram.«

»Was?«

»Wolfram«, wiederholte er. »Ein unentbehrliches Mineral für die Herstellung bestimmter Komponenten von Artilleriegeschossen. Wir glauben, dass Bernhardt mit der spanischen Regierung gerade über Abbaurechte in Galizien und der Extremadura verhandelt, da er sich kleinere Vorkommen direkt von den Eigentümern sichern möchte. Ich bezweifle zwar, dass man in Ihrem Atelier über derlei Dinge sprechen wird, aber informieren Sie uns sofort, falls Sie etwas darüber hören. Also, denken Sie daran: Wolfram. Manchmal wird es auch Tungsten genannt, das ist die englische Bezeichnung. Hier steht es, in dem Abschnitt über Bernhardt«, sagte er und wies auf das Papier vor ihm.

»Ich werde es mir merken.«

Beide zündeten wir uns eine weitere Zigarette an.

»Gut, dann kommen wir jetzt zu den Dingen, die nicht ratsam sind. Sind Sie müde?«

»Keineswegs, fahren Sie bitte fort.«

»Was Ihre Kundinnen angeht, so gibt es eine Gruppe, vor denen Sie sich unbedingt hüten sollten: die Mitarbeiterinnen der Nazi-Geheimdienste. Man erkennt sie leicht: Sie sind sehr attraktiv und arrogant, meistens stark geschminkt und parfümiert und kleiden sich auffällig. Tatsächlich sind es Frauen einfachster Herkunft mit bescheidener Ausbildung, aber einem im Spanien von heute astronomischen Verdienst, und dieses Geld geben sie mit vollen Händen aus. Die Gattinnen der Nazi-Größen verachten diese Frauen, und sie selbst wagen trotz ihres sonst so selbstbewussten Auftretens in Gegenwart ihrer Vorgesetzten kaum zu husten. Sollte eine solche Frau in Ihrem Atelier auftauchen, dann sehen Sie zu, dass Sie sie möglichst schnell wieder loswerden: Sie sind nicht gut für Sie und würden die besseren Kundinnen nur vertreiben.«

»Ich werde Ihren Rat beherzigen, seien Sie unbesorgt.«

»Was Vergnügungsstätten betrifft, so sollten Sie nicht in Lokale wie das Chicote, Riscal, Casablanca oder Pasapoga gehen. Dort tummeln sich Neureiche, Schwarzhändler, Emporkömmlinge des jetzigen Regimes und Künstlervolk: wenig empfehlenswerte Gesellschaft in Ihrem Fall. Beschränken Sie sich möglichst auf die zuvor genannten Hotels, das Embassy und andere sichere Örtlichkeiten wie den Club an der Puerta de Hierro oder das Spielkasino. Und sollten Sie zu Abendessen oder Festen in Privathäusern eingeladen werden, bei denen auch Deutsche kommen, dann nehmen Sie die Einladung sofort an.«

»Das werde ich tun«, erwiderte ich. Dass ich stark bezweifelte, jemals eine derartige Einladung zu erhalten, musste ich ihm ja nicht auf die Nase binden.

Er sah auf die Uhr, und ich ebenfalls. Es war bereits dämmrig im Zimmer, nicht mehr lange, und die Nacht würde hereinbrechen. Um uns herum nicht das leiseste Geräusch, nur stickige Luft, da wir kein Fenster geöffnet hatten. Es war schon nach sieben Uhr abends, und wir hatten seit zehn Uhr am Vormittag zusammengesessen: Hillgarth hatte Informationen hervorgesprudelt wie ein Wasserschlauch, den niemand abdreht, und ich hatte sie mit jeder Faser meines Körpers aufgesaugt und die Ohren gespitzt, damit mir auch ja nichts entging, und hatte jedes Detail in Gedanken durchgekaut, ehe ich es schluckte. Die Thermoskanne mit Kaffee war schon seit einer Weile leer, und der Aschenbecher quoll über vor Zigarettenkippen.

»Gut, machen wir langsam Schluss«, verkündete er. »Bleibt mir nur noch, Ihnen ein paar Ratschläge zu geben. Der erste kommt von Señora Fox. Ich soll Ihnen von ihr sagen, dass Sie sowohl in Ihrem persönlichen Erscheinungsbild als auch bei den Kleidern, die Sie schneidern, entweder einen avantgardistischen oder aber einen äußerst eleganten, jedoch schlichten Stil bevorzugen sollen. Auf jeden Fall will Señora Fox Sie ermutigen, sich vom Konventionellen abzugrenzen, und empfiehlt Ihnen vor allem, keine halben Sachen zu machen. Sonst riskieren Sie ihrer Meinung nach, dass hauptsächlich die vornehmen Damen des spanischen Regimes zu Ihnen kommen, die sich züchtige Kostüme für den sonntäglichen Kirchgang mit Gatte und Kindern anfertigen lassen wollen.«

Ich musste lächeln. Rosalinda, wie sie leibt und lebt, dachte ich, sogar wenn sie Nachrichten über Dritte schickt.

»Auf diesen Rat vertraue ich blind, da ich weiß, von wem er kommt«, antwortete ich.

»Und zu guter Letzt nun unsere Vorschläge. Erstens: Lesen Sie die Presse, halten Sie sich über die politische Situation in Spanien wie im Ausland auf dem Laufenden, aber seien Sie sich dessen bewusst, dass alle Informationen tendenziös deutschfreundlich sein werden. Zweitens: Lassen Sie sich durch nichts und niemand aus der Ruhe bringen. Schlüpfen Sie in Ihre Rolle, schärfen Sie sich ein, dass Sie diejenige sind, die Sie sind, und niemand anderer.

Handeln Sie selbstsicher und ohne Angst: Wir können Ihnen keine diplomatische Immunität anbieten, aber ich garantiere Ihnen, dass Sie im Fall des Falles stets geschützt sind. Und unser dritter und letzter Rat: Seien Sie äußerst vorsichtig, was Ihr Privatleben angeht. Eine hübsche Frau, Ausländerin, alleinstehend, wirkt auf alle möglichen Arten von Eroberern und Opportunisten überaus anziehend. Sie können sich gar nicht vorstellen, wie viele vertrauliche Informationen von leichtsinnigen Agenten in Momenten der Leidenschaft ausgeplaudert werden. Seien Sie vorsichtig, und bitte sprechen Sie mit niemanden auch nur ein Wort über das, was Sie in diesem Raum gehört haben.«

»Ich werde mich daran halten, das verspreche ich Ihnen.«

»Ausgezeichnet. Wir vertrauen auf Sie und hoffen, dass Ihre Mission ein voller Erfolg wird.«

Daraufhin sammelte er seine restlichen Unterlagen ein und verstaute sie in seinem Aktenkoffer. Nun war der Moment gekommen, vor dem ich den ganzen Tag schon Angst gehabt hatte: Er würde gleich wieder seiner Wege gehen, und ich musste mich zusammennehmen, dass ich ihn nicht bat, doch bei mir zu bleiben, weiterzureden und mir noch mehr Anweisungen zu geben, mich nicht schon so bald allein ins Flugzeug steigen zu lassen. Hillgarth jedoch sah mich gar nicht mehr an, und deshalb entging ihm vermutlich auch meine Reaktion. Er folgte demselben Rhythmus, mit dem er im Laufe der vergangenen Stunden einen Satz nach dem anderen formuliert hatte: schnell, direkt, methodisch, den Kern jeder Frage erfassend, ohne sich mit Banalitäten aufzuhalten. Er legte mir noch einmal ans Herz, worauf ich achten sollte, und packte dabei die letzten Utensilien in den Aktenkoffer.

»Denken Sie daran, was ich bezüglich der Dossiers gesagt habe: Prägen Sie sich den Inhalt ein, und vernichten Sie sie dann sofort. Jemand wird Sie jetzt zum Seitenausgang begleiten, und in der Nähe wartet ein Wagen, der Sie nach Hause fahren wird. Hier haben Sie Ihr Flugticket und Geld für Ihre ersten Auslagen.«

Mit diesen Worten reichte er mir zwei Umschläge. Der erste, flache, enthielt mein Ticket für den Flug nach Madrid. Der zweite, dicke, ein großes Bündel Geldscheine. Während er mit einer raschen Bewegung den Aktenkoffer schloss, sprach er weiter.

»Mit diesem Geld werden Sie Ihre anfänglichen Kosten bestreiten können. Der Aufenthalt im Palace und die Miete für Ihr neues Atelier gehen auf unsere Rechnung, wir haben bereits alles in die Wege geleitet, ebenso der Lohn für die beiden Mädchen, die für Sie arbeiten werden. Was Sie mit Ihrer Tätigkeit an Gewinn erzielen, gehört Ihnen allein. Sollten Sie dennoch mehr Liquidität benötigen, lassen Sie es uns sofort wissen. Uns ist für diese Operationen kein Limit gesetzt, und es gibt keinerlei Finanzierungsprobleme.«

Auch ich war bereit zum Aufbruch. Die Dossiers hielt ich schützend an die Brust gedrückt, als wären sie das Kind, das ich vor Jahren verloren hatte, und nicht eine Ansammlung von Daten über einen Haufen unerwünschter Personen. Mein Herz war nach wie vor an seinem Platz, obwohl es mir bis zum Hals schlug. Endlich erhoben wir uns von jenem Tisch, auf dem nur noch zurückblieb, was wie die harmlosen Reste eines langen, gemütlichen Beisammenseins aussah: benützte Kaffeetassen, ein voller Aschenbecher und zwei Stühle, die nicht an ihrem üblichen Platz standen. Als hätten dort nur zwei Freunde zusammengesessen, entspannt miteinander geplaudert und sich, von etlichen Zigaretten umnebelt, gegenseitig die neuesten Ereignisse in ihrem Leben berichtet. Nur dass Captain Hillgarth und ich keine Freunde waren. Dass keinen von uns beiden die Vergangenheit des anderen interessierte und ebenso wenig sein gegenwärtiges Leben. Uns beide kümmerte ausschließlich die Zukunft.

»Noch ein allerletzter Punkt«, bemerkte er dann.

Wir wollten gerade gehen, er hatte die Hand schon auf die Türklinke gelegt, zog sie nun aber zurück und sah mich unter seinen buschigen Augenbrauen mit festem Blick an. Trotz der langen Unterredung schaute er nicht anders aus als am Morgen: Der Krawattenknoten saß perfekt, die Manschetten des Hemdes spitzten makellos weiß aus den Ärmeln des Jacketts hervor, kein Haar tanzte aus der Reihe. Er hatte noch immer einen gleichmütigen Gesichtsausdruck. Das perfekte Bild eines Mannes, der in jeder Situation zur Selbstbeherrschung fähig ist. Dann senkte er die Stimme zu einem heiseren Murmeln.

»Sie kennen mich nicht, und ich kenne Sie nicht. Wir sind uns nie begegnet. Und was Ihre Mitarbeit beim englischen Geheimdienst betrifft, so sind Sie für uns von diesem Moment an weder die spanische Staatsbürgerin Sira Quiroga noch die Marokkanerin Arish Agoriuq, sondern nur noch die Spezialagentin des SOE mit dem Codenamen Sidi und der Operationsbasis Spanien. Der unkonventionellste Neuzugang in letzter Zeit, aber zweifellos eine von uns.«

Er reichte mir die Hand. Fest, kühl, sicher. Eine festere, kühlere, sicherere Hand hatte ich in meinem ganzen Leben noch nicht gedrückt.

»Viel Glück, Agentin Sidi. Wir bleiben in Kontakt.«

40

Niemand außer meiner Mutter kannte den wahren Grund für meine überraschende Abreise. Nicht meine Kundinnen, nicht einmal Félix und Candelaria: Ihnen allen erzählte ich, dass ich nach Madrid reiste, um unsere alte Wohnung aufzulösen und einige andere Angelegenheiten zu regeln. Später würde meine Mutter als Erklärung dafür, dass sich meine Rückkehr verzögerte, die eine oder andere Notlüge erfinden – neue geschäftliche Perspektiven, irgendein Unwohlsein, vielleicht ein neuen Verehrer. Dass jemand Verdacht schöpfen oder sich etwas zusammenreimen könnte, davor hatten wir keine Angst. Transport- und Kommunikationswege waren zwar nicht mehr unterbrochen, aber von einer problemlosen Verbindung zwischen der spanischen Hauptstadt und Nordafrika konnte keine Rede sein.

Trotz allem wollte ich mich von meinen Freunden richtig verabschieden und mir von ihnen gute Wünsche mit auf den Weg geben lassen. Also gab es am letzten Sonntag ein Abschiedsessen. Candelaria hatte sich auf ihre Weise herausgeputzt und trug zu dem neuen Kostüm, das wir ihr einige Wochen zuvor genäht hatten, eine Halskette aus falschen Perlen und die Haare zu einem Dutt Marke »*arriba España*« – Spanien lebe hoch! – auf dem Oberkopf mit Haarspray fixiert. Félix kam mit seiner Mutter herüber, es gab keine Möglichkeit, sie sich vom Hals zu schaffen. Auch Jamila war da, ich würde sie vermissen wie eine kleine Schwester. Wir stießen mit Wein und Sodawasser an und verabschiedeten uns mit schmatzenden Küssen, und alle wünschten mir von ganzem Herzen eine gute Reise. Erst als ich hinter meinen Gästen die Tür schloss, wurde mir bewusst, wie sehr sie mir fehlen würden.

Bei *comisario* Vázquez wandte ich die gleiche Strategie an, auch wenn mir klar war, dass die Schwindelei bei ihm nicht zog. Wie sollte ich ihn auch täuschen können, wo er doch bestens Bescheid wusste über meine noch offenen Schulden und welche Panik mich überkam, wenn ich nur daran dachte? Er als Einziger ahnte, dass hinter meinem Aufenthalt in Madrid etwas ganz anderes steckte, etwas, über das ich nicht sprechen konnte. Nicht mit ihm, mit niemandem. Vielleicht hakte er deshalb lieber erst gar nicht nach. Eigentlich sagte er fast nichts, sondern beschränkte sich wie immer darauf, mich mit seinem bohrenden Blick zu mustern und mir zur Vorsicht zu raten. Anschließend begleitete er mich zum Ausgang, um mich vor seinen sabbernden und mit Stielaugen glotzenden Untergebenen zu schützen. An der Tür seines Kommissariats verabschiedeten wir uns. Ob wir uns wiedersehen würden? Keiner von uns beiden wusste es. Vielleicht bald. Vielleicht niemals mehr.

Außer Stoffen und allem möglichen Zubehör kaufte ich einen Schwung Modemagazine und einige Stücke marokkanischer Handwerkskunst in der Hoffnung, meinem Madrider Atelier einen exotischen Anstrich zu geben, der zu meinem neuen Namen und meiner vorgeblichen Vergangenheit als renommierte Modeschneiderin in Tanger passte. Tabletts aus gehämmertem Kupfer, Lampen aus buntem Glas, silberne Teekannen, einige Sachen aus

Keramik und drei große Berberteppiche. Ein Stückchen Nordafrika mitten im vom Krieg ausgelaugten Spanien.

Als ich zum ersten Mal die weitläufige Wohnung an der Calle Núñez de Balboa betrat, war alles für mein Kommen vorbereitet. Die Wände mattweiß gestrichen, der alte Eichenholzboden frisch poliert. Die Aufteilung und die Einrichtung der Räume entsprachen meiner Wohnung in Tetuán, nur in größerem Maßstab. Als Erstes kam man in drei ineinander übergehende Salons, die mir dreimal so viel Platz boten wie der frühere Salon. Die Räume waren unendlich viel höher, die Balkone wesentlich herrschaftlicher. Doch als ich eine der Balkontüren öffnete und mich hinausbeugte, sah ich in der Ferne keine Berge, weder den Dersa noch den Gorgues, die Luft duftete auch nicht annähernd nach Orangenblüten und Jasmin, die Nachbarhäuser waren nicht weiß gekalkt, und es war kein Muezzin zu hören, der von der Moschee aus zum Gebet rief. Hastig schloss ich die Balkontür wieder, als wollte ich die Schwermut am Eindringen hindern. Dann setzte ich meine Besichtigung fort. Im letzten der drei großen Räume waren die Stoffballen gestapelt, die ich aus Tanger mitgebracht hatte – wunderschöne Wildseide, Guipure-Spitze, Musselin und Chiffon in allen nur denkbaren Farbschattierungen: von zartem Hellgelb, das an einen Sandstrand erinnerte, bis hin zu Feuerrot, Rosen- und Korallenrot und allen möglichen Blautönen, die zwischen dem Blau des Himmels an einem Sommermorgen und dem Blau des aufgewühlten Meeres in einer stürmischen Nacht vorstellbar waren. Die beiden Zimmer zur Anprobe wirkten durch die imposanten dreiteiligen Spiegel, deren Rahmen Intarsien aus Blattgold schmückten, doppelt so groß. Den Mittelpunkt der Wohnung bildete, wie in Tetuán, das Atelier, nur dass es viel größer war. Dort befanden sich außer dem großen Zuschneidetisch auch Bügelbretter, Schneiderpuppen, Nähmaterial und Handwerkszeug, das Übliche eben. Ganz hinten dann mein Reich: riesig, zehnmal größer als für meine Bedürfnisse notwendig. Intuitiv ahnte ich, dass Rosalinda hier bei allem die Hand im Spiel gehabt haben musste. Sie allein wusste, wie ich arbeitete, wie meine Wohnung, mein Atelier, mein Leben eingerichtet waren.

In der Stille meines neuen Zuhauses meldete sich wieder die Frage zu Wort, die mir schon seit Wochen im Kopf herumspukte. Warum, warum, warum? Warum hatte ich eingewilligt, warum hatte ich mich auf dieses riskante Abenteuer eingelassen, warum? Ich fand auch diesmal keine Antwort darauf. Oder zumindest keine eindeutige. Vielleicht hatte ich aus Loyalität zu Rosalinda dem Unternehmen zugestimmt. Vielleicht, weil ich geglaubt hatte, es meiner Mutter und meinem Land schuldig zu sein. Vielleicht hatte ich es für überhaupt keinen anderen Menschen getan, sondern nur für mich allein. Fest stand jedenfalls, dass ich Ja gesagt hatte, nur zu, bei vollem Bewusstsein, mir selbst versprechend, diese Aufgabe mit Entschlossenheit anzugehen, ohne Zweifel, ohne Misstrauen, ohne Zaudern. Und da war ich nun, hineingeschlüpft in die Persönlichkeit der nicht existenten Arish Agoriuq, die sich in ihrem neuen Zuhause umsah, mit klappernden Absätzen die Treppe hinunterlief, ausgesucht stilvoll und elegant gekleidet, auf dem besten Weg, sich in die falscheste Schneiderin von ganz Madrid zu verwandeln. Hatte ich Angst? Ja, alle Angst der Welt, sie schnürte mir schier die Kehle zu. Aber es war eine kontrollierte Angst. Gebändigt. Meinem Befehl gehorchend.

Der Hausmeister des Anwesens überbrachte mir die erste Nachricht. Meine Dienstmädchen würden sich am nächsten Morgen vorstellen. Gemeinsam kamen sie, Dora und Martina, zwei Jahre auseinander. Sie sahen sich ähnlich und waren doch ganz verschieden, wie zwei Seiten einer Münze. Dora war die Kräftigere, Martina die Hübschere. Dora wirkte aufgeweckter, Martina sanfter. Mir gefielen beide. Nicht aber ihre armselige Kleidung, ihre von langem Hunger gezeichneten Gesichter und ihre übermäßige Schüchternheit. Zum Glück fand sich für alle drei Probleme schnell eine Lösung. Ich nahm Maß bei ihnen, und wenig später hatte ich für jede der beiden mehrere elegante Arbeitsuniformen genäht – sie profitierten als Erste von dem Vorrat an Stoffen, den ich aus Tanger mitgebracht hatte. Mit ein paar Geldscheinen aus Hillgarths Umschlag schickte ich sie zum Mercado de la Cebada, um Lebensmittel einzukaufen.

»Und was sollen wir kaufen, Señorita?«, fragten sie mit weit aufgerissenen Augen.

»Was ihr findet. Es gibt keine große Auswahl, sagen die Leute. Was ihr eben seht. Habt ihr nicht gesagt, dass ihr kochen könnt? Also, nur zu!«

Bis ihre übermäßige Schüchternheit sich legte, dauerte es eine Weile, aber mit der Zeit wurde es besser. Warum waren sie so introvertiert, was machte ihnen Angst? Alles. Für eine Ausländerin, eine Marokkanerin zu arbeiten, die ich vermeintlich war, das imposante Gebäude, in dem sich mein neues Domizil befand, die Angst, in einem Atelier der Haute Couture nicht zurechtzukommen. Doch sie passten sich Tag für Tag ein Stückchen mehr an ihr neues Leben an – an die weitläufige Wohnung und an die täglichen Arbeiten, an mich. Es stellte sich heraus, dass Dora, die Ältere, ein gutes Händchen für die Schneiderei hatte, sodass sie mir bald zu helfen begann. Martina hingegen ähnelte mehr Jamila und mir selbst in jungen Jahren: Sie lief am liebsten durch die Stadt und erledigte Besorgungen. Um den Haushalt kümmerten sich beide gemeinsam, sie waren tüchtig und umsichtig, gute Mädchen, wie man damals sagte. Hin und wieder sprachen sie auch von Beigbeder, aber ich gab nie zu erkennen, dass ich ihn kannte. Don Juan nannten sie ihn. Und sie erinnerten sich an ihn voller Zuneigung, assoziierten ihn mit Berlin, mit einer vergangenen Zeit, aus der ihnen nur verschwommene Erinnerungen und die fremde Sprache geblieben waren.

Alles entwickelte sich, wie Hillgarth es vorhergesagt hatte. Mehr oder weniger. Es kamen die ersten Kundinnen, mit einigen von ihnen hatten wir gerechnet, mit anderen nicht. Die Saison eröffnete Gloria von Fürstenberg, eine wunderschöne Frau, majestätisch, das pechschwarze, zu dicken Zöpfen geflochtene Haar im Nacken zu einer Art Krone gesteckt, der Krone einer aztekischen Königin. Ihre großen Augen blitzten auf, als sie meine Stoffe sah. Sie betrachtete sie kritisch, strich mit den Fingern darüber und prüfte ihr Gewicht, erkundigte sich nach den Preisen, legte manche sogleich beiseite und probierte die Wirkung anderer an sich aus. Mit sachkundiger Hand wählte sie jene Stoffe aus, die ihr am besten zu Gesicht standen und nicht allzu teuer waren. Mit ebenso kundigem Auge blätterte sie die Modezeitschriften durch und hielt bei den Modellen inne, die am besten zu ihrer Figur und ihrem Stil passten. Die Mexikanerin mit dem deutschen Nachnamen wusste sehr genau, was sie wollte, sodass sie mich kein einziges Mal um Rat bat, noch ich ihr ihn aufdrängte. Schließlich entschied sie sich für ein locker fallendes, schlichtes Tunikakleid aus schokoladenfarbenem Seidenorganza und einen Abendmantel aus Seidenrips. Beim ersten Mal kam sie allein, und wir sprachen Spanisch miteinander. Zur ersten Anprobe brachte sie eine Freundin mit, Anka von Fries, die ein langes Kleid aus Crêpe Georgette bestellte und ein Cape aus rubinrotem Samt, mit Straußenfedern besetzt. Als ich sie deutsch miteinander sprechen hörte, holte ich Dora hinzu. Gut gekleidet, gut ernährt und gut frisiert, hatte das junge Mädchen nichts mehr von dem verängstigten Vögelchen, das vor wenigen Wochen mit seiner Schwester bei mir vorstellig geworden war. Sie hatte sich zu einer anmutigen, verschwiegenen Mitarbeiterin gewandelt, die sich alles merkte, was ihre Ohren aufschnappten, und alle paar Minuten unauffällig verschwand, um das Ganze in einem Heft zu notieren.

»Ich habe immer gern ein möglichst ausführliches Archiv über meine Kundinnen«, hatte ich dem Mädchen erklärt. »Ich möchte verstehen, was sie sagen, damit ich weiß, wohin sie gehen, mit wem sie sich treffen und welche Pläne sie haben. Auf diese Weise kann ich vielleicht neue Kundinnen gewinnen. Um das, was auf Spanisch gesagt wird, kümmere ich mich selbst, aber das, was sie auf Deutsch reden, ist deine Aufgabe.«

Falls Dora sich über diese Überwachung meiner Kundinnen wunderte, so zeigte sie es jedenfalls nicht. Wahrscheinlich hielt sie es für angemessen, für normal bei dieser Art von Geschäft, das so neu war für sie. Doch es war nicht normal, ganz und gar nicht. Silbe für Silbe die Namen, Posten, Orte und Daten zu notieren, die meinen Kundinnen entschlüpften, war kein normale Aufgabe, aber wir machten es tagtäglich, fleißig und methodisch wie brave

Schülerinnen. Später, in der Nacht, ging ich meine und Doras Notizen durch, schrieb die Informationen heraus, die ich für interessant hielt, fasste sie zu aussagekräftigen Sätzen zusammen und transkribierte sie schließlich in den umgekehrten Morsecode, wobei ich die Striche und Punkte den geraden und geschwungenen Linien von Schnittmustern anpasste, aus denen niemals ein komplettes Kleidungsstück entstehen würde. Bei Tagesanbruch verwandelten sich die Heftchen mit den handgeschriebenen Notizen mit Hilfe eines simplen Streichholzes zu Asche. Am Morgen war kein einziger Buchstabe von den Notizen mehr übrig, dafür allerdings eine Handvoll versteckter Botschaften in den Konturen eines Revers, eines Stoffgürtels oder eines Ausschnitts.

Auch die Baronin Petrino kam zu mir, die Gattin des einflussreichen Presse- und Propagandachefs Lazar, längst keine so spektakuläre Erscheinung wie die Mexikanerin, aber mit weit größeren finanziellen Möglichkeiten. Sie wählte die teuersten Stoffe und sparte nicht mit launenhaften Einfällen. Sie brachte mir neue Kundinnen, zwei Deutsche, auch eine Ungarin. Über lange Zeit verwandelten sich meine Salons für diese Damen an den Vormittagen zu einem gesellschaftlichen Treffpunkt – ein buntes Sprachengewirr im Hintergrund. Ich brachte Martina bei, wie man den Minztee auf marokkanische Art zubereitet, für den wir die Nanaminze in Blumentöpfen auf dem Fenstersims in der Küche zogen. Ich zeigte ihr, wie man mit der Teekanne umgeht, wie man die kochend heiße Flüssigkeit aus einiger Höhe in die kleinen Gläser mit filigraner Silberverzierung eingießt, sodass der Tee Luftblasen bekommt, schaumig wird. Ich zeigte ihr sogar, wie man die Augen mit Kohl schminkt, und schneiderte ihr einen Kaftan aus cremefarbenem Satin, der ihr eine exotische Note verlieh. Eine Doppelgängerin meiner Jamila in einem anderen Land, damit ich sie immer bei mir hatte.

Es lief gut, erstaunlich gut. Ich ging auf in meinem neuen Leben, betrat die exklusivsten Orte mit festem Schritt. Vor Kundinnen trat ich selbstsicher und entschlossen auf, von meiner falschen exotischen Herkunft wie von einer Rüstung geschützt. Ich mischte dreist französische und arabische Wörter in mein Spanisch: Vermutlich gab ich ziemlich viel Unsinn von mir, denn ich wiederholte einfach nur nicht allzu komplizierte Ausdrücke, die ich in den Straßen von Tanger und Tetuán aufgeschnappt und behalten hatte, deren Sinn und genaue Verwendung ich aber nicht kannte. Ich musste mich zusammennehmen, damit mir bei meinem polyglotten Geplapper nicht aus Versehen eine der englischen Wendungen entschlüpfte, die ich von Rosalinda gelernt hatte. Mein Status als erst kürzlich eingetroffene Ausländerin eignete sich ausgezeichnet dafür, meine Schwachpunkte zu kaschieren und gefährliches Terrain zu vermeiden. Doch meine Herkunft schien niemanden zu interessieren, viel interessanter waren meine Stoffe und das, was ich aus ihnen machen konnte. Die Kundinnen unterhielten sich angeregt in meinem Atelier, fühlten sich offenbar wohl. Sie sprachen untereinander und mit mir darüber, was sie kürzlich gemacht hatten, was sie demnächst vorhatten, über gemeinsame Freunde, über ihre Ehemänner und ihre Liebhaber. Unterdessen waren Dora und ich unentwegt beschäftigt: vor aller Augen mit den Stoffen, den Modezeichnungen und den Körpermaßen, im Hintergrund mit den geheimen Notizen. Ich wusste nicht, ob die Informationen, die ich tagtäglich transkribierte, für Hillgarth und seine Leute überhaupt einen Wert hatten, aber ich wollte auf jeden Fall peinlich genaue Arbeit liefern. Jeden Mittwochnachmittag, ehe ich mich in dem bewussten Schönheits- und Friseursalon auf den Stuhl setzte, deponierte ich die zusammengerollten Schnittmuster in dem angegebenen Spind. Samstags ging ich in den Prado, und dieses Museum versetzte mich immer wieder in Erstaunen, so sehr, dass ich manchmal beinahe vergaß, dass ich dort etwas Wichtiges zu erledigen hatte und mich nicht nur an den herrlichen Gemälden erfreuen durfte. Auch mit der Weitergabe der Umschläge, in denen sich die kodifizierten Schnittmuster befanden, gab es keinerlei Schwierigkeiten: Alles ging so problemlos vonstatten, dass meine Nerven gar keine Chance hatten, mir einen Streich zu spielen. Meinen Umschlag nahm immer dieselbe Person entgegen, ein kahlköpfiger, dünner Mann, der meine

Botschaften wahrscheinlich auch weiterleitete. Allerdings kam von ihm nie die kleinste komplizenhafte Geste.

Hin und wieder, nicht allzu oft, ging ich aus. Gelegentlich suchte ich zur Cocktailstunde das Embassy auf. Gleich beim ersten Mal sah ich von Weitem Captain Hillgarth, wie er inmitten von Landsleuten einen Whisky mit Eis trank. Er bemerkte mich ebenfalls sofort, wie auch nicht. Doch das wusste nur ich, denn er zuckte mit keiner Wimper, als ich eintrat. Ich hielt meine Tasche fest in der rechten Hand, und wir taten, als hätten wir uns nicht gesehen. Ich grüßte zwei Kundinnen, die mein Atelier vor den anderen Señoras in den höchsten Tönen lobten, trank einen Cocktail mit ihnen, registrierte die bewundernden Blicke einiger Männer und beobachtete von der hohen Warte meiner vermeintlichen Weltläufigkeit aus die Menschen um mich herum. Am Tresen wie an den Tischen in diesem absolut schlicht ausgestatteten, kleinen Ecklokal nichts als Eleganz, Eitelkeit und Reichtum, in Reinkultur. Herren in Anzügen aus feinster Wolle, aus Alpaka und Tweed, Militärs mit dem Hakenkreuz am Arm und andere in fremden Uniformen, die ich nicht kannte, aber mit reichlich Litzen und Sternen auf den Schulterklappen. Überaus elegante Damen im Schneiderkostüm mit dreireihigen Perlenketten um den Hals, die Perlen so groß wie Haselnüsse, mit makellosem Lippenrot und wunderschönen Kappen, Turbanen oder breitkrempigen Hüten auf den perfekt frisierten Köpfen. Es wurde in verschiedenen Sprachen Konversation gemacht, diskret gelacht, Gläser stießen klirrend aneinander. Und in der Luft schwebten, kaum wahrnehmbar, der zarte Duft von Patou und Guerlain, eine gewisse mondäne Weltläufigkeit und der Rauch von tausend »blonden« Zigaretten. Der gerade zu Ende gegangene Krieg in Spanien und die grausamen Schlachten, die nun ganz Europa zu verwüsten drohten, wirkten wie Anekdoten aus einer anderen Galaxie in dieser von unübersehbarem Luxus geprägten Umgebung.

An einer Ecke des Tresens stand, sehr aufrecht und würdevoll, jeden neuen Gast höflich begrüßend, während sie gleichzeitig das Hin und Her der Kellner beobachtete, eine Frau, die ich für Margaret Taylor hielt, die Besitzerin des Lokals. Hillgarth hatte mich nicht informiert, welcher Art seine Zusammenarbeit mit ihr war, doch ich war mir sicher, dass sie mehr umfasste, als dass die Chefin eines Vergnügungslokals und einer ihrer Stammkunden sich gegenseitig hin und wieder einen Gefallen erwiesen. Ich beobachtete sie, während sie einem Nazi-Offizier in schwarzer Uniform mit einer Hakenkreuzbinde am Arm und hohen, auf Hochglanz polierten Stiefeln die Rechnung überreichte. Diese gleichzeitig streng und distinguiert wirkende Ausländerin, die schon ein paar Jahre jenseits der vierzig sein musste, gehörte zweifellos zu der geheimen Maschinerie, die der britische Marineattaché in Spanien in Gang gesetzt hatte. Ich konnte nicht erkennen, ob Captain Hillgarth und sie Blicke oder irgendeine Art von stummer Botschaft austauschten. Bevor ich ging, beobachtete ich sie wieder eine Weile aus den Augenwinkeln. Sie sprach leise mit einem jungen Kellner in weißem Jäckchen, gab ihm offenbar Anweisungen. Hillgarth saß noch immer an seinem Tisch und hörte interessiert zu, was einer seiner Freunde erzählte, ein junger Mann, der noch ungezwungener wirkte als die anderen. Alle am Tisch schienen ihm mit der gleichen Aufmerksamkeit zuzuhören. Von Weitem sah ich, wie er theatralisch gestikulierte, vielleicht imitierte er jemanden. Als er geendet hatte, brachen alle in schallendes Gelächter aus, und auch Hillgarth lachte mit. Vielleicht kitzelte mich nur die Fantasie, aber für den Bruchteil einer Sekunde meinte ich, er hätte mir zugezwinkert.

Es ging auf den Herbst zu, und immer mehr Kundinnen kamen. Blumen oder Pralinen hatte mir weder Hillgarth noch sonst jemand geschickt. Es machte mir auch nichts aus, da ich weder Lust noch Zeit für irgendwelche Unternehmungen hatte. Denn genau dies begann mir in jenen Tagen immer mehr zu fehlen: Zeit. Es sprach sich herum wie ein Lauffeuer, welche herrlichen Stoffe ich auf Lager hatte, und mein neues Atelier wurde schnell bekannt und beliebt. Tag für Tag bekam ich mehr Aufträge, ich konnte die Arbeit allein nicht mehr bewältigen und sah mich gezwungen, Aufträge zurückzustellen und Anproben hinauszuschieben.

Ich arbeitete viel, sehr viel, mehr als jemals zuvor in meinem Leben. Oft ging ich erst mitten in der Nacht, am frühen Morgen zu Bett, ich konnte mich kaum ausruhen. Es gab Tage, da legte ich das Metermaß, das ich mir immer um den Hals hängte, erst beiseite, wenn ich todmüde ins Bett sank. Meine kleine Schatzkiste erlebte einen ununterbrochenen Zustrom an Geld, doch es interessierte mich so wenig, dass ich mir noch nicht einmal die Zeit nahm, nachzuzählen, wie viel ich verdient hatte. Wie anders war es in meinem alten Atelier gewesen. Manchmal kamen mir, vermischt mit ein bisschen Wehmut, Erinnerungen an jene erste Zeit in Tetuán in den Sinn. Wie ich nächtens in meinem Zimmer in der Calle Sidi Mandri ein ums andere Mal die Geldscheine zählte und ungeduldig rechnete, wann ich meine Schulden endlich würde begleichen können. Wie Candelaria von den jüdischen Geldwechslern zurückkam, ein zusammengerolltes Bündel Pfund-Sterling-Noten zwischen den Brüsten versteckt. Die fast kindliche Freude, mit der wir das Geld aufteilten: »Eine Hälfte für mich, die andere für dich. Möge es uns nie daran mangeln, Herzchen«, sagte die Schmugglerin Monat um Monat. Es kam mir vor, als trennten mich Jahrhunderte von jener anderen Welt, und doch waren seither erst vier Jahre vergangen. Vier Jahre, so lang wie vier Ewigkeiten. Wo war jene Sira geblieben, der ein marokkanisches Mädchen in der Küche der Pension in der Calle Luneta mit der Schneiderschere die Haare schnitt, wo jene Posen, die ich vor dem halb blinden Spiegel meiner Pensionswirtin unermüdlich geübt hatte? Sie verloren sich mit der Zeit. Heute ließ ich mir im besten Salon von Madrid die Haare machen, und jene lässig-eleganten Gesten kamen mir schon natürlicher vor als meine eigenen Zähne.

Ich arbeitete viel und verdiente mehr Geld, als ich mir je hätte träumen lassen. Ich verlangte hohe Preise, und so erhielt ich ständig Hundertpesetenscheine mit dem Bild von Christoph Kolumbus und Fünfhundertpesetenscheine mit dem Gesicht des Don Juan de Austria darauf. Ich verdiente viel, ja, aber es kam der Moment, da ich mit meinen Kräften am Ende war, und das musste ich Hillgarth mittels eines Schnittmusters für eine Schulterpasse wissen lassen. Regen fiel auf den Prado, als ich das Museum an jenem Samstag aufsuchte. Während ich hingerissen die Bilder von Velázquez und Zurbarán betrachtete, nahm der unauffällige Mann an der Garderobe meine Mappe entgegen, in der ein Umschlag mit elf Botschaften steckte, die wie immer unverzüglich dem Marineattaché zugeleitet würden. Zehn enthielten Informationen der üblichen Art, in der vereinbarten Weise abgekürzt. »Abendessen am 14. bei Walter Bastian Calle Serrano, eingeladen Herr und Frau Lazar. Herr und Frau Bodemüller nach San Sebastián nächste Woche. Frau Lazar kritisiert Arthur Dietrich, Assistent ihres Mannes. Gloria Fürstenberg und Anka von Fries besuchen deutschen Konsul Sevilla Ende Oktober. Mehrere junge Männer ankommen vergangene Woche aus Berlin, abgestiegen Ritz, Empfang und Einweisung durch Friedrich Knappe. Himmler ankommt Spanien 21. Oktober, Regierung und Deutsche vorbereiten großen Empfang. Clara Stauffer abholt Material für deutsche Soldaten in Wohnung Calle Galileo. Abendessen Club Puerta Hierro Datum offen eingeladen Graf und Gräfin Argillo. Häberlein gibt Mittagessen Finca Toledo, Serrano Suñer und Marquesa Llanzol eingeladen.« Bei der letzten Botschaft ging es jedoch um etwas Persönliches: »Zu viel Arbeit. Keine Zeit für alles. Weniger Kunden oder Hilfe nötig. Bitte Bescheid.«

Am nächsten Morgen wurde ein wunderschöner Strauß weißer Gladiolen bei mir abgeliefert. Ein Botenjunge in einer grauen Uniform brachte ihn, und auf seiner Mütze stand der Name des Blumengeschäfts: Bourguignon. Ich las zuerst die beiliegende Karte. »Dein Wunsch ist mir Befehl«, stand darauf. Und irgendein Gekritzel als Unterschrift. Ich musste lachen. Nie hätte ich gedacht, dass der kühle Hillgarth einen derart lächerlich schmalzigen Satz schreiben würde. Ich brachte den Strauß in die Küche, löste das Band, das die Blumen zusammenhielt, und schloss mich, nachdem ich Martina gebeten hatte, sie ins Wasser zu stellen, in mein Zimmer ein. Aus der Linie von Strichen und Punkten sprang mir sofort die Botschaft entgegen: »Anstellen Person absolut vertrauenswürdig ohne rote Vergangenheit oder politische Verwicklungen.«

Befehl erhalten. Und damit jede Menge Ungewissheit.

41

Als sie die Tür öffnete, blickte ich sie nur schweigend an, obwohl ich sie am liebsten in den Arm genommen hätte. Sie musterte mich von oben bis unten, mit verwirrter Miene. Dann suchte sie meine Augen, die jedoch mein Hutschleier verdeckte.

»Was wünschen Sie, Señora?«, fragte sie schließlich.

Sie war dünner geworden. Und man sah ihr an, dass die letzten Jahre schwer gewesen waren. Klein wie immer, aber dünner und älter. Ich lächelte sie an. Sie erkannte mich immer noch nicht.

»Ich bringe Ihnen Grüße von meiner Mutter, Doña Manuela. Sie lebt in Marokko und näht wieder.«

Sie schaute mich verwundert an, ohne zu begreifen. Doña Manuela war nach wie vor eine gepflegte Erscheinung, doch das Haar war offensichtlich seit Monaten nicht mehr nachgefärbt worden, und das dunkle Kleid, das sie trug, hatte sicher schon einige Winter gesehen, denn es hatte abgewetzte Stellen.

»Ich bin's, Sira, Doña Manuela. Sirita, die Tochter Ihrer Gesellin Dolores.«

Wieder musterte sie mich von Kopf bis Fuß. Da ging ich ein wenig in die Knie, um mit ihr auf Augenhöhe zu sein, und hob den Hutschleier, damit sie mein Gesicht besser sehen konnte.

»Ich bin's, Doña Manuela, Sira. Erinnern Sie sich denn nicht mehr an mich?«, flüsterte ich.

»Heilige Mutter Gottes! Sira, Herzchen, was für eine Freude!«, rief sie schließlich aus.

Sie schlang die Arme um mich und begann zu weinen, und ich musste mich sehr zusammennehmen, um nicht ebenfalls in Tränen auszubrechen.

»Komm herein, Liebes, komm herein, bleib nicht an der Tür stehen«, sagte sie, als sie sich wieder gefasst hatte. »Wie elegant du bist, Herzchen, ich habe dich gar nicht erkannt. Komm, komm ins Wohnzimmer, erzähl, was machst du in Madrid, wie geht es dir, wie geht es deiner Mutter?«

Sie führte mich ins Wohnzimmer, und mich überkamen wehmütige Erinnerungen. Wie oft hatte ich als kleines Mädchen am Dreikönigstag, wenn die Kinder beschenkt werden, an der Hand meiner Mutter dieses Zimmer betreten und fieberhaft überlegt, was Kaspar, Melchior und Balthasar wohl für mich bei Doña Manuela dagelassen hatten. Ihre Wohnung in der Calle Santa Engracia war mir als sehr groß und luxuriös in Erinnerung, nicht so groß natürlich wie ihr Atelier in der Calle Zurbano, aber doch kein Vergleich mit unserer bescheidenen Behausung in der Calle de la Redondilla. Nun jedoch stellte ich fest, dass die Kindheitserinnerungen mit der Wirklichkeit nicht übereinstimmten. Doña Manuelas Zuhause, in dem sie ihr ganzes langes Leben als unverheiratete Frau verbracht hatte, war weder besonders groß noch luxuriös. Es war eine Wohnung von mittlerer Größe, schlecht geschnitten, kalt und düster, vollgestopft mit dunklen Möbeln. Die schweren Samtvorhänge, die schon längst aus der Mode waren, ließen kaum Tageslicht herein. Eine ganz gewöhnliche Wohnung mit Wasserflecken, mit verblichenen Kunstdrucken an den Wänden und lappigen Deckchen aus Häkelspitze überall.

»Setz dich, meine Liebe, setz dich. Willst du etwas trinken? Soll ich dir ein Tässchen Kaffee machen? Richtigen Kaffee habe ich nicht, nur geröstete Zichorie, du weißt ja, wie schwierig es heutzutage mit den Lebensmitteln ist, aber mit ein bisschen Milch schmeckt er nicht so bitter, obwohl die Milch auch jeden Tag wässriger wird, aber was will man machen. Zucker habe ich keinen, was ich für meine Bezugsscheine bekommen habe, habe ich einer Nachbarin für ihre Kinder gegeben. In meinem Alter ...«

Ich unterbrach ihren Redefluss und nahm ihre Hand.

»Ich möchte nichts trinken, Doña Manuela, machen Sie sich keine Umstände. Ich bin gekommen, um Sie etwas zu fragen.«

»Was denn?«

»Nähen Sie noch?«

»Nein, Liebes, nein. Seit wir das Geschäft 1935 geschlossen haben, habe ich nichts mehr genäht. Hier und da mal ein Kleid für eine Freundin oder weil ich es jemandem versprochen hatte, aber mehr nicht. Wenn ich mich recht erinnere, war dein Brautkleid die letzte große Arbeit, an der ich gesessen habe, und am Ende ...«

Die Erinnerungen an diese Zeit ersparte ich mir lieber, deshalb ließ ich sie nicht ausreden.

»Hätten Sie Lust, mit mir zusammen zu schneidern?«

In ihrer Verwirrung gab sie erst gar keine Antwort.

»Wieder arbeiten, meinst du? In der Schneiderei, wie früher?«

Ich nickte bestätigend und lächelte, um sie ein bisschen optimistischer zu stimmen. Doch sie antwortete mir nicht sofort, sondern wechselte das Thema.

»Und deine Mutter? Warum nähst du nicht mit ihr zusammen, warum kommst du deswegen zu mir?«

»Wie ich bereits sagte, sie lebt noch immer in Marokko. Sie ist während des Krieges dorthin, ich weiß nicht, ob Sie das wussten.«

»Aber ja, aber ja …«, sagte sie mit gedämpfter Stimme, als hätte sie Angst, dass die Wände mithören und das Geheimnis ausplaudern könnten. »Eines Nachmittags kam sie her, einfach so, ganz überraschend, wie du heute auch. Es sei alles arrangiert, dass sie nach Afrika gehen kann, sagte sie, dass du dort lebst und es irgendwie geschafft hast, dass jemand sie aus Madrid herausholt. Sie wusste nicht, was sie tun sollte, sie war so ängstlich. Sie kam, um sich meinen Rat zu holen, um mich zu fragen, was ich von der ganzen Sache hielt.«

Zum Glück ließ mein makelloses Make-up nicht erkennen, wie sehr mich diese Worte bestürzten: Nie wäre ich auf die Idee gekommen, dass meine Mutter zweifelte, ob sie Madrid verlassen sollte oder nicht.

»Ich habe ihr gesagt, sie solle fortgehen, so bald wie möglich«, fuhr Doña Manuela fort. »Madrid war die Hölle. Wir haben alle fürchterlich gelitten, Liebes, alle. Die Linken haben Tag und Nacht gekämpft, damit die Nationalisten nicht in die Stadt hereinkommen. Die Rechten sehnten genau das herbei und versteckten sich, damit die Roten sie nicht entdeckten und in die Folterkammern schleppten. Und die anderen, Leute wie deine Mutter und ich, die zu keinem der beiden Lager gehörten, hofften nur, dass der Schrecken bald ein Ende nähme, damit wir endlich wieder in Frieden leben könnten. Und das alles ohne eine ordentliche Regierung, ohne dass jemand ein bisschen Ordnung in dieses Chaos brachte. Deshalb habe ich ihr zugeraten, dass sie gehen soll, es war ja kein Leben mehr in Madrid, dass sie diese Gelegenheit nicht verpassen sollte, wieder mit dir zusammen sein zu können.«

Obwohl ich ganz perplex war, beschloss ich, mich nicht näher nach diesem schon lange zurückliegenden Gespräch zu erkundigen. Schließlich hatte ich meine alte Lehrmeisterin wegen eines ganz aktuellen Vorhabens aufgesucht.

»Wie gut, dass Sie ihr zugeredet haben, Doña Manuela, Sie wissen gar nicht, wie dankbar ich Ihnen bin«, antwortete ich. »Es geht ihr jetzt ausgezeichnet, sie ist sehr zufrieden und arbeitet wieder. Ich habe 1936, wenige Monate nach Kriegsbeginn, ein Atelier in Tetuán aufgemacht. Dort war alles ruhig, und obwohl den Spanierinnen nicht der Sinn stand nach Festen und schönen Kleidern, so gab es doch einige ausländische Damen, denen der Krieg in Spanien ziemlich gleichgültig war. Und so wurden sie meine Kundinnen. Als meine Mutter nach Tetuán kam, schneiderten wir gemeinsam weiter. Und jetzt habe ich beschlossen, nach Madrid zurückzukehren und hier ein weiteres Atelier aufzumachen.«

»Und du bist allein zurückgekommen?«

»Ich bin schon lange allein, Doña Manuela. Falls Sie die Geschichte mit Ramiro meinen – die hat nicht lange gedauert.«

»Dann ist Dolores allein dort geblieben?«, fragte sie erstaunt. »Aber sie ist doch gerade fortgegangen, um mit dir zusammen zu sein …«

»Es gefällt ihr in Marokko: das Klima, die Umgebung, das ruhige Leben … Wir haben sehr gute Kundinnen, und auch Freundinnen hat sie gefunden. Sie wollte lieber dort bleiben. Ich hingegen habe Madrid vermisst«, schwindelte ich. »Also haben wir beschlossen, dass ich zurückkehre, hier zu arbeiten beginne, und wenn beide Ateliers gut laufen, werden wir noch einmal überlegen, was wir machen.«

Sie sah mich mit festem Blick an, und die wenigen Sekunden kamen mir vor wie eine Ewigkeit. Ihre Augenlider waren schlaff, ihr Gesicht voller Falten. Sie musste in den Sechzigern sein, ging vielleicht schon mehr auf die Siebzig zu. Ihr krummer Rücken, die Hornhaut an den Fingerkuppen waren der Beweis für die vielen Jahre harter Arbeit mit Nadel und Faden und Schneiderschere. Zuerst als einfache Näherin, dann als Gesellin in der Schneiderei. Später als Geschäftsinhaberin und am Ende als Seemann ohne Schiff, untätig. Doch sie war längst nicht am Ende, oh nein. Ihre flinken Augen, klein und dunkel wie schwarze Oliven, bewiesen die Wachheit eines alten Menschen.

»Du hast mir nicht alles erzählst, stimmt's?«, sagte sie schließlich.

Alte Hexe, dachte ich bewundernd. Ich hatte vergessen, wie schlau sie war.

»Nein, Doña Manuela, ich habe Ihnen nicht alles erzählt«, gab ich zu. »Ich habe Ihnen nicht alles erzählt, weil ich das nicht darf. Aber ein wenig mehr kann ich schon erzählen. Sehen Sie, in Tetuán habe ich wichtige Leute kennengelernt, Leute, die auch heute noch großen Einfluss haben. Sie haben mich ermutigt, nach Madrid zu gehen, ein Atelier aufzumachen und für bestimmte Kundinnen der Oberschicht zu schneidern. Nicht für Damen, die dem Regime nahestehen, sondern vor allem für Ausländerinnen und für Spanierinnen aus Adels- und Monarchistenkreisen, die der Meinung sind, dass Franco sich den Posten des Regenten widerrechtlich aneignet.«

»Warum?«

»Warum was?«

»Warum wollen deine Freunde, dass du für diese Damen nähst?«

»Das kann ich Ihnen nicht sagen. Aber ich brauche Ihre Hilfe. Ich habe wunderbare Stoffe aus Marokko mitgebracht, und hier ist Stoff Mangelware. Es hat sich herumgesprochen, mein Atelier ist sehr bekannt geworden, und ich habe jetzt so viele Kundinnen, dass ich mich nicht mehr allein um alle kümmern kann.«

»Warum, Sira?«, wiederholte sie langsam. »Warum schneiderst du für diese Damen, was wollt ihr von ihnen, du und deine Freunde?«

Ich presste entschlossen den Mund zusammen, damit kein Wort über meine Lippen kam. Ich konnte, ich durfte nichts sagen. Doch es war, als würde eine seltsame Macht mich dazu zwingen. Als würde Doña Manuela wieder das Kommando führen, und ich wäre nur der halbwüchsige Lehrling. Als könnte sie mit allem Recht der Welt eine Erklärung von mir verlangen, weil ich mich einen ganzen Vormittag vor der Arbeit gedrückt hatte, als sie mich um drei Dutzend Perlmuttknöpfe zur Plaza de Pontejos geschickt hatte. Mein Gefühl sprach, meine Vergangenheit, nicht ich.

»Ich schneidere für sie, um an Informationen darüber zu kommen, was die Deutschen in Spanien machen. Dann übergebe ich diese Informationen den Engländern.«

Kaum hatte ich das letzte Wort ausgesprochen, biss ich mir auf die Unterlippe. Wie konnte ich nur so unvorsichtig sein! Ich bereute es sofort, dass ich das Hillgarth gegebene Versprechen gebrochen hatte, mit niemandem über meine Mission zu sprechen, aber jetzt war es gesagt, ich konnte es nicht mehr zurücknehmen. Ich muss die Situation ein wenig erklären, dachte ich dann, ihr sagen, dass mein Einsatz mithalf, dass Spanien seine Neutralität bewahren konnte, dass Spanien sich jetzt keinen neuen Krieg leisten könne, kurzum, all jene Sachen, die sie mir gegenüber so sehr betont hatten. Doch es waren gar keine Erklärungen notwendig, denn ehe ich etwas sagen konnte, nahm ich ein seltsames Funkeln in Doña Manuelas Augen wahr. Ein Funkeln in den Augen und die Andeutung eines Lächelns in den Mundwinkeln.

»Für die Landsleute von Doña Victoria Eugenia, unsere ehemalige Königin, tue ich alles. Sag mir nur, wann ich anfangen soll.«

Wir plauderten den ganzen Nachmittag miteinander, besprachen, wie wir uns die Arbeit aufteilen würden, und am nächsten Morgen um neun Uhr war Doña Manuela zur Stelle. Es machte ihr überhaupt nichts aus, die zweite Geige bei mir zu spielen, im Gegenteil. Sie empfand es fast als Erleichterung, den Kundinnen nicht mehr Rede und Antwort stehen zu müssen. Wir beide ergänzten einander ideal, so wie es über viele Jahre mit meiner Mutter und ihr gewesen war, nur jetzt eben umgekehrt. Sie übernahm ihre neue Stellung mit der Demut, die Charaktergröße verrät: Sie fügte sich in mein Leben ein und passte sich meinem Rhythmus an, sie harmonierte mit Dora und Martina, brachte ihre reiche Erfahrung ein und eine Energie, für die viele Frauen mit dreißig Jahren weniger auf dem Buckel dankbar gewesen wären. Sie akzeptierte ohne Weiteres, dass ich nun den Ton angab, meine Regeln und meine weniger konventionellen Ideen, übernahm tausend kleine Aufgaben, die früher so oft die einfachen Näherinnen nach ihren Anweisungen ausgeführt hatten. Nach den Jahren der Untätigkeit wieder zu arbeiten, war für sie ein Geschenk des Himmels, sie kam dadurch aus ihrem tristen Einerlei heraus und erwachte zu neuem Leben wie ein Feld mit Klatschmohn beim ersten Regenguss im April.

Mit Doña Manuela als Rückenstärkung wurden die langen, anstrengenden Arbeitstage entspannter. Wir arbeiteten beide viele Stunden, obwohl wir jetzt zu zweit waren, aber ich musste mich endlich nicht mehr so sehr hetzen und konnte mir hin und wieder ein paar freie Stunden gönnen. Ich nahm mehr am gesellschaftlichen Leben teil, und meine Kundinnen luden mich zu tausend Festen ein, um mich als die große Entdeckung der Saison zu präsentieren. Ich nahm eine Einladung zu einem Konzert mit deutschen Militärkapellen im Retiro-Park an, zu einem Cocktail in der Türkischen und einem Abendessen in der Österreichischen Botschaft, und ich ging auch zu dem einen oder anderen Mittagessen in Restaurants, die gerade *en vogue* waren. Männer begannen mich zu umschwirren wie die Motten das Licht: Junggesellen, die nichts anbrennen ließen, dickbäuchige Ehemänner mit einem Vermögen, das reichte, um drei Geliebte auszuhalten, oder schillernde Diplomaten aus den exotischsten Ländern der Welt. Nach zwei Gläsern und einem Tanz schaffte ich sie mir wieder vom Hals: Ein Mann in meinem Leben war das Letzte, was ich momentan brauchte.

Doch nicht alles war Zerstreuung und Amüsement, ganz und gar nicht. Doña Manuela nahm mir einen guten Teil der täglichen Arbeit ab, doch damit kehrte noch keine Gelassenheit ein. Kurze Zeit nachdem ich nicht mehr die ganze berufliche Last allein tragen musste, sondern sie auf zwei Schultern verteilen konnte, zog am Horizont eine neue Gewitterwolke auf. Da ich nun nicht mehr wie von Furien gehetzt durch die Straßen eilte, sondern mir mehr Zeit lassen und auch einmal vor einem Schaufenster stehen bleiben konnte, bemerkte ich etwas, das mir bis dahin entgangen war, etwas, vor dem mich Hillgarth bei unserem langen Gespräch in Tanger gewarnt hatte: Ich wurde überwacht, eindeutig. Vielleicht schon seit Längerem, und ich hatte es in meiner ständigen Eile nur nicht bemerkt. Vielleicht hatte es aber auch rein zufällig erst vor Kurzem begonnen, mit Doña Manuelas Eintritt bei *Chez Arish*. Jedenfalls schien sich ein Schatten in mein Leben gestohlen zu haben. Nicht ständig, nicht einmal täglich, nicht immer und überall. Vielleicht fiel es mir deshalb so schwer, mir seiner Gegenwart bewusst zu werden. Zuerst dachte ich, meine Fantasie spiele mir nur einen Streich. Es war Herbst, und Männer mit Hut und Trenchcoat, den Kragen zum Schutz gegen den kalten Wind hochgestellt, begegneten einem in Madrid auf Schritt und Tritt. Es war ein so typisch männliches Erscheinungsbild in jener ersten Zeit nach dem Bürgerkrieg, dass einem auf der Straße, in den Büros und Cafés tagtäglich Hunderte fast identische Kopien über den Weg liefen. Die Gestalt, die im gleichen Moment wie ich, das Gesicht abgewandt, stehen blieb, als ich den Paseo de la Castellana überqueren wollte, musste nicht unbedingt dieselbe sein, die ein paar Tage später bei einem zerlumpten blinden Bettler stehen blieb und so tat, als würde sie ihm ein Almosen geben, als ich mir in einem Laden Schuhe anschaute. Es musste auch nicht zwangsläufig derselbe Trenchcoat-Träger sein wie jener, der mir am Samstag bis zum Eingang des Prado folgte. Oder derselbe Rücken, der sich im Grillrestaurant des Ritz unauffällig hinter einer Säule verbarg, nachdem er gesehen hatte, mit wem ich mich dort zum Mittagessen verabredet hatte, nämlich mit meiner Kundin Agatha Ratinborg, einer angeblichen Prinzessin aus höchst zweifelhaftem europäischem Geblüt. Natürlich ließ sich objektiv nicht feststellen, ob all die Trenchcoats, die einem im Laufe der Tage in den verschiedenen Straßen auffielen, zu ein und derselben Person gehörten –

und trotzdem, ich hatte das dumpfe Gefühl, dass ich mich nicht täuschte.

Die zusammengerollten Schnittmuster, die ich in dieser Woche im Friseursalon deponieren würde, enthielten sieben der üblichen Botschaften in mittlerer Länge und eine persönliche, die nur aus zwei Worten bestand: »Werde überwacht«. Ich hatte die Botschaften erst spät zusammengestellt, denn es war ein langer Arbeitstag gewesen. Doña Manuela und die Mädchen waren nach acht Uhr gegangen. Als sie fort waren, schrieb ich zwei Rechnungen, die ich gleich am nächsten Morgen brauchte, und gönnte mir dann ein entspannendes Bad. Nun stand ich, in meinen langen Morgenrock aus granatrotem Samt gehüllt, in der Küche an die Spüle gelehnt und verzehrte im Stehen mein Abendessen, zwei Äpfel, und trank dazu ein Glas Milch. Ich war so müde, dass ich kaum Hunger hatte. Als ich mein frugales Abendessen beendet hatte, setzte ich mich hin, um die Botschaften zu verschlüsseln, und nachdem auch das erledigt und die handschriftlichen Notizen des Tages verbrannt waren, löschte ich eine nach der anderen die Lampen und machte mich auf den Weg ins Schlafzimmer. Nach den ersten Schritten verharrte ich plötzlich wie erstarrt. Zuerst meinte ich einen einzelnen Schlag zu hören, dann zwei, drei, vier Schläge hintereinander. Danach Stille. Dann begann es wieder, und jetzt war klar, woher das Geräusch kam: Es klopfte an der Tür, mit den Fingerknöcheln gegen das Holz, anstatt zu läuten. Trockene Schläge, die immer näher zu kommen schienen, bis sie zu einem stetigen Getrommel wurden. Ich stand noch immer regungslos da, wie gelähmt vor Angst.

Doch das Klopfen hörte nicht auf, und diese Hartnäckigkeit provozierte mich zu einer Reaktion, denn wer immer da vor meiner Tür stand, er hatte offenbar nicht die Absicht, wieder zu gehen, ehe er mich gesehen hatte. Ich zog den Gürtel des Morgenrocks fest zu und näherte mich langsam der Wohnungstür. Ich schluckte, dann schob ich ganz langsam und geräuschlos die Klappe über dem Türspion zur Seite und öffnete die Tür.

»Um Gottes willen, kommen Sie herein, kommen Sie, kommen Sie!«, war das Einzige, was ich flüsternd herausbrachte.

Der Mann trat hastig ein, er wirkte nervös, außer sich.

»Es ist so weit, es ist so weit. Ich bin entlassen worden, alles ist vorbei.«

Er sah mich nicht einmal an, während er diese Sätze hervorstieß, sondern redete wie von Sinnen, wie zu sich selbst oder zur Wand. Ich führte ihn eilig in den Salon, fast stieß ich ihn hinein, denn ich fürchtete, jemand aus dem Haus könnte ihn gesehen haben. Die ganze Wohnung lag im Halbdunkel, doch ehe ich eine Lampe einschaltete, sollte er sich setzen, sich ein wenig beruhigen. Er weigerte sich. Er lief erregt im Zimmer auf und ab, wie von Sinnen, und wiederholte ein ums andere Mal:

»Es ist so weit, es ist so weit. Ich bin entlassen worden, alles ist vorbei.«

Nachdem ich eine kleine Lampe eingeschaltet hatte, die in einer Ecke stand, schenkte ich ihm, ohne zu fragen, einen großen Cognac ein.

»Hier, bitte«, sagte ich und nötigte ihn, mir das Glas abzunehmen. »Trinken Sie!« Er führte das Glas mit zitternden Händen zum Mund. »Und nun setzen Sie sich bitte, beruhigen sich, und dann erzählen Sie mir, was geschehen ist.«

Ich hatte nicht die geringste Ahnung, was ihn bewogen haben könnte, um diese Zeit – es war schon nach Mitternacht – bei mir aufzutauchen. Auch wenn ich davon ausging, dass er auf dem Weg zu mir vorsichtig gewesen war, so konnte man aus seinem überaus erregten Verhalten doch schließen, dass ihm vielleicht alles schon gleichgültig war. Seit über eineinhalb Jahren hatte ich ihn nicht mehr gesehen, seit dem Tag seiner offiziellen Verabschiedung in Tetuán. Ich zog es vor, ihn lieber nichts zu fragen, ihn nicht unter Druck zu setzen. Es handelte sich offensichtlich nicht um einen reinen Höflichkeitsbesuch, aber ich wollte lieber warten, bis er sich beruhigte. Vielleicht erzählte er mir dann von selbst, was er von mir wollte. Er setzte sich, den Cognac in der Hand, und nahm noch einen Schluck. Er war wie jemand vom Land gekleidet, dunkel, mit weißem Hemd und gestreifter Krawatte, ohne die schmucke Uniform und die Schärpe quer über der Brust, wie ich ihn so viele Male bei offiziellen Anlässen erlebt hatte. Unmittelbar danach hatte er die Schärpe stets wieder abgelegt. Langsam schien er sich ein wenig zu beruhigen. Er zündete sich eine Zigarette an und rauchte, den Blick ins Leere gerichtet, eingehüllt in den Rauch und seine Gedanken. Ich hingegen setzte mich schweigend in einen Sessel in seiner Nähe, schlug die Beine übereinander und wartete. Als er die Zigarette fertig geraucht hatte, richtete er sich kurz auf, um sie im Aschenbecher auszudrücken. In dieser Haltung hob er nun endlich den Blick und begann zu reden.

»Sie haben mich des Amtes enthoben. Morgen wird es offiziell. Die Mitteilung ist bereits unterwegs zum Boletín Oficial del Estado, dem staatlichen Anzeiger, und zur Presse, in sieben oder acht Stunden ist die Nachricht draußen. Wissen Sie, wie viele Wörter sie für meine Liquidierung übrig haben? Ganze dreiundzwanzig. Ich habe sie gezählt, schauen Sie.«

Aus der Tasche seines Jacketts zog er eine handgeschriebene Notiz. Er zeigte sie mir, es standen nur wenige Zeilen darauf, die er aus dem Gedächtnis hersagte.

»›Don Juan Luis Beigbeder y Atienza scheidet aus dem Amt des Außenministers aus. Wir sprechen ihm unseren Dank für die geleisteten Dienste aus.‹ Zweiundzwanzig Wörter, wenn wir das ›Don‹ vor meinem Namen weglassen, das sie vermutlich noch streichen werden, wenn nicht, dreiundzwanzig. Danach erscheint der Name des Caudillo. Und er spricht mir seinen Dank für die geleisteten Dienste aus. Das ist wirklich allerhand.«

Er trank sein Glas in einem Zug aus, und ich schenkte ihm nach.

»Ich wusste schon seit Monaten, dass sie mich im Visier hatten, aber ich habe nicht damit gerechnet, dass der Schlag so plötzlich käme. Und auf so erniedrigende Weise.«

Er zündete sich die nächste Zigarette an und fuhr dann von Rauch umnebelt fort.

»Gestern Nachmittag saß ich noch mit Franco im Pardo-Palast zusammen, wir hatten ein langes und entspanntes Gespräch, er hat mich kein einziges Mal kritisiert oder Spekulationen zu meiner eventuellen Amtsenthebung geäußert, und die Situation war wirklich angespannt in der letzten Zeit, seit ich mich öffentlich mit Botschafter Hoare habe sehen lassen. Eigentlich ging ich recht zufrieden aus der Unterredung und dachte, dass er über meine Vorstellungen nachdenkt, dass er vielleicht beschlossen hat, meiner Meinung endlich ein klein wenig Gehör zu schenken. Wie hätte ich auf den Gedanken kommen sollen, dass er nichts anderes im Sinn hatte, als das Messer zu wetzen, sobald ich zur Tür hinaus war, und es mir am nächsten Tag in den Rücken zu stoßen? Ich bat ihn um eine Audienz, um für seinen bevorstehenden Meinungsaustausch mit Hitler in Hendaye noch einige Fragen mit ihm zu besprechen, trotz der Demütigung, die es für mich bedeutete, dass ich ihn nicht dorthin begleiten sollte. Dennoch wollte ich mit ihm sprechen, ihm gewisse wichtige Informationen übermitteln, die ich von Admiral Canaris erhalten hatte, dem Chef der *Abwehr*, des deutschen Militärgeheimdienstes. Wissen Sie, von wem ich spreche?«

»Ich habe den Namen schon gehört, ja.«

»Der Posten, den er innehat, mag einem nicht besonders sympathisch erscheinen, aber Canaris ist ein umgänglicher, charismatischer Mensch und meine Beziehung zu ihm ausgezeichnet. Wir gehören beide zu jener sonderbaren Sorte von Militärs, die ein wenig sentimental sind, die den Uniformen, den Orden und den Kasernen nicht allzu viel abgewinnen können. Theoretisch untersteht er Hitlers Befehl, doch er unterwirft sich nicht bedingungslos dessen Zielen, sondern handelt ziemlich eigenständig. Und so hängt das Damoklesschwert auch über seinem Kopf, genau wie es monatelang über meinem schwebte.«

Er stand auf, ging einige Schritte und näherte sich einer Balkontür, deren Vorhänge zurückgezogen waren.

»Bitte treten Sie zurück«, forderte ich ihn energisch auf. »Man kann Sie von der Straße aus sehen.«

Daraufhin lief er im Salon auf und ab, während er weitersprach.

»Ich nenne ihn ›mi amigo Guillermo‹, die spanische Variante seines Vornamens Wilhelm. Er spricht unsere Sprache sehr gut, denn er hat eine Zeit lang in Chile gelebt. Vor ein paar Tagen haben wir in der Casa Botín miteinander gegessen, er ist ganz begeistert von dem Spanferkelbraten, den sie dort haben. Mein Eindruck war, dass er sich mehr von Hitlers Einfluss entfernt hat denn je, sodass es mich nicht wundern würde, wenn er mit den Engländern gegen den *Führer* konspiriert. Wir sprachen davon, dass es nur von Vorteil ist, wenn Spanien nicht an der Seite der Achsenmächte in den Krieg eintritt, und deshalb haben wir bei diesem Essen eine Liste von Forderungen ausgearbeitet, die Franco für den Kriegseintritt Spaniens an Hitler stellen müsste. Ich bin über unsere strategische Situation bestens informiert, und Canaris kennt die Schwachpunkte der deutschen Streitkräfte, also haben wir gemeinsam eine Aufstellung von Forderungen erstellt, die Spanien als unabdingbare Voraussetzung für seine Unterstützung verlangen müsste und die Deutschland nicht einmal mittelfristig erfüllen könnte. Darunter waren etliche territoriale Ansprüche in Französisch-Marokko und die Stadt Oran bis zu gigantischen Mengen an Getreide und Waffen, die Besetzung von Gibraltar durch ausschließlich spanische Soldaten – alles, wie gesagt, vollkommen unerfüllbar. Außerdem wies mich Canaris darauf hin, dass es nicht ratsam sei, schon jetzt mit dem Wiederaufbau in Spanien zu beginnen, dass es besser sei, zerstörte Schienenwege, gesprengte Brücken und kaputte Straßen nicht zu reparieren, damit die Deutschen sehen, in welch jämmerlichem Zustand sich das Land befindet und wie schwierig ein Durchmarsch für die deutschen Truppen wäre.«

Er setzte sich wieder und nahm noch einen Schluck Cognac. Der Alkohol schien ihn zu entspannen, zum Glück. Ich hingegen war noch immer ganz durcheinander und verstand nicht, warum Beigbeder mich mitten in der Nacht und in diesem Zustand aufsuchte und mir von so fernliegenden Dingen erzählte wie seinen Unterredungen mit Franco und seinen Kontakten zu deutschen Militärs.

»Mit diesen ganzen Informationen ging ich in den Pardo-Palast und trug sie dem Caudillo vor«, fuhr er fort. »Er hörte sehr aufmerksam zu, behielt die Liste mit den Vorschlägen und dankte mir für mein Engagement. Er war so freundlich zu mir, dass er sogar eine persönliche Anspielung auf unsere alten Zeiten in Afrika machte. Der *generalísimo* und ich kennen uns schon seit vielen Jahren, wissen Sie? Ich glaube sogar, dass ich – abgesehen von seinem unsäglichen Schwager – das einzige Kabinettsmitglied bin, Pardon, war, das ihn mit Du anredet. Franco an der Spitze der Ruhmreichen Nationalen Bewegung, wer hätte das gedacht? Wir waren nie besonders gute Freunde, um ehrlich zu sein. Eigentlich bin ich überzeugt, dass er mich niemals auch nur im Geringsten geschätzt hat. Er hat nie verstanden, dass ich so wenig militärischen Ehrgeiz habe, dass ich Verwaltungsposten in Städten und nach Möglichkeit in fremden Ländern vorzog. Ich war von ihm auch nicht gerade begeistert, was soll ich sagen, er ist immer so ernsthaft, so bieder und langweilig, so ehrgeizig und versessen darauf, die Karriereleiter hochzusteigen. Eine richtige Nervensäge, ich sage es Ihnen ganz ehrlich. Zufällig waren wir zur gleichen Zeit in Tetuán, er war bereits Oberst, ich noch Hauptmann. Soll ich Ihnen eine Anekdote aus dieser Zeit erzählen? Am Spätnachmittag haben wir Offiziere uns immer in einem kleinen Café an der Plaza de España auf ein paar Gläser Tee getroffen. Erinnern Sie sich an diese kleinen Cafés?«

»Oh ja, sehr gut«, erwiderte ich. Wie hätte ich sie auch vergessen sollen, die schmiedeeisernen Stühle unter Palmen, den Duft nach Fleischspießchen und Minztee, das gemächliche Kommen und Gehen von Männern in Dschellabas und europäischen Anzügen, der Pavillon in der Mitte des Platzes mit seinen roten Tonziegeln und den weiß getünchten maurischen Bögen.

Die Erinnerung ließ ihn schmunzeln, zum ersten Mal seit er hier war. Er zündete sich wieder eine Zigarette an und lehnte sich zurück. Wir saßen fast im Dunkeln, die kleine Lampe in der Ecke war die einzige Lichtquelle im Salon. Da ich keine Gelegenheit gehabt hatte, mich umzuziehen, saß ich noch immer im Morgenrock da. Und ehe er sich nicht beruhigt hatte, wollte ich ihn auch nicht alleine lassen.

»Auf einmal erschien er nicht mehr zu unseren Treffen. Wir stellten alle möglichen Vermutungen über den Grund dafür an und kamen zu dem Schluss, dass er wohl auf Freiersfüßen wandelte, und wir wollten es natürlich genau wissen. Nun ja, Dummheiten junger Offiziere eben, wenn sie zu viel Zeit haben und nicht wissen, was sie damit anfangen sollen. Wir haben gewürfelt, und ich musste den Spion machen. Am folgenden Tag klärte sich das Geheimnis auf. Als er die Kaserne verließ, folgte ich ihm in die Altstadt, und dort sah ich ihn in ein Haus gehen, ein typisch arabisches Wohnhaus. Ich konnte es mir zwar schlecht vorstellen, aber zuerst glaubte ich, er habe ein Verhältnis mit einem einheimischen Mädchen. Unter irgendeinem Vorwand ging ich ebenfalls hinein, ich kann mich gar nicht mehr erinnern, was ich sagte. Und was, glauben Sie, habe ich dort gesehen? Da sitzt unser Mann und bekommt Unterricht in Arabisch, das war der Grund, warum er nicht mehr ins Café kam. Weil der große Oberbefehlshaber der Afrika-Truppe, der erlauchte und siegreiche Caudillo von Spanien, der Retter des Vaterlandes, trotz all seiner Anstrengungen nicht Arabisch sprach. Außerdem versteht er die Marokkaner nicht, sie sind ihm auch vollkommen gleichgültig. Mir hingegen nicht. Mir liegen sie am Herzen. Sehr sogar. Und ich verstehe mich mit ihnen, da ich sie als meine Brüder betrachte. Ich kann mich mit ihnen in Hocharabisch verständigen, in Tarifit, der Sprache der Rifkabylen, in welcher Sprache auch immer. Und das hat ihn fürchterlich gestört, den jüngsten Oberbefehlshaber Spaniens, den Stolz der Afrika-Truppe. Und dass ausgerechnet ich ihn dabei erwische, wie er diesen Mangel zu beheben versucht, hat ihn noch mehr geärgert. Nun ja, Kindereien.«

Er sagte einige Sätze auf Arabisch, die ich nicht verstand, als wollte er mir beweisen, dass er diese Sprache tatsächlich beherrschte. Als ob ich das nicht wüsste. Dann trank er seinen Cognac aus, und ich füllte sein Glas zum dritten Mal nach.

»Wissen Sie, was Franco gesagt hat, als Serrano Suñer mich als Außenminister vorschlug? ›Ich soll Juan Beigbeder ins Außenministerium holen, meinst du? Aber der Kerl hat doch nicht alle Tassen im Schrank!‹ Ich weiß nicht, warum er mich immer zum Verrückten abstempelt. Vielleicht, weil er selber eiskalt ist und ihm jeder, der einnen Funken Leidenschaft versprüht, wie ein Irrer vorkommt. Ich und verrückt, ist das die Möglichkeit!«

Wieder führte er das Cognacglas zum Mund. Er nahm mich kaum wahr, während er redete, sondern gab nur einen endlosen Monolog der Verbitterung von sich. Er redete und trank, redete und rauchte. Voller Zorn und ohne innezuhalten, wohingegen ich schweigend zuhörte und immer noch nicht verstand, warum er mir das alles erzählte. Wir waren zuvor kaum jemals allein gewesen, nie hatte er mit mir mehr als ein paar Sätze gewechselt, wenn Rosalinda nicht dabei war. Fast alles, was ich von ihm wusste, hatte ich von ihr erfahren. Dennoch hatte er in diesem so entscheidenden Augenblick seines Lebens und seiner beruflichen Laufbahn, in diesem historischen Moment, der auf drastische Weise das Ende einer Epoche markierte, aus einem unbekannten Grund beschlossen, mich ins Vertrauen zu ziehen.

»Franco und Serrano Suñer sagen, dass ich verrückt bin, dem verderblichen Einfluss einer Frau erlegen. Was für einen Schwachsinn man sich heutzutage anhören muss, verflucht noch mal. Der *cunadísimo* will mir Nachhilfe in Moral geben, ausgerechnet er, der seine Angetraute mit sechs oder sieben Kindern zu Hause sitzen hat, während er sich mit einer Marquesa im Bett wälzt und anschließend im Cabrio mit ihr zum Stierkampf fährt. Und obendrein wollen sie Ehebruch auch noch als Delikt ins Strafgesetzbuch aufnehmen, das ist doch wohl ein Witz. Natürlich gefallen mir Frauen, wieso auch nicht. Mit meiner Gattin führe ich seit Jahren kein Eheleben mehr. Ich bin niemandem wegen meiner Gefühle Rechenschaft schuldig, darüber, mit wem ich mich ins Bett lege und mit wem ich aufstehe, das fehlte noch. Ich habe durchaus meine Abenteuer gehabt, ich habe nichts ausgelassen, um ehrlich zu sein. Na und? Bin ich der Einzige in der Armee oder in der Regierung? Nein. Ich bin wie alle, aber sie wollen mir unbedingt das Etikett des eitlen Lebemanns anhängen, der sich von einer Engländerin hat verhexen lassen. So dumm muss man sein. Sie wollten meinen Kopf, wie Herodes den von Johannes dem Täufer, um den Deutschen ihre Loyalität zu beweisen. Sie haben ihn schon, wohl bekomm's! Aber deshalb mussten sie mich noch lange nicht mit Füßen treten.«

»Was haben sie Ihnen getan?«, fragte ich.

»Alle möglichen beleidigenden Dinge über mich verbreitet: mich als lüsternen Weiberheld hingestellt, der, verzeihen Sie mir den Ausdruck, für einen guten Beischlaf das Vaterland verkaufen würde. Das Gerücht gestreut, dass Rosalinda mich vom rechten Weg abgebracht und mich gezwungen hat, mein Land zu verraten, dass Hoare mich besticht, dass ich mich von den Juden in Tetuán für meine antideutsche Haltung bezahlen lasse. Sie lassen mich Tag und Nacht überwachen, ich fürchte sogar schon um meine körperliche Unversehrtheit, und Sie müssen nicht glauben, dass das Einbildung ist. Und das alles nur, weil ich als Minister versucht habe, besonnen zu handeln und meine Ideen entsprechend darzulegen: Ich habe ihnen gesagt, dass wir unsere Beziehungen zu den Briten und Nordamerikanern nicht beenden können, da wir bei Weizen und Erdöl von ihnen abhängig sind, und beides brauchen wir, damit unser armes Land nicht verhungert. Ich habe darauf bestanden, dass wir eine Einmischung Deutschlands in unsere nationalen Angelegenheiten nicht hinnehmen dürfen, dass wir uns seinen Interventionsplänen widersetzen müssen, dass es nicht gut für uns ist, wenn wir uns an Deutschlands Seite in seinen Krieg verwickeln lassen, auch nicht für ein Kolonialreich, das wir dann angeblich erhalten. Glauben Sie, die hätten meine Ansichten auch nur im Ansatz bedacht? Weit gefehlt. Nicht nur, dass sie sich keinen Deut um meine Meinung geschert haben, sie haben mich außerdem beschuldigt, schwachsinnig zu sein, weil ich denke, dass wir uns nicht einer Armee beugen dürfen, die ganz Europa im Spaziergang erobert. Wissen Sie, was der erhabene Serrano Suñer neuerdings sagt und unablässig wiederholt: ›Krieg mit oder ohne Brot!‹ Genial, oder? Und ich bin der Verrückte, ich fasse es nicht. Mein Widerstand hat mich mein Amt gekostet, wer weiß, ob er mich zu guter Letzt noch das Leben kostet. Ich bin allein, Sira, allein. Das Ministeramt, die militärische Karriere, meine privaten Beziehungen: alles, absolut alles ziehen sie in den Schmutz. Und jetzt schicken sie mich nach Ronda, wo ich unter Hausarrest stehen werde, vielleicht haben sie sogar vor, mich vor ein Kriegsgericht zu stellen und mich eines schönen Morgens vor irgendeiner Wand zu exekutieren.«

Er nahm die Brille ab und rieb sich die Augen. Er wirkte müde. Erschöpft. Älter.

»Ich bin schon ganz konfus, ich bin erschöpft«, sagte er mit leiser Stimme. Dann holte er tief Luft. »Was gäbe ich darum, wenn ich wieder zurückgehen könnte, wenn ich mein glückliches Marokko überhaupt nicht verlassen hätte. Was gäbe ich darum, wenn dieser ganze Albtraum niemals begonnen hätte. Nur bei Rosalinda habe ich Trost gefunden, aber sie ist fort. Deshalb bin ich zu Ihnen gekommen: um Sie zu bitten, mir dabei zu helfen, ihr meine Notizen zukommen zu lassen.«

»Wo ist sie denn jetzt?«

Das fragte ich mich schon seit Wochen, aber ich wusste nicht, an wen ich mich wenden sollte, um es zu erfahren.

»In Lissabon. Sie musste Hals über Kopf abreisen.«

»Warum?«, fragte ich beunruhigt.

»Wir haben erfahren, dass die Gestapo hinter ihr her ist, sie musste Spanien verlassen.«

»Und Sie als Minister konnten nichts für sie tun?«

»Ich, bei der Gestapo? Weder ich noch sonst jemand, meine Liebe. In letzter Zeit sind meine Beziehungen zu den deutschen Regierungsvertretern sehr angespannt: Einige Mitglieder unserer Regierung haben nämlich gegenüber dem Botschafter und seinen Leuten durchsickern lassen, dass ich gegen einen eventuellen Kriegseintritt Spaniens und gegen eine allzu enge Freundschaft zwischen unseren beiden Ländern bin. Obwohl ich wahrscheinlich auch nichts erreicht hätte, wenn ich mit ihnen auf freundschaftlichem Fuß stehen würde, denn die Gestapo kann schalten und walten, wie sie will, abseits der offiziellen Institutionen. Es ist uns zu Ohren gekommen, dass Rosalinda auf ihrer Liste steht. Eines Nachts hat sie ein paar Sachen gepackt und ist mit dem nächstbesten Flugzeug nach Portugal geflogen, alles andere schicken wir ihr nach. Nur Ben Wyatt, der amerikanische Marineattaché, hat uns zum Flughafen begleitet, er ist ein sehr guter Freund. Sonst weiß niemand, wo Rosalinda sich aufhält. Oder zumindest sollte es niemand wissen. Nun jedoch möchte ich dieses Wissen auch mit Ihnen teilen. Verzeihen Sie, dass ich so einfach vor Ihrer Tür stand, um diese Uhrzeit und in dieser Verfassung, aber morgen bringen sie mich nach Ronda, und ich weiß nicht, wie lange ich dann keinen Kontakt mit ihr werde aufnehmen können.«

»Und was soll ich tun?«, fragte ich, und mir dämmerte allmählich, was der Zweck dieses seltsamen Besuches war.

»Es irgendwie arrangieren, dass diese Briefe im Diplomatengepäck der Britischen Botschaft nach Lissabon gelangen. Sorgen Sie dafür, dass Alan Hillgarth sie bekommt, ich weiß, dass Sie mit ihm in Kontakt stehen.« Mit diesen Worten zog er drei dicke Umschläge aus der Innentasche seines Jacketts. »Ich habe sie im Laufe der letzten Wochen geschrieben, wurde aber so streng überwacht, dass ich es nicht gewagt habe, sie auf einem der üblichen Wege abzuschicken. Sie werden verstehen, dass ich nicht mal mehr meinem eigenen Schatten traue. Heute, nach meiner formellen Entlassung, haben sie sich offenbar eine Pause gegönnt und die Überwachung gelockert. Deshalb konnte ich hierherkommen, ohne dass mir jemand gefolgt ist.«

»Sind Sie sicher?«

»Absolut, machen Sie sich keine Sorgen«, bekräftigte er, was mich ein wenig beruhigte. »Ich bin mit dem Taxi gekommen, den Dienstwagen wollte ich lieber nicht nehmen. Es ist uns die ganze Strecke über kein Fahrzeug gefolgt, davon habe ich mich überzeugt. Und eine Verfolgung zu Fuß wäre unmöglich gewesen. Ich bin im Taxi sitzengeblieben, bis ich sah, wie der Hausmeister den Müll herausbrachte, erst dann habe ich das Gebäude betreten. Niemand hat mich gesehen, seien Sie unbesorgt.«

»Woher wussten Sie, wo ich wohne?«

»Das war nicht schwierig. Rosalinda hat diese Wohnung ja ausgewählt und mich über die Fortschritte bei der Einrichtung auf dem Laufenden gehalten. Sie hat sich sehr gefreut, dass Sie nach

Madrid kommen und für ihr Vaterland arbeiten wollen.« Wieder verzog sich sein Mund zu einem schwachen Lächeln. »Wissen Sie, Sira, ich liebe sie sehr, über alle Maßen. Ich weiß nicht, ob ich sie noch einmal wiedersehen werde, aber wenn nicht, sagen Sie ihr bitte, dass ich alles dafür gegeben hätte, sie in dieser so traurigen Nacht an meiner Seite zu haben. Darf ich mir noch einen Cognac einschenken?«

»Aber natürlich, gerne. Bedienen Sie sich.«

Ich wusste gar nicht mehr, wie viele Gläser er schon getrunken hatte, fünf oder sechs wahrscheinlich. Mit dem nächsten Schluck hatte er die momentane Schwermut wieder überwunden. Er wirkte entspannter und schien nicht die Absicht zu haben, gehen zu wollen.

»Rosalinda geht es gut in Lissabon, sie wird sich schon durchschlagen. Sie wissen ja, wie sie ist, sie kann sich jeder Situation mit beeindruckender Leichtigkeit anpassen.«

Rosalinda Fox: Sich neu zu erfinden, wieder bei null anzufangen, so oft es notwendig sein mochte, das konnte niemand besser als meine Freundin. Was für ein seltsames Paar, sie und Beigbeder. So verschieden die beiden waren, so gut ergänzten sie sich auch.

»Sie sollten sie möglichst bald in Lissabon besuchen, sie wird begeistert sein, ein paar Tage mit Ihnen verbringen zu können. Ihre Anschrift steht auf den Briefen, die ich Ihnen übergeben habe. Vergessen Sie nicht, sie sich zu notieren, ehe Sie die Briefe weitergeben.«

»Ich werde versuchen, nach Lissabon zu reisen, ich verspreche es Ihnen. Haben Sie selbst auch vor, nach Portugal zu gehen? Was gedenken Sie zu tun, wenn das alles vorbei ist?«

»Wenn mein Hausarrest zu Ende ist? Ich weiß es nicht, bis dahin können noch Jahre vergehen, vielleicht komme ich überhaupt nicht mehr lebend heraus. Die Situation ist sehr unsicher, ich weiß nicht einmal, was sie mir zur Last legen werden. Rebellion, Spionage, Landesverrat – irgendeine unsinnige Anschuldigung. Sollte ich aber mit *baraka* gesegnet sein und alles bald ein Ende haben, dann, glaube ich, würde ich ins Ausland gehen. Ich bin weiß Gott kein Liberaler, aber mich stößt Francos größenwahnsinniger Totalitarismus nach dem siegreichen Aufstand richtiggehend ab. Dieses Ungeheuer, das er erschaffen hat und viele von uns tatkräftig mit Nahrung versorgt haben. Sie können sich gar nicht vorstellen, wie sehr ich es bereue, dass ich während des Bürgerkriegs von Marokko aus dazu beigetragen habe, dass er so groß wurde. Mir gefällt dieses Regime nicht, ganz und gar nicht. Nicht einmal Spanien gefällt mir heute, zumindest nicht diese Ausgeburt von ›einig Vaterland, groß und frei‹, die sie uns verkaufen wollen. Ich habe mehr Jahre im Ausland verbracht als in Spanien, hier fühle ich mich als Fremder, vieles hier ist mir fremd.«

»Sie könnten doch immer noch nach Marokko zurück«, meinte ich. »Zusammen mit Rosalinda.«

»Nein, nein«, erwiderte er entschieden. »Marokko ist bereits Vergangenheit. Dort gäbe es keine Zukunft für mich. Nachdem ich Hochkommissar gewesen bin, könnte ich keinen niedrigeren Posten bekleiden. Ich fürchte, das Kapitel Nordafrika ist für mich abgeschlossen, auch wenn mir dabei das Herz blutet. Beruflich, meine ich, denn in meinem Herzen werde ich diesem Land stets verbunden sein, solange ich lebe. Inschallah, so Gott will.«

»Aber was dann?«

»Es hängt alles von meiner dienstlichen Situation ab: Ich bin in der Hand des Caudillo, des Oberbefehlshabers aller Streitkräfte von Gottes Gnaden. So weit kommt es noch. Als wenn Gott etwas mit diesen Machenschaften zu tun hätte. Es kann genauso gut sein, dass er meinen Hausarrest in einem Monat aufhebt, wie dass er mich öffentlich hinrichten lässt. Wer hätte das vor zwanzig Jahren gedacht: mein Leben in der Hand von Franco.«

Erneut nahm er die Brille ab, rieb sich die Augen. Wieder füllte er sein Glas, zündete sich eine neue Zigarette an.

»Sie sind sehr müde«, bemerkte ich. »Warum gehen Sie nicht schlafen?«

Er sah mich an wie ein verlassenes Kind. Wie ein verlassenes Kind, das auf seinen Schultern die Last von über fünfzig Lebensjahren trug, des höchsten Amtes in der spanischen Kolonialverwaltung und eines Ministerpostens, dessen man ihn jählings enthoben hatte. Er antwortete mit entwaffnender Offenheit.

»Ich möchte nicht gehen, denn mir ist der Gedanke unerträglich, in dem düsteren Kasten, der bis heute mein offizielles Domizil war, allein zu sein.«

»Dann schlafen Sie hier, wenn Sie möchten«, bot ich ihm an. Ich wusste, es war eine Dreistigkeit meinerseits, ihn einzuladen, die Nacht in meiner Wohnung zu verbringen, aber ich ahnte instinktiv, dass er in seinem Zustand alle möglichen verrückten Dinge anstellen konnte, wenn ich ihn vor die Tür setzte und ihn allein durch die Straßen Madrids irren ließ.

»Ich fürchte, ich werde kein Auge zubekommen«, gestand er mit einem traurigen Lächeln, »aber ich wäre Ihnen sehr dankbar, wenn ich mich hier ein wenig ausruhen könnte. Ich werde Ihnen keine Umstände machen, ich verspreche es. Es wird wie eine Zuflucht inmitten des Sturms für mich sein. Sie können sich nicht vorstellen, wie bitter die Einsamkeit des Verstoßenen schmeckt.«

»Fühlen Sie sich wie zu Hause. Ich bringe Ihnen gleich eine Decke, falls Sie sich hinlegen wollen. Legen Sie doch das Jackett und die Krawatte ab, machen Sie es sich bequem.«

Er befolgte meinen Rat, während ich mich auf die Suche nach einer Decke machte. Als ich zurückkam, saß er in Hemdsärmeln da und schenkte sich wieder ein.

»Das ist das letzte Glas«, sagte ich energisch und brachte die Cognacflasche weg.

Auf dem Tisch ließ ich einen sauberen Aschenbecher und auf der Rückenlehne des Sofas eine Decke. Dann setzte ich mich neben ihn und fasste ihn sanft am Arm.

»Alles geht vorbei, Juan Luis, es braucht einfach seine Zeit. Irgendwann, früher oder später, geht alles vorbei.«

Ich ließ den Kopf auf seine Schulter sinken, und er legte seine Hand in die meine.

»Ihr Wort in Gottes Ohr, Sira«, erwiderte er leise.

Ich ließ ihn allein mit seinen Dämonen und ging zu Bett. Auf dem Weg in mein Zimmer hörte ich ihn mit sich selbst in Arabisch sprechen. Es dauerte eine ganze Weile, bis ich einschlief, wahrscheinlich war es schon nach vier Uhr morgens geworden, als ich endlich in einen unruhigen, merkwürdigen Schlaf fiel. Das Geräusch der ins Schloss fallenden Wohnungstür weckte mich. Ich sah auf den Wecker. Es war zwanzig Minuten vor acht. Ich sollte Beigbeder nie wiedersehen.

42

Die Befürchtung, dass ich möglicherweise überwacht wurde, trat mit einem Mal in den Hintergrund. Ehe ich Hillgarth mit Vermutungen belästigte, die vielleicht vollkommen unbegründet waren, musste ich sofort mit ihm Kontakt aufnehmen, um ihm meine Informationen und die Briefe übergeben zu können. Viel wichtiger als meine Ängste war nun Beigbeders Lage: für ihn selbst, für meine Freundin, für alle Beteiligten. Deshalb zerriss ich an diesem Morgen das Schnittmuster, auf dem ich meine mutmaßliche Überwachung mitteilte, in tausend Stücke und fertigte ein neues an: »Beigbeder gestern Nacht bei mir. Weg aus Ministerium, äußerst nervös. In Arrest nach Ronda. Fürchtet um sein Leben. Übergab mir Briefe für Sra. Fox Lissabon mit Diplomatengepäck Botschaft. Erbitte dringend Anweisungen.«

Ich überlegte, ob ich mittags ins Embassy gehen sollte, um dort Kontakt zu Hillgarth aufzunehmen. Dass Beigbeder seines Amtes als Außenminister enthoben worden war, hatte er sicherlich schon am frühen Morgen gehört, aber ich wusste, dass alle anderen Einzelheiten, die ich vom Oberst erfahren hatte, für ihn ungeheuer interessant sein konnten. Außerdem ahnte ich, dass ich die Briefe für Rosalinda möglichst schnell weitergeben musste: Ich kannte ja die aktuelle Lage des Absenders und war daher überzeugt, dass sie nicht nur Liebesschwüre enthielten, sondern auch brisantes politisches Material, das sich auf keinen Fall in meinem Besitz befinden sollte. Doch wir hatten Mittwoch, und wie jeden Mittwoch stand ein Besuch im Schönheits- und Friseursalon *Rosa Zavala* auf dem Programm. Daher beschloss ich, lieber den üblichen Weg der Übergabe zu nutzen, als durch eine Sonderaktion Alarm auszulösen, denn sie hätte nur ein paar Stunden Zeitgewinn gebracht. Also zwang ich mich, den Vormittag über zu arbeiten, empfing zwei Kundinnen, aß wenig und ohne Appetit zu Mittag und machte mich dann mit den zusammengerollten Schnittmustern, die ich in ein Seidentuch gewickelt hatte, in der Tasche um Viertel vor vier auf den Weg zum Salon. Es sah nach Regen aus, aber ich nahm trotzdem kein Taxi. Ich musste ein wenig frische Luft schnappen, um wieder einen klaren Kopf zu bekommen. Unterwegs rief ich mir noch einmal Beigbeders beunruhigenden Besuch ins Gedächtnis und überlegte, was Hillgarth und seine Mitarbeiter wohl mit den Briefen machen würden. Ganz mit diesen Überlegungen beschäftigt, achtete ich überhaupt nicht darauf, ob mir jemand folgte. Im Übrigen war ich so sehr mit meinen eigenen Sorgen beschäftigt, dass ich es sowieso nicht gemerkt hätte.

Im Salon deponierte ich die Botschaften im Spind, ohne dass das Mädchen mit den lockigen Haaren, das sich um die Garderobe kümmerte, auch nur andeutungsweise erkennen ließ, ob sie Bescheid wusste, als unsere Blicke sich trafen. Entweder war sie eine gerissene Geheimdienstmitarbeiterin oder sie hatte keine Ahnung, was vor ihren Augen vor sich ging. Die Friseurin bediente mich ebenso zuvorkommend wie in jeder Woche, und während sie mein Haar, das schon über die Schultern reichte, in Wellen legte, tat ich so, als wäre ich ganz in die aktuelle Ausgabe einer monatlich erscheinenden Frauenzeitschrift vertieft. Mich interessierte dieses Blatt mit seinen Anzeigen für Schönheitsmittelchen, den schmalzigen, moralingetränkten Geschichten und einer umfassenden Reportage über gotische Kathedralen zwar herzlich wenig, aber ich las es von vorne bis hinten durch, ohne auch nur einmal den Blick zu heben, um jeden Kontakt zu anderen Besucherinnen des Salons zu vermeiden, deren Gespräche mich noch weniger interessierten. Sofern ich hier nicht zufällig einer meiner Kundinnen begegnete –

was relativ häufig vorkam –, hatte ich nicht das geringste Bedürfnis nach einer Unterhaltung.

Ich verließ den *Rosa Zavala* ohne die zusammengerollten Botschaften, aber mit vollendet onduliertem Haar und unverändert trüber Stimmung. Ich entschloss mich zu einem Spaziergang, statt direkt nach Hause zu gehen, obwohl das Wetter noch immer unfreundlich war. Bis von Hillgarth eine Nachricht kam, was ich mit Beigbeders Briefen tun sollte, wollte ich mich lieber ein wenig ablenken, um nicht mehr daran denken zu müssen. Ich ging ohne bestimmtes Ziel die Calle Alcalá hinauf bis zur Gran Vía. Anfangs war der Spaziergang sehr angenehm, doch nach einiger Zeit fiel mir auf, dass das Gedränge auf den Bürgersteigen immer schlimmer wurde, unter gepflegt wirkende Spaziergänger mischten sich Schuhputzer, Zigarettenkippensammler und Bettler, die in der Hoffnung auf eine milde Gabe ohne jede Scham ihre verkrüppelten Gliedmaßen vorzeigten. Da wurde mir bewusst, dass ich im Begriff war, die Grenzen des mir von Hillgarth vorgegebenen Bereichs zu überschreiten, dass ich mich auf gefährliches Terrain begab und damit rechnen musste, dass mir zufällig jemand begegnete, den ich von früher kannte. Wahrscheinlich hätte niemand in der Frau im eleganten grauen Wollmantel die kleine Näherin vermutet, die ich vor Jahren gewesen war, aber ich beschloss, die restlichen Stunden des Nachmittags lieber im Kino totzuschlagen, um mich keinem größeren Risiko als unbedingt notwendig auszusetzen.

Das nächste Kino befand sich im Palacio de la Música, und es lief der Film *Rebecca*. Die Vorführung hatte bereits begonnen, aber das war mir egal. Ich wollte lediglich ein bisschen für mich sein, während die Stunden vergingen, bis irgendjemand mir Anweisungen ins Haus brachte, wie ich mich weiterverhalten sollte. Der Platzanweiser begleitete mich zu einer der letzten Sitzreihen an der Seite, während auf der Leinwand gerade Laurence Olivier und Joan Fontaine in einem Cabrio eine kurvenreiche Landstraße entlangbrausten. Als sich meine Augen an die Dunkelheit gewöhnt hatten, sah ich, dass praktisch alle Sitze im Parkett besetzt waren.

In meiner Reihe, überhaupt im hinteren Teil des Kinos, saßen wegen der schlechteren Sicht nur vereinzelt Zuschauer, zu meiner Linken mehrere Paare, zu meiner Rechten gar niemand. Doch das änderte sich bald. Wenige Minuten später bemerkte ich, wie sich am anderen Ende der Reihe, höchstens zehn oder zwölf Sitze entfernt, jemand niederließ. Ein Mann. Allein. Ein Mann, dessen Gesicht ich im Dämmerlicht nicht richtig sehen konnte. Ein Mann wie tausend andere, auf den ich nie aufmerksam geworden wäre, hätte er nicht einen hellen Trenchcoat mit aufgestelltem Kragen getragen wie jene Gestalt, die mir seit mehr als einer Woche folgte. Ein Mann im Trenchcoat, der sich, der Blickrichtung nach zu urteilen, weniger für die Filmhandlung interessierte als für mich.

Es lief mir heiß und kalt über den Rücken. Mit einem Schlag war mir klar, dass mein Verdacht keine Einbildung gewesen war, sondern durchaus begründet: Dieser Mann war meinetwegen hier, hatte mich wahrscheinlich seit dem Schönheits- und Friseursalon verfolgt, vielleicht sogar von meiner Wohnung aus. Er war Hunderte von Metern hinter mir her gelaufen, hatte beobachtet, wie ich an der Kinokasse meine Eintrittskarte bezahlte, wie ich durch das Foyer und in den Kinosaal ging, wie ich zu einem Platz geleitet wurde. Doch es hatte ihm nicht genügt, mich heimlich zu beobachten, ohne dass ich ihn bemerkte. Als er mich entdeckt hatte, ließ er sich nur wenige Meter von mir entfernt nieder und versperrte mir so den Weg zum Ausgang. Und ich, noch niedergedrückt von der Nachricht über Beigbeders Entlassung, hatte im letzten Moment unvorsichtigerweise beschlossen, Hillgarth nicht mit meinem Verdacht zu behelligen, obwohl er sich im Laufe der Tage erhärtet hatte. Mein erster Gedanke war, sofort zu flüchten, aber ich sah mit einem Blick, dass ich in der Falle saß. Auf der rechten Seite kam ich nicht auf den Gang, ohne dass der Mann mich vorbeiließ, auf der linken Seite müsste ich etliche Kinogäste bitten, entweder aufzustehen oder die Beine einzuziehen, damit ich vorbeikam, und sie würden natürlich verärgert protestieren. Gleichzeitig hätte der Unbekannte dann genügend Zeit, seinen Platz zu verlassen und mir zu folgen. Da erinnerte ich mich wieder, was Hillgarth mir bei unserem Essen in der Amerikanischen Gesandtschaft geraten hatte: ruhig und gelassen bleiben, Normalität vorschützen – schon bei dem Verdacht, dass man überwacht wurde.

Die Dreistigkeit des Unbekannten im Trenchcoat verhieß jedoch nichts Gutes. Bislang hatte er mich heimlich überwacht, nun plötzlich zeigte er sich offen und demonstrativ, als wollte er sagen: »Hier bin ich, schauen Sie gut hin. Damit Sie wissen, dass ich Sie überwache, dass ich weiß, wohin Sie gehen. Damit Sie sich bewusst sind, dass ich mich jederzeit und ohne jede Mühe in Ihr Leben einmischen kann. Sehen Sie, heute bin ich Ihnen ins Kino gefolgt und habe Ihren Fluchtweg blockiert, morgen kann ich mit Ihnen machen, wonach mir der Sinn steht.«

Ich tat, als schenkte ich ihm keine Beachtung, und obwohl ich mich zwang, mich auf den Film zu konzentrieren, gelang es mir nicht. Völlig sinn- und zusammenhanglos liefen die Szenen vor meinen Augen ab: ein düsteres, majestätisches Herrenhaus, eine dämonisch wirkende Haushälterin, eine Protagonistin, die sich ständig falsch verhielt, und dazu der allgegenwärtige Geist einer faszinierenden Frau. Der ganze Kinosaal schien der Filmhandlung wie gebannt zu folgen. Mich beschäftigte jedoch viel mehr eine Person ganz in meiner Nähe. Während sich die Zeit dahinschleppte und auf der Leinwand Bilder in Schwarz-Weiß und Grau einander ablösten, ließ ich mehrere Male meine Haare über die rechte Gesichtshälfte fallen und versuchte, den Unbekannten unauffällig unter die Lupe zu nehmen, konnte aber auf die Entfernung und in der Dunkelheit des Kinosaales sein Gesicht nicht erkennen. Doch es entspann sich zwischen uns eine Art stumme Beziehung, als würde uns das gemeinsame Desinteresse an dem Film miteinander verbinden. Keiner von uns beiden verfolgte atemlos, wie die namenlose Protagonistin eine Porzellanfigur zerbrach, und wir klammerten uns auch nicht angstvoll an den Sitz, als die Haushälterin sie aufforderte, sich aus dem Fenster zu stürzen. Und es gefror uns auch nicht das Blut in den Adern bei dem Gedanken, dass Maxim de Winter vielleicht selbst der Mörder seiner untreuen Gattin gewesen war.

Als nach dem Bild des brennenden Manderley das Wort *Ende* auf der Leinwand erschien, ging das Licht an und plötzlich war der ganze Saal erhellt. Meine erste Reaktion war, mein Gesicht zu verbergen: Aus irgendeinem absurden Grund hatte ich das Gefühl, dass mich die Dunkelheit vor den Augen des Verfolgers geschützt hatte, dass ich nun verletzlicher war. Ich senkte den Kopf, sodass mir die Haare wieder ins Gesicht fielen, und tat, als würde ich etwas in meiner Handtasche suchen. Endlich hob ich den Blick ein wenig und spähte nach rechts – der Mann war verschwunden. Ich blieb noch im Parkett sitzen, bis auch der Abspann durchgelaufen und mir fast übel war vor Angst. Nun gingen alle Lichter an, die letzten Zuschauer verließen den Saal, und die Platzanweiser kamen herein, um zwischen den Sitzreihen nach Abfall und vergessenen Gegenständen Ausschau zu halten. Erst da nahm ich all meinen Mut zusammen und stand ebenfalls auf.

Das große Foyer war noch immer voller Menschen, es war sehr laut: Draußen ging ein Platzregen nieder, und die Kinogänger, die eigentlich nach draußen wollten, mischten sich mit denen, die schon zur nächsten Vorstellung gekommen waren, die gleich beginnen sollte. Ich stellte mich etwas entfernt von der Masse hinter eine Säule, wo ich mich in all dem Lärm und dem Rauch aus tausend Zigaretten anonym und vorerst sicher fühlte. Doch dieses Gefühl war nur von kurzer Dauer, bis nämlich die Menschenmasse sich aufzulösen begann. Den gerade Gekommenen wurden endlich die Türen zum Kinosaal geöffnet, damit sie sich dem Unglück der de Winters und ihren Geistern hingeben konnten. Die anderen Besucher – die Vorausschauenden unter dem Schutz von Regenschirmen und Hüten, die Unbedachten mit hochgezogenen Jacken und auseinandergefalteten Zeitungen über dem Kopf, oder die Unerschrockenen, die der Witterung einfach trotzten –, sie alle verließen nach und nach die fantastische Welt des Kinos und traten hinaus auf die Straße, um sich der banalen Realität zu stellen, einer Realität, die sich an diesem Herbstabend hinter einem dichten Wasservorhang präsentierte, der unerbittlich vom Himmel fiel.

Ein Taxi zu bekommen war von vornherein aussichtslos, sodass ich mich, wie Hunderte von Kinobesuchern vor mir, innerlich wappnete und mit einem seidenen Taschentuch auf dem Kopf und hochgeschlagenen Mantelkragen im strömenden Regen auf den Heimweg machte. Ich eilte die Straßen entlang, denn ich wollte möglichst schnell nach Hause und ins Trockene, aber auch meinen Ängsten entkommen, die mich auf Schritt und Tritt verfolgten. Ständig wandte ich den Kopf: Mal glaubte ich mich verfolgt, mal meinte ich, der Verfolger hätte aufgegeben. Jeder Mann mit einem Trenchcoat ließ mich noch schneller ausschreiten, auch wenn seine Gestalt gar nicht der jenes Mannes entsprach, den ich fürchtete. Als jemand zügig an mir vorbeiging und mich dabei unabsichtlich am Arm berührte, flüchtete ich mich vor das Schaufenster einer geschlossenen Apotheke. Ein Bettler, der mich am Ärmel zog und um eine milde Gabe bat, erhielt von mir nicht mehr als einen leisen Schreckensschrei als Almosen. Eine Weile hielt ich Schritt mit verschiedenen Paaren, bis sie selbst, irritiert durch meine aufdringliche Nähe, schneller gingen, um mich loszuwerden. Meine Strümpfe wiesen durch die vielen Pfützen bereits zahlreiche Schmutzspritzer auf, und zu allem Überfluss blieb ich mit dem Absatz meines linken Schuhs in einem Gullydeckel hängen. Hastig und ängstlich überquerte ich die Straßen, auf den Verkehr achtete ich kaum. Auf einer Kreuzung blendeten mich die Scheinwerfer eines Automobils, ein Stück weiter hupte mich ein dreirädriger Lieferwagen wütend an, und fast hätte mich eine Straßenbahn überfahren. Ein paar Meter weiter konnte ich mich nur durch einen Sprung vor dem Zusammenprall mit einem dunklen Wagen retten, der mich bei dem starken Regen wohl nicht gesehen hatte. Oder vielleicht doch.

Nass bis auf die Haut und völlig außer Atem kam ich schließlich vor meiner Haustür an. Ein paar Meter weiter standen der Hausmeister, der Nachtwächter, ein paar Nachbarn und fünf oder sechs Schaulustige zusammen, um die Schäden zu begutachten, die durch das in den Kellern zusammengelaufene Wasser entstanden waren. Ich lief die Treppe hinauf, nahm zwei Stufen auf einmal, ohne dass mich jemand bemerkt hätte, und zog das durchnässte Seidentuch vom Kopf, während ich nach den Schlüsseln kramte.

Ich war erleichtert, dass ich es bis nach Hause geschafft hatte, ohne meinem Verfolger zu begegnen, und wollte nur noch ein heißes Bad nehmen, um die Kälte und Angst in mir loszuwerden. Doch die Erleichterung währte nicht lange, nämlich nur die wenigen Sekunden, die ich brauchte, um meine Wohnungstür aufzuschließen, einzutreten und festzustellen, dass etwas nicht stimmte.

Dass im Salon eine Lampe brannte, obwohl die ganze Wohnung im Dunkeln liegen sollte, war zwar nicht normal, doch es konnte eine Erklärung dafür geben. Doña Manuela und die beiden Mädchen schalteten zwar alle Lichter aus, ehe sie gingen, hatten an diesem Abend aber vielleicht vergessen, einen letzten Rundgang zu machen. Deshalb war es nicht das Licht der Lampe, das mich irritierte, sondern was ich an der Garderobe am Eingang vorfand. Einen Trenchcoat. Hell, Männergröße. Er hing auf einem Kleiderbügel und tropfte – Unheil verkündend – vor sich hin.

43

Der Besitzer des Trenchcoats erwartete mich im Salon. Eine ganze Weile, die mir wie eine Ewigkeit erschien, stand ich stumm da. Auch mein unerwarteter Besucher sagte nicht sofort etwas. Wir starrten uns nur schweigend an, während alle möglichen Erinnerungen und Gefühle auf mich einstürmten.

»Hat dir der Film gefallen?«, fragte er schließlich.

Ich antwortete nicht. Vor mir stand der Mann, der mir seit Tagen folgte. Der Mann, der vor fünf Jahren in einem ähnlichen Mantel aus meinem Leben verschwunden war. Derselbe Mann, der sich mit einer Schreibmaschine in der Hand im Nebel entfernt hatte, als er erfahren hatte, dass ich ihn wegen eines anderen verlassen würde. Ignacio Montes, mein erster Verlobter, war wieder in mein Leben getreten.

»Wir sind ganz schön vorangekommen, nicht wahr, Sirita?«, fügte er hinzu, während er aufstand und auf mich zukam.

»Was machst du hier, Ignacio?«, konnte ich nur flüstern.

Ich hatte meinen Mantel noch gar nicht ausgezogen und bemerkte jetzt, wie das Wasser heruntertropfte und zu meinen Füßen kleine Pfützen auf dem Boden bildete. Doch ich war wie erstarrt.

»Ich wollte dich sehen«, erwiderte er. »Trockne dich ab und zieh dich um, wir müssen uns unterhalten.«

Er lächelte, aber sein Lächeln wirkte unecht. In diesem Augenblick wurde mir bewusst, dass mich nur ein paar Meter von der Tür trennten, durch die ich gerade eingetreten war. Sollte ich versuchen zu flüchten, die Treppe hinunterstürmen, drei Stufen auf einmal nehmend, hinaus zur Haustür, auf die Straße und losrennen? Doch ich verwarf den Gedanken: Bevor ich nicht wusste, worum es ging, wollte ich nicht so überstürzt handeln. Daher tat ich einfach ein paar Schritte auf ihn zu und sah ihm direkt in die Augen.

»Was willst du, Ignacio? Wie bist du hereingekommen, wozu bist du gekommen, warum überwachst du mich?«

»Langsam, Sira, langsam. Reg dich nicht auf, eine Frage nach der anderen. Aber mir wäre es lieber, wenn wir es uns bequem machen könnten, falls du nichts dagegen hast. Ich bin ein bisschen müde, weißt du? Du hast mich letzte Nacht mehr Schlaf gekostet als sonst. Macht es dir etwas aus, wenn ich etwas trinke?«

»Früher hast du keinen Alkohol getrunken«, sagte ich und bemühte mich, ruhig zu bleiben.

Er brach in ein Gelächter aus, das so kalt war wie die Schneide meiner Schere.

»Was für ein gutes Gedächtnis du hast! Kaum zu glauben, dass du dich bei den interessanten Geschichten, die du in den letzten Jahren erlebt haben musst, noch an solche Nebensächlichkeiten erinnern kannst.«

Kaum zu glauben, ja, aber ich erinnerte mich. Daran und an vieles mehr. An unsere langen Spaziergänge am Nachmittag, ohne jedes Ziel, an unseren Tanz unter bunten Lampions auf dem Jahrmarkt. An seinen Optimismus, an seine Sanftheit damals. An mich selbst, als ich nur eine kleine Näherin war und mir kein größeres Glück vorstellen konnte, als den Mann zu heiraten, der mir jetzt richtiggehend Angst einjagte.

»Was willst du trinken?«, fragte ich schließlich. Ich bemühte mich, gelassen zu klingen, keine Nervosität zu zeigen.

»Whisky, Cognac, egal. Was du deinen Gästen sonst auch anbietest.«

Ich goss ihm ein Glas Cognac ein, und damit war die Flasche fast leer, an der sich Beigbeder in der Nacht zuvor bedient hatte, es blieben vielleicht noch zwei Fingerbreit. Als ich in den Salon zurückkam, stellte ich fest, dass Ignacio einen ganz gewöhnlichen grauen Anzug trug, aus besserem Stoff und mit einem besseren Schnitt als während unserer Verlobungszeit, aber von einem weniger guten Schneider wie die Anzüge der Männer, mit denen ich in letzter Zeit Umgang hatte. Ich stellte das Glas auf das Tischchen neben ihm, und erst da fiel mir auf, dass dort eine Pralinenschachtel aus dem Embassy lag, eingewickelt in silbrig glänzendes Papier mit einem prächtigen rosafarbenen Band.

»Eine kleine Aufmerksamkeit von einem Verehrer«, bemerkte er und strich mit den Fingerspitzen leicht über die Schachtel.

Ich sagte nichts darauf. Ich konnte nicht, es hatte mir den Atem verschlagen. Irgendwo auf dem Einwickelpapier dieses unerwarteten Präsents befand sich eine kodierte Nachricht von Hillgarth, eine Nachricht, die niemand außer mir sehen durfte.

Ich setzte mich, noch immer in der nassen Kleidung und überaus angespannt, in eine Ecke des Sofas, möglichst weit von meinem Besucher entfernt. Ich tat, als würde mich die Pralinenschachtel nicht interessieren, und betrachtete Ignacio schweigend, während ich mir die nassen Haare aus dem Gesicht strich. Er war immer noch so schlank wie früher, doch sein Gesicht hatte sich verändert. Obwohl er gerade mal dreißig war, zeigten sich an den Schläfen schon die ersten grauen Haare, er hatte dunkle Ringe unter den Augen und an den Mundwinkeln hatten sich scharfe Linien eingegraben. Er wirkte müde, als ob er ein ziemlich anstrengendes Leben führen würde.

»Ja, ja, Sira, es ist viel Zeit vergangen.«

»Fünf Jahre«, präzisierte ich in scharfem Ton. »Und jetzt sag mir bitte, aus welchem Grund du hergekommen bist.«

»Aus mehreren«, antwortete er. »Aber zieh dir ruhig zuerst trockene Sachen an. Und bring mir deine Papiere mit, wenn du zurückkommst. Dich am Kinoausgang darum zu bitten, erschien mir unter deinen momentanen Umständen doch etwas unhöflich.«

»Und warum sollte ich dir meine Papiere zeigen?«

»Weil du, wie ich gehört habe, jetzt marokkanische Staatsbürgerin bist.«

»Und was geht das dich an? Du hast kein Recht, dich in mein Leben einzumischen.«

»Woher willst du das wissen?«

»Du und ich, wir haben nichts mehr gemeinsam. Ich bin inzwischen ein anderer Mensch, Ignacio, ich habe weder mit dir noch mit irgendjemandem aus der Zeit, als wir zusammen waren, noch etwas zu tun. In diesen letzten Jahren ist vieles geschehen in meinem Leben, ich bin nicht mehr die, die ich einmal war.«

»Wir alle sind nicht mehr die, die wir waren, Sira, nach einem Krieg, wie wir ihn erlebt haben.«

Schweigen breitete sich aus zwischen uns. Wie aufgescheuchte Vögel schossen mir tausend Bilder aus der Vergangenheit durch den Kopf, tausend widerstreitende Empfindungen überfluteten mich. Vor mir saß der Mann, der der Vater meiner Kinder hätte sein können, ein guter Mann, der mich immer nur vergöttert, dem ich aber einen Dolch ins Herz gestoßen hatte. Vor mir saß aber auch ein Mann, der sich in meinen schlimmsten Albtraum verwandeln konnte, der vielleicht seit fünf Jahren seinen Groll in sich hineinfraß und zu allem bereit war, um mich für meinen Verrat bezahlen zu lassen. Beispielsweise indem er mich anzeigte, mich beschuldigte, dass ich nicht die sei, die ich vorgab zu sein, und meine Schulden aus der Vergangenheit ans Licht zerrte.

»Wo bist du während des Krieges gewesen?«, fragte ich fast ängstlich.

»In Salamanca. Ich war ein paar Tage bei meiner Mutter zu Besuch, als der Aufstand begann. Dann hatte ich keine andere Wahl, als mich den Nationalen anzuschließen. Und du?«

»In Tetuán«, sagte ich, ohne lange nachzudenken. Vielleicht hätte ich es nicht so offen sagen sollen, aber jetzt war es schon zu spät. Seltsamerweise freute ihn meine Antwort offenbar, denn ein schwaches Lächeln umspielte seine Lippen.

»Natürlich«, meinte er dann leise. »Natürlich, damit ergibt alles einen Sinn.«

»Was ergibt einen Sinn?«

»Etwas, das ich über dich wissen musste.«

»Du musst überhaupt nichts über mich wissen, Ignacio. Du musst mich einfach vergessen und in Ruhe lassen.«

»Das kann ich nicht«, entgegnete er entschieden.

Ich fragte nicht, warum. Ich fürchtete, er würde Erklärungen von mir verlangen, mir Vorwürfe machen, weil ich ihn verlassen hatte, und mir ins Gesicht schleudern, wie sehr ich ihm wehgetan hatte. Oder, noch schlimmer: dass er mir offenbarte, er würde mich noch immer lieben, und mich anflehte, zu ihm zurückzukommen.

»Du musst gehen, Ignacio. Du musst mich vergessen.«

»Das kann ich nicht, mein Schatz«, wiederholte er nun mit einem etwas bitteren, sarkastischen Unterton. »Nichts wäre mir lieber, als mich nie mehr an die Frau erinnern zu müssen, die mein Leben zerstört hat, doch ich kann es nicht. Ich arbeite für die Abteilung für innere Sicherheit im Innenministerium. Ich bin verantwortlich für die Überwachung der Ausländer, die zu uns kommen, vor allem derjenigen, die sich auf Dauer in Madrid niederlassen wollen. Und auf dieser Liste stehst auch du, an vorrangiger Stelle.«

Ich wusste nicht, ob ich lachen oder weinen sollte.

»Was willst du von mir?«, fragte ich, als ich wieder ein vernünftiges Wort zustande brachte.

»Deine Papiere«, verlangte er. »Deinen Pass und die Zollgenehmigungen für alles in dieser Wohnung, was aus dem Ausland stammt. Aber zieh dich zuvor um.«

Er klang sehr kühl und selbstsicher, professionell, ganz anders als der sanfte, jungenhafte Ignacio von früher, den ich mir in meinen Erinnerungen bewahrt hatte.

»Bist du dazu berechtigt? Kannst du dich entsprechend ausweisen?«, fragte ich mit leiser Stimme. Ich wusste zwar intuitiv, dass er nicht log, wollte aber Zeit gewinnen, um das Ganze erst einmal zu begreifen.

Er zog eine Brieftasche aus seinem Jackett und klappte sie mit einer Hand so schnell und geschickt auf, dass er diese Bewegung wahrscheinlich schon oft gemacht hatte. Und tatsächlich, da klebte sein Foto, da stand sein Name, daneben seine Funktion und die Behörde, die er gerade genannt hatte.

»Einen Augenblick«, flüsterte ich.

Ich ging in mein Zimmer, riss eine weiße Bluse und einen blauen Rock aus dem Schrank, dann zog ich die Schublade mit der Unterwäsche auf, um frische Wäsche herauszunehmen. Dabei berührte ich mit den Fingerspitzen Beigbeders Briefe, die unter der Wäsche versteckt waren. Ich zögerte kurz, wusste nicht recht, was ich mit ihnen machen sollte: sie dort lassen, wo sie lagen, oder schnell einen Platz suchen, wo sie sicherer waren. Hastig sah ich mich im Zimmer um: vielleicht auf dem Schrank, vielleicht unter der Matratze. Vielleicht zwischen den Bettlaken. Oder hinter dem Spiegel des Frisiertisches. Oder in einem Schuhkarton.

»Beeil dich, bitte«, rief Ignacio aus dem Salon.

Ich schob die Briefe ganz nach hinten, legte einige Höschen darüber und schloss die Schublade mit einem heftigen Ruck. Jeder andere Platz war als Versteck genauso gut oder schlecht wie dieser, ich wollte das Schicksal lieber nicht herausfordern.

Ich trocknete mich ab, zog mich an, nahm meinen Pass aus dem Nachttischchen, ging in den Salon zurück und reichte ihm meine Papiere.

»Arish Agoriuq«, las er langsam vor. »Geboren in Tanger, wohnhaft in Tanger. Am selben Tag geboren wie du, was für ein Zufall.«

Ich erwiderte nichts. Mir war plötzlich, als müsste ich mich gleich übergeben, nur mit Mühe konnte ich den Brechreiz unterdrücken.

»Darf man wissen, wozu dieser Wechsel der Nationalität?«

Mein Verstand fabrizierte blitzschnell eine Lüge. Mit einer solchen Situation hatten weder ich noch Hillgarth gerechnet.

»Man hatte mir meinen Pass gestohlen, und ich konnte keinen neuen in Madrid beantragen, weil wir mitten im Krieg waren. Ein Freund hat es arrangiert, dass ich die marokkanische Nationalität bekommen und damit problemlos reisen konnte. Es ist kein falscher Pass, du kannst ihn überprüfen.«

»Das habe ich bereits getan. Und der Name?«

»Man fand es besser, ihn zu ändern, damit er arabischer klingt.«

»Arish Agoriuq? Ist das arabisch?«

»Das ist Tarifit, die Sprache der Rifkabylen«, log ich, da ich mich an Beigbeders linguistische Ausführungen erinnerte.

Daraufhin sagte er nichts, sondern sah mich eine Weile unverwandt an. Mir war noch immer ziemlich übel, aber ich unterdrückte den Brechreiz mit aller Kraft, damit ich nicht plötzlich ins Bad rennen musste.

»Und was ist der Zweck deines Aufenthalts in Madrid?«, wollte er schließlich wissen.

»Arbeiten. Schneidern, wie immer«, erwiderte ich. »Diese Wohnung ist ein Schneideratelier.«

»Davon möchte ich mich selbst überzeugen.«

Ich führte ihn in den hinteren Salon und zeigte ihm wortlos die Stoffballen, die Schneiderpuppen und die Modemagazine. Dann ging ich mit ihm den Flur entlang und öffnete ihm alle Zimmertüren – die Anproben, makellos sauber, die Kundentoilette, das Nähatelier voller Zuschnitte, Schnittmuster und Schneiderpuppen mit halb fertigen Kleidern. Das Bügelzimmer, in dem mehrere Kleidungsstücke warteten. Zu guter Letzt der Lagerraum. Wir gingen nebeneinander, Seite an Seite, wie wir früher ein kleines Stück unseres Lebensweges miteinander gegangen waren. Mir fiel wieder ein, dass er damals fast einen Kopf größer war als ich, jetzt schien der Unterschied nicht mehr so groß. Doch nicht mein Gedächtnis spielte mir einen Streich. Damals, als ich nur ein Schneiderlehrling und er Beamtenanwärter war, trug ich kaum Schuhe mit Absatz. Heute, fünf Jahre später, reichte ich ihm dank meiner Absätze bis zur Nase.

»Was ist ganz hinten?«, fragte er.

»Mein Schlafzimmer, zwei Badezimmer und vier weitere Zimmer. Zwei sind Gästezimmer, die anderen beiden stehen leer. Außerdem das Esszimmer, die Küche und der Hausarbeitsraum«, zählte ich auf.

»Ich möchte die Zimmer sehen.«

»Wozu?«

»Ich brauche dir keine Begründung zu geben.«

»In Ordnung.«

Also zeigte ich ihm mit einem mulmigen Gefühl einen Raum nach dem anderen und gab mich ganz gelassen, obwohl ich mich sehr anstrengen musste, damit meine Hand auf der Türklinke oder dem Lichtschalter nicht allzu sehr zitterte. Beigbeders Briefe für Rosalinda lagen noch immer im Schlafzimmerschrank unter der Unterwäsche versteckt. Mir wurden die Knie weich bei dem Gedanken, dass er auf die Idee kommen könnte, diese Schublade zu öffnen, und die Briefe finden würde. Ich beobachtete ihn nervös, als er mein Schlafzimmer betrat und sich in aller Ruhe umsah. Er blätterte scheinbar interessiert in dem Roman herum, der auf dem Nachttisch lag, und legte ihn dann wieder zurück. Er fuhr mit den Fingern über das Fußteil des Bettes, nahm eine Haarbürste vom Frisiertisch und blickte kurz vom Balkon auf die Straße. Meine Hoffnung, dass sein Besuch damit beendet wäre, erfüllte sich nicht. Was ich am meisten fürchtete, stand noch aus. Er öffnete eine Seite des Schranks, die, in der ich Mäntel und Jacken aufbewahrte. Er befühlte den Ärmel einer Winterjacke, bei einer anderen den Gürtel, schloss die Tür wieder. Dann öffnete er die zweite Schranktür, hinter der sich die Schubladen befanden, und ich hielt den Atem an. Er zog die erste auf: Taschentücher. Er hob eines an einer Ecke hoch, dann ein anderes, dann ein drittes. Und schob die Lade wieder zu. Dann zog er die zweite Schublade auf, und ich schluckte: Strümpfe. Er schob sie zu. Als er sich anschickte, die dritte Schublade herauszuziehen, hatte ich das Gefühl, der Boden unter mir würde zu schwanken beginnen. Dort, unter der Seidenwäsche, lagen die Briefe, in denen ausführlich und in erster Person die Umstände der skandalösen Amtsenthebung des Ministers beschrieben wurden, von der gegenwärtig ganz Spanien sprach.

»Ich finde, jetzt gehst du zu weit, Ignacio«, brachte ich mit Mühe heraus.

Seine Finger verharrten ein paar Sekunden länger über dem Griff der Schublade, als überlegte er, was er tun sollte. Es überlief mich heiß und kalt, mein Mund war wie ausgedörrt. Das würde mein Ende sein. Doch er zog seine Hand zurück, sagte nur: »Machen wir weiter«, und schloss die Schranktür wieder. Ich musste mich sehr zusammennehmen, um nicht vor Erleichterung in Tränen auszubrechen. Ich versuchte, mir möglichst nichts anmerken zu lassen, und spielte notgedrungen weiter die Rolle der Fremdenführerin. Er sah die Badewanne, in der ich mich entspannte, und den Tisch, an dem ich meine Mahlzeiten einnahm, die Speisekammer mit den Vorräten an Lebensmitteln, das große Becken, in dem die Mädchen die Wäsche wuschen. Vielleicht hatte er die Durchsuchung meines Schlafzimmers aus Respekt vor mir abgebrochen, vielleicht einfach aus Schamgefühl, oder weil seine Arbeitsvorschriften Grenzen vorsahen, die er nicht zu überschreiten wagte, ich habe es nie erfahren. Wir kehrten schweigend in den Salon zurück, und ich dankte dem Himmel, dass die Hausdurchsuchung nicht gründlicher ausgefallen war.

Er setzte sich auf denselben Platz wie zuvor, ich mich ihm gegenüber.

»Ist alles in Ordnung?«

»Nein«, entgegnete er rundheraus. »Nichts ist in Ordnung, nichts.«

Ich schloss die Augen, machte sie fest zu, und öffnete sie dann wieder.

»Was stimmt denn nicht?«

»Nichts stimmt, nichts ist, wie es sein sollte.«

Plötzlich meinte ich einen Hoffnungsschimmer zu sehen.

»Was dachtet du denn, dass du finden würdest, Ignacio? Was wolltest du finden, das du nicht gefunden hast?«

Er gab keine Antwort.

»Du hast gedacht, das alles ist nur Fassade, stimmt's?«

Erneut gab er mir keine Antwort, aber er nahm gewissermaßen die Zügel wieder in die Hand.

»Ich weiß nur zu gut, wer dieses Szenario inszeniert hat.«

»Dieses Szenario, wie meinst du das?«, hakte ich nach.

»Diese Farce von Modeatelier.«

»Das ist keine Farce, hier wird hart gearbeitet. Ich schneidere jeden Tag über zehn Stunden, sieben Tage in der Woche.«

»Das bezweifle ich«, entgegnete er scharf.

Ich stand auf und ging zu ihm hin, setzte mich auf eine der Lehnen und nahm seine rechte Hand. Er sträubte sich nicht dagegen, sah mich auch nicht an. Dann strich ich mit seinen Fingern erst über meine rechte, dann über meine linke Handfläche, über meine Finger, langsam, damit er jeden Millimeter meiner Haut spürte. Ich wollte ihm nur zeigen, welche Spuren meine Arbeit – die Scheren, die Nadeln und die Fingerhüte – im Laufe der Jahre hinterlassen hatte, die Hornhaut an den Fingerkuppen, die verhärteten Stellen an den Innenflächen. Ich spürte, wie er bei meiner leisen Berührung erschauderte.

»Das sind die Hände einer arbeitenden Frau, Ignacio. Ich kann mir schon denken, wofür du mich hältst und welches Gewerbe ich deiner Meinung nach betreibe, aber ich will, dass du dir darüber im Klaren bist, dass diese Hände nicht die einer ausgehaltenen Geliebten sind. Es tut mir in der Seele weh, dass ich dich verletzt habe, du kannst dir gar nicht vorstellen, wie leid mir das tut. Ich habe mich dir gegenüber nicht gut benommen, aber das alles ist Vergangenheit und lässt sich nun nicht mehr ändern. Daran wirst du nichts mehr ändern können, auch wenn du dich noch so sehr in mein Leben einmischst und Phantomen nachjagst, die nicht existieren.«

Ich hielt noch immer seine Hand in meinen Händen. Sie war eiskalt, wurde nur ganz langsam warm.

»Willst du wissen, was mit mir geschah, nachdem ich fortgegangen bin?«, fragte ich leise.

Er nickte stumm, sah mich nicht an.

»Wir gingen nach Tanger. Ich wurde schwanger, und Ramiro verließ mich. Ich verlor das Kind. Plötzlich stand ich allein da in einem fremden Land, krank, ohne Geld, mit einem Berg von Schulden, die er auf meinen Namen gemacht hatte, arm wie eine Kirchenmaus. Ich hatte die Polizei am Hals, stand tausend Ängste aus, wurde in Dinge am Rand der Legalität verwickelt. Dank der Unterstützung einer Freundin konnte ich ein Modeatelier eröffnen, und so begann ich wieder zu schneidern. Ich arbeitete Tag und Nacht und fand neue Freunde, ganz andere Leute, als ich bisher kannte. Ich habe mich ihnen angepasst und eine ganz neue Welt kennengelernt, aber niemals aufgehört zu arbeiten. Auch einem Mann bin ich begegnet, in den ich mich hätte verlieben, mit dem ich vielleicht wieder hätte glücklich werden können, einem ausländischen Journalisten. Aber ich wusste, dass er früher oder später würde gehen müssen, und ich wollte keine neue Beziehung eingehen aus Angst, wieder leiden zu müssen, wieder zu erleben, wie es mir schier das Herz aus dem Leib reißt wie damals, als Ramiro mich verließ. Jetzt bin ich nach Madrid zurückgekommen, allein, und arbeite wie zuvor. Du hast ja gesehen, wie groß das Atelier ist. Und was die Sache zwischen dir und mir betrifft, so bin ich für meine Verfehlung schon genug gestraft, das darfst du mir glauben. Ich weiß nicht, ob dir das eine Genugtuung ist oder nicht, aber sei gewiss, dass ich für das, was ich dir angetan habe, teuer bezahlen musste. Wenn es eine göttliche Gerechtigkeit gibt, dann kann ich mit gutem Gewissen sagen, dass das, was mir angetan wurde, meine Verfehlungen mehr als aufwiegt.«

Ob ihn berührte, beruhigte oder noch mehr verwirrte, was ich sagte, konnte ich nicht beurteilen. Wir saßen eine Weile schweigend nebeneinander, seine Hand in den meinen, die Körper ganz nahe, uns der Gegenwart des anderen bewusst. Dann stand ich auf und kehrte auf meinen Platz zurück.

»Was hast du mit Minister Beigbeder zu tun?«, wollte er dann wissen. Er klang nicht mehr so scharf wie vorher, aber dennoch unnachgiebig, auf halbem Weg zwischen der kurz zuvor erlebten Vertrautheit und der großen Distanziertheit am Anfang. Ich spürte, dass er sich bemühte, wieder seine professionelle Haltung einzunehmen. Und ich spürte leider auch, dass es ihn nicht allzu viel Anstrengung kostete.

»Juan Luis Beigbeder y Atienza ist ein Freund aus der Zeit in Tetuán.«

»Welche Art von Freund?«

»Nicht mein Geliebter, falls du das denkst.«

»Er hat die gestrige Nacht mit dir verbracht.«

»Bei mir, nicht mit mir. Ich muss mich dir gegenüber nicht für mein Privatleben rechtfertigen, aber ich möchte es ein für alle Mal klarstellen: Beigbeder und ich haben keine Affäre. Wir haben gestern Nacht nicht miteinander geschlafen. Weder gestern Nacht noch sonst irgendwann. Ich lasse mich von keinem Minister aushalten.«

»Warum, also?«

»Warum wir nicht miteinander geschlafen haben oder warum ich mich von keinem Minister aushalten lasse?«

»Warum er hierhergekommen und erst um fast acht Uhr am nächsten Morgen wieder gegangen ist.«

»Weil er gerade erfahren hatte, dass man ihn aus dem Amt entlassen hat, und er nicht allein sein wollte.«

Er stand auf und ging zu einer der Balkontüren. Während er, den Rücken mir zugekehrt und die Hände in den Hosentaschen, auf die Straße hinuntersah, begann er wieder zu reden.

»Beigbeder ist ein Idiot, ein Verräter, der sich an die Engländer verkauft hat, ein Irrer, der in ein englisches Weibsstück vernarrt ist.«

Ich lachte müde. Dann stand auch ich auf und ging zu ihm.

»Du hast keine Ahnung, Ignacio. Du führst wahrscheinlich die Befehle desjenigen aus, für den du im Innenministerium arbeitest, und man wird dir aufgetragen haben, den Ausländern in Madrid auf den Zahn zu fühlen, aber du hast nicht die geringste Ahnung, wer Oberst Beigbeder ist und warum er sich so verhält, wie er sich verhält.«

»Ich weiß, was ich wissen muss.«

»Was?«

»Dass er ein Verräter ist, sein Land verraten hat. Und als Minister inkompetent. Das sagen alle, angefangen bei der Presse.«

»Als ob man dieser Presse glauben könnte…«, bemerkte ich ironisch.

»Und wem soll man dann glauben? Deinen neuen ausländischen Freunden?«

»Vielleicht. Sie wissen wesentlich mehr als ihr.«

Er drehte sich um und machte ein paar energische Schritte auf mich zu, bis er nur noch eine Handbreit von meinem Gesicht entfernt war.

»Was wissen sie?«, fragte er mit rauer Stimme.

Ich ahnte, dass ich jetzt besser nichts sagen sollte, daher ließ ich ihn weiterreden.

»Wissen sie vielleicht, dass ich dich noch heute Vormittag ausweisen lassen kann? Wissen Sie, dass ich dich verhaften lassen kann, dass ich dafür sorgen kann, dass dein exotischer Pass zu einem wertlosen Stück Papier wird und man dich mit verbundenen Augen aus dem Land schafft, ohne dass irgendjemand es erfährt? Dein Freund Beigbeder ist nicht mehr in der Regierung, du hast keinen Beschützer mehr.«

Er stand so nah vor mir, dass ich sogar die Bartstoppeln sehen konnte, die seit der morgendlichen Rasur gesprossen waren. Ich sah seinen Adamsapfel auf und ab hüpfen, während er sprach, und nahm jede noch so kleine Bewegung jener Lippen wahr, die mich so oft geküsst hatten und nun eine böse Drohung nach der anderen ausstießen.

Jetzt musste ich alles auf eine Karte setzen und falsch spielen, so falsch, wie meine gegenwärtige Identität war.

»Beigbeder ist nicht mehr im Amt, aber ich habe noch andere Möglichkeiten, von denen du keine Ahnung hast. Meine Kundinnen, die Damen, für die ich schneidere, haben einflussreiche

Ehemänner und Liebhaber, mit vielen bin ich gut befreundet. Ich bekomme in mehr als einem halben Dutzend Botschaften diplomatisches Asyl, wenn ich darum bitte, angefangen bei der Deutschen Botschaft. Und die Deutschen haben deinen Minister ja ganz schön bei den Eiern. Ich kann meine Haut mit einem einzigen Telefonanruf retten. Wer das vielleicht nicht kann, wenn er sich weiter ungebeten in Dinge einmischst, das bist du.«

Noch nie hatte ich dermaßen dreist gelogen, wahrscheinlich gelang mir der arrogante Ton gerade deshalb, weil die Lüge so ungeheuer war. Ich wusste nicht, ob er mir glaubte. Vielleicht aber doch, denn die Geschichte war so unwahrscheinlich wie mein eigener Lebensweg, aber da stand ich, seine ehemalige Braut, zur marokkanischen Staatsbürgerin gewandelt, der sichtbare Beweis dafür, dass selbst das Unwahrscheinlichste sich in jedem Augenblick in Realität verkehren kann.

»Das werden wir ja sehen«, stieß er zwischen den Zähnen hervor.

Er löste sich von mir und ging zurück zum Sofa.

»Du hast dich sehr verändert, Ignacio, aber nicht zum Guten«, sagte ich hinter ihm mit leiser Stimme.

Er stieß ein bitteres Lachen hervor.

»Und wer bist du, dass du über mich urteilen kannst? Hältst du dich vielleicht für etwas Besseres, weil du den Krieg in Nordafrika zugebracht hast und jetzt als große Dame zurückkommst? Denkst du, du bist etwas Besseres als ich, weil du auf Abwege geratene Minister aufnimmst und dich mit Pralinen beschenken lässt, während für alle anderen selbst Schwarzbrot und Linsen rationiert sind?«

»Ich urteile über dich, weil du mir wichtig bist und ich nur dein Bestes will«, bemerkte ich, und fast brachte ich diesen Satz nicht heraus.

Als Antwort kam wieder lautes Gelächter, noch bitterer als zuvor, aber auch aufrichtiger.

»Dir ist niemand anderer wichtig als nur du selbst, Sira. Ich, mir, mich, mit mir. Ich habe gearbeitet, ich habe gelitten, ich habe für meine Verfehlung bezahlt. Ich, ich, ich. Niemand anderer interessiert dich, niemand. Hast du dir vielleicht die Mühe gemacht, dich zu erkundigen, was nach dem Krieg aus deinen Leuten geworden ist? Ist dir vielleicht ein Mal in den Sinn gekommen, in dein altes Viertel zu gehen, angetan mit einem deiner eleganten Kostüme, um nach ihnen zu fragen, um nachzusehen, ob jemand Unterstützung braucht? Weißt du, wie es deinen Nachbarn und deinen Freundinnen in all den Jahren ergangen ist?«

Seine vorwurfsvollen Fragen trafen mich wie Keulenschläge, brannten in meinem Gewissen wie eine Handvoll Salz in den Augen. Ich hatte keine Antwort auf seine Fragen: Ich wusste nicht, warum ich beschlossen hatte, lieber nichts zu wissen. Ich hatte mich an die Anweisungen gehalten, mich diszipliniert gezeigt. Man hatte mich angewiesen, ein bestimmtes Umfeld nicht zu verlassen, und ich hatte mich daran gehalten. Ich hatte mich bemüht, das andere Madrid, das echte, authentische, nicht zu sehen. Ich hatte mich ganz auf einen idyllischen Stadtbezirk beschränkt und mich gezwungen, das andere Gesicht der Hauptstadt nicht wahrzunehmen: die Straßen voller Granattrichter, die Einschläge von Kugeln an den Gebäuden, die Fenster ohne Glasscheiben und die Brunnen ohne Wasser. Ich wandte den Blick lieber ab, wenn ich ganze Familien im Abfall herumstochern sah auf der Suche nach Kartoffelschalen, schwarz gekleidete Frauen mit Säuglingen an der leeren Brust. Nicht einmal von den Schwärmen schmutzstarrender, barfüßiger Kinder ließ ich mich berühren, die sich um sie scharten, die Gesichter von Rotz verschmiert, die Haare kurz geschoren, die kleinen Köpfe voller blutigem Schorf. Sie zerrten die Passanten am Ärmel und flehten: »Eine milde Gabe, Señor, ein Almosen, um Ihr Liebstes willen, Señorita, eine kleine Gabe, Gott möge es Ihnen vergelten.« Ich war eine ausgezeichnete und gehorsame Agentin des britischen Geheimdienstes. Überaus gehorsam. Ekelhaft gehorsam. Ich hielt mich sklavisch genau an die mir gegebenen Anweisungen: Weder kehrte ich in mein altes Wohnviertel zurück noch setzte ich einen Fuß in die Straßen der Vergangenheit. Ich wollte nicht wissen, wie es meinen Leuten, meinen Freundinnen aus Kindertagen ergangen war. Ich suchte nicht meine alte Plaza auf, ging nicht in meine alte Straße, stieg nicht die Treppe zu unserer früheren Wohnung hinauf. Ich klopfte nicht an der Tür meiner Nachbarn, wollte nicht wissen, wie es ihnen ging, was im Krieg und danach mit ihren Familien geschehen war. Ich versuchte nicht zu erfahren, wie viele von ihnen gestorben waren, wie viele im Gefängnis saßen, wie diejenigen, die überlebt hatten, sich durchschlugen. Es interessierte mich weder, mit welchen halb verfaulten Abfällen sie ihren Kochtopf füllten, noch ob ihre Kinder unterernährt und schwindsüchtig waren, ob sie Schuhe hatten oder nicht. Ich kümmerte mich nicht darum, ob sie ein elendes Leben im vergeblichen Kampf gegen Läuse und Frostbeulen führten. Ich gehörte bereits zu einer anderen Welt: der Welt der internationalen Verschwörungen, der Grandhotels, der luxuriösen Schönheitssalons und der Cocktails zur blauen Stunde. Sie hatte nichts mehr mit mir zu tun, jene rattengraue Welt des Elends, die nach Urin und verkochtem Gemüse stank. Zumindest dachte ich das.

»Du weißt nichts von ihnen, stimmt's?«, setzte Ignacio langsam hinzu. »Dann hör gut zu, denn ich erzähle es dir jetzt. Dein Nachbar Norberto ist in Brunete gefallen, sein ältester Sohn ist gleich nach dem Einmarsch unserer nationalen Truppen in Madrid erschossen worden, obwohl er für die andere Seite an Razzien teilgenommen hat, wie die Leute sagen. Der mittlere schuftet als Zwangsarbeiter in Cuelgamuros, und der Kleine sitzt im Gefängnis von El Dueso. Er hat sich mit den Kommunisten eingelassen und wird wahrscheinlich eine ganze Weile nicht freikommen, wenn sie ihn nicht gleich irgendwann erschießen. Die Mutter, Señora Engracia, die sich um dich gekümmert hat wie um ihre eigene Tochter, als du noch klein warst und deine Mutter arbeiten ging, steht jetzt allein da: Sie ist halb blind und läuft durch die Straßen, als wäre sie geistig verwirrt, wühlt mit einem Stecken in allem herum, was sie findet. In deinem alten Viertel gibt es heute weder Tauben noch Katzen, sie sind alle im Kochtopf gelandet. Willst du wissen, was aus den Freundinnen geworden ist, mit denen du auf der Plaza de la Paja gespielt hast? Auch das kann ich dir erzählen. Andreita hat eine Granate zerfetzt, als sie eines Nachmittags auf dem Weg von der Arbeit die Calle Fuencarral überqueren wollte …«

»Ich will nichts mehr hören, Ignacio, ich kann es mir schon vorstellen«, unterbrach ich ihn und bemühte mich, meine Bestürzung zu verbergen. Offenbar hörte er meinen Einwurf nicht, denn er fuhr fort mit seinen Schreckensgeschichten.

»Und Sole, dem Mädchen vom Milchladen, du weißt schon, hat ein Milizionär Zwillinge angehängt, dann ist er verschwunden und hat ihr nicht einmal seinen Nachnamen dagelassen. Da sie nicht für die Kinder sorgen konnte – wie hätte sie die Kleinen auch ernähren sollen? –, kamen sie ins Findelhaus und man hat nie wieder etwas von ihnen gehört. Die Leute sagen, Sole bietet sich jetzt den Arbeitern an, die auf dem Mercado de la Cebada die Waren abladen, und verlangt eine Pesete für jedes Mal. Sie macht es gleich dort, an die Ziegelmauer gedrückt, und man sagt, sie läuft dort ohne Schlüpfer herum und hebt den Rock, sobald am frühen Morgen die ersten Kleinlaster eintreffen.«

Mir liefen Tränen über die Wangen.

»Sei still, Ignacio, sei endlich still, um Himmels willen«, flüsterte ich. Er beachtete mich nicht.

»Agustina und Nati, die Töchter vom Geflügelhändler, sind Krankenschwestern geworden und haben den ganzen Krieg über im Hospital San Carlos gearbeitet. Als alles vorbei war, haben sie die beiden zu Hause mit einem Lieferwagen abgeholt, und seitdem sitzen sie im Gefängnis. Sie haben sie vor Gericht gestellt und zu dreißig Jahren und einem Tag Haft verurteilt. Trini, die Bäckersfrau …«

»Sei still, Ignacio, lass es gut sein …«, flehte ich ihn an.

Da endlich hörte er auf.

»Ich könnte dir noch viele Geschichten erzählen, ich kenne fast alle. Tagtäglich kommen Leute zu mir, die uns von damals kennen, alle mit der gleichen Leier: ›Ich habe einmal mit Ihnen gesprochen, Don Ignacio, als Sie mit der Sirita gegangen sind, der Tochter von Señora Dolores, der Schneiderin, die in der Calle de la Redondilla gewohnt hat …‹«

»Was wollen sie von dir?«, brachte ich unter Tränen heraus.

»Sie wollen alle das Gleiche: dass ich ihnen helfe, einen Angehörigen aus dem Gefängnis zu holen, dass ich mithilfe meiner Kontakte jemanden vor der Todesstrafe bewahre, dass ich ihnen irgendeine Arbeit beschaffe, so verachtenswert sie auch sein möge … Du kannst dir nicht vorstellen, wie es tagtäglich bei uns in der Abteilung zugeht. In den Vorzimmern, auf den Gängen und Treppen, überall drängen sich den ganzen Tag über verzagte Menschen, die darauf warten, dass man sich um sie kümmert, die bereit sind, alles zu ertragen, nur um ein kleines bisschen von dem zu erlangen, weshalb sie gekommen sind: dass ihnen jemand zuhört, sie empfängt, ihnen einen Hinweis auf den Verbleib eines geliebten Menschen gibt, ihnen erklärt, an wen sie ein Gesuch um Freilassung eines Verwandten richten müssen … Es kommen vor allem Frauen, sehr viele Frauen. Sie haben nichts zu beißen, stehen nun allein da mit ihren Kindern und wissen nicht, wie sie die Kleinen durchbringen sollen.«

»Und, kannst du etwas für sie tun?«, fragte ich und versuchte, mich trotz meiner Angst zusammenzunehmen.

»Wenig. Fast nichts. Für Delikte in Zusammenhang mit dem Krieg sind die Militärgerichte zuständig. Zu mir kommen sie in letzter Verzweiflung, genauso wie sie jeden beliebigen Bekannten bedrängen, der in der Verwaltung arbeitet.«

»Aber du bist von der Regierung …«

»Ich bin nur ein kleiner Beamter ohne den geringsten Einfluss, ein kleines Rad im großen Räderwerk«, unterbrach er mich. »Ich kann nicht mehr tun, als mir ihre Leidensgeschichten anzuhören, ihnen zu sagen, wohin sie sich wenden müssen, sofern ich es weiß, und ihnen ein paar Peseten zu geben, wenn ich sehe, dass sie nicht mehr weiterwissen. Ich bin nicht einmal Mitglied der Falange: Ich habe nur den Krieg dort mitgemacht, wo er mich überrascht hat, und das Schicksal wollte, dass ich am Ende auf der Seite der Sieger stand. Deshalb bin ich wieder im Ministerium eingestellt worden, und ich führe die Aufgaben aus, die sie mir übertragen. Aber ich gehöre zu keiner Partei, ich habe viel zu viele entsetzliche Dinge gesehen und vor keinem mehr Respekt. Daher befolge ich einfach Befehle, denn damit verdiene ich mir mein Essen. Ich halte den Mund, ziehe den Kopf ein und rackere mich ab, damit ich meine Familie durchbringe, das ist alles.«

»Ich wusste nicht, dass du Familie hast«, sagte ich, während ich mir mit dem Taschentuch, das er mir gereicht hatte, die Augen abwischte.

»Ich habe in Salamanca geheiratet, und als der Krieg vorbei war, sind wir nach Madrid gekommen. Ich habe eine Frau, zwei kleine Kinder und ein Heim, wo mich am Ende des Tages, mag er auch noch so hart und widerwärtig gewesen sein, wenigstens jemand auf mich wartet. Natürlich lässt sich unsere Wohnung nicht mit dieser vergleichen, aber dort spendet immer ein Kohlenbecken Wärme und lachende Kinder tollen auf dem Flur. Meine Söhne heißen Ignacio und Miguel, meine Frau Amalia. Ich habe sie nie so sehr geliebt wie dich, und sie wackelt auch nicht so hübsch mit dem Hintern, wenn sie die Straße entlanggeht. Und ich habe sie niemals nur ein Viertel so begehrt, wie ich dich heute Abend begehrt habe, als du meine Hand in deinen Händen gehalten hast. Aber sie macht trotz aller Schwierigkeiten immer ein freundliches Gesicht, und sie singt, wenn sie in der Küche aus dem Wenigen, das es gibt, etwas Essbares für uns zubereitet. Und sie nimmt mich in den Arm, wenn mich mitten in der Nacht die Albträume quälen, wenn ich schreie und weine, weil ich im Traum wieder an der Front bin und denke, sie bringen mich um.«

»Das tut mir leid, Ignacio«, sagte ich mit dünner Stimme. Ich konnte kaum sprechen vor lauter Tränen.

»Kann sein, dass ich ein Konformist bin, ein mittelmäßiger Typ, hündisch ergebener Diener eines revanchistischen Staates«, fügte er hinzu und sah mich dabei mit festem Blick an, »aber dir steht es schon gar nicht zu, mir zu sagen, ob dir der Mann, zu dem ich geworden bin, gefällt oder nicht. Du hast mir keine Lektionen in Sachen Moral zu erteilen, Sira, denn wenn ich ein schlechter Mensch bin, dann bist du noch schlechter. Ich habe wenigstens noch einen Funken Mitgefühl im Leib, du, glaube ich, nicht einmal das. Du bist nichts weiter als eine elende Egoistin, die in einer riesigen Wohnung logiert, in der in jeder Ecke die Einsamkeit lauert, ein entwurzelter Mensch, der seine Herkunft verleugnet und an niemanden denkt außer an sich selbst.«

Ich wollte ihn anschreien, er solle still sein, mich in Ruhe lassen und für immer aus meinem Leben verschwinden, doch ehe ich ein Wort herausbekam, brach ich in Tränen aus und wurde von heftigem Schluchzen geschüttelt, als wäre etwas zerrissen in mir. Ich weinte, die Hände vors Gesicht geschlagen, untröstlich, ohne Ende. Als ich mich endlich beruhigen und wieder in die Realität zurückkehren konnte, war es schon nach Mitternacht und Ignacio inzwischen fort. Er war gegangen, ohne ein Geräusch zu machen, mit derselben Zurückhaltung, mit der er mich immer behandelt hatte. Geblieben waren mir die Angst und die Unruhe, die sein Besuch ausgelöst hatte, als klebten sie mir auf der Haut. Ich wusste nicht, welche Folgen sein Besuch haben würde, und ebenso wenig, was mit Arish Agoriuq von nun an werden würde. Vielleicht erbarmte sich der Ignacio von früher der Frau, die er einmal so sehr geliebt hatte, und ließ sie ihren Lebensweg in Frieden weitergehen. Vielleicht aber entschied er als pflichtbewusster Beamter des Neuen Spaniens, seine Vorgesetzten über meine falsche Identität zu informieren. Vielleicht würde ich – wie er selbst gedroht hatte – am Ende im Gefängnis landen. Oder ausgewiesen werden. Oder einfach verschwinden.

Auf dem Tisch stand noch die Pralinenschachtel, die weit weniger unschuldig war, als sie aussah. Ich öffnete sie mit einer Hand, während ich mir mit der anderen die letzten Tränen abwischte. Zwei Dutzend Pralinen aus Milchschokolade, mehr fand ich nicht darin. Daraufhin kontrollierte ich das Einwickelpapier und das rosafarbene Band, auf dem ich schließlich eine ganz fein gestichelte, fast nicht sichtbare Nachricht fand. In weniger als drei Minuten hatte ich sie entschlüsselt. »Treffen dringend. Praxis Doktor Rico. Caracas 29. Elf Uhr Vormittag. Äußerste Vorsicht.«

Neben der Pralinenschachtel stand noch das Glas mit dem Cognac, den ich Ignacio einige Stunden zuvor eingeschenkt hatte.

Unberührt. Wie er selbst gesagt hatte: Keiner von uns beiden war mehr der Mensch, der er früher einmal gewesen war. Doch obwohl sich in unser aller Leben das Unterste zuoberst gekehrt hatte, trank Ignacio noch immer keinen Alkohol.

44

Mehrere Hundert gut gekleideter Menschen, die zuvor noch besser gespeist hatten, begrüßten zu den Klängen eines kubanischen Orchesters im Bankettsaal des Madrider Casinos das Jahr 1941. Unter ihnen auch ich.

Ursprünglich hatte ich den Abend alleine verbringen wollen. Vielleicht hätte ich Doña Manuela und die Mädchen zu Hühnchen und einer Flasche Cidre eingeladen, doch zwei Kundinnen, die Schwestern Álvarez-Vicuña, ließen einfach nicht locker und nötigten mich dazu, meine Pläne über den Haufen zu werfen. Obwohl ich über die Einladung nicht sonderlich erfreut war, machte ich mich für den Abend sorgfältig zurecht: Im Salon hatte man mir einen Chignon gesteckt. Nun betonte ich meine Augen mit marokkanischem Khol, um meinem Blick das exotische Flair des entwurzelten Geschöpfs zu verleihen, für das man mich hielt. Ich hatte mir eine Art silberne Tunika mit weiten Ärmeln entworfen, dazu einen breiten Gürtel, den ich mir um die Taille schlang. Eine Aufmachung, die ein Mittelding zwischen einem marokkanischen Kaftan und einem eleganten europäischen Abendkleid war. Der ledige Bruder der beiden holte mich zu Hause ab: ein gewisser Ernesto, der vor allem durch sein Vogelgesicht und seine schmierige Art auffiel, mit der er mich zu umgarnen versuchte. Als wir im Casino ankamen, schritt ich selbstsicher die breite Marmortreppe hinab. Im Saal angekommen, tat ich, als würden mich weder die prunkvolle Umgebung noch die Augenpaare beeindrucken, die mich unverhohlen musterten. Ja, nicht einmal den riesigen Lüstern, die von der Decke hingen, und auch nicht den Stucksockeln, die herrliche Wandgemälde umrahmten, schenkte ich meine Aufmerksamkeit. Sicherheit und Selbstbeherrschung, das war es, was ich ausstrahlen wollte. Als sei dieses prächtige Ambiente meine natürliche Umgebung. Als sei ich ein Fisch und diese Opulenz das Wasser.

Aber so war es nicht. Ungeachtet der hinreißenden Stoffe, die mich tagtäglich umgaben und heute Nacht an den Damen um mich her zur Geltung kamen, hatte der Rhythmus der vergangenen Monate nicht gerade zum Verweilen eingeladen. Es war vielmehr, als würden meine beiden Beschäftigungen immer mehr von meiner Zeit auffressen.

Das Treffen mit Hillgarth vor zwei Monaten, unmittelbar nach meinen Begegnungen mit Beigbeder und Ignacio, markierte einen Wendepunkt in meinem Handeln. Über das erste der beiden Zusammentreffen lieferte ich ihm detailliert Auskunft. Über das zweite verlor ich kein einziges Wort. Vielleicht wäre es besser gewesen, ich hätte es getan, doch etwas hielt mich davon ab: Scham, Unsicherheit, vielleicht Furcht. Es war mir bewusst, dass Ignacios Auftauchen das Resultat meiner Unvorsichtigkeit gewesen war. Ich hätte den britischen Marineattaché gleich bei meinem ersten Verdacht informieren müssen. Vielleicht hätte ich damit verhindern können, dass ein Mitarbeiter des Innenministeriums sich mühelos Zutritt zu meiner Wohnung verschaffte und mich im Salon sitzend erwartete. Aber jenes Wiedersehen war viel zu persönlich, viel zu emotional und schmerzlich gewesen, als dass es in die nüchternen Schubladen des Secret Service gepasst hätte. Mein Stillschweigen verletzte die Vorgaben, die ich erhalten hatte, und damit verstieß ich gegen die elementarsten Regeln meines Auftrags, sicher. Trotz alledem ging ich das Risiko ein. Im Übrigen war es nicht das erste Mal, dass ich Hillgarth etwas verheimlichte: Ich hatte ihm auch nicht gesagt, dass Doña Manuela Teil meiner Vergangenheit war, zu der ich unter keinen Umständen Kontakt aufnehmen sollte. Glücklicherweise hatte weder die Anstellung meiner alten Lehrmeisterin noch Ignacios Besuch unmittelbare Konsequenzen. Im Atelier erschien niemand mit einem Ausweisungsbefehl, ich wurde auch zu keinem Verhör in irgendeinem finsteren Keller abgeholt, und auch nicht mehr von Gestalten in Trenchcoats beschattet. Ob dies endgültig so bleiben würde oder nur vorübergehend war, würde sich noch zeigen.

Das dringende Treffen, zu dem Hillgarth mich nach Beigbeders Amtsenthebung bestellt hatte, verlief ähnlich neutral wie unsere erste Begegnung, doch sein Interesse, jedes noch so kleine Detail über den Besuch des Obersts bei mir zu erfahren, ließ mich vermuten, dass die Briten wegen dieser Nachricht sehr besorgt waren und sich offensichtlich in hellem Aufruhr befanden.

Problemlos fand ich die Adresse, zu der er mich bestellt hatte: eine Wohnung im ersten Stock eines altehrwürdigen Gebäudes, allem Anschein nach vollkommen unverdächtig. Gleich nach meinem Klingeln öffnete sich auch schon die Tür, und eine ältere Krankenschwester bat mich herein.

»Doktor Rico erwartet mich«, sagte ich und folgte damit den Anweisungen, die auf dem Band der Pralinenschachtel zu lesen gewesen waren.

»Folgen Sie mir bitte.«

Wie vermutet erwartete mich kein Arzt, sondern ein Engländer mit buschigen Augenbrauen, der für einen ganz besonderen Dienst arbeitete. Obwohl ich ihn bei verschiedenen früheren Gelegenheiten im Embassy auch in seiner blauen Marineuniform gesehen hatte, war er an jenem Tag in Zivil: Er trug einen eleganten grauen Flanellanzug, ein helles Hemd und eine gesprenkelte Krawatte. Abgesehen von der Kleidung wollte sein Erscheinungsbild so gar nicht zu der Praxis passen, die mit den Gegenständen eines Berufsstandes ausgestattet war, der nichts mit seiner Profession zu tun hatte: ein Wandschirm, gläserne Schränke voller Döschen und Instrumente, eine Untersuchungsliege, an den Wänden Urkunden und Diplome. Energisch streckte er mir die Hand entgegen, aber mehr Zeit verschwendeten wir nicht für unnötige Begrüßungen oder andere Förmlichkeiten.

Kaum hatten wir uns gesetzt, begann ich zu sprechen. Minutiös rekapitulierte ich die Nacht mit Beigbeder, war darum bemüht, ja kein einziges Detail zu vergessen. Ich wiederholte getreulich jedes Wort aus seinem Mund, beschrieb exakt seine Verfassung, beantwortete Dutzende von Fragen und überreichte ihm die ungeöffneten Briefe für Rosalinda. Mein Bericht dauerte über eine Stunde. Konzentriert hörte er mir zu und rauchte unterdessen eine ganze Schachtel Craven A.

»Noch wissen wir nicht, welche Auswirkungen dieser Ministerwechsel für uns nach sich ziehen wird, doch unsere Lage ist alles andere als günstig«, erklärte er schließlich, als er die letzte Zigarette ausdrückte. »Wir haben London gerade erst informiert und noch keine Antwort, aber wir erwarten schon bald eine Reaktion. Ich bitte Sie, seien Sie äußerst vorsichtig und machen Sie ja keinen Fehler. Beigbeder in Ihre Wohnung zu lassen, war sehr unüberlegt. Ich verstehe, dass Sie ihn nicht abweisen konnten, und Sie haben gut daran getan, ihn zu beruhigen. Sonst hätte sein desolater Zustand ihn womöglich in noch größere Schwierigkeiten gebracht, doch das Risiko, das Sie eingegangen sind, war außerordentlich hoch. Seien Sie bitte von nun an besonders umsichtig und versuchen Sie, solche Situationen tunlichst zu meiden. Und achten Sie, vor allem in Ihrer unmittelbaren Umgebung, auf verdächtige Personen. Es kann gut sein, dass man Sie überwacht.«

»Ich werde Ihre Ratschläge befolgen, seien Sie unbesorgt.« Instinktiv fürchtete ich, dass er möglicherweise etwas von Ignacio und seiner Überwachung wusste, und wollte deshalb lieber nicht nachfragen.

»Von nun an wird alles noch komplizierter, das ist das Einzige, was man jetzt schon mit Sicherheit sagen kann«, fügte er hinzu und reichte mir dabei erneut die Hand, diesmal, um sich von mir zu verabschieden. »Jetzt, wo sie den unbequemen Minister vom Hals haben, wird vermutlich der Druck der Deutschen hier in Spanien deutlich steigen. Seien Sie auf der Hut und auf jede unvorhergesehene Möglichkeit vorbereitet.«

In den folgenden Monaten handelte ich den Anweisungen entsprechend: Ich versuchte, die Risiken klein zu halten, mich so wenig wie möglich in der Öffentlichkeit sehen zu lassen und mich mit Adleraugen auf meine Aufgaben zu konzentrieren, damit meiner Aufmerksamkeit nichts entging. Wir nähten weiter, viel, immer mehr. Die relative Beruhigung meiner Lage, die ich durch Doña Manuelas Einstellung erreicht hatte, währte nur einige Wochen: Die wachsende Kundschaft und das bevorstehende Weihnachtsfest zwangen mich, mich wieder hundertprozentig auf das Nähen zu verlegen. Doch zwischen den einzelnen Anproben ging ich meiner anderen, meiner geheimen Tätigkeit nach. Während ich die Seitennaht eines Cocktailkleides abänderte, erhielt ich Informationen über die Gäste, die zu einem Empfang in der Deutschen Botschaft zu Ehren Himmlers, dem Chef der Gestapo, eingeladen waren. Und als ich für das neue Kostüm einer Baronin Maß nahm, erzählte diese mir, die gesamte deutsche Gemeinde würde gespannt darauf warten, dass der Berliner Koch Otto Horcher, der Liebling der Nazioberen, eine Zweigstelle seines Restaurants in Madrid eröffne. Über all das und noch viele andere Dinge informierte ich Hillgarth ganz exakt, indem ich das Material genau unter die Lupe nahm, mich um eine möglichst präzise Wortwahl bemühte, die Botschaften zwischen den angeblichen Nahtstichen versteckte und sie pünktlich ablieferte. Ich folgte seinen Anweisungen, war ständig auf der Hut und in Alarmbereitschaft. Dank dieser neuen Einstellung bemerkte ich in jenen Tagen, dass sich einige Dinge änderten, kleine Details, die vielleicht nur auf neue Umstände zurückzuführen oder lediglich purer Zufall waren. An einem x-beliebigen Samstag im Prado war der schweigsame kahlköpfige Mann nicht mehr da, der normalerweise meine Mappe mit den kodifizierten Schnittmustern entgegengenommen hatte. Ich sah ihn niemals wieder. Einige Wochen später wurde das Mädchen aus der Garderobe im Schönheits- und Friseursalon durch eine andere Frau ersetzt. Sie war älter, rundlicher, aber genauso verschlossen. Auch auf der Straße und vor vielen Gebäuden registrierte ich, dass zunehmend überwacht und kontrolliert wurde, und lernte diejenigen zu erkennen, die damit beauftragt waren. Wortkarge deutsche Hünen, die in ihren fast bodenlangen Mänteln bedrohlich wirkten. Dürre Spanier, die nervös rauchend in

Eingangsbereichen, direkt neben einem Lokal oder hinter einem Plakat verborgen herumstanden. Obwohl ich nicht das Zielobjekt war, versuchte ich, sie zu ignorieren, indem ich einfach die Gehrichtung änderte oder die Straßenseite wechselte, sobald sie mir auffielen. Manchmal, wenn ich nicht an ihnen vorbeigehen oder ihren Weg kreuzen wollte, betrat ich irgendein Geschäft oder blieb bei einer Maroniverkäuferin oder vor einem Schaufenster stehen. Bei anderen Gelegenheiten hingegen war es mir nicht möglich, ihnen auszuweichen, weil sie plötzlich vor mir standen und es bereits zu spät war, noch unauffällig die Richtung zu ändern. Für diese Situationen sprach ich mir Mut zu, formulierte innerlich ein »Augen zu und durch«, beschleunigte entschlossen meine Schritte und sah stur geradeaus. Selbstsicher, geistesabwesend, beinahe überheblich, als wäre das, was ich dort in der Hand spazieren trug, ein spontaner Kauf oder ein Schminkköfferchen und nicht eine Sammlung kodifizierter Daten aus den privaten Terminkalendern der wichtigsten Personen des Dritten Reichs in Spanien.

Auch über das politische Tagesgeschehen hielt ich mich auf dem Laufenden. Wie ich es früher mit Jamila gemacht hatte, schickte ich nun Martina jeden Morgen diverse Tageszeitungen kaufen: *Abc, Arriba, El Alcázar*. Zum Frühstück, zwischen ein paar Schlucken Milchkaffee, verschlang ich alles Wissenswerte über die Ereignisse in Spanien und Europa. Auf diese Weise erfuhr ich, dass Serrano Suñer zum neuen Außenminister ernannt worden war, und verfolgte sehr genau die Nachrichten zu Francos und seiner Reise nach Hendaye, wo sie sich mit Hitler trafen. Ich las über den sogenannten »Dreimächtepakt« zwischen Deutschland, Italien und Japan, über den Einmarsch der Deutschen in Griechenland und die tausend anderen Ereignisse, die sich in jener bewegten Zeit ereigneten.

Ich las, nähte und sammelte Informationen. Ich sammelte Informationen, nähte und las. So verlief kurz vor Jahresende jeder meiner Tage. Vielleicht nahm ich deshalb die Einladung zur Silvesterparty im Casino an. Ich brauchte dringend etwas Abwechslung, um meine Anspannung abzubauen.

Kaum betraten der Bruder und ich den Saal, da kamen Marita und Teté Álvarez-Vicuña auch schon auf uns zu. Wir machten uns gegenseitig Komplimente zu unseren Kleidern und Frisuren, plauderten über Nichtigkeiten und Lappalien. Wie stets ließ ich ein paar arabische Worte fallen und streute dazu eine unechte Bemerkung auf Französisch ein. In der Zwischenzeit sah ich mich verstohlen im Saal um und bemerkte einige vertraute Gesichter, ziemlich viele Uniformen und einige Hakenkreuze. Ich fragte mich, wie viele der Anwesenden hier tatsächlich entspannt unterwegs waren und wie viele aufgeregt und verdeckt ermittelten, so wie ich. Vermutlich nicht wenige. Daher beschloss ich, niemandem zu trauen und auf der Hut zu sein. Vielleicht konnte ich ja etwas für Hillgarth und seine Leute Interessantes in Erfahrung bringen. Während ich in Gedanken diese Überlegungen anstellte, bemühte ich mich gleichzeitig, angeregt der Unterhaltung zu folgen. Meine Gastgeberin Marita wandte sich kurz ab und erschien gleich darauf wieder am Arm eines Mannes, und in diesem Augenblick wusste ich, dass dies eine ganz besondere Nacht werden würde.

45

»Arish, meine Liebe, ich möchte dir meinen zukünftigen Schwiegervater vorstellen, Gonzalo Alvarado. Er wollte dich unbedingt kennenlernen und mit dir über seine Reisen nach Tanger plaudern und dir von seinen Freunden dort erzählen, vielleicht kennst du ja den einen oder anderen.«

Und da stand er nun, leibhaftig, Gonzalo Alvarado, mein Vater. Er trug einen Frack und hielt ein dickbäuchiges, halb ausgetrunkenes Glas Whisky in der Hand. Unsere Blicke trafen sich, und mir war auf der Stelle klar, dass er nur zu gut wusste, wer ich war. Und dass vermutlich er hinter der Einladung zu diesem Fest steckte. Als er meine Hand ergriff und sie zum Mund führte, um wie ein Gentleman einen angedeuteten Kuss darauf zu hauchen, hätte sich jedoch niemand im Saal träumen lassen, dass die fünf Finger, die er gerade umfasste, seiner eigenen Tochter gehörten. Wir hatten uns insgesamt nur ein paar Stunden gesehen, doch man sagt ja, die Macht des Blutes sei so mächtig, dass er manchmal solche Dinge bewirke. Vielleicht waren aber sein Scharfsinn und sein gutes Gedächtnis doch stärker als der väterliche Instinkt.

Er war dünner und sein Haar grauer geworden, aber er sah noch immer sehr gut aus. Das Orchester stimmte *Aquellos ojos verdes* an, und er forderte mich zum Tanzen auf.

»Du glaubst nicht, wie sehr es mich freut, dich wiederzusehen«, sagte er. Seine Stimme klang aufrichtig.

»Mich auch«, log ich. In Wahrheit wusste ich nicht, ob ich mich freute oder nicht. Ich war noch zu sehr damit beschäftigt, dieses unerwartete Zusammentreffen zu verdauen, als dass ich mir schon eine Meinung dazu hätte bilden können.

»Du hast inzwischen einen anderen Vor- und Nachnamen, und man erzählt sich, du seiest Marokkanerin. Ich nehme an, du wirst mir die Gründe dafür nicht erzählen, oder?«

»Nein, ich glaube nicht, dass ich das tun werde. Darüber hinaus denke ich, dass Sie das nicht sonderlich interessieren dürfte. Das ist allein meine Sache.«

»Würdest du mich bitte duzen?«

»Wie du möchtest. Soll ich vielleicht auch Papa zu dir sagen?«, fragte ich spöttisch.

»Nein, danke. Gonzalo reicht völlig.«

»Einverstanden. Wie geht es dir, Gonzalo? Ich dachte, sie hätten dich im Krieg getötet.«

»Wie du siehst, habe ich überlebt. Das ist eine lange Geschichte, zu düster für eine Silvesternacht. Wie geht es deiner Mutter?«

»Gut. Sie lebt jetzt in Marokko, wir haben in Tetuán ein Schneideratelier.«

»Also habt ihr auf mich gehört und seid im richtigen Moment aus Spanien weggegangen?«

»Mehr oder weniger. Auch unsere Geschichte ist sehr lang.«

»Vielleicht willst du sie mir ja eines Tages erzählen. Wir könnten uns ja mal treffen und reden. Ich würde dich gerne zum Essen einladen«, schlug er vor.

»Ich denke nicht, dass ich kann. Ich gehe nicht viel aus, da ich zu viel zu tun habe. Heute bin ich nur gekommen, weil meine Kundinnen einfach nicht lockergelassen haben. Wie naiv von mir, denn anfänglich dachte ich tatsächlich, es sei einfach eine nette Geste. Nun sehe ich, dass hinter der liebenswürdigen und unschuldigen Einladung an die Schneiderin der Saison etwas ganz anderes steckte. Du hast nicht zufällig etwas damit zu tun?«

Weder bejahte noch verneinte er meine Vermutung. Seine Antwort wurde von den Klängen eines Boleros unterbrochen.

»Marita, die Verlobte meines Sohnes, ist ein gutes Mädchen, sehr liebevoll und begeisterungsfähig wie kaum eine andere, obwohl nicht sonderlich schlau. Auf jeden Fall schätze ich sie sehr. Sie ist die Einzige, die es geschafft hat, deinen Bruder Carlos zu zähmen, und in ein paar Monaten führt er sie zum Traualtar.«

Wir sahen zu meiner Kundin hinüber, die gerade mit ihrer Schwester Teté tuschelte. Beide, in ein Modell aus meinem Atelier gehüllt, ließen uns nicht aus den Augen. Während ich ihre Blicke mit einem falschen Lächeln auf den Lippen erwiderte, nahm ich mir das Versprechen ab, niemals wieder Kundinnen zu trauen, die mir erzählten, wie traurig es doch sei, die Silvesternacht allein verbringen zu müssen.

Gonzalo, mein Vater, fuhr fort zu erzählen.

»Ich habe dich im Oktober dreimal gesehen. Beim ersten Mal stiegst du aus einem Taxi und gingst ins Embassy. Ich führte gerade meinen Hund aus, keine fünfzig Meter von dir entfernt, aber du hast mich nicht bemerkt.«

»Nein, ich habe dich nicht gesehen, so viel ist sicher. Ich bin immer ziemlich in Eile.«

»Ich meinte, dich wiedererkannt zu haben, doch ich hatte dich ja nur ein paar Sekunden lang gesehen und mir alles vielleicht auch nur eingebildet. Das zweite Mal sah ich dich an einem Samstagmorgen im Prado. Ich gehe gern in dieses Museum. Ich folgte dir von Weitem, während du durch mehrere Säle gingst. Doch auch da war ich mir noch immer nicht sicher, ob du es tatsächlich bist. Anschließend gingst du zur Garderobe, um eine Mappe zu holen, und setztest dich vor Tizians Porträt der Kaiserin Isabella von Portugal. Ich stellte mich in eine andere Ecke des Saales und blieb dort, solange bis du deine Sachen packtest und davongingst. Nun war ich mir sicher, dass ich mich nicht getäuscht hatte. Du warst es, doch dein Erscheinungsbild hatte sich geändert. Du wirktest reifer, entschlossener und eleganter, aber zweifellos warst du meine Tochter, jenes verängstigte Mäuschen, das ich kurz vor Kriegsausbruch kennengelernt hatte.«

Um jeden Anflug von Melancholie im Keim zu ersticken, unterbrach ich ihn sofort und fragte:

»Und das dritte Mal?«

»Das ist erst ein paar Wochen her. Ich fuhr mit Marita durch die Calle Velázquez. Wir hatten bei Freunden zu Mittag gegessen und ich brachte sie gerade nach Hause, weil Carlos noch etwas erledigen musste. Wir beide sahen dich zur selben Zeit, und zu meiner großen Überraschung deutete sie auf dich und meinte, du seiest ihre neue Schneiderin, du kämst aus Marokko und würdest Arish irgendwas heißen.«

»Agoriuq. In Wirklichkeit ist es mein alter Nachname, nur rückwärts geschrieben. Quiroga, Agoriuq.«

»Hört sich gut an. Sollen wir ein Gläschen trinken, Señorita Agoriuq?«, fragte er mit ironischem Unterton.

Wir verließen die Tanzfläche, nahmen uns zwei Gläser Champagner, die uns ein Kellner auf einem Silbertablett anbot, und suchten uns einen Platz an der Seite, während das Orchester eine Rumba anstimmte und sich die Tanzfläche erneut mit Paaren füllte.

»Ich nehme an, du legst keinen Wert darauf, dass ich Marita deine wahre Identität und unsere Beziehung zueinander enthülle, oder?«, erkundigte er sich, nachdem wir dem Getümmel entkommen waren. »Wie ich schon sagte, sie ist ein gutes Mädchen, doch Diskretion ist nicht gerade ihre Stärke.«

»Ich wäre dir sehr dankbar, wenn du darüber Stillschweigen bewahren könntest. Auf alle Fälle möchte ich dir sagen, dass mein neuer Name amtlich ist und ich einen echten marokkanischen Pass habe.«

»Ich nehme an, dass es für diese Änderung einen gewichtigen Grund gibt.«

»Selbstverständlich. Damit wirke ich auf meine Kundschaft exotischer, und gleichzeitig wird so die Polizei nicht auf mich aufmerksam, die sich wegen der Anzeige deines Sohnes für mich interessiert.«

»Carlos hat Anzeige gegen dich erstattet?« Das Glas, das er gerade zum Mund führen wollte, blieb in der Luft stehen, seine Überraschung wirkte vollkommen echt.

»Carlos nicht, nein, dein anderer Sohn, Enrique. Kurz vor Ausbruch des Krieges. Er beschuldigt mich, das Geld und die Schmuckstücke, die du mir gegeben hast, gestohlen zu haben.«

Er lächelte betrübt.

»Enrique hat man drei Tage nach dem Aufstand getötet. Eine Woche zuvor hatten wir beide einen fürchterlichen Streit. Er war damals sehr stark politisch engagiert und hatte das Gefühl, dass bald etwas passieren würde. Er beharrte darauf, sämtliches Bargeld, allen Schmuck und andere Wertgegenstände aus Spanien hinauszubringen. Da musste ich ihm sagen, dass ich dir ein Teil meines Nachlasses gegeben hatte. Eigentlich hätte ich ja auch schweigen können, aber ich zog es vor, ihm die Wahrheit zu sagen. Ich erzählte ihm die ganze Geschichte von Dolores und mir und habe natürlich auch von dir gesprochen.«

»Und er hat es nicht gut aufgenommen«, mutmaßte ich.

»Er hat sich aufgeführt wie ein Irrer und mir alle möglichen Beleidigungen an den Kopf geworfen. Anschließend rief er nach Servanda, dem alten Dienstmädchen, du erinnerst dich, oder? Er fragte sie nach euch aus. Sie erzählte ihm, du seiest mit einem Paket in der Hand hinausgelaufen. Anscheinend hat er sich daraufhin diese lächerliche Geschichte von dem Diebstahl ausgedacht. Nach unserem Streit verließ er das Haus. Das nächste Mal, als ich ihn sah, waren elf Tage vergangen. Er lag im Estadio Metropolitano mit einer Kugel im Kopf.«

»Das tut mir leid.«

Resigniert zuckte er mit den Achseln. In seinen Augen sah ich großen Schmerz.

»Er war aufbrausend und unvernünftig, aber er war mein Sohn. In der letzten Zeit war unsere Beziehung sehr turbulent und unerfreulich. Er gehörte der Falange an, der ich nichts abgewinnen kann. Aus heutiger Sicht war die damalige Falange fast ein Segen. Wenigstens verfolgte sie noch ein paar romantische Ideale und, wenn auch nur bedingt vernünftig, utopische Prinzipien. Ihre Anhänger waren eine Bande verzogener Träumer, die meistens unbeholfen und tollpatschig waren, aber glücklicherweise hatten sie nichts mit den Opportunisten gemein, die heute mit ausgestrecktem Arm lauthals *Cara al sol* schmettern, als wollten sie den abwesenden Heilsbringer Primo de Rivera herbeisingen. Dabei hatten sie vor dem Krieg noch nicht einmal seinen Namen gehört. Sie sind nur ein Haufen arroganter und skurriler Flegel …«

Plötzlich kehrte er in die Wirklichkeit der funkelnden und klirrenden Kristallgläser zurück, zu den Klängen der Maracas und Trompeten, zu den Bewegungen der Körper, die im Rhythmus der Musik zu *El manisero* tanzten. Er kehrte in die Wirklichkeit zurück, und er kehrte zu mir zurück, berührte mich am Arm, streichelte ihn sanft.

»Entschuldige, manchmal lasse ich mich einfach hinreißen. Ich langweile dich, das ist nicht der richtige Zeitpunkt, um über solche Dinge zu sprechen. Möchtest du tanzen?«

»Nein, danke. Ich möchte lieber weiter mit dir reden.«

Ein Kellner kam vorbei, und wir stellten die leeren Gläser auf sein Tablett und nahmen uns zwei volle.

»Wir sprachen gerade darüber, dass Enrique Anzeige gegen dich erstattet hat«, sagte er.

Ich unterbrach ihn. Zuerst wollte ich etwas wissen, dass mir schon die ganze Zeit im Kopf herumging.

»Bevor du weiterredest, sag mir doch bitte eins: Wo ist deine Frau?«

»Ich bin Witwer. Und zwar seit kurz vor dem Krieg, gleich nachdem ich dich und deine Mutter getroffen hatte, seit dem Frühjahr 1936. María Luisa war mit ihren Schwestern in Südfrankreich. Eine von ihnen hatte einen Hispano-Suiza und einen Mechaniker, der sich nächtelang in Bars herumtrieb. Eines Morgens holte er die Damen ab, um sie zur Messe zu fahren. Vermutlich hatte er die ganze Nacht kein Auge zugetan, und in einem unbedachten Moment kam er von der Fahrbahn ab. Zwei der Schwestern starben, María Luisa und Concepción. Der Fahrer verlor ein Bein, die dritte Schwester blieb unverletzt. Ironie des Schicksals: Soledad ist die Älteste der drei.«

»Das tut mir sehr leid.«

»Manchmal denke ich, dass es für sie das Beste war. Sie war sehr ängstlich und überaus schreckhaft. Der kleinste Zwischenfall brachte sie völlig aus dem Konzept. Ich glaube, sie hätte den Krieg nicht durchgestanden, weder in Spanien noch anderswo. Und natürlich hätte sie niemals Enriques Tod verwunden. Vielleicht war es also göttliche Vorsehung, dass sie so früh von uns gegangen ist. Aber jetzt erzähl doch weiter, wir sprachen gerade von der Anzeige. Weißt du, wie die Dinge heute stehen?«

»Nein. Im September, bevor ich nach Madrid kam, hat der Polizeikommissar von Tetuán ermittelt.«

»Um dich anzuklagen?«

»Nein, um mir zu helfen. *Comisario* Vázquez ist nicht das, was man einen Freund nennt, doch er hat mich stets gut behandelt. Deine Tochter steckte in einigen Schwierigkeiten, weißt du?«

Der Ton meiner Stimme musste ihm verraten haben, dass das, was ich sagte, ernst gemeint war.

»Willst du mir davon erzählen? Ich würde dir gerne helfen.«

»Im Moment ist das nicht nötig, glaube ich, inzwischen ist alles mehr oder weniger in Ordnung, aber danke für das Angebot. Auf alle Fälle hast du recht: Wir sollten uns ein andermal wiedersehen und in aller Ausführlichkeit miteinander reden. In gewisser Weise betreffen dich meine Probleme nämlich auch.«

»Erzähl.«

»Den Schmuck deiner Mutter habe ich nicht mehr.«

Das schien ihn nicht zu erschüttern.

»Musstest du ihn verkaufen?«

»Er wurde mir gestohlen.«

»Und das Geld?«

»Auch.«

»Alles?«

»Bis auf die letzte Pesete.«

»Wo?«

»In einem Hotel in Tanger.«

»Von wem?«

»Einem Halunken.«

»Kanntest du ihn?«

»Ja. Und wenn es dir nichts ausmacht, würde ich jetzt gerne das Thema wechseln. An einem anderen Tag, mit mehr Ruhe, erzähle ich dir die Einzelheiten.«

Es würde nicht mehr lange dauern, dann wäre es Mitternacht. Im Saal erschienen immer mehr Fracks, Galauniformen, Abendkleider und mit kostbarem Schmuck behängte Dekolletés. Die Spanier überwogen auf dem Ball, doch es waren erstaunlich viele Ausländer anwesend. Deutsche, Briten, Amerikaner, Italiener, Japaner: ein Potpourri der in den Krieg verwickelten Länder, gemischt mit honorigen und wohlhabenden Einheimischen, die für einige Stunden der grausamen Zerstörung Europas entkommen wollten und taub waren für das Leid eines vom Krieg ausgelaugten Volkes, das um Mitternacht eines der schlimmsten Jahre seiner Geschichte hinter sich lassen wollte. Überall hörte man Gelächter, und die Paare glitten im Rhythmus der *congas* und *guarachas,* die die schwarzen Musiker nicht müde wurden zu spielen, über das Parkett. Die livrierten Lakaien entlang der Treppe begannen, kleine Körbchen mit Trauben zu verteilen, und baten die Gäste, sich auf die Terrasse zu begeben, wo sie mit den Glockenschlägen der Uhr an der Puerta del Sol die Trauben essen würden. Mein Vater reichte mir seinen Arm, und ich hängte mich bei ihm ein. Und obwohl jeder von uns beiden alleine gekommen war, waren wir stillschweigend übereingekommen, das neue Jahr gemeinsam zu begehen. Auf der Terrasse trafen wir uns mit einigen Freunden, seinem Sohn und meinen Kundinnen, die das Ganze eingefädelt hatten. Er stellte mich Carlos vor, meinem Halbbruder, der meinem Vater unglaublich ähnlich sah und mir überhaupt nicht. Wie hätte der junge Mann ahnen sollen, dass die ausländische Schneiderin vor ihm seine eigene Schwester war, die sein Bruder bezichtigt hatte, ihnen beiden einen ordentlichen Batzen ihres Erbes gestohlen zu haben?

Niemanden schien die große Kälte etwas auszumachen. Die Zahl der Gäste wuchs immer weiter an, und die Kellner hatten alle Hände voll zu tun, die bestellten und in weiße Servietten gehüllten Champagnerflaschen zu verteilen. Die Stimmung war gelöst, überall hörte man Gelächter und das Klingen der Gläser, das den nachtschwarzen Winterhimmel mit seinem Klang erfüllte. Von der Straße, vom Pflaster, drang ein heiseres Gebrüll herauf, der Lärm der Stimmen der weniger Begünstigten, die ihr Pech mit einem Liter billigen Fusels oder einer Flasche Anisschnaps begossen, der ordentlich in der Kehle brannte.

Wir hörten die ersten Schläge der Glocken, zunächst die für jede Viertelstunde, darauf die für die volle Stunde. Ich konzentrierte mich auf den Silvesterbrauch, zu jedem Glockenschlag eine Traube zu essen: dong, eine, dong, zwei, dong, drei, dong, vier. Bei der fünften merkte ich, dass Gonzalo mir den Arm um die Schultern gelegt hatte und mich an sich zog. Beim sechsten Schlag füllten sich meine Augen mit Tränen. Beim siebten, achten, neunten Schlag schluckte ich die Trauben blind hinunter und unterdrückte ein Schluchzen, was mir beim zehnten gelang, beim elften hatte ich mich wieder gefangen und beim letzten Schlag drehte ich mich um und gab meinem Vater, zum zweiten Mal in meinem Leben, einen Kuss.

46

Etwa zwei Wochen später traf ich mich wieder mit meinem Vater und berichtete ihm, wie es zum Diebstahl meiner Erbstücke gekommen war. Ich nahm an, dass er mir die Geschichte glaubte, falls nicht, dann konnte er seine Zweifel gut verbergen. Wir aßen im Lhardy zu Mittag, und er schlug vor, dass wir uns in Zukunft häufiger sehen sollten. Ich lehnte ab, ohne dass ich einen vernünftigen Grund dafür gehabt hätte. Vielleicht dachte ich, dass es inzwischen zu spät war, nach den vielen Jahren, in denen wir nichts miteinander zu tun gehabt hatten, noch etwas aufholen zu wollen. Doch er schien nicht bereit, meine Ablehnung so einfach zu akzeptieren, sondern beharrte auf seinem Vorschlag. Und er erzielte zumindest einen Teilerfolg: Mein Widerstand begann langsam, aber sicher zu bröckeln. Wir gingen hin und wieder miteinander essen, ins Theater und zu einem Konzert im Teatro Real, einmal gingen wir sogar am Sonntagvormittag im Retiro-Park spazieren, wie er es dreißig Jahre zuvor mit meiner Mutter getan hatte. Er hatte viel Zeit, denn er war nun im Ruhestand. Nach Kriegsende hätte er seine Gießerei zurückbekommen können, doch er beschloss, sie nicht wieder in Betrieb zu nehmen. Später verkaufte er die dazugehörigen Grundstücke und lebte von dem Ertrag, den dieses Kapital nun brachte. Warum wollte er nicht weitermachen, warum brachte er nach dem Krieg sein Geschäft nicht wieder in Schwung? Aus purer Enttäuschung, denke ich. Welche Schläge das Schicksal in jenen Jahren für ihn bereit hielt, hat er mir im Einzelnen nie erzählt, aber aus den Bemerkungen, die er bei verschiedenen Gesprächen in jener Zeit einstreute, konnte ich mir seine schmerzlichen Erlebnisse mehr oder weniger zusammenreimen. Er schien jedoch keinen Groll zu empfinden: Er war viel zu rational, als dass er sich von seinen Gefühlen das Leben hätte bestimmen lassen. Obwohl er zur Gesellschaftsschicht der Sieger gehörte, stand er dem neuen Regime äußerst kritisch gegenüber. Und er konnte wunderbar erzählen und herrlich ironisch sein. Es entwickelte sich eine besondere Beziehung zwischen uns, eine Freundschaft zwischen erwachsenen Menschen, die quasi bei null begann. Die vielen Jahre meiner Kindheit und Jugend, in denen er abwesend gewesen war, spielten nun keine Rolle mehr. In seinen Kreisen redete man über uns, spekulierte über die Natur unserer Beziehung, und es kamen ihm die wildesten Gerüchte zu Ohren, von denen er mir später lachend berichtete, aber wir hielten es beide nicht für nötig, die Dinge klarzustellen.

Die Zusammenkünfte mit meinem Vater öffneten mir die Augen für eine Seite der Wirklichkeit, die ich nicht kannte. Von ihm erfuhr ich, was in keiner Zeitung zu lesen war, nämlich dass unser Land eine ständige Regierungskrise erlebte, in der die Gerüchte über Amtsenthebungen und Rücktritte, über Ministerwechsel, Rivalitäten und Verschwörungen sich vervielfachten wie bei der wundersamen Vermehrung von Brot und Fischen in der Bibel. Der Sturz Beigbeders, nur vierzehn Monate nachdem er in Burgos seinen Eid als Außenminister abgelegt hatte, hatte zweifellos am meisten Aufsehen erregt, war aber keinesfalls der einzige.

Während Spanien sich langsam an den Wiederaufbau machte, bewarfen sich verschiedene Familien, die ihren Teil zum Sieg über die Roten beigetragen hatten, wie in einem volkstümlichen Schwank gegenseitig mit Schmutz. Die Armee überwarf sich mit der Falange, die Falange war sich spinnefeind mit den Monarchisten, die Monarchisten wüteten, weil Franco sich nicht auf eine Restauration einlassen wollte. Jener wiederum saß – weit entfernt von allem im Pardo-Palast, ohne eine Entscheidung zu treffen, und unterzeichnete mit ruhiger Hand Urteile. Über allen Serrano Suñer, alle ihrerseits gegen Serrano Suñer. Die einen intrigierten zugunsten der Achsenmächte, andere zugunsten der Alliierten, und alle kauften gewissermaßen die Katze im Sack, denn noch wusste niemand, welche Seite am Ende die Ziegen in den Stall würde treiben können, wie Candelaria so schön gesagt hatte.

Zwischen den Deutschen und den Briten gab es in jener Zeit ein ständiges Hin und Her, auf der Weltkarte ebenso wie in den Straßen der spanischen Hauptstadt. Leider schienen die Deutschen über einen wesentlich einflussreicheren und effizienteren

Propagandaapparat zu verfügen als die Seite, auf die das Schicksal mich gestellt hatte. Wie Hillgarth mir schon in Tanger gesagt hatte, wurde diese mühsame Arbeit von der Deutschen Botschaft aus abgewickelt, mehr als großzügig mit finanziellen Mitteln und hervorragenden Mitarbeitern ausgestattet, unter Leitung des berühmten Lazar, der noch dazu auf das Wohlwollen des spanischen Regimes zählen konnte. Ich wusste aus erster Hand, dass er ungeheure gesellschaftliche Ambitionen hatte: Bei meinen deutschen Kundinnen, auch einigen spanischen, war ständig die Rede von den Abendessen und Festen, die er gab, und durch die Salons seiner Villa spazierte Abend für Abend eines meiner Modellkleider.

Immer häufiger erschienen in den Zeitungen auch Kampagnen, die zum Ziel hatten, die ruhmreiche deutsche Ideologie zu verkaufen. Man verwendete dafür auffällige und effektvolle Anzeigen, die mit derselben Begeisterung gestaltet wurden wie Reklame für Benzinmotoren und Mittel zum Färben von Kleidung. Es war eine nie stillstehende Propagandamaschinerie, bei der sich Ideologie und Produkte vermischten und die Menschen davon überzeugen sollten, dass mit der deutschen Gesinnung Fortschritte gelängen, die für alle anderen Länder der Welt unerreichbar seien. Die technische Perfektion transportierte eine bestimmte Botschaft: dass Deutschland darauf vorbereitet war, die gesamte Welt zu beherrschen, und das ließ man seine guten Freunde in Spanien auch wissen. Und um jeden Zweifel auszuräumen, setzte man grafisch und optisch eindrucksvolle Bilder ein, große Buchstaben und pittoreske Landkarten von Europa, auf denen Deutschland und die Iberische Halbinsel mit dicken Pfeilen verbunden waren, Großbritannien hingegen im Höllenschlund verschwunden schien.

In den Apotheken, in den Cafés und Herrensalons wurden kostenlos satirische Zeitschriften und Hefte mit Kreuzworträtseln verteilt – Geschenke der Deutschen. Die Witze und die Bildergeschichten waren gemischt mit knappen Berichten über siegreiche militärische Operationen, und die richtige Lösung bei all den unterhaltsamen Rätseln war stets ein politischer, nazifreundlicher Begriff. Ebenso war es bei Informationsbroschüren für verschiedene

Berufe, bei Abenteuergeschichten für Kinder und Jugendliche und sogar bei Pfarrblättern in Hunderten von Kirchengemeinden. Man munkelte auch, dass die Straßen von spanischen Zuträgern wimmelten, die die Deutschen für sich gewonnen hatten, damit sie die Propaganda direkt an den Haltestellen der Straßenbahn, in den Schlangen vor Geschäften und Kinos verbreiteten. Manchmal waren die Behauptungen durchaus glaubhaft, meistens aber vollkommen absurd. Gerüchte machten die Runde, die immer die Briten und ihre Verbündeten schlecht dastehen ließen. Dass sie den Spaniern das Olivenöl stahlen und in Diplomatenwagen nach Gibraltar schafften. Dass das vom amerikanischen Roten Kreuz gespendete Mehl so schlecht sei, dass die Spanier davon krank würden. Dass es auf den Märkten keinen Fisch mehr zu kaufen gebe, weil Schiffe der britischen Marine die spanischen Fischer an der Arbeit hinderten. Dass das Brot von so schlechter Qualität sei, da die Untertanen Seiner Majestät die mit Weizen beladenen Schiffe aus Argentinien versenkten. Dass die Amerikaner gemeinsam mit den Russen die letzten Vorbereitungen zur Besetzung der spanischen Halbinsel träfen.

Doch auch die Briten blieben nicht untätig. Ihre Reaktion bestand vorrangig darin, dass sie die Nöte des spanischen Volkes mit allen möglichen Mitteln dem Regime anlasteten, vor allem in dem Bereich, wo es am meisten litt: beim Lebensmittelmangel, bei der Hungersnot, die die Menschen krank werden ließ, weil sie sich von Abfällen ernähren mussten. Dass ganze Familien verzweifelt hinter den Lastwagen des Auxilio Social, des Hilfswerks der Falange, herliefen, dass es den Familienmüttern Gott weiß wie gelang, *frituras* ohne Öl zu machen, Omeletts ohne Eier, Süßigkeiten ohne Zucker und eine merkwürdige Wurst ohne eine Spur von Schweinefleisch, die verdächtig nach Stockfisch schmeckte. Die Engländer boten all ihre Erfindungskraft auf, um die Spanier für die Sache der Alliierten zu gewinnen. Die Pressestelle der Britischen Botschaft in Madrid verfasste eine Broschüre für die Hausfrau, und die Mitarbeiter der Botschaft machten sich die Mühe, diese Broschüre höchstpersönlich in den Straßen um ihre Botschaft herum zu verteilen, allen voran der Presseattaché, der junge Tom Burns. Kurz zuvor hatte das Instituto Británico unter Leitung eines gewissen Walter Starkie seine Arbeit aufgenommen, eines katholischen Iren, den einige wegen seiner Leidenschaft für die Sprache und Kultur der Zigeuner Don Gitano nannten. Eröffnet wurde das Institut, wie es hieß, ohne andere Genehmigung der spanischen Behörden als Beigbeders Ehrenwort, das schon nicht mehr viel galt, denn wenig später war er nicht mehr Minister. Dem Anschein nach handelte es sich um ein Kulturzentrum, in dem Englischkurse, Vorträge, Gesprächskreise und verschiedene Veranstaltungen stattfanden, von denen einige mehr der Unterhaltung als der Vermittlung von Wissen dienten. Im Grunde war es wohl eher eine als Kulturinstitut getarnte Einrichtung der britischen Propaganda, allerdings bei Weitem nicht so plump wie die Propaganda der Deutschen.

So verging der Winter, voller Arbeit und Anspannung, hart für fast alle – für die Menschen, für die Länder. Und kaum dass ich es bemerkte, stand der Frühling vor der Tür. Und mir flatterte erneut eine Einladung meines Vaters ins Haus. Das Hipódromo de la Zarzuela öffne wieder seine Pforten, ob ich nicht mitkommen wolle?

Als ich noch ein kleiner Schneiderlehrling bei Doña Manuela war, erzählten unsere Kundinnen ständig von ihren Besuchen im Hippodrom. Die Pferderennen an sich interessierten wohl die wenigsten der Damen, aber nicht nur die Pferde, auch sie machten sich erbittert Konkurrenz. Nicht im Tempo, wie die Pferde, sondern in der Eleganz. Damals befand sich das alte Hippodrom am Ende des Paseo de la Castellana, und es war ein gesellschaftlicher Treffpunkt für das Großbürgertum, die Aristokratie und sogar Mitglieder der Königsfamilie – Alfonso XIII. ließ sich häufig in der königlichen Loge sehen. Kurz vor dem Krieg hatte man mit dem Bau eines neuen, moderneren Hippodroms begonnen, doch dann musste man die Arbeiten unterbrechen. Nun, zu Beginn des dritten Friedensjahres öffnete es, erst halb fertig, im Stadtbezirk El Pardo seine Pforten.

Schon Wochen zuvor beherrschte die Eröffnung die Titelseiten der Zeitungen, und man sprach über nichts anderes mehr. Mein Vater holte mich mit seinem Automobil ab, er chauffierte leidenschaftlich gern. Während der Fahrt erläuterte er mir die Konstruktion des Hippodroms mit seinem originellen gewellten Dach, und er sprach auch davon, mit welcher Begeisterung nun Tausende von Madrilenen wieder zu den Galopprennen gehen würden. Ich meinerseits schilderte ihm meine Erinnerungen an die Pferderennbahn in Tetuán und beschrieb ihm das imposante Bild, wenn der Kalif sich hoch zu Ross von seinem Palast aus über die Plaza de España zur Moschee begab, um am Freitagsgebet teilzunehmen. Wir plauderten so angeregt, dass er nicht einmal die Zeit fand, mir zu sagen, dass er sich an jenem Abend noch mit anderen Leuten treffen würde. Und erst als wir bei unseren Plätzen angelangt waren, begriff ich, dass ich mich mit dem scheinbar harmlosen Besuch auf der Pferderennbahn gerade freiwillig in die Höhle des Löwen begeben hatte.

47

Es herrschte ein unglaublicher Andrang: Menschenmassen stauten sich vor den Kassen, meterlange Schlangen bildeten sich vor den Wettschaltern, weil jeder noch schnell einen Wettschein abgeben wollte, die Sitzreihen und der Bereich unmittelbar an der Rennbahn wimmelten vor ungeduldigen, aufgeregten Zuschauern. Bei den Privilegierten in den reservierten Logen ging es wesentlich ruhiger zu: kein Gedränge, kein Geschrei, man saß auf richtigen Stühlen, nicht auf Treppenstufen aus Beton, und wurde von Kellnern in blütenweißen Jäckchen aufmerksam bedient.

Als wir uns der Loge näherten, hatte ich das Gefühl, jemand würde mich mit einer Eisenzange kneifen. Mir war sofort klar, in welch prekärer Lage ich mich befand: Nur ein paar Spanier waren anwesend, dafür aber jede Menge Engländer, Männer und Frauen, die, einen Champagnerkelch in der Hand und mit Ferngläsern bewaffnet, rauchten, tranken und in ihrer Sprache plauderten, während sie auf den Beginn des Galopprennens warteten. Und damit alle Welt wusste, woher sie kamen, flatterte an der Balustrade der Union Jack.

Am liebsten wäre mir gewesen, die Erde hätte sich aufgetan und mich verschlungen, doch es sollte noch schlimmer kommen. Dazu musste ich nur ein paar Schritte weitergehen und nach links blicken. In der benachbarten Loge, die praktisch noch leer war, flatterten drei Standarten im Wind, und auf dem roten Hintergrund mit weißem Kreis prangte in der Mitte das schwarze Hakenkreuz. Die Loge der Deutschen, von der unseren nur durch einen kleinen, kaum einen Meter hohen Zaun getrennt, wartete auf ihre Gäste. Im Augenblick befanden sich dort nur ein paar Soldaten, die den Zugang bewachten, und etliche Kellner, die sich um die Verpflegung kümmerten, aber angesichts der Uhrzeit und der Eile, mit der sie alles vorbereiteten, bezweifelte ich nicht, dass die erwarteten Gäste sehr bald erscheinen würden.

Ehe ich mich hinreichend beruhigt hatte, um überlegen zu können, wie ich mich schnellstens aus dieser heiklen Situation herausmanövrieren könnte, flüsterte mir Gonzalo ins Ohr, um wen es sich bei all den Untertanen Seiner Majestät handelte.

»Ich vergaß, dir zu sagen, dass wir uns mit ein paar alten Freunden treffen würden, die ich schon lange nicht mehr gesehen habe. Es sind englische Ingenieure, die in den Bergwerken von Río Tinto in Andalusien arbeiten, sie haben ein paar Landsleute aus Gibraltar mitgebracht, und wahrscheinlich werden auch noch ein paar Leute von der Botschaft kommen. Alle sind ganz begeistert, dass das Hippodrom wiedereröffnet. Du weißt ja, was für Pferdenarren sie sind.«

Ich wusste es nicht, und es interessierte mich auch nicht, denn mich beschäftigte im Moment Dringenderes als die Liebhabereien dieser Leute. Beispielsweise, ihnen zu entfliehen, als hätten sie die Beulenpest. Mir klang noch in den Ohren, was Hillgarth in der Amerikanischen Botschaft in Tanger zu mir gesagt hatte: null Kontakt mit Engländern. Und schon gar nicht – hätte er hinzufügen können – vor der Nase der Deutschen. Als die Freunde meines Vaters unsere Ankunft bemerkten, begrüßten sie uns, ihn – Gonzalo, *old boy* – und mich, seine junge Begleitern, die überraschend mitgekommen war, aufs Herzlichste. Ich erwiderte ihren Gruß mit knappen Worten und versuchte, meine Nervosität hinter einem ebenso schwachen wie falschen Lächeln zu verbergen, und gleichzeitig überlegte ich, wie groß mein Risiko wohl war. Und während ich die Hände drückte, die mir die anonymen Menschen entgegenstreckten, blickte ich mich suchend nach einer Möglichkeit um, wie ich mich in Luft auflösen könnte, ohne meinen Vater bloßzustellen. Doch das würde nicht leicht sein. Absolut nicht leicht. Linkerhand versperrte mir die Loge der Deutschen mit ihrem bombastischen Fahnenschmuck den Weg, rechterhand hatten sich eine Handvoll schmerbäuchiger Männer mit protzigen Goldringen an den Fingern breitgemacht, die Zigarren von der Größe eines Torpedos rauchten. Sie waren in Begleitung von Frauen mit wasserstoffblondem Haar und knallroten Lippen, für die ich in meinem Atelier nicht einmal ein Taschentuch genäht hätte. Ich wandte den Blick ab: Die Schwarzhändler und ihre atemberaubenden Geliebten interessierten mich nicht im Geringsten.

Da mir links wie rechts der Fluchtweg versperrt war und es hinter dem Geländer der Loge nur in die Tiefe ging, blieb mir lediglich die Möglichkeit, auf dem Weg zu flüchten, den wir gekommen waren, obwohl es geradezu tollkühn wäre. Es gab nur einen Zugang zu den Logen, das hatte ich beim Herkommen festgestellt: eine Art Korridor mit Backsteinpflaster, kaum drei Meter breit. Wenn ich mich auf diesem Weg zurückzog, riskierte ich mit großer Wahrscheinlichkeit, den Deutschen geradewegs in die Arme zu laufen. Und unter ihnen würden Personen sein, denen ich hier keinesfalls begegnen wollte – meine deutschen Kundinnen, die unbedacht und nur allzu oft Bemerkungen fallen ließen, die ich wiederum mit einem falschen Lächeln aufhob und sie als Informationen dem Geheimdienst des Feindes übermittelte; Damen, bei denen ich stehen bleiben müsste, um sie freundlich zu begrüßen, und die sich zweifellos argwöhnisch fragen würden, warum ihre marokkanische Schneiderin wie die Seele vor dem Teufel aus einer Loge voller Engländer floh.

Da ich nicht wusste, was ich tun sollte, ließ ich Gonzalo inmitten seiner Freunde zurück und setzte mich in die am besten geschützte Ecke der Loge, das Revers meiner Jacke hochgeschlagen, den Kopf halb gesenkt, in der – naiven – Hoffnung, mich an diesem Ort, wo man sich unmöglich verstecken konnte, unsichtbar zu machen.

»Geht es dir nicht gut? Du bist so blass«, sagte mein Vater und reichte mir dabei ein Schälchen Obstsalat.

»Mir ist ein bisschen schwindelig, das geht gleich vorbei«, schwindelte ich.

Gäbe es auf der Farbskala noch eine dunklere Farbe als Schwarz, dann hätte meine Stimmung diesen Farbton angenommen, als es in der deutschen Loge nebenan Bewegung gab. Aus den Augenwinkeln beobachtete ich, wie weitere Soldaten sie betraten, hinter ihnen ein höherer Militär mit stämmiger Statur, der hierhin und dorthin wies und Befehle erteilte und verächtliche Blicke in Richtung der englischen Loge warf. Ihm folgten mehrere Offiziere in Uniform mit auf Hochglanz polierten Stiefeln und der unvermeidlichen Hakenkreuzbinde am Arm. Sie ließen sich nicht einmal dazu herab, in unsere Richtung zu sehen, sondern demonstrierten ihre Verachtung für die Gäste in der benachbarten Loge schlicht mit ihrer abweisenden, hochmütigen Haltung. Anschließend trafen noch ein paar Männer im Straßenanzug ein, und ich stellte mit Entsetzen fest, dass mir das eine oder andere Gesicht bekannt vorkam. Wahrscheinlich verbanden sie alle, Militärs wie Zivilisten, etwas anderes mit diesem Ereignis und erschienen deshalb praktisch alle auf einmal, gruppenweise und gerade rechtzeitig, um das erste Galopprennen zu sehen. Im Augenblick waren nur Männer anwesend, und es sollte mich sehr wundern, wenn nicht umgehend auch ihre Gattinnen auftauchen würden.

Die Stimmung wurde von Minute zu Minute angeregter, und im selben Maß verstärkte sich meine Beklemmung. Die Engländer hatten sich gestärkt, die Ferngläser gingen von Hand zu Hand, und man plauderte mit derselben Beiläufigkeit über *turf*, *paddock* und *jockeys* wie über den Einmarsch der Deutschen in Jugoslawien, ihre schrecklichen Bombenangriffe auf London oder Churchills jüngste Rede im Radio. Und in diesem Moment sah ich ihn. Und er mich. Ich bekam einen solchen Schreck, dass mir fast die Luft wegblieb. Mit einer elegant gekleideten blonden Frau am Arm, vermutlich seine Gattin, trat Captain Alan Hillgarth in die Loge. Für den Bruchteil einer Sekunde ruhte sein Blick auf mir, zeigte er einen winzigen Moment lang eine Irritation, die jedoch nur ich wahrnahm und er sofort unterdrückte, dann warf er einen raschen Blick in die deutsche Loge, in die noch immer neue Gäste hereinkamen.

Ich stand auf, um ihm nicht direkt ins Gesicht sehen zu müssen, denn ich war überzeugt, das wäre das Ende, dann säße ich endgültig in der Falle. Ein dramatischeres Finale für meine kurze Karriere als Mitarbeiterin des britischen Geheimdienstes hätte man sich nicht ausdenken können: Es fehlte nicht viel, und ich würde in aller Öffentlichkeit enttarnt, vor meinen Kundinnen, vor meinem Vorgesetzten und vor meinem eigenen Vater. Ich klammerte mich so fest an das Geländer, dass meine Fingerknöchel weiß wurden, und wünschte mir mit aller Kraft, dass dieser Tag niemals gekommen wäre: dass ich niemals aus Marokko fortgegangen, niemals jenen absurden Vorschlag akzeptiert hätte, durch den ich zu einer unvorsichtigen, ungeschickten Verschwörerin geworden war. Schon fiel der Startschuss zum ersten Galopprennen, die Pferde preschten los, und begeisterte Rufe aus dem Publikum zerrissen die Luft. Ich tat, als blickte ich wie gebannt auf die Rennbahn, doch meine Gedanken wanderten fort von den Pferdehufen. Ich ahnte, dass sich die Loge der Deutschen allmählich gefüllt hatte, und meinte zu spüren, wie verstimmt Hillgarth war, dass er sich nun bemühen musste, eine Möglichkeit zu finden, um die bevorstehende Katastrophe abzuwenden. Und dann hatte ich plötzlich die Lösung vor Augen, und zwar in Gestalt zweier Sanitäter des Roten Kreuzes, die in Erwartung eines Zwischenfalls untätig an eine Mauer gelehnt dastanden. Wenn ich diese unselige Loge nicht auf meinen eigenen Beinen verlassen konnte, dann musste mich eben jemand hinaustragen.

Als Rechtfertigung konnten das aufregende Rennen oder das Schlafdefizit der letzten Monate herhalten, vielleicht die nervliche Anspannung. Aber nichts von alledem war die wahre Ursache. Allein mein Überlebensinstinkt hatte mich auf diese Lösung gebracht. Ich wählte einen geeigneten Platz – die rechte Seite der Loge, von den Deutschen am weitesten entfernt. Und überlegte mir den günstigsten Moment – wenige Sekunden nach dem Ende des ersten Rennens, wenn die Aufregung rundum am größten war und sich Begeisterungsrufe mit nicht minder lauten Bekundungen der Enttäuschung mischten. In genau diesem Moment ließ ich mich fallen. Mit einer wohlbedachten Bewegung drehte ich den Kopf so, dass meine Haare das Gesicht bedeckten, als ich auf dem Boden lag, falls es einem neugierigen Augenpaar aus der angrenzenden Loge gelingen sollte, zwischen den Beinen, die mich sofort umstanden, einen Blick auf mich zu erhaschen. Ich blieb regungslos, mit geschlossenen Augen und schlaffen Gliedmaßen liegen, verfolgte jedoch mit gespitzten Ohren, was jede einzelne der Stimmen um mich herum äußerte. Ohnmacht, Luft, Gonzalo, schnell, Puls, Wasser, mehr Luft, schnell, schnell, da kommen sie, Notfallkoffer und einige Wörter auf Englisch, die ich nicht verstand. Die Sanitäter brauchten keine zwei Minuten, bis sie eintrafen. Eins, zwei, drei, hoch. Ich spürte, wie sie mich vom Boden auf die Trage beförderten und bis zum Kinn mit einer Decke zudeckten.

»Ich begleite sie«, hörte ich Hillgarth sagen. »Wenn es nötig sein sollte, können wir den Arzt der Botschaft anrufen.«

»Danke, Alan«, erwiderte mein Vater. »Ich glaube nicht, dass es etwas Ernstes ist, ein kleiner Schwächeanfall. Gehen wir erst einmal zur Krankenstation, danach sehen wir weiter.«

Die Sanitäter trugen mich im Laufschritt durch den Zugangskorridor, dahinter folgten mein Vater, Alan Hillgarth und zwei andere Engländer, die ich nicht identifizieren konnte, Freunde oder Mitarbeiter des Marineattachés. Ich hatte zwar dafür gesorgt, dass mir die Haare wieder über das Gesicht fielen, als ich auf der

Trage lag, doch ich bemerkte, wie Hillgarth mir die Decke bis über die Augen zog, ehe wir die Loge verließen. Sehen konnte ich nun nichts mehr, aber ich hörte sehr gut, was dann geschah.

Auf den ersten Metern des Korridors begegnete unsere kleine Gruppe niemandem, aber etwa auf halbem Weg bestätigten sich meine schlimmsten Vorahnungen. Zuerst hörte ich noch mehr Schritte und Männerstimmen, die auf Deutsch sagten: *Schnell, schnell, es hat bereits begonnen.* Die Männer kamen uns entgegen, liefen fast. Dem festen Tritt nach mussten es Militärs sein, und aus dem befehlsgewohnten Ton schloss ich, dass es sich um Offiziere handelte. Vielleicht löste der Anblick des feindlichen Marineattachés, der eine Krankentrage eskortierte, eine gewisse Unruhe bei ihnen aus, doch sie blieben nicht stehen, sondern grüßten nur barsch und eilten dann weiter zu ihrer Loge. Unmittelbar danach drangen Geklapper von hohen Absätzen und weibliche Stimmen an mein Ohr. Auch die Damen näherten sich energischen Schrittes, und die Sanitäter, eingeschüchtert durch ein derart entschiedenes Auftreten, hielten an und machten ihnen Platz, damit sie vorbeigehen konnten. Fast hätten sie mich berührt. Ich hielt den Atem an, das Herz schlug mir bis zum Hals. Dann hörte ich, wie sich die Schritte entfernten. Erkannt hatte ich keine der Stimmen, und ich konnte auch nicht sagen, wie viele es gewesen waren, sicherlich mindestens fünf oder sechs. Sechs Deutsche, vielleicht sieben oder sogar mehr, darunter vermutlich einige Kundinnen von mir, von denen, die sich die teuersten Stoffe aussuchten und mich dafür ebenso mit Geldscheinen wie unwissentlich mit allerneusten Informationen bezahlten.

Einige Minuten später, als die Geräusche und die Stimmen nur noch gedämpft zu hören waren und ich annahm, dass wir uns bereits auf sicherem Terrain befanden, tat ich so, als käme ich wieder zu Bewusstsein. Ich sagte ein paar Worte, um meine Begleiter zu beruhigen. Dann erreichten wir die Krankenstation. Hillgarth und mein Vater entließen die beiden Engländer und die Sanitäter: Erstere verabschiedete der Marineattaché mit ein paar kurzen Anweisungen in seiner Sprache, Letztere Gonzalo mit einem großzügigen Trinkgeld und einer Schachtel Zigaretten.

»Ich kümmere mich schon, Alan, danke«, sagte mein Vater schließlich, als wir drei allein waren. Er fühlte mir den Puls und bestätigte, dass es mir einigermaßen gut ging. »Ich glaube nicht, dass wir einen Arzt holen müssen. Ich versuche, mit dem Wagen möglichst nah heranzufahren, und nehme sie mit nach Hause.«

Ich bemerkte, dass Hillgarth kurz zögerte.

»Einverstanden«, stimmte er dann zu. »Ich bleibe bei ihr, bis Sie zurück sind.«

Ich bewegte mich erst, als ich sicher war, dass mein Vater sich schon weit genug entfernt hatte, um sich über meine Reaktion nicht zu wundern. Erst dann fasste ich Mut, stand auf und stellte mich der Realität.

»Sie hatten gar keinen Schwächeanfall, nicht wahr?«, fragte er und sah mich dabei streng an.

Doch, hätte ich beteuern können, ich fühle mich noch immer ganz schwach und durcheinander. Ich hätte so tun können, als hätte ich mich noch nicht von dem angeblichen Schwächeanfall erholt. Aber ich wusste, er würde mir nicht glauben. Und das zu Recht.

»Nein«, erwiderte ich.

»Weiß er etwas?«, hakte er nach und meinte damit meinen Vater und meine Arbeit für die Engländer.

»Gar nichts.«

»Halten Sie es auch in Zukunft so. Und lassen Sie nicht Ihr Gesicht sehen, wenn Sie im Wagen hinausfahren«, wies er mich an. »Machen Sie sich auf dem Rücksitz klein, und halten Sie sich die ganze Zeit über bedeckt. Und versichern Sie sich, dass Ihnen niemand gefolgt ist, wenn Sie zu Hause ankommen.«

»Keine Sorge. Noch etwas?«

»Wir treffen uns morgen. Am gleichen Ort und zur gleichen Stunde wie gehabt.«

48

»Das war eine Meisterleistung im Hippodrom«, sagte er zur Begrüßung, doch trotz des vermeintlichen Lobs wirkte er keineswegs zufrieden. Er hatte mich wieder in der Praxis von Doktor Rico erwartet, wie vor Monaten, als wir über Beigbeders Besuch bei mir nach seiner Entlassung gesprochen hatten.

»Ich hatte keine andere Wahl, und es tut mir leid, das können Sie mir glauben«, entgegnete ich, während ich mich setzte. »Ich hatte keine Ahnung, dass wir in die Loge der Engländer gehen würden. Und auch nicht, dass die Deutschen ausgerechnet nebenan sein würden.«

»Verstehe. Und Sie haben die Situation gut bewältigt, schnell und mit kühlem Kopf. Doch Sie sind ein enormes Risiko eingegangen und hätten beinahe eine vollkommen unnötige Krise ausgelöst. Und Unvorsichtigkeiten von solcher Tragweite können wir uns in der gegenwärtigen Lage, die schon kompliziert genug ist, nicht leisten.«

»Meinen Sie die Situation im Allgemeinen oder meine persönliche?«, fragte ich, was sich arrogant anhörte, ohne dass ich es wollte.

»Beides«, gab er zurück. »Schauen Sie, wir wollen uns nicht in Ihr Privatleben einmischen, aber nach dem, was vorgefallen ist, müssen wir Sie auf etwas aufmerksam machen.«

»Es geht um Gonzalo Alvarado«, warf ich ein.

Er antwortete nicht sofort, sondern zündete sich zuerst eine Zigarette an.

»Richtig, es geht um Gonzalo Alvarado«, bestätigte er und stieß den Rauch aus, nachdem er den ersten Zug getan hatte. »Gestern war nicht das erste Mal. Wir wissen, dass Sie sich in letzter Zeit relativ häufig zusammen in der Öffentlichkeit sehen lassen.«

»Falls es Sie interessiert: Lassen Sie mich zuallererst klarstellen, dass ich keine Beziehung mit ihm habe. Und er weiß auch nichts über meine geheimen Aktivitäten.«

»Welche Beziehung zwischen Ihnen beiden konkret besteht, ist ausschließlich Ihre Privatsache und fällt nicht in unser Ressort«, erklärte er.

»Also?«

»Bitte nehmen Sie es nicht als rücksichtsloses Eindringen in Ihr Privatleben, aber die Situation ist derzeit äußerst angespannt, und deshalb müssen wir Sie warnen, verstehen Sie.« Er stand auf und lief einige Schritte auf und ab, die Hände in den Hosentaschen und den Blick auf die Bodenfliesen gerichtet, ohne mich anzusehen. »Vergangene Woche haben wir erfahren, dass es eine Gruppe von spanischen Informanten gibt, die mit den Deutschen zusammenarbeiten und Listen über die Freunde der Deutschen und über die Freunde der Alliierten in Madrid anlegen. Sie vermerken darin Daten über all jene Spanier, die aufgrund ihrer Beziehung zu der einen oder anderen Seite auffallen. Und sie halten auch Angaben zu der Intensität der Beziehung fest.«

»Und Sie vermuten, dass ich auf einer dieser Listen stehe …«

»Wir vermuten es nicht, wir wissen es mit absoluter Sicherheit«, entgegnete er und fixierte mich mit seinem Blick. »Wir haben Mitarbeiter bei ihnen eingeschleust und von ihnen erfahren, dass Sie auf der Liste der deutschfreundlichen Spanier stehen. Im Moment über jeden Verdacht erhaben, wie zu erwarten war: Sie haben zahlreiche Kundinnen, die mit hohen Nazis in Verbindung stehen, Sie empfangen sie in Ihrem Atelier, nähen schöne Kleider für sie, und die Damen ihrerseits bezahlen Sie nicht nur für Ihre Arbeit, sondern sie vertrauen Ihnen. Sie vertrauen Ihnen so sehr, dass sie bei Ihnen von vielen Dingen ganz offen sprechen, über die sie gar nicht reden sollten, und die Sie pünktlich an uns weitergeben.«

»Und was hat Alvarado mit alledem zu tun?«

»Er taucht auch auf diesen Listen auf, allerdings auf der anderen Seite, als Freund der Briten. Und wir haben erfahren, dass es eine Anweisung der Deutschen gibt, gegenüber Spaniern aus gewissen Bereichen mit Verbindung zu uns äußerst wachsam zu sein: Bankiers, Unternehmern, selbstständigen Freiberuflern … Qualifizierten und einflussreichen Bürgern, die bereit sind, unsere Sache zu unterstützen.«

»Sie wissen vermutlich, dass er inzwischen im Ruhestand ist. Er hat sein Unternehmen nach dem Krieg nicht wiedereröffnet«, bemerkte ich.

»Das spielt keine Rolle. Er unterhält ausgezeichnete Beziehungen zu Angehörigen der Britischen Botschaft und der britischen Kolonie in Madrid und lässt sich häufig mit ihnen sehen. Manchmal sogar mit mir, wie Sie gestern feststellen konnten. Er kennt sich hervorragend mit der herstellenden Industrie in Spanien aus und berät uns ganz uneigennützig in entsprechenden Fragen. Aber im Unterschied zu Ihnen ist er kein verdeckter Mitarbeiter, sondern nur ein guter Freund des englischen Volkes und hält mit seiner Sympathie für unser Land auch nicht hinter dem Berg. Daher erregt der Umstand, dass Sie sich häufiger mit ihm sehen lassen, allmählich Verdacht, da Sie beide nun auf unterschiedlichen Listen erscheinen. Es kursieren diesbezüglich sogar schon Gerüchte.«

»Bezüglich was?«, fragte ich ein wenig aufsässig.

»Bezüglich der Frage, was zum Teufel eine Person macht, die in so engem Kontakt mit den Gattinnen der hohen Nazi-Chargen steht und sich in der Öffentlichkeit mit einem loyalen Freund der Briten sehen lässt«, antwortete er und hieb mit der Faust auf den Tisch. Dann mäßigte er sich jedoch im Ton und bedauerte seine Reaktion sofort. »Entschuldigen Sie, bitte. Wir sind in letzter Zeit alle sehr nervös. Wir wissen natürlich, dass Sie über die Situation nicht informiert waren und das Risiko daher nicht erkennen konnten. Aber glauben Sie mir: Die Deutschen planen eine wirklich große Kampagne gegen die britische Propaganda in Spanien. Ihr Vaterland ist für Europa nach wie vor von entscheidender Bedeutung, es kann jeden Tag in den Krieg eintreten. In der Tat unterstützt das Regime die Achsenmächte weiterhin ganz unverhüllt: Sie dürfen die spanischen Häfen nutzen, wie es ihnen passt, die Bergwerke ausbeuten und sogar republikanische Gefangene zu Arbeiten an Militäranlagen heranziehen, die einen möglichen deutschen Angriff auf Gibraltar erleichtern.«

Er schwieg eine Weile, während er konzentriert seine Zigarette ausdrückte, und fuhr dann fort:

»Wir sind eindeutig im Nachteil und wollen die Situation auf keinen Fall noch verschlechtern«, sagte er langsam. »Die Gestapo ist seit einigen Monaten sehr aktiv, und ihre Arbeit hat schon Früchte getragen: Ihre Freundin, Señora Fox, zum Beispiel musste Spanien wegen ihnen verlassen. Und es gab leider noch weitere derartige Fälle wie den früheren Arzt der Botschaft, der zudem ein enger Freund von mir ist. Und ab jetzt wird die Situation noch schlimmer werden, noch gefährlicher.«

Ich erwiderte nichts darauf, sondern beobachtete ihn nur schweigend und hoffte, dass er mit seinen Ausführungen bald zum Ende kommen würde.

»Ich weiß nicht, ob Ihnen überhaupt bewusst ist, wie überaus gefährdet und exponiert Sie sind«, fügte er mit gedämpfter Stimme hinzu. »Arish Agoriuq erfreut sich unter den deutschen Damen, die in Madrid leben, einer großen Bekanntheit, aber sollte man an Ihrer Haltung zu zweifeln beginnen, wie es gestern leicht der Fall hätte sein können, dann kann Ihre Situation äußerst unangenehm werden. Und das wäre nicht gut für uns. Weder für Sie noch für uns.«

Ich stand auf und ging auf ein Fenster zu, wagte jedoch nicht, ihm zu nahe zu kommen. Mit dem Rücken zu Hillgarth sah ich hinaus. Die Äste der dicht belaubten Bäume reichten bis zum ersten Stockwerk. Noch hatten wir Licht, die Tage wurden schon länger. Ich bemühte mich, die Tragweite dessen zu erfassen, was ich gerade gehört hatte. Obwohl Hillgarth alles in den schwärzesten Farben ausgemalt hatte, empfand ich keine Angst.

»Es wird am besten sein, wenn ich nicht mehr für Sie arbeite«, meinte ich schließlich, ohne ihn anzusehen. »Das erspart uns Probleme, und wir würden alle ruhiger schlafen. Sie, ich, alle.«

»Auf keinen Fall!«, protestierte er energisch hinter meinem Rücken. »Was ich Ihnen gesagt habe, ist nur zur Vorbeugung und als Warnung für die Zukunft gedacht. Wir haben keine Zweifel, dass Sie sich im entsprechenden Moment angemessen verhalten werden. Doch wir möchten Sie auf keinen Fall verlieren, schon gar nicht jetzt, da wir Sie an einem neuen Einsatzort brauchen.«

»Wie bitte?«, fragte ich verblüfft und drehte mich um.

»Wir haben eine neue Aufgabe für Sie. Man hat uns direkt aus London um Hilfe gebeten. Anfänglich haben wir zwar andere Möglichkeiten erwogen, aber angesichts des Vorfalls von diesem Wochenende haben wir beschlossen, die Mission Ihnen zu übertragen. Glauben Sie, dass Ihre Gehilfin sich zwei Wochen allein um das Atelier kümmern kann?«

»Nun ja … ich weiß nicht … vielleicht …«, stammelte ich.

»Ganz bestimmt. Informieren Sie Ihre Kundinnen, dass Sie ein paar Tage fort sein werden.«

»Und was sage ich, wo ich sein werde?«

»Sie brauchen gar nicht zu lügen, sagen Sie einfach die Wahrheit: dass Sie in Lissabon einiges zu regeln haben.«

49

Mit dem Lusitania-Express kam ich an einem Morgen Mitte Mai auf dem Lissabonner Bahnhof Santa Apolónia an. Ich hatte zwei riesige Koffer dabei, in denen sich meine besten Kleider befanden, jede Menge präziser Anweisungen und eine unsichtbare Ladung Selbstsicherheit. Von ihr erhoffte ich mir, dass sie ausreichte, um mir aus kritischen Situationen charmant herauszuhelfen.

Ich war lange unschlüssig, bevor ich mich dazu durchrang, meinen Auftrag fortzuführen. Ich dachte nach, wog das Für und Wider ab, prüfte Alternativen. Ich wusste, letztlich lag die Entscheidung bei mir. Nur ich konnte beurteilen, ob ich weiterhin dieses verworrene Leben führen oder zurück zur Normalität wollte.

Letzteres wäre wahrscheinlich das Vernünftigste gewesen. Ich hatte es gründlich satt, alle Welt zu belügen, mit niemandem offen und ehrlich reden zu können, unangenehme Anweisungen befolgen und ständig auf der Hut sein zu müssen. Demnächst würde ich dreißig, ich hatte mich in eine Lügnerin ohne jeden Skrupel verwandelt, und meine persönliche Geschichte war eine Ansammlung von Heimlichtuereien, Lücken und Lügen. Und trotz des vermeintlichen Glamours, der meine Existenz umgab, war das Einzige, was am Ende von mir übrig blieb – und woran mich Ignacio ein paar Monate zuvor erinnert hatte –, ein einsames Gespenst in einer Wohnung voller Schatten. Nach dem Treffen mit Hillgarth stieg ein Gefühl von Feindseligkeit gegen ihn und seinen Geheimdienst in mir hoch. Sie hatten mich in ein unheilvolles Abenteuer verwickelt, das angeblich meinem Land zugutekam, doch nichts schien sich im Laufe der Monate geregelt zu haben, und die Angst, dass Spanien in den Krieg eintreten könnte, war noch immer allgegenwärtig. Aber trotzdem respektierte ich ihre Bedingungen, ohne mich von den Normen abbringen zu lassen: Sie zwangen mich, egoistisch und unsensibel zu werden, mich an ein irreales Madrid anzupassen und meinen Leuten, meinen Freunden und meiner Vergangenheit gegenüber illoyal zu sein. Ich hatte mich ängstlich und verloren gefühlt, schlaflose Nächte durchlebt und Stunden unendlicher Angst ausgestanden. Und nun verlangten sie auch noch, ich solle mich von meinem Vater fernhalten, dem einzigen Menschen, dessen Gegenwart etwas Licht in meinen trüben Alltag brachte.

Noch war Zeit, nein zu sagen, mich hinzustellen und zu rufen: Es reicht! Zum Teufel mit dem britischen Geheimdienst und seinen dämlichen Anforderungen. Zum Teufel mit dem ewigen Mithören bei den Anproben, mit dem lächerlichen Leben der Nazifrauen und den kodierten, in Schnittmustern verborgenen Nachrichten. Mir war es egal, wer gegen wen gewann in jenem fernen Krieg. Es war ihre Sache, ob die Deutschen in Großbritannien einmarschierten und zum Frühstück kleine Kinder aßen oder ob die Engländer mit ihren Bomben Berlin ausradierten. Das war nicht meine Welt: Sollten sie doch alle zum Teufel gehen!

Ich würde einfach alles hinwerfen und zur Normalität zurückkehren. Ja, das war zweifellos die beste Lösung. Das Problem war nur, wo fand ich sie, die Normalität? Lag sie etwa auf der Calle de la Redondilla meiner Jugend, zwischen den Mädchen, mit denen ich aufgewachsen war und die nach dem verlorenen Krieg ums

Überleben kämpften? Hatte Ignacio Montes sie an dem Tag mitgenommen, als er die Schreibmaschine packte und mit gebrochenem Herzen aus meinem Viertel verschwand? Oder hatte sie vielleicht Ramiro Arribas gestohlen, als er mich allein, schwanger und mittellos im Zimmer des Hotel Continental zurückließ? War Normalität das, was ich in den ersten Monaten in Tetuán, zwischen den traurigen Gästen aus Candelarias Pension, erlebt hatte, oder hatte sie sich mit dem krummen Geschäften verflüchtigt, die Candelaria und ich gedreht hatten, um über die Runden zu kommen? Oder hatte ich sie in der Wohnung in der Calle Sidi Mandri gelassen, hing sie dort an Fäden im Atelier, das ich unter großen Mühen aufgebaut hatte? Oder vielleicht hatte sie sich auch Félix Aranda in jener Regennacht unter den Nagel gerissen oder Rosalinda Fox, als sie sich aus dem Lagerraum hinter Dean's Bar davonstahl, um sich wie ein Schatten in den Straßen von Tanger zu verlieren? Oder war Normalität das Leben an der Seite meiner Mutter, das stille Arbeiten an den afrikanischen Nachmittagen? Hatte sie ein entlassener und unter Hausarrest stehender Minister zunichte gemacht? Oder hatte sie womöglich ein Journalist abgeschleppt, den ich mir aus reiner Feigheit nicht zu lieben erlaubte? Wo war sie hin, die Normalität, wann hatte ich sie verloren, was war aus ihr geworden? Ich suchte sie überall: in den Taschen, in den Schränken und in den Kisten. In den Falten und zwischen den Nähten. In jener Nacht schlief ich, ohne sie zu finden.

Am nächsten Morgen erwachte ich mit einer anderen Klarheit, und kaum hatte ich die Augen halb geöffnet, nahm ich sie schon wahr: nah, ganz nah bei mir. Normalität fand sich nicht in jenen Tagen, die hinter mir lagen, sondern stets nur in dem, was uns das Schicksal tagtäglich brachte. Egal, ob in Marokko, Spanien oder Portugal, ob ich nun ein Modeatelier leitete oder für den britischen Geheimdienst arbeitete: An dem Ort, auf den ich zusteuere, oder auf dem Weg, den ich in meinem Leben einschlage, genau dort wird sie liegen, meine Normalität. Zwischen den Schatten, unter den Palmen eines Platzes, auf dem es nach Minze duftet, im Schein der von Kronleuchtern erhellten Säle oder in den vom

Krieg aufgewühlten Gewässern. Die Normalität war nur das, was mein eigener Wille, mein Engagement, mein Wort als normal akzeptierten, und von daher war sie auch immer bei mir. Sie an einem anderen Ort suchen oder sie aus dem Gestern zurückgewinnen zu wollen, hatte keinen Sinn.

An jenem Tag ging ich mit klaren Vorstellungen und freiem Kopf um die Mittagszeit ins Embassy. Ich vergewisserte mich, dass Hillgarth mit seinem Aperitif am Tresen stand, während er mit zwei Männern in Uniform plauderte. Dann ließ ich aufreizend meine Handtasche zu Boden fallen. Vier Stunden später erhielt ich die ersten Anweisungen für meinen neuen Auftrag, unter anderem hatte ich am nächsten Morgen eine Gesichtsbehandlung im *Rosa Zavala*, dem Schönheits- und Friseursalon, in den ich allwöchentlich ging. Fünf Tage später kam ich in Lissabon an.

Ich entstieg dem Zug in einem Kleid aus bedrucktem Organza, weißen Frühlingshandschuhen und einem riesigen Damenstrohhut – ein Hauch von Glamour inmitten des Kohlenstaubs der Lokomotiven und der grauen Eile der Reisenden. Mich erwartete ein anonymes Automobil, das mich ans Ziel bringen würde: Estoril.

Wir gondelten durch ein Lissabon voller Wind und Licht, ohne Rationierungen oder Stromsperren, mit Blumen, bunten Mosaiken und Straßenständen voll frischem Obst und Gemüse. Ohne Grundstücke voller Schutt und Asche oder zerlumpte Bettler, ohne Granateinschläge, ohne mit zum Gruß gereckten Armen, ohne Joch und Pfeile, die mit groben Strichen auf Wände gepinselt worden waren. Wir fuhren durch vornehme und elegante Viertel mit breiten Gehwegen aus Stein und herrschaftlichen Anwesen, die Statuen von Königen und Seefahrern bewachten. Wir kamen auch durch volkstümlichere Viertel mit verwinkelten, lärmend lauten Gassen, bunten Geranien und dem Geruch nach Sardinen. Ich war überrascht von der Erhabenheit des Tejo, den Schiffssirenen im Hafen und dem Quietschen der Straßenbahnen. Mich faszinierte Lissabon, eine Stadt, die sich weder im Krieg noch im Frieden befand: nervös, hektisch, pulsierend.

Wir ließen die Stadtteile Alcântara und Santa Maria de Belém und seine Monumente hinter uns. Als wir über die Estrada Marginal am Meer entlangfuhren, peitschte das Wasser gegen die Scheiben. Zur Rechten säumten alte Villen den Weg. Sie waren mit schmiedeeisernen Gittern vor Eindringlingen geschützt, zwischen deren Stäben sich blühende Kletterpflanzen emporschlängelten. Alles erschien mir anders und sehenswert, aber möglicherweise in einem etwas anderen Sinn, als es den Anschein hatte. Ich war schon gewarnt: Das pittoreske Lissabon, das ich soeben durch die Fensterscheiben des Autos betrachtet hatte, war voller Spione. Das kleinste Gerücht hatte seinen Preis, und jeder, der zwei Ohren hatte, war ein potenzieller Informant, angefangen bei den hochrangigen Botschaftsangehörigen bis hin zu den Kellnern, Zimmermädchen, Taxifahrern. »Äußerste Vorsicht!« lautete mal wieder die Devise.

Im Hotel do Parque, einem wunderschönen Domizil mit überwiegend internationaler Klientel und mehr deutschen als englischen Gästen, hatte man mir ein Zimmer reserviert. Nicht weit von hier, ganz in der Nähe, im Hotel Palacio, war es genau andersherum. Und später, in den langen Nächten im Casino, versammelten sich sowieso alle unter einem Dach: In diesem theoretisch neutralen Land war der Krieg für das Spiel und das Glücksspiel nicht von Bedeutung. Kaum hielt das Auto, erschien sogleich ein uniformierter Page, um mir den Wagenschlag zu öffnen, während ein anderer sich um das Gepäck kümmerte. Ich betrat die Lobby, als würde ich meinen Fuß auf einen Teppich der Sicherheit und Sorglosigkeit setzen, und nahm die Sonnenbrille ab, die mich seit dem Verlassen des Zugs vor neugierigen Blicken geschützt hatte. Der glänzende Marmor beeindruckte mich nicht, auch nicht die dicken Teppiche oder die Samttapeten und schon gar nicht die Säulen, die bis zu den hohen, kathedralenartigen Decken reichten. Ich interessierte mich auch nicht für die eleganten Gäste, die vereinzelt oder in Gruppen lasen, sich unterhielten, einen Cocktail tranken oder einfach das Leben an sich vorüberziehen ließen. In einem solch prächtigen Ambiente war ich inzwischen darauf gedrillt, meiner Umgebung möglichst keine Beachtung zu schenken, sondern mich lediglich entschlossenen Schrittes an die Rezeption zur Anmeldung zu begeben.

Ich aß allein im Restaurant des Hotels, anschließend verbrachte ich ein paar Stunden auf meinem Zimmer – auf dem Bett liegend und an die Decke starrend. Um Viertel vor sechs riss mich das Haustelefon aus meinen Gedanken. Ich ließ es dreimal klingeln, schluckte, hob den Hörer ab und antwortete. Und dann ging alles los.

50

Meine Anweisungen hatte ich ein paar Tage zuvor in Madrid auf sehr unkonventionellem Weg erhalten. Zum ersten Mal erhielt ich sie nicht von Hillgarth, sondern von einer ihm unterstellten Person. Die Angestellte des Schönheits- und Friseursalons *Rosa Zavala*, in den ich jede Woche ging, führte mich unverzüglich zu einer der Kabinen weiter hinten, in denen die Behandlungen vorgenommen wurden. Von den drei vielfach verstellbaren Kosmetikstühlen war der rechte, der sich in fast horizontaler Position befand, bereits belegt, aber ich konnte das Gesicht der Frau nicht sehen. Um die Haare war nach Art eines Turbans ein Handtuch gewickelt, ein anderes verhüllte den Körper vom Dekolleté bis zu den Knien. Ihr Gesicht bedeckte eine breiige Maske, die lediglich den Mund und die – geschlossenen – Augen freiließ.

Ich entkleidete mich hinter einem Wandschirm und setzte mich dann auf den Kosmetikstuhl daneben. Nachdem die Angestellte mich mittels eines Pedals in dieselbe liegende Stellung gebracht und mir ebenfalls eine Gesichtsmaske aufgelegt hatte, ging sie diskret hinaus und schloss die Tür hinter sich. Erst da ließ sich die Stimme an meiner Seite vernehmen.

»Es freut uns, dass Sie diese Mission nun doch übernehmen. Wir vertrauen auf Sie, wir glauben, dass Sie gute Arbeit leisten werden.«

Die Frau sprach, ohne ihre Haltung zu verändern, mit gedämpfter Stimme und einem starken englischen Akzent. Und im Plural, ebenso wie Hillgarth. Sie stellte sich jedoch nicht vor.

»Ich werde mich bemühen«, erwiderte ich und spähte aus den Augenwinkeln zu ihr hinüber.

Dann hörte ich ein Feuerzeug klicken, und gleich darauf erfüllte ein vertrauter Geruch den Raum.

»Man hat uns direkt aus London um Verstärkung gebeten«, fuhr meine Nachbarin fort. »Es besteht der Verdacht, dass ein portugiesischer Mitarbeiter ein doppeltes Spiel spielt. Er ist kein Agent, pflegt aber eine ausgezeichnete Beziehung zu unserem diplomatischen Korps in Lissabon und betreibt verschiedene Geschäfte mit britischen Unternehmen. Dennoch gibt es Hinweise, dass er dabei ist, ähnliche Beziehungen zu den Deutschen aufzubauen.«

»Welche Art von Beziehungen?«

»Kommerzielle. Sehr wichtige Geschäfte, die vermutlich nicht nur den Deutschen nutzen, sondern auch die unseren boykottieren sollen. Genaues wissen wir nicht. Lebensmittel, Mineralien, vielleicht Waffen, jedenfalls kriegswichtige Produkte. Aber, wie ich sagte: Alles bewegt sich noch im Bereich der Spekulation.«

»Und was wäre meine Aufgabe?«

»Wir brauchen eine Ausländerin, die man keiner Beziehung zu den Briten verdächtigt. Eine Person, die aus einem mehr oder weniger neutralen Land kommt, die mit England überhaupt nichts zu tun hat und in einem ganz anderen Geschäftsbereich tätig ist als der bewusste Portugiese, die aber nach Lissabon reisen muss, um bestimmte Dinge einzukaufen. Und Sie entsprechen diesem Profil.«

»Dann soll ich nach Lissabon reisen, um Stoffe oder Ähnliches einzukaufen?«, fragte ich und warf erneut einen Blick zu meiner Nachbarin, die mich jedoch nicht ansah.

»Exakt. Stoffe und anderes Zubehör, die Sie für Ihre Arbeit benötigen«, bestätigte sie, ohne sich auch nur einen Zentimeter zu bewegen. Seit ich gekommen war, lag sie in derselben Haltung da, mit geschlossenen Augen. »Sie reisen unter Ihrer Tarnung als Modeschneiderin auf der Suche nach Stoffen, die Sie im noch kriegsgeschädigten Spanien nicht bekommen.«

»Ich könnte sie mir aus Tanger schicken lassen …«, warf ich ein.

»Durchaus«, entgegnete sie, nachdem sie erneut an ihrer Zigarette gezogen und den Rauch ausgestoßen hatte. »Aber deshalb müssen Sie nicht andere Möglichkeiten verwerfen. Beispielsweise die Seiden aus Macao, der portugiesischen Kolonie in Asien. Einer der Bereiche, in dem unser Verdächtiger florierende Geschäfte tätigt, ist der Im- und Export von Textilien. Normalerweise verkauft er nur an Großhändler, nicht an Endabnehmer, aber bei Ihnen wird er eine Ausnahme machen.«

»Wie ist Ihnen das gelungen?«

»Dank einer Reihe geheimer Verbindungen, die verschiedene Bereiche umfasst: ein in unserer Firma ganz üblicher Vorgang, doch Details würden jetzt zu weit führen. Auf diese Weise werden Sie bei Ihrer Ankunft in Lissabon nicht nur frei von jeglichem Verdacht einer Affinität zu den Briten sein, sondern vielmehr die Rückendeckung von einigen Kontakten mit direkter Verbindung zu den Deutschen haben.«

Dieses weitläufige Netz von Beziehungen verwirrte mich, daher fragte ich lieber nicht weiter nach und hoffte stattdessen, dass die Unbekannte mir mehr Informationen und Hinweise liefern würde.

»Der Verdächtige heißt Manuel da Silva. Er ist ein tüchtiger Unternehmer mit vielfältigen Verbindungen und offenbar entschlossen, sein Vermögen in diesem Krieg zu mehren, selbst wenn er dafür seine bisherigen Freunde verraten muss. Er wird mit Ihnen Kontakt aufnehmen und Ihnen die besten Stoffe besorgen, die derzeit in Portugal erhältlich sind.«

»Spricht er Spanisch?«

»Fließend. Und Englisch. Vielleicht sogar Deutsch. Er spricht alle Sprachen, die er für seine Geschäfte braucht.«

»Und was erwartet man von mir?«

»Dass Sie sich in sein Leben einschleichen. Zeigen Sie sich von Ihrer bezauberndsten Seite, gewinnen Sie seine Sympathie, motivieren Sie ihn dazu, mit Ihnen auszugehen und, vor allem, Sie zu irgendeiner Zusammenkunft mit Deutschen einzuladen. Wenn Sie an die Deutschen herangekommen sind, sammeln Sie alle interessanten Informationen, die Ihnen zu Ohren oder vor Augen kommen. Sie sollten einen möglichst umfassenden Bericht abliefern: Namen, Geschäfte, Unternehmen und Produkte, die erwähnt werden, Vorhaben, Aktivitäten und was immer Sie sonst noch für interessant halten.«

»Wollen Sie damit sagen, dass ich losgeschickt werde, um einen Verdächtigen zu verführen?«, fragte ich ungläubig und richtete mich dabei halb auf.

»Nutzen Sie die Mittel, die Ihnen am geeignetsten erscheinen«, antwortete sie. Meine Vermutung traf also zu. »Da Silva scheint ein eingefleischter Junggeselle zu sein, der gerne schöne Frauen verwöhnt, aber eine engere Beziehung scheut. Es gefällt ihm, sich mit attraktiven und eleganten Damen sehen zu lassen. Wenn es Ausländerinnen sind, umso besser. Doch nach unseren Informationen zeigt er sich gegenüber dem weiblichen Geschlecht als echter Kavalier alter Schule. Machen Sie sich also keine Gedanken. Er wird nicht weiter gehen, als Sie ihm erlauben.«

Ich wusste nicht, ob ich gekränkt sein oder laut auflachen sollte. Man schickte mich los, damit ich einen Verführer verführte? So sah meine spannende Mission in Portugal also aus. Zum ersten Mal bei unserer ganzen Unterhaltung schien meine unbekannte Nachbarin jetzt meine Gedanken zu lesen.

»Bitte verstehen Sie Ihren Auftrag nicht als unseriösen Einsatz, den jede hübsche Frau für ein paar Geldscheine übernehmen könnte. Es handelt sich um eine heikle Mission, die Ihnen übertragen wird, weil wir auf Ihre Fähigkeiten vertrauen. Natürlich werden Ihr gutes Aussehen, Ihre vermeintlich exotische Herkunft und die Tatsache, dass Sie nicht gebunden sind, hilfreich sein, doch Ihre Aufgabe geht über einen simplen Flirt weit hinaus. Sie müssen das Vertrauen von da Silva gewinnen, jeden Schritt sorgfältig abwägen und genau überlegen. Sie selbst werden es sein, die jede Situation einschätzt, das Tempo vorgibt, das Risiko abwägt und entscheidet, wie in jedem einzelnen Moment am besten vorzugehen ist. Wir wissen Ihre Erfahrung in der systematischen Informationsgewinnung und Ihr Improvisationstalent bei unerwarteten Komplikationen sehr zu schätzen. Sie sind nicht aufs Geratewohl für diese Mission ausgewählt worden, sondern weil Sie bewiesen haben, dass Sie schwierige Situationen erfolgreich bewältigen können. Und was das Persönliche betrifft, so gibt es, wie ich schon sagte, keinen Grund, weiter zu gehen, als Sie selbst es möchten. Aber bitte erhalten Sie die Spannung möglichst so lange aufrecht, bis Sie an die benötigten Informationen herangekommen sind. Im Grunde unterscheidet sich diese Mission nicht wesentlich von Ihrer Arbeit in Madrid.«

»Nur dass ich hier mit niemandem flirten und mich auch nicht in geschäftliche Besprechungen einschleichen muss«, stellte ich klar.

»Gewiss, meine Liebe. Doch es sind nur ein paar Tage, und der bewusste Herr ist allem Anschein nach durchaus nicht unattraktiv.« Mich überraschte der Ton ihrer Stimme: Sie versuchte nicht, die Angelegenheit herunterzuspielen, sondern stellte lediglich ganz nüchtern eine für sie objektive Tatsache fest. »Noch etwas, etwas Wichtiges«, fügte sie dann hinzu. »Sie werden ohne jegliche Deckung arbeiten, denn London will nicht, dass in Lissabon bezüglich Ihres Auftrags auch nur der geringste Argwohn aufkommt. Denken Sie daran, dass es bezüglich da Silva und den Deutschen keine verbindlichen Informationen gibt und seine mutmaßliche Illoyalität gegenüber den Engländern noch einer Bestätigung bedarf: Im Moment bewegen wir uns noch, wie ich schon sagte, auf dem Terrain bloßer Spekulation, und wir wollen nicht, dass er gegen unsere in Portugal stationierten Landsleute Verdacht schöpft. Deshalb wird keiner der englischen Agenten dort wissen, wer Sie sind und welche Verbindung Sie zu uns haben. Es wird eine kurze, schnelle und klare Mission sein, nach der wir London direkt von Madrid aus informieren werden. Sie klinken sich ein, sammeln die benötigten Informationen und kehren nach Hause zurück. Wie es dann hier weitergeht, werden wir sehen. Das ist alles.«

Ich hatte Mühe zu antworten, da die Gesichtsmaske inzwischen hart geworden war, sodass ich kaum die Lippen bewegen konnte. Schließlich sagte ich nur:

»Nicht gerade wenig.«

In diesem Augenblick öffnete sich die Tür, die Angestellte kam wieder und beschäftigte sich nun etwa zwanzig Minuten lang mit dem Gesicht der Engländerin. In dieser Zeit wechselten wir kein Wort miteinander. Als die Behandlung beendet war, ging das Mädchen wieder hinaus und meine unbekannte Nachbarin verschwand hinter dem Wandschirm, um sich anzukleiden.

»Wir wissen, dass Sie eine gute Freundin in Lissabon haben, doch wir halten es nicht für klug, wenn Sie sich sehen«, meinte sie aus dem Hintergrund. »Señora Fox wird zu gegebener Zeit angewiesen, sich so zu verhalten, als würden Sie beide sich nicht kennen, falls Sie sich zufällig irgendwo begegnen. Und Sie tun das bitte auch.«

»Einverstanden«, murmelte ich mit starren Lippen. Mir passte diese Anweisung überhaupt nicht, ich hätte Rosalinda furchtbar gern wiedergesehen. Aber ich sah ein, dass es so besser war, und fügte mich – es blieb mir auch nichts anderes übrig.

»Morgen erhalten Sie die Details zu Ihrer Reise, vielleicht auch noch einige zusätzliche Informationen. Im Prinzip sind für Ihre Mission zwei Wochen vorgesehen. Sollten Sie aus irgendeinem wichtigen Grund länger bleiben müssen, schicken Sie ein Telegramm an das Blumengeschäft Bourguignon und geben einen Blumenstrauß zum Geburtstag einer – nicht existierenden – Freundin in Auftrag. Erfinden Sie irgendeinen Namen und eine Adresse. Die Blumen werden nicht verschickt, aber wenn ein Auftrag aus Lissabon eingeht, bekommen wir Bescheid. Dann werden wir mit Ihnen in irgendeiner Weise Kontakt aufnehmen, und Sie werden informiert.«

Wieder öffnete sich die Tür, und die Angestellte trat mit einem Schwung frischer Handtücher ein. Nun kam ich in den Genuss ihrer kundigen Hände. Ich ließ sie fügsam an mir arbeiten, während ich versuchte, einen Blick auf die Person zu erhaschen, die gleich hinter dem Wandschirm hervorkommen musste. Sie ließ auch nicht auf sich warten, doch als sie schließlich erschien, achtete sie sehr darauf, mir nicht das Gesicht zuzuwenden. Ich sah, dass sie helle, gewellte Haare hatte und – typisch englisch – ein Tweedkostüm trug. Dann streckte sie die Hand nach einer Ledertasche aus, die auf einer kleinen Bank an der Wand lag, und diese Tasche kam mir vage bekannt vor: Ich hatte sie kürzlich bei irgendjemand gesehen, und sie war nicht die Art Accessoire, die damals in spanischen Geschäften verkauft wurden. Dann griff sie nach einer roten Zigarettenschachtel aus Blech, die sie achtlos auf einem Hocker liegen gelassen hatte. Und da wusste ich es: Diese Dame, die Craven A rauchte und die Kabine in diesem Moment mit einem flüchtig gemurmelten *adiós* verließ, war die Gattin von Captain Alan Hillgarth. Die Frau, die ich erst vor wenigen Tagen zum ersten Mal gesehen hatte, am Arm ihres Mannes, des unterkühlten Chefs des Secret Service in Spanien, der wahrscheinlich einen Schrecken wie selten zuvor in seiner Karriere bekommen hatte, als er mich im Hippodrom in der Loge der Engländer sah.

51

Manuel da Silva erwartete mich in der Hotelbar. Am Tresen herrschte großer Andrang: Grüppchen, Paare, einzelne Männer. Kaum hatte ich die Flügeltür durchschritten, wusste ich, wer er war. Und er wusste, wer ich war.

Schlank und gut aussehend, dunkelhaarig, an den Schläfen schon leicht ergraut, in einem hellen Smokingjackett. Gepflegte Hände, dunkler Blick, elegante Bewegungen. In Auftreten wie Umgangsformen ein echter Mann von Welt, in der Tat. Doch da war noch etwas anderes, etwas, das ich sofort spürte, als wir uns begrüßt hatten und er mir den Vortritt auf die zum Garten hin offene Terrasse ließ. Etwas, das mich sofort aufhorchen ließ. Intelligenz. Scharfsinn. Entschlossenheit. Weltgewandtheit. Um diesen Mann hinters Licht zu führen, brauchte es schon wesentlich mehr als hin und wieder ein bezauberndes Lächeln, ein paar verführerische Gesten und ein bisschen Wimperngeklimper.

»Sie wissen gar nicht, wie leid es mir tut, dass ich nicht mit Ihnen zu Abend essen kann, aber wie ich Ihnen bereits am Telefon sagte, habe ich schon seit Wochen einen Termin für heute Abend«, sagte er, während er mir, ganz Kavalier, den Stuhl zurechtrückte.

»Seien Sie unbesorgt«, erwiderte ich und nahm dabei mit gespielter Erschöpfung Platz. Mein langes safrangelbes Organzakleid berührte fast den Boden. Mit geübter Geste warf ich die Haare über die nackten Schultern nach hinten und schlug die Beine übereinander, sodass nicht nur die Schuhspitze, sondern auch der Knöchel und ein Stück Bein zu sehen waren. Da Silva ließ mich keine Sekunde aus den Augen. »Außerdem«, fügte ich hinzu, »bin ich nach der langen Reise ein wenig müde. Es wird mir guttun, früh ins Bett zu gehen.«

Ein Kellner stellte einen Champagnerkühler neben uns und zwei Gläser auf den Tisch. Die Terrasse ging auf einen Garten mit üppiger Vegetation hinaus. Es dämmerte bereits, doch noch erreichten uns die letzten Sonnenstrahlen. Eine leichte Brise erinnerte daran, dass wir uns ganz in der Nähe des Meeres befanden. Blütenduft lag in der Luft, es roch nach französischem Parfum, nach Salz und Pflanzengrün. Aus der Bar war Klavierspiel zu hören, und von den benachbarten Tischen drangen Gesprächsfetzen in verschiedenen Sprachen zu uns herüber. Das ausgedörrte, staubige Madrid, das ich vor nicht einmal vierundzwanzig Stunden verlassen hatte, erschien mir plötzlich wie ein Albtraum aus einer anderen Zeit.

»Ich muss Ihnen etwas gestehen«, sagte mein Gastgeber, als der Kellner unsere Gläser gefüllt hatte.

»Was denn?«, fragte ich, während ich mein Glas an die Lippen führte.

»Sie sind die erste Marokkanerin, die ich in meinem Leben kennenlerne. Hier wimmelt es zurzeit von Ausländern aus tausend Nationen, aber alle sind aus Europa.«

»Sind Sie noch nie in Marokko gewesen?«

»Nein. Und ich bedaure es, vor allem wenn alle Marokkanerinnen so wie Sie sind.«

»Es ist ein faszinierendes Land mit wunderbaren Menschen, doch viele Frauen wie mich dürften Sie dort allerdings nicht finden, fürchte ich. Ich bin eine untypische Marokkanerin, denn meine Mutter ist Spanierin. Ich bin keine Moslemin, und meine Muttersprache ist nicht Arabisch, sondern Spanisch. Aber ich liebe Marokko. Außerdem lebt dort meine Familie, dort habe ich mein Zuhause und meine Freunde. Gegenwärtig lebe ich jedoch in Madrid.«

Wieder nahm ich einen Schluck Champagner und war sehr froh, nicht mehr als unbedingt notwendig gelogen zu haben. Die dreisten Schwindeleien gehörten inzwischen schon zu meinem Leben, aber am wohlsten war mir doch, wenn ich möglichst nah an der Wahrheit bleiben konnte.

»Übrigens sprechen Sie ausgezeichnet Spanisch«, bemerkte ich.

»Ich habe viel mit Spaniern gearbeitet, mein Vater hatte sogar lange Jahre einen Madrilenen als Teilhaber im Geschäft. Vor dem Krieg, vor dem spanischen Bürgerkrieg, meine ich, war ich geschäftlich recht häufig in Madrid. In letzter Zeit bin ich mehr anderweitig engagiert und reise seltener nach Spanien.«

»Es ist wahrscheinlich auch kein guter Zeitpunkt.«

»Kommt darauf an«, entgegnete er mit ironischem Unterton. »Ihnen scheint es geschäftlich sehr gut zu gehen.«

Ich schenkte ihm erneut ein Lächeln und überlegte gleichzeitig, wer zum Teufel ihm etwas über mich erzählt haben könnte.

»Ich sehe, Sie sind gut informiert.«

»Ich versuche es zumindest.«

»Nun, ich muss zugeben, mein kleines Geschäft läuft nicht schlecht. Eigentlich bin ich deshalb hier, wie Sie wissen.«

»Um die schönsten Stoffe für die neue Saison nach Spanien mitzunehmen.«

»Das habe ich vor, ja. Man hat mir erzählt, dass Sie wunderbare Seiden aus China anbieten.«

»Wollen Sie die Wahrheit hören?«, fragte er und zwinkerte mir verschwörerisch zu.

»Oh ja, bitte«, murmelte ich und spielte sein Spiel mit.

»Nun, die Wahrheit ist, dass ich es nicht weiß«, erklärte er lachend. »Ich habe nicht die geringste Ahnung, wie gut die Seiden sind, die wir aus Macao importieren. Ich befasse mich nicht direkt damit. Der Textilbereich …«

Ein junger, schlanker Mann mit schmalem Schnurrbart, vielleicht sein Sekretär, näherte sich diskret, entschuldigte sich auf Portugiesisch und flüsterte da Silva einige deutlich artikulierte Worte ins linke Ohr, die ich nicht verstehen konnte. Ich tat, als blickte ich konzentriert in die Nacht hinaus, die sich über den Garten senkte. Gerade hatte man die weißen Kugellampen angezündet, die Luft war noch immer erfüllt von angeregten Unterhaltungen und Klavierklängen. Doch ich war weit davon entfernt, mich in dieser paradiesischen Umgebung geistig zu entspannen. Vielmehr beschäftigte mich, was zwischen diesen beiden Männern vor sich ging. Ich spürte instinktiv, dass diese scheinbar unvorhergesehene Unterbrechung durchaus geplant war: Wäre meine Gesellschaft ihm nicht angenehm, hätte sich da Silva mit irgendeiner überraschenden Angelegenheit entschuldigen und sofort verschwinden können. Fand er es hingegen der Mühe wert, mir seine Zeit zu opfern, konnte er so tun, als wisse er nun Bescheid, und den jungen Mann einfach wieder fortschicken.

Zum Glück entschied er sich für die zweite Alternative.

»Wie ich schon sagte«, fuhr er fort, nachdem sein Sekretär sich entfernt hatte, »ich kümmere mich nicht direkt um die Stoffe, die wir importieren. Soll heißen, ich bin auf dem Laufenden, was die Umsatzzahlen und so weiter angeht, dagegen in ästhetischen Dingen überfragt, doch ich vermute, ebendiese werden Sie interessieren.«

»Vielleicht kann mir einer Ihrer Angestellten weiterhelfen?«, schlug ich vor.

»Ja, natürlich, ich habe sehr tüchtige Mitarbeiter. Aber ich würde mich gerne selbst darum kümmern.«

»Ich möchte Ihnen keinesfalls …«, unterbrach ich ihn.

Er ließ mich nicht ausreden.

»Es wird mir ein Vergnügen sein, Ihnen behilflich sein zu dürfen«, sagte er und bedeutete dem Kellner, er solle nachschenken. »Wie lange planen Sie in Lissabon zu bleiben?«

»Etwa zwei Wochen. Abgesehen von den Stoffen möchte ich diese Reise auch dazu nutzen, einige andere Lieferanten zu besuchen, vielleicht auch Ateliers und Geschäfte. Schuhe, Hüte, Wäsche, Kurzwaren … In Spanien bekommt man derzeit, wie Sie sicher wissen, kaum etwas Vernünftiges.«

»Ich werde Ihnen alle Kontakte verschaffen, die Sie benötigen, seien Sie unbesorgt. Lassen Sie mich nachdenken: Morgen früh muss ich für ein paar Tage verreisen. Was halten Sie davon, wenn wir uns Donnerstagvormittag sehen?«

»Gerne, aber ich möchte Ihnen wirklich nicht zur Last fallen …«

Er beugte sich zu mir und fixierte mich mit seinem Blick.

»Sie könnten mir niemals eine Last sein.«

Das werden wir noch sehen, fuhr es mir durch den Kopf. Mein Mund hingegen zeigte sein schönstes Lächeln.

Wir plauderten noch eine Weile über Nichtigkeiten, zehn Minuten, vielleicht fünfzehn. Als ich fand, dass es nun an der Zeit wäre, dieses Stelldichein zu beenden, tat ich, als müsste ich gähnen, schickte jedoch sofort eine gestammelte Entschuldigung hinterher.

»Verzeihen Sie. Die Nacht im Zug war recht anstrengend.«

»Dann lasse ich Sie sich ausruhen«, erwiderte er und erhob sich.

»Außerdem müssen Sie ja zu Ihrem Abendessen.«

»Ah, ja, das Abendessen, ich vergaß.« Er machte sich nicht einmal die Mühe, auf die Uhr zu sehen. »Wahrscheinlich warten sie schon auf mich«, fügte er unlustig hinzu. Ich ahnte, dass das eine Lüge war. Vielleicht aber auch nicht.

Auf unserem Weg in Richtung Lobby begrüßte er den einen oder anderen, wobei er mit verblüffender Leichtigkeit die Sprache wechselte. Ein Händedruck hier, ein Schulterklopfen da, ein liebevoller Kuss auf die Wange einer gebrechlichen alten Dame mit dem Aussehen einer Mumie und ein schelmisches Zwinkern zu zwei Señoras, die mit Schmuck behängt waren wie Weihnachtsbäume.

»Estoril ist voll von solchen Vogelscheuchen, die einmal reich waren«, flüsterte er mir ins Ohr, »aber sie klammern sich mit Zähnen und Klauen an die Vergangenheit und essen lieber Tag für Tag nur Brot und Sardinen, ehe sie das Wenige, was ihnen von ihrer verwelkten Herrlichkeit geblieben ist, unter Wert verkaufen. Behängt mit Perlen und Brillanten laufen sie herum, eingehüllt in Nerz- und Hermelinmäntel bis in den Hochsommer, aber die Handtasche ist voller Spinnweben und die Geldbörse hat seit Monaten keinen einzigen Escudo gesehen.«

Die schlichte Eleganz meines Kleides fiel auf in dieser Umgebung, und er sorgte dafür, dass es auch alle Welt bemerkte. Er stellte mich niemandem vor, und ebenso wenig klärte er mich über jemand anderen auf: Er ging lediglich an meiner Seite, hielt mit mir Schritt, als würde er mich eskortieren, stets galant, mich stolz vorzeigend.

Während wir in Richtung Ausgang gingen, zog ich rasch Bilanz. Manuel da Silva hatte mich persönlich begrüßt und mich zu einem Glas Champagner eingeladen. Vor allem aber hatte er mich mit eigenen Augen taxieren und abwägen wollen, ob es die Mühe lohnte, sich persönlich um den Auftrag zu kümmern, den er aus Madrid erhalten hatte. Irgendjemand hatte ihn über irgendjemanden und durch Vermittlung eines Dritten darum gebeten, sich um mich zu kümmern, doch das konnte man auf zweierlei Weise erledigen. Die eine: delegieren, mich von irgendeinem kompetenten Mitarbeiter betreuen lassen, damit er die Verpflichtung vom Hals hatte. Die andere: sich persönlich engagieren. Seine Zeit war Gold wert, er hatte sicher zahllose Verpflichtungen. Dass er angeboten hatte, sich selbst um meine unwichtigen Bedürfnisse zu kümmern, ließ vermuten, dass meine Mission auf einem guten Weg war.

»Ich werde mich so bald wie möglich mit Ihnen in Verbindung setzen.«

Dann streckte er mir die Hand entgegen.

»Tausend Dank, Señor da Silva«, erwiderte ich und griff danach. Nicht mit einer, sondern mit beiden Händen.

»Sagen Sie Manuel zu mir, bitte«, gab er zurück. Mir fiel auf, dass er meine Hände ein wenig länger festhielt als üblich.

»Dann bin ich für Sie Arish.«

»Gute Nacht, Arish. Es war mir ein Vergnügen, Sie kennenzulernen. Ruhen Sie sich aus und genießen Sie unser schönes Land, bis wir uns wiedersehen.«

Ich stieg in den Fahrstuhl, und wir blickten uns an, bis die goldfarbenen Türen von links und rechts zugingen und sich mein Sichtfeld zunehmend verkleinerte. Manuel da Silva blieb vor dem Aufzug stehen, bis – zuerst die Schultern, dann der Hals und die Ohren und schließlich die Nase – die ganze Gestalt verschwand.

Als ich mich außerhalb seines Blickfeldes wusste und der Fahrstuhl aufzusteigen begann, atmete ich so hörbar erleichtert auf, dass der Liftboy mich fast gefragt hätte, ob mir etwas fehle. Der erste Teil meines Auftrags war erledigt: Prüfung bestanden.

52

Ich ging zeitig hinunter zum Frühstücken. Orangensaft, Vogelgezwitscher, Weißbrot mit Butter, der kühle Schatten eines Sonnensegels, Biskuit-Teilchen und ein wunderbarer Kaffee. Ich dehnte meinen Aufenthalt im Garten so lange wie möglich aus: Wenn ich an die Hetze dachte, in der ich in Madrid meine Tage begann, fühlte ich mich fast wie im Himmel. Als ich ins Zimmer zurückkam, stand auf dem Schreibtisch ein Gesteck mit exotischen Blumen. Aus purer Gewohnheit löste ich als Erstes das Band, das den Strauß zusammenhielt – vielleicht fand ich ja eine verschlüsselte Nachricht? Doch ich entdeckte weder Punkte noch Striche, die mir Anweisungen hätten übermitteln können, stattdessen aber eine handgeschriebene Karte.

Liebe Arish,
verfügen Sie nach Belieben über meinen Chauffeur João, um sich den Aufenthalt so angenehm wie möglich zu gestalten.
Bis Donnerstag.

MANUEL DA SILVA

Seine Handschrift war elegant und kraftvoll. Trotz des guten Eindrucks, den ich offenbar am Vorabend auf ihn gemacht hatte, war die Nachricht kein bisschen schmeichlerisch, ja nicht einmal sonderlich zuvorkommend. Höflich, aber schlicht. Umso besser. Jedenfalls fürs Erste.

João war, wie sich zeigte, ein Mann mit grauem Haar, einer ebensolchen Uniform und einem prächtigen Schnurrbart. Die sechzig hatte er schon um mindestens ein Jahrzehnt überschritten. Er erwartete mich am Hoteleingang, wo er sich mit erheblich jüngeren Kollegen unterhielt und pausenlos rauchend darauf wartete, dass es etwas zu tun gab. Señor da Silva habe ihn geschickt, damit er die Señorita hinfahre, wo immer sie hinzufahren beliebte, verkündete er und musterte mich dabei unverhohlen von Kopf bis Fuß. Ich nahm an, dass ihm nicht zum ersten Mal eine solche Aufgabe übertragen wurde.

»Nach Lissabon zum Einkaufen bitte.« In Wahrheit interessierten mich die Straßen und die Läden herzlich wenig, eher wollte ich die Zeit totschlagen, bis Manuel da Silva sich wieder blicken ließ.

Ich erkannte sofort, dass João alles andere als der klassische Chauffeur war, der sich diskret auf seine Aufgabe konzentrierte. Kaum hatte er den schwarzen Bentley angelassen, machte er eine Bemerkung über das Wetter. Ein paar Minuten später beschwerte er sich über den Zustand der Straße. Später schien es mir, als wetterte er über die Preise. Angesichts dieser offenkundigen Redelust hatte ich nun die Wahl zwischen zwei ganz unterschiedliche Rollen: Ich konnte die unnahbare Dame spielen, die Bedienstete als Menschen zweiter Klasse betrachtete und sie nicht einmal eines Blickes würdigte. Oder die Rolle der großzügigen, sympathischen Ausländerin, die zwar die Distanz wahrte, aber selbst Angestellten gegenüber ganz zauberhaft war. Mir wäre die erste Variante angenehmer gewesen. Dann hätte ich den ganzen Tag meinen Gedanken nachhängen können, ohne dass der alte Schwätzer meine Ruhe gestört hätte. Doch als er ein paar Kilometer weiter erwähnte, er arbeite bereits seit dreiundfünfzig Jahren für die Familie da Silva, erkannte ich, dass das unklug gewesen wäre. Die Rolle der überheblichen Señora wäre mir zwar sehr gelegen gekommen, die andere Option könnte hingegen von größerem Nutzen sein. Ich legte Wert darauf, dass João weiterredete, egal, wie anstrengend das für mich werden mochte: Wenn er über da Silvas Vergangenheit informiert war, wusste er vielleicht auch ein paar Dinge aus seinem gegenwärtigen Leben.

Wir fuhren die Estrada Marginal an der Küste entlang. Zu unserer Rechten toste das Meer, und als schließlich die ersten Docks von Lissabon auftauchten, hatte ich bereits eine genaue Vorstellung vom unternehmerischen Imperium des Familienclans. Manuel da Silva war der Sohn von Manuel da Silva und Enkel von Manuel da Silva: drei Männer aus drei Generationen, deren Vermögen mit einer einfachen Hafentaverne begonnen hatte. Der Großvater schenkte zunächst hinter einer Theke Wein aus und verkaufte ihn später fassweise. Dann zog das Geschäft in eine verwahrloste und bereits aufgelassene Lagerhalle, die João mir im Vorbeifahren zeigte. Der Stab ging an den Sohn, der das Geschäft erweiterte: Zusätzlich zum Wein wurden nun auch andere Produkte im großen Stil verkauft, und bald begann man, sich im Kolonialwarenhandel zu versuchen. Als der Dritte im Bunde die Zügel übernahm, florierte das Unternehmen bereits, doch die endgültige Konsolidierung kam mit dem letzten Manuel, den ich am Abend zuvor kennengelernt hatte. Baumwolle von den Kapverden, Holz aus Mosambik, chinesische Seide aus Macao. In letzter Zeit hatte er sich auch nationalen Bodenschätzen zugewandt: Ab und an reiste er ins Landesinnere, womit er dort Handel trieb, konnte João mir allerdings nicht sagen.

Der alte João war schon so gut wie im Ruhestand: Ein Neffe hatte ihn bereits vor Jahren als persönlicher Chauffeur des dritten da Silva abgelöst. Aber er stand noch immer für kleinere Aufträge zur Verfügung, mit denen ihn der Chef ab und an betraute: kurze Fahrten, Besorgungen, kleinere Erledigungen, wie zum Beispiel an einem Morgen im Mai eine Schneiderin, die nichts zu tun hatte, in Lissabon herumzufahren.

In einem Geschäft im Chiado kaufte ich mehrere Paar Handschuhe, die in Madrid so schwer zu bekommen waren. In einem anderen ein Dutzend Seidenstrümpfe, ein für Spanierinnen in der harten Nachkriegszeit schier unerfüllbarer Traum. Schließlich noch amerikanische Kosmetik: Wimperntusche, Lippenstift und Nachtcremes, die köstlich dufteten. Was für ein Paradies, verglichen mit der Kargheit meines armen Spaniens: Hier bekam man alles und in großer Auswahl; man brauchte nur die Hand danach auszustrecken und die Geldbörse zu zücken. João fuhr mich gewissenhaft von einem Ort zum anderen, trug meine Einkäufe, öffnete und schloss eine Million Mal die hintere Wagentür, damit ich bequem ein- und aussteigen konnte, empfahl mir ein reizendes Restaurant, wo ich zu Mittag aß, und zeigte mir Straßen, Plätze und Denkmäler. Und nebenbei beschenkte er mich mit dem, wonach mich am meisten dürstete: mit steten Pinselstrichen, die sich zu einem Bild von da Silva und seiner Familie zusammenfügten. Einiges war uninteressant: dass die Großmutter der wahre Motor des ursprünglichen Geschäfts gewesen war, dass die Mutter jung verstorben war, dass die ältere Schwester einen Augenarzt geheiratet hatte und die jüngere in einen Barfußorden eingetreten war. Anderes war da schon Vielversprechender. Der betagte Chauffeur warf mit diesen Informationen ganz naiv und offen um sich. Es genügte, wenn ich hier und da bei einer seiner Bemerkungen unschuldig nachhakte: Don Manuel habe viele Freunde, Portugiesen und Ausländer, Engländer, na klar, in letzter Zeit auch den einen oder anderen Deutschen. Ja, er empfange oft Gäste zu Hause und schätze es deshalb, wenn immer alles für den Fall vorbereitet sei, dass er mit Gästen zu Mittag oder Abend essen wolle, mal in seinem Lissabonner Wohnsitz de Lapa, mal in der Quinta del Fonte, seinem Landhaus.

Im Laufe des Tages hatte ich außerdem Gelegenheit, die unterschiedlichen Menschen zu beobachten, die diese Stadt bevölkerte: Lissabonner jeder Couleur und jeden Charakters, Männer in dunklen Anzügen und elegante Damen, Neureiche, die gerade erst vom Land in die Stadt gekommen waren, um goldene Uhren zu kaufen und sich falsche Zähne einsetzen zu lassen, Trauer tragende Frauen, die an Raben erinnerten, Deutsche von einschüchterndem Aussehen, jüdische Flüchtlinge, die mit gesenkten Köpfen durch die Straßen gingen oder Schlange standen, um ein Ticket an irgendeinen sicheren Ort zu ergattern, und Fremde aus aller Herren Länder auf der Flucht vor dem Krieg und seinen schrecklichen Folgen. Unter ihnen befand sich, so nahm ich an, wohl auch Rosalinda. Auf meine Bitte hin, die wie ein spontaner Einfall klang, zeigte mir João die prächtige Avenida da Liberdade mit ihrem Pflaster aus schwarzen und weißen Steinen und den fast bis zu den Dächern der Gebäude aufragenden Bäumen, die die breite Straße zu beiden Seiten säumten. Dort wohnte sie, in der Nummer 114. So lautete der Absender auf den Briefen, die Beigbeder mir in jener Nacht, wahrscheinlich der bittersten seines Lebens, zu mir nach Hause gebracht hatte. Ich suchte die Nummer und fand sie über dem großen Holztor in der Mitte einer imposanten gefliesten Fassade. Natürlich, dachte ich mit einem Anflug von Melancholie.

Auch am Nachmittag besuchten wir noch verschiedene Winkel der Stadt, bis ich gegen fünf Uhr müde wurde. Es war ein heißer und anstrengender Tag gewesen, und mir platzte von Joãos unaufhörlichem Geplapper fast der Kopf.

»Ein letzter Stopp, gleich hier«, schlug er vor, als ich ihm sagte, es sei an der Zeit zurückzufahren. Er brachte das Auto vor einem Café mit modernistischem Eingang in der Rua Garrett zum Stehen. A Brasileira.

»Niemand darf aus Lissabon wegfahren, ohne einen guten Kaffee getrunken zu haben«, fügte er hinzu.

»Aber, João, es ist schon so spät …«, protestierte ich kläglich.

»Nur fünf Minuten. Gehen Sie rein und bestellen Sie einen *bico*, Sie werden es bestimmt nicht bereuen.«

Ich willigte lustlos ein: Ich wollte diesen unverhofften Informanten, der mir vielleicht noch einmal nützlich sein konnte, nicht verärgern. Trotz des opulenten Interieurs und der großen Zahl an Stammkunden war es in dem Lokal schön kühl und angenehm. Rechts die Bar, links die Tische, gegenüber eine Uhr, an der Decke vergoldeter Stuck und an den Wänden große Bilder. Ich bekam eine kleine weiße Steinguttasse und probierte vorsichtig einen Schluck. Schwarzer Kaffee, stark, wunderbar. João hatte recht: das reinste Stärkungsmittel. Während ich darauf wartete, dass der Kaffee etwas abkühlte, ließ ich den Tag noch einmal Revue passieren. Mir fielen Details zu da Silva wieder ein, die ich im Geiste auswertete und sortierte. Als in der Tasse nur noch ein Bodensatz blieb, legte ich einen Geldschein daneben und stand auf.

Der Schock kam so unerwartet, so plötzlich und so heftig, dass ich zu keinerlei Reaktion fähig war. Drei ins Gespräch vertiefte Männer betraten genau in dem Moment das Lokal, als ich gehen wollte: drei Hüte, drei Krawatten, drei ausländische Gesichter, drei, die miteinander Englisch sprachen. Zwei von ihnen kannte ich nicht, den dritten schon. Mehr als drei Jahre waren inzwischen vergangen, seitdem wir uns nicht voneinander verabschiedet hatten. In dieser Zeit hatte sich Marcus Logan kaum verändert.

Ich sah ihn zuerst. Als er mich bemerkte, schaute ich voller Panik bereits auf die Tür.

»Sira …«, flüsterte er.

So hatte mich seit langer Zeit niemand mehr genannt. Mein Magen krampfte sich zusammen, und ich war kurz davor, den gerade getrunkenen Kaffee wieder auszuspucken. Mir gegenüber, nur ein paar Meter entfernt, stand – den letzten Buchstaben meines Namens noch auf den Lippen, Überraschung im Gesicht – der Mann, mit dem ich Ängste und Freuden geteilt hatte, der Mann, mit dem ich gelacht und Gespräche geführt hatte, mit dem ich spazieren und tanzen gegangen war und mit dem ich geweint hatte. Der Mann, der mir meine Mutter zurückgab und in den haltlos zu verlieben ich mich standhaft geweigert hatte, obwohl uns während einiger intensiver Wochen viel mehr verband als eine einfache Freundschaft. Die Vergangenheit fiel plötzlich zwischen uns herab wie ein Vorhang: Tetuán, Rosalinda, Beigbeder, das Hotel Nacional, mein erstes Atelier, unbeschwerte Tage und endlose Nächte. Das, was hätte sein können und nicht geschehen war, zu einer Zeit, die niemals wiederkehren würde. Ich wollte ihn umarmen, ihm sagen, ja, Marcus, ich bin's. Ich wollte ihn erneut bitten, mich von hier wegzuholen, an seiner Hand davonlaufen, wie wir es einst in der Dunkelheit eines nordafrikanischen Gartens getan hatten: stattdessen nach Marokko zurückkehren, vergessen, dass etwas existierte, was man Geheimdienst nannte, ignorieren, dass ich zwielichtige Aufgaben zu verrichten hatte, und das triste, graue Madrid hinter mir lassen, in das ich trotzdem zurückkehren musste. Aber ich tat nichts davon, denn eine laute warnende innere Stimme, die stärker war als mein eigener Wille, mahnte mich, ich hätte keine andere Wahl: Ich musste so tun, als würde ich ihn nicht kennen. Und ich gehorchte.

Ich reagierte nicht auf meinen Namen, würdigte ihn nicht einmal eines Blickes. Als sei ich taub und blind, als habe dieser Mann in meinem Leben niemals etwas bedeutet und als hätte ich sein Revers nie mit Tränen durchnässt, als ich ihn bat, nicht zu gehen. So, als habe die tiefe Zuneigung, die wir zueinander entwickelt hatten, sich in meiner Erinnerung aufgelöst. Ich ignorierte ihn einfach und hielt den Blick auf den Ausgang gerichtet, dem ich mit Entschlossenheit zustrebte.

João erwartete mich bereits mit geöffneter Autotür. Glücklicherweise war er durch einen kleinen Zwischenfall auf der gegenüberliegenden Straßenseite abgelenkt, bei der ein Hund, ein Fahrrad und mehrere Fußgänger eine Rolle spielten, die hitzig miteinander diskutierten. Mein Kommen bemerkte er erst, als ich auf mich aufmerksam machte.

»Fahren Sie los, João, schnell. Ich bin erschöpft«, murmelte ich kraftlos und nahm dabei Platz.

Sobald ich eingestiegen war, schloss er die Wagentür. Gleich darauf setzte er sich hinter das Steuer, fuhr los und erkundigte sich im gleichen Moment, was ich von seiner letzten Empfehlung hielte. Ich gab keine Antwort, denn ich brauchte all meine Energie, um nach vorn zu blicken und nicht den Kopf zu wenden. Und fast wäre es mir gelungen. Doch als der Bentley über das Pflaster zu gleiten begann, siegte etwas Irrationales in mir über den Widerstand und zwang mich, zu tun, was ich nicht hätte tun dürfen: Ich drehte mich um.

Marcus war vor die Tür getreten und verfolgte meine Abfahrt regungslos, aufrecht, den Hut noch auf dem Kopf und mit konzentrierter Miene, die Hände in den Hosentaschen vergraben. Vielleicht fragte er sich, ob er gerade die Frau gesehen hatte, die er eines Tages hätte lieben können. Oder doch nur ihr Phantom?

53

Im Hotel angekommen, bat ich den Chauffeur, mich am nächsten Tag nicht abzuholen. Auf keinen Fall wollte ich riskieren, Marcus Logan noch einmal über den Weg zu laufen. Ich behauptete, erschöpft zu sein und das Gefühl zu haben, dass eine Migräne im Anflug sei. Ich ging davon aus, da Silva würde von meiner Absage unverzüglich unterrichtet werden, denn ich wollte den Eindruck vermeiden, ich wüsste sein freundliches Angebot nicht zu schätzen, und ihm wenigstens eine glaubwürdige Begründung liefern. Den restlichen Nachmittag verbrachte ich in der Badewanne und einen Großteil der Nacht auf der Terrasse, wo ich in Gedanken versunken die Sterne über dem Meer betrachtete. Während dieser langen Stunden konnte ich nicht für eine Minute aufhören, an Marcus zu denken. Ich dachte an ihn als Mann, daran, was unsere gemeinsam verbrachte Zeit für mich bedeutete, und an die Konsequenzen, die eine erneute Begegnung in einem ungeeigneten Moment für mich haben könnte. Es wurde bereits Tag, als ich mich schlafen legte. Mir knurrte der Magen, mein Mund war wie ausgetrocknet und meine Seele zerrissen.

Der Garten und das Frühstück waren wie am Morgen zuvor,

doch obwohl ich mich bemühte, konnte ich es nicht genauso genießen. Ich hatte überhaupt keinen Hunger, aber ich zwang mich dazu, etwas zu essen, und blieb möglichst lange sitzen. Ich blätterte verschiedene ausländische Zeitungen in Sprachen durch, die ich nicht verstand, und erhob mich erst von meinem Platz, als nur noch vereinzelt Gäste an den Tischen saßen. Es war noch nicht einmal elf Uhr. Ich hatte noch einen ganzen Tag vor mir, den ich lediglich mit meinen Gedanken ausfüllen konnte.

Ich ging zurück auf mein Zimmer, das schon gemacht worden war, ließ mich aufs Bett fallen und schloss die Augen. Zehn Minuten. Zwanzig. Dreißig. Bis vierzig kam ich nicht, denn ich hielt es einfach nicht länger aus, mich gedanklich im Kreis zu drehen. Ich zog mich um, wählte einen leichten Rock, eine weiße Baumwollbluse und ein paar flache Sandalen. Mein Haar versteckte ich unter einem bedruckten Tuch und meine Augen hinter einer großen Sonnenbrille. So angezogen, verließ ich das Zimmer, wobei ich es vermied, in einen Spiegel zu schauen, denn ich wollte meine niedergeschlagene Miene nicht sehen.

Es waren nur wenige Menschen am Strand. Die breiten und flachen Wellen rollten eine nach der anderen monoton ans Ufer. In der Nähe konnte ich eine Burg erkennen und auf einer Anhöhe ein paar majestätische Villen. Vor mir der Ozean, der beinahe so groß war wie meine innere Unruhe. Ich setzte mich in den Sand, um ihn aus der Nähe zu betrachten, und während ich mich auf das Auf und Ab der Gischt konzentrierte, verlor ich mein Zeitgefühl und ließ mich treiben. Jede Welle schickte mir eine neue Erinnerung aus meiner Vergangenheit, ein neues Bild: Ich dachte daran zurück, als ich jung war und eines Tages fortging, das Erreichte, meine Ängste, meine Freunde zurückließ – Szenen aus anderen Ländern, mit anderem Stimmengewirr. Doch vor allem brachte mir das Meer an jenem Morgen längst vergessene Gefühle und verdrängte Momente zurück: die Liebkosung einer geliebten Hand, die Stärke eines vertrauten Arms, die Freude über das Geteilte und die Sehnsucht nach dem Ersehnten.

Es war fast drei Uhr nachmittags, als ich mir den Sand vom Rock klopfte. Zeit zurückzugehen, eine Uhrzeit so gut wie jede andere. Oder vielleicht so schlecht wie jede andere. Ich überquerte die Straße zum Hotel, auf der kaum Autos fuhren. Eins entfernte sich, ein anderes kam langsam näher. Es kam mir bekannt vor, irgendwie. Neugierig geworden, verlangsamte ich meine Schritte, bis der Wagen an mir vorbeifuhr. Und da wusste ich, um welches Auto es sich handelte und wer es fuhr. Es war der Bentley von da Silva, und am Steuer saß natürlich João. Was für ein Zufall! Oder nein, dachte ich auf einmal. Vermutlich gab es ein Dutzend guter Gründe, warum der alte Chauffeur gemächlich durch die Straßen von Estoril gondelte, aber mein Instinkt sagte mir, dass er auf der Suche nach mir war. »Wach auf, Mädchen, sieh dich bloß vor!«, hätten Candelaria und meine Mutter gesagt. Doch da sie nicht da waren, warnte ich mich eben selbst. Ich musste mich vorsehen, ja. Meine Wachsamkeit ließ nach. Die Begegnung mit Marcus hatte mich brutal getroffen und eine Million Erinnerungen und Gefühle zutage gefördert, aber jetzt war nicht der Moment, sich in sehnsüchtigem Verlangen zu verlieren. Ich hatte einen Auftrag, eine Verpflichtung, eine Aufgabe, um die ich mich kümmern und die ich erfüllen musste. Im Sand zu sitzen und die Wellen anzustarren, würde nichts ändern, sondern mich nur Zeit kosten und mich melancholisch werden lassen. Ich musste mich wieder der Realität stellen.

Ich beschleunigte meinen Schritt und bemühte mich, dynamisch und gelöst zu wirken. Obwohl João schon verschwunden war, konnten mich genauso gut andere Augen von einer x-beliebigen Ecke aus im Auftrag da Silvas beobachten. Eigentlich war das so gut wie unmöglich, aber vielleicht wollte dieser mächtige Mann alles kontrollieren und lieber genau wissen, was der marokkanische Besuch machte, wenn er nicht in seinem Auto spazieren fuhr. Und das musste ich ihm jetzt zeigen.

Über eine Seitentreppe gelangte ich in mein Zimmer, zog mich um und ging wieder nach unten. Statt des leichten Rocks und der Baumwollbluse trug ich nun ein elegantes orangefarbenes Kostüm, und statt flacher Sandalen hochhackige Schuhe aus Schlangenleder. Die Sonnenbrille verschwand, und ich schminkte mich mit den Kosmetikartikeln, die ich tags zuvor gekauft hatte. Das Kopftuch ließ ich auf dem Zimmer, und mein wohl frisiertes Haar fiel mir bis auf die Schultern. Mit wiegendem Schritt stieg ich die Haupttreppe hinab und flanierte über die Galerie im Obergeschoss, die sich oberhalb des weitläufigen Foyers erstreckte. Anschließend ging ich ein Stockwerk tiefer, ins Erdgeschoss. Auf meinem Weg lächelte ich allen Menschen freundlich zu, die mir begegneten, und grüßte mit anmutig zur Seite geneigtem Kopf einige Damen. Ihr Alter war mir egal, ebenso, welche Sprache sie sprachen oder ob sie meinen Gruß erwiderten. Bei den Herren ging ich noch etwas weiter und blinzelte ihnen – wenigen Einheimischen und vielen Ausländern – verschmitzt zu. Einem älteren, schon gebrechlichen Herrn zwickte ich sogar kokett in die Wange. An der Rezeption bat ich einen der Angestellten, ein Telegramm für mich an Doña Manuela aufzugeben, und ließ es an meine eigene Adresse schicken. »Portugal wundervoll, ausgezeichnete Ware. Heute Ruhetag wegen Migräne. Morgen Besuch eines aufmerksamen Lieferanten. Herzliche Grüße, Arish Agoriuq.« Anschließend suchte ich mir einen der Sessel aus, die in Vierergruppen im weitläufigen Foyer standen, wobei ich darauf achtete, dass ich gut zu sehen war. Dann schlug ich effektvoll die Beine übereinander und bestellte zwei Aspirin und eine Tasse Tee. Den restlichen Nachmittag verwandte ich darauf, gesehen zu werden.

Es gelang mir, meine Langeweile drei Stunden zu verbergen, bis mein Magen anfing zu knurren. Ende der Vorstellung: Ich hatte es mir redlich verdient, auf mein Zimmer zurückzugehen und mir dorthin ein Abendessen zu bestellen. Ich wollte gerade aufstehen, als ein Page mit einem kleinen Silbertablett auf mich zukam. Darauf lag ein Umschlag. Und darin befand sich eine Karte.

Verehrte Arish,
ich hoffe, das Meer hat Ihr Unwohlsein vertrieben. João wird Sie morgen um 10 Uhr abholen und in mein Büro bringen.
Erholen Sie sich,
MANUEL DA SILVA

Tja, Nachrichten sprachen sich hier offensichtlich schnell herum. Ich war versucht, mich nach dem Chauffeur oder da Silva umzusehen, doch ich hielt mich zurück. Obwohl einer der beiden sich ganz bestimmt in meiner Nähe aufhielt, tat ich weiter desinteressiert und las in einer der amerikanischen Zeitschriften, mit denen ich mir den Nachmittag vertrieben hatte. Nach einer Weile, als das Foyer halb leer war und die meisten Gäste sich an der Bar, auf der Terrasse oder im Speisesaal befanden, ging ich zurück auf mein Zimmer, bereit, mir Marcus aus dem Kopf zu schlagen und mich auf den morgigen schwierigen Tag vorzubereiten.

54

João warf den Zigarettenstummel auf den Boden und rief mir ein »Bom dia« zu, während er sie mit der Fußspitze ausdrückte und mir die Tür aufhielt. Wieder musterte er mich von oben bis unten. Dieses Mal würde er seinem Chef jedoch keinen Bericht abliefern müssen, da ich ihn ohnehin in einer knappen halben Stunde sehen würde.

Die Büros von da Silva befanden sich in der zentral gelegenen Rua do Ouro, der Straße des Goldes, die den Rossio mit der Plaça de Comércio in der Baixa verband. Es war ein elegantes Gebäude ohne übertriebenes Dekor, obwohl alles rundherum sehr nach Geld roch, nach überaus einträglichen Geschäften. Wohin man blickte nur Banken, Pensionskassen, Büros, Anzugträger, eilige Angestellte und Laufburschen der verschiedenen Firmen.

Ich stieg aus dem Bentley und wurde von demselben schlanken Mann in Empfang genommen, der an dem Abend, als da Silva sich mit mir zum Kennenlernen verabredet hatte, unser Gespräch unterbrochen hatte. Dieses Mal streckte er mir höflich und zurückhaltend die Hand entgegen, stellte sich knapp als Joaquim Gamboa vor und geleitete mich anschließend ehrerbietig zum Fahrstuhl. Zuerst dachte ich, die Büros der Firma lägen in einem der oberen

Stockwerke, doch dann begriff ich, dass das gesamte Gebäude der Firmensitz war. Gamboa brachte mich allerdings direkt in den ersten Stock.

»Don Manuel wird sofort bei Ihnen sein«, kündigte er an und ging dann.

Das Vorzimmer, in das er mich gebracht hatte, besaß holzverkleidete Wände, die wie frisch gewachst wirkten. Sechs Ledersessel bildeten einen Wartebereich. Ein Stück weiter zu der Doppeltür hin, die zu da Silvas Büro führte, standen zwei Tische: Der eine war belegt, der andere leer. Am ersten arbeitete eine Sekretärin um die fünfzig, und ich schloss aus der formellen Begrüßung, die sie mir zuteilwerden ließ, und dem unverzüglich folgenden Vermerk in einem dicken Heft, dass sie eine sehr tüchtige und umsichtige Mitarbeiterin sein musste, der Traum aller Chefs. Kaum zwei Minuten später trat ihre wesentlich jüngere Kollegin aus der Tür zu da Silvas Büro, begleitet von einem farblos wirkenden Herrn. Vermutlich ein Kunde, ein Geschäftspartner.

»Herr da Silva erwartet Sie«, erklärte sie mit unwirscher Miene. Ich tat, als würde ich gar nicht Notiz nehmen von ihr, aber ein Blick genügte, um mir einen Eindruck zu verschaffen. Sie war ungefähr in meinem Alter, ein Jahr jünger oder älter. Mit einer Brille für Kurzsichtige, hellem Haar und hellem Teint, gepflegt, wenn auch eher einfach gekleidet. Länger konnte ich sie nicht mustern, denn schon erschien Manuel da Silva persönlich, um mich im Vorzimmer zu begrüßen.

»Ihr Besuch ist mir eine große Freude, Arish«, sagte er, worauf ich ihm mit wohlkalkulierter Langsamkeit meine Hand entgegenstreckte, damit er Zeit hatte, mich zu betrachten und zu entscheiden, ob ich seiner Aufmerksamkeit noch würdig war. Seiner Reaktion nach zu schließen war das der Fall. Ich hatte mich aber auch wirklich bemüht: Für diesen Geschäftstermin hatte ich ein silbergraues Kostüm samt Bleistiftrock und einer eng anliegenden Jacke mit einer weißen Blüte am Revers als dezenten farblichen Kontrast ausgesucht. Meine Wahl fand offenbar Anklang, da er mich interessiert und mit einem galanten Lächeln musterte.

»Bitte, treten Sie ein. Heute Morgen ist alles gebracht worden, was ich Ihnen zeigen wollte.«

In einer Ecke des geräumigen Büros, unter einer großen Weltkarte, lagen mehrere Stoffballen. Seiden. Naturseiden, glänzende und glatte, herrliche Seiden in den schönsten Farbtönen. Schon wenn ich sie nur berührte, konnte ich mir vorstellen, wie wunderbar die Kleider, die ich daraus nähen konnte, fallen würden.

»Entsprechen die Stoffe Ihren Erwartungen?«, ließ sich Manuel da Silva hinter meinem Rücken vernehmen.

Einige Augenblicke, vielleicht sogar einige Minuten hatte ich ihn und seine Welt vollkommen vergessen. Mich von der Schönheit, der Glätte der Stoffe überzeugen zu können und mir die fertigen Kleider daraus vorzustellen, hatte mich vorübergehend aus der Realität entführt. Zum Glück musste ich mich zu einem Lob der Qualität seiner Ware gar nicht überwinden, weil ich es ernst meinte.

»Sie übertreffen sie sogar noch, sie sind wunderschön.«

»Dann rate ich Ihnen, möglichst viele Meter davon mitzunehmen, denn man wird sie mir bald aus den Händen reißen, fürchte ich.«

»So groß ist die Nachfrage?«

»Davon gehe ich aus. Wenn auch nicht unbedingt für Mode.«

»Wofür dann?«, fragte ich überrascht.

»Für etwas, das momentan von größerer Wichtigkeit ist: für den Krieg.«

»Für den Krieg?«, wiederholte ich und tat ganz ungläubig. Dass es in anderen Ländern so war, wusste ich bereits von Hillgarth, der es mir damals in Tanger erzählt hatte.

»Man nimmt die Seide für Fallschirme, zum Schutz von Schießpulver und sogar für Fahrradreifen.«

Ich täuschte ein ungläubiges Lachen vor.

»Was für eine absurde Verschwendung! Aus der Seide, die man für einen Fallschirm benötigt, könnte man mindestens zehn Abendkleider schneidern!«

»Ja, aber wir leben in schwierigen Zeiten. Und die kriegführenden Länder werden bald bereit sein, jeden Preis dafür zu zahlen.«

»Und Sie, Manuel, wem werden Sie diese herrliche Seide verkaufen, den Deutschen oder den Engländern?«, hakte ich spöttisch nach, als würde ich nicht ernst nehmen, was er gesagt hatte. Ich war selbst überrascht von meiner Dreistigkeit, doch er ging auf meinen Ton ein.

»Wir Portugiesen haben alte Handelsbeziehungen mit den Engländern, obwohl man in diesen turbulenten Zeiten ja nie weiß ...« Er beschloss seine beunruhigende Antwort mit einem Lachen, aber noch ehe ich etwas erwidern konnte, lenkte er das Gespräch auf näherliegende, praktische Aspekte. »Hier haben Sie eine Mappe mit detaillierten Informationen über alle Seiden: Referenznummern, Qualitäten, Preise, das Übliche eben«, meinte er, während er zu seinem Schreibtisch ging. »Nehmen Sie die Unterlagen mit ins Hotel, gehen Sie sie in Ruhe durch, und wenn Sie sich entschieden haben, füllen Sie den Bestellschein aus und ich werde mich persönlich darum kümmern, dass Ihnen alles direkt nach Madrid geliefert wird, in weniger als einer Woche. Die Zahlung können Sie bei Erhalt der Ware vornehmen, machen Sie sich deswegen keine Gedanken. Und vergessen Sie nicht, von den angegebenen Preisen noch zwanzig Prozent Rabatt abzuziehen, ein Entgegenkommen des Hauses.«

»Aber ...«

»Und hier«, fügte er hinzu, »noch eine Mappe mit Informationen über örtliche Lieferanten von Kurzwaren und anderen Dingen, die für Sie von Interesse sein könnten. Spinnereien, Posamentierer, Knopfmacher, Lederfabrikanten ... Ich habe mir erlaubt, für Sie Termine zu machen. Hier habe ich alle eingetragen, sehen Sie: Heute Nachmittag erwartet man Sie bei den Gebrüdern Soares, sie haben die besten Nähgarne in ganz Portugal. Morgen, am Freitagvormittag, wird man Sie in der Firma Barbosa empfangen, dort stellen sie Knöpfe aus afrikanischem Elfenbein her. Am Samstagvormittag haben Sie einen Termin beim Kürschner Almeida, und dann keinen mehr bis Montag. Aber bereiten Sie sich darauf vor, dass die nächste Woche wieder sehr voll werden wird.«

Ich sah mir das Blatt an, das voller Kästchen war, und bemühte mich, meine Bewunderung für diese ausgezeichnete Terminplanung nicht zu zeigen.

»Außer am Sonntag haben Sie mir auch am morgigen Freitagabend freigegeben«, entgegnete ich, ohne den Blick zu heben.

»Ich fürchte, Sie irren sich.«

»Ich glaube nicht. Sehen Sie, hier ist nichts eingetragen.«

»Das ist richtig, denn ich habe meine Sekretärin darum gebeten. Doch ich habe bereits etwas vorgesehen für diesen Termin. Wollen Sie morgen Abend mit mir essen gehen?«

Ich nahm die zweite Mappe an mich, die er noch in der Hand hielt, und erwiderte nichts. Ich zögerte die Antwort noch ein bisschen hinaus, indem ich darin blätterte: mehrere Seiten mit Namen, Daten und Zahlen, die ich interessiert zu studieren vorgab, obwohl ich sie in Wirklichkeit nur überflog.

»Einverstanden«, sagte ich schließlich, nachdem einige lange Sekunden vergangen waren. »Aber nur, wenn Sie mir vorher etwas versprechen.«

»Natürlich, solange es in meiner Macht steht.«

»Gut, das ist meine Bedingung: Ich gehe morgen Abend mit Ihnen essen, wenn Sie mir versichern, dass kein einziger Soldat mit dieser herrlichen Seide auf dem Rücken abspringt.«

Er lachte amüsiert auf, und ich stellte erneut fest, dass er ein schönes Lachen hatte. Maskulin, sonor und vornehm gleichzeitig. Ich musste daran denken, was Hillgarths Frau gesagt hatte: Manuel da Silva war in der Tat ein attraktiver Mann. Und da zog, flüchtig wie ein Komet, der Schatten von Marcus Logan an meinem inneren Auge vorüber.

»Ich werde mein Möglichstes tun, seien Sie unbesorgt. Aber Sie wissen ja, wie das bei Geschäften ist …«, meinte er und zuckte mit den Schultern, wobei seine Mundwinkel ironisch zuckten.

Ein anhaltendes Klingeln hinderte ihn daran, den Satz zu beenden. Es kam offenbar von seinem Schreibtisch, aus einem grauen Apparat, an dem ein grünes Lämpchen blinkte.

»Entschuldigen Sie mich bitte einen Moment.« Mit einem Mal wirkte er wieder vollkommen ernst. Er drückte auf einen Knopf, und etwas verzerrt drang die Stimme der jungen Sekretärin aus dem Apparat.

»Senhor Weiss wartet auf Sie. Er sagt, es sei dringend.«

»Führen Sie ihn ins Besprechungszimmer«, wies er sie barsch an. Sein Verhalten hatte sich mit einem Schlag geändert, der eiskalte Unternehmer den charmanten Mann vollkommen verdrängt. Oder vielleicht umgekehrt. Ich kannte ihn noch nicht gut genug, um beurteilen zu können, welcher der beiden der echte Manuel da Silva war.

Dann wandte er sich mir zu und bemühte sich, wieder freundlich zu sein, doch es gelang ihm nur schlecht.

»Verzeihen Sie, aber manchmal nimmt die Arbeit überhand.«

»Aber nein, ich muss mich entschuldigen, dass ich Ihnen die Zeit stehle …«

Er ließ mich nicht ausreden. Obwohl er es zu verbergen versuchte, strahlte er nun eine gewisse Ungeduld aus. Er streckte mir die Hand entgegen.

»Ich hole Sie morgen Abend um acht Uhr ab, passt Ihnen das?«

»Ganz ausgezeichnet.«

Die Verabschiedung ging schnell vonstatten, es war nicht der richtige Moment für einen Flirt. Zu einem anderen Zeitpunkt würden wir uns wieder ironische und frivole Bemerkungen wie Bälle zuwerfen. Er geleitete mich zur Tür. Als ich ins Vorzimmer hinaustrat, sah ich mich nach Senhor Weiss um, doch es waren nur die beiden Sekretärinnen anwesend. Die eine tippte gewissenhaft auf ihrer Schreibmaschine, die andere war dabei, einen Stapel Briefe einzukuvertieren. Fast wäre mir entgangen, dass sie mich nun mit ausgesuchter Liebenswürdigkeit verabschiedeten, denn ich hatte wesentlich Dringenderes im Kopf.

55

Ich hatte mir aus Madrid ein Zeichenheft mitgebracht mit der Absicht, darin alles in den Morsecode transkribiert festzuhalten, was mir interessant erschien, und an jenem Abend begann ich damit, das bislang Gesehene und Gehörte einzutragen. Ich schrieb die Informationen möglichst geordnet nieder und fasste sie dann so knapp, wie es ging, zusammen. »Da Silva macht Scherze mit möglichen Geschäftsbeziehungen zu Deutschen, unmöglich zu sagen, ob wahr. Rechnet mit Nachfrage bei Seide zu militärischen Zwecken. Wechselhafter Charakter. Beziehung zu dem Deutschen Weiss bestätigt. Weiss erscheint ohne Vorankündigung und verlangt sofortiges Gespräch. Da Silva angespannt, will nicht, dass jemand Weiss sieht.«

Anschließend zeichnete ich einige Entwürfe, die niemals konkret umgesetzt werden würden, und versah sie entlang der Außenlinie mit Strichen und Punkten. Dabei bemühte ich mich, den Unterschied zwischen beidem möglichst klein zu halten, sodass nur ich es erkannte. Es gelang mir mühelos, schließlich hatte ich bereits reichlich Übung. Nachdem ich die Informationen transkribiert hatte, verbrannte ich meine handgeschriebenen Notizen im Bad, schüttete die Asche in die Toilette und zog ab. Das Zeichenheft deponierte ich im Schrank, weder besonders gut versteckt noch auffällig sichtbar. Falls jemand auf die Idee kam, in meinen Sachen herumzuschnüffeln, würde er nie vermuten, dass ich es verstecken wollte.

Jetzt, da ich etwas zu tun hatte, verging die Zeit wie im Flug. Mehrere Male fuhr ich, mit João am Steuer, auf der Küstenstraße zwischen Estoril und Lissabon hin und her, wählte Dutzende von Spulen mit den besten Nähgarnen und entzückende Knöpfe in tausend Formen und Größen, und immer fühlte ich mich wie die wichtigste aller Kundinnen behandelt. Dank da Silvas Empfehlungen begegnete man mir nur mit Aufmerksamkeiten, Zahlungserleichterungen, Rabatten und Gefälligkeiten. Und fast ohne dass ich es bemerkte, stand schon das Abendessen mit ihm an.

Die Begegnung verlief wieder ähnlich wie die früheren: lange Blicke, betörendes Lächeln und ungehemmtes Flirten. Auch wenn mir mein Verhalten praktisch vorgegeben war und ich mich in eine vollendete Schauspielerin verwandelt hatte, so ebnete mir Manuel da Silva doch auch den Weg. Er gab mir erneut das Gefühl, ich sei die einzige Frau auf der Welt, die ihn fesseln konnte, und ich verhielt mich wieder so, als wäre es für mich alltäglich, von einem reichen, attraktiven Mann umworben zu werden. Doch das war es nicht, und deshalb musste ich doppelt wachsam sein. Auf keinen Fall durfte ich mich von meinen Gefühlen überwältigen lassen: Es war alles nur Arbeit, bloße Verpflichtung. Es wäre sehr leicht gewesen, ihm nachzugeben, einfach nur den schönen Moment und den attraktiven Mann zu genießen, aber ich wusste, dass ich einen kühlen Kopf bewahren und meine Gefühle unter Verschluss halten musste.

»Ich habe zum Abendessen einen Tisch in der Wonderbar reserviert, dem Club des Casinos. Sie haben dort ein wunderbares Orchester, und der Spielsaal ist gleich nebenan.«

Wir spazierten unter Palmen, noch war nicht dunkle Nacht und die Lichter der Straßenlaternen glänzten wie silberne Punkte am violetten Himmel. Da Silva zeigte sich wieder von seiner besten Seite: charmant und unterhaltsam, ohne eine Spur jener Anspannung, die ihn befallen hatte, als ihm die Ankunft des Deutschen mitgeteilt wurde.

Auch hier schien ihn alle Welt zu kennen, von den Kellnern und dem Parkservice bis zu den honorigsten Gästen. Wieder begrüßte er tausend Leute wie am ersten Abend: hier ein herzliches Schulterklopfen, dort ein Händedruck und eine halbe Umarmung für die Herren, angedeutete Handküsse, Lächeln und übertriebene Komplimente für die Damen. Einigen von ihnen stellte er mich vor, und ich notierte mir im Geiste die Namen, um sie später auf meinen Skizzen zu transkribieren.

Die Atmosphäre in der Wonderbar war ähnlich wie im Hotel do Parque: neunzig Prozent Ausländer. Der einzige Unterschied war, wie ich ein wenig beklommen bemerkte, dass die Deutschen nicht mehr die Mehrheit ausmachten: Hier hörte man überall auch Englisch. Ich versuchte, mich von dieser beunruhigenden Feststellung zu lösen und mich auf meine Rolle zu konzentrieren. Einen kühlen Kopf zu bewahren, Augen und Ohren aufzusperren, das war das Einzige, was mich zu kümmern hatte. Und meinen ganzen Charme spielen zu lassen, natürlich.

Der Oberkellner führte uns zu dem kleinen, für uns reservierten Tisch in der besten Ecke des Raumes: strategisch günstig, um zu sehen und gesehen zu werden. Das Orchester spielte *In the Mood,* und es tanzten bereits zahlreiche Paare, während andere noch beim Abendessen saßen. Man hörte Geplauder, Begrüßungen, Lachen – eine entspannte, aber glamouröse Atmosphäre. Manuel wies die Speisekarte zurück und bestellte ohne zu zaudern für uns beide.

Und dann, als hätte er den ganzen Tag auf nichts anderes gewartet, wandte er mir seine ganze Aufmerksamkeit zu.

»Nun, Arish, erzählen Sie, wie haben meine Freunde Sie behandelt?«

Ich berichtete ihm von meinen Geschäftsterminen und würzte meine Schilderung ein bisschen nach, indem ich Situationen überzeichnete, Details humorvoll kommentierte, Stimmen auf Portugiesisch nachahmte und ihn so zum Lachen brachte. Wieder ein Punkt für mich.

»Und Sie, wie haben Sie den letzten Tag der Woche beendet?«, fragte ich dann. Endlich konnte ich die Zuhörerin sein. Und wenn ich Glück hatte, ihm die eine oder interessante Information aus der Nase ziehen.

»Das wirst du nur erfahren, wenn du mich duzt.«

»Einverstanden, Manuel. Dann sag, wie ist es dir ergangen, seit wir uns gestern Morgen verabschiedet haben?«

Er konnte es mir nicht gleich erzählen, denn wir wurden unterbrochen. Wieder eine herzliche Begrüßung. Falls die Herzlichkeit nicht echt war, dann war sie immerhin gut gespielt.

»Baron von Kempel, ein ungewöhnlicher Mann«, bemerkte er, als der alte Herr mit der Löwenmähne sich mit unsicherem Schritt entfernte. »Nun, wie es bei mir war seit gestern, wolltest du wissen. Dafür habe ich nur zwei Worte: schrecklich langweilig.«

Ich wusste natürlich, dass er log, sagte jedoch scheinbar mitfühlend: »Wenigstens hast du ein schönes Büro, wo du die Langeweile gut aushalten kannst, und zwei tüchtige Sekretärinnen, die dich unterstützen.«

»Du hast recht, ich kann mich nicht beklagen. Als Stauer am Hafen zu arbeiten, wäre viel härter, und ich hätte niemanden, der mir hilft.«

»Sind sie schon lange bei dir beschäftigt?«

»Die Sekretärinnen, meinst du? Elisa Somoza, die ältere der beiden, ist schon seit über dreißig Jahren in der Firma, seit der Zeit meines Vaters, da habe ich noch gar nicht mitgearbeitet. Beatriz Oliveira, die jüngere, habe ich erst vor drei Jahren eingestellt, als das Geschäft zunahm und ich sah, dass Elisa es allein nicht mehr schafft. Freundlichkeit ist nicht ihre Stärke, aber sie ist ordentlich und verantwortungsbewusst und kommt mit Fremdsprachen gut zurecht. Ich vermute, die neue Arbeiterklasse ist einfach nicht gern nett zu ihren Chefs«, bemerkte er und prostete mir zu.

Der Scherz gefiel mir nicht, doch ich tat so, als würde ich ihn lustig finden, und nahm einen Schluck vom Weißwein. Da kam ein Paar auf unseren Tisch zu: eine ältere Dame in einem bodenlangen dunkelvioletten Kleid aus Shantungseide, deren Begleiter ihr kaum bis zur Schulter reichte. Erneut unterbrachen wir unser Gespräch, man sprach Französisch, da Silva stellte mich vor, und ich erwiderte ihren Gruß mit einem anmutigen Nicken und einem kurzen *enchantée.*

»Die Mannheims, Ungarn«, stellte er fest, nachdem sie weitergegangen waren.

»Sind sie Juden?«, wollte ich wissen.

»Reiche Juden, die darauf warten, dass der Krieg zu Ende geht oder dass sie ein Visum für die Staaten bekommen. Tanzen wir?«

Da Silva war ein fantastischer Tänzer. Rumba, Habanera, Jazz und Pasodoble – er beherrschte sie alle. Und ich überließ mich seiner Führung. Es war ein langer Tag gewesen, und die zwei Gläser

Douro-Wein, die ich zu meiner Languste getrunken hatte, mussten mir in den Kopf gestiegen sein. Es war warm, in den verspiegelten Säulen und Wänden vervielfältigten sich die tanzenden Paare tausendfach. Ich schloss kurz die Augen, zwei Sekunden, drei, vielleicht vier. Und als ich sie wieder öffnete, hatten meine schlimmsten Ängste menschliche Gestalt angenommen.

In einem makellosen Smoking, die Haare nach hinten gekämmt, ein wenig breitbeinig, die Hände wieder einmal in den Hosentaschen und im Mund eine eben angezündete Zigarette, stand da Marcus Logan und beobachtete, wie wir tanzten.

Fort, nur fort von ihm, war das Erste, was mir in den Sinn kam.

»Setzen wir uns? Ich bin ein bisschen müde.«

Mit sanftem Druck drängte ich da Silva von der Tanzfläche auf die andere Seite, doch das nützte nichts, denn Marcus bewegte sich in dieselbe Richtung, wie ich aus den Augenwinkeln feststellte. Wir wichen tanzenden Paaren aus, er umging Tische, an denen Leute zu Abend aßen, aber wir hatten offenbar dasselbe Ziel. Ich spürte, wie mir die Knie zitterten, die Wärme der Mainacht erschien mir mit einem Mal unerträglich. Als uns nur noch wenige Meter trennten, blieb er stehen, um jemanden zu begrüßen, und ich dachte, er würde sich an diesen Tisch setzen, doch dann verabschiedete er sich wieder und kam entschlossenen Schrittes weiter auf uns zu. Wir erreichten unseren Tisch gleichzeitig, Manuel und ich von der rechten Seite, er von der linken. Und ich dachte, mein Ende sei nah.

»Logan, altes Haus, wo steckst du immer? Wir haben uns ja hundert Jahre nicht mehr gesehen!«, rief da Silva aus, als er ihn bemerkte. Sie klopften sich freundschaftlich auf den Rücken, während ich wie benommen dastand.

»Ich habe tausendmal bei dir angerufen, dich aber nie erreicht«, erwiderte Marcus.

»Darf ich dir Arish Agoriuq vorstellen? Eine marokkanische Freundin, die vor einigen Tagen aus Madrid gekommen ist.«

Ich streckte ihm die Hand entgegen und bemühte mich, nicht allzu sehr zu zittern, wagte jedoch nicht, ihm in die Augen zu sehen. Er drückte sie fest und schien zu sagen: Ich bin's, hier bin ich, reagiere.

»Sehr erfreut.« Meine Stimme klang heiser, fast brüchig.

»Setz dich, trink ein Glas mit uns«, forderte ihn Manuel auf.

»Nein, danke. Ich bin mit Freunden hier, wollte dich nur begrüßen und daran erinnern, dass wir uns mal wieder treffen sollten.«

»Dieser Tage, du hast mein Wort.«

»Unbedingt, wir müssen einiges besprechen.« Und dann wandte er sich mir zu. »Es hat mich gefreut, Sie kennenzulernen, Señorita …«, meinte er und beugte sich leicht nach vorne. Diesmal hatte ich keine andere Wahl, als ihn direkt anzuschauen. Von den Gesichtsverletzungen, mit denen ich ihn kennengelernt hatte, war nichts mehr zu sehen, aber sonst hatte er sich nicht verändert: dieselben fein geschnittenen Gesichtszüge, seine Augen, die mich komplizenhaft wortlos fragten: Was zum Teufel machst du hier mit diesem Mann?

»Agoriuq«, brachte ich mit Mühe heraus, als hätte ich Steine im Mund.

»Señorita Agoriuq, richtig, Verzeihung. Es war mir ein Vergnügen, Sie kennenzulernen. Ich hoffe, wir sehen uns einmal wieder.«

Wir blickten ihm nach, als er sich entfernte.

»Ein guter Typ, dieser Marcus Logan.«

Ich nahm einen großen Schluck Wasser, um mir die Kehle anzufeuchten. Mein Hals fühlte sich an wie Schmirgelpapier.

»Engländer?«, erkundigte ich mich.

»Engländer, ja. Wir haben geschäftlich miteinander zu tun gehabt.«

Wieder nahm ich einen Schluck, um meine Verblüffung zu kaschieren. Er arbeitete also nicht mehr als Journalist. Da riss mich Manuel aus meinen Gedanken.

»Hier ist es zu heiß. Versuchen wir unser Glück beim Roulette?«

Wieder gab ich vor, dass solche prächtige Spielsäle für mich nichts Neues wären. Herrliche Kristalllüster hingen an vergoldeten Ketten über den Spieltischen, um die sich Hunderte von Spielern drängten, die sich in so vielen Sprachen unterhielten, wie es im alten Europa einmal Nationen gegeben hatte. Der dicke Teppichboden dämpfte die Geräusche der Menschen und verstärkte diejenigen, die man nur in einem Spielerparadies hören konnte: das Klackern der Jetons, wenn sie aneinanderstießen, das Sirren der Roulettekugeln, das Klappern der Elfenbeinkugeln bei ihrem ausgelassenen Tanz und die Rufe der Croupiers: *Rien ne va plus!* Zahlreich waren die Spieler, die an den mit grünem Filz belegten Tischen ihr Geld setzten, und noch viel mehr standen darum herum und sahen aufmerksam zu. Aristokraten, die in einer anderen Zeit in den Casinos von Baden-Baden, Monte Carlo und Deauville Stammgast gewesen waren und dort viel Geld verloren wie gewonnen hatten, erklärte mir da Silva. Verarmte Großbürger, gierige Neureiche, respektable Menschen, zum Pöbel herabgesunken, und echter Pöbel, der sich schniegelte. Sie hatten sich herausgeputzt wie für ein großes Fest, triumphierend und selbstsicher, die Männer mit steifem Kragen und gestärkter Hemdbrust, die Damen mit allem funkelnden Geschmeide, das ihre Schmuckschatullen hergaben. Einige Spieler wirkten auch verzagt oder gehetzt auf der Jagd nach irgendeinem Bekannten, den sie um Geld angehen konnten, klammerten sich vielleicht an die Illusion einer Nacht, in der das Glück nicht von ihrer Seite wich, was äußerst unwahrscheinlich war. Menschen, die bereit waren, am Bakkarattisch das letzte Schmuckstück aus der Familie oder das Geld für das Frühstück am nächsten Morgen einzusetzen. Erstere trieb allein die Spielleidenschaft an, die Lust am Vergnügen, der Rausch oder die Gier, Letztere die nackte Verzweiflung.

Wir spazierten einige Minuten zwischen den Tischen herum und schauten den Spielern zu. Er grüßte den einen oder anderen und tauschte freundliche Bemerkungen aus. Ich sagte kaum ein Wort. Ich wollte nichts anderes als fort, mich in meinem Zimmer einschließen und die Welt vergessen. Ich hatte nur einen Wunsch: dass dieser verdammte Tag endlich zu Ende gehen möge.

»Du hast heute offenbar keine Lust, Millionärin zu werden.«

Ich brachte nur ein schwaches Lächeln zustande.

»Ich bin völlig erschöpft«, erklärte ich, bemühte mich aber, ein wenig Wärme in meine Stimme zu legen. Er sollte nicht merken, wie aufgewühlt ich innerlich war.

»Soll ich dich ins Hotel begleiten?«

»Dafür wäre ich dir dankbar.«

»Nur einen Moment noch.« Er trennte sich von mir und steuerte mit ausgestreckten Armen auf einen Bekannten zu, den er gerade erspäht hatte.

Ich blieb reglos stehen, abwesend, ohne mich um das geschäftige, eigentlich faszinierende Treiben im Spielsaal zu kümmern. Und dann spürte ich, dass er sich näherte, fast wie ein Schatten. Er ging hinter mir vorbei, diskret, berührte mich fast. Unauffällig, ohne stehenzubleiben, ergriff er meine rechte Hand, öffnete geschickt die Finger und legte etwas hinein. Und ich ließ es geschehen. Dann ging er, ohne ein Wort zu sagen. Während ich so tat, als würde ich konzentriert auf einen der Tische blicken, betastete ich ungeduldig, was er mir in die Hand gelegt hatte: ein Stück Papier, mehrfach zusammengefaltet. Ich versteckte es rasch hinter dem breiten Gürtel meines Kleides, und im selben Moment verabschiedete sich Manuel von seinem Bekannten und kam wieder auf mich zu.

»Gehen wir?«

»Zuvor muss ich mir noch einmal kurz die Nase pudern.«

»Gut, ich warte hier auf dich.«

Auf dem Weg zur Toilette versuchte ich sein Gesicht in der Menschenmenge zu entdecken, doch ich konnte ihn nirgendwo finden. Außer einer alten Frau, einer Schwarzen, die am Eingang wachte und halb zu schlafen schien, war niemand in der Toilette. Ich zog das Papier aus seinem Versteck und faltete es rasch auseinander.

»Wo ist die S. geblieben, die ich in T. gelassen habe?«

S. für Sira und T. für Tetuán. Wo war mein altes Ich aus der Zeit in Nordafrika geblieben, wollte Marcus wissen. Ich öffnete meine Handtasche auf der Suche nach einem Taschentuch und einer Antwort, wobei sich meine Augen mit Tränen füllten. Ersteres fand ich, das zweite nicht.

56

Am Montag nahm ich meine Einkaufstouren wieder auf. Ich hatte einen Termin bei einem Hutmacher in der Rua da Prata, nur einen Katzensprung von da Silvas Büro entfernt: die perfekte Ausrede, um dort ohne weiteren Grund vorbeizuschauen. Und ganz nebenbei die Augen offen zu halten, wer sich in seinem Territorium so bewegte.

Ich traf nur die unsympathische junge Sekretärin an; Beatriz Oliveira hieß sie, wie ich mich erinnerte.

»Señor da Silva ist verreist. Geschäftlich«, sagte sie, ohne es weiter auszuführen.

Wie bei meinem letzten Besuch gab sie sich auch jetzt keinerlei Mühe, freundlich zu mir zu sein. Doch da dies wahrscheinlich die einzige Gelegenheit bleiben würde, allein mit ihr zu sprechen, wollte ich sie nicht ungenutzt verstreichen lassen. Angesichts ihrer ruppigen Art und ihrer Wortkargheit war es furchtbar schwierig, ihr irgendetwas zu entlocken, was die Mühe gelohnt hätte, aber ich hatte gerade nichts Besseres zu tun und beschloss, es zu versuchen.

»Na, so ein Pech. Ich wollte ihn etwas zu den Stoffen fragen, die er mir neulich gezeigt hat. Sind die noch in seinem Büro?«, erkundigte ich mich. Bei der Aussicht, mich in Manuels Abwesenheit dort aufzuhalten, bekam ich heftiges Herzklopfen, doch sie machte meinen Illusionen ein Ende, bevor sie noch recht Gestalt angenommen hatten.

»Nein. Er hat sie schon zurück ins Lager gebracht.«

Mein Verstand arbeitete auf Hochtouren. Erster Versuch gescheitert. Aber so schnell konnte ich nicht aufgeben.

»Macht es Ihnen etwas aus, wenn ich mich einen Augenblick hinsetze? Ich bin schon den ganzen Vormittag auf den Beinen, Kappen und Turbane und Strohhüte ansehen. Ich glaube, ich muss mich ein bisschen ausruhen.«

Für eine Antwort ließ ich ihr keine Zeit. Noch bevor sie den Mund aufmachen konnte, ließ ich mich, übertriebene Müdigkeit heuchelnd, in einen der Ledersessel fallen. Es folgte ein langes

Schweigen. In der Zeit prüfte sie mit einem Bleistift ein mehrere Seiten umfassendes Dokument, machte ab und an ein kleines Zeichen oder eine Notiz an den Rand.

»Zigarette?«, fragte ich nach zwei oder drei Minuten. Ich rauchte zwar nicht viel, hatte aber meist eine Schachtel in der Tasche. Um sie in Augenblicken wie diesem zu benutzen.

»Nein, danke«, lehnte sie ab, ohne mich anzusehen. Sie arbeitete weiter, während ich mir eine anzündete. Ein paar Minuten lang störte ich sie nicht.

»Sie sind doch diejenige, die für mich die Lieferanten ausgesucht, die Termine gemacht und die Mappe mit den ganzen Angaben vorbereitet hat, oder?«

Jetzt endlich hob sie kurz den Blick.

»Ja, das war ich.«

»Ausgezeichnete Arbeit! Sie können sich gar nicht vorstellen, wie nützlich mir das gewesen ist.«

Sie nuschelte einen kurzen Dank und widmete sich wieder ihrer Aufgabe.

»Herrn da Silva fehlt es natürlich nicht an Kontakten«, fuhr ich fort. »Es muss toll sein, mit so vielen verschiedenen Unternehmen Geschäftsbeziehungen zu pflegen. Und vor allem mit so vielen ausländischen. In Spanien ist alles viel langweiliger.«

»Das wundert mich nicht«, murmelte sie.

»Wie bitte?«

»Ich sage, es wundert mich nicht, dass alles langweiliger ist, wenn man bedenkt, wer da regiert«, stieß sie leise zwischen den Zähnen hervor, vermeintlich nach wie vor auf ihre Arbeit konzentriert.

Vor Freude lief mir ein Schauder über den Rücken: Die pflichtbewusste Sekretärin interessierte sich für Politik. Schön, dann musste man sich ihr von dieser Seite nähern.

»Ja, natürlich«, gab ich zurück und drückte dabei langsam meine Zigarette aus. »Was ist schon von jemandem zu erwarten, der von uns Frauen verlangt, dass wir zu Hause bleiben, Essen kochen und Kinder in die Welt setzen?«

»Und dessen Gefängnisse voll sind und der den Besiegten gegenüber keinerlei Gnade kennt«, fügte sie schneidend hinzu.

»So scheint es zu sein, ja.« Das Gespräch lief in eine ungeahnte Richtung, ich würde extrem behutsam vorgehen müssen, um ihr Vertrauen zu erlangen und sie auf meine Seite zu ziehen. »Kennen Sie Spanien, Beatriz?«

Sie war sichtlich überrascht, dass ich ihren Namen wusste. Schließlich ließ sie sich dazu herab, ihren Bleistift niederzulegen und mich anzusehen.

»Ich bin nie dort gewesen, aber ich bin darüber im Bilde, was da vor sich geht. Das weiß ich von Freunden. Allerdings haben Sie wahrscheinlich keine Ahnung, wovon ich spreche. Sie gehören einer anderen Welt an.«

Ich erhob mich, trat näher und setzte mich frech auf die Schreibtischkante. Dann betrachtete ich sie genauer. Ich wollte wissen, was unter diesem Kleid aus billigem Stoff steckte, das ihr bestimmt vor Jahren irgendeine Nachbarin für ein paar Escudos genäht hatte. Hinter ihren Brillengläsern entdeckte ich intelligente Augen, und versteckt unter der wütenden Hingabe, mit der sie sich ihrer Arbeit widmete, erahnte ich einen Kämpfergeist, der mir irgendwie bekannt vorkam. Beatriz Oliveira und ich waren nicht so verschieden. Zwei fleißige Frauen aus ähnlich bescheidenen und anstrengenden Verhältnissen. Zwei Laufbahnen, die nicht weit voneinander ihren Anfang genommen und sich irgendwann gegabelt hatten. Die Zeit hatte aus ihr eine pedantische Angestellte gemacht, aus mir eine falsche Realität. Und trotzdem war das Gemeinsame wahrscheinlich viel realer als das, was uns trennte. Ich wohnte in einem Luxushotel, sie in einem Haus mit undichtem Dach in einem einfachen Viertel, aber wir wussten beide, was es bedeutete zu kämpfen, um zu verhindern, dass das Unglück uns in den Knöchel biss.

»Ich kenne viele Leute, Beatriz, sehr unterschiedliche Leute«, sagte ich mit gesenkter Stimme. »Momentan pflege ich Beziehungen zu den Mächtigen, weil meine Arbeit es verlangt und weil einige unvorhergesehene Umstände mich mit ihnen in Kontakt gebracht haben. Aber ich weiß auch, wie es ist, im Winter zu frieren, jeden Tag Bohnen zu essen und vor Sonnenaufgang aus dem Haus zu gehen, um sich einen jämmerlichen Lohn zu verdienen. Und, falls es Sie interessiert, mir gefällt das Spanien, das man gerade errichtet, genauso wenig wie Ihnen. Nehmen Sie jetzt eine Zigarette von mir?«

Sie streckte, ohne zu antworten, die Hand aus und nahm sich eine. Ich hielt ihr das Feuerzeug hin und zündete mir dann auch noch eine an.

»Wie ist die Situation in Portugal?«, erkundigte ich mich dann.

»Schlimm«, antwortete sie, nachdem sie den Rauch ausgestoßen hatte. »Zwar ist Salazars Estado Novo vielleicht nicht ganz so repressiv wie Francos Spanien, aber doch ähnlich autoritär, und die Freiheit lässt auch hier zu wünschen übrig.«

»Immerhin sieht es so aus, als würde sich Portugal aus dem europäischen Krieg heraushalten«, entgegnete ich, um ein Stückchen weiter in die gewünschte Richtung zu gelangen. »In Spanien weiß man das nicht so recht.«

»Salazar hat Verträge mit den Engländern und mit den Deutschen, ein seltsamer Balanceakt. Die Briten sind dem portugiesischen Volk stets wohlgesonnen gewesen, darum ist es überraschend, dass er den Deutschen gegenüber so großzügig ist und ihnen Exportgenehmigungen und andere Vergünstigungen gewährt.«

»Tja, heutzutage wundert einen nichts mehr, oder? Heikle Angelegenheiten in turbulenten Zeiten. Ehrlich gesagt verstehe ich nicht viel von der internationalen Politik, aber ich nehme an, es geht immer um Interessen.« Ich versuchte meine Stimme unbefangen klingen zu lassen, so als beschäftigte mich all das nicht weiter. Jetzt galt es, die Grenze vom Öffentlichen zum Privaten zu überschreiten: Da musste ich auf der Hut sein. »Im geschäftlichen Bereich ist es wahrscheinlich genauso«, fügte ich hinzu. »Neulich zum Beispiel, während ich bei Señor da Silva im Büro war, haben Sie den Besuch eines Deutschen angekündigt.«

»Ja, schon, aber das ist etwas anderes.« Ihr Gesichtsausdruck verriet Missfallen, und ich hatte nicht den Eindruck, sie würde sehr viel weiter gehen.

»Vor ein paar Tagen hat mich Señor da Silva zum Abendessen in das Casino in Estoril eingeladen, und es hat mich gewundert, wie viele Leute er kennt. Er grüßte Engländer und Amerikaner ebenso wie Deutsche und etliche Europäer aus anderen Ländern. Ich habe noch nie jemanden kennengelernt, dem es so leichtfällt, mit aller Welt gut Freund zu sein.«

Wieder verriet ihre Grimasse, dass sie anders darüber dachte. Jedoch entgegnete sie nichts, und ich hatte keine andere Wahl als weiterzureden, bemüht, das Gespräch nicht versanden zu lassen.

»Mir haben die Juden leidgetan, die ihre Häuser und Geschäfte verlassen mussten, um vor dem Krieg zu fliehen.«

»Die Juden im Casino von Estoril haben Ihnen leidgetan?«, fragte sie mit zynischem Lächeln. »Mir kein bisschen: Sie leben wie in einem ewigen Luxusurlaub. Leid tun mir die armen Unglücklichen, die mit einem Pappköfferchen gekommen sind und Tag für Tag vor den Konsulaten und vor den Schaltern der Schifffahrtsgesellschaften Schlange stehen, um ein Visum oder eine Schiffspassage nach Amerika zu ergattern – und das oft vergeblich. Leid tun mir die Familien, die zusammengepfercht in dreckigen Pensionen schlafen und von der Armenspeisung leben, die armen Mädchen, die sich für eine Handvoll Escudos in dunklen Ecken anbieten, und die Alten, die in den Cafés die Zeit totschlagen, vor sich schmutzige Tassen, die seit Stunden leer sind, und die schließlich von einem Kellner auf die Straße gescheucht werden, damit ihr Platz frei wird. Diese Leute tun mir leid. Mit denen, die Abend für Abend im Casino einen Teil ihres Vermögens verspielen, habe ich keinerlei Mitleid.«

Was sie mir erzählte, war bewegend, konnte mich aber nicht von meinem Vorhaben abbringen: Die Richtung stimmte, jetzt hieß es dranbleiben um jeden Preis. Auch wenn es ein wenig auf Kosten des Gewissens ging.

»Sie haben recht: Die Situation dieser Leute ist viel schlimmer.

Außerdem muss es für sie sehr schmerzlich sein, dass überall so viele Deutsche herumlaufen, die sich pudelwohl fühlen.«

»Wahrscheinlich schon …«

»Und vor allem ist es sicher hart für sie zu wissen, dass die Regierung des Landes, in das sie sich geflüchtet haben, dem Dritten Reich so viele Zugeständnisse macht.«

»Ja, vermutlich …«

»Und dass es sogar portugiesische Unternehmer gibt, die ihre Geschäfte ankurbeln, indem sie saftige Verträge mit den Nazis schließen …«

Diesen letzten Satz gab ich in einem schwerfälligen, düsteren Ton von mir, senkte dabei die Stimme und näherte mich ihr. Wir sahen uns in die Augen, und keine war bereit, als Erste den Blick abzuwenden.

»Wer sind Sie?«, fragte sie schließlich mit kaum hörbarer Stimme. Sie hatte sich vom Tisch gegen die Stuhllehne zurückgelehnt, wie um Distanz zu mir zu schaffen. In ihrem unsicheren Tonfall schwang Angst mit, ihre Augen jedoch lösten sich nicht eine Sekunde von den meinen.

»Bloß eine Schneiderin«, flüsterte ich. »Eine einfache arbeitende Frau wie Sie selbst, der das, was um uns herum geschieht, ebenso wenig gefällt wie Ihnen.«

Ich merkte, wie sich ihr Hals anspannte und sie schluckte, und dann stellte ich zwei Fragen. Langsam. Ganz langsam.

»Was treibt da Silva mit den Deutschen, Beatriz? In was ist er verwickelt?«

Sie schluckte wieder, und ihre Halsmuskeln bewegten sich, als versuchte sie einen Elefanten hinunterzuwürgen.

»Ich weiß nichts«, brachte sie schließlich leise heraus.

In diesem Moment erschallte von der Tür her eine zornige Stimme.

»Erinnere mich daran, dass ich nie wieder in dem Gasthaus in der Rua do São Julião essen gehe! Sie haben über eine Stunde gebraucht, um uns zu bedienen, und dabei muss ich noch so viel vorbereiten, bevor Don Manuel wiederkommt! Ach! Entschuldigen Sie, Señorita Agoriuq, ich wusste nicht, dass Sie hier sind …«

»Ich wollte gerade gehen«, sagte ich mit gespielter Unbefangenheit und nahm meine Tasche. »Ich wollte Señor da Silva einen Überraschungsbesuch abstatten, aber Señorita Oliveira hat mich aufgeklärt, dass er verreist ist. Na, dann komme ich eben ein andermal wieder.«

»Vergessen Sie Ihre Zigaretten nicht«, hörte ich hinter mir.

Beatriz Oliveira sprach noch immer mit belegter Stimme. Als sie mir die Zigarettenschachtel entgegenstreckte, nahm ich ihre Hand und drückte sie fest.

»Denken Sie darüber nach.«

Ich verzichtete auf den Aufzug und nahm die Treppe. Beim Hinuntergehen ließ ich die Szene noch einmal vor meinem geistigen Auge ablaufen. Vielleicht war es gewagt von mir gewesen, mich so überstürzt zu exponieren, doch das Verhalten der Sekretärin gab mir das Gefühl, als wüsste sie etwas: etwas, das sie mir eher aus Unsicherheit denn aus Loyalität ihrem Vorgesetzten gegenüber verschwieg. Da Silva und seine Sekretärin passten nicht zusammen, und ich hatte die Gewissheit, dass sie ihm niemals sagen würde, worüber bei diesem seltsamen Besuch gesprochen worden war. Während er auf zwei Hochzeiten gleichzeitig tanzte, hatte sich nicht nur eine falsche Marokkanerin an seine Fersen geheftet, um in seinen Angelegenheiten herumzuschnüffeln, sondern er beschäftigte in seinem Büro auch noch eine subversive Linke. Irgendwie musste ich es hinkriegen, sie allein zu treffen. Wie, wo und wann – ich hatte nicht die geringste Ahnung.

57

Am Dienstag regnete es, und ich machte wie in den letzten Tagen weiter und spielte die interessierte Käuferin. João fuhr mich an meinen Bestimmungsort, diesmal war es eine Weberei am

Stadtrand. Drei Stunden später holte mein Chauffeur mich wieder ab.

»João, fahr mich bitte in die Unterstadt.«

»Wenn Sie zu Don Manuel wollen, der ist noch nicht wieder zurück.«

Perfekt, dachte ich. Ich wollte auch gar nicht zu Manuel da Silva, sondern einen weiteren Versuch bei Beatriz Oliveira starten.

»Das macht nichts. Bestimmt können mir die Sekretärinnen weiterhelfen. Ich bräuchte ihren Rat wegen meiner Bestellung.«

Ich vertraute darauf, dass die ältere Kollegin auch heute wieder zu Tisch und ihre genügsame Kollegin bei der Arbeit wäre. Es war aber genau umgekehrt: so, als würde sich jemand die Mühe machen, meine Wünsche zu boykottieren. Die altgediente Sekretärin saß an ihrem Platz und verglich, die Brille auf der Nasenspitze, verschiedene Dokumente, von der jungen war keine Spur.

»Boa tarde, Señora Somoza. Sie sind ja ganz allein heute.«

»Don Manuel ist noch geschäftlich verreist, und Señorita Oliviera ist heute nicht zur Arbeit erschienen. Was kann ich für Sie tun, Señorita Agoriuq?«

Ich war verärgert, allerdings auch ein wenig beunruhigt, ließ mir aber nichts anmerken.

»Ich hoffe, es geht ihr gut«, sagte ich, ohne auf ihre Frage einzugehen.

»Ja, es ist nichts Schlimmes. Heute Morgen kam ihr Bruder, um mir zu sagen, dass sie sich nicht wohlfühlt. Sie hat ein bisschen Fieber, ist aber bestimmt morgen wieder da.«

Ich zögerte. Schnell, Sira, überleg. Mach was, frag, wo sie wohnt, befahl ich mir.

»Vielleicht können Sie mir ihre Adresse geben, dann kann ich ihr ein paar Blumen schicken. Sie hat freundlicherweise alle meine Termine mit den Lieferanten arrangiert.«

Trotz ihrer sonst diskreten Art konnte die Sekretärin sich ein herablassendes Lächeln nicht verkneifen.

»Machen Sie sich keine Sorgen, Señorita. Ich glaube, ehrlich gesagt, nicht, dass das nötig ist. Wir sind nicht daran gewöhnt, Blumen zu bekommen, nur weil wir einen Tag im Büro fehlen. Sie wird eine Erkältung oder etwas anderes in der Richtung haben. Kann ich Ihnen weiterhelfen?«

»Ich habe ein Paar Handschuhe verloren«, improvisierte ich. »Vielleicht habe ich sie gestern hier liegen lassen.«

»Ich habe heute Morgen nichts gesehen, aber vielleicht haben die Putzfrauen sie gefunden. Ich werde sie fragen.«

Die Abwesenheit von Beatriz Oliveira trübte meine Stimmung, die nun so war wie das mittägliche Wetter in Lissabon: wolkig, windig und verhangen. Noch dazu verdarb das Ganze mir den Appetit, sodass ich nur eine Tasse Tee und ein Stück Kuchen im nahe gelegenen Café Nicola zu mir nahm, bevor ich weitermachte. Für den Nachmittag hatte die effiziente Sekretärin mir einen Termin mit einem Importeur exotischer Produkte aus Brasilien gemacht. Sie hatte die gute Idee, dass vielleicht die Federn tropischer Vögel für meine Kreationen interessant sein könnten. Sie hatte recht. Ich hätte mir gewünscht, sie würde die gleiche Energie für andere Aufgaben aufbringen.

Das Wetter wurde im Laufe des Nachmittags nicht besser, meine Laune auch nicht. Auf dem Rückweg nach Estoril zog ich Bilanz. Was hatte ich seit meiner Ankunft erreicht? Das Endergebnis war katastrophal. Joãos Kommentare stellten sich im Nachhinein als nutzlos heraus und erwiesen sich als die ständig wiederholten Verallgemeinerungen eines gelangweilten Alten, der schon seit Langem nichts mehr mit dem tatsächlichen Alltagsgeschäft seines Arbeitgebers zu tun hatte. Von irgendeinem privaten Treffen mit Deutschen, wie es Hillgarths Frau erwähnt hatte, hatte ich rein gar nichts gehört. Und die Person, die ich als einzig mögliche Informantin in Erwägung gezogen hatte, war nicht greifbar, gab vor, krank zu sein. Wenn ich noch die schmerzhafte Begegnung mit Marcus hinzufügte, war diese Reise ein kompletter Reinfall. Außer für meine Kundinnen natürlich, die bei meiner Rückkehr nach Spanien, wo es viele Dinge nur auf Bezugsschein gab, eine schier unvorstellbare Farbenpracht erwartete. Angesichts dieser ansonsten nicht gerade rosigen Aussichten, nahm ich im Hotelrestaurant ein leichtes Abendessen zu mir und beschloss, früh zu Bett zu gehen.

Wie jeden Abend hatte das Zimmermädchen alles liebevoll für die Nacht vorbereitet: die Vorhänge zugezogen, die Nachttischlampe eingeschaltet und die Tagesdecke entfernt. Vielleicht waren die frisch gebügelten Bettlaken aus Schweizer Batist das einzig Positive an diesem Tag, denn sie würden mir helfen, wenigstens für ein paar Stunden mein Scheitern zu vergessen. Resultat dieses Tages: null.

Ich wollte gerade zu Bett gehen, als ich einen kalten Luftzug spürte. Barfuß ging ich Richtung Balkon, zog den Vorhang beiseite und sah, dass die Balkontür offen stand. Wahrscheinlich hat das Zimmermädchen nur vergessen, die Tür zuzumachen, dachte ich, als ich sie schloss. Ich legte mich ins Bett und machte das Licht aus, weil ich keine Lust hatte, noch etwas zu lesen. Ich streckte meine Beine unter der Bettdecke aus, und dabei blieb mein linker Fuß an etwas merkwürdig Leichtem hängen. Ich unterdrückte einen Schrei und versuchte, an den Schalter der Nachttischlampe zu kommen, doch ich beförderte sie mit einer ungeschickten Bewegung geradewegs auf den Boden. Umständlich nahm ich sie wieder hoch und versuchte erneut, sie anzumachen. Was zum Teufel hatte ich da mit meinem Fuß berührt? Es sah aus wie ein Schleier, ein schwarzer Schleier, wie man ihn zur Messe trägt. Ich fasste ihn mit zwei spitzen Fingern an und hob ihn hoch: Das Stoffbündel faltete sich auf, und aus dem Innern fiel ein Bild. Ich packte es vorsichtig an einer Ecke an, als fürchtete ich, es würde gleich zerfallen. Es war ein Marienbildchen mit einer eingedruckten Inschrift. »Igreja de São Domingos. Novena em louvor a Nossa Senhora do Fátima.« Auf der Rückseite war mit Bleistift eine Nachricht gekritzelt: »Mittwoch, sechs Uhr abends. Linke Seite, zehnte Reihe von hinten.« Keine Unterschrift, das war auch gar nicht nötig.

Den ganzen folgenden Tag über vermied ich es, in da Silvas Büro zu gehen, obwohl meine Termine alle im Stadtzentrum lagen.

»Können Sie mich heute später abholen, João? Um 19 Uhr 30 am

Bahnhof Rossio. Vorher gehe ich noch in die Kirche, denn heute ist der Todestag meines Vaters.«

Der Chauffeur nickte und sprach mir sein tief empfundenes Beileid aus, und ich hatte ein schlechtes Gewissen, weil ich Gonzalo Alvarado so mir nichts, dir nichts abservierte. Doch nun war keine Zeit für Reue, dachte ich, während ich meinen Kopf mit dem schwarzen Schleier bedeckte: Es war Viertel vor sechs, und gleich würde die Andacht beginnen. Die Kirche São Domingos befand sich mitten im Stadtzentrum, unmittelbar an der Praça do Rossio. Das letzte Mal war ich in Tetuán mit meiner Mutter zur Messe gegangen. Im Vergleich zu der kleinen Kirche dort war das hier ein Prachtbau, mit den mächtigen steinernen Säulen, die bis hinauf an die sepiabraun gestrichene Decke reichten. Und dann die vielen Menschen, einige Männer, aber in der Hauptsache Frauen, treue Gemeindemitglieder, die der Weisung der Jungfrau folgten und einen Rosenkranz beteten.

Ich schritt mit gesenktem Kopf, die Hände gefaltet, langsam den linken Seitengang entlang. Scheinbar andächtig, aber in Wahrheit zählte ich die Reihen. Als ich bei der zehnten ankam, konnte ich durch den Schleier aus dem Augenwinkel eine Gestalt in Trauerkleidung am Kopfende sitzen sehen. Mit schwarzem Rock, schwarzem Schultertuch und schwarzen Wollstrümpfen – wie so viele einfache Frauen in Lissabon sie tragen. Sie trug keinen Schleier, sondern ein Kopftuch, das sie unter dem Kinn zugebunden hatte und das so weit in die Stirn reichte, dass man ihr Gesicht nicht sah. Neben ihr war noch frei, doch im ersten Moment wusste ich nicht, was ich nun tun sollte. Bis ich eine blasse und gepflegte Hand bemerkte, die aus den Rockfalten auftauchte. Eine Hand, die sich auf den freien Platz neben sie legte. Setzen Sie sich, schien sie zu sagen. Ich gehorchte ihr sofort.

Schweigend saßen wir nebeneinander, während die Gläubigen die restlichen Plätze in der Kirche einnahmen. Die Ministranten stellten sich um den Altar herum auf, im Hintergrund hörte man das leise Gemurmel der Gemeinde. Ich betrachtete die Frau in Schwarz mehrmals verstohlen von der Seite, doch das Tuch verhinderte, dass ich ihre Gesichtszüge erkennen konnte. Aber eigentlich war das auch nicht nötig, denn ich wusste, wer sie war. Ich beschloss, mit einem Räuspern das Eis zu brechen.

»Danke, dass Sie nach mir geschickt haben, Beatriz. Bitte haben Sie keine Angst. Niemand in Lissabon wird je von dieser Unterredung erfahren.«

Sie antwortete nicht sofort. Als sie es dann tat, war ihr Blick starr auf ihren Schoß gerichtet und ihre Stimme kaum hörbar.

»Sie arbeiten für die Engländer, nicht wahr?«

Ich nickte zur Bestätigung leicht mit dem Kopf.

»Ich bin nicht sicher, ob Ihnen das etwas nützen wird. Es ist nicht viel. Ich weiß nur, dass da Silva mit den Deutschen in Verhandlungen steht. Es geht um ein paar Minen in der Provinz Beira, ein Gebiet im Landesinneren. Es ist das erste Mal, dass er in dieser Region Geschäfte macht. Das läuft erst seit ein paar Monaten. Inzwischen fährt er wöchentlich dorthin.«

»Worum geht es?«

»Um etwas, das sie Wolfsschaum nennen. Die Deutschen fordern von ihm Exklusivität, er soll radikal seine Verbindungen zu den Briten lösen. Darüber hinaus soll er erreichen, dass die Besitzer der angrenzenden Minen sich mit ihm zusammentun und ebenfalls nicht mehr an die Briten verkaufen.«

Der Priester erschien durch eine Seitentür und schritt zum Altar. Alle Gläubigen erhoben sich, wir beide ebenfalls.

»Wer sind diese Deutschen?«, flüsterte ich unter dem Schleier.

»Zu uns ins Büro ist nur Weiss gekommen, drei Mal. Er spricht nie über das Telefon mit ihnen, er fürchtet, abgehört zu werden. Ich weiß, dass er sich außerhalb der Firma noch mit einem anderen getroffen hat, Wolters. Diese Woche soll noch ein Deutscher aus Spanien dazukommen. Sie treffen sich morgen Abend, am Donnerstag, in seinem Landhaus zum Abendessen: Don Manuel, die Deutschen und die Portugiesen, die Besitzer der angrenzenden Minen. Dort wollen sie zum Abschluss kommen. Er hat wochenlang mit Letzteren verhandelt, damit sie nur die Forderungen der Deutschen erfüllen. Sie kommen alle mit ihren Ehefrauen, und er möchte die Damen besonders zuvorkommend behandeln. Das weiß ich, weil ich für sie Blumen und Konfekt besorgen musste.«

Der Priester beendete die Einführung, und die Gläubigen setzten sich wieder. Kleidung raschelte, einige räusperten sich, das alte Holz knarrte.

»Er hat uns angewiesen, keine Anrufe mehr von den Engländern zu ihm durchzustellen«, sagte sie mit gesenktem Kopf. »Bis vor Kurzem hatte er noch ein gutes Verhältnis zu ihnen. Und heute Morgen hat er sich mit zwei Männern im Lager im Untergeschoss getroffen. Es sind zwei ehemalige Strafgefangene, die ihn gelegentlich schützen, wenn er in undurchsichtige Geschäfte verwickelt ist. Ich konnte nur das Ende des Gesprächs mit anhören. Er hat die beiden angewiesen, die Engländer zu überwachen und, wenn nötig, zu neutralisieren.«

»Was meint er denn mit ›neutralisieren‹?«

»Ich nehme an, aus dem Weg schaffen.«

»Wie?«

»Raten Sie mal.«

Wieder erhoben sich die Gläubigen, und wir beide folgten ihrem Beispiel. Hingebungsvoll stimmte die Gemeinde ein Lied an, während mir das Blut in den Schläfen pulsierte.

»Kennen Sie die Namen dieser Engländer?«

»Ich habe sie für Sie aufgeschrieben.«

Diskret reichte sie mir ein zusammengefaltetes Stück Papier, das ich mit meiner Hand sofort umschloss.

»Mehr weiß ich nicht, ich schwöre es.«

»Kommen Sie wieder auf uns zu, wenn Sie etwas Neues in Erfahrung gebracht haben«, meinte ich und musste an die offene Balkontür denken.

»Das werde ich. Und danke, dass Sie meinen Namen raushalten. Und kommen Sie nicht mehr ins Büro.«

Das konnte ich ihr nicht versprechen. Sie erhob sich und ging – in ihren schwarzen Kleidern, mit denen sie wie ein Rabe aussah. Ich blieb noch eine Weile dort sitzen, zwischen den steinernen Säulen, den unharmonisch klingenden Lobgesängen, den gemurmelten Litaneien. Nachdem ich das Gehörte verarbeitet hatte, faltete ich das Papier auseinander und sah, dass meine Befürchtungen begründet gewesen waren. Beatriz Oliveira hatte mir eine Liste mit fünf Namen übergeben. Der vierte war der von Marcus Logan.

58

Wie an jedem Nachmittag zu dieser Stunde herrschte in der gut besuchten Hotelhalle reges Treiben. Es drängten sich Ausländer, Damen mit Perlenketten und Männer in Leinenanzügen oder Uniform; der Raum war erfüllt von Gesprächen, dem Duft edler Tabake und geschäftig hin- und hereilender Pagen. Wahrscheinlich auch voll unerwünschter Personen. Und eine davon erwartete mich. Zwar gelang es mir, freudige Überraschung zu heucheln, in Wirklichkeit aber bekam ich bei seinem Anblick eine Gänsehaut. Er sah genauso aus wie der Manuel da Silva der vergangenen Tage: selbstsicher in seinem perfekt sitzenden Anzug und den ersten grauen Strähnen, die sein wahres Alter verrieten, aufmerksam und mit einem Lächeln auf den Lippen. Er schien ganz der Gleiche zu sein, ja, aber sein bloßer Anblick stieß mich dermaßen ab, dass ich den Impuls unterdrücken musste, auf dem Absatz kehrtzumachen und aus dem Raum zu laufen. Auf die Straße, zum Strand, bis ans Ende der Welt. Überall hin, Hauptsache nur weg von ihm. Zuvor war alles nur ein Verdacht gewesen, es hatte noch Raum für Hoffnung gegeben, dass sich hinter jener Erscheinung ein ehrenwerter Mann verbarg. Inzwischen war ich eines Besseren belehrt worden, und bedauerlicherweise hatten sich die schlimmsten Befürchtungen bewahrheitet. Die Mutmaßungen der Hillgarths wurden auf einer Kirchenbank bestätigt: Integrität und Loyalität passten nicht zu den Geschäften in Kriegszeiten. Da Silva hatte sich tatsächlich an die Deutschen verkauft. Und, als sei das nicht genug, kam zu diesen Kontakten noch eine verhängnisvolle Tatsache: Wenn die alten Freunde ihm zur Last wurden, würde er sie sich vom Hals schaffen müssen. Bei der Erinnerung daran, dass zu ihnen auch Marcus zählte, hatte ich wieder das Gefühl, Nadelstiche im Bauch zu spüren.

Mein Körper verlangte, dass ich die Flucht ergriff, doch das konnte ich nicht. Nicht nur, weil die große Drehtür des Hotels momentan von einem mit Schrankkoffern und sonstigem Gepäck beladenen Karren versperrt war, sondern auch aus anderen, zwingenderen Gründen. Ich hatte soeben erfahren, dass da Silva vorhatte, vierundzwanzig Stunden später seine deutschen Kontaktleute zu empfangen. Es handelte sich dabei zweifellos um das Treffen, das Hillgarths Gattin vermutet hatte und bei dem wahrscheinlich all jene Informationen zur Sprache kommen würden, die die Engländer so dringend in Erfahrung zu bringen wünschten. Mein nächstes Ziel war also, mit allen Mitteln zu versuchen, von ihm dazu eingeladen zu werden – aber die Zeit lief, und zwar gegen mich. Mir blieb keine Wahl als die Flucht nach vorne.

»Herzliches Beileid, liebe Arish.«

Ein paar Sekunden lang wusste ich nicht, was er damit sagen wollte.

»Danke«, hauchte ich, als ich begriffen hatte. »Mein Vater war kein Christ, doch ich würdige sein Andenken trotzdem gern mit einem Kirchenbesuch.«

»Hast du Lust auf einen Drink? Vielleicht ist es nicht der beste Moment, allerdings ist mir zu Ohren gekommen, dass du ein paar Mal bei mir im Büro erschienen bist, und nun bin ich eigens gekommen, um dich aufzusuchen. Bitte entschuldige meine häufige Abwesenheit: In letzter Zeit musste ich mehr reisen, als mir lieb war.«

»Ja, ich glaube, ein Drink würde mir guttun, danke. Es war ein langer Tag. Und ja, ich bin bei dir im Büro gewesen, aber nur, um Hallo zu sagen. Ansonsten ist alles bestens gelaufen.« Ich riss mich zusammen und brachte sogar ein Lächeln zustande.

Wir steuerten auf die Terrasse zu, auf der wir unseren ersten Abend verbracht hatten, und es war alles genauso wie damals. Oder fast. Die Requisiten waren die gleichen: die Palmen, die sich im Wind wiegten, der Ozean im Hintergrund, der silbrig glänzende Mond und der perfekt gekühlte Champagner. Aber irgendetwas störte in dem Bild. Etwas, das weder von mir noch vom Ort des Geschehens kam. Ich beobachtete Manuel, während er auch jetzt wieder die übrigen Gäste begrüßte, und da wurde mir klar, dass er es war, der den Missklang in die Harmonie brachte. Er verhielt sich nicht natürlich. Zwar bemühte er sich, so bezaubernd zu wirken wie immer, mit seinen freundlichen Sätzen und herzlichen Gesten, aber kaum kehrte ihm die Person, an die sie gerichtet waren, den Rücken zu, lag ein strenger, konzentrierter Zug um seinen Mund, der sofort verschwand, wenn er sich wieder mir zuwandte.

»Du hast also noch mehr Stoffe gekauft ...«

»Und Garne auch, außerdem Accessoires, Verzierungen und jede Menge Kurzwaren.«

»Deine Kundinnen werden zufrieden sein.«

»Vor allem die deutschen Frauen.«

Schon war der erste Stein geworfen. Ich musste ihn zu einer Reaktion provozieren. Das war meine letzte Gelegenheit, zu ihm eingeladen zu werden. Schaffte ich es nicht, war die Mission gescheitert. Er hob mit arroganter Miene die Augenbrauen.

»Die deutschen Kundinnen sind die anspruchsvollsten, diejenigen, die Qualität am meisten zu schätzen wissen«, erklärte ich. »Den Spanierinnen ist es wichtig, wie das Stück am Ende aussieht, bei den Deutschen hingegen muss jedes kleinste Detail perfekt sein, sie sind äußerst heikel. Zum Glück komme ich sehr gut mit ihnen aus, und wir verstehen uns ohne Probleme. Ich glaube sogar, ich habe ein besonderes Talent, sie zufriedenzustellen«, sagte ich und krönte den Satz mit einem maliziösen Zwinkern.

Ich hob das Glas an die Lippen und musste mich beherrschen, um es nicht auf einen Schluck auszutrinken. Na komm schon, Manuel, na los, dachte ich. Reagier schon, lade mich ein! Ich kann dir nützlich sein, ich kann für die Unterhaltung der Begleiterinnen deiner Gäste sorgen, während ihr über das Wolfsschaum verhandelt und euch darauf einigt, wie ihr die Briten loswerdet.

»In Madrid sind viele Deutsche, nicht wahr?«, fragte er dann.

Das war keine unschuldige Frage nach dem gesellschaftlichen Leben im Nachbarland, nein, er wollte ernsthaft wissen, mit wem ich Kontakt hatte und welcher Art diese Beziehungen waren. Ein Schritt in die richtige Richtung. Ich wusste, was ich sagen musste und wie. Am besten erwähnte ich ein paar wichtige Namen und Posten, heuchelte Distanziertheit.

»Sehr viele«, fuhr ich in sachlichem Ton fort. Ich lehnte mich in meinem Stuhl zurück und ließ dabei mit vermeintlicher Unlust die Hand sinken, schlug die Beine wieder übereinander, trank einen weiteren Schluck. »Die Baronin Stohrer, die Gattin des Botschafters, meinte bei ihrem letzten Besuch in meinem Atelier, Madrid sei zu einer idealen deutschen Kolonie geworden. Einige von ihnen machen uns, ehrlich gesagt, ziemlich viel Arbeit. Elsa Bruckmann zum Beispiel, angeblich eine persönliche Freundin Hitlers, kommt zwei oder drei Mal pro Woche. Und beim letzten Fest in der Residenz von Hans Lazar, dem Presse- und Propagandachef…«

Ich erwähnte ein paar anzügliche Anekdoten und ließ noch ein paar Namen fallen. Dem Augenschein nach desinteressiert, so, als messe ich dem keine Bedeutung bei. Und je gleichgültiger ich mich gab, desto mehr konzentrierte sich da Silva auf meine Worte. Die Welt um ihn her schien zum Stillstand gekommen. Er nahm die Begrüßungen, die ihm von hier oder dort zugeworfen wurden, kaum zur Kenntnis, griff kein einziges Mal zum Glas, und seine Zigarette brannte zwischen seinen Fingern herunter. Bis ich irgendwann beschloss, den Bogen nicht zu überspannen.

»Entschuldige, Manuel, das alles muss dich schrecklich langweilen: Feste, Kleider und die Eitelkeiten unbeschäftigter Frauen. Erzähl, wie war deine Reise?«

Wir unterhielten uns noch eine weitere halbe Stunde, ohne dass wir noch einmal auf die Deutschen zu sprechen gekommen wären. Trotzdem hing das Thema irgendwie in der Luft.

»Bald ist Essenszeit«, meinte er mit einem Blick auf die Uhr. »Hast du Lust…?«

»Ich bin erschöpft. Können wir das vielleicht auf morgen verschieben?«

»Morgen geht es nicht.« Ich merkte, wie er einen Augenblick zögerte, und hielt den Atem an, dann fuhr er fort: »Ich habe eine Verabredung.«

Na los, na los, na los. Jetzt fehlte nur noch ein kleiner Schubs.

»Wie schade, das wäre unser letzter Abend.« Meine Enttäuschung wirkte echt, fast so echt wie das Verlangen, er möge aussprechen, worauf ich seit so vielen Tagen wartete. »Am Freitag muss ich nach Madrid zurück, kommende Woche wartet sehr viel Arbeit auf mich. Die Baronin Petrino, die Gattin von Lazar, gibt nächsten Donnerstag einen Empfang, und ein halbes Dutzend deutsche Kundinnen brauchen dafür noch …«

»Vielleicht möchtest du auch kommen?«

Mir war, als bliebe mir das Herz stehen.

»Es ist bloß ein kleines Treffen unter Freunden. Deutsche und Portugiesen. Bei mir zu Hause.«

59

»Wie viel nehmen Sie für die Fahrt nach Lissabon?«

Der Mann blickte sich verstohlen um, ob uns auch niemand beobachtete. Dann nahm er die Mütze ab und kratzte sich heftig am Kopf.

»Zehn Escudos«, sagte er, ohne dabei den Zigarettenstummel aus dem Mund zu nehmen.

Ich reichte ihm einen Zwanzigerschein.

»Fahren wir.«

Ich hatte versucht zu schlafen – vergeblich: So viele Gefühle und Empfindungen stürmten in wildem Durcheinander auf mich ein, dass für sie nicht genügend Platz in meinem Schädel war. Befriedigung darüber, dass die Mission endlich ins Rollen kam, Angst vor dem, was mich erwartete, Unbehagen angesichts der traurigen Gewissheit meiner bisherigen Erkenntnisse. Und zu alledem kam nun auch noch Furcht, weil ich inzwischen wusste, dass Marcus Logan auf einer schwarzen Liste stand und er vermutlich keine Ahnung davon hatte. Und die Frustration darüber, es ihn nicht wissen lassen zu können. Wie sollte ich ihn hier finden, war ich ihm doch bisher nur an zwei Orten begegnet, die unterschiedlicher nicht sein könnten. Einzig im Büro von da Silva hätte ich vielleicht Aussicht auf irgendeine Auskunft gehabt, aber ich konnte unmöglich nochmals Beatriz Oliveira ansprechen – jetzt, da ihr Chef wieder da war, erst recht nicht.

Ein Uhr morgens, halb zwei. Dreiviertel zwei. Mal war mir heiß, mal war mir kalt. Zwei Uhr, zehn nach zwei. Ich stand mehrmals auf, öffnete und schloss die Balkontür, trank ein Glas Wasser, schaltete das Licht ein, knipste es wieder aus. Zehn vor drei, drei, Viertel nach drei. Und dann glaubte ich plötzlich die Lösung zu haben. Oder jedenfalls etwas in der Art.

Ich schlüpfte in die dunkelsten Kleidungsstücke, die ich im Schrank finden konnte: ein Kostüm aus schwarzem Mohairgarn, eine bleigraue Jacke und einen breitkrempigen Hut, der knapp über den Augenbrauen saß. Zuletzt schnappte ich mir den Zimmerschlüssel und eine Handvoll Geldscheine. Mehr brauchte ich nicht, nur noch Glück.

Auf Zehenspitzen schlich ich die Personaltreppe hinunter. Es herrschte Stille und fast vollkommene Dunkelheit. Ich bewegte mich vorwärts, ohne genau zu wissen, wo ich war, und ließ mich dabei von meiner Intuition leiten. Die Küchenräume, die Vorratskammern, die Waschräume, die Heizungsräume. Durch eine Hintertür im Keller gelangte ich auf die Straße. Nicht die beste Option, wie ich feststellen musste: Durch diese Tür wurde der Abfall abtransportiert. Na, immerhin war es der Müll von Reichen.

Es war stockfinstere Nacht, die Beleuchtung des Casinos strahlte mehrere Hundert Meter weit, und hin und wieder war einer der letzten Nachtschwärmer zu hören: ein Abschiedsgruß, ein gedämpftes Lachen, ein Automotor. Und dann Stille. Ich setzte mich mit hochgeschlagenem Kragen, die Hände in den Taschen, im Schutz eines Stapels Sodawasserkästen auf den Bordstein und wartete. Aus einem Arbeiterviertel stammend, wusste ich, dass die

Stadt schon bald wieder erwachen würde. Es gab viele Menschen, die früh aufstehen mussten, damit sich andere den Luxus erlauben konnten, bis weit in den Morgen hinein zu schlafen. Vor vier Uhr morgens gingen im Erdgeschoss des Hotels die ersten Lichter an, wenig später kamen zwei Angestellte heraus. Sie blieben an der Tür stehen, um sich, die Flamme mit der hohlen Hand schützend, eine Zigarette anzuzünden, und entfernten sich dann ohne Hast. Das erste Fahrzeug, das ich sah, war eine Art Kleinlaster. Er spuckte mehr als ein Dutzend junger Frauen aus und fuhr dann weiter. Die Frauen, vermutlich die Zimmermädchen der neuen Schicht, betraten noch schläfrig das Hotel. Das zweite Motorengeräusch gehörte zu einem dreirädrigen Lieferwagen. Ihm entstieg ein mageres, schlecht rasiertes Individuum, das im Laderaum nach irgendeiner Ware zu wühlen begann. Später sah ich ihn die Küchenräume betreten, und zwar mit einem großen Weidenkorb, der etwas enthielt, das nicht viel Gewicht hatte und das ich der Entfernung und der Dunkelheit wegen nicht erkennen konnte. Anschließend ging er wieder zu dem kleinen Gefährt, und da sprach ich ihn an.

Mit einem Taschentuch versuchte ich den strohbedeckten Sitz zu reinigen, aber erfolglos. Es roch nach Hühnermist, und alles war voller Federn, zerbrochener Eierschalen und Exkrementen. Den Gästen wurden die Frühstückseier sorgfältig gebraten oder als Rührei serviert, auf Porzellantellern mit Goldrand. Das Gefährt, in dem sie von den Legehennen in die Hotelküche transportiert wurden, war sehr viel weniger elegant. Ich versuchte, nicht an die weichen Ledersitze in Joãos Bentley zu denken, während wir, im klappernden Rhythmus des Gefährts, schwankend dahinfuhren. Ich saß zur Rechten des Eierlieferanten, ganz dicht neben ihm, denn die vordere Sitzbank war kaum einen halben Meter breit. Trotz des zwangsläufigen Körperkontakts wechselten wir während der Fahrt kein Wort – außer, dass ich ihm beschrieb, wo ich hinwollte.

»Hier ist es«, sagte er, als wir ankamen.

Ich erkannte die Fassade.

»Fünfzig Escudos mehr, wenn Sie mich in zwei Stunden wieder abholen.«

Ich wusste auch ohne eine Antwort, dass er es tun würde: die Geste, mit der er seine Hand an den Mützenschirm hob, erklärte den Handel für besiegelt.

Das Portal war verschlossen, und so setzte ich mich auf eine steinerne Bank, um auf den Nachtwächter zu warten. Mit meinem tief sitzenden Hut und noch immer hochgeschlagenem Revers bekämpfte ich die Ungewissheit, indem ich Strohhalme und Federn, die an meinen Kleidern hafteten, Stück für Stück abzupfte. Zum Glück ließ er nicht allzu lange auf sich warten: Kaum eine Viertelstunde später erschien er, einen gewaltigen Schlüsselbund schwingend. Er schluckte die Geschichte von der vergessenen Tasche, die ich ihm stockend auftischte, und ließ mich hinein. Ich suchte auf den Klingelschildern die Namen, lief hastig zwei Treppen hinauf und klopfte mit einer Bronzefaust, die größer war als meine eigene Hand, an die Tür.

Es dauerte nicht lange, bis jemand erwachte. Zuerst hörte ich, wie kraftlose Schritte heranschlurften. Das Guckloch wurde aufgezogen, und ein dunkles, verschlafenes Auge blickte mich verwundert an. Anschließend drang das Geräusch flinker Schritte zu mir hinaus. Und Stimmen, leise, hastige Stimmen. Eine davon erkannte ich, obwohl die schwere Holztür alle Laute dämpfte. Sie gehörte der Person, die ich suchte – das bestätigte sich, als nun ein anderes Auge, blau und lebendig, in dem Guckloch sichtbar wurde.

»Rosalinda, ich bin es, Sira. Bitte mach mir auf.«

Ein Riegel wurde beiseitegeschoben, dann noch einer.

Unsere Wiedersehen war von Eile bestimmt, vermischt mit gedämpfter Freude und geflüsterten Satzfetzen.

»Was für eine *marvellous surprise*! Aber was machst du hier mitten in der *noite*, *my dear*? Man hat mir berichtet, du würdest nach Lissabon kommen, aber ich dürfte dich nicht sehen. Wie läuft es in Madrid? Wie geht es …?«

Auch ich war außer mir vor Freude, aber meine Angst ließ mich rasch wieder Vernunft annehmen.

»Psssst…«, unterbrach ich sie, um sie zur Zurückhaltung aufzufordern. Sie kümmerte sich nicht darum, sondern fuhr mit ihrer begeisterten Begrüßung fort. Selbst wenn man sie im Morgengrauen aus dem Bett holte, wirkte sie strahlend wie immer. Der zarte Körper mit der durchscheinenden Haut war von einem bodenlangen Morgenrock aus marmorfarbener Seide verhüllt, ihr gewelltes, langes Haar war vielleicht eine Idee kürzer als damals, und aus ihrem Mund strömten wie früher sich überstürzende Worte in einer Mischung aus Englisch, Spanisch und Portugiesisch.

Nun, da sie vor mir stand, schossen eine Million bisher verdrängter Fragen durch meinen Kopf. Was in all diesen Monaten seit ihrer überstürzten Flucht aus Spanien aus ihr geworden war, wie sie sich inzwischen durchgeschlagen und den Sturz Beigbeders aufgenommen hatte. Ihrer Wohnung nach zu schließen lebte sie im Luxus, und es ging ihr gut, doch ich wusste, wie prekär ihre finanzielle Lage war und dass sie sich aus eigenen Mitteln ein solches Domizil nicht leisten konnte. Ich zog es vor, nicht zu fragen. Welche Irrungen und Wirrungen ihr auch widerfahren sein mochten, Rosalinda Fox strahlte nach wie vor die gleiche Lebensfreude aus wie früher, jenen Optimismus, der Schranken niederzureißen, Klippen zu umschiffen und Tote wiederauferstehen zu lassen vermochte, wenn sie es sich in den Kopf gesetzt hatte.

Arm in Arm gingen wir durch den langen, düsteren Flur und unterhielten uns dabei im Flüsterton. In ihrem Zimmer angekommen, schloss sie die Tür hinter uns, und plötzlich umwehte mich die Erinnerung an Tetuán wie ein Schwall afrikanischer Luft. Der Berberteppich, eine maurische Laterne, die Bilder. Ich erkannte ein Aquarell von Bertuchi: Die gekalkten Mauern des maurischen Viertels, die Orangen verkaufenden Rifbewohnerinnen, ein beladener Esel, Haike und Dschellabas und im Hintergrund das Minarett einer Moschee wie ein Scherenschnitt vor dem marokkanischen Himmel. Ich wandte den Blick ab. Es war nicht der richtige Moment für sehnsüchtige Erinnerungen.

»Ich muss Marcus Logan treffen.«

»Na, so ein Zufall. Vor ein paar Tagen war er hier und hat nach dir gefragt.«

»Was hast du ihm gesagt?«, fragte ich bestürzt.

»Nichts als die Wahrheit«, entgegnete sie und hob dabei die rechte Hand wie zum Schwur. »Dass ich dich zuletzt vor einem Jahr in Tanger gesehen habe.«

»Weißt du, wo ich ihn finden kann?«

»Nein. Er hat nur gesagt, dass er wieder im El Galgo vorbeikommen wird.«

»Was ist das? El Galgo?«

»Mein Club«, erklärte sie augenzwinkernd, während sie sich auf dem Bett ausstreckte. »Ein toller Laden, den ich zusammen mit einem Freund eröffnet habe. Wir verdienen uns eine goldene Nase«, schloss sie lauthals lachend. »Doch das alles erzähle ich dir ein anderes Mal, konzentrieren wir uns jetzt auf die wichtigeren Dinge. Ich habe keine Ahnung, wo du Marcus finden kannst, *darling*. Weder weiß ich, wo er wohnt, noch habe ich seine Telefonnummer. Aber komm, setz dich zu mir und erzähl mir alles, vielleicht fällt uns ja etwas ein.«

Es war so tröstlich, dass Rosalinda so ganz die Alte war. Extravagant und unberechenbar, aber auch tatkräftig, schnell und entschlussfreudig, selbst mitten in der Nacht. Kaum hatte sie die anfängliche Überraschung verdaut und begriffen, dass mich ein konkretes Anliegen herführte, verlor sie keine Zeit mit unnötigen Fragen. Weder wollte sie etwas über mein Leben in Madrid wissen noch über meine Arbeit im Auftrag jenes Geheimdienstes, zu dem sie selbst mich gebracht hatte. Sie verstand schlichtweg, dass es ein Problem gab, das dringend gelöst werden musste, und machte sich daran, mir zu helfen.

Ich erzählte ihr in aller Kürze die Geschichte von da Silva und was Marcus damit zu tun hatte. Dabei saßen wir beide auf ihrem großen Bett im Schein einer einzigen Lampe mit einem Schirm aus plissierter Seide. In vollem Bewusstsein, dass ich Hillgarths ausdrücklichen Befehlen zuwider handelte, beunruhigte es mich doch in keiner Weise, sie in meine streng geheime Mission einzuweihen: Ich vertraute ihr blind, und sie war der einzige Mensch, an den ich mich wenden konnte. Außerdem hatten indirekt die

Hillgarths selbst dafür gesorgt, dass ich schließlich Rosalinda aufsuchte: Sie hatten mich so schutzlos, ohne hilfreiche Beziehungen nach Portugal geschickt, dass mir keine andere Wahl blieb.

»Ich sehe Marcus nur sehr selten. Manchmal schaut er im Club vorbei, hin und wieder haben wir uns zufällig im Restaurant des Hotel Aviz getroffen, und gelegentlich ist er mir, genau wie dir, im Casino von Estoril über den Weg gelaufen. Immer stets sehr zuvorkommend, aber ein wenig ausweichend, was seine Beschäftigung angeht: Er hat mir nie genau erzählt, womit er jetzt sein Geld verdient, aber ich habe natürlich größte Zweifel daran, dass er journalistisch tätig ist. Jedes Mal, wenn wir uns treffen, unterhalten wir uns ein paar Minuten und verabschieden uns herzlich mit dem Versprechen, uns künftig öfter zu sehen, doch das geschieht nie. Keine Ahnung, was er so macht, *darling*. Ich weiß nicht, ob seine Angelegenheiten sauber sind oder einer Wäsche bedürfen. Noch nicht einmal, ob er dauerhaft in Lissabon wohnt oder ob er zwischen hier und London oder einem anderen Ort pendelt. Aber wenn es ein paar Tage Zeit hat, kann ich versuchen, etwas herauszubekommen.«

»Ich glaube, es hat keine Zeit. Da Silva hat bereits den Befehl erteilt, ihn aus dem Weg zu schaffen, um den Deutschen den Weg frei zu machen. Ich muss ihn benachrichtigen, so schnell es geht.«

»Sei vorsichtig, Sira. Vielleicht ist er ja selbst in irgendeine finstere Sache verstrickt, von der du nichts weißt. Man hat dir nicht gesagt, was da Silva und er für Geschäfte getätigt haben, und seit Marokko ist eine Menge Zeit vergangen. Wir wissen nicht, wie sich sein Leben entwickelt hat, nachdem er weggegangen ist. Und auch damals wussten wir nicht wirklich viel.«

»Aber er hat es geschafft, meine Mutter nach Tetuán zu holen …«

»Er war nicht mehr als ein Vermittler, und außerdem hat er es im Austausch für etwas anderes getan. Es war kein uneigennütziger Gefallen, vergiss das nicht.«

»Wir wussten aber, dass er Journalist war …«

»Das haben wir angenommen, Tatsache hingegen ist, dass wir

das berühmte Interview mit Juan Luis, wegen dem er angeblich nach Tetuán gekommen war, nie gesehen haben.«

»Vielleicht…«

»Genauso wenig wie die Reportage über das spanische Marokko, derentwegen er all jene Wochen geblieben ist.«

Es gab tausenderlei Gründe, die all das hätten rechtfertigen können und die sich bestimmt leicht herausfinden ließen, doch damit durfte ich mich nicht aufhalten. Afrika war die Vergangenheit, Portugal die Gegenwart. Und es musste jetzt etwas geschehen.

»Du musst mir helfen, ihn zu finden«, beharrte ich und wischte allen Argwohn beiseite. »Da Silvas Leute sind bereits auf ihn angesetzt, zumindest muss man Marcus warnen; er wird dann schon wissen, was zu tun ist.«

»Natürlich werde ich versuchen, ihn ausfindig zu machen, *my dear*, sei unbesorgt. Aber ich will dich auch bitten, vorsichtig zu sein und zu bedenken, dass jeder von uns sich sehr verändert hat, dass keiner von uns heute noch der ist, der er einst war. Im Tetuán von vor einigen Jahren warst du eine junge Damenschneiderin und ich die glückliche Geliebte eines mächtigen Mannes; jetzt schau dir an, was aus uns geworden ist, sieh dir an, wo wir heute stehen und unter welchen Umständen wir uns treffen müssen. Marcus und seine Lebensbedingungen haben sich bestimmt auch verändert: Das ist das Gesetz des Lebens, in Zeiten wie den unseren erst recht. Und wenn wir damals schon wenig über ihn wussten, so wissen wir heute noch weniger.«

»Er macht jetzt Geschäfte, das hat mir da Silva selbst erzählt.«

Sie nahm meine Erklärung mit einem ironischen Lächeln auf.

»Sei nicht naiv, Sira. Das Wort ›Geschäfte‹ ist heutzutage eine Art riesiger schwarzer Regenschirm, unter dem sich alles Mögliche verbergen kann.«

»Willst du mir sagen, dass ich ihm nicht helfen soll?«, fragte ich, bemüht, mir meine Verwirrung nicht anmerken zu lassen.

»Nein. Ich rate dir lediglich, sehr vorsichtig zu sein und nicht übermäßig viel zu riskieren, weil du weder mit Sicherheit weißt, wer der Mann ist, den du zu schützen versuchst, noch, in was er verwickelt ist. Seltsam, wie das Leben spielt, nicht wahr?«, fuhr sie mit einem halben Lächeln fort und strich sich, wie früher, eine blonde Haarwelle aus dem Gesicht. »In Tetuán war er verrückt nach dir, und du hast dich trotz der starken Anziehung zwischen euch nicht ganz auf ihn eingelassen. Und jetzt, nach der ganzen langen Zeit, riskierst du aufzufliegen, setzt deine Mission und wer weiß was noch aufs Spiel, um ihn zu retten. Und das Ganze in einem Land, in dem du allein bist und fast niemanden kennst. Ich verstehe heute noch nicht, warum du damals mit Marcus nichts Ernsthaftes angefangen hast, aber er muss einen sehr starken Eindruck bei dir hinterlassen haben, wenn du dich seinetwegen derart in Gefahr bringst.«

»Ich habe es dir schon hundertmal erzählt. Ich wollte keine neue Beziehung, weil die Geschichte mit Ramiro noch frisch war und meine Wunden erst verheilen mussten.«

»Aber es war doch schon eine Weile her …«

»Nicht lang genug. Ich hatte panische Angst davor, wieder leiden zu müssen, Rosalinda, so eine Riesenangst … Dass mit Ramiro hat so wehgetan, mich bis ins Mark getroffen, es war so … so … furchtbar schrecklich … Ich wusste, dass auch Marcus früher oder später gehen würde, und ich wollte das alles nicht noch einmal durchmachen.«

»Aber er hätte dich nicht auf die gleiche Weise verlassen. Früher oder später wäre er zurückgekommen, oder du hättest vielleicht mit ihm gehen können …«

»Nein. Tetuán war nicht sein Ort, jedoch sehr wohl der meine: Meine Mutter sollte bald eintreffen, ich hatte zwei Klagen am Hals, und Spanien befand sich noch im Krieg. Ich war verwirrt, körperlich und seelisch von meiner Vorgeschichte mitgenommen, ich konnte es nicht erwarten, von meiner Mutter zu hören und eine falsche Identität anzunehmen, um in jenem fremden Land Kunden zu gewinnen. Es stimmt, um mich nicht rettungslos in Marcus zu verlieben, verschanzte ich mich hinter einer Mauer, doch es gelang ihm, sie zu überwinden. Er kletterte durch einen winzigen Spalt und drang zu mir vor. Seitdem habe ich niemanden mehr geliebt, mich nicht einmal von irgendeinem Mann angezogen gefühlt. Die Erinnerung an ihn hat mich stark gemacht und mir geholfen, mit der Einsamkeit fertig zu werden – und glaube mir, Rosalinda, ich bin in dieser ganzen Zeit sehr einsam gewesen. Und als ich schon glaubte, ihn niemals wiederzusehen, hat das Leben ihn mir in den Weg gespült, und zwar im schlechtesten aller denkbaren Augenblicke. Es geht mir nicht darum, ihn wiederzugewinnen oder eine Brücke in die Vergangenheit zu schlagen, um das Verlorene zurückzuholen, ich weiß, dass das unmöglich ist in dieser verrückten Welt, in der wir leben. Aber zumindest kann ich ihm helfen, dass sie ihn nicht töten, ich muss es einfach versuchen.«

Sie merkte ganz sicher, dass meine Stimme zitterte, denn sie nahm meine Hand und drückte sie ganz fest.

»Na schön, konzentrieren wir uns auf die Gegenwart«, sagte sie nachdrücklich. »Ein wenig später am Vormittag werde ich meine Kontakte spielen lassen. Wenn er noch in Lissabon ist, werde ich ihn finden.«

»Ich kann mich nicht mit ihm treffen und will auch nicht, dass du mit ihm sprichst. Schick irgendeinen Boten, jemanden, der ihm die Information zukommen lässt, ohne dass er erfährt, dass sie von dir kommt. Das Einzige, was er wissen muss, ist, dass da Silva ihm nicht nur nachspürt, sondern auch den Befehl gegeben hat, ihn aus dem Weg zu schaffen, sobald er zur Gefahr wird. Ich werde Hillgarth über die weiteren Namen informieren, sobald ich nach Madrid komme. Oder nein«, korrigierte ich mich. »Sorg lieber dafür, dass Marcus alle Namen erfährt, schreib sie auf, ich weiß sie auswendig. Er soll dafür sorgen, dass es sich herumspricht, wahrscheinlich kennt er sowieso alle.«

Plötzlich spürte ich eine ungeheure Müdigkeit, fast so ungeheuer wie die Angst, die ich empfand, seit Beatriz Oliveira mir in der Kirche São Domingo jene unheilvolle Liste übergeben hatte. Der Tag war fürchterlich gewesen: die Andacht und alles, was sie mit sich brachte, das spätere Treffen mit da Silva und die anstrengenden Bemühungen darum, dass er mich zu sich nach Hause einlud. Das stundenlange Wachliegen, das Warten im Dunklen vor dem Hotel, die quälende Fahrt nach Lissabon Seite an Seite mit dem übelriechenden Eierlieferanten. Ich warf einen Blick auf die Uhr. In einer halben Stunde würde er mich mit seinem Gefährt wieder abholen. Unaussprechlich verlockend erschien es mir, die Augen zu schließen und mich in Rosalindas ungemachtes Bett zu kuscheln, doch es war nicht der Augenblick, an Schlaf zu denken. Vorher musste ich mich über das Leben meiner Freundin auf den neuesten Stand bringen, wenn auch nur in aller Kürze: Wer konnte schon sagen, ob es nicht das letzte Treffen wäre?

»Und jetzt erzähl du, ganz schnell. Ich will nicht hier weggehen, ohne ein bisschen was von dir erfahren zu haben. Wie ist es dir ergangen, seit du Spanien verlassen hast, wie sieht dein Leben jetzt aus?«

»Am Anfang war es hart, allein und ohne Geld. Die Ungewissheit über Juan Luis' Situation in Madrid machte mir schwer zu schaffen. Aber ich konnte mich nicht hinsetzen und dem Verlorenen nachtrauern. Ich musste meinen Lebensunterhalt verdienen. Manchmal war es fast unterhaltsam, ich erlebte Situationen, die einer besseren Komödie Ehre machen würden. Es gab eine Reihe von altersschwachen Millionären, die mich heiraten wollten, und sogar ein hoher Nazifunktionär ließ sich von mir betören und versicherte mir, er sei bereit zu desertieren, wenn ich mit ihm nach Rio de Janeiro fliehen würde. Manchmal war es lustig, dann, ehrlich gesagt, wieder eher weniger. Ich traf ehemalige Bewunderer, die taten, als würden sie mich nicht kennen, und alte Freunde, die den Blick abwandten. Menschen, denen ich einmal geholfen hatte und die plötzlich an Gedächtnisschwund zu leiden schienen, und Schwindler, die vorgaben, in erbärmlichen Verhältnissen zu leben, um zu verhindern, dass ich mir Geld von ihnen lieh. Aber das war nicht das Schlimmste. Am härtesten traf mich in all dieser Zeit, dass ich jeden Kontakt zu Juan Luis abbrechen musste. Zuerst hörten wir auf zu telefonieren, weil wir merkten, dass man uns abhörte, dann ließen wir auch das Schreiben sein. Und schließlich kamen die Entlassung aus dem Amt und der Arrest in Ronda. Die letzten Briefe für lange Zeit waren die, die er dir mitgab und die mir Hillgarth von dir brachte. Und dann: Ende.«

»Wie geht es ihm jetzt?«

Sie seufzte tief, bevor sie antwortete, und strich sich wieder die Haare aus dem Gesicht.

»Einigermaßen gut. Man hat ihn nach Ronda geschickt, und das war fast eine Erleichterung, denn ich dachte anfangs, sie würden sich seiner entledigen wollen, indem sie ihn des Hochverrats bezichtigten. Aber am Ende stellten sie ihn nicht vor ein Kriegsgericht, mehr aus Eigennutz als aus Erbarmen – einen ein Jahr zuvor ernannten Minister auf diese Weise zu liquidieren, hätte auf die spanische Bevölkerung einen sehr negativen Eindruck gemacht und die internationale Stimmung ungut beeinflusst.«

»Ist er noch immer in Ronda?«

»Ja, aber inzwischen nur noch unter Hausarrest. Er wohnt in einem Hotel und kann sich offenbar einigermaßen frei bewegen. Er macht sich nach wie vor Hoffnungen, was einige Vorhaben betrifft, du weißt ja, wie unruhig er ist, er muss immer aktiv sein, sich irgendeiner interessanten Aufgabe widmen, tüfteln und Pläne schmieden. Ich vertraue darauf, dass er bald nach Lissabon kommen kann, und dann, *we'll see.* Wir werden sehen«, schloss sie mit einem melancholischen Lächeln.

Ich wagte nicht zu fragen, was das für Projekte sein könnten nach seinem Sturz. Der mit den Briten befreundete Ex-Minister zählte in jenem Neuen Spanien, das sich derart den Achsenmächten anbiederte, nicht mehr viel. Die Lage würde sich sehr ändern müssen, damit die Macht wieder an seine Tür klopfte.

Ich sah erneut auf die Uhr, mir blieben nur noch zehn Minuten.

»Erzähl mir noch von dir, wie du es geschafft hast weiterzumachen.«

»Ich lernte Dimitri kennen, einen Weißrussen, der nach der bolschewistischen Revolution nach Paris geflohen war. Wir freundeten uns an, und ich habe ihn überredet, mich als Geschäftspartnerin mit einsteigen zu lassen, als er einen Club eröffnete. Er sollte das Geld beisteuern und ich die Ausstattung und die Kontakte. El Galgo war von Anfang an ein Erfolg, und sobald das Geschäft angelaufen war, suchte ich mir eine Wohnung, um endlich aus dem kleinen Zimmer herauszukommen, in dem mich polnische Freunde aufgenommen hatten. Und dann fand ich diese Wohnung – wenn man es überhaupt Wohnung nennen kann, mit vierundzwanzig Zimmern.«

»Vierundzwanzig Zimmer! Unglaublich!«

»Ich hatte natürlich vor, auch Nutzen daraus zu ziehen, *obviously*, das kannst du mir glauben. Lissabon ist voll von Expatriierten mit geringen finanziellen Mitteln, die es sich nicht leisten können, lange im Hotel zu wohnen.«

»Hast du hier etwa eine Pension eröffnet?«

»So etwas Ähnliches. Vornehme Gäste, Leute von Welt, die trotz ihres Glamours am Rande des Abgrunds stehen. Ich teile mein Zuhause mit ihnen und sie mit mir im Rahmen ihrer finanziellen Möglichkeiten. Es gibt keine festen Preise: Manch einer hat zwei Monate lang in einem der Zimmer gewohnt, ohne einen Escudo zu bezahlen, andere haben mir für einen einwöchigen Aufenthalt ein Brillantarmband oder eine Brosche von Lalique geschenkt. Ich stelle niemandem eine Rechnung: Jeder steuert bei, was er kann. Es sind harte Zeiten, *darling*! Irgendwie muss man überleben.«

Man musste überleben, zweifelsohne. Und für mich bedeutete Überleben ganz unmittelbar, dass ich ein nach Hühnern stinkendes Gefährt besteigen und zurück in mein Zimmer im Hotel do Parque musste, ehe der Morgen anbrach. Nur zu gern hätte ich bis ans Ende aller Tage mit Rosalinda geplaudert, hingestreckt auf ihrem großen Bett, und mir ein Frühstück bringen lassen. Aber die Stunde der Rückkehr war gekommen, die Rückkehr in die Realität, so schwarz sie sich auch zeigen mochte. Rosalinda begleitete mich zur Tür. Bevor sie sie öffnete, umarmte sie mich und hauchte mir, ihren leichten Körper an meinen gedrückt, einen Rat ins Ohr.

»Ich kenne Manuel da Silva kaum, aber in Lissabon weiß jeder über seinen Ruf Bescheid: ein großer Unternehmer und Verführer, ein reizender Mann, der gleichzeitig eiskalt ist, gnadenlos gegen seine Feinde und fähig, für ein gutes Geschäft seine Seele zu verkaufen. Du musst sehr vorsichtig sein, denn du spielst vor den Augen einer gefährlichen Person mit dem Feuer.«

60

»Frische Handtücher«, verkündete die Stimme auf der anderen Seite der Badezimmertür.

»Legen Sie sie bitte aufs Bett, danke«, rief ich.

Ich hatte keine Handtücher verlangt, und es war seltsam, dass um diese Zeit frische gebracht wurden, aber ich nahm an, es handele sich um ein Versehen.

Vor dem Spiegel trug ich die Wimperntusche fertig auf. Damit war das Make-up komplett. Nun musste ich mich nur noch umziehen und hatte dafür noch fast eine Stunde Zeit, bis João mich abholen würde. Noch war ich im Bademantel. Ich hatte früh angefangen, mich herzurichten, um mich von meinen düsteren Vorahnungen abzulenken, meine kurze Karriere könnte ein schreckliches Ende finden. Doch jetzt blieb mir sogar noch sehr viel Zeit. Als ich das Bad verließ und meinen Gürtel knotete, war ich noch unschlüssig, was ich tun sollte. Jedenfalls würde ich mich nicht sofort anziehen. Oder vielleicht doch, wenigstens die Strumpfhose. Oder vielleicht doch nicht, vielleicht wäre es am besten … Und dann sah ich ihn, und in diesem Augenblick existierten Strumpfhosen für mich nicht mehr.

»Was machst du denn hier, Marcus?«, stammelte ich ungläubig. Derjenige, der die Handtücher gebracht hatte, musste ihn hereingelassen haben. Aber möglicherweise auch nicht: Ich suchte mit Blicken das Zimmer ab, ohne irgendwo Handtücher entdecken zu können.

Er antwortete nicht auf meine Frage. Ebenso wenig kam eine Entschuldigung über seine Lippen, er rechtfertigte sich nicht einmal für die Unverschämtheit, in mein Zimmer eingedrungen zu sein.

»Triff dich nicht mehr mit Manuel da Silva, Sira. Halt dich von ihm fern. Ich bin nur gekommen, um dir das zu raten.«

Seine Stimme klang überzeugend. Er stand da, den linken Arm auf die Rückenlehne eines Sessels in einer Ecke gestützt. Weißes Hemd, grauer Anzug, wirkte er weder angespannt noch entspannt: nur sachlich. So, als hätte er eine Verpflichtung und den eisernen Willen, sich dieser auch zu stellen.

Ich konnte nichts entgegnen: Kein Wort kam über meine Lippen.

»Ich weiß nicht, welcher Art deine Beziehungen zu ihm sind«, fuhr er fort. »Aber noch hast du Zeit, dich nicht weiter da hineinziehen zu lassen. Geh fort von hier, geh zurück nach Marokko …«

»Ich lebe jetzt in Madrid«, brachte ich schließlich heraus. Ich stand noch immer auf dem Teppich, bewegungsunfähig, barfuß, ohne zu wissen, was ich tun sollte. Mir fielen Rosalindas Worte von heute Morgen ein: dass ich mit Marcus vorsichtig sein sollte, da ich nicht wusste, in welchen Kreisen er sich bewegte und was für Geschäfte er machte. Ein Schauder lief mir über den Rücken. Auch jetzt wusste ich es nicht, hatte es vielleicht nie gewusst. Ich wartete darauf, dass er weitersprach, um abschätzen zu können, wie weit ich mich ihm öffnen durfte und wie sehr ich auf der Hut sein musste. Bis zu welchem Punkt ich die Sira herauslassen sollte, die er kannte, und inwieweit ich mich an die Rolle der unzugänglichen Arish Agoriuq halten musste.

Er ließ den Sessel los und kam ein paar Schritte auf mich zu. Sein Gesicht war wie früher, seine Augen auch. Der gelenkige Körper, der Haaransatz, die Hautfarbe, die Kinnlinie. Die Schultern, die Arme, an die ich mich so oft geklammert hatte, die Hände, die meine Finger gehalten hatten, die Stimme. Alles war mir plötzlich so nah. Und gleichzeitig so fern.

»Also, geh so schnell wie möglich weg von hier. Triff ihn nicht noch einmal«, beharrte er. »So einen Typen hast du nicht verdient. Ich habe nicht die leiseste Ahnung, warum du deinen Namen geändert hast, auch nicht, wozu du in Lissabon bist, und genauso wenig, was dich dazu gebracht hat, dich ihm zu nähern. Mir ist auch schleierhaft, ob eure Beziehung von sich aus entstanden ist oder ob jemand dich in diese Geschichte hineinmanövriert hat, aber ich versichere dir …«

»Zwischen uns ist nichts Ernstes. Ich bin nach Portugal gekommen, um für mein Modeatelier einzukaufen. Jemand, den ich in Madrid kenne, hat mir den Kontakt vermittelt, und wir haben uns ein paar Mal getroffen. Ich bin bloß mit ihm befreundet.«

»Nein, Sira, täusch dich nicht«, unterbrach er mich mit schneidender Stimme. »Manuel da Silva hat keine Freunde. Er hat Eroberungen, er hat Bekannte und Leute, die ihm schöntun, und er hat nützliche berufliche Kontakte, mehr nicht. Und in letzter Zeit waren diese Kontakte nicht gerade angemessen. Er gerät immer mehr in zwielichtige Angelegenheiten. An jedem Tag, der ins Land geht, erfährt man neue Sachen, und du solltest dich aus alledem heraushalten. Dieser Mann ist nichts für dich.«

»Dann ist er für dich auch nichts. Aber an dem Abend im Casino sah es so aus, als wärt ihr gute Freunde …«

»Wir beide sind ausschließlich aus geschäftlichen Gründen aneinander interessiert. Besser gesagt, wir waren es. Inzwischen ist mir zu Ohren gekommen, dass er nichts mehr von mir wissen will. Weder von mir noch von irgendeinem anderen Engländer.«

Ich seufzte erleichtert, denn seinen Worten entnahm ich, dass Rosalinda ihn hatte aufspüren können und dass jemand ihm meine Nachricht übermittelt hatte. Noch immer standen wir einander gegenüber, aber der Abstand zwischen uns war kleiner geworden, ohne dass wir es gemerkt hätten. Ein Schritt nach vorn von ihm, einer von mir. Noch einer von ihm, noch einer von mir. Zu Beginn unseres Gesprächs hatte jeder von uns in einer entgegengesetzten Ecke des Zimmers gestanden, wie zwei argwöhnische Kämpfer, die voreinander auf der Hut sind und von denen jeder die Reaktion des anderen fürchtet. Im Laufe der Minuten hatten wir uns, unbewusst vielleicht, aufeinander zubewegt, bis wir mitten im Zimmer standen, zwischen dem Fuß des Bettes und dem Schreibtisch. Noch eine weitere Bewegung, und wir hätten einander berühren können.

»Ich werde schon auf mich aufpassen, keine Sorge. In der Botschaft, die du mir im Casino gegeben hast, wolltest du wissen, was aus der Sira aus Tetuán geworden ist. Jetzt siehst du es: Sie ist stärker geworden. Und weniger gutgläubig, und ernüchtert. Jetzt frage ich dich, Marcus Logan, das Gleiche: Was ist aus dem Journalisten geworden, der am Boden zerstört nach Afrika kam, um mit dem Hochkommissar ein Interview zu führen, das niemals ...?«

Ich konnte den Satz nicht zu Ende bringen, weil ein Klopfen an der Tür mich unterbrach. Jemand rief von draußen. Im ungünstigsten Augenblick. Unwillkürlich fasste ich seinen Arm.

»Frag, wer das ist«, flüsterte er.

»Hier ist Gamboa, der Assistent von Señor da Silva. Ich soll Ihnen etwas von ihm überbringen«, verkündete die Stimme vom Flur aus.

Mit drei großen Schritten verschwand Marcus im Badezimmer. Ich begab mich langsam zur Tür, fasste den Türknauf und atmete ein paar Mal tief durch. Als ich schließlich mit gespielter Unbefangenheit öffnete, stand Gamboa mit einem leichten, aber großen, in Seidenpapier gewickelten Etwas vor mir. Ich streckte die Hände danach aus, ohne zu wissen, was es war, aber er gab es mir nicht.

»Es ist besser, wenn ich sie auf eine ebene Fläche stelle, sie sind sehr empfindlich. Orchideen«, stellte er klar.

Ich zögerte einen Augenblick. Obwohl Marcus sich im Bad versteckt hatte, war es gewagt, diesen Mann ins Zimmer zu lassen. Andererseits würde es, wenn ich mich weigerte, so aussehen, als hätte ich etwas zu verbergen. Und Verdacht zu erregen konnte ich mir jetzt wirklich nicht leisten.

»Kommen Sie herein«, willigte ich schließlich ein. »Stellen Sie sie bitte auf den Schreibtisch.«

Und dann merkte ich es. Und wünschte mir, der Boden möge sich unter meinen Füßen auftun und mich verschlucken. Auf diese Weise hätte ich mich nicht mit den Folgen dessen konfrontieren müssen, was ich gerade gesehen hatte. Mitten auf dem schmalen Tisch lag zwischen dem Telefon und einer vergoldeten Lampe etwas, das nicht dort hingehörte. Etwas ganz und gar Unpassendes, das niemand zu Gesicht bekommen sollte. Geschweige denn ein Angestellter und Vertrauter von da Silva.

Kaum war es mir aufgefallen, berichtigte ich mich auch schon.

»Ach nein, stellen Sie sie bitte lieber hier hin, auf den Schemel am Fußende des Bettes.«

Er gehorchte kommentarlos, aber ich wusste, dass auch er es bemerkt hatte. Kein Wunder. Das, was auf dem polierten Holz des Schreibtisches lag, war etwas, das so wenig zu mir passte und im Zimmer einer alleinstehenden Frau derart fehl am Platz wirkte, dass es zwangsläufig seine Aufmerksamkeit erregen musste: Marcus' Hut.

Als er die Tür ins Schloss fallen hörte, kam er aus seinem Versteck.

»Geh, Marcus. Ich bitte dich, geh«, drängte ich, während ich mich bemühte, die Zeit zu kalkulieren, die Gamboa brauchen würde, um seinem Chef zu erzählen, was er gesehen hatte. Wenn Marcus klar geworden war, was er da mit seinem Hut angerichtet hatte, so ließ er es sich jedenfalls nicht anmerken. »Hör auf, dir Sorgen um mich zu machen. Morgen Abend kehre ich zurück nach Madrid. Heute ist mein letzter Tag, von …«

»Reist du wirklich morgen ab?«, fragte er und packte mich an den Schultern. All meiner Angst und Befürchtungen zum Trotz überkam mich ein Kribbeln, das ich seit langer Zeit nicht verspürt hatte.

»Morgen Abend, ja, mit dem Lusitania-Express.«

»Und du kommst nicht zurück nach Portugal?«

»Nein, das habe ich im Moment nicht vor.«

»Und nach Marokko?«

»Auch nicht. Ich bleibe in Madrid, dort sind jetzt mein Atelier und mein Leben.«

Wir schwiegen ein paar Sekunden lang. Wahrscheinlich dachten wir beide das Gleiche: was für ein Pech, dass uns das Schicksal wieder in so turbulenten Zeiten zusammengeführt hatte, wie traurig, dass wir einander anlügen mussten.

»Pass gut auf dich auf.«

Ich nickte wortlos. Dann hob er die Hand an mein Gesicht und fuhr mir langsam mit einem Finger über die Wange.

»Schade, dass wir uns in Tetuán nicht nähergekommen sind, nicht wahr?«

Ich stellte mich auf die Zehenspitzen und drückte meinen Mund an sein Gesicht, um mich mit einem Kuss zu verabschieden. Als ich ihn roch und er mich, als meine Haut seine Haut streifte und mein Atem in sein Ohr drang, flüsterte ich meine Antwort.

»Wirklich sehr und unglaublich schade.«

Er verließ das Zimmer geräuschlos, und ich blieb zurück, in Gesellschaft der schönsten Orchideen, die ich je gesehen hatte oder sehen sollte. Mit aller Macht kämpfte ich dagegen an, ihm hinterherzulaufen, um ihn zu umarmen, und versuchte unterdessen einzuschätzen, welche Konsequenzen dieses Missgeschick haben würde.

61

Als wir näher kamen, stellte ich fest, dass auf einer Seite der Allee schon mehrere Autos parkten. Groß, glänzend, dunkel. Imposant.

Da Silvas Landhaus lag nicht sehr weit von Estoril entfernt, aber doch weit genug, dass ich unmöglich zu Fuß zurück zum Hotel gelangen konnte. Ich bemerkte ein paar Schilder: Guincho, Malveira, Colares, Sintra. Trotzdem hatte ich nicht die geringste Ahnung, wo wir uns befanden.

João bremste sanft, und die Reifen knirschten auf dem Kies. Ich wartete, bis er mir die Tür öffnete. Dann setzte ich langsam erst einen, dann den anderen Fuß hinaus. Erst jetzt sah ich die Hand, die sich mir entgegenstreckte.

»Willkommen im Landhaus Quinta da Fonte, Arish.«

Ich stieg vorsichtig aus dem Auto. Der goldfarbene Lamé lag eng an meinem Körper an und zeichnete meine Silhouette nach, im Haar trug ich drei der Orchideen, die er selbst mir durch Gamboa geschickt hatte. Mit einem raschen Blick suchte ich beim Aussteigen den Sekretär, aber er war nicht da.

Die Nacht war erfüllt vom Duft der Orangen und der Kühle der Zypressen, die Laternen an der Fassade verbreiteten ein Licht, das mit den Steinen des großen Hauses zu verschmelzen schien. Während ich an seinem Arm den Weg die Treppe zum Eingang hinaufschritt, fiel mir ein riesiges Wappen über der Tür auf.

»Das Emblem der Familie da Silva, nehme ich an.«

Ich wusste nur zu gut, dass der Großvater, der eine Hafentaverne betrieben hatte, niemals von einem Adelswappen nur zu träumen gewagt hätte.

Die Gäste warteten in einem großen, mit schweren Möbeln eingerichteten Salon, in dessen einer Ecke ein großer Kamin brannte. Die im Raum verteilten Blumengestecke kamen gegen die kühle Atmosphäre nicht an. Auch das kühle Schweigen aller Anwesenden trug nicht dazu bei, Behaglichkeit aufkommen zu lassen. Ich zählte schnell die Gäste. Zwei, vier, sechs, acht, zehn. Zehn Personen, fünf Paare. Und da Silva. Und ich. Insgesamt zwölf Personen. Als hätte er meine Gedanken gelesen, verkündete Manuel:

»Es fehlt noch jemand, noch ein deutscher Gast, der bestimmt gleich eintrifft. Komm, Arish, ich mache dich bekannt.«

Im Moment war das Verhältnis fast ausgeglichen: drei portugiesische Paare und zwei deutsche plus dasjenige, das noch erwartet wurde. So weit reichte die Symmetrie, allerdings nicht weiter, denn alles Übrige war sehr unharmonisch. Die Deutschen waren dunkel gekleidet: nüchtern, diskret, dem Ort und dem Anlass angemessen. Ihre Ehefrauen waren nicht übertrieben elegant, aber stilvoll angezogen. Die Portugiesen waren von ganz anderem Schlag, sowohl die Männer als auch die Frauen. Zwar trugen die Männer Anzüge aus gutem Stoff, machten den Eindruck der guten Qualität jedoch zunichte, indem sie sich darin mit der Anmut von Kleiderständern bewegten: kräftige Körper von Männern vom Lande, mit kurzen Beinen, dicken Hälsen und großen Händen mit kaputten Fingernägeln und Schwielen. Alle drei trugen in der oberen Jackentasche nagelneue Füllfederhalter, und sobald sie lächelten, sah man in ihren Mündern die Goldzähne blitzen. Ihre Frauen, ebenfalls von gedrungenem Körperbau, bemühten sich, in hohen glänzenden Schuhen, in die ihre geschwollenen Füße kaum hineinpassten, das Gleichgewicht zu halten. Eine von ihnen trug eine äußerst schlecht sitzende Haube, um die Schultern der anderen hing eine riesige Pelzstola, die dauernd über den Boden schleifte. Die dritte säuberte sich nach jedem Kanapee, das sie verzehrte, den Mund mit dem Handrücken.

Vor meinem Eintreffen hatte ich irrtümlich angenommen, Manuel habe mich zu seinem Fest eingeladen, um mich vor seinen Gästen zur Schau zu stellen: ein exotisches Dekorationsobjekt, das seine Rolle des mächtigen Macho unterstrich und vielleicht die anwesenden Damen mit Gesprächen über Mode, mit Anekdoten über hohe deutsche Funktionäre und ähnliche Banalitäten unterhalten und belustigen konnte. Kaum hatte ich allerdings einen ersten Eindruck von der Atmosphäre gewonnen, wusste ich auch schon, dass ich mich getäuscht hatte. Obwohl er mich wie einen ganz normalen Gast empfangen hatte, war ich von da Silva nicht als Statistin geholt worden, sondern um ihn in der Rolle des Zeremonienmeisters zu unterstützen und mit Geschick die seltsame, dort anwesende Gesellschaft zu hüten wie eine Herde. Meine Rolle würde es sein, das Scharnier zwischen Deutschen und Portugiesen zu spielen, eine Brücke zu schlagen, ohne die die Damen beider Gruppen während des ganzen Abends kaum mehr hätten tun können, als Blicke zu wechseln. Wenn er wichtige Fragen zu behandeln hatte, konnte er keinesfalls ein paar gelangweilte, schlecht gelaunte Frauen brauchen, die nur darauf warteten, von ihren Männern wieder nach Hause gebracht zu werden. Er wollte mich dabeihaben, damit ich ihm zur Hand ging. Ich hatte ihm am Vortag den Handschuh hingeworfen, und er hatte ihn aufgehoben: Jeder von uns beiden profitierte von der Situation.

Na schön, Manuel, du sollst bekommen, was du wünschst, dachte ich. Ich hoffe, dass du dich anschließend revanchierst. Und damit alles so lief, wie er es geplant hatte, knüllte ich meine Ängste zu einer festen Kugel zusammen, schluckte sie hinunter und setzte das faszinierendste Gesicht auf, das meine falsche Persönlichkeit zu bieten hatte. Mit ihm als Aushängeschild ließ ich meinen vermeintlichen Charme ohne jede Zurückhaltung spielen und gab mich strotzend vor Wohlwollen, beiden Nationalitäten gegenüber in gleichem Maße. Ich äußerte Bewunderung über die Haube und die Stola der Frauen aus der Provinz Beira, machte ein paar Scherze, über die alle lachten, ließ mir von einem Portugiesen den Hintern tätscheln und pries die herausragenden Eigenschaften des deutschen Volkes. Ohne jede Scham.

Bis eine schwarze Wolke vor der Tür erschien.

»Entschuldigt, meine Freunde«, verkündete da Silva. »Ich möchte Ihnen Johannes Bernhardt vorstellen.«

Er war älter geworden, hatte zugenommen und Haare verloren, aber er war, ohne jeden Zweifel, der Bernhardt aus Tetuán. Derjenige, der häufig am Arm einer Dame, die ihn jetzt nicht begleitete, durch die Calle del Generalísimo flaniert war. Derjenige, der mit Serrano Suñer die Installation deutscher Antennen auf marokkanischem Territorium verhandelt und mit ihm vereinbart hatte, Beigbeder aus diesen Angelegenheiten herauszuhalten. Derjenige, der nie erfahren hatte, dass ich sie, auf dem Boden hinter einem Sofa versteckt liegend, belauscht hatte.

»Entschuldigen Sie die Verspätung. Wir hatten eine Autopanne und mussten lange in Elvas warten.«

Ich versuchte meine Verblüffung zu verbergen, indem ich ein Glas nahm, das ein Kellner mir anbot, und rechnete im Kopf schnell nach: Wann waren wir zuletzt irgendwo aufeinandergetroffen, wie oft waren wir uns auf der Straße begegnet, wie lange hatte ich ihn in jener Nacht im Hochkommissariat gesehen? Als Hillgarth mir ankündigte, Bernhardt habe sich auf der Halbinsel niedergelassen und leite die große Korporation, die sich mit den wirtschaftlichen Interessen der Nazis in Spanien befasse, hatte ich ihm erklärt, er würde mich vermutlich nicht wiedererkennen, falls er mir irgendwann zufällig über den Weg liefe. Jetzt allerdings war ich mir nicht mehr so sicher.

Während die Männer einander begrüßten, wandte ich ihnen

den Rücken zu, dem Anschein nach äußerst beflissen, mich den Damen gegenüber entzückend zu zeigen. Nun wurde über die Orchideen in meinem Haar gesprochen, und als ich die Knie beugte und den Kopf drehte, damit alle sie bewundern konnten, konzentrierte ich mich darauf, ein paar Brocken Informationen aufzuschnappen. Ich registrierte von Neuem die Namen, um sie mir auch ganz bestimmt merken zu können: Weiss und Wolters waren die Deutschen, die der gerade aus Spanien angereiste Bernhardt nicht kannte. Almeida, Rodrigues und Ribeiro hießen die Portugiesen. Portugiesen aus der Provinz Beira, aus den Bergen. Minenbesitzer. Nein, korrekt ausgedrückt, waren sie kleine Eigentümer schlechter Böden, die von der Vorsehung mit Mineralien bedacht worden waren. Um welches Mineral handelte es sich? Das entzog sich zu diesem Zeitpunkt meiner Kenntnis. Ich wusste noch immer nicht, was dieser Wolfsschaum sein sollte, den Beatriz Oliveira in der Kirche erwähnt hatte. Und dann vernahm ich endlich das Wort, auf das ich gewartet hatte: Wolfram.

Aus den Tiefen meiner Erinnerung holte ich hastig die Daten hervor, die Hillgarth mir in Tanger gegeben hatte: Es handelte sich um ein Mineral, das für die Herstellung von Geschossen für den Krieg unentbehrlich war. Und im Schlepptau dieser Erinnerung befand sich noch eine zweite: Bernhardt sei damit befasst, dieses Mineral im großen Stil einzukaufen. Allerdings hatte Hillgarth nur von seinem Interesse an Vorkommen in Galizien und der Extremadura erzählt. Wahrscheinlich hatte sich damals noch nicht absehen lassen, dass er seine Fangarme schließlich auch über die Grenze hinaus ausstrecken, nach Portugal kommen und mit einem Unternehmer in Verhandlungen eintreten würde, der ein Verräter war und sich entschlossen hatte, die Belieferung der Engländer einzustellen, um die Nachfrage ihrer Feinde bedienen zu können. Ich spürte, wie meine Beine zu zittern begannen, und suchte Zuflucht in einem Schluck Champagner. Manuel da Silva war nicht in den An- und Verkauf von Seide, Holz oder irgendeinem anderen unverfänglichen Produkt verwickelt, sondern in sehr viel gefährlichere und unheilvollere Geschäfte. Bei seinen neuen Handelsbeziehungen ging es um ein Metall, das den Deutschen dazu diente, ihre Aufrüstung voranzutreiben. Damit würden sich ihre Möglichkeiten zu töten multiplizieren.

Die eingeladenen Damen rissen mich aus meiner Versunkenheit und verlangten Aufmerksamkeit. Sie wollten erfahren, woher die wundervolle Blüte stammte, die hinter meinem linken Ohr steckte, wollten bestätigt bekommen, dass sie wirklich echt war, und wissen, wie man sie züchtete: tausend Fragen, die mich absolut nicht interessierten, auf die ich jedoch trotzdem Antwort geben musste. Es sei eine tropische Blüte. Ja, tatsächlich echt, natürlich. Nein, ich hatte keine Ahnung, ob sich in der Provinz Beira Orchideen gut züchten ließen. »Meine Damen, gestatten Sie, dass ich Ihnen unseren letzten Gast vorstelle«, unterbrach uns Manuel erneut.

Ich hielt den Atem an, bis ich an der Reihe war. Als Letzte.

»Und das ist meine geschätzte Freundin Señorita Arish Agoriuq.«

Er sah mich an, ohne zu blinzeln. Eine Sekunde lang. Zwei. Drei.

»Kennen wir uns?«

Lächle, Sira, lächle, forderte ich mich auf.

»Nicht, dass ich wüsste«, erwiderte ich und reichte ihm matt die Hand.

»Außer, ihr seid euch in Madrid mal irgendwo über den Weg gelaufen«, ergänzte Manuel. Zum Glück schien er Bernhardt nicht gut genug zu kennen, um zu wissen, dass dieser früher einmal in Marokko gelebt hatte.

»Im Embassy vielleicht?«, meinte ich.

»Nein, nein; in Madrid halte ich mich in letzter Zeit sehr selten auf. Ich reise viel, und meine Frau ist gern am Meer, darum haben wir uns in Dénia, unweit von Valencia, niedergelassen. Nein, Ihr Gesicht kommt mir bekannt vor, aber von woanders …«

Der Butler rettete mich. »Meine Herrschaften, das Abendessen ist serviert.«

In Ermangelung einer Gastgeberin und Partnerin brach da Silva das Protokoll und setzte mich an ein Kopfende des Tisches. Er selbst nahm am anderen Ende Platz. Ich bemühte mich, meine

Unruhe zu verbergen, indem ich mich äußerst aufmerksam den Gästen widmete, brachte aber vor lauter Panik kaum einen Bissen herunter. Zu dem Schrecken, den mir Gamboas unangekündigter Besuch in meinem Zimmer eingejagt hatte, kam nun das unvorhergesehene Eintreffen Bernhardts und die Gewissheit über die schmutzigen Geschäfte, in die da Silva verwickelt war. Als wäre das alles noch nicht genug, war ich zudem gezwungen, Haltung zu bewahren und die Herrin des Hauses zu spielen.

Die Suppe wurde in einer silbernen Suppenschüssel aufgetragen, der Wein in Kristallkaraffen und die Meeresfrüchte auf riesigen, übervollen Tabletts. Einer Jongleurin gleich versuchte ich allen gegenüber aufmerksam zu sein. Die Portugiesen wies ich unauffällig darauf hin, dass stets Besteck zu benutzen sei, mit den Deutschen wechselte ich ein paar Sätze: Ja, natürlich kannte ich die Baronin Stohrer, und Gloria von Fürstenberg auch. Ja, selbstverständlich wusste ich, dass Otto Horcher demnächst in Madrid ein Restaurant eröffnen würde. Das Abendessen verlief ohne Zwischenfälle, und Bernhardt beachtete mich zum Glück nicht mehr.

»Schön, meine Damen, und jetzt werden wir Herren uns, wenn es Ihnen nichts ausmacht, zum Plaudern zurückziehen«, kündigte Manuel nach dem Dessert an.

Ich beherrschte mich, zwirbelte die Tischdecke zwischen den Fingern. Das konnte nicht sein, das durfte er mir nicht antun. Ich hatte meinen Part schon geleistet. Jetzt wollte ich auch etwas dafür haben. Ich hatte alle zufriedengestellt, ich hatte mich wie eine beispielhafte Gastgeberin verhalten, ohne es zu sein, und ich verdiente eine Entschädigung. Es ging nicht an, dass sie mir jetzt, da sie sich mit dem beschäftigen würden, was mich am meisten interessierte, entwischten. Zum Glück war beim Essen dem Wein ungeniert zugesprochen worden, und die Gemüter schienen sich entspannt zu haben. Vor allem die der Portugiesen.

»Nein, nein, da Silva, Himmel noch mal!«, rief einer von ihnen und schlug ihm volltönend mit der Hand auf die Schulter. »Seien Sie doch nicht so antiquiert, mein Freund! In der modernen Welt des Kapitals gehen Männer und Frauen überall gemeinsam hin!«

Manuel schwankte einen Augenblick. Offenbar hätte er es vorgezogen, die bevorstehenden Gespräche im intimen Kreis zu führen, aber die Leute aus Beira ließen ihm keine Wahl – lautstark erhoben sie sich vom Tisch und strebten in gehobener Stimmung wieder dem Salon zu. Einer von ihnen legte da Silva den Arm um die Schultern, ein anderer bot mir seinen Arm. Jetzt, da die anfängliche Zurückhaltung angesichts der Einladung in das große Haus eines reichen Mannes überwunden war, schienen sie zu frohlocken. In dieser Nacht würden sie einen Handel schließen, der ihnen erlauben würde, für sich selbst, ihre Kinder und Kindeskinder dem Elend die Tür vor der Nase zuzuschlagen. Es gab nicht den geringsten Grund, dies hinter dem Rücken ihrer Ehefrauen zu tun.

Kaffee, Tabak und Pralinen wurden serviert. Mir fiel ein, dass mit dem Einkauf dieser Dinge Beatriz Oliveira beauftragt gewesen war. Auch die eleganten, unaufdringlichen Blumengestecke hatte sie besorgt. Ich nahm an, dass sie auch die Orchideen ausgewählt hatte, die ich an diesem Nachmittag bekommen hatte, und erschauderte erneut, als ich an Marcus' unerwarteten Besuch zurückdachte. Das hatte zwei Gründe. Ich war gerührt und dankbar ihm gegenüber, weil er sich in dieser Weise um mich sorgte. Auf der anderen Seite erinnerte ich mich mit Schrecken an den Vorfall mit dem Hut vor da Silvas Assistenten. Gamboa hatte sich noch immer nicht blicken lassen. Vielleicht hatte ich Glück, und er aß zusammen mit seiner Familie, hörte sich die Klagen seiner Frau über die Fleischpreise an und vergaß, dass er im Zimmer der Ausländerin, die sein Chef umwarb, Hinweise auf die Anwesenheit eines anderen Mannes entdeckt hatte.

Nachdem es Manuel schon nicht gelungen war, mit den Männern einen anderen Raum aufzusuchen, so sorgte er zumindest dafür, dass wir räumlich voneinander getrennt Platz nahmen. Die Männer in einer Ecke des weitläufigen Salons, in Ledersesseln vor dem brennenden Kamin. Die Frauen vor einem großen Fenster, das zum Garten führte.

Die Männer begannen ihre Unterredung, wohingegen wir uns in Lobeshymnen über die Qualität der Pralinen ergingen. Die

Deutschen eröffneten die Unterhaltung mit Fragen, die sie in nüchternem Ton vorbrachten, während ich angestrengt die Ohren spitzte und im Geiste alles notierte, was ich aus der Entfernung aufschnappen konnte. Brunnen, Konzessionen, Genehmigungen, Tonnen. Die Portugiesen übten Kritik und brachten Gegenargumente vor, ihre Stimmen wurden lauter und sie sprachen schnell. Wahrscheinlich wollten Erstere die Männer aus Beira bis zum letzten Blutstropfen ausnehmen, und die rauen Bergbewohner, gewohnt, nicht einmal ihrem Vater zu trauen, waren nicht bereit, sich zu billig zu verkaufen. Zu meinem Glück begannen die Gemüter, sich zu erhitzen. Die bisweilen sehr lauten Stimmen waren nun bestens zu verstehen. Und mein Kopf hielt wie ein Aufnahmegerät alles fest, was sie sagten. Obwohl ich nach wie vor nicht genau wusste, worüber hier verhandelt wurde, konnte ich jede Menge einzelner Fakten aufschnappen. Stollen, Tragkörbe und Lastwagen, Bohrungen und Loren. Freies Wolfram und Wolfram-Legierungen. Qualitativ hochwertiges Wolfram ohne Quarz- oder Kiesbeimischung. Exportzölle. Sechshunderttausend Escudos pro Tonne, dreitausend Tonnen im Jahr. Obligationen, Goldbarren und Konten in Zürich. Und darüber hinaus schnappte ich auch ein paar richtig nahrhafte Happen, ganze Brocken Information auf. Dass da Silva seit Wochen geschickt die Fäden zog, um die wichtigsten Lagerstättenbesitzer zusammenzubringen, damit sie mit den Deutschen Exklusivverhandlungen führten. Damit sie, wenn alles lief wie geplant, in kaum zwei Wochen auf einen Schlag und alle gemeinsam die Verkäufe an die Engländer einstellten.

Angesichts der Geldsummen, über die gesprochen wurde, begriff ich, wie es zu dem Erscheinungsbild gekommen war, das die neureichen Wolframisten und ihre Frauen boten. Die Angelegenheit machte aus bescheidenen Bauern wohlhabende Landbesitzer, die für ihren Reichtum nicht einmal arbeiten mussten: Die Füllfederhalter, die Goldzähne und die Pelzstolen waren nichts weiter als eine kleine Kostprobe der Millionen von Escudos, die sie würden einstecken können, wenn sie den Deutschen erlaubten, uneingeschränkt ihr Land auszubeuten.

Mit dem Fortschreiten des Abends formte sich vor meinem geistigen Auge nach und nach ein Bild von der wahren Tragweite dieses Geschäfts, und gleichzeitig wuchs meine Angst. Das, was ich zu hören bekam, war so privat, so ungeheuerlich und so kompromittierend, dass ich gar nicht wagte, mir auszumalen, welche Konsequenzen es haben würde, wenn Manuel da Silva dahinterkäme, wer ich war und für wen ich arbeitete. Das Gespräch zwischen den Männern dauerte fast zwei Stunden, doch während sich dabei die Gemüter immer weiter erhitzten, flaute im Kreis der Frauen die Stimmung ab. Jedes Mal, wenn ich merkte, dass die Verhandlungen irgendwo ins Stocken gerieten, konzentrierte ich mich wieder auf die Ehefrauen, aber die Portugiesinnen kümmerten sich schon seit einer Weile nicht mehr um mich und meine Bemühungen, sie zu unterhalten, sondern nickten immer wieder ein. In ihrem harten bäuerlichen Alltag gingen sie wahrscheinlich bei Sonnenuntergang zu Bett und standen im Morgengrauen auf, um die Tiere zu füttern und Feld- und Hausarbeit zu erledigen. Eine lange Nacht wie diese, mit Wein, Pralinen und opulentem Essen, war weit mehr, als sie verkraften konnten. Daher widmete ich mich ganz den Deutschen, doch auch sie gaben sich nicht besonders redselig. Kaum waren alle Gemeinplätze abgehakt, fehlte es uns an gemeinsamen Interessen und Sprachkenntnissen, um das Gespräch lebendig zu halten.

Bald würde mir keine mehr zuhören, daran konnte ich nichts ändern: Meine Rolle der Hilfsgastgeberin lief sich tot, ich musste mir irgendetwas einfallen lassen, damit die Unterhaltung nicht ganz versandete, und mich gleichzeitig bemühen, weiterhin aufmerksam Informationen zu speichern. Bis schließlich aus der Männerecke lautes, kehliges Gelächter zu hören war. Anschließend stieß man sich in die Seiten, umarmte und beglückwünschte einander. Man hatte sich geeinigt, der Handel war perfekt.

62

»Waggon Erster Klasse, Abteil acht.«

»Bist du sicher?«

Ich zeigte ihm das Ticket.

»Stimmt. Ich begleite dich.«

»Das ist wirklich nicht nötig.«

Er ignorierte meinen Einwand.

Zusätzlich zu den Koffern, mit denen ich nach Lissabon gekommen war, hatte ich nun mehrere Hutschachteln und zwei große Reisetaschen voller überflüssiger Dinge. Das alles war an diesem Nachmittag bereits vorab vom Hotel zum Bahnhof gebracht worden. Meine übrigen Einkäufe für die Schneiderei würden in den nächsten Tagen nach und nach eintreffen, sie wurden von den Lieferanten direkt geschickt. Als Handgepäck blieb mir nur ein Köfferchen mit dem Nötigsten für die Nacht. Und noch etwas befand sich darin: das Skizzenheft mit allen Informationen.

Kaum waren wir aus dem Auto ausgestiegen, bestand Manuel darauf, das Köfferchen zu tragen.

»Nicht nötig, es wiegt fast nichts«, entgegnete ich, darauf bedacht, es nicht aus der Hand zu geben.

Aber ich verlor die Schlacht, noch ehe sie begonnen hatte, wusste ich doch, dass ich nicht darauf bestehen durfte. Wir betraten die Bahnhofshalle als elegantestes Paar dieses Abends: ich in all meinem Glamour und er den Koffer tragend, in dem sich die Beweise für seinen Verrat befanden. Der Bahnhof Santa Apolónia, der einem großen Haus glich, nahm die hereinkommenden Reisenden auf, die mit dem Nachtzug nach Madrid fahren wollten. Paare, Familien, Freunde, allein reisende Männer. Einige wirkten bereit, mit der Kälte oder der Gleichgültigkeit jener abzureisen, die sich von etwas entfernen, das sie nicht beeindruckt hat. Andere hingegen vergossen Tränen, umarmten, seufzten und machten Versprechungen für die Zukunft, die sie vielleicht nie einhalten würden. Ich passte in keine der beiden Kategorien: weder in die der Indifferenten noch in die der Sentimentalen. Mein Wesen war anderer Art.

Das derjenigen, die auf der Flucht sind, derjenigen, die dringend das Weite suchen, sich den Staub von den Sohlen streifen und für immer vergessen wollen, was sie hinter sich lassen.

Ich hatte einen Großteil des Tages in meinem Zimmer mit der Vorbereitung meiner Rückkehr verbracht. Angeblich. Ich nahm die Kleidung von den Bügeln, leerte die Schubladen und packte alles in die Koffer, ja. Aber das beschäftigte mich nicht sehr lange. Die übrige Zeit, die ich mich zurückgezogen hatte, widmete ich etwas Transzendenterem: nämlich der Übertragung all der Informationen, die ich im Landhaus von da Silva aufgeschnappt hatte, in Tausende kleiner, mit Bleistift skizzierter Steppstiche. Dieses Vorhaben nahm etliche Stunden in Anspruch. Ich hatte bereits gleich nach meiner Rückkehr ins Hotel im Morgengrauen begonnen, als mir alles Gehörte noch frisch im Gedächtnis war. Angesichts der unzähligen Einzelheiten bestand die Gefahr, dass ich einen Großteil davon vergaß, wenn ich nicht sofort alles festhielt. Ich schlief lediglich drei oder vier Stunden. Sobald ich erwachte, setzte ich meine Arbeit fort. Im Laufe des Vormittags und in den frühen Nachmittagsstunden leerte ich all diese Daten, Skizze um Skizze, aus meinem Kopf in das Heft, bis ich ein Arsenal kurzer und präziser Angaben beisammenhatte. Das Ergebnis waren mehr als vierzig scheinbare Schnittmuster, die vor Namen, Zahlen, Daten, Orten und Tätigkeiten wimmelten und die Seiten meines unschuldigen Zeichenheftes füllten. Schnittmuster für Ärmel, für Manschetten und für Rückenteile, für den Bund, Taillen und Vorderteile; Partien von Kleidungsstücken, die ich niemals nähen würde, zwischen deren Säumen sich die Geheimnisse einer makaberen wirtschaftlichen Transaktion verbargen, die zum Ziel hatte, den zerstörerischen Vormarsch der deutschen Truppen zu erleichtern.

Mitten am Vormittag klingelte das Telefon. Das Geräusch erschreckte mich derart, dass eine feine Linie, die ich in diesem Augenblick skizzierte, zu einem schroffen, krummen Strich geriet, den ich später ausradieren musste.

»Arish? Guten Morgen, hier ist Manuel. Hoffentlich habe ich Sie nicht geweckt.«

Ich war vollkommen wach: geduscht, beschäftigt und alarmiert. Schon seit Stunden saß ich an der Arbeit, gab meiner Stimme aber einen verschlafenen Klang. Auf gar keinen Fall durfte ich ihn ahnen lassen, dass die Dinge, die ich in der Nacht zuvor gesehen und gehört hatte, einen unaufhaltsamen Tatendrang ausgelöst hatten.

»Kein Problem, es ist bestimmt schon furchtbar spät …«, log ich.

»Fast Mittag. Ich wollte dir nur noch einmal danken, dass du gestern meiner Einladung gefolgt bist und dich den Frauen meiner Freunde gewidmet hast.«

»Nichts zu danken. Es war auch für mich ein sehr schöner Abend.«

»Wirklich? Hast du dich nicht gelangweilt? Ich mache mir gerade Vorwürfe, dir nicht ein bisschen mehr Aufmerksamkeit geschenkt zu haben.«

Vorsicht, Sira, Vorsicht. Er prüft dich, dachte ich. Gamboa, Marcus, der vergessene Hut, Bernhardt, das Wolfram, Beira, alles klumpte sich in meinem Kopf mit der Kälte eines Eiskristalls zusammen, während ich weiterhin eine sorglose und noch ganz verschlafene Stimme vorgaukelte.

»Nein, Manuel, mach dir keine Gedanken, wirklich. Die Gespräche mit den Frauen deiner Freunde waren sehr unterhaltsam.«

»Gut, und was hast du für deinen letzten Tag in Portugal geplant?«

»Überhaupt nichts mehr. Ein gemütliches Bad und Packen. Ich habe nicht vor, heute das Hotel zu verlassen.«

Ich hoffte, er würde sich mit dieser Antwort zufriedengeben. Wenn Gamboa ihn informiert hatte und er annahm, dass ich mich hinter seinem Rücken mit einem Mann traf, würde vielleicht die Tatsache, dass ich im Hotel blieb, seinen Verdacht zerstreuen. Mein Wort würde ihm natürlich nicht genügen: Er würde schon dafür sorgen, dass jemand mein Zimmer überwachte und vielleicht auch das Telefon abhörte, doch ich hatte nicht vor, mit irgendjemandem außer ihm zu sprechen. Ich würde ein braves Mädchen sein: mich nicht vom Hotel entfernen, das Telefon nicht benutzen und keinen

Besuch empfangen. Ich würde mich allein und gelangweilt im Restaurant, an der Rezeption und in den Salons sehen lassen, und abreisen würde ich unter den Augen sämtlicher Gäste und Angestellten, begleitet nur von meinem Gepäck. So dachte ich jedenfalls, bis er etwas anderes vorschlug.

»Du hast dir Ruhe verdient, das ist klar. Aber ich möchte nicht, dass du abreist, ohne dass ich mich von dir verabschiedet habe. Darf ich dich zum Bahnhof bringen? Wann geht dein Zug?«

»Um zehn«, erklärte ich. Ohne die geringste Lust, ihn noch einmal zu sehen.

»Dann hole ich dich um neun vom Hotel ab, einverstanden? Ich würde gern etwas früher kommen, doch ich habe den ganzen Tag zu tun.«

»Kein Problem, Manuel, auch ich brauche die Zeit, um alles zu organisieren. Nachmittags werde ich das Gepäck zum Bahnhof schicken, dann erwarte ich dich.«

»Also bis um neun.«

»Um neun werde ich fertig sein.«

Anstelle von Joãos Bentley entdeckte ich einen glänzenden Aston-Martin-Sportwagen. Als ich feststellte, dass der alte Chauffeur nicht erschien, bekam ich ein mulmiges Gefühl: der Gedanke, das wir allein sein würden, erfüllte mich mit Unruhe und Ablehnung. Ihm ging es offenbar nicht so.

Ich konnte keinerlei Veränderung seines Verhaltens mir gegenüber feststellen, und er zeigte auch keine Anzeichen von Argwohn: Er war wie immer, aufmerksam, heiter und verführerisch, so, als drehte sich sein ganzes Leben um jene Ballen feinster Seide aus Macao, die er mir in seinem Büro gezeigt hatte, und als hätte er nichts mit der anstößigen Schwärze der Wolfram-Minen zu tun. Zum letzten Mal fuhren wir die Estrada Marginal entlang und querten rasch die Straßen Lissabons. Fußgänger drehten sich nach uns um. Zwanzig Minuten vor der Abfahrt kamen wir am Bahnsteig an, und er bestand darauf, mit mir in den Zug zu steigen und mich bis zum Abteil zu begleiten. Ich ging voraus durch den Gang, er knapp hinter mir, noch immer meinen kleinen Koffer in der Hand, in dem zwischen unschuldigen Pflegeprodukten, Kosmetika und Wäsche die Beweise für seinen schmutzigen Verrat lagen.

»Nummer acht, ich glaube, wir sind da«, verkündete ich.

Die geöffnete Tür gab den Blick in ein elegantes, blitzsauberes Abteil frei. Holzgetäfelte Wände, zurückgezogene Vorhänge, der Sitz an seinem Platz und das Bett noch unbezogen.

»Also, meine liebe Arish, die Stunde des Abschieds hat geschlagen«, sagte er und stellte dabei den Koffer auf den Boden. »Es freut mich sehr, dich kennengelernt zu haben, und es wird mir nicht leichtfallen, mich daran zu gewöhnen, dich nicht in meiner Nähe zu haben.«

Seine Zuneigung wirkte echt. Vielleicht waren meine Mutmaßungen, Gamboa habe mich verraten, doch unbegründet. Vielleicht hatte ich mich zu sehr hineingesteigert. Vielleicht hatte er nie erwogen, seinem Chef etwas zu erzählen, sodass dessen Wertschätzung für mich ungebrochen war.

»Es waren unvergessliche Tage, Manuel«, erwiderte ich und reichte ihm die Hand. »Mein Aufenthalt hätte nicht befriedigender verlaufen können, meine Kundinnen werden beeindruckt sein. Und du hast dafür gesorgt, dass alles ganz leicht ging und sehr angenehm war. Ich weiß gar nicht, wie ich dir danken soll.«

Er nahm meine Hände und umschloss sie mit den seinen. Im Gegenzug schenkte ich ihm mein strahlendstes Lächeln, ein Lächeln, hinter dem sich der starke Wunsch verbarg, der Vorhang, mit dem diese Farce zu Ende ginge, möge endlich fallen. Wenige Minuten später würde der Stationsvorsteher pfeifen und die Fahne senken, und dann würde sich der Lusitania-Express in Bewegung setzen und vom Atlantik weg auf das Zentrum der Halbinsel zurollen. Manuel da Silva und seine makaberen Geschäfte, das unruhige Lissabon und jenes ganze Universum voller Fremder würde ich für immer hinter mir lassen.

Die letzten Reisenden bestiegen eilig den Zug, alle paar Sekunden mussten wir uns an die Waggonwände drücken, um den Weg frei zu machen.

»Ich glaube, du gehst jetzt besser, Manuel.«
»Wahrscheinlich schon, ja, ich muss wirklich gehen.«
Der Moment, jene Abschiedspantomime zu beenden, war gekommen. Gleich würde ich mein Abteil betreten und wieder für mich sein. Wenn er nur endlich verschwand, alles andere war schon in Ordnung. Und dann, ganz unerwartet, spürte ich seine linke Hand in meinem Nacken, seinen rechten Arm um meine Schultern, den heißen, seltsamen Geschmack seiner Lippen auf meinen und einen Schauder, der mich von Kopf bis Fuß überlief. Es war ein intensiver Kuss, ein heftiger und langer Kuss, der mich verwirrte, entwaffnete und reaktionsunfähig machte.
»Gute Reise, Arish.«
Ich konnte nicht antworten, dazu ließ er mir keine Zeit. Bevor ich die Sprache wiedergefunden hatte, war er schon gegangen.

63

Ich ließ mich auf den Sitz fallen, während in meinem Kopf sich die Ereignisse der vergangenen Tage abspulten wie auf einer Kinoleinwand. Ich rief mir Begebenheiten und Situationen ins Gedächtnis und fragte mich, wie viele Personen aus diesem merkwürdigen Film mir im Leben noch wiederbegegnen sollten und welche ich nie mehr treffen würde. Ich rekapitulierte das Ende jedes einzelnen Handlungsstranges: glücklich die wenigsten, unabgeschlossen die meisten. Und als der Film schon fast zu Ende war, nahm die letzte Szene die gesamte Bildfläche in Anspruch: der Kuss Manuel da Silvas. Ich hatte noch immer seinen Geschmack auf den Lippen, war aber nicht in der Lage, ihm ein Adjektiv zuzuordnen. Spontan, leidenschaftlich, zynisch, sinnlich. Vielleicht alles gleichzeitig. Oder nichts von alledem.
Ich setzte mich gerade hin und blickte, schon gewiegt vom sanften Rattern des Zuges, durch das Fenster. Schnell zogen vor meinen Augen die letzten Lichter von Lissabon vorüber, immer weni-

ger intensiv und immer verwischter, immer seltener werdend, bis die Landschaft in Dunkel getaucht war. Ich stand auf, ich brauchte frische Luft. Zeit zum Abendessen.

Der Speisewagen war schon fast voll. Voller Menschen, voller Essensgerüche, voller Besteckgeklapper und Stimmengewirr. Es dauerte nur ein paar Minuten, bis man mir einen Platz zuwies. Ich wählte mein Essen und bestellte Wein, um meine Freiheit zu feiern. Die Wartezeit vertrieb ich mir, indem ich mir meine Ankunft in Madrid vorstellte, und Hillgarths Reaktion, wenn er erfuhr, welche Ergebnisse ich mitgebracht hatte. Wahrscheinlich hätte er nie vermutet, dass sich diese Mission als so lohnend erweisen würde.

Der Wein und das Essen kamen schnell, doch inzwischen hatte ich schon die Gewissheit, dass diese Mahlzeit nicht genussvoll werden würde. Der Zufall hatte dafür gesorgt, dass ich in der Nähe von zwei ordinären Individuen saß, die mich unverhohlen anstarrten, seitdem ich Platz genommen hatte. Zwei grobschlächtige Typen, die gar nicht zu der ruhigen Atmosphäre im Speisewagen passten. Auf ihrem Tisch standen zwei Weinflaschen und eine Menge Speisen, die sie verschlangen, als würde noch in dieser Nacht die Welt untergehen. Ich konnte den *bacalhau à Brás*, den gegrillten Kabeljau, kaum genießen; die Stofftischdecke, das geschliffene Weinglas und die steife Aufmerksamkeit der Kellner spielten plötzlich keine Rolle mehr. Jetzt wollte ich das Essen so schnell wie möglich hinter mich bringen, um in mein Abteil zurückkehren zu können und diese unliebsame Gesellschaft loszuwerden.

Als ich es betrat, waren die Vorhänge zugezogen, das Bett bezogen und alles für die Nacht vorbereitet. Der Zug würde immer ruhiger und leiser dahinrollen. Fast ohne es zu merken, würden wir Portugal verlassen und die Grenze überqueren. Jetzt wurde mir bewusst, wie wenig ich in letzter Zeit geschlafen hatte. Die frühen Morgenstunden des Abreisetages hatte ich damit zugebracht, Nachrichten zu transkribieren, am Tag davor hatte ich im Morgengrauen Rosalinda aufgesucht. Mein Körper brauchte eine Atempause, und so beschloss ich, mich sofort hinzulegen.

Ich öffnete mein Handköfferchen, hatte jedoch keine Zeit, etwas herauszuholen, weil mich in diesem Moment ein Klopfen an der Tür innehalten ließ.

»Tickets«, hörte ich. Vorsichtig öffnete ich und vergewisserte mich, dass es der Kontrolleur war. Aber ich merkte auch, dass er – wahrscheinlich ohne es zu wissen – nicht allein auf dem Gang war. Hinter dem Schaffner, in kaum ein paar Metern Entfernung, sah ich im Rhythmus des schaukelnden Zuges zwei schattenhafte Gestalten taumeln. Zwei unverwechselbare Gestalten: die der beiden Männer, die mich während des Abendessens gestört hatten.

Kaum hatte der Schaffner seine Aufgabe erledigt, verriegelte ich die Tür, fest entschlossen, sie bis zur Ankunft in Madrid nicht mehr zu öffnen. Das Letzte, was ich nach den schlimmen Erlebnissen in Lissabon brauchen konnte, waren ein paar unverschämte Reisende, die mit der Nacht nichts Besseres anzufangen wussten, als mich zu belästigen. Nun endlich machte ich mich bettfertig. Körperlich und seelisch erschöpft, musste ich unbedingt alles vergessen, und wenn auch nur für ein paar Stunden.

Ich begann aus dem Necessaire zu holen, was ich benötigte: die Zahnbürste, eine Seifendose, die Nachtcreme. Wenige Minuten später merkte ich, dass der Zug an Geschwindigkeit verlor. Wir näherten uns einem Bahnhof, dem ersten auf dieser Fahrt. Nachdem ich den Vorhang zurückgeschoben hatte, las ich »Entroncamento«.

Nur wenige Sekunden später klopfte es erneut an meine Tür. Kräftig, beharrlich. So klopfte kein Schaffner. Mit dem Rücken an die Tür gelehnt, verhielt ich mich ganz still, entschlossen, nicht zu reagieren. Ich hatte so eine Ahnung, dass es die Männer aus dem Speisewagen wären, und ihnen würde ich auf keinen Fall öffnen.

Aber es klopfte weiter. Jetzt noch heftiger. Und dann hörte ich, wie jemand meinen Namen sagte. Und erkannte die Stimme.

Ich schob den Riegel zurück.

»Du musst aussteigen. Da Silva hat zwei Leute hier drin. Sie sind hinter dir her.«

»Der Hut?«

»Der Hut.«

64

Meine Panik vermischte sich mit dem Bedürfnis, lauthals zu lachen. Ein bitteres, maliziöses Lachen. Wie seltsam Gefühle doch sind, wie trügerisch! Ein bloßer Kuss hatte meine Überzeugung von Manuel da Silvas moralischer Verkommenheit ins Wanken gebracht, und kaum eine Stunde später stellte ich fest, dass er den Befehl gegeben hatte, mich zu beseitigen und meine Leiche nächtens aus einem Zugfenster zu werfen. Der Judaskuss.

»Du brauchst nichts mitzunehmen außer deinen Dokumenten«, erklärte Marcus. »In Madrid bekommst du alles wieder.«

»Es gibt etwas, das ich nicht zurücklassen kann.«

»Du darfst nichts mitnehmen, Sira. Dazu ist keine Zeit, der Zug fährt gleich wieder los. Wenn wir uns nicht beeilen, müssen wir während der Fahrt abspringen.«

»Nur eine Sekunde ...« Ich ging zum Koffer und wühlte seinen Inhalt durch. Das Seidennachthemd, ein Pantoffel, die Haarbürste, eine Flasche Kölnisch Wasser: All das verteilte ich auf Bett und Boden wie eine Wahnsinnige. Es sah aus, als hätte ein Tornado gewütet. Endlich fand ich ganz unten, was ich suchte: das Heft mit den falschen Schnittmustern, die millimetergenau skizzierte Bestätigung für Manuel da Silvas Verrat an den Engländern. Ich drückte es so fest ich konnte an meine Brust.

»Gehen wir«, sagte ich, während ich mit der anderen Hand die Tasche nahm. Auch die konnte ich nicht zurücklassen, weil darin der Pass war.

Der Pfiff kündigte die Abfahrt an, und noch im selben Augenblick liefen wir auf den Gang. Als wir die Tür erreichten, hatte die Lokomotive bereits mit ihrem Pfeifen geantwortet und der Zug setzte sich in Bewegung. Marcus sprang zuerst hinaus, während ich das Heft, die Tasche und meine Schuhe auf den Bahnsteig warf. Ich würde barfuß springen müssen, sonst würde ich mir beim Aufkommen auf den Boden den Knöchel brechen. Marcus streckte mir die Hand entgegen, ich ergriff sie und sprang.

Die wutschnaubenden Schreie des Stationschefs erklangen erst ein paar Sekunden später. Wir sahen ihn auf uns zurennen und dabei wild die Arme schwenken. Drei Eisenbahner traten, von seinem Gebrüll alarmiert, aus dem Bahnhof. Der Zug hingegen, der nicht mitbekam, was hinter ihm geschah, fuhr weiter und nahm Fahrt auf.

»Los, Sira, mach schon, wir müssen hier weg«, drängte Marcus.

Er hob einen meiner Schuhe auf und streckte ihn mir hin, dann den anderen. Ich hielt sie in den Händen, zog sie aber nicht an: Meine Aufmerksamkeit richtete sich auf etwas anderes. Inzwischen hatten sich alle drei Angestellten um uns versammelt und rügten uns für den Vorfall, wie sie ihn erlebt hatten, während uns der Stationschef schreiend und mit den Armen fuchtelnd Vorwürfe machte. Ein Bettlerpärchen näherte sich neugierig, Sekunden später gesellten sich auch die Kantinenwirtin und ein junger Kellner zu der Gruppe und erkundigten sich, was vorgefallen sei.

Und dann, inmitten dieses Chaos aus Ermahnungen, erhitzten Gemütern und einander überlagernden Stimmen, hörten wir das durchdringende Kreischen des bremsenden Zuges.

Plötzlich rührte sich am Bahnsteig überhaupt nichts mehr, so, als wäre ein Laken aus Stille darübergebreitet worden, während die Räder mit einem langanhaltenden, hohen Ton auf den Schienen knirschten.

Marcus fand als Erster die Sprache wieder.

»Sie haben die Notbremse betätigt.« Seine Stimme war jetzt sehr ernst, fast gebieterisch. »Sie haben bemerkt, dass wir abgesprungen sind. Los, Sira, wir müssen augenblicklich weg von hier.«

Wie aufgezogen trat die ganze Gruppe wieder in Aktion. Erneut Gebrüll, Befehle, ziellose Schritte und zornentbrannte Gesten.

»Wir können nicht weg«, gab ich zurück. Ich drehte mich dabei um mich selbst und suchte den Boden mit dem Blick ab. »Ich kann mein Heft nicht entdecken.«

»Vergiss das verdammte Heft, lieber Himmel!«, rief er ärgerlich. »Sie kommen dich holen, Sira, sie haben den Befehl, dich zu töten!«

Ich spürte, wie er meinen Arm packte und daran zog, bereit, mich notfalls von dort wegzuschleifen.

»Du verstehst das nicht, Marcus. Ich muss es finden, unbedingt, es darf nicht hier liegen bleiben«, beharrte ich und suchte weiter. Bis ich endlich etwas entdeckte. »Da ist es! Da!«, schrie ich, deutete auf etwas in der Dunkelheit und versuchte mich zu befreien. »Da, auf dem Gleis!«

Das Quietschen der Bremsen wurde schwächer, und schließlich blieb der Zug stehen. In allen Fenstern tauchten Gesichter auf. Die Stimmen und die Rufe der Passagiere mischten sich mit dem andauernden Krawall, den die Bahnbediensteten veranstalteten. Und dann sahen wir sie. Zwei Schatten lösten sich von einem Waggon und rannten auf uns zu.

Ich überschlug blitzschnell Entfernungen und Zeiten. Noch konnte ich hinuntersteigen und das Heft aufsammeln, aber ich wusste, dass es viel länger dauern würde, wieder auf den Bahnsteig zu klettern. Immerhin war es eine beträchtliche Höhe, und wahrscheinlich machten meine Beine das gar nicht mehr mit. Trotzdem musste ich es einfach versuchen. Ich musste die Schnittmuster um jeden Preis wieder an mich nehmen, ohne all das, was ich in ihnen festgehalten hatte, konnte ich nicht nach Madrid zurückkehren. Dann spürte ich, wie Marcus mich von hinten packte. Er riss mich vom Gleis fort und sprang selbst hinunter.

Von dem Moment an, in dem er das Heft an sich genommen hatte, war alles nur noch eine verrückte Verfolgungsjagd. Wir rannten quer über den Bahnsteig, wir rannten mit hallenden Schritten über die Fliesen des verlassen daliegenden Vestibüls, wir rannten über den dunklen Vorplatz. Bis wir am Auto ankamen. Hand in Hand durch die Nacht, wie in längst vergangenen Zeiten.

»Was zum Teufel ist in diesem Heft, dass du dafür unser Leben riskierst?«, fragte er, während er sich bemühte, wieder zu Atem zu kommen, und gleichzeitig den Motor aufheulen ließ.

Als ich wieder Luft bekam, kniete ich mich auf den Sitz, um nach hinten zu blicken. In der Staubwolke, die die Hinterreifen aufwirbelten, erkannte ich die Männer aus dem Zug, die uns hinterherrannten, so schnell sie nur konnten. Anfangs trennten uns nur wenige Meter von ihnen, aber nach und nach vergrößerte sich der Abstand. Bis ich schließlich sah, dass sie aufgaben. Zuerst wurden die Bewegungen des einen langsamer, bis er schließlich wie betäubt stehen blieb, breitbeinig, die Arme über dem Kopf, als könne er nicht fassen, was gerade geschehen war. Der andere hielt noch ein paar Meter durch, doch bald ging auch ihm die Kraft aus. Das Letzte, was ich von ihm sah, war, dass er sich nach vorn beugte und, sich den Bauch haltend, alles erbrach, was er kurz zuvor so gierig in sich hineingestopft hatte.

Inzwischen konnte ich sicher sein, dass wir nicht mehr verfolgt wurden, und so setzte ich mich wieder ordentlich hin und beantwortete, noch immer heftig atmend, Marcus' Frage.

»Die besten Schnittmuster, die mir in meinem ganzen Leben gelungen sind.«

65

»Gamboa ahnte etwas, als er dir die Orchideen brachte. Deshalb wartete er halb versteckt, um herauszubekommen, wem der Hut gehörte, der auf dem Schreibtisch lag. Und dann sah er mich aus deinem Zimmer kommen. Er kennt mich sehr gut, denn ich war mehrere Male in der Firma. Anschließend ging er mit der Information zu da Silva, aber sein Chef wollte ihm nicht zuhören. Er sei mit einer wichtigen Angelegenheit beschäftigt, sagte er, sie würden sich am nächsten Tag unterhalten. Und das haben sie heute getan. Und als da Silva erfuhr, worum es ging, wurde er wütend. Er warf ihn hinaus und wurde aktiv.«

»Und woher weißt du das alles?«

»Weil Gamboa heute Nachmittag zu mir gekommen ist. Er ist ganz durcheinander, hat furchtbare Angst und sucht verzweifelt nach jemandem, der ihn beschützt. Er dachte, er würde sich vielleicht sicherer fühlen, wenn er sich den Engländern annähert, zu denen sie früher ganz ausgezeichnete Beziehungen hatten. Er weiß auch nicht, in was da Silva verstrickt ist, denn er sagt es nicht einmal den Leuten seines Vertrauens, doch sein Verhalten hat mich um dein Leben fürchten lassen. Ich bin in dein Hotel gegangen, sobald ich mit Gamboa gesprochen hatte, aber du warst schon fort. Ich kam genau in dem Augenblick am Bahnhof an, als der Zug anfuhr, und als ich da Silva in der Ferne allein am Bahnsteig stehen sah, dachte ich, alles sei in Ordnung. Bis mir in letzter Sekunde auffiel, dass er zwei Männern, die sich aus einem Zugfenster beugten, ein Zeichen machte.«

»Was für ein Zeichen?«

»Er zeigte ihnen eine Acht. Die fünf Finger einer Hand und drei der anderen.«

»Die Nummer meines Abteils.«

»Es war die einzige Information, die noch fehlte. Alles andere hatten sie bereits vorher abgesprochen.«

Mich überkam ein seltsames Gefühl. Entsetzen, gemischt mit Erleichterung, Schwäche gepaart mit Zorn. Vielleicht der Geschmack von Verrat. Doch ich wusste, ich hatte keinen Grund, mich verraten zu fühlen. Ich hatte Manuel mit verführerischem Benehmen getäuscht, und er hatte es mir vergelten wollen, ohne sich die Hände oder seine elegante Kleidung schmutzig zu machen. Verrat gegen Verrat, so funktionierte die Sache.

Wir fuhren weiter über staubige Landstraßen voller Schlaglöcher, durch schlafende Dörfer, verlassene Weiler und Ödland. Kilometerweit sahen wir kein einziges Licht als die Scheinwerfer unseres eigenen Wagens, die sich in die schwarze Nacht bohrten. Auch der Mond schien nicht. Marcus ahnte, dass da Silvas Männer nicht am Bahnhof bleiben würden, sondern vielleicht eine Möglichkeit fanden, uns zu folgen. Deshalb fuhr er weiter, ohne das Tempo zu verringern, als hingen beiden Schurken hinten am Schutzblech.

»Ich bin fast sicher, dass sie es nicht wagen werden, uns bis nach Spanien zu folgen. Sie würden sich auf unbekanntes Terrain begeben, wo sie die Spielregeln nicht kennen. Ihres speziellen Spiels.

Aber solange wir die Grenze nicht hinter uns haben, müssen wir wachsam sein.«

Es wäre verständlich gewesen, wenn Marcus mich gefragt hätte, warum mich da Silva so erbarmungslos eliminieren wollte, nachdem er mich wenige Tage zuvor so überaus zuvorkommend behandelt hatte. Er hatte uns selbst beim Abendessen und Tanzen im Casino gesehen, er wusste, dass ich mich tagtäglich in da Silvas Wagen hatte chauffieren lassen und Geschenke von ihm angenommen hatte. Vielleicht erwartete er von mir irgendeinen Kommentar über die Art meiner vermeintlichen Beziehung zu da Silva, vielleicht eine Erklärung zu dem, was zwischen uns passiert war, eine erhellende Äußerung, wie es zu dem perversen Auftrag gekommen war, wo ich doch schon im Begriff war, sein Land und sein Leben zu verlassen. Doch es kam kein einziges Wort aus meinem Mund.

Marcus redete weiter, ohne den Blick von der Straße zu wenden, lieferte mir Stichworte und Deutungen, in der Hoffnung, mich dadurch aus der Reserve zu locken.

»Da Silva«, fuhr er fort, »hat dir die Türen seines Hauses sperrangelweit geöffnet und dich Zeuge sein lassen von allem, was gestern Abend passiert ist und von dem ich nichts weiß.«

Ich sagte nichts darauf.

»Und du willst offenbar nichts davon erzählen.«

Ganz richtig, ich wollte nicht.

»Jetzt ist er davon überzeugt, dass du dich ihm genähert hast, weil du im Auftrag von irgendjemandem arbeitest. Er hat den Verdacht, dass du nicht bloß eine simple Schneiderin aus dem Ausland bist, die zufällig in sein Leben getreten ist. Er glaubt, du hast dich ihm genähert mit dem Ziel, in seinen Angelegenheiten herumzuschnüffeln. Und nach dem Tipp von Gamboa denkt er irrtümlich, dass du für mich arbeitest. Jedenfalls hat er Interesse daran, dass du den Mund hältst. Möglichst für immer.«

Ich blieb weiterhin stumm und verbarg meine Gedanken lieber hinter einer vorgetäuschten Ahnungslosigkeit. Bis mein Schweigen für beide unerträglich wurde.

»Danke, dass du mich beschützt hast, Marcus«, flüsterte ich schließlich.

Er ließ sich nicht täuschen, nicht erweichen und mich von meiner gespielten Naivität auch nicht beeindrucken.

»Mit wem arbeitest du zusammen, Sira?«, fragte er dann langsam, die Straße fest im Blick.

Ich drehte mich zur Seite und betrachtete im Halbdunkel sein Profil. Die schmale Nase, das kantige Kinn. Dieselbe Entschlossenheit, dieselbe Selbstsicherheit. Es schien, als hätte er sich nicht verändert seit damals in Tetuán. Es schien so.

»Und du, Marcus, für wen arbeitest du?«

Auf dem Rücksitz, unsichtbar, aber ganz nah, hatte sich ein weiterer Mitfahrer niedergelassen: das Misstrauen.

Nach Mitternacht passierten wir die Grenze. Marcus zeigte seinen britischen Pass vor, ich meinen marokkanischen. Ich bemerkte, wie er ihn musterte, doch er stellte keine Fragen. Von da Silvas Männern war nichts zu sehen, weit und breit kein Mensch außer zwei schläfrigen Grenzpolizisten, die wenig Lust hatten, ihre Zeit mit uns zu vergeuden.

»Vielleicht sollten wir irgendwo übernachten, jetzt, wo wir in Spanien sind und wissen, dass sie uns nicht gefolgt sind. Überholt haben sie uns auch nicht. Morgen kann ich mit dem Zug weiterfahren und du zurück nach Lissabon«, schlug ich vor.

»Ich fahre lieber weiter bis Madrid«, murmelte er vor sich hin.

Auf der Weiterfahrt begegneten wir keinem einzigen Wagen, und jeder hing seinen Gedanken nach. Das Misstrauen hatte Argwohn mit sich gebracht und der Argwohn Schweigen: ein unangenehmes, nervtötendes Schweigen, getränkt von Misstrauen. Ein ungerechtes Schweigen. Marcus hatte mich gerade aus der gefährlichsten Situation meines Lebens gerettet und fuhr nun die ganze Nacht durch, um mich sicher nach Hause zu bringen, und ich dankte es ihm damit, dass ich den Kopf in den Sand steckte und mich weigerte, ihm irgendeinen klärenden Hinweis zu geben. Aber ich brachte kein Wort über die Lippen. Ich durfte ihm noch nichts sagen, zuerst brauchte ich eine Bestätigung für meinen Verdacht, der mich seit dem morgendlichen Gespräch mit Rosalinda plagte, als sie mir die Augen geöffnet hatte. Oder vielleicht doch. Vielleicht konnte ich ihm doch etwas sagen. Ein Bruchstück der vergangenen Nacht, ein klitzekleines Stück, einen Anhaltspunkt. Etwas, das uns beiden nützen würde: ihm, damit zumindest teilweise seine Neugier gestillt wurde, und mir, um den Boden vorzubereiten, bis meine Vorahnungen Gewissheit würden.

Badajoz und Mérida lagen hinter uns. Wir hatten seit der Grenze kein Wort miteinander gewechselt, sondern unser gegenseitiges Misstrauen über löchrige Straßen und römische Brücken mitgeschleppt.

»Erinnerst du dich an Bernhardt, Marcus?«

Es kam mir vor, als würden sich seine Armmuskeln anspannen und die Hände das Lenkrad noch fester umklammern.

»Ja, natürlich erinnere ich mich an ihn.«

Mit einem Mal füllte sich das dunkle Wageninnere mit Bildern und Gerüchen jenes Tages, nach dem zwischen uns nichts mehr so gewesen war wie zuvor. Ein Abend im marokkanischen Sommer, meine Wohnung in der Calle Sidi Mandri, ein angeblicher Journalist, der mich an der Balkontür erwartete. Die vor Menschen wimmelnden Straßen Tetuáns, die Gärten des Hochkommissariats, die Musikkapelle des Kalifen, die Hymnen schmetterte, der Duft von Jasmin- und Orangenblüten, goldbetresste Uniformen. Die abwesende Rosalinda und ein enthusiastischer Beigbeder, der den großen Gastgeber spielte, noch nicht ahnend, dass jener Mann, den er an jenem Tag ehrte, ihm in nicht allzu ferner Zukunft sein Leben zerstören würde. Eine Gruppe deutscher Offiziere, die den Ehrengast mit den Katzenaugen umstanden, und mein Begleiter, der mich bat, ihm bei der Beschaffung geheimer Informationen behilflich zu sein. Eine andere Zeit, ein anderes Land, und letzten Endes doch alles fast gleich. Fast.

»Gestern habe ich mit ihm zu Abend gegessen, in da Silvas Landhaus. Anschließend haben sie bis in die Morgenstunden miteinander gesprochen.«

Ich wusste, dass er sich beherrschte, dass er mehr wissen wollte – Daten, Einzelheiten –, aber es nicht wagte, mich danach zu fragen, da er mir noch nicht ganz vertraute. Die süße Sira war tatsächlich nicht mehr die, die sie einmal war.

Schließlich hielt er es nicht mehr aus.

»Konntest du hören, worüber sie redeten?«

»Kein Wort. Hast du eine Ahnung, was die beiden gemeinsam haben könnten?«

»Nicht die geringste.«

Ich log, und er wusste es. Er log, und ich wusste es. Und keiner von uns beiden war bereit, die Karten auf den Tisch zu legen, aber die kleine Anspielung hatte die Spannung zwischen uns doch ein wenig gelockert. Vielleicht, weil sie Erinnerungen an eine Vergangenheit wachrief, als wir unsere Unschuld noch nicht verloren hatten. Vielleicht, weil diese Erinnerung uns half, ein Stück der früheren Komplizenschaft wiederzuerlangen, und uns mahnte, dass uns noch etwas anderes verband als Lügen und Ressentiments.

Plötzlich überkam mich eine ungeheure Müdigkeit, obwohl ich mich bemühte, auf die Straße zu achten und wach zu bleiben. Die Anspannung der letzten Tage, der Schlafmangel und die nervenaufreibenden Ereignisse der vergangenen Nacht forderten ihren Tribut. Zu lange schon war ich auf einem dünnen Seil balanciert.

»Bist du müde?«, fragte er. »Komm, leg den Kopf auf meine Schulter.«

Ich umfasste seinen rechten Arm und schmiegte mich an ihn, um mir ein wenig Wärme bei ihm zu holen.

»Schlaf. Es ist nicht mehr allzu weit«, flüsterte er mir zu.

Dann versank ich langsam in einem dunklen Brunnen, in dem ich die jüngsten Ereignisse in verformter Weise noch einmal erlebte. Männer, die mich verfolgten und dabei die Messer wetzten, der lange, feuchte Kuss einer Schlange, die Frauen der Wolframisten, die auf einem Tisch tanzen, da Silva, der etwas an den Fingern abzählt, der schluchzende Gamboa, Marcus und ich, wie wir im Dunkeln durch die Altstadtgassen von Tetuán laufen.

Ich wusste nicht, wie lange ich geschlafen hatte, als ich wieder die Augen aufschlug.

»Wach auf, Sira. Wir sind schon am Stadtrand von Madrid. Du musst mir sagen, wo du wohnst.«

Die nahe Stimme holte mich aus dem Schlaf, und ich begann, meine Benommenheit abzuschütteln. Da bemerkte ich, dass ich mich noch immer an ihn kuschelte. Es kostete mich unendlich Mühe, meinen erstarrten Körper aufzurichten und eine normale Sitzhaltung einzunehmen. Mein Nacken war steif, alle Gliedmaßen taub. Auch seine Schulter musste schmerzen, doch er ließ sich nichts anmerken. Noch immer schweigend, sah ich aus dem Autofenster und fuhr mir mit den Fingern durch die Haare. Der Himmel über Madrid wurde bereits hell, aber noch brannten Lichter. Wenige, vereinzelt, traurig. Ich musste an Lissabon denken mit seiner nächtlichen Festbeleuchtung. Im Not leidenden Spanien mit seinen Rationierungen lebte man praktisch noch im Dunkeln.

»Wie spät ist es?«, fragte ich schließlich.

»Fast sieben. Du hast ganz schön lange geschlafen.«

»Und du musst fix und fertig sein«, erwiderte ich, noch etwas schläfrig.

Ich sagte ihm die Adresse und bat ihn, ein Stück weiter am Bürgersteig gegenüber zu halten. Es war fast schon Tag, man sah die ersten Menschen auf der Straße. Die Zeitungsausträger, ein paar Hausmädchen, der eine oder andere Angestellte oder Kellner.

»Was hast du jetzt vor?«, fragte ich, während ich vom Wagen aus das Leben auf der Straße beobachtete.

»Als Erstes besorge ich mir ein Zimmer im Palace. Und wenn ich später aufstehe, schicke ich diesen Anzug in die Reinigung und gehe mir ein Hemd kaufen. Der Kohlenstaub an den Gleisen hat es ruiniert.«

»Aber du hast mein Heft gefunden …«

»Ich weiß nicht, ob es der Mühe wert war. Du hast mir noch nicht verraten, was es Wichtiges enthält.«

Ich ging nicht auf seine Bemerkung ein.

»Und was machst du, wenn du frische Sachen angezogen hast?«

Ich sah ihn nicht an bei dieser Frage, denn ich konzentrierte mich noch immer auf die Straße und wartete auf den richtigen Moment für den nächsten Schritt.

»Dann gehe ich zu meiner Firma«, entgegnete er. »Wir haben hier in Madrid eine Niederlassung.«

»Und willst du dann wieder so schnell flüchten wie damals in Marokko?«, fragte ich und beobachtete dabei das morgendliche Treiben auf der Straße.

Er antwortete mit einem schiefen Lächeln.

»Das weiß ich noch nicht.«

In diesem Augenblick sah ich meinen Hausmeister aus der Tür treten, auf dem Weg zum Milchgeschäft. Freie Bahn!

»Falls du wieder flüchten willst, lade ich dich vorher zum Frühstück ein«, sagte ich und stieß rasch die Wagentür auf.

Er packte mich am Arm, um mich zurückzuhalten.

»Nur wenn du mir sagst, in was du verwickelt bist.«

»Nur wenn ich endlich erfahre, wer du bist.«

Hand in Hand liefen wir die Treppe hinauf, bereit zu einer Art Waffenstillstand. Schmutzig und erschöpft, aber am Leben.

66

Ohne die Augen zu öffnen, wusste ich, dass Marcus nicht mehr neben mir lag. Von seinem kurzen Besuch in meiner Wohnung und in meinem Bett blieb nicht die geringste sichtbare Spur. Kein vergessenes Kleidungsstück, kein Abschiedsgruß – nur sein Geruch auf meiner Haut. Doch ich wusste, dass er zurückkommen würde. Früher oder später, wenn ich es am wenigsten erwartete, würde er wieder auftauchen.

Ich wäre gerne noch ein wenig liegen geblieben. Nur noch eine Stunde, vielleicht hätte sogar eine halbe Stunde genügt, um in aller Ruhe zu rekapitulieren, was in den letzten Tagen geschehen war und, vor allem, in der letzten Nacht: was ich erlebt, gespürt hatte.

Wie gerne hätte ich mir noch einmal jede Sekunde der vergangenen Stunden ins Gedächtnis gerufen, aber das ging jetzt nicht. Ich musste in Gang kommen, endlich etwas tun, mich erwarteten tausend Verpflichtungen. Also nahm ich eine Dusche und machte mich ans Werk. Es war Samstag, und obwohl weder die Mädchen noch Doña Manuela an diesem Tag ins Atelier gekommen waren, war alles vorbereitet und zurechtgelegt, damit ich mich informieren konnte, was während meiner Abwesenheit angefallen war. Es schien alles wunderbar geklappt zu haben: Auf den Schneiderpuppen hingen fast fertige Kleider, in den Heften waren Maße notiert, Stoffreste und Schnittteile lagen da, die ich nicht hingelegt hatte, und ich fand Notizen in spitzer Handschrift vor, wer gekommen war, wer angerufen hatte und was wir zu klären hätten. Doch mir fehlte die Zeit, mich um alles zu kümmern. Gegen Mittag hatte ich noch einen ganzen Berg Arbeit vor mir, aber es half nichts, sie musste warten.

Das Embassy war gerammelt voll, aber ich vertraute darauf, dass Hillgarth schon sehen würde, wie ich meine Handtasche fallen ließ, kaum dass ich das Lokal betreten hatte. Ich tat es ganz lässig, fast aufreizend. Sofort bückten sich drei Herren nach der Tasche. Einer griff sie sich, ein hoher deutscher Offizier, der im gleichen Moment die Tür hatte aufstoßen wollen, um auf die Straße zu treten. Ich bedankte mich mit meinem schönsten Lächeln für die freundliche Geste und schielte gleichzeitig zu Hillgarth hinüber, um zu sehen, ob er meine Ankunft bemerkt hatte. Er saß an einem Tisch im Hintergrund, wie immer in Gesellschaft. Ich ging einfach davon aus, dass er mich gesehen und die Nachricht verstanden hatte. Muss Sie dringend sprechen, hatte ich mit meiner Aktion sagen wollen. Dann warf ich einen Blick auf meine Armbanduhr und tat ganz überrascht, als hätte ich mich gerade daran erinnert, dass ich in dieser Minute einen äußerst wichtigen Termin an einem anderen Ort hatte. Vor zwei Uhr war ich wieder zu Hause. Um Viertel nach drei wurde die Pralinenschachtel geliefert. Also hatte Hillgarth meine Botschaft tatsächlich bekommen. Er bat mich, um halb fünf wieder in die Praxis von Doktor Rico zu kommen.

Es lief ab wie immer. Ich kam allein an und begegnete niemandem auf der Treppe. Wieder öffnete mir dieselbe Krankenschwester die Tür und führte mich ins Sprechzimmer.

»Guten Tag, Sidi. Freut mich, dass Sie wieder hier sind. Hatten Sie eine gute Reise? Über den Lusitania-Express hört man ja nur das Beste.«

Er stand am Fenster und trug einen seiner untadeligen Anzüge. Mit ausgestreckter Hand kam er auf mich zu.

»Guten Tag, Captain. Ich hatte eine ausgezeichnete Reise, danke. Die Erster-Klasse-Abteile sind wirklich traumhaft. Ich wollte Sie möglichst schnell treffen, um Sie über meinen Aufenthalt zu informieren.«

»Das ist sehr freundlich von Ihnen. Setzen Sie sich bitte. Eine Zigarette?«

Er wirkte ganz entspannt, offenbar drängte es ihn nicht sonderlich, das Ergebnis meiner Arbeit zu erfahren. Vor zwei Wochen war die Mission noch äußerst dringlich gewesen, doch dies schien – wie durch Zauberhand – nicht mehr der Fall zu sein.

»Alles ist gut gegangen, und ich glaube, ich habe sehr interessante Informationen gewonnen. Sie hatten recht mit Ihren Mutmaßungen: Da Silva verhandelt mit den Deutschen über die Lieferung von Wolfram. Der endgültige Vertrag ist am Donnerstagabend in seinem Haus unterzeichnet worden, im Beisein von Johannes Bernhardt.«

»Gute Arbeit, Sidi. Diese Information wird uns sehr nützlich sein.«

Er schien nicht überrascht. Ebenso wenig beeindruckt. Und auch nicht dankbar. Sondern neutral und gleichmütig. Als wäre ihm das alles nicht neu.

»Diese Nachricht scheint Sie nicht zu erstaunen«, sagte ich. »Wussten Sie schon davon?«

Er zündete sich eine Craven A an, und mit der Rauchwolke, die er ausstieß, kam auch seine Antwort.

»Gerade heute Morgen hat man uns von dem Treffen zwischen da Silva und Bernhardt informiert. Wenn er beteiligt ist, kann es nur um die Lieferung von Wolfram gehen, was unseren Verdacht bestätigt: Da Silva steht nicht loyal zu uns. Wir haben bereits ein Memorandum diesbezüglich nach London gesandt.«

Ich ließ mir meine Genugtuung nicht anmerken, sondern bemühte mich, ganz natürlich zu klingen. Mit meinen Mutmaßungen war ich schon auf der richtigen Spur, aber ich musste noch ein wenig weiterbohren.

»Ach, was für ein Zufall, dass jemand Sie gerade heute informiert hat. Ich dachte, ich sei als Einzige mit dieser Mission betraut.«

»Am späten Vormittag traf überraschend ein in Portugal stationierter Agent ein. Ganz unerwartet, er ist über Nacht von Lissabon hierher gefahren.«

»Und dieser Agent hat Bernhardt mit da Silva zusammen gesehen?«, fragte ich mit gespielter Überraschung.

»Er persönlich nicht, aber eine Person seines Vertrauens, ja.«

Fast hätte ich laut gelacht. Sein Agent war also bezüglich Bernhardt von einer Person seines Vertrauens informiert worden. Nun ja, immerhin, ein Kompliment.

»Bernhardt interessiert uns sehr stark«, fuhr Hillgarth fort, der von meinen Gedanken nichts wusste. »Wie ich Ihnen bereits in Tanger sagte, ist er der Kopf der SOFINDUS, der Firma, unter deren Tarnung das Dritte Reich seine Geschäfte in Spanien abwickelt. Dass er mit da Silva in Portugal Geschäfte macht, wird erhebliche Auswirkungen für uns haben, denn …«

»Verzeihung, Captain«, unterbrach ich ihn. »Erlauben Sie, dass ich Ihnen noch eine weitere Frage stelle. Der Agent, der Sie informiert hat, dass Bernhardt mit da Silva verhandelt, gehört der ebenfalls zum SOE? Ist das auch einer Ihrer Neuzugänge, so wie ich?«

Er drückte gewissenhaft die Zigarette aus, ehe er antwortete.

»Warum fragen Sie?«

Ich zauberte ein naives Lächeln auf mein Gesicht, so gut es mir in meiner Falschheit eben möglich war.

»Oh, aus keinem speziellen Grund«, erwiderte ich achselzuckend. »Es ist nur ein so ungewöhnlicher Zufall, dass wir beide am selben Tag mit der genau gleichen Information auftauchen, dass ich die Situation einfach lustig finde.«

»Dann tut es mir leid, Sie enttäuschen zu müssen, aber nein, ich fürchte, es handelt sich nicht um einen Agenten des SOE, den wir erst kürzlich angeworben haben. Wir haben die Information über einen unserer Männer vom SIS erhalten, unserem, sagen wir, konventionellen Geheimdienst. Und wir haben nicht die geringsten Zweifel an dem Wahrheitsgehalt seiner Information: Es handelt sich um einen absolut soliden Agenten mit etlichen Jahren Erfahrung, ein *pata negra*, ein alter Hase, wie die Spanier sagen würden.«

Klick. Mir lief es eiskalt den Rücken herunter. Jetzt hatten sich alle Puzzleteile zusammengefügt. Was ich gehört hatte, stimmte exakt mit meinen Vermutungen überein, aber dass ich es nun wirklich mit Bestimmtheit wusste, dieses Wissen fuhr wie ein kalter Windstoß durch mein Herz. Doch jetzt war nicht der richtige Moment, mich in Gefühlen zu verlieren, sondern weiter voranzukommen. Um Hillgarth zu beweisen, dass auch wir »fremdländischen« Neuzugänge fähig sind, bei den uns übertragenen Missionen vollen Einsatz zu bringen.

»Und Ihr Mann vom SIS, hatte er noch weitere Informationen für Sie?«, fragte ich und fixierte ihn mit meinem Blick.

»Nein, bedauerlicherweise konnte er uns keine weiteren Details liefern, aber …«

Ich ließ ihn nicht ausreden.

»Er hat Ihnen nicht erzählt, wie und wo die Verhandlung stattfand, er hat Ihnen nicht die Vor- und Nachnamen aller dort Anwesenden genannt? Er hat Sie nicht über die vereinbarten Bedingungen informiert, die Mengen an Wolfram, die gefördert werden sollen, den Preis pro Tonne, die Zahlungsbedingungen und wie man die Exportsteuer umgehen will? Er hat Ihnen nicht erzählt, dass man die Belieferung der Engländer in weniger als zwei Wochen radikal zurückfahren wird? Er hat Ihnen nicht erzählt, dass da Silva Sie nicht nur verraten hat, sondern es ihm auch gelungen ist, die größten Minenbesitzer aus der Provinz Beira an einen

Tisch zu bekommen und dadurch günstigere Konditionen mit den Deutschen auszuhandeln?«

Der Blick des Marineattachés mit den buschigen Augenbrauen war stahlhart geworden. Seine Stimme klang brüchig.

»Woher wissen Sie das alles, Sidi?«

Stolz hielt ich seinem Blick stand. Sie hatten mich mehr als zehn Tage am Rande des Abgrunds balancieren lassen, und ich hatte meine Mission erfüllt, ohne abzustürzen. Es war an der Zeit, ihn wissen zu lassen, was ich alles herausgefunden hatte.

»Wenn eine Schneiderin ihre Arbeit gut macht, dann führt sie auch den letzten Stich selbst aus.«

Während des gesamten Gesprächs hatte mein Heft mit den Schnittmustern diskret auf meinen Knien gelegen. Der Deckel war eingerissen, einige Seiten geknickt, viele hatten Schmutz- oder Rußflecken, die bezeugten, welche Abenteuer das Heft überstehen musste, seit ich es aus dem Schrank meines Hotelzimmers in Estoril genommen hatte. Jetzt legte ich das Heft auf den Tisch und meine Hände darauf.

»Hier steht alles drin, bis zur letzten Silbe, alles, was gestern Nacht vereinbart wurde. Von diesem Heft hat Ihnen Ihr Agent vom SIS nichts erzählt, oder?«

Zweifellos war der Mann, der vor wenigen Tagen auf unnachahmliche Weise wieder in mein Leben getreten war, ein gewiefter Spion im Dienste Seiner Majestät, doch bei dieser verworrenen Geschichte mit dem Wolfram hatte ich ihn gerade haushoch geschlagen.

67

Etwas war anders nach diesem geheimen Treffen, das spürte ich, als ich das Gebäude verließ. Ich konnte es jedoch nicht benennen. Während ich noch darüber nachdachte, ging ich langsam durch die Straßen. Es kümmerte mich nicht, ob mir jemand folgte oder ob ich vielleicht an der nächsten Ecke über jemanden stolperte, dem ich lieber nicht begegnen wollte. Äußerlich unterschied mich nichts von der Frau, die wenige Stunden zuvor denselben Weg gegangen war, nur in umgekehrter Richtung, mit demselben Kostüm und denselben Schuhen an den Füßen. Niemand, der mich hätte kommen und gehen sehen, hätte eine Veränderung an mir wahrgenommen, außer dass ich kein Heft mehr mit mir trug. Aber ich wusste, was geschehen war. Und Hillgarth ebenfalls. Wir wussten beide, dass sich an diesem Nachmittag Ende Mai die Ordnung der Dinge unwiderruflich verändert hatte.

Auch wenn er wenig Worte machte, so zeigte sein Verhalten doch, dass die Daten, die ich ihm gerade geliefert hatte, ein äußerst umfangreiches und wertvolles Arsenal an Informationen darstellten, die von seinen Leuten in London genauestens analysiert werden mussten, und zwar unverzüglich. Diese Informationen würden Alarmglocken läuten und Allianzen zerbrechen lassen. Und auch die Einstellung des Marineattachés. Zumindest war das mein Gefühl. In seinen Augen sah ich, wie ein anderes Bild von mir entstand: seine neue Mitarbeiterin, die kein Risiko scheute – die unerfahrene Schneiderin mit vielversprechendem, aber ungewissem Potenzial –, hatte sich über Nacht in eine Person verwandelt, die schwierige Situationen mit dem Elan und der Effizienz eines Profis zu meistern verstand. Ich handelte vielleicht nicht sonderlich methodisch, und mir fehlten technische Kenntnisse. Ich gehörte auch nicht zu den Seinen, durch meine Herkunft, meine Sprache, meine Lebenswelt. Doch ich hatte wesentlich mehr Charakter bewiesen, als man erwartet hatte, und das verschaffte mir auf seiner Rangliste eine neue Position.

Es war auch nicht unbedingt Freude, was ich empfand, während mich auf dem Heimweg die letzten Sonnenstrahlen beschienen. Auch nicht Enthusiasmus oder Rührung. Am besten ließ sich mein Gefühl vielleicht mit dem Wort Stolz beschreiben. Zum ersten Mal seit langer Zeit, vielleicht zum ersten Mal in meinem Leben, war ich stolz auf mich selbst. Stolz auf meine Fähigkeiten und auf meine Beharrlichkeit, stolz darauf, dass ich die an mich gestellten Erwartungen mit Bravour übertroffen hatte. Stolz darauf, dass ich ein wenig dazu beitragen konnte, diese Welt voller Verrückter zu einem besseren Ort zu machen. Stolz auf die Frau, die aus mir geworden war.

Gewiss, Hillgarth hatte mich dazu angespornt und mich an Grenzen geführt, die mich schwindelig machten. Gewiss, Marcus hatte mir das Leben gerettet, als er mich aus dem fahrenden Zug holte, ohne seine Hilfe zur rechten Zeit wäre ich heute vielleicht nicht hier. Das alles traf zu, ja. Doch ebenso gewiss hatte ich mit meinem Mut und meiner Beharrlichkeit dazu beigetragen, dass diese Mission zu einem guten Ende gekommen war. Alle meine Ängste, alle schlaflosen Stunden und Sprünge ohne Netz hatten am Ende ihren Sinn gehabt: nicht nur den, nützliche Informationen für die schmutzige Kriegskunst zu sammeln, sondern auch, und vor allem, um mir selbst und den Leuten in meinem Umfeld zu beweisen, zu welchen Leistungen ich in der Lage war.

Und dann, als mir die Wichtigkeit meines Beitrags bewusst wurde, wusste ich, dass es an der Zeit war, den Vorgaben anderer Menschen nicht mehr blindlings zu folgen. Hillgarth kam auf die Idee, mich nach Lissabon zu schicken, Manuel da Silva beschloss, mich aus dem Weg zu räumen, und Marcus Logan entschied, mich in letzter Minute zu retten. Wie eine bloße Marionette war ich von Hand zu Hand gereicht worden: egal, ob es nun zum Guten oder zum Schlechten war, sie alle hatten für mich entschieden und mich hin und her geschoben wie eine Schachfigur. Keiner war ehrlich mit mir gewesen, keiner hatte offen seine Absichten geäußert. Es war an der Zeit, Klarheit zu verlangen. Ich musste die Zügel wieder in die Hand nehmen, selbst entscheiden, welchen Weg ich gehen wollte und mit wem. Ich würde auf Hindernisse treffen, Fehler machen, es würde Scherben und dunkle Stunden geben. Geruhsam würde meine Zukunft nicht werden, dessen war ich mir sicher. Doch ich wollte nicht mehr weitermachen wie gehabt, ohne vorher zu wissen, was mich erwartete, welchen Risiken ich entgegensah, wenn ich morgens aufstand. Ich wollte endlich selbst bestimmen, welchen Kurs mein Leben nahm.

Diese drei Männer – Marcus Logan, Manuel da Silva und Alan Hillgarth – hatten mich in wenigen Tagen reifer werden lassen, jeder auf seine Weise und wahrscheinlich ohne bewusste Absicht. Oder vielleicht hatte dieser Prozess schon vor längerer Zeit begonnen, und ich war mir meiner neuen Qualitäten nur noch nicht bewusst gewesen. Da Silva würde ich wahrscheinlich nie mehr wiedersehen. Bei Hillgarth und Marcus war ich mir jedoch sicher, dass ich sie noch lange um mich haben würde. Von Letzterem wünschte ich mir ganz konkret eine Nähe, wie ich sie in den ersten Stunden dieses Morgens erlebt hatte: eine liebevolle, körperliche Nähe, die mich noch jetzt erschaudern ließ. Doch zuerst musste ich die Grenzen des Terrains abstecken. Klar und eindeutig. Sichtbar. Wie jemand, der einen Zaun oder mit Kreide einen Strich auf dem Boden zieht.

Als ich nach Hause kam, fand ich einen Umschlag vor, den jemand unter der Tür durchgeschoben hatte. Er trug den Briefkopf des Hotels Palace, und innen steckte eine Karte, auf der geschrieben stand:

»Ich fahre nach Lissabon zurück. Übermorgen komme ich wieder. Warte auf mich.«

Natürlich würde ich auf ihn warten. Wie und wo ich ihn sehen würde, das zu organisieren schaffte ich in ein paar Stunden.

In jener Nacht ignorierte ich wieder einmal ohne Gewissensbisse die vorgegebenen Anweisungen. Als ich Hillgarth nachmittags drei Stunden lang ohne Pause bis ins letzte Detail über die Besprechung in da Silvas Landhaus informiert hatte, fragte ich ihn nach dem Stand der Dinge bei den Listen, von denen er mir bei unserem Treffen am Tag nach dem Vorfall im Hippodrom erzählt hatte.

»Alles wie gehabt. Im Moment wissen wir nichts Neues.«

Das bedeutete, dass mein Vater weiterhin auf der Liste der Britensympathisanten und ich auf der Liste der Nazifreunde stand. Sehr schade, wirklich, denn nun würden sich unsere Wege wieder kreuzen.

Ich erschien bei ihm, ohne meinen Besuch anzukündigen. Die

Gespenster aus einer anderen Zeit erhoben wütenden Protest, als sie mich das Haus betreten sahen, und brachten Erinnerungen an den Tag zurück, als meine Mutter und ich voller Unruhe diese Treppe hinaufgestiegen waren. Zum Glück verschwanden sie bald wieder und nahmen auch die vergilbten und bitteren Erinnerungen mit sich, die ich lieber vergaß.

Es öffnete mir ein Dienstmädchen die Tür, das in nichts an die alte Servanda erinnerte.

»Ich muss sofort Señor Alvarado sprechen. Es ist dringend. Ist er zu Hause?«

Sie nickte verwirrt. Mein Auftreten war wohl zu forsch.

»In der Bibliothek?«

»Ja, aber …«

Ehe sie den Satz beenden konnte, war ich schon drinnen.

»Danke, ich weiß, wo ich ihn finde.«

Es freute ihn, mich zu sehen, viel mehr, als ich gedacht hätte. Vor meiner Abreise nach Portugal hatte ich ihm eine kurze Nachricht geschickt, damit er Bescheid wusste, doch irgendetwas war ihm wohl seltsam vorgekommen. Sehr überstürzt, das Ganze, wird er gedacht haben, zu kurz nach der hinterlistigen Ohnmachtsszene im Hippodrom. Es beruhigte ihn, dass ich wohlbehalten zurück war.

Die Bibliothek sah noch so aus, wie ich sie in Erinnerung hatte. Vielleicht mit noch mehr Büchern und Papierbergen: Tagebücher, Briefe, stapelweise Zeitungen. Alles andere war wie vor etlichen Jahren, als mein Vater, meine Mutter und ich dort zusammensaßen. Es war das erste Mal, dass wir drei zusammen gewesen waren, und auch das letzte Mal. An jenem fernen Herbsttag war ich schrecklich nervös gewesen und noch sehr naiv, bedrückt und befangen angesichts der unbekannten Welt, die mich erwartete. Nun, fast sechs Jahre später, besaß ich viel mehr Selbstsicherheit, durch Schicksalsschläge, durch meine Arbeit, durch Rückschläge und meine Sehnsüchte. Und niemand konnte sie mir jemals wieder nehmen. Mochte der Wind auch noch so stark wehen, mochte die Zukunft auch noch so schwer werden, ich wusste, ich war stark genug, allen Schwierigkeiten zu trotzen.

»Ich muss dich um einen Gefallen bitten, Gonzalo.«

»Was du willst.«

»Ich möchte ein kleines privates Fest geben. Hier, in deinem Haus, am Dienstagabend. Du und ich und drei Gäste. Zwei von ihnen müsstest du selbst einladen, aber ohne dass sie erfahren, dass ich auch da sein werde. Es wird keine Probleme geben, denn ihr kennt euch bereits.«

»Und der dritte Gast?

»Um den kümmere ich mich.«

Ohne jede Nachfrage, ohne jeden Vorbehalt willigte er ein. Trotz meines ungewöhnlichen Verhaltens, meines überstürzten Verschwindens und meiner falschen Identität schien er mir blindlings zu vertrauen.

»Uhrzeit?«, fragte er nur noch.

»Ich werde irgendwann am Nachmittag kommen. Der Gast, den du noch nicht kennst, kommt um sechs. Ich muss mit ihm reden, bevor die anderen kommen. Kann ich dafür die Bibliothek benützen?«

»Aber gerne.«

»Wunderbar. Lade das Paar doch bitte für acht Uhr ein. Und noch etwas. Macht es dir etwas aus, wenn sie erfahren, dass ich deine Tochter bin? Es wird unter uns fünfen bleiben.«

Es dauerte ein wenig, ehe er antwortete, und in dieser kurzen Zeit meinte ich einen neuen Glanz in seinen Augen wahrzunehmen.

»Es wird mich stolz machen und mir eine Ehre sein.«

Wir plauderten noch eine Weile: über Lissabon und Madrid, über dieses und jenes, ohne irgendwelche heiklen Themen anzuschneiden. Als ich schon gehen wollte, gab er seine gewohnte Zurückhaltung auf, wenn auch nur für einen Moment.

»Ich weiß, ich habe nicht das Recht, mich in dein Leben einzumischen, schon gar nicht in deinem Alter, Sira, aber …«

Ich drehte mich um und umarmte ihn.

»Danke für alles. Am Dienstag wirst du alles erfahren.«

68

Marcus erschien zur vereinbarten Zeit. Ich hatte ihm eine Nachricht im Hotel hinterlassen, die er problemlos erhalten hatte. Er hatte keine Ahnung, zu wem diese Adresse gehörte, er wusste nur, dass ich ihn dort erwartete. Und das tat ich, angetan mit einem Kleid aus rotem Seidencrêpe, perfekt geschminkt, die dunklen Haare am Hinterkopf zu einem Knoten geschlungen. So wartete ich auf ihn.

Er kam im makellosen Smoking mit gestärkter Hemdbrust und einem in zahllosen Abenteuern, über die man lieber schweigen sollte, gestählten Körper. Zumindest war es bislang so gewesen. Kaum hatte es geläutet, ging ich ihm öffnen. Es fiel uns schwer, bei der Begrüßung unsere Gefühle füreinander zu verbergen. Nach seinem letzten überstürzten Aufbruch waren wir uns endlich wieder nah.

»Ich möchte dir jemandem vorstellen.«

Bei ihm eingehängt, zog ich ihn in den Salon.

»Marcus, das ist Gonzalo Alvarado. Ich habe dich in sein Haus bestellt, damit du erfährst, wer er ist. Und ich möchte, dass auch er dich kennenlernt. Damit er Bescheid weiß und mit eigenen Augen sieht, wie wir zueinander stehen.«

Sie begrüßten sich höflich, Gonzalo schenkte uns ein Glas ein, und wir plauderten einige Minuten zu dritt über Banalitäten, bis das Dienstmädchen passenderweise meinem Vater von der Tür aus Bescheid gab, dass man ihn am Telefon verlange.

Wir blieben allein im Zimmer, auf den ersten Blick ein ideales Paar. Doch für eine andere Einschätzung hätte es schon gereicht, wenn jemand gehört hätte, was Marcus mir mit heiserer Stimme zwischen zusammengepressten Zähnen ins Ohr murmelte:

»Können wir einen Moment unter vier Augen miteinander reden?«

»Natürlich. Komm mit.«

Ich führte ihn in die Bibliothek. An der Wand über dem Schreibtisch hing noch immer das Bild der majestätischen Doña Carlota mit dem diamantenbesetzten Diadem, das einmal mir gehörte und dann nicht mehr.

»Wer ist der Mann, den du mir gerade vorgestellt hast? Warum willst du, dass er mich kennenlernt? Ist das eine Falle, Sira?«, fragte er in scharfem Ton, da uns ja niemand hörte.

»Eine Falle, die ich speziell für dich gebaut habe«, entgegnete ich und setzte mich in einen der Sessel, schlug die Beine übereinander und ließ den rechten Arm auf der Rückenlehne ruhen. Bequem und Herrin der Lage, als hätte ich lebenslange Übung in solchen Dingen. »Ich muss wissen, ob du weiter einen Platz in meinem Leben haben sollst oder ob wir uns besser nicht mehr sehen.«

Er fand es offenbar gar nicht lustig, was ich sagte.

»Das ist doch Unsinn, ich glaube, es ist besser, wenn ich gehe ...«

»So schnell gibst du auf? Noch vor drei Tagen hatte ich den Eindruck, du würdest Kopf und Kragen für mich riskieren. Du hättest mich schon einmal verloren, sagtest du, und dass du das kein zweites Mal zulassen würdest. So schnell sind deine Gefühle erkaltet? Oder hast du mich vielleicht angelogen?«

Er stand ein Stück von mir entfernt und sah mich wortlos an, angespannt und kalt, distanziert.

»Was willst du von mir, Sira?«, fragte er schließlich.

»Dass du mir etwas über deine Vergangenheit sagst. Im Gegenzug wirst du alles erfahren, was du über meine Gegenwart wissen musst. Und außerdem erhältst du einen Preis.«

»Was aus meiner Vergangenheit willst du wissen?«

»Ich möchte, dass du mir erzählst, warum du nach Marokko gekommen bist. Willst du wissen, was dein Preis wäre?«

Er antwortete nicht.

»Der Preis bin ich. Wenn deine Antwort mich zufriedenstellt, bleibst du bei mir. Wenn sie mich nicht überzeugt, verlierst du mich für immer. Du kannst wählen.«

Wieder sagte er nichts. Dann kam er langsam auf mich zu.

»Warum interessiert es dich heute noch, warum ich nach Marokko gekommen bin?«

»Einmal, vor Jahren, habe ich einem Mann mein Herz geöffnet, der sein wahres Gesicht nicht zeigte, und es hat mich unendlich viel Kraft gekostet, bis die Wunden in meiner Seele verheilt sind. Ich will nicht, dass mir mit dir das Gleiche passiert. Ich will keine Lügen mehr und keine Heimlichtuereien. Ich will keine Männer mehr, die nach Lust und Laune über mich verfügen, die gehen und kommen, wann sie wollen, und sei es, um mir das Leben zu retten. Deshalb will ich alle deine Karten sehen, Marcus. Ein paar von den meinen habe ich schon aufgedeckt: Ich weiß, für wen du arbeitest, und ich weiß, dass du dich nicht unbedingt Handelsgeschäften widmest, genauso wenig wie du zuvor Journalist warst. Aber ein paar Lücken in deiner Biografie muss ich noch füllen.«

Endlich setzte er sich auf die Lehne eines Sofas. Mit einem Bein stützte er sich am Boden ab, das andere schlug er darüber. Mit geradem Rücken saß er da, das Glas noch in der Hand, Anspannung im Gesicht.

»Einverstanden«, meinte er nach ein paar Sekunden. »Ich bin bereit zu reden. Unter der Voraussetzung, dass auch du ehrlich zu mir bist. In allem.«

»Ja, danach, ich verspreche es dir.«

»Erzähl mir, was du bereits über mich weißt.«

»Dass du zum britischen Militärgeheimdienst gehörst. Zum SIS, zum MI6, oder wie du ihn nennen willst.«

In seinem Gesicht zeigte sich keine Spur von Überraschung. Wahrscheinlich hatten sie ihn darauf trainiert, seine Gefühle zu verbergen. Anders als bei mir. Mich hatten sie in keiner Weise ausgebildet, weder vorbereitet noch geschützt: Mich hatten sie einfach nackt den hungrigen Wölfen vorgeworfen. Doch ich lernte dazu. Allein und unter großen Mühen, immer wieder stolperte ich, fiel hin und stand wieder auf. Ging weiter: zuerst ein Fuß, dann der andere. Jedes Mal mit einem etwas festeren Schritt. Mit hocherhobenem Kopf, den Blick nach vorne gerichtet.

»Ich weiß nicht, wie du an diese Information gekommen bist«, erwiderte er nur. »Aber es ist egal. Ich nehme an, dass deine Quellen vertrauenswürdig sind und es keinen Sinn hätte, das Offensichtliche abzustreiten.«

»Ein paar Sachen möchte ich schon noch wissen.«

»Wo soll ich anfangen?«

»Zum Beispiel an dem Tag, als wir uns kennengelernt haben. Aus welchem Grund du wirklich nach Marokko gekommen bist.«

»In Ordnung. Der Hauptgrund war, dass man in London nur sehr spärliche Informationen darüber hatte, was im Protektorat vor sich ging, und verschiedene Quellen berichteten, dass die Deutschen sich dort mit Zustimmung der spanischen Behörden breitmachten. Unser Geheimdienst besaß kaum Informationen über Hochkommissar Beigbeder: Er gehörte nicht zu den bekannten Militärs, man wusste nicht, wie er tickte und welche Pläne er hatte. Und vor allem kannten wir seine Haltung gegenüber den Deutschen nicht, die in dem Gebiet, das ihm unterstand, machten, was sie wollten.«

»Und was hast du herausbekommen?«

»Dass die Deutschen, wie wir schon vermuteten, nach Lust und Laune dort agieren konnten, manchmal mit seiner Zustimmung, manchmal ohne sie. Du selbst hast mir zum Teil geholfen, an diese Informationen zu kommen.«

Ich überhörte den Seitenhieb.

»Und über Beigbeder?«, fragte ich.

»Über ihn habe ich das herausgefunden, was du auch schon weißt. Dass er ein intelligenter und ziemlich eigenwilliger Typ war – oder vermutlich noch ist.«

»Und warum haben sie dich nach Marokko geschickt, wo du doch in einem so elenden Zustand warst?«

»Wir wussten, dass Rosalinda Fox, eine Landsmännin, dem Hochkommissar gefühlsmäßig verbunden war. Ein solches Geschenk des Himmels war für uns die allerbeste Gelegenheit. Aber es war zu riskant, sie direkt anzusprechen. Sie war uns zu wertvoll, als dass wir es hätten wagen können, sie durch eine ungeschickt ausgeführte Operation zu verlieren. Man musste den richtigen Moment abwarten. Und als man erfuhr, dass sie für eine Freundin Hilfe suchte, deren Mutter evakuiert werden sollte, kam die Maschinerie in Gang. Und man entschied, dass ich die geeignete

Person sei für diese Mission, denn ich hatte in Madrid Kontakt zu jemandem, der solche Evakuierungen in Richtung Mittelmeer durchführte. Ich selbst hatte London punktuell über alle Schritte von Lance informiert, deshalb befand man, dass ich das perfekte Alibi hatte, um in Tetuán aufzutauchen und mich Beigbeder mit der Ausrede zu nähern, dass ich seiner Geliebten einen Dienst erweisen könne. Aber es gab ein kleines Problem: Zu jener Zeit lag ich halb tot im Royal London Hospital, vollgestopft mit Morphium vor mich hin dämmernd.«

»Aber du hast es gewagt, uns alle hinters Licht geführt und dein Ziel erreicht …«

»Mehr als das«, sagte er. Ein leises Lächeln umspielte seinen Mund, zum ersten Mal, seit wir uns in die Bibliothek zurückgezogen hatten. Da spürte ich wieder jenes Kribbeln: Endlich kam der Marcus zum Vorschein, nach dem ich mich so sehr gesehnt hatte, den ich an meiner Seite wissen wollte. »Es waren ganz besondere Tage«, fuhr er fort. »Nachdem ich über ein Jahr die Kriegswirren in Spanien erlebt hatte, war Marokko das Beste, was mir passieren konnte. Ich erholte mich und führte meine Mission mit exzellentem Ergebnis durch. Und lernte dich kennen. Mehr konnte ich nicht verlangen.«

»Wie hast du das angestellt?«

»Fast jede Nacht habe ich von meinem Zimmer im Hotel Nacional aus Informationen übermittelt. Ich hatte einen kleinen Funksender dabei, im doppelten Boden des Koffers versteckt. Ich schrieb täglich einen verschlüsselten Bericht über alles, was ich gesehen, gehört und getan hatte. Danach leitete ich ihn, sobald ich Gelegenheit hatte, an einen Kontaktmann in Tanger weiter, einen Angestellten bei Saccone & Speed.«

»Hatte niemand einen Verdacht gegen dich?«

»Doch, natürlich. Beigbeder war kein Dummkopf, das weißt du so gut wie ich. Sie haben mein Zimmer mehrere Male durchsucht, aber wahrscheinlich haben sie jemanden geschickt, der wenig Erfahrung hatte, denn sie haben nie etwas gefunden. Auch die Deutschen argwöhnten etwas, aber auch sie fanden nichts heraus. Ich meinerseits habe mich sehr bemüht, möglichst keinen falschen Schritt zu tun. Ich habe zu niemandem außerhalb des offiziellen Kreises Kontakt aufgenommen und mich aus allem, was heikel sein konnte, herausgehalten. Im Gegenteil: Ich habe mich untadelig benommen und nur an der Seite von unverdächtigen Personen sehen lassen. Alles ganz sauber, dem Anschein nach. Noch eine Frage?«

Er wirkte jetzt weniger angespannt, mir näher. Wieder mehr der Marcus von früher.

»Warum bist du Hals über Kopf abgereist? Du hast mir nicht Bescheid gesagt. Du bist nur eines Morgens in meiner Wohnung erschienen, hast mich informiert, dass meine Mutter auf dem Weg ist, und dann hast du dich nicht mehr sehen lassen.«

»Weil man mich angewiesen hatte, das Protektorat sofort zu verlassen. Es kamen immer mehr Deutsche, es war durchgesickert, dass mich jemand verdächtigte. Dennoch ist es mir gelungen, meine Abreise ein paar Tage hinauszuzögern, und ich habe damit meine Enttarnung riskiert.«

»Warum?«

»Weil ich nicht abreisen wollte, ohne Gewissheit zu haben, dass die Evakuierung deiner Mutter so gelaufen war, wie wir gehofft hatten. Ich hatte es dir versprochen. Nichts hätte mich mehr gefreut, als bei dir bleiben zu können, aber es konnte nicht sein: Meine Welt war eine andere, und meine Zeit war gekommen. Und außerdem war es auch für dich nicht der beste Zeitpunkt. Du hattest dich noch nicht von einer gescheiterten Beziehung erholt und warst überhaupt nicht bereit, einem anderen Mann zu vertrauen, am wenigsten jemandem, der dich notgedrungen wieder verlassen musste, ohne wirklich sagen zu dürfen, warum. Das ist alles, meine liebe Sira. War es das, was du hören wolltest? Hilft dir diese Version der Geschichte?«

»Oh ja!«, sagte ich, stand auf und ging auf ihn zu.

»Nun, gehört der Preis mir?«

Ich sagte nichts, sondern setzte mich nur auf seinen Schoß und legte ihm die Arme um den Hals. Mein Gesicht berührte das seine, meine leuchtend roten Lippen waren nur einen halben Zentimeter von seinem Ohrläppchen entfernt. Ich spürte, wie er sich durch meine Nähe verspannte.

»Ja, du hast dir deinen Preis redlich verdient«, flüsterte ich ihm ins Ohr. »Aber womöglich bin ich ein vergiftetes Geschenk.«

»Vielleicht. Um das zu beurteilen, muss ich jetzt auch etwas über dich wissen. Als ich dich in Tetuán zurückgelassen habe, warst du eine junge Schneiderin, ein zärtliches, naives Mädchen. Und dann treffe ich dich in Lissabon wieder als eine Frau, die Kontakt zu einem zwielichtigen Mann hat. Ich möchte wissen, was in der Zwischenzeit passiert ist.«

»Du wirst es sofort erfahren. Und damit dir keine Zweifel bleiben, wird es dir eine andere Person berichten, jemand, den du schon kennst, glaube ich. Komm mit.«

Arm in Arm gingen wir über den Flur zurück in den Salon. Schon von Weitem hörte ich die kräftige Stimme meines Vaters, und wieder einmal musste ich an den Tag denken, als ich ihn kennenlernte. Wie viel war in meinem Leben seither geschehen! Wie oft war ich auf die Nase gefallen und dann wieder auf die Beine gekommen! Doch das alles war jetzt Vergangenheit, und ich wollte nicht mehr zurückschauen. Jetzt zählte nur noch die Gegenwart. Ihr wollte ich mich stellen, um dann in die Zukunft zu blicken.

Vermutlich waren die beiden anderen Gäste schon da, und alles lief wie geplant. An der Tür zum Salon lösten wir uns voneinander, hielten uns aber weiter an den Händen. Und dann sahen wir, wer uns erwartete. Ich lächelte. Marcus nicht.

»Guten Abend, Señora Hillgarth, guten Abend, Captain. Ich freue mich, Sie zu sehen«, begrüßte ich sie und unterbrach das angeregte Gespräch, das sie mit meinem Vater führten.

Mit einem Mal herrschte ein gespanntes Schweigen im Raum. Gespannt und unangenehm.

»Guten Abend, Señorita«, erwiderte Hillgarth nach ein paar Sekunden, die uns allen wie eine Ewigkeit vorkamen. Seine Stimme klang, als käme sie aus einer Höhle. Aus einer dunklen, kalten Höhle, denn der Chef der britischen Geheimdienste in Spanien, der Mann, der alles wusste oder wissen sollte, tappte vollkommen im Dunkeln. »Guten Abend, Logan«, fügte er dann hinzu. Seine Frau, dieses Mal ohne die Gesichtsmaske wie im Schönheitssalon, war so verblüfft, uns zusammen zu sehen, dass sie meinen Gruß gar nicht erwidern konnte. »Ich dachte, Sie seien nach Lissabon zurückgefahren«, fuhr der Marineattaché dann zu Marcus gewandt fort. Daraufhin fügte er seufzend hinzu: »Ich wusste nicht, dass Sie sich kennen.«

Ich spürte, dass Marcus etwas sagen wollte, doch ich kam ihm zuvor, indem ich seine Hand, die ich noch in der meinen hielt, fest drückte. Er verstand. Ich sah ihn nicht an, denn ich wollte gar nicht wissen, ob er ebenso perplex war wie die Hillgarths, als er sie da in dem Salon fremder Menschen sitzen sah. Wir würden später darüber reden, wenn sich alles beruhigt hatte. Bestimmt würden wir dafür mehr Zeit als genug haben.

In den hellen Augen von Hillgarths Frau sah ich Verwirrung, nichts als Verwirrung. Sie war es gewesen, die mir die Anweisungen für meine Mission in Portugal gegeben hatte, sie war voll und ganz in die Tätigkeit ihres Mannes eingebunden. Wahrscheinlich waren beide jetzt im Begriff, eilig die losen Enden zu verknüpfen, so wie ich bei meinem letzten Treffen mit dem Captain. Da Silva und Lissabon, die überraschende Ankunft von Marcus in Madrid, die gleichen Informationen, von uns beiden in einem Abstand von wenigen Stunden Differenz überbracht. Das alles war offensichtlich kein Zufall. Wie hatte ihnen das entgehen können!

»Agent Logan und ich kennen uns schon seit Jahren, Captain, aber wir haben uns ziemlich lange nicht gesehen. Wir haben uns noch einiges zu erzählen, bis wir auf dem Laufenden sind«, stellte ich dann klar. »Seine Umstände und Verpflichtungen kenne ich bereits, Sie haben mir vor Kurzem sehr dabei geholfen. Deshalb dachte ich, Sie könnten vielleicht so freundlich sein, auch ihn über die meinen zu informieren. Und bei dieser Gelegenheit auch gleich meinen Vater. Ah, Verzeihung! Ich hatte vergessen, es Ihnen zu sagen: Gonzalo Alvarado ist mein Vater. Keine Sorgen, wir werden uns bemühen, uns miteinander so wenig wie möglich in der

Öffentlichkeit sehen zu lassen, aber ganz kann ich meine Beziehung zu ihm nicht abbrechen, das werden Sie verstehen.«

Hillgarth entgegnete nichts, sondern musterte uns beide nur mit seinem stählernen Blick.

Wahrscheinlich war Gonzalo jetzt genauso verwirrt wie Marcus, doch keiner sagte ein Wort. Beide schienen, ebenso wie ich, darauf zu warten, dass Hillgarth meine kecken Äußerungen verdaute. Seine nicht minder verblüffte Frau suchte Halt an einer Zigarette und öffnete mit nervösen Fingern ihr Etui. Es vergingen einige Sekunden in unangenehmem Schweigen, in denen nichts als das wiederholte Klacken des Feuerzeugs zu hören war, das nicht funktionieren wollte. Bis der Marineattaché schließlich wieder zu sprechen begann.

»Wenn ich die Sache nicht klarstelle, werden vermutlich Sie es tun …«

»Ich fürchte, Sie werden mir keine andere Wahl lassen«, gab ich zurück und schenkte ihm mein schönstes Lächeln. Ein neues Lächeln: selbstsicher und ein wenig herausfordernd.

Nur das Klirren der Eisstückchen in seinem Whisky unterbrach die Stille, als Hillgarth sein Glas zum Mund führte. Seine Frau verbarg ihre Verwirrung mit einem tiefen Zug an ihrer Craven A.

»Ich nehme an, das ist der Preis für das, was Sie uns aus Lissabon mitgebracht haben«, meinte er schließlich.

»Dafür und für alle künftigen Missionen, bei denen ich meine Haut zum Markte tragen werde, ich gebe Ihnen mein Wort. Mein Ehrenwort als Schneiderin und mein Ehrenwort als Spionin.«

69

Dieses Mal erhielt ich keinen schlichten Rosenstrauß mit einem Band voller Striche und Punkte, keinen Strauß wie jene, die Hillgarth mir zu schicken pflegte, um mir eine Nachricht zu übermitteln. Es waren auch keine exotischen Blumen wie jene von Manuel da Silva, bevor er beschloss, dass es ihm besser zupass kam, wenn er mich umbringen ließ. Was Marcus mir in jener Nacht brachte, war etwas ganz Kleines, Bescheidenes, eine zarte Rosenknospe, von irgendeinem Strauch abgerissen, der in diesem Frühjahr nach dem harten Winter im Schutz einer Gartenmauer wie durch ein Wunder gedieh. Eine winzige Rose. Passend in ihrer Schlichtheit, vollkommen ungekünstelt.

Ich erwartete ihn nicht, und gleichzeitig erwartete ich ihn doch. Einige Stunden zuvor hatte er zusammen mit den Hillgarths das Haus meines Vaters verlassen, der Marineattaché hatte ihn gebeten mitzukommen, wahrscheinlich wollte er ohne mich mit ihm reden. Ich kehrte allein nach Hause zurück, ohne zu wissen, wann er kommen würde. Ob er überhaupt kommen würde.

»Für dich«, sagte er zur Begrüßung.

Ich nahm das Röschen und ließ ihn eintreten. Er hatte den Krawattenknoten gelockert, als hätte er bewusst beschlossen, auf diese Weise für ein wenig Entspannung zu sorgen. Mit langsamen Schritten ging er in den Salon. Er schien bei jedem Schritt einen Gedanken zu formulieren und zu überlegen, welche Worte er wählen sollte. Schließlich drehte er sich um und wartete, bis ich vor ihm stand.

»Du weißt, was uns bevorsteht, oder?«

Ich wusste es, natürlich. Wir bewegten uns auf sumpfigem, gefährlichem Terrain, in einem Dschungel aus Lügen und einem geheimen Räderwerk mit messerscharfen Kanten. Eine verborgene Liebe in Zeiten des Hasses, des Mangels und des Verrats, das war es, was uns erwartete.

»Ich weiß es, ja.«

»Es wird nicht leicht sein«, fügte er hinzu.

»Nichts ist je leicht«, ergänzte ich.

»Es kann hart werden.«

»Vielleicht.«

»Und gefährlich.«

»Auch das.«

Fallen umgehen, Risiken einschätzen. Ohne feste Pläne, mit

allen Widrigkeiten, allen Gefahren – so würden wir leben müssen. Abenteuerlust und Mut miteinander verbinden. Mit Beharrlichkeit, Courage und der Kraft, die das Wissen verleiht, dass man gemeinsam für eine Sache kämpft.

Wir sahen uns tief in die Augen, und wieder überfiel mich die Erinnerung an Nordafrika, wo alles begonnen hatte. Seine Welt und meine Welt – zuvor so weit voneinander entfernt, jetzt einander so nah – hatten endlich zueinander gefunden. Und dann nahm er mich in seine Arme, und in dieser warmen, zärtlichen Nähe fand ich die Gewissheit, dass wir bei dieser besonderen Mission bestimmt nicht scheitern würden.

Epilog

Das war meine Geschichte, zumindest wie ich mich an sie erinnere, vielleicht ein wenig geschönt durch die Patina und Wehmut, die allen Dingen nach Jahrzehnten anhaftet. Das war meine Geschichte, ja. Ich habe vier Jahre lang für den britischen Geheimdienst gearbeitet, Informationen über die Deutschen auf der Iberischen Halbinsel gesammelt und sie präzise und pünktlich weitergegeben. Ich hatte keine Ahnung von militärischer Strategie, niemand hatte mich gelehrt, wie man die Topografie des Geländes für den Kampf nutzt oder mit Sprengstoffen umgeht, aber die von mir genähten Kleider passten perfekt und der exzellente Ruf meines Ateliers schützte mich vor jedem Verdacht. Ich unterhielt es bis 1945 und wurde zur Meisterin des doppelten Spiels.

Was in Spanien nach dem Zweiten Weltkrieg geschah und welche Spuren die hier erwähnten historischen Personen hinterließen, ist in den Geschichtsbüchern und Archiven nachzulesen. Trotzdem möchte ich es kurz zusammenfassen, falls jemand wissen möchte, was aus ihnen geworden ist. Ich werde mich bemühen, meine Sache gut zu machen. Schließlich war das immer meine Arbeit: einzelne Teile zu einem harmonischen Ganzen zusammenzufügen.

Beginnen möchte ich mit Beigbeder, der vielleicht tragischsten Figur in dieser Geschichte. Wie ich erfuhr, kam er nach seinem Arrest in Ronda mehrere Male nach Madrid und lebte sogar wieder einige Monate durchgehend in der Hauptstadt. In diesen Monaten hielt er ständigen Kontakt mit der Britischen und der Amerikanischen Botschaft und machte ihnen tausend Vorschläge, die manchmal von großer Klarheit, manchmal aber auch sehr extravagant waren. Er selbst erzählte, dass man zweimal versucht habe, ihn zu ermorden, versicherte jedoch paradoxerweise auch, noch immer interessante Kontakte zum Regime zu pflegen. Die alten Freunde behandelten ihn zuvorkommend, manche sogar mit echter Zuneigung. Es gab aber auch einige, die sich von ihm abwandten, ohne ihm überhaupt zuzuhören – was sollte ihnen dieser gefallene Engel noch nutzen?

Im damaligen Spanien, wo alles mündlich weitergegeben wurde wie von Nachbarin zu Nachbarin, kursierte wenig später das Gerücht, dass in sein Vagabundenleben endlich ein wenig Ruhe gekommen sei. Obwohl alle Welt dachte, seine Karriere sei endgültig zu Ende, nahm Franco 1943, als Zweifel am Sieg der Deutschen aufkamen, seine Dienste erneut in Anspruch – entgegen aller Vorhersagen und unter strengster Geheimhaltung. Franco übertrug ihm zwar kein offizielles Amt, ernannte ihn aber praktisch über Nacht zum General und schickte ihn, ausgestattet mit allen Vollmachten eines Ministers, mit einer nicht ganz klaren Mission nach Washington. Doch es vergingen Monate, bis Beigbeder tatsächlich abreiste. Jemand erzählte mir, Beigbeder selbst habe Mitarbeiter der Amerikanischen Botschaft gebeten, sich mit der Erteilung seines Visums möglichst viel Zeit zu lassen. Er habe den Verdacht gehabt, Franco wolle ihn lediglich aus Spanien fortschaffen, um ihn dann nie wieder zurückkehren zu lassen.

Was Beigbeder in Amerika machte, war nie ganz klar, es wurde viel darüber spekuliert. Manche behaupteten, der *generalísimo* habe ihn entsandt, damit er Beziehungen wiederherstelle, Brücken baue und die Amerikaner von der strikten Neutralität Spaniens in diesem Krieg überzeuge, als habe niemals ein Bild des Führers mit Hitlers Widmung auf Francos Schreibtisch gestanden. Andere ebenfalls seriöse Stimmen versicherten hingegen, dass seine Mission eher militärischer als rein diplomatischer Natur gewesen sei: in seiner Eigenschaft als ehemaliger Hochkommissar und großer Kenner der Verhältnisse in Marokko habe er Gespräche über die Zukunft Nordafrikas führen sollen. Auch kam mir zu Ohren, der Exminister sei in die amerikanische Hauptstadt gereist, um sich mit der Regierung der Vereinigten Staaten über die Grundlagen für die Schaffung eines »freien Spanien« analog zum »freien Frankreich« zu einigen für den Fall, dass die Deutschen auf der Halbinsel einmarschierten. Andere wiederum meinten, dass er, kaum in den USA gelandet, jedem, der ihm zuhörte, erzählte, seine Beziehungen zum Franco-Regime seien zerbrochen und er bemühe sich darum, für die Sache der Monarchisten um Sympathien zu werben. Und schließlich gab es auch den einen oder anderen, der seiner Fantasie freien Lauf ließ und verbreitete, Zweck dieser Reise sei lediglich sein persönlicher Wunsch gewesen, dort ein ausschweifendes und lasterhaftes Leben zu führen. Welcher Art auch immer Beigbeders Mission gewesen sein mag, Tatsache ist, dass der Caudillo mit dem Ergebnis offenbar nicht zufrieden war. Jahre später äußerte er öffentlich, Beigbeder sei ein halb verhungerter Irrer gewesen, der jeden um Geld anging, der ihm über den Weg lief.

Letztlich erfuhr man nie, was genau er in Washington gemacht hatte. Fest steht nur, dass sich sein Aufenthalt bis zum Ende des Zweiten Weltkriegs hinzog. Auf dem Flug in die USA machte er Zwischenstation in Lissabon und war endlich wieder mit Rosalinda vereint. Zweieinhalb Jahre hatten sich die beiden nicht gesehen. In der einen Woche, die sie zusammen verbrachten, versuchte er immer wieder, sie zu überreden, mit ihm nach Amerika zu gehen. Doch ohne Erfolg, warum, habe ich nie erfahren. Sie begründete ihre Entscheidung zwar damit, dass sie nicht verheiratet seien und daher Juan Luis' Ansehen bei der diplomatischen Elite Nordamerikas Schaden erleiden würde, aber ich glaubte ihr nicht, und er, wie ich vermute, auch nicht. Wenn sie im bigotten, siegreich aus dem Bürgerkrieg hervorgegangenen Neuen Spanien auf alle hatte pfeifen können, warum nicht auch auf der anderen Seite des Atlantik? Dennoch stellte sie nie klar, was sie wirklich zu dieser überraschenden Entscheidung bewog.

Nach seiner Rückkehr nach Spanien 1945 war Beigbeder aktives Mitglied einer Gruppe von Generälen, die jahrelang vergeblich versuchten, Franco zu stürzen: Aranda, Kindelán, Dávila, Orgaz, Varela. Er stand in Kontakt mit Don Juan de Borbón und war an unzähligen Verschwörungen beteiligt, die alle erfolglos blieben, manchmal sogar fast ein wenig rührend wirkten, etwa die unter der Führung General Arandas, der in der Amerikanischen Botschaft um Asyl bitten und dort eine monarchistische Regierung im Exil ausrufen wollte. Einige seiner Kameraden beschimpften ihn danach als Verräter und behaupteten, er sei mit der Geschichte von der Verschwörung in den Pardo-Palast gegangen. All diese Pläne zum Sturz des Franco-Regimes waren nicht nur vergeblich, die meisten der Beteiligten bezahlten ihr Aufbegehren auch mit Haftstrafen, Verbannung und Entlassung. Später erfuhr ich, dass diese Generäle während des Zweiten Weltkriegs über den Bankier Juan March und aus den Händen von Hillgarth Millionen Peseten von der englischen Regierung erhielten, um den Caudillo davon abzuhalten, auf Seiten der Achsenmächte in den Krieg einzutreten. Ob das zutrifft oder nicht, entzieht sich meiner Kenntnis. Vielleicht haben einige das Geld angenommen, vielleicht wurde es nur unter einigen wenigen aufgeteilt. Beigbeder jedenfalls erhielt nichts, er beendete seine Tage »in beispielhafter Armut«, wie der Dichter Dionisio Ridruejo schrieb.

Ich habe auch Gerüchte über seine Liebesabenteuer gehört, über seine angeblichen Affären mit einer französischen Journalistin, einer Falangistin, einer amerikanischen Spionin, einer Schriftstellerin aus Madrid und der Tochter eines Generals. Dass er die Frauen liebte, war kein Geheimnis. Er erlag den weiblichen Reizen unglaublich leicht und verliebte sich mit der Inbrunst eines Kadetten. In Rosalindas Fall habe ich es selbst miterlebt, und ich denke, er wird noch andere, ähnliche Beziehungen gehabt haben. Aber dass man ihn als Lüstling abstempelte und das Ende seiner Karriere seiner Schwäche für das weibliche Geschlecht zuschrieb, das geht, wie ich finde, zu weit und wird ihm nicht gerecht.

Von dem Moment an, als er seinen Fuß wieder auf spanischen Boden setzte, ging es in seinem Leben bergab. Bevor er nach Washington abreiste, lebte er eine Zeit lang in einer Mietwohnung in der Calle Claudio Coello. Nach seiner Rückkehr zog er ins Hotel París in der Calle Alcalá, dann wohnte er eine Weile bei einer seiner Schwestern, am Ende seiner Tage in einer Pension. Weder vor noch nach seiner Zeit als Minister besaß er auch nur einen *duro,* und als er starb, bestand seine ganze Habe aus zwei abgetragenen Anzügen, drei alten Uniformen aus der Zeit in Nordafrika und einer Dschellaba. Und etlichen Hundert Blatt Papier, auf denen er mit seiner winzigen Schrift seine Memoiren begonnen hatte. Er kam mehr oder weniger bis zu der Zeit des Krieges um Melilla im Jahr 1909; der spanische Bürgerkrieg lag also noch in weiter Ferne.

Jahrelang wartete er darauf, dass ihm *baraka,* Glück, zuteilwerden möge. Er gab sich der Illusion hin, dass man ihn erneut auf irgendeinen Posten berufen, ihm irgendeine Aufgabe übertragen würde, die seine Tage wieder mit Betriebsamkeit und Leben erfüllen würde. Doch dazu kam es nie, und in seiner Personalakte ist nach seiner Rückkehr aus den Vereinigten Staaten lediglich vermerkt: »Steht zur Verfügung Seiner Exzellenz des Armeeministers«, was im Militärjargon so viel heißt wie »untätig herumsitzen«. Niemand wollte ihn mehr, und ihn verließen die Kräfte: Ihm fehlte die Energie, sein Schicksal in die Hand zu nehmen, und sein früher so brillanter Verstand erlahmte zunehmend. Im April 1950 wurde er zur Reserve abgestellt. Ein alter Freund aus Marokko, Bulaix Baeza, bot ihm eine Arbeit an, einen bescheidenen Posten in der Verwaltung seiner Madrider Immobilienfirma, die ihm in seinen letzten Lebensjahren ein wenig Abwechslung brachte. Beigbeder starb im Juni 1957, nach einem turbulenten Leben fand er mit neunundsechzig Jahren unter einer Gedenktafel auf dem Friedhof Sacramental de San Justo seine letzte Ruhe. Seine Manuskripte blieben in der Pension in der Calle Tomasa zurück und wären wohl dem Vergessen anheimgefallen, hätte nicht einige Monate nach seinem Tod ein alter Bekannter aus Tetuán sie an sich genommen, nachdem er im Gegenzug die noch offene Zimmerrechnung über einige tausend Peseten beglichen hatte. Dort, in seinem geliebten Marokko, befindet sich bis zum heutigen Tag sein privates Archiv, in der Obhut eines Menschen, der ihn kannte und schätzte.

Meinen Bericht über Rosalindas weiteres Schicksal möchte ich mit Fragmenten aus Beigbeders Leben verknüpfen, sodass vielleicht ein vollständigeres Bild seiner letzten Zeit als Minister entsteht. Bei Kriegsende beschloss meine Freundin, Portugal zu verlassen und nach England zu gehen. Sie wollte, dass ihr Sohn dort die Schule besuchte. So kam es, dass ihr guter Freund und Teilhaber Dimitri den Club »El Galgo« verkauften. Das Jewish Joint Committee verlieh ihnen gemeinsam das Lothringer Kreuz des französischen Widerstands in Anerkennung ihrer Verdienste für jüdische Flüchtlinge. Die amerikanische Zeitschrift *Time* veröffentlichte einen Artikel, in dem Martha Gellhorn, die Gattin Ernest Hemingways, schreibt, dass El Galgo und Mrs. Fox zwei der schönsten Attraktionen Lissabons seien. Trotzdem verließ sie die Stadt.

Mit dem Geld, das sie für den Club erhalten hatte, ließ sie sich in Großbritannien nieder. In den ersten Monaten lief alles gut: wieder bei Kräften, reichlich Pfund Sterling auf der Bank, den Kontakt zu alten Freunden aufgefrischt und sogar die Möbel aus Lissabon unversehrt angekommen, darunter siebzehn Sofas und drei Konzertflügel. Und dann, als alles wieder in ruhigen Bahnen verlief und sie auf der Sonnenseite des Lebens stand, erinnerte sie Peter Fox von Kalkutta aus wieder einmal daran, dass sie noch einen Ehemann hatte. Er meinte, sie sollten es doch noch einmal miteinander versuchen. Entgegen aller Erwartungen willigte sie ein.

Sie suchte ein Landhaus in Surrey und bereitete sich zum dritten Mal in ihrem Leben darauf vor, die Rolle der Ehefrau zu übernehmen, ein abenteuerliches Vorhaben, das sie selbst in einem Wort zusammenfasste: unmöglich. Peter hatte sich um keinen Deut geändert, er verhielt sich ihr gegenüber, als wäre Rosalinda noch das sechzehnjährige Mädchen, das er einmal geheiratet hatte, behandelte das Personal schlecht, war rücksichtslos, egozentrisch und unfreundlich. Drei Monate nach ihrem Wiedersehen musste sie ins Krankenhaus. Sie wurde operiert und brauchte Wochen, bis sie wieder einigermaßen auf den Beinen war. Aber eines wurde ihr in dieser Zeit klar: Sie musste ihren Mann verlassen, wie auch immer. Daraufhin kehrte sie nach London zurück, mietete ein Haus in Chelsea und betrieb für kurze Zeit einen Club, der den pittoresken Namen »The Patio« trug. Peter blieb in dieser ganzen Zeit in Surrey, weigerte sich, ihre Lissabonner Möbel herauszugeben und endlich in die Scheidung einzuwilligen. Sobald Rosalinda wieder bei guter Gesundheit war, begann sie für ihre Freiheit zu kämpfen.

Den Kontakt zu Beigbeder ließ sie nie abreißen. Ende 1946, vor Peters Rückkehr nach England, verbrachten sie einige Wochen zusammen in Madrid. 1950 kam sie erneut für eine Zeit lang in die spanische Hauptstadt. Ich war damals nicht dort, doch sie schrieb mir, dass es ungeheuer schmerzlich für sie sei, Juan Luis so am Boden zerstört vorzufinden. Sie kaschierte die Misere mit ihrem gewohnten Optimismus: was für bedeutende Firmen er leite, was für ein großes Tier in der Wirtschaftswelt er sei. Zwischen den Zeilen las ich, dass das alles Lüge war.

In jenem Jahr schien eine neue Rosalinda zum Vorschein zu kommen, die nur noch zwei Ziele hatte: sich von Peter scheiden zu lassen und Juan Luis durch zeitweise Aufenthalte in Madrid auf seinem letzten Lebensabschnitt zu begleiten. Wie sie berichtete, alterte er mit Riesenschritten, er wurde von Tag zu Tag lustloser und gebrechlicher. Die Energie, die geistige Beweglichkeit und der Elan, die er in den alten Zeiten als Hochkommissar an den Tag gelegt hatte, schienen sozusagen zu verlöschen. Es bereitete ihm Freude, wenn sie ihn zu einer Autofahrt einlud, wenn sie in irgendeinem Bergdorf in einem einfachen Gasthaus an der Landstraße aßen, weit weg von der Stadt. Wenn sie keinen Ausflug machen konnten, gingen sie spazieren. Manchmal trafen sie sich mit alten Herren, mit denen er vor langer Zeit die Stube in der Kaserne oder das Amtszimmer geteilt hatte. Dann stellte er sie vor als »meine Rosalinda, das Heiligste auf der Welt nach der Jungfrau Maria«. Woraufhin sie hellauf lachte.

Es kostete sie Mühe zu verstehen, warum er so sehr verfiel, obwohl er noch gar nicht so alt war. Er war damals wohl etwas über sechzig, aber schon ein Greis, der sich vollkommen aufgegeben hatte – müde, traurig, enttäuscht. Von allen. Und dann hatte er noch einmal einen seiner genialen Einfälle: Er wollte seine letzten

Jahre an einem Ort mit Blick auf Marokko verbringen. Nicht im Land selbst, sondern es aus der Ferne betrachtend. Dorthin zurückkehren wollte er nicht mehr, es gab ja kaum noch jemanden von denen, die seine beste Zeit mit ihm geteilt hatten. Seit einem Jahr existierte das Protektorat Spanisch-Marokko nicht mehr, Marokko hatte seine Unabhängigkeit wiedererlangt. Die Spanier waren abgezogen, und von seinen marokkanischen Freunden lebten nur noch wenige. Er wollte nicht zurück nach Tetuán, aber doch seine Tage dort verbringen, wo jenes Land den Horizont bildete. Und so war seine Bitte an sie: Geh in den Süden, Rosalinda, such für uns einen Platz mit Blick auf das Meer.

Und sie fand ihn. Guadarranque. Ganz unten im Süden. In der Bucht von Algeciras, gegenüber der Meerenge, mit Blick auf Nordafrika und Gibraltar. Sie kaufte ein Haus und Land, ging nach England zurück, um einige Angelegenheiten dort zu regeln, ihren Sohn zu sehen und sich einen anderen Wagen zu besorgen. Zwei Wochen später wollte sie nach Spanien zurückkehren, Juan Luis abholen und sich mit ihm auf den Weg in ein neues Leben machen. Am zehnten Tag ihres Aufenthalts in London kam ein Telegramm aus Spanien, dass er gestorben sei. Es zerriss ihr das Herz, und zum Gedenken an ihn beschloss sie, sich allein in dem Haus einzurichten, das ihr neues, gemeinsames Zuhause hätte sein sollen. Und dort lebte sie bis zu ihrem Tod mit dreiundneunzig Jahren, ohne jemals ihre besondere Fähigkeit zu verlieren: immer wieder aufzustehen, und wenn sie tausend Mal gestürzt war, sich den Staub von den Kleidern zu klopfen und energisch voranzuschreiten, als wäre nichts geschehen. So hart die Zeiten auch sein mochten, sie verlor niemals ihren Optimismus, mit dem sie alle Schicksalsschläge abfangen konnte und in den sie sich flüchtete, um die Welt immer von der Seite sehen zu können, auf der die Sonne heller scheint.

Vielleicht fragen Sie sich auch, lieber Leser, was denn aus Serrano Suñer wurde. Ich will es Ihnen gerne erzählen. Im Juni 1941 griffen die Deutschen Russland an, und er, entschlossen, die guten Freunde im Dritten Reich mit aller Kraft zu unterstützen, stellte sich in seinem makellosen weißen Leinenanzug und dem Aussehen eines Filmgalans auf den Balkon des Generalsekretariats der Falange in der Calle Alcalá und brüllte: »Russland ist schuld!« Dann stellte er die sogenannte »Blaue Division« auf, eine Karawane unglückseliger Freiwilliger, ließ den Madrider Nordbahnhof mit Nazi-Fahnen schmücken und schickte Tausende von Spaniern, in Züge gepfercht, nach Russland, damit sie ihr Leben an der Seite der Achsenmächte in einem Krieg aufs Spiel setzten, der nicht der ihre war und für den ihn kein Mensch um Unterstützung gebeten hatte, oder um elendiglich zu erfrieren.

Als Deutschland den Krieg verlor, war er nicht mehr im Amt. Am 3. September 1942, zweiundzwanzig Monate und siebzehn Tage nach Beigbeder und mit exakt denselben Worten verkündete der staatliche Anzeiger seine Entlassung aus allen Ämtern. Der Grund für den Sturz des *cuñadísimo* war angeblich ein Vorfall, in den Karlisten, Angehörige der Armee und Mitglieder der Falange verwickelt waren. Es gab eine Bombe, Dutzende von Verletzten und zwei Entlassungen: Der Falangist, der die Bombe geworfen hatte, wurde exekutiert, und Serrano Suñer als Präsident der Junta Política der Falange abgesetzt. Unter der Hand kursierten jedoch andere Geschichten.

Die Stützung von Serrano Suñer kostete Franco offenbar einen zu hohen Preis. Gewiss, der brillante Schwager hatte es auf sich genommen, die Strukturen des Regimes zu schaffen. Gewiss, er hatte auch einen Großteil der schmutzigen Arbeit erledigt. Er baute die Verwaltung des Neuen Spaniens auf und dämmte den Ungehorsam und die Unverschämtheiten der Falangisten gegenüber Franco ein, den sie zutiefst verachteten. Er machte sich Gedanken, organisierte, gab Anordnungen und trat an allen Fronten der Innen- und Außenpolitik in Erscheinung. Er arbeitete so viel, mischte sich so sehr ein und das alles mit so großem Eifer, dass er schließlich allen auf die Nerven ging. Die Militärs hassten ihn, und dem Mann auf der Straße war er schrecklich unsympathisch, so sehr, dass das Volk ihm sogar die Schuld an allen Übeln Spaniens gab, von den steigenden Eintrittspreisen für Kino und kulturelle Veranstaltungen bis zu der Dürre, die das Land in jenen Jahren heimsuchte. Serrano Suñer war für Franco von großem Nutzen, ja, doch irgendwann zog er zu viel Macht an und zu viel Hass auf sich. Er wurde für alle zur Belastung, zumal auch der Sieg der Deutschen, die er mit so großer Begeisterung unterstützte, zunehmend fraglich wurde. Deshalb habe der Caudillo, heißt es, den Vorfall mit den Falangisten dafür genutzt, ihn sich vom Hals zu schaffen und ihm bei dieser Gelegenheit auch gleich den Schwarzen Peter zuzuschieben, nämlich ihn als einzigen Verantwortlichen für die Sympathie der Spanier gegenüber den Achsenmächten hinzustellen.

Das war inoffiziell die offizielle Version der Vorgänge. Und die Menschen glaubten sie, mehr oder weniger. Ich jedoch erfuhr, dass es noch einen anderen Grund gab, der vielleicht sogar schwerer wog als die internen politischen Spannungen, Francos überstrapazierte Geduld und der Krieg in Europa. Ich erfuhr davon, ohne aus dem Haus gehen zu müssen, in meinem Atelier, von meinen Kundinnen, den Spanierinnen aus der Aristokratie, die einen immer größeren Teil meiner Kundschaft ausmachten. Ihnen zufolge war der wahre Urheber von Serrano Suñers Sturz Carmen Polo, die Señora, Francos Ehefrau. Sie sei, erzählten die Damen, empört darüber, dass der Vater des Mädchens mit den Katzenaugen, das die hübsche und arrogante Marquesa de Llanzol am 29. August zur Welt gebracht hatte, im Unterschied zu ihren anderen Sprösslingen nicht ihr eigener Ehemann, sondern Ramón Serrano Suñer war, ihr Geliebter. Die Demütigung, die ein solcher Skandal sowohl für Serrano Suñers Gattin – Zita Polo, die Schwester von Doña Carmen –, als auch für die gesamte Familie Franco Polo bedeutete, übertraf alles, was die Gattin des Caudillo bereit war zu ertragen. Also trat sie ihren Ehemann dort, wo es am meisten wehtat, bis sie ihn überzeugt hatte, dass er seinen Schwager besser entließ. Der Rauswurf aus allen Ämtern ließ nicht lange auf sich warten. Drei Tage brauchte Franco, bis er es ihm unter vier Augen mitteilte, einen Tag später war es offiziell. Von diesem Tag an war Serrano Suñer *totally out*, wie Rosalinda gesagt hätte. Candelaria die

Schmugglerin hätte es ein wenig burschikoser formuliert: Den hat man hochkant rausgeschmissen.

Man munkelte, dass er bald als Botschafter nach Rom geschickt werde und, nach einiger Zeit, vielleicht wieder einen Posten in der Regierung erhalte. Aber dazu kam es nicht. Sein Schwager sollte ihn zeitlebens mit aller Konsequenz übergehen. Zu seiner Entlastung muss man jedoch sagen, dass er sein langes Leben in würdevoller Zurückhaltung verbrachte, dabei seinen Beruf als Anwalt ausübte, sich an privaten Unternehmen beteiligte, Beiträge für Zeitungen verfasste und – ein wenig geschönte – Erinnerungsbücher schrieb. Nach dem Zerwürfnis erlaubte er sich sogar hin und wieder, seinem Schwager die Notwendigkeit tiefgreifender Reformen nahezulegen, was er stets öffentlich tat. Seinen Überlegenheitskomplex verlor er nie, aber im Gegensatz zu vielen anderen erlag er auch nicht der Versuchung, sich zum eingefleischten Demokraten zu erklären, als das Blatt sich wendete. Im Laufe der Jahre erwarb er sich beim spanischen Volk einen gewissen Respekt. Er starb wenige Tage vor seinem hundertzweiten Geburtstag.

Mehr als drei Jahrzehnte nachdem er Beigbeder sein Amt auf äußerst gehässige Art entrissen hatte, fand Serrano Suñer in seinen Memoiren einige Zeilen der Wertschätzung für ihn: »Er war ein eigenwilliger, einzigartiger Mensch, weit gebildeter als der Durchschnitt, zu tausend Verrücktheiten fähig«, schrieb er. Er kam damit zu spät.

Am 8. Mai 1945 kapitulierte Deutschland. Wenige Stunden später wurden die Deutsche Botschaft in Madrid und alle übrigen Einrichtung Deutschlands offiziell geschlossen und dem Außen- und Innenministerium übergeben. Dennoch hatten die Alliierten bis zur Unterzeichnung der Kapitulationsurkunde am 5. Juni desselben Jahres keinen Zugang zu diesen Immobilien. Als die britischen und amerikanischen Behörden schließlich die Gebäude betreten konnten, von denen aus die Nazis in Spanien agiert hatten, fanden sie nur noch die Reste einer gründlichen Plünderung vor: die Wände kahl, die Büros ohne Möbel, die Archive verbrannt, die Tresore offen und leer. Um bei ihrem überstürzten Abgang keine

Spuren zu hinterlassen, hatten sie sogar die Lampen mitgenommen. Und das alles vor den nachsichtigen Augen der Mitarbeiter des spanischen Innenministeriums, die mit der Bewachung betraut waren. Einiges konnte im Laufe der Zeit gefunden und beschlagnahmt werden: Teppiche, Gemälde, alte Schnitzereien, Porzellan und Silbergegenstände. Vieles andere verschwand jedoch spurlos. Und von den kompromittierenden Akten, die die enge Zusammenarbeit zwischen Spanien und Deutschland belegten, blieb nur Asche übrig. Den wertvollsten Teil der Kriegsbeute der Nazis in Spanien konnten die Alliierten jedoch sicherstellen: zwei Tonnen Gold, zu Hunderten von Barren eingeschmolzen, ohne Prägestempel und nicht inventarisiert, die eine Zeit lang abgedeckt im Büro des wirtschaftspolitischen Beauftragten der Regierung gestanden hatten. Von den einflussreichen Deutschen, die den Krieg über so aktiv gewesen waren und deren Gattinnen auf glänzenden Festen und Empfängen meine Kleider trugen, wurden einige ausgewiesen, andere entgingen der Rückführung, indem sie ihre Zusammenarbeit anboten, und vielen gelang es, sich zu verstecken, sich zu tarnen, zu fliehen, die spanische Staatsbürgerschaft anzunehmen, wie schlüpfrige Aale zu entwischen oder sich auf wundersame Weise in ehrenwerte Bürger mit blütenweißer Weste zurückzuverwandeln. Obwohl die Alliierten beharrlich darauf drängten, Spanien solle sich an die internationalen Vereinbarungen halten, zeigte das Regime wenig Interesse, sich aktiv zu beteiligen, und hielt weiter seine schützende Hand über eine ganze Reihe von Kollaborateuren, die auf den schwarzen Listen standen.

Was Spanien betrifft, so dachte manch einer, der Caudillo würde mit der Kapitulation Deutschlands stürzen. Viele Träumer glaubten, es fehle nur noch wenig zur Wiedereinführung der Monarchie oder der Entstehung eines liberaleren Regimes. Dem war nicht so, nicht im Entferntesten. Franco nahm einige kosmetische Veränderungen vor: Er wechselte einige Minister aus, machte einige Leute in der Falange einen Kopf kürzer, festigte seine Allianz mit dem Vatikan und machte weiter. Und die neuen Herren der Welt, die untadeligen Demokratien, die mit so großem Heroismus und Einsatz den Nationalsozialismus und Faschismus in die Knie gezwungen hatten, ließen ihn machen. Wen interessierte zu diesem Zeitpunkt, da Europa mit seinem eigenen Wiederaufbau beschäftigt war, jenes laute und verwahrloste Land, wen interessierten seine Hungersnöte, seine Bergwerke, die Häfen am Atlantik und der klein gewachsene General, der Spanien mit harter Hand regierte? Sie verweigerten uns die Aufnahme in die Vereinten Nationen, zogen Botschafter ab und gaben uns nicht einen Dollar aus dem Marshallplan. Doch sie mischten sich auch nicht mehr ein. Sollen sie sehen, wo sie bleiben. »Hands off«, sagten die Alliierten, als der Sieg errungen war. »Lassen wir lieber die Finger davon.« Gesagt, getan: Die Mitarbeiter des diplomatischen Korps und die Geheimdienste packten ihre Siebensachen, klopften sich den Schmutz von den Kleidern und machten sich auf den Heimweg. Jahre später kamen einige wieder zurück und wollten sich bei uns beliebt machen, aber das ist eine andere Geschichte.

Auch Alan Hillgarth erlebte diese Zeit in Spanien nicht persönlich mit. Er wurde als Chef des Marinegeheimdienstes 1944 zur Fernostflotte versetzt. Bei Kriegsende trennte er sich von seiner Gattin Mary und heiratete eine junge Frau, die ich nie kennenlernte. Von da an lebte er zurückgezogen in Irland, er wollte mit den geheimen Unternehmungen, die er jahrelang auf so kompetente Weise geleitet hatte, nichts mehr zu tun haben.

Was den Traum vom großen Kolonialreich betrifft, auf dem man das Neue Spanien aufbaute, so erreichte man nicht mehr, als das alte Protektorat zu erhalten. Mit Beginn des Weltfriedens sahen sich die spanischen Truppen gezwungen, aus Tanger abzuziehen, das sie fünf Jahre zuvor im Vorgriff auf ein koloniales Paradies – das jedoch nie Wirklichkeit wurde – eigenmächtig besetzt hatten. Es wechselten die Hochkommissare, es wuchs Tetuán, und Marokkaner und Spanier lebten nach ihrem Rhythmus unter dem väterlichen Schutz Spaniens harmonisch zusammen. Anfang der 1950er-Jahre jedoch begannen sich in der französischen Zone antikoloniale Bestrebungen zu regen. Es kam zu so heftigen Kämpfen in dieser Region, dass Frankreich sich genötigt sah, in Verhandlungen über die Abtretung seiner Hoheitsgewalt einzutreten. Am 2. März 1956 entließ Frankreich Marokko in die Unabhängigkeit. Spanien dachte, das alles gehe es nichts an. In der spanischen Zone hatte es niemals Spannungen gegeben: Man hatte Mohammed V. unterstützt, gegen die Franzosen opponiert und den Nationalisten Unterschlupf geboten. Wie naiv. Als sie die Franzosen los waren, forderten die Marokkaner auf der Stelle auch die Souveränität über die spanische Zone. Am 7. April 1956 fand das Protektorat Spanisch-Marokko angesichts der wachsenden Spannungen ein plötzliches Ende. Und während die Souveränität auf die Marokkaner überging und sie ihr Land gewissermaßen zurückeroberten, begann für Zehntausende Spanier das Drama der Repatriierung. Ganze Familien von Beamten und Militärs, von Selbstständigen, Angestellten und Geschäftsinhabern lösten ihre Haushalte auf und machten sich auf den Weg nach Spanien, das viele von ihnen kaum kannten. Zurück ließen sie ihre Straßen, ihre Gerüche, ihre Erinnerungen und die Gräber ihrer Toten. Sie überquerten die Meerenge mit ihren verpackten Möbeln und zerrissenen Herzen, und gequält von der Ungewissheit, was sie in jenem neuen Leben erwarten würde, verteilten sie sich über die spanische Halbinsel. Ihre Sehnsucht nach Nordafrika sollte nie vergehen.

Das war ein kurzer Überblick, wie es mit den Personen und Orten weiterging, die in dieser Geschichte aus einer turbulenten Zeit eine Rolle spielten. Ihr Handeln, ihre Erfolge und Niederlagen sind objektive Tatsachen, die seinerzeit Stoff für die Zeitungen, Kaffeehausrunden und andere Zirkel lieferten. Heute sind sie in den Bibliotheken nachzulesen und in den Erinnerungen der ältesten Mitbürger zu finden. Ein wenig unklarer war die Zukunft all jener von uns, die wir ihnen angeblich in diesen Jahren nahestanden.

Die Geschichte meiner Eltern könnte auf verschiedene Weise weitergehen. So wäre es beispielsweise denkbar, dass Gonzalo Alvarado nach Tetuán reist, um Dolores zu suchen, und ihr vorzuschlagen, mit ihm nach Madrid zurückzukehren, wo sie die verlorene Zeit nachholen würden, ohne sich noch einen Tag zu trennen. Oder ganz anders: Mein Vater bleibt sein Leben lang in der

Hauptstadt, während meine Mutter in Tetuán einen liebenswerten, verwitweten Militär kennenlernt, der sich wie ein Schüler in sie verliebt, ihr innige Briefe schreibt, sie ins La Campana zu Blätterteigteilchen und zu Spaziergängen im Park bei Sonnenuntergang einlädt. Mit einiger Geduld gelingt es ihm, sie davon zu überzeugen, ihn zu heiraten, und eines Morgens im Juni würden sie sich in einer kleinen, bescheidenen Zeremonie vor allen ihren Kindern das Jawort geben.

Auch im Leben meiner alten Freunde in Tetuán könnte sich so manches tun. Candelaria könnte sich in der großen Wohnung in der Calle Sidi Mandri häuslich eingerichtet haben, als meine Mutter das Atelier schloss. Vielleicht eröffnete sie dort die beste Pension im ganzen Protektorat. Die Pension hätte so hervorragend laufen können, dass sie schließlich noch die Nachbarwohnung dazunahm, die Félix Aranda hinterließ, nachdem ihm in einer stürmischen Nacht die Nerven durchgingen und er seine Mutter letztendlich doch noch um die Ecke brachte, mit drei Schachteln Optalidon, aufgelöst in einer halben Flasche ihres liebsten Anislikörs. Und dann endlich frei gewesen wäre. Vielleicht hätte er sich in Casablanca niedergelassen, einen Antiquitätenladen eröffnet, tausend Liebespartner verschiedenster Hautfarbe gehabt, sich weiterhin mit dem Beobachten anderer Menschen vergnügt und überall herumgeschnüffelt.

Was Marcus und mich betrifft, so könnten sich unsere Wege nach Kriegsende getrennt haben. Denkbar wäre, dass wir noch vier Jahre lang eine aufregende Liebesaffäre gehabt hätten und er danach in sein Land zurückgekehrt wäre, ich hingegen bis an mein Lebensende in Madrid geblieben wäre, als hochmütige Modeschneiderin mit einem sagenumwobenen Atelier mit ausgesuchter Kundschaft, die ich nach Lust und Laune auswählte. Oder ich hätte es eines Tages sattgehabt, immer nur zu arbeiten, und den Heiratsantrag eines Chirurgen angenommen, der mich davon befreit und mich für den Rest meines Lebens in Watte gepackt hätte. Es könnte aber auch sein, dass Marcus und ich beschlossen hätten, unseren Lebensweg gemeinsam zu gehen, und uns für die Rückkehr nach

Marokko entschieden, uns in Tanger ein schönes Haus auf dem Monte Viejo gesucht hätten, eine Familie gegründet und ein richtiges Geschäft eröffnet hätten, von dem wir leben konnten, bis wir nach der Unabhängigkeit Marokkos nach London gegangen wären. Oder an irgendeinen Ort an der Mittelmeerküste. Oder in den Süden Portugals. Oder wir wären, wenn es Ihnen lieber ist, nirgendwo sesshaft geworden, sondern noch jahrzehntelang im Dienst des britischen Geheimdienstes von einem Land ins andere gegangen, getarnt als gut aussehender Handelsvertreter und seine elegante spanische Frau.

So hätte unser weiteres Schicksal aussehen können – oder auch ganz anders, denn es ist nirgendwo festgehalten, wie es mit uns weiterging. Vielleicht haben wir überhaupt nicht existiert. Oder vielleicht doch, und es hat nur niemand unsere Gegenwart bemerkt. Letzten Endes befanden wir uns immer auf dem Transparent der Geschichte, bewusst unsichtbar in jenen turbulenten Jahren.

Anmerkung der Autorin

Nach den Gepflogenheiten der akademischen Welt, der ich seit über zwanzig Jahren angehöre, müssen Autoren ihre Quellen in ordentlicher und präziser Weise nennen. Aus diesem Grund habe ich beschlossen, diesem Buch eine Liste der wichtigsten Literatur beizufügen, die ich für diesen Roman herangezogen habe. Doch es würde den Rahmen sprengen, alle Materialien aufzuführen, die ich verwendet habe, um die historischen Szenarien wiedererstehen zu lassen, den Figuren Kontur zu geben und einen schlüssigen Handlungsaufbau herzustellen, weshalb ich sie hier in meiner Danksagung erwähnen möchte.

Um mir ein Bild vom kolonialen Tetuán machen zu können, halfen mir zahlreiche Zeugnisse, die ich in den Mitteilungsblättern der Asociación La Medina de Antiguos Residentes del Protectorado español en Marruecos (dt. etwa: Vereinigung La Medina der ehemaligen Bewohner des Protektorats Spanisch-Marokko) fand, außerdem danke ich den von Heimweh geplagten Mitgliedern und den Leitern Francisco Trujillo und Adolfo de Pablos für ihre freundliche Unterstützung. Ebenso hilfreich und eindringlich sind die marokkanischen Erinnerungen, die meine Mutter und meine Tanten Estrella Vinuesa und Paquita Moreno aus den Tiefen ihres Gedächtnisses hervorholten, ebenso die vielfältigen dokumentarischen Beiträge von Luis Álvarez, der von diesem Projekt fast so begeistert war wie ich selbst. Ebenfalls sehr wertvoll war für mich der Hinweis des Übersetzers Miguel Sáenz auf ein Werk, das teilweise in Tetuán spielt und mich zu zweien der großen Nebenfiguren in dieser Geschichte inspirierte.

Für die Rekonstruktion des schwer fassbaren Lebenswegs von

Juan Luis Beigbeder erwiesen sich die Informationen des marokkanischen Historikers Mohamed Ibn Azzuz als überaus interessant, der penibel über dessen Vermächtnis wacht. Dafür, dass sie mir die Begegnung mit ihm ermöglicht und mich in der Asociación Tetuán-Asmir – in dem schönen Gebäude der früheren Delegación de Asuntos Indígenas – so freundlich empfangen haben, danke ich Ahmed Mgara, Abdeslam Chaachoo und Ricardo Barceló. Mein Dank geht auch an José Carlos Canalda für Einzelheiten aus dem Leben Beigbeders, an José María Martínez-Val, der meine Fragen zu seinem Roman *Llegará tarde a Henday*a beantwortet hat; an Domingo del Pino, der mir durch einen Zeitungsartikel die Tür zu den Erinnerungen von Rosalinda Powell Fox geöffnet hat – sie waren von entscheidender Bedeutung für eine plausible Handlung in meinem Roman. Und an Michael Brufal de Melgarejo, der mich bei der Spurensuche in Gibraltar unterstützt hat.

Für die Beschaffung von Informationen aus erster Hand über Alan Hillgarth, die britischen Geheimdienste in Spanien und den geheimen Treffpunkt, das Embassy, danke ich sehr herzlich Patricia Martínez de Vicente, Autorin von *Embassy o la inteligencia de Mambrú* und Tochter eines Beteiligten jener geheimen Operationen. Und Professor David A. Messenger von der University of Wyoming danke ich für seinen Artikel über die Tätigkeit des SOE in Spanien.

Zu guter Letzt möchte ich auch all jenen meinen Dank aussprechen, die den Entstehungsprozess dieser Geschichte auf die eine oder andere Weise begleitet haben, die sie ganz oder teilweise gelesen haben, mich ermutigt, korrigiert, kritisiert oder mir applaudiert oder mich einfach Tag für Tag bei meiner Arbeit begleitet haben: meinen Eltern für ihre bedingungslose Unterstützung, Manolo Castellanos, meinem Mann, und meinen Kindern Bárbara und Jaime, die mich mit ihrer unerschöpflichen Vitalität tagtäglich daran erinnern, was im Leben wirklich zählt, meinen vielen Geschwistern in ihren verschiedenen Lebensumständen, meiner weit verzweigten Familie, meinen Freunden von *in vino amicitia* und meinen lieben Kollegen von der anglophilen Fraktion.

Lola Gulias von der Literaturagentur Antonia Kerrigan danke ich dafür, dass sie als Erste auf meine Arbeit gesetzt hat.

Und mein ganz besonderer Dank gilt meiner Lektorin Raquel Gisbert für ihre sagenhafte Professionalität, ihre Zuversicht und ihre Energie, und dafür, dass sie meine spontanen Einfälle mit Humor und unerschütterlicher Geduld ertragen hat.